纳兰性德 著

马大勇 赵郁飞 注评

纳兰 全注 详评 插图本 词

人民文学出版社

图书在版编目（CIP）数据

全注详评纳兰词：插图本／（清）纳兰性德著；马大勇，赵郁飞注评.—北京：人民文学出版社，2023

ISBN 978-7-02-018176-6

Ⅰ.①全… Ⅱ.①纳…②马…③赵… Ⅲ.①词（文学）—作品集—中国—清代②《纳兰词》—注释 Ⅳ.①I222.849

中国国家版本馆CIP数据核字（2023）第153351号

责任编辑　胡文骏
装帧设计　李思安
责任印制　胡月梅

出版发行　人民文学出版社
社　　址　北京市朝内大街166号
邮政编码　100705

印　　刷　北京盛通印刷股份有限公司
经　　销　全国新华书店等

字　　数　506千字
开　　本　890毫米×1290毫米　1/32
印　　张　19.75
印　　数　1—10000
版　　次　2023年9月北京第1版
印　　次　2023年9月第1次印刷

书　　号　978-7-02-018176-6
定　　价　99.00元

如有印装质量问题，请与本社图书销售中心调换。电话：010－65233595

作为词史主坐标的纳兰

（代前言）

马大勇

一

纳兰性德以天才贵介公子的身份甫一跻身词坛，其自带的"主角光环"就已经相当鲜亮耀眼。康熙十五年（1676）初，二十二岁的纳兰初识顾贞观，以《金缕曲》一阕题图赠之，词云：

> 德也狂生耳。偶然间、缁尘京国，乌衣门第。有酒惟浇赵州土，谁会成生此意。不信道、遂成知己。青眼高歌俱未老，向樽前、拭尽英雄泪。君不见，月如水。　共君此夜须沉醉。且由他、蛾眉谣诼，古今同忌。身世悠悠何足问，冷笑置之而已。寻思起、从头翻悔。一日心期千劫在，后身缘、恐结他生里。然诺重，君须记。

与纳兰同时代的彭孙遹在《词藻》中云："金粟顾梁汾舍人风神俊朗，大似过江人物……画《侧帽投壶图》，长白成容若题《贺新凉》一阕于上云……词旨嵚崎磊落，不啻坡老、稼轩。都下竞相传写，于是教坊歌曲间无不知有《侧帽词》者。"可见这首成名作曾在当世产生过多么巨大的轰动效应。似乎从这时候开始，纳兰性德就注定了不是泛泛小家数，而要以他特有的光彩厕列词史的主坐标之一了。

对此，身在局中的纳兰性德应该有比较清晰的认识，也为之做了很积极的准备。他不仅以井喷般的势头在短短十余年中填写了数百首词作，更在康熙十七年（1678）刊刻了与顾贞观合作编选的《今词初集》二卷，选录清立国以来三十年间一百八十余位词人的六百余首作品，以"舒写性灵"为旨归①，作为建构词派所必需的一种理论准备。他们二人本来很有可能建起一个与阳羡、浙西争胜，从而鼎足于词坛的"性灵派"的②。可惜随着纳兰三十一岁英年早逝，顾氏伤心之余，离京南下，披读于积书岩，这个已经呼之欲出的词派也胎死腹中了。所以顾贞观晚年在《答秋田书》中不能不有此沉痛语："吾友容若，其门第才华直越晏小山而上之，欲尽招海内词人，毕出其奇远。方骎骎渐有应者，而天夺之年，未几辄风流云散。"这真是令人掩卷长叹的难以弥补的遗憾③！

尽管如此，纳兰作为词史主坐标的地位还是极其坚稳的。特别是王国维"北宋以来，一人而已"（《人间词话》）之论出，在近百年学界和大众皆普遍漠视清词的大背景下，纳兰独能赢得广泛的青睐，获致超常的"礼遇"。据黄文吉教授的统计，1912至1992年八十年间计有清词研究成果1269项④，其中纳兰独得171项，仅次于另外一个更大的"异数"王国维，而屈居次席。

---

① 转引自严迪昌师《清词史》，人民文学出版社 2011 年版，第 303 页。
② 赵秀亭、冯统一先生考证，《今词初集》编者还有陈维崧，截稿于康熙十七年冬，刊成则在十八年矣。见《饮水词笺校》，中华书局 2005 年版，第 154 页。
③ 该段史实详参先师严迪昌先生《一日心期千劫在——纳兰早逝与一个词派之夭折》，《江苏大学学报》2002 年第 1 期，又见迪昌师《纳兰词选》附录，中华书局 2010 年版。
④ 此数字指清代词人拥有一项以上（不含一项）研究成果者之合计数。

近二十余年来，关于纳兰的研究更是风起云涌，恐怕早超过了前八十年之若干倍。降而论及通俗文化层面，纳兰也常常"友情出演"。梁羽生名著《七剑下天山》中，他就作为一个比较重要的配角出现过。金庸《书剑恩仇录》里，陈家洛与乾隆皇帝兄弟俩首次见面，对话间引用的也是纳兰词作[①]。而据媒体报道，北京近年出现了规模很不小的"纳兰追星族"，甚至到了定期沙龙集会的程度。

那么，面对几乎"鲜花着锦，烈火烹油"般的纳兰词研究现状，还有什么是值得深入耕耘的呢？

"纳兰接受史"是个很好的甚至是唯一的选择。

二

为什么纳兰词的接受研究迟迟没能开展起来？一个主要的原因恐怕在于：我们一直没有识力和勇气将纳兰当成词史主坐标之一来对待——很多内行人都会说："清词在相当长的时间里很不被看好，而在清词史上，纳兰也不是最杰出的词人，他的接受怎么可以和柳、苏、周、辛、姜等大词人平列抗衡呢？"这样的认识最起码忽略了这样一个事实：纳兰身后三百余年至今是词史进程的一个黄金时代，不用说清词整体上的"中兴"，其"独到之处，虽宋人也未必能企及"[②]，就是在被下达了"死亡通知书"的最近

---

① 见本书正文有关篇目。
② 朱祖谋语。又：钱仲联 1988 年所作《全清词序》从五点阐发"清词之缵宋之绪而后来居上者"：其一，爱国高唱与真善美之内涵，"拓境至宏，不拘于墟"；其二，词人多学人，故"根茂实遂，膏沃光晔"；其三，流派众多；其四，"词论为之启迪"，"词体益尊，词坛益崇"；其五，词人之数倍宋代词人。所以"词至于清，生机犹盛，发展未穷，光芒犹足以烛霄，而非如持一代有一代文学论者所断言宋词之莫能继也，此世论之所以有清词号称中兴之誉也。何止中兴，且又胜之矣！"

百年，词创作的成就依然上追宋、清两座高峰，奏出恢宏烂漫的乐章①，而在此三百余年中，我们可以毫无犹疑地说，对后人创作产生了最大影响的词人只能是纳兰，没有第二个选项②！

纳兰的接受史上可以排出一系列星辰般闪耀光彩的名字：黄景仁、史承谦、王时翔、刘嗣绾、严元照、杨芳灿、郭麐、吴藻、龚自珍、顾春、周之琦、项廷纪、谢章铤、周星誉、梁启超、柳亚子、周实、潘飞声、王允皙、何振岱、杨圻、谢玉岑、徐珂、汤国梨、黄侃、乔大壮、张恨水、汪东、沈祖棻、陈小翠、白敦仁、陈寂、陈永正、陈襄陵、魏新河、徐晋如、孟依依……这个名单我们完全可以列得更细更长③，为免赘疣，仅先举最具光芒的双子星座——况周颐与王国维为例。

我在《近百年词史》第一编《晚清四大家》一章中以"哀艳与性灵"作为况周颐一节的标题，这样的定位很显然包括况周颐对于他推许的"国初第一词人"纳兰性德的风格认同在内。由"艳"出发，鼓吹性灵，乃是蕙风词创作的基本路向，也是他有别于另外三家的主要特征。因为性灵，无论写悱恻凄美的爱情，还是写令人扼腕的时局，都呈现出真挚沉痛、情韵丰赡、不假雕琢、清圆流美的面貌。

可先读其早期所作《青衫湿遍·五月二十四日，宣武门西广西义园视亡儿小羊墓。是日为亡姬桐娟生日》：

---

① 见拙著《晚清民国词史稿》（华中师范大学出版社 2016 年版）及《近百年词史》（未刊稿）。
② 2012 年，孟洋在我建议下完成博士论文《清代纳兰词接受研究》，首次将纳兰词的接受分成"康雍乾嘉的发轫与影响""道咸同光的高潮与多元""民国的成熟与转型""女性词人的脉承"几部分予以梳理，筚路蓝缕，功不可没。但纳兰词接受研究从广度、深度各个方面，还是大有可为，远没到"闭环"的地步。
③ 上述说法主要着眼于个体创作对纳兰的学习与接受，并非把纳兰当成"清词第一人"之谓。如从创作成就、转移风气等角度而言，至少同时代的陈维崧、朱彝尊要远在纳兰之上。

空山独立，年时此日，笑语深闺。极目南云凄断，近黄昏、生怕鹃啼。料玉扃、幽梦凤城西。认伶俜、三尺孤坟影，逐吟魂、绕遍棠梨。念我青衫痛泪，怜伊玉树香泥。　我亦哀蝉身世，十年恩眷，付与斜晖。况复相如病损，悲欢事、咫尺天涯。倘人天、薄福到书痴。便菱花、长对春山秀，祝兰房、小语牵衣。往事何堪记省，疏钟惨度招提。

《青衫湿遍》为纳兰性德自度曲，为悼念亡妻卢氏而作，清人如周之琦等颇有用为悼亡者。蕙风此篇亦承前人途径，既悼桐娟，兼悼亡儿，词情即加倍沉痛。故而"年时此日，笑语深闺""认伶俜、三尺孤坟影""祝兰房、小语牵衣"的往昔情、现场感和祈祷语皆直指人心，"近黄昏、生怕鹃啼""念我青衫痛泪，怜伊玉树香泥""往事何堪记省，疏钟惨度招提"的言情之句亦凄怆之极，真挚逾恒。其逼肖纳兰词者还有《减字浣溪沙》："重到长安景不殊，伤心料理旧琴书。自然伤感强欢娱。　十二回栏凭欲遍，海棠浑似故人姝。海棠知我断肠无""块绝环连两不胜，几生修得到无情。最难消遣是今生。　蝶梦恋花兼恋叶，燕泥黏絮不黏萍。十年前事忍伶俜"，用情之深，确乎"婉约微至"①"凄艳在骨，终不可掩"②。

再如《西江月·乙卯七月二十五日梦中哭醒口占》《减字木兰花》《鹧鸪天》《南乡子》与《减字浣溪沙》等作：

梦里十年影事，醒来半日闲愁。罗衾寒侧作深秋，清泪

---

①冒广生《小三吾亭词话》，《词话丛编》本。
②《龙榆生词学论文集·清季四大词人》，上海古籍出版社1997年版，第468页。

味酸于酒。　何处伤心不极，此生只恨难休。眼前红日在帘钩，听雨听风时候。

风狂雨横，未必城南芳信准。说起前游，梦绕青篷一叶舟。　花枝纵好，载酒情怀都倦了。柳外湖边，付与鸳鸯付与蝉。

如梦如烟忆旧游，听风听雨卧沧洲。烛消香炧沉沉夜，春也须归何况秋。　书呫呫，索休休，霜天容易白人头。秋归尚有黄花在，未必清樽不破愁。

秋士惯疏萧，典尽鹔鹴饮更豪。况有鸾笙丹凤琯，良宵。不放青灯照寂寥。　一笠一诗瓢，随分沧州听雨潮。何止黄花堪插帽，娇娆。江上芙蓉亦后凋。

花与残春作泪垂，何论茵溷已辞枝。怜花切莫误情痴。　听雨听风成暂遣，如尘如梦最相思。肠断都不似年时。

不必作字字句句的絮叨比较，词中那些不假锤炼的真挚自然与流动感不是与纳兰词楮叶难辨吗？这些性灵词句显得那样轻快透亮，楚楚动人，令读者一见钟情，沉溺其间，再难去怀，不是与纳兰词如出一辙吗？况蕙风之为纳兰接受史上一大家，可无疑矣！

三

王国维对纳兰的接受则要从《人间词》的命名说起。对于王

杏花春雨
江南
丁丑三月戲
擬元人畫意
少梅陳雲彰

陈少梅——《杏花春雨江南》

氏以"人间"名词的起因，陈鸿祥先生阐发颇详尽：

> 赵万里在《年谱》中最初作出解释："盖先生词中'人间'二字数见，遂以名之。"罗氏（振玉）跋文进而补充：其时王氏研究东西方哲学，"静观人生哀乐，感慨系之，而《甲稿》中'人间'字凡十余见，故以名其词云"。据笔者统计，王国维在其1909年以前所填一百十一首词中，直用"人间"者凡三三首……他以"人间"为号，直到辛亥以后，与罗振玉书札往还，仍时见"人间"[1]。

诚然，早在《清词史》中，严迪昌师已经对王氏词中"人间"意象有详尽的举例，并评说云："言为心声，这满纸'最是人间留不住'的绝望之吟，几乎已为他最终自沉于昆明湖预为留言。"[2]而倘若深思一层，则"人间"意象何来？难道只是常言而已？

窃以为，王氏的"人间"情怀与纳兰性德有直接密切之联系。众所周知，王静安对纳兰评价极高，《人间词话》云："纳兰容若以自然之眼观物，以自然之舌言情。此由初入中原，未染汉人风气，故能真切如此。"托名樊志厚的《乙稿叙》更把纳兰放在大词史背景下作出全面评价：

> 至于国朝，而纳兰侍卫以天赋之才，崛起于方兴之族。其所为词，悲凉顽艳，独有得于意境之深，可谓豪杰之士，奋乎百世之下者矣。同时朱、陈，即非劲敌；后世项、蒋，尤难鼎足。

---

① 陈鸿祥《人间词话　人间词注评》，凤凰出版社2002年版，第362页。
② 严迪昌师《清词史》，江苏古籍出版社1990年版，第536页。

《乙稿叙》自温、韦、冯等大词人说起，盘点至南北宋，罕有许可，而于纳兰不徒大肆表彰，且明确置于朱、陈、项、蒋之上，推为"国朝第一人"。认同赞肯到如此地步，自然深入探研，也即自然深受影响。应当注意到，纳兰性德是第一个高频次使用"人间"意象的大词人，仅粗粗翻检，集中即不下十处，精彩处也极多。若"人间何处问多情"（《浣溪沙》）、"料也觉、人间无味"（《贺新郎》）、"我是人间惆怅客，知君何事泪纵横"（《浣溪沙》）、"别有根芽，不是人间富贵花"（《采桑子》）、"环佩只应归月下，钿钗何意寄人间"（《山花子》）、"人间所事堪惆怅，莫向横塘问旧游"（《于中好》）、"天上人间俱怅望，经声佛火两凄迷"（《望江南》）等，皆是也。纳兰笔下，"人间"成了一个既难堪无味又难以摆脱之处境的代名词，一个最能代表其性格中悲观底色的符号。这种对于"人间"的解悟表达与王氏的悲观人生哲学有着相当的契合，与其"人间"情怀之间的启嬗关系历历可辨。这既是纳兰接受研究的一大宗，也应该是研治静安词的一个重要出发点①。

那么就来看看王国维的"人间"：

> 阅尽天涯离别苦，不道归来，零落花如许。花底相看无一语，绿窗春与天俱暮。　待把相思灯下诉，一缕新欢，旧恨千千缕。最是人间留不住，朱颜辞镜花辞树。
>
> ——《蝶恋花》

---

① 彭玉平《龚自珍与王国维之关系散论》（《龚自珍与二十世纪诗词研讨会论文集》，浙江古籍出版社 2009 年版）以为龚之"人间"使用亦颇频繁，"可能确实对王国维填词创作产生过倾向性的影响"，甚有见地，姑识之俟考。

《蝶恋花》是五代、北宋大词人如冯延巳、欧阳修等最擅场的一个词牌，静安推崇二氏，于《蝶恋花》词牌亦三致意焉。集中用得最频，"人间"意象也最密。如："蜡泪窗前堆一寸，人间只有相思分""手把齐纨相决绝，懒祝秋风，再使人间热""只恐飞尘沧海满，人间精卫知何限""自是浮生无可说，人间第一耽离别""几度烛花开又落，人间须信思量错""自是思量渠不与，人间总被思量误"。如纳兰一样，这里的每一个"人间"都是一个令人爱恨交织、难离难驻的所在，充溢着浓得化不开的悲剧情愫。

　　当然，《蝶恋花》之外的"人间"也很不少，也写得别有滋味：

　　　　沉沉戍鼓，萧萧厩马，起视霜华满地。猛然记得别伊时，正今夕、邮亭天气。　　北征车辙，南征归梦，知是调停无计。人间事事不堪凭，但除却、无凭两字。

　　这首《鹊桥仙》自具体情境涉笔入虚，自"无计"二字以上皆实写，且未见高明，而"人间"二句陡然振起，将日常离情升华到哲思高度。虽哲思而有情，既"可信"也"可爱"，实属警策之句。思路相类而更为人传诵者为这首《鹧鸪天》：

　　　　阁道风飘五丈旗，层楼突兀与云齐，空余明月连钱列，不照红葩倒井披。　　频摸索，且攀跻，千门万户是耶非？人间总是堪疑处，唯有兹疑不可疑。

　　陈鸿祥《年谱》推测本篇作于王氏二十二至二十六岁寓沪期间，据"层楼突兀""千门万户"等语，大抵可信。词前半极写大都市光怪陆离景象，也即闹热"人间"之缩影，千门万户，出入迷离，是非混沌，于是有"人间总是堪疑处"之感叹，并透过一层——"唯有兹疑不可疑"——而反向强调之。王氏哲理之词，此为第一名作。

"人间"构成了静安词言说的一个核心语汇，自然也是其思想构成的重要落脚点之一。我们看到了王氏笔下"人间"的悲苦，"人间"的庸凡，"人间"的逼仄，"人间"的无常，也应体会到这份"人间"情怀塑造了王国维的独特艺术个性与风神，并成为我们观照其词心词境的最关键入口。

四

况、王二氏之外，还应特别提及"绝代江山"杨圻与"剧怜饮水不同时"的黄侃。

杨圻（1875—1941），字云史，号野王，江苏常熟人。其父崇伊曾疏劾文廷式，讦告谭嗣同，为戊戌党人死敌。云史年二十一以诸生录为詹事府主簿，后为户部郎中。光绪二十八年（1902）应顺天乡试，取中第二名，即所谓"南元"，名益鹊起。转官邮传部郎中，出任驻新加坡领事。尝斥巨资购入万亩胶林，愿以商业终老炎洲，卒以经营不善而罢。入民国，流离困顿，不得不起而周旋于陈光远、吴佩孚、张学良诸"强藩"之间[1]，在吴幕最久，亦最得倚重。抗战爆发后避走香港，曾遣爱妾狄美男千里致书吴佩孚，阻其出任日伪傀儡，为世人称道。临终前又作《攘夷颂》致蒋介石，凡一百三十八句，皆集《易林》语而成，为抗战时巨大史诗。旋病卒[2]。

---

① 陈光远为江西督军，杨圻曾以联语中用刘表典故为陈氏误解，遂辞归。见钱基博《现代中国文学史》。

② 杨圻事迹以陈灝一《家传》、李猷《传》、钱基博《现代中国文学史》记述最详。

云史诗名极大，康有为尝以"绝代江山"四字题其诗集扉页，而词名亦不甚弱。晚刊《江山万里楼诗钞》，后附词四卷。曰《回首》《楼下》者，少年之作；曰《海山》《望帝》者，壮年之作，凡二百二十余篇。加集外词七十余，总计可得近三百首，极得时贤之好评①。民国十三年（1924），康有为以老师身份为《词钞》撰序②，其语较详，也能抉中云史词心："（云史）生世于京师华腴之地，游宦乎南滇诡异之俗，遭遇国难，朝市变迁，感激既多，郁而为词，盖与李中、后主之身世亦近焉。其旨远而微，其情深而文，其声逸而哀，回肠荡气，感入顽艳，清丽丽句，自成馨逸。"

杨圻词最值得关注者乃"情深而文"的悼亡之作。云史年十八娶李鸿章孙女、经方长女国香为妻。国香字道清，亦擅文翰，有《饮露词》附云史集而传。光绪二十六年（1900），国香病逝。云史对景思人，当年即有十二首词悼亡，极哀感之甚。其后迎娶徐檀字霞客者，夫妇相得之余，亦对道清迄未去怀，时见追思。其词集中可较明确踪迹为悼亡者不下三十首，纯从数量论已经不少，而销魂之致亦足称纳兰后一人。

如悼亡之首篇、道清殁后三十六日所作《眼儿媚》：

> 日暖风和百草生，何处不伤情。前朝上巳，昨宵寒食，

---

① 民国十五年（1926）中华书局版《江山万里楼诗钞》书眉上有孙雄、费树蔚、曾朴、易顺鼎、张百熙、范当世、杨士骧、王树楠、阮忠枢、李小溪、何震彝、康有为、李经羲等人批注，但未标明何条出自何人。马卫中整理本统曰"集评"，自此可见时人对云史词之观感。又：今人对云史词也渐多注意。姚达兑编注《现代十家词精萃》（花城出版社 2011 年版）即选为一家，与陈洵、王国维、吕碧城、沈祖棻、夏承焘等并列。

② 云史父崇伊为戊戌党人死敌，云史则为康有为深致敬仰。民国十三年（1924），云史始见康，虽极热忱而心有余悸，康云："此往事耳，政见各行其是，何足介意？况君忠义士，何忍失之？愿与君订交。"并评价云史"国士也。其诗海内一人，我至爱之，至敬之，是有缘焉"，从此以门生视之。见杨圻《送南海先生序》，转引自《江山万里楼诗词钞前言》。

今日清明。　　断肠往事何堪说，回首百无凭。斜阳无影，落花无力，飞絮无声。

词尽是眼前语，未假雕琢。上片"前朝""昨宵""今日"字样已经在时序的推移间显现出度日如年心境，下片连缀四个"无"字更是营造出灰寂空荡的心灵世界，极为沉痛。《醉太平》一首被称为"天然绝唱，一字易不得"[1]，凄凉感更深：

　　欢成恨成，钟情薄情。算来都是飘零，真不分不明。　　酒醒梦醒，风声雨声。一更听到三更，又四更五更。

"天然"自不是有意寻求的，那是因为内心澎湃的哀痛令人不肯也无暇雕琢语句。"一更听到三更，又四更五更"，这样真挚的句子是全从胸臆流出的，即便与后主、纳兰相比也绝无不及。天然真挚还体现在对诸多夫妻间特定场景的回忆，正是那些细节的碎片将悼念对象凝定成不可移易的"这一个"。如《浣溪沙》："就卧胸前消怒意，强拉手背拭啼痕。分明记得那黄昏。"《临江仙》："记得前年秋后别，今年又是秋残。别时容易见时难。如今思想，还是别时难。"《画堂春》："算来一语最心惊，今生同死同生。八年说了万千声，一一应承。　　一一都成辜负，教侬若可为情。人间天上未分明，幽恨难平。"记得，记得，记得……凭借几乎无休止的回忆，词人把往事打磨成了无数晶莹的珍珠，也把那颗"哀恸追怀、无尽依恋的心活泼泼地吐露到了纸上"[2]。

至己酉年（1909），上距道清之逝已近十载，词人的追忆依旧那样炽烈赤淳，试读《八声甘州》：

---

① 见本篇"集评"。

② 严迪昌师《清词史》论纳兰悼亡词语，江苏古籍出版社1990年版，第306页。

一回头、往事总悠悠，闲来费追求。算眼穿肠断，花开花落，十度春休。故国春寒万里，昨夜五更头。闲杀流莺外，雨榭风楼。　　旧日潘郎踪迹，问人间消息，依旧飘流。只年年寒食，海上寄遥愁。正伤心、单衣试酒，看铜街、歌舞不知愁。家何在，怕听归去，又怕淹留。

如此"深情绝世，哀曲感人"[1]的词居然还没有为杨云史的悼亡作画上句号。至民国十四年（1925），徐檀病逝，今传《云史悼亡五种》中留下了二十五首追思徐夫人的词作。五十之年，再赋悼亡，那种身世沧桑感比之青年时代当然要浓郁得多了。《浣溪沙》组词小序可谓是这种复杂苍凉心境的写照："小园牡丹有白、绿、绛、紫四种，皆移自洛阳，为霞客夫人所手植。今春还家，值谷雨花盛，方欲为种花人作十日哭，又以避祸仓皇徙海上，对花惜别，肠寸寸断矣。"其第二、第四首云：

　　玄鬓红妆两惘然，重来门巷草芊绵。词人老去若为怜。　　亭北繁华亡国恨，江南时节送春天。独无人处怨流年。

　　万紫千红深闭门，谁家弦管赏良辰。自怜迟暮最伤神。　　入骨相思回首事，销魂天气断肠人。一生哀乐不禁春。

词人老去，自伤迟暮，再加身际乱世，仓皇避祸，短短的小

---

[1]本篇"集评"。附按：本篇"海上寄遥愁"与"歌舞不知愁"连押同一韵字，是填词大忌，未知云史不审抑或手民误植之故，以词总体佳，识之存疑。

词中真是包含了太多一言难尽的过往与现实，难怪云史在随后所作的一组十四首《浣溪沙》小序中喟然长叹："烟花日暮，伤如之何，宇宙间一恨数耳！"这一组词自昔年"就婚扬州"的"良辰美眷扫花游"写起①，"花里双飞二十年"②，无限事斑斑点点，确乎令人读之黯然。第十首云："草满湘江去踏青，采茶烧笋过清明。前年踪迹已前生。　为吊红颜同溅泪，今番清泪为君倾。可怜黄土太无情！"黄土无情，而这位多情词人是足以在悼亡词史——乃至大词史——上踩下属于自己的独特印痕的。

黄侃（1886—1935），字季刚，晚号量守居士，湖北蕲春人。1905年留学日本，师事章太炎，受小学、经学，为章门大弟子，世称"章黄学派"。归国后主报章，鼓吹革命。1914年后历任北大、武昌高师（武汉大学前身）、北师大、中央大学（南京大学前身）、金陵大学等校教授。

黄侃身为朴学大师，词名为所掩。其实，黄侃在北大期间也曾短期讲授"词学"课，并指导俞平伯学习《清真词》，但一时兴起，知者不多而已③。更重要的是，他才情艳发，为一时之选，而又特丰于情，与词体的芬芳悱恻特质原本就有着天然的契合。其填词用力甚勤，并以华艳婉约一路擅场，本无足怪。

黄侃词先后有四集，值得重视者首推为丁未（1907）迄辛亥（1911）五岁间所得、为怀恋名"秋华"之女子而作的《缯华词》。"缯华"者，典出张衡《思玄赋》"缯幽兰之秋华"，其长子又名"念华"，隐约之间，足见此情。但黄侃讳莫如深，后人亦无从侦知。不能考辨本事，则只好就词论词。先看其《自记》："华年易去，密誓

① 组词第一首句。
② 组词第十四首句。
③ 司马朝军《黄侃年谱》，湖北人民出版社2005年版，第111页。

虚存。深恨遥情，于焉寄托。茧牵丝而自缚，烛有泪而难灰。聊为怊怅之词，但以缠绵为主。作无益之事，自遣劳生；续已断之缘，犹期来世。"寥寥数语，已决定了此集哀感惘恻、情恨交缠的格调。艺术手法则白描为主，纯以神行，未假涂泽。如《醉太平》：

> 无情有情，亲卿怨卿。楼头对数飘零，有箫声笛声。　　灯青鬓青，愁醒梦醒。深宵醉倚云屏，听长更短更。

"无情""有情"，"亲卿""怨卿"等六对词语两两映照，流转词笔反衬出内心无法可解的纠葛与痴诚。"心似双丝网，中有千千结"（张先《千秋岁》），此之谓也。后人誉为"巧夺天工，一字不可易"，不算是很过分的评价①。《缫华词》中类此者不少，《清平乐》的感人魅力就不在《醉太平》之下，上片连用三个"难"字尤其夺目，有意犯复恰是彼时心境的自然吐露：

> 愁根难断，旧好难重见。更有斜阳难系得，费尽几多虚愿。　　不因别有痴情，那能缥渺空灵。觅得一宵幽梦，居然历到他生。

至于《浣溪沙》"一任花风飏鬓丝，禅心定处自家知。床头金字未须持。　　万一尘缘终不断，他生休昧此生时。华鬘忉利也情痴"，则应作于情厦倾覆、大势已去之后，所谓"禅心定处"只是极端无奈下的自我慰藉罢了。《婆沙论》云："天有三十二种，欲界有十，色界有十八，无色界有四。"华鬘、忉利，均为欲界之

---

① 姚达兑编注《现代十家词精萃》，第 130 页。

天。词人本欲以佛家色空之想解脱绝望，但心气终于无法转平。"华鬘忉利也情痴"，"侬比啼鹃一倍痴"（《采桑子》），这样的执著缠绵又不能不令人联想起那位多情的纳兰公子，故况周颐在题《缬华词》的《浣溪沙》中有"剧怜饮水不同时"之语，对其"词痴"之笔给予高度评价。但李一氓不同意况氏的比附，说"恐未必然"，"词格则并不高"，"详细比较的话，和他同时代的词人中，比他有成就的就不少"①。

其实，黄侃时值青春年少，恋情受挫，学纳兰——连同纳兰的榜样晏几道、李煜等——几乎是必然的。这是清民之际词坛很普遍的现象。若《临江仙·秋柳》"西风偏有意，吹恨上眉边"，《木兰花》"可怜圆缺似郎心，愿得清光常皎洁"，《鹧鸪天》"为爱斜阳独上楼，新来人意冷于秋""魂渺渺，恨茫茫，羁怀归梦两凄凉"等句因袭纳兰或者晏几道的痕迹也很明显。《念奴娇》"密怨潜离俱不误，误在当初一笑"等句颇新异，大旨则与纳兰"人生若只如初见，何事秋风悲画扇（《木兰花令》）"名句相通。李一氓先生或有鉴于此，才指摘其"词格"。不过应看到，在很多逼肖纳兰的篇什之外，黄侃的自家面目与心事还是相当清晰的，他并不是死于纳兰臑下的一个平庸模仿者。《唐多令》笔致顿挫，摧刚为柔，即非成容若所能局限：

> 高树早凉还，渠荷开又残。几分秋、已是凄然。惟有夕阳红可爱，人去后，好凭栏。　　楚泽忆幽兰，初心总未寒。对西风、遥计平安。未必重逢真绝望，只不是，旧朱颜。

再如以下这两首《浣溪沙》：

---

① 《关于黄侃的词》，《读书》1982 年 1 期。

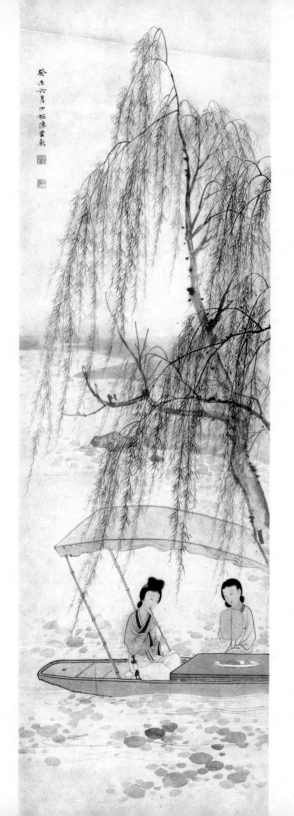

陈少梅——《春溪弄箫》

长剑飘零绿鬓凋，只怜幽恨未全销。清狂那觉是无聊。　　已自萧条成独往，何妨相对共萧条。烦伊低唱我吹箫。

幻出优昙顷刻花，断茎零叶委泥沙。多情枉是损年华。　　已分缠绵成结习，好将憔悴作生涯。人间唯是我怜他。

"长剑飘零绿鬓凋"的形象、"已自萧条成独往，何妨相对共萧条"的笔法固然为纳兰所无，"人间唯是我怜他"的深情语直指人心，也绝可分席，毫无惭色。一个"情"字，能写到"人间唯是我怜他"的地步，真可谓至矣尽矣，蔑以加矣了。这样的"词格"较之晏小山、成容若又哪里逊色呢？如果说"和他同时代的词人中，比他有成就的就不少"是事实，那我们也只能说二十世纪词坛太光焰照人、顾盼生姿了！

<h2 style="text-align:center">五</h2>

力学纳兰序列中值得提到的人很多，比如二十世纪的文化巨人张伯驹、近年颇引词学界关注的江南词人谢玉岑、集纳兰词成三十六首绝句因而可称纳兰第一"粉丝"的"红豆蔻词人"陈襄陵[1]，比如赵我佩、汤国梨、沈祖棻等一众女词人……作为已嫌冗长的前言，不能再一一盘点了。基本事实是，只要在纳兰身后，只要写缠绵悱恻之情，就躲不开他的"太阳能效应"，必然受到他无远弗届的"强电磁辐射"。

---

[1] 三十六首绝句本书已收入附录，可参看。

我们还不能只看到晚清民国词史，更应该重视当下词创作对于纳兰的接受——这可以雄辩地说明：纳兰不只是古典的纳兰、他们的纳兰，也是当下的纳兰，我们的纳兰。

可看魏新河（网名秋扇）笔下的《浣溪沙·新月》与《定风波·依秋体十日词之一》：

初一潜形初二痕，初三初四小眉新。可怜初五半樱唇。　　甚底无情多照你，都应有意不看人。这番销尽剩余魂。

第一风华属谢娘，小词一卷误萧郎。心比玲珑千佛洞，能种，菩提树与紫丁香。　　忧思沉沉沉似秣，多重，这回压断旧疏狂。剩有今生辛苦果，和我，和风和雨品凄凉。

"新月"亦咏物常题，而古来未见自初一一气写到初五者，加之下片全用口语，天籁横溢，尤增新巧灵动，纳兰、蕙风见之亦当避席。《定风波》一阕则笔轻而情重，语浅而心苦，"心比"数句、"剩有"数句，其妙不可言，言情至此，真绝技也！

再看徐晋如（网名胡马）的几首词：

长汀短汀，江声雨声。夜阑一舸昏灯，正山程水程。　　怜卿怨卿，多情薄情。真真画上银屏，又愁醒酒醒。

——《醉太平》

博我当初不自持，深涡浅晕映金卮。那夜惊鸿来复去，种相思。　　南国秋宵听螿唱，凤城回首恨依依。记得梨花清静月，照云归。

——《山花子》

雨后情虫苦胃丝,红桑照海梦醒时。黄花看已满东篱。   系足难凭鸿北去,此间消息月流西。生怜诵遍纳兰词。

——《浣溪沙》

春愁如海说应难,憔悴不相关。去年社燕,今年杜宇,都上眉间。   可堪后夜倚雕阑,筝柱已慵弹。彩云易散,歌云将尽,只是轻寒。

——《眼儿媚》

不必说"生怜诵遍纳兰词",就是"愁醒酒醒""博我当初不自持""红桑照海梦醒时""彩云易散,歌云将尽"等句,其中分明透现出了泡影露电的禅意与幽约怨慕的情怀,结晶成为一种超越性的爱之体验,其底里无疑也是最接近纳兰的。

还可以看看网络上很具影响力女词人之一孟依依的作品:

此日终无悔。者三年、消磨不尽,心头滋味。时向空中虚应诺,唤我声声在耳。忽自笑、真如天使。一堕凡尘千丝网,纵天堂、有路归无计。甘为汝,折双翅。   聪明反被多情累。奈无情、人间风雨,别离容易。百结愁肠如能解,不过相忘而已。海天隔、莫知生死。重访桃花题门去,便有缘、亦在他生里。今生事,止于此。

——《金缕曲·五月五日》

一寸离程愁一寸,满目山河,芳草清明近。解道情深偏自吝,闲言只报花开讯。   雨误风愆都不问,湖海归期,后约无凭准。有限人生堪用尽，绵绵销此无穷恨。

——《蝶恋花·寄手机短信》

其灵心慧质，情韵流泔，特别是"他生""今生"因缘的颠连往复，是完全可与纳兰相视一笑的。已经到了网络时代，纳兰仍然这样强烈舒朗地矗立在我们的面前，这样的词人如果不能构成词史的主坐标，那么，还有谁有资格呢？

六

正是基于上述认识，我才违背了一向坚持的"避热趋冷"的原则，应人民文学出版社之命，邀请弟子赵郁飞博士共同承担《全注详评纳兰词》的工作，目的是想在呼啸潮热的纳兰词研究中找到一条新的通路，提供一点新的认知。

也是基于上述认识，我们商定了如下撰述策略：第一，赵秀亭、冯统一二先生之《饮水词笺校》为目前最善之本，本书文本及排序尽依从之，惟个别处取他人说法或参校他本有所改动。第二，因纳兰词整理本繁多至数十种，为免赘疣，本书的注释部分尽量从简，但有自己体会处则稍详。第三，赏析文字以简约客观为准则，对某些乏善可陈的词作并不拔苗助长似的一味"捧杀"。第四，全书重在"接受"二字，无论"评析"或"附读"，均以此为努力的大方向。第五，本书"附读"诗词共计约四百首，尽管相对于"地毯式搜索"而言不能称多，但也大体能展现一部"纳兰影响史"。所谓"附读"，大体分为三种情况：1.纳兰自家诗文供内证者；2.纳兰友朋之唱和或密切关联者，可提供创作背景与氛围；3.后人参学致敬之篇。第三种情况占比最大，亦最重要，其下又可分为三类：（1）题写纳兰词集者；（2）词题直接标明"拟／效／仿"纳兰词者；（3）虽不明标但受纳兰词影响者。上述种种，其功能、信息较为纷杂，不能、也没必要一一详细区分，读者诸君可自行取择。

上述策略能否落实，落实得怎样，要由读者方家来评判，我们很忐忑地期待着指教与斧正。如果基本方向尚无大的偏离，且能提供一点纳兰鉴赏与研究的别样味道，那么我们就已经很满足了。

需要特别说明的是，本书其实是在先师严迪昌先生指导影响下得以完成的。严先生不仅在《清词史》中对纳兰诸多关注表彰，其后更有《一日心期千劫在——纳兰早逝与一个词派之夭折》之宏文，对纳兰与彼时词坛风会做了探骊得珠式的研判，我尝称之为"清词史上哥德巴赫猜想式的问题"。新世纪初，严先生应人民文学出版社之邀，编撰十八万字之《纳兰词选》，由于种种原因未克付梓，多年后由我整理，转交中华书局出版。其间曲折，我在该书《整理后记》中早有述说。这一次我与郁飞再度操刀"人民文学版"，思路、文字都不免留有迪昌师的诸多印迹，所以，这是一份跨越三十年时光、严门三代学人与纳兰结下的不解缘分。作为执笔者，能尽量做到不给迪昌师抹黑，我们也同样感到满足。深秋日，我有《浣溪沙·统〈纳兰词全注详评〉稿，怀迪昌师》一小词，即传递了这种心绪：

> 那年花下钞纳兰，我亦花枝压帽偏。忽然双鬓竟白氉。　　严派灯传诗格重，极边雪落叶声干。平生制泪到崇川（迪昌师墓在南通）。

特别致谢孟洋博士，她的论文《清代纳兰词接受研究》为本书提供了不小助力。还要致谢人民文学出版社诸位领导与责任编辑胡文骏先生。本书约稿至今已近三年，但诸事丛冗，一拖再拖，出版社诸君以极大的耐心容忍，迁就了我的低效与无礼，这才有本书的最终完成与面世。

己亥除夕日改定于佳谷斋

纳兰性德 《清代学者象传》

卷四

卷
五

附录

卷一

梦江南

江南好，建业旧长安[1]。紫盖忽临双鹢渡，翠华争拥六龙看[2]。雄丽却高寒[3]。

·注释·

[1]"建业"句：江苏南京秦汉时置秣陵县，三国吴改称建业，后东晋及南朝宋、齐、梁、陈皆建都于此（建康），故有"六朝古都"之称。李白《金陵三首》之一："晋家南渡日，此地旧长安。"

[2]"紫盖"二句：紫盖为帝王仪仗之一，这里喻指帝王之气。《三国志·吴书·孙权传》裴松之注引《吴书》：曹操"因酒酣，嘲问曰：'吴、魏峙立，谁将平一海内者乎？'"吴使陈化"对曰：《易》称帝出乎震，加闻先哲知命，旧说紫盖黄旗，运在东南。'"双鹢，鹢为水鸟，似鹭而大，传说能压制水神，故古人绘鹢首于船头以祈伏波。后用以指代船。赵彦昭《奉和幸安乐公主山庄应制》："六龙齐轸御朝曦，双鹢维舟下绿池"。翠华，帝王仪仗，系以翠羽为饰的旗。六龙，帝王车驾。古制，帝驾为六匹马，马八尺称龙。杜牧《长安晴望》："回识六龙巡幸处"。

[3]"雄丽"句：张孝祥《六州歌头》："江山自雄丽，风露与高寒"。

梦江南

江南好，城阙尚嵯峨[1]。故物陵前唯石马，遗踪陌上有铜驼[2]。玉树夜深歌[3]。

·注释·

[1]嵯（cuó）峨：高峻貌。佚名《越人土风歌》："其山崔巍以嵯峨。"

[2]"故物"二句：杜甫《玉华宫》："当时侍金舆，故物独石马"。铜驼，《太

〔明〕郭存仁——《金陵八景》之《石城瑞雪》

平寰宇记》引陆机《洛阳记》云，汉铸铜驼二枚，在宫南四会道，夹路相对。《晋书·索靖传》："靖有先识远量，知天下将乱，指洛阳宫门铜驼叹曰：'会见汝在荆棘中耳！'"后世每用以为王朝兴亡之标志。

〔3〕玉树：即《玉树后庭花》，乐府清商曲，南朝陈后主制。其辞清荡而调哀，故后世多以之称亡国之音。杜牧《泊秦淮》："商女不知亡国恨，隔江犹唱《后庭花》"。

梦江南

江南好，怀古意谁传。燕子矶头红蓼月〔1〕，乌衣巷口绿杨烟〔2〕。风景忆当年。

· 注释 ·

〔1〕"燕子矶"句：燕子矶位于南京栖霞区幕府山东北角观音门外，以形似飞燕得名，有"万里长江第一矶"美称。王世贞《夜泊芦夹回望燕子矶》："燕子矶头月，清光当待谁。"

〔2〕"乌衣巷"句：乌衣巷故址在南京秦淮河南，刘禹锡《金陵五题》其二即《乌衣巷》。陈维崧《题姚简叔画》："乌衣巷口杨柳枝。"

梦江南

江南好，虎阜〔1〕晚秋天。山水总归诗格秀，笙箫恰称语音圆〔2〕。谁在木兰船〔3〕。

· 注释 ·

〔1〕虎阜：即虎丘，在苏州西北阊门外，一名海涌山。

〔2〕语音圆：指吴语轻柔圆润。李昌祺《题夏良医复真卷》："问答喜听

吴音圆。”

〔3〕木兰船：即木兰舟，船之美称。施绍莘《梦江南》：“人何处，人在木兰船。”

梦江南

江南好，真个到梁溪[1]。一幅云林高士画[2]，数行泉石故人题。还似梦游非？

·注释·

〔1〕梁溪：无锡古称。《大清一统志·常州府》：“梁溪，在无锡县西门外，源出惠山。相传古溪极隘，梁大同中重浚，故名。或以梁鸿居此而名。”后即以指称无锡。

〔2〕“一幅”句：云林为元代无锡籍画家倪瓒（1301—1374）之号，倪瓒擅绘山水，性情高洁简淡，世称“倪高士”。

梦江南

江南好，水是二泉[1]清。味永出山那得浊[2]，名高有锡[3]更谁争。何必让中泠[4]。

·注释·

〔1〕二泉：无锡惠山泉，经陆羽评为天下第二泉，后又得乾隆御封。

〔2〕“味永”句：味永，味美而回味悠长。苏轼《和钱安道寄惠建茶》：“啜过始知真味永。”出山浊，杜甫《佳人》：“在山泉水清，出山泉水浊。”

〔3〕有锡，《一统志·常州府》：“锡山，在无锡县西五里，惠山之支麓也。陆羽《惠山记》：‘东峰当周秦间大产铅锡，故名锡山。汉兴，锡方殚，

故创无锡县。王莽时锡复出，改县名曰有锡……自光武至孝顺之世，锡果竭，顺帝更为无锡县。'"

〔4〕"何必"句：中泠，泉名，位于江苏镇江。据张又新《煎茶水记》载，刘伯刍谓"扬子江南零水第一"，南零即中泠之别名。王立道《送陈沂赴南京卫幕》："惠山泉品逼中泠。"吴伟业《惠山二泉亭为无锡吴邑侯赋》："九龙山半二泉亭，水递名标陆羽经。……治行吴公今第一，此泉应足胜中泠"。

梦江南

　　江南好，佳丽数维扬〔1〕。自是琼花偏得月〔2〕，那应金粉〔3〕不兼香。谁与话清凉。

·注释·

〔1〕"佳丽"句：佳丽，元好问《江城子·赋芍药扬州红》："花到扬州佳丽种。"王士禄《八声甘州》："是从来、佳丽说扬州。"维扬，《尚书·禹贡》："淮海惟扬州。"按此处"惟"通"维"，后世遂以"维扬"为扬州别称。

〔2〕"自是"句：琼花，名花，相传起源扬州。周密《齐东野语》："扬州后土祠琼花，天下无二本。绝类聚八仙，色微黄而有香。其后宦者陈源命园丁取孙枝，移接聚八仙根上，遂活，然香色大减。"偏得月，谓占尽月色。徐凝《忆扬州》："天下三分明月夜，二分无赖是扬州。"

〔3〕金粉：花钿金粉之属，妇女装饰用品，每用以喻绮丽繁华生活。

梦江南

　　江南好，铁瓮古南徐〔1〕。立马江山千里目，射蛟风雨百灵趋〔2〕。北顾〔3〕更踟蹰。

· 注释 ·

〔1〕"铁瓮"句:铁瓮,镇江子城,位于北固山前。传为三国吴孙权所筑,内外皆甃以甓,坚固如金城,故名。或又谓其因状深狭如瓮而得名。南徐,镇江古称。东晋南渡时曾侨置徐州于京口。南朝宋以江南晋陵(今常州)地为南徐州,仍治京口,故名。

〔2〕"射蛟"句:射蛟,喻江水奔腾。《汉书·武帝纪》:"(元封)五年冬,行南巡狩……自浔阳浮江,亲射蛟江中,获之。"后以之为颂扬帝王勇武之典。百灵趋,众神趋从。叶梦得《褒忠庙歌》:"百灵齐趋,从侯北指。"

〔3〕北顾:北顾山为北固山之别名。《宋书·索虏传》:"(元嘉八年)上以滑台战守弥时,遂至陷没,乃作诗曰:'逆虏乱疆场,边将婴寇仇……惆怅惧迁逝,北顾涕交流。'"辛弃疾《永遇乐·京口北固亭怀古》:"元嘉草草,封狼居胥,赢得仓皇北顾。"

梦江南

　　江南好,一片妙高^{〔1〕}云。砚北峰峦米外史^{〔2〕},屏间楼阁李将军^{〔3〕}。金碧矗斜曛。

· 注释 ·

〔1〕妙高:妙高台,位于镇江金山顶。妙高为梵语"须弥"之音译,《金山志》载:"妙高台在伽蓝殿后,宋元祐僧佛印凿崖为之,高逾十丈,上有阁,一称晒经台。"

〔2〕"砚北"句:砚北,蔡绦《铁围山丛谈》:"江南李氏后主宝一砚山,径长才逾咫,前耸三十六峰,皆大犹手指,左右则引两阜陂陀,而中凿为砚。及江南国破,砚山因流转数士人家,为米元章所得。"米芾有《砚山》诗纪之。米外史,米芾,字元章,号海岳外史,北宋书画家,"宋四家"之一。

〔唐〕 李思训 ——《江帆楼阁图》

〔3〕李将军：李思训，唐代山水画家，李氏宗室，曾任左武卫大将军，世称"大李将军"。其子李昭道亦为画家，称"小李将军"。

梦江南

　　江南好，何处异京华。香散翠帘多在水〔1〕，绿残红叶胜于花〔2〕。无事〔3〕避风沙。

·注释·

〔1〕"香散"句：谓花香隔翠帘散于水上。花蕊夫人《宫词》："香散荷花水殿风。"

〔2〕"绿残"句：谓秋日红叶娇艳胜过春花。杜牧《山行》："霜叶红于二月花。"德祥《与董子章宿江上》："江头红叶胜开花。"

〔3〕无事：无须。

·评析·

　　康熙二十三年（1684）秋冬之际，玄烨首次南巡，容若以御前侍卫扈驾。这是他第一次，也是唯一一次下江南，神往之余，填《梦江南》十首，分咏南京、苏州、无锡、扬州、镇江等地史迹风物，类"词体日记"之功能。分别评析易致琐碎，故合而说之。

　　此种类乎"竹枝词"的体裁要写好其实非常不容易。《梦江南》比七言绝句还少一个字，那就需要在二十七个字中，拈出自己感受最深或地方风物最具代表性之处。如果能容纳自己之心绪感受，那就更佳了。衡以此义，纳兰这一组词应属上佳之作。

　　诸如首篇"雄丽却高寒"五字写未完全恢复元气之旧都南京；第四首以"秀""圆"二字概写吴地自然环境与人文特征；第八首的"立马"二句气势雄壮，咄咄逼人，写镇江控驭江南之地理优势，都可见容若捕捉江南文化地理特征之功力。

五、六两篇咏无锡，又是一样气色。容若至交如顾贞观、严绳孙皆无锡人，故开篇即有"真个到梁溪"之语，神往喜悦之情溢于笔端。"味永"二句则以惠山泉比喻顾、严等挚友之品格。这就不只是流连景光，而有自家心意之传达了。

第十首是这一组"江南游"的"结案陈词"。"何处异京华"不仅写"香散翠帘多在水，绿残红叶胜于花"的风物之异，末句的"风沙"又岂是简单指自然界的风沙？那不是扰人的官场生涯之象征么？从容若一向的心迹来看，如此揣测并非无根游谈，那么如此感喟就更具深意了。

· 附读 ·

望江南　顾贞观
江南好，秋水晚平桥。千顷绿沉菱叶雨，十分香散藕花潮。人倚木兰桡。

望江南　严绳孙
江南好，蟹浦画难如。春酒连船浮竹叶，春厨三月有鲥鱼。只合浦边居。
江南好，一片石头城。细雨飞来矶燕小，暖风扶上纸鸢轻。依约是清明。

梦江南

昏鸦尽，小立恨因谁？急雪乍翻香阁絮[1]，轻风吹到胆瓶梅[2]。心字[3]已成灰。

· 注释 ·

[1]"急雪"句：谓雪花翻飞如絮，用谢道韫咏雪典。苏轼《次韵子由》："风翻雪阵春絮乱。"
[2]胆瓶梅：胆瓶宜供梅花，有高逸情趣。杨无咎《点绛唇·赵育才席上用东坡韵赠歌者》："小阁清幽，胆瓶高插梅千朵。"
[3]心字：盘作心字之香。李俊民《一字百题示商君祥》其五十六《香》：

"小炷博山鼎，半残心字灰。"

· 评析 ·

　　此词乃一"香阁"女子之相思剪影，简洁利落而形神毕见。开篇之"尽"字殆同温庭筠"过尽千帆皆不是"（《望江南》)之"尽"：昏鸦都已飞回，而人竟不归，那就难免因盼生"恨"，而终于心香成灰，寥落绝望。

　　本篇在纳兰词中难厕上品，然煞拍"心字已成灰"五字极沉痛，亦特为后来词人所喜，仅沈祖棻《涉江词》用此意象者即不少于八次，若"心篆已灰犹有字"（《浣溪沙》)、"心字空残宝篆灰"（《鹧鸪天》)、"篆灰寒透旧心字"（《齐天乐》)、"灰尽香炉心字"（《薄幸》)、"寒灰心字总难温"（《鹧鸪天》)、"侬心似篆冷于灰"（《浣溪沙》)、"心字灰难灭"（《菩萨蛮》)、"心字暂留灰上印"（《浣溪沙》)，皆是也。故本篇附读较多，以见纳兰影响之一斑。

· 附读 ·

谒金门　黄景仁
春寒中酒，也有些无用。城上苍山看似梦，风凄山欲动。　一曲小池烟冻，一树野梅香送。折到胆瓶添水供，水寒花骨痛。

清平乐　冒广生
啼肌瘦骨，几日华容歇。欲诉闲情生石阙，踏碎一阶明月。　相思心字成灰，黄金难买春回。已是碧桃落尽，刘郎何事仍来。

诉衷情 · 拟花间　唐圭璋
风转，钗偃，蝉鬓浅。越罗衣，金凤缕。无语，泪双垂，心字尽成灰。谁知，中宵魂梦迷，谢桥西。

减字浣溪沙　赵尊岳
点检残宵泪蜡痕，未灰心字剩温存。三生一霎伫黄昏。　宝镜鸾回无并影，罗衾麝度尚微熏。不堪愁坐理书芸。

浣溪沙　沈祖棻

呵壁深悲问不应,矍天一望碧无情。鬓丝眉萼各飘零。　　心篆已灰犹有字,清欢化泪渐成冰。难将沉醉换长醒。

浣溪沙　吴未淳

梦里分明醒未真,绛绡衾冷尚余熏。倚窗无语到黄昏。　　心字已灰香一寸,眉痕又上月三分。最无人处最思人。

梦江南

新来好,唱得虎头词[1]。一片冷香惟有梦,十分清瘦更无诗[2]。标格早梅知。

·注释·

[1]虎头:晋代画家顾恺之小名,借指纳兰好友、同姓之顾贞观。按,古人有以古贤指代同姓友人习气,如李白《答王十二寒夜独酌有怀》"昨夜吴中雪,子猷佳兴发",即以王徽之代指王十二。

[2]"一片"二句:用顾贞观《浣溪沙·梅》句,顾词见附读。

·评析·

"一片"二句原为顾贞观《浣溪沙·梅》一阕中词句,容若略加点染,用以指代《弹指词》风貌,甚具眼光与巧思。故况周颐《蕙风词话》续编卷一云:"即以梁汾咏梅句喻梁汾词。赏会若斯,岂易得之并世。"然而需要指出,"冷香""清瘦"指顾氏词风之一个侧面尚可,并不足据以论定其整体风貌。顾氏之千古绝唱《金缕曲·寄吴汉槎宁古塔以词代书》何尝是冷香清瘦的高洁姿态?那是古道热肠、剖肝沥胆的自白,是千古不可无一、不能有二的友情颂歌!本书附录对其有较细致分析,可参看。

· 附读 ·

浣溪沙·梅　顾贞观

物外幽情世外姿，冻云深护最高枝。小楼风月独醒时。　　一片冷香惟有梦，十分清瘦更无诗。待他移影说相思。

江城子　咏史

湿云[1]全压数峰低，影凄迷，望中疑[2]。非雾非烟、神女欲来时[3]。若问生涯原是梦[4]，除梦里，没人知。

· 注释 ·

〔1〕湿云：带雨之云。李颀《宋少府东溪泛舟》："晚叶低众色，湿云带繁暑。"

〔2〕望中疑：杜甫《咏怀古迹五首》之二："最是楚宫俱泯灭，舟人指点到今疑。"

〔3〕"非雾"句：写巫山神女事。宋玉《高唐赋》序："昔者，先王尝游高唐，怠而昼寝，梦见一妇人曰：'妾，巫山之女也。为高唐之客，闻君游高唐，愿荐枕席。'王因幸之。去而辞曰：'妾在巫山之阳，高丘之阻，旦为朝云，暮为行雨，朝朝暮暮，阳台之下。'旦朝视之，如言，故为立庙，号曰朝云。"非雾非烟，指多变之云气。唐彦谦《贺李昌时禁苑新命》："万户千门迷步武，非烟非雾隔仪形。"

〔4〕"若问"句：李商隐《无题二首》之二："神女生涯原是梦。"

· 评析 ·

纳兰词大多疏朗明白，不予人枯涩深晦感。此篇却惝恍迷离，颇饶烟水氤氲之致。其"咏史"之题究竟寄托何等样的思绪，颇不易索解。因而后人有断为"不可解"者，亦有径直删去此标题者。此在纳兰词中，属极为罕见之景况。

按其实，咏史乃系古代诗词常见题材之一，作者以史事或历史人物为吟咏对象，抒述一己认知与评断，并寄寓内心悠远之情思。据此则其中脉络似又不难寻绎：作者吟咏巫山神女事，严格说来不当称"咏史"，然也可见作者之意并不在具体人事，而是整体性地抒发一种读史之感受。严绳孙在《哀词》中说容若"究物情之变态，辄卓然有所见于其中"。此词中"非雾非烟""除梦里，没人知"云云，何尝不是世相演变、物情变态之一种隐喻呢？史事也好，现实也好，站在某一高度看来，其实何尝不如梦似幻、难探底蕴呢？当年白居易《放言五首》之三曾云："赠君一法决狐疑，不用钻龟与祝蓍。试玉要烧三日满，辨材须待七年期。周公恐惧流言日，王莽谦恭未篡时。向使当初身便死，一生真伪复谁知？"所抒发的正也是望史而生之疑。诗笔无妨重拙，词笔则需空灵。容若投射向历史深处那一抹睿智的目光其实和乐天老人正可相视一笑呢。

　　附读沈祖棻一首"游仙"之作和谢玉岑一首玄武湖怀古之作，其"若显若晦"的"旨隐辞微"处与"凄迷"心情与容若正相通同，或可助本篇之理解。

· 附读 ·

浣溪沙　沈祖棻

　　司马长卿有言：赋家之心，苞括宇宙。然观所施设，放之则积微尘为大千，卷之则纳须弥于芥子。盖大言小言，亦各有攸当焉。余疴居怫郁，托意雕虫。每爱昔人游仙之诗，旨隐辞微，若显若晦，因效其体制，次近时所闻见为令词十章。见仁见智，固将以俟高赏。壬午三月（选一）。

不记青禽寄语时，银河欲渡故迟迟。红墙咫尺费相思。　　玉牒瑶函虚旧约，云阶月地有新期。人天离合了难知。

甘州·玄武湖打桨归赋　谢玉岑

又招邀、鸥鹭过江来，秋思入斜晖。有六朝旧识，燕边波镜，雁外山眉。打桨依然烟水，未觉素心违。只是台城柳，摇落长堤。　　此地当年阵戏，对萧萧芦苇，犹偃旌旗。怎楼船偷警，王气近来非。也休说、沧桑弹指，便芙蓉、悴尽不成衣。晚风起，漾湖萍散，何处凄迷。

如梦令

正是辘轳金井^[1]，满砌落花^[2]红冷。蓦地一相逢^[3]，心事眼波难定^[4]。谁省，谁省，从此簟纹灯影^[5]。

· 注释 ·

〔1〕辘轳：安装在井上绞起汲水斗的器具，多表清晨时分。金井：井栏有雕饰的井，为井之美称。吴均《行路难》五首其四："玉栏金井牵辘轳。"晁冲之《如梦令》："墙外辘轳金井。"

〔2〕满砌落花：释智圆《赠林逋处士》："满砌落花春病起。"砌，台阶。

〔3〕"蓦地"句：李昌祺《醉春风·书所见》："如何蓦地忽相逢。"蓦地，陡然地。

〔4〕"心事"句：谓对方情感难以捉摸。王彦泓《戏和子荆春闺六韵》："眼波心事暗相牵。"

〔5〕"从此"句：反侧难眠状。簟纹，竹席花纹。

· 评析 ·

纳兰"骚情古调，侠肠俊骨，隐隐奕奕流露于毫楮间"（杨芳灿《纳兰词序》），笔墨多端，皆臻妙诣。然而最动人心者，莫过于言情之篇什。这一篇《如梦令》当记少年情事，"簟纹灯影"之对象为谁，在可靠文献面世之前，可不烦考证，关键在于那一种人人心中所有、笔下所无的初恋情怀在纳兰的字里行间绽放出的异彩。首句"正是"二字，乃预谋之辞也，系特地寻找机会在"满砌落花红冷"的金井旁与她相见。既属预谋，下忽接"蓦地"二字，则又意外之辞也，难以相信那心上人真的在此出现，更何况她眼波摇漾，心事难知，怎不教人从此后魂萦梦牵？初恋少年那种千折百回的心态最是微妙，旁人以无数辞藻描摹不得者，容若乃以极轻巧而极锤炼之二十几字尽之。写情入微至此境界者，此前似惟屈原"秋兰兮青青，绿叶兮紫茎。满堂兮美人，忽独与余兮目成"（《九歌·少司命》）数语。深情与奇才，二者缺一，不能有此绘风妙手。北宋晁冲之有同调之作云："墙外辘轳金井，惊梦憔腾初省。深院闭斜阳，燕入阴阴帘影。人静，人静，花落鸟啼风定。"纳兰与之造语略似而心境迥别，识者自可辨之。

张海鸥先生《论词的叙事性》（《中国社会科学》2004年第2期）谓："小令的浓缩式叙事，也可以容纳不同的故事时间。就是说，词中故事时间的长度不一定受叙事时间的长度制约，它可以'突然而来，悠然而去，数语曲折含蓄，有言外不尽之致'（沈祥龙《论词随笔》）。"而"蓦地相逢"和"从此"之间的悠长留白，正"给读者提供可解读的、可伸缩的故事时间"。朱彝尊的那首被推誉为"国朝第一"的《桂殿秋》"思往事，渡江干，青蛾低映越山看。共眠一舸听秋雨，小簟轻衾各自寒"，同样以尺幅之地容纳了一个完整且余味隽永的爱情故事，可以对读。

如梦令

黄叶青苔归路，屧粉[1]衣香何处。消息竟沉沉[2]，今夜相思几许。秋雨，秋雨，一半西风吹去[3]。

·注释·

〔1〕屧粉：屧（xiè），《说文解字》："屧，履中荐也。"即鞋中衬垫。龙辅《女红余志》："无瑕屧墙之内皆衬以沉香，谓之生香屧。"屧粉，即履荐（屧墙）中所衬之沉香屑。此或为古义，明清之际则尚有新制"生

香屐"也。孟晖《莲花香印的足迹》引余怀《妇人鞋袜考》云："吴下妇人有以异香为底，围以精绫者。有凿花玲珑，囊以香麝，行步霏霏，印香在地者。此则服妖。宋元以来，诗人所未及，故表而出之，以告世之赋香奁、咏玉台者。"

〔2〕"消息"句：谓消息断绝。韦庄《秦妇吟》："沉沉数日无消息。"

〔3〕"秋雨"二句：化用朱彝尊《转应曲》"秋雨，秋雨，一半回风吹去"句。

· 评析 ·

　　此篇细腻稍不及前者，而结句新警过之。将彻骨相思具象地量化，如触手可感，非深于情而敏于言者不能道。《西厢记·长亭送别》一折云："遍人间烦恼填胸臆，量这些大小车儿如何载得起！"正是同一机杼。

· 附读 ·

南歌子　黄侃
情向愁时重，缘从想处深。几年遥许是同心，何事一回相见一沉吟。　　帷薄防灯映，衣轻怯露侵。新来消息更沉沉，不信梦中啼笑也难寻。

鹊桥仙·春恨　萧豹岑
春花正好，韶华已杳，依旧花间寻梦。芳园只合少年游，老萧史、应难引凤。　　无眠无语，如痴如醉，此夜方知情重。掀天撼地五更风，哪吹得、一丝愁动。

如梦令

　　纤月黄昏庭院，语密翻教醉浅。知否那人心，旧恨新欢相半〔1〕。谁见，谁见，珊枕泪痕红泫〔2〕。

· 注释 ·

〔1〕"旧恨"句：欧阳修《渔家傲》："一别经年始相见，新欢往恨知

陈少梅——《桂园仕女》（局部）

何限。"

〔2〕"珊枕"句：珊枕，饰以珊瑚之枕。权德舆《玉台体十二首》其四："泪尽珊瑚枕，魂销玳瑁床。"

·评析·

　　以上二首《如梦令》提空写情，前篇中"一半西风吹去"的怅惘叹息，后篇中"语密翻教醉浅"的患得患失，皆不乏动人处，但就全体而言，并无大出色，症结或在于"犀粉""珊枕"之字面过于华丽，造成言情之"隔"的缘故。《花间》诸君每有此种手笔，其实颇不足取。

采桑子

　　彤霞久绝飞琼字〔1〕，人在谁边，人在谁边。今夜玉清〔2〕眠不眠？　　香消被冷残灯灭〔3〕，静数秋天，静数秋天。又误心期到下弦〔4〕。

·注释·

〔1〕"彤霞"句：彤霞，红霞。传说仙人所居有彤霞围护，此照应下文"飞琼"。曹唐《小游仙》："红草青林日半斜，闲乘小凤出彤霞。"飞琼，许飞琼，仙女名。《汉武帝内传》："（王母）又命侍女董双成吹云和之笙，石公子击昆庭之金，许飞琼鼓震灵之簧。"

〔2〕玉清：天上。原指仙境，神仙居处。《灵宝太乙经》："四人天外曰三清境：玉清、太清、上清，亦名三天。"

〔3〕"香消"句：李清照《念奴娇》："被冷香销新梦觉，不许愁人不起。"

〔4〕"又误"句：心期，心底期待，心愿。下弦，农历每月二十二或二十三日的月相称为下弦。

· 评析 ·

　　此篇亦描摹少年情事，后人或据《独异志》"梁玉清，织女星侍儿也"之记载释"玉清"为仙子名，并进而索隐容若"眷一侍儿/宫女"之类，无确证，也无意义。若据诗词中片言只字或某类意象而追索、悬断出本事，必成蹈空不根之谈。读纳兰氏词尤其是小令，务应戒此弊病，方不致沦入以虚构为能事之小说家言。

　　其实此种年少时患得患失的恋情谁无经历？容若为贵公子，亦概莫能外。所谓"为赋新词强说愁"，那一种"愁滋味"实在不必由具体人事引发的。这首小词上下片各有一处"词眼"，上片悬想对方今夜"眠不眠"，实因自己相思难堪，苦不成眠。其一喉两歌，一树双花，笔致自然而用心巧妙。下片则以末句之"又"字最耐人寻思。在这分近乎绝望的期待上面加一"又"字，期待即愈益渺茫，绝望即成倍放大。而"下弦"之意象亦不徒为照映"静数"，更暗示此份情缘将尽。纳兰词多有看似绝不经意而细思不能易之一字者，本篇是也。

· 附读 ·

采桑子　赵我佩
月钩斜挂云罗薄，秋思绵绵，却在谁边。辜负良宵又下弦。　　玉钗扣枕银屏掩，乍起还眠，残梦如烟。挑尽红花夜似年。

罗敷媚　潘飞声
隔花忽报青娥别，泪湿红笺。懒拾钗钿，阿母书来病可怜。　　情知此后难重见，两地愁牵。鸾信谁传，又误归期过下弦。

行香子　高旭
　　　　时三鼓矣，欹枕不寐，感旧成章，凄绝之音，几难卒读。
春在谁边，人在谁边。更东风、吹向谁边。迢迢山海，觅遍涯巅。是奈何花，奈何酒，奈何天。　　比翼难连，镜影难圆。柳丝丝、枉自缠绵。向楼头怅望，一缕情牵。奈月如魂，魂如梦，梦如烟。

采桑子

谁翻乐府凄凉曲[1]，风也萧萧，雨也萧萧。瘦尽灯花又一宵[2]。　　不知何事萦怀抱[3]，醒也无聊，醉也无聊。梦也何曾到谢桥[4]。

· 注释 ·

〔1〕"谁翻"句：翻，演奏，演唱。刘禹锡《杨柳枝词》："请君莫奏前朝曲，听唱新翻杨柳枝。"乐府，诗体名，肇始于汉乐府，此泛指乐曲、歌辞。

〔2〕"瘦尽"句：曹溶《采桑子·怀香侯》："落尽灯花又一宵。"瘦尽灯花，灯烛燃尽的比喻说法，烛芯于将灭烬时光焰渐小渐暗，故云。

〔3〕萦怀抱：愁思积郁胸中难以解脱。周邦彦《氏州第一》："座上琴心，机中锦字，觉最萦怀抱。"

〔4〕谢桥：即谢娘桥，诗词中常见意象。或谓六朝时有此桥名，每指称佳丽游处或曾与之相会地。晏几道《鹧鸪天》："梦魂惯得无拘检，又踏杨花过谢桥。"

· 评析 ·

　　本篇为纳兰词名作，其胜处首先在于极度的自然。从风雨萧萧声中的凄凉乐曲，到独对灯花的不眠之夜。从醒醉无聊到无梦能及谢桥的深深怅惘，每字每句皆如溪水潺湲，奔流而下，无一丝勉强造作。我们读之真觉得全然是从肺腑流出的，王国维夸奖容若"以自然之舌言情"，此真可以为典范。然与容若同时的词人彭孙遹说过："自然不从追琢中来，便率易无味。"（《金粟词话》）此语甚是。其实容若何尝不追琢？其末句翻用小晏"谢桥"意象又何尝不煞费苦心？小晏"梦魂"二句当年曾使理学大师程颐动容，赞为"鬼语"，容若却在绝顶翻进一层，谓梦魂也受拘检，到不了谢桥。梦本是空幻，如今连空幻之梦竟也落空，则更有何望？是故陈廷焯《词则·别调集》评此词为"哀婉沉着",言其痛切之至也。

·附读·

一剪梅　严元照
谁把空庭翠竹敲,风也萧萧,雨也萧萧。断魂未许楚词招,灯也摇摇,心也
摇摇。　　无限关山隔梦遥,山也迢迢,水也迢迢。等闲孤负可怜宵,愁也
朝朝,病也朝朝。

采桑子　周之琦
纸灰飞遍关山路,山也重重,水也重重。滴尽珍珠酒不浓。　　双栖漫谱雕梁曲,
花也匆匆,月也匆匆。燕子归来似梦中。

采桑子　潘飞声
凄凉孤馆无人夜,醒也无聊,睡也无聊。梦隔银河听玉箫。　　梦回一院风兼雨,
风也萧萧,雨也萧萧。滴尽愁心又一宵。

采桑子　汤国梨
自怜身似孤明烛,心恁煎熬,泪落如潮。雨打风欺暗里销。　　画堂记得双辉夜,
眉样新描,花影光摇。未信人间有寂寥。

采桑子

　　严宵拥絮频惊起[1],扑面霜空[2],斜汉[3]朦胧。冷
逼毡帏[4]火不红。　　　香篝翠被浑闲事[5],回首西风[6],
何处疏钟[7]。一穗灯花[8]似梦中。

·注释·

〔1〕"严宵"句:此句意为严重寒气凌袭入絮被,无法入睡。严宵原作"严
霜",与"霜空"重复,从道光间汪元治结铁网斋刻本(即"汪刻本",
后文所谓"汪刻本"皆指此)改。拥絮,拥裹棉被。

〔2〕霜空:霜天,寒夜天空。许敬宗《奉和元日应制》:"霜空澄晓气,

霞景莹芳春。"

〔3〕斜汉：银河。谢朓《离夜》"玉绳隐高树，斜汉耿层台。"

〔4〕"冷逼"句：毡帷，上盖毛毡之帐篷，即毡帐、毡包，俗称蒙古包之类，与"穹庐"义同。帷，帐幔，帐子。火不红，言取暖之炉火烧不旺。

〔5〕香篝（gōu）：熏香笼，古人室内熏香用器。周邦彦《花犯》："香篝熏素被。"

〔6〕回首西风：李珣《巫山一段云》："西风回首不胜悲，暮雨洒空祠。"

〔7〕疏钟：清悠疏朗之钟声。李嘉祐《远寺钟》："疏钟何处来，度竹兼拂水。"

〔8〕一穗灯花：即一枝灯花，穗，谓灯花结聚如谷穗状。王彦泓《洞仙歌》："打窗风急，闪一灯红穗。"

·评析·

　　味全篇情境，当在扈驾出关途中。"冷逼毡帷火不红"一句虽多心理成分，非亲历塞外严冷者不能道，真写到画笔不能达处。下片由"冷逼毡帷"转入对"香篝翠被"之"闲事"的回忆，心境之冷暖对比较之体感有过之而无不及。至煞拍处，眼望一穗灯花，如梦如幻，人生不也如是？严迪昌先生以为此词或作于卢氏亡故之年深秋，虽不可必，然哀情满溢、不胜今昔之感确能体会得之。

·附读·

浪淘沙　谢章铤
夜气逼窗清，习习风轻。断虫忽做可怜声。回首无言频孤影，一穗灯青。　　何苦耐零丁，天莫阴阴。绿云深处有三星。不许今宵无好梦，分付罗衾。

采桑子　汤国梨
闲将浊酒消长夜，说是疏慵，未是疏慵。醉里题诗墨未浓。　　衾寒如铁惊残梦，心也朦胧，眼也朦胧。一穗青灯冷不红。

虞美人　沈祖棻
朱门尽日横金锁，自爱熏香坐。画眉浑懒学春山，未恨人前时样浅深难。　　颇黎枕上晶屏曲，临夜烧红烛。煎心不惜泪如潮，留得孤光一穗照长宵。

采桑子　陈寂
暮华冷落闲庭院，雨打空廊，啼彻鸣螀，独倚阑干觉梦长。　尊前莫问平生意，一半悲凉，那更疏狂，回首西风合断肠。

南乡子·和孤梦兰州见怀韵　魏新河
不用赋瓶笙，唤起当年一段情。记取梨花多少梦，分明，都入吟边一穗灯。　往事托瑶筝，欲诉无言两泪倾。试问江干吹笛客，秋声，今夜南楼一样听。

采桑子

那能寂寞芳菲节[1]，欲话生平，夜已三更。一阕悲歌泪暗零[2]。　须知秋叶春花促[3]，点鬓星星[4]，遇酒须倾。莫问千秋万岁名[5]。

· 注释 ·

[1]芳菲节：花木繁盛时节。于濆《戍卒伤春》："连年戍边塞，过却芳菲节。"

[2]"一阕"句：李白《寒女吟》："妾读蘼芜书，悲歌泪如雨。"

[3]促：催，推动。

[4]点鬓星星：形容鬓边黑白发相杂。

[5]"遇酒"二句：阮籍《咏怀》之十五："千秋万岁后，荣名安所之。"《世说新语·任诞》："张季鹰纵任不拘，时人号为江东步兵。或谓之曰：'卿乃可纵适一时，独不为身后名邪？'答曰：'使我有身后名，不如即时一杯酒。'"李白《行路难》用其意云："且乐生前一杯酒，何须身后千载名。"

· 评析 ·

谭献尝指出："以成容若之贵，项莲生之富，而填词皆幽艳哀断，异曲同工，所谓别有怀抱者也。"（《箧中词》四）纳兰词的魅力不仅在于那种多情的公子身段，更在于他以清朝新贵、华阅公子的身份，而视荣华繁盛蔑如的神秘清远气质。处在节物芳菲之中，容若往往无得意春风之态，反寂寞孤愁，"惴惴然有临履之忧"，正可见出他天然纯真的诗人脾性与不同乎流俗的胸襟。诗人有忧生，有忧世，本篇无疑属前者。于春色烂漫之间，容若心头涌起的却是万物逆旅、百代过客的伤感，不仅要以"一阕悲歌"来倾诉生平，甚而想到白驹过隙，满头青丝将变华发，竟要以张季鹰式的"任诞"来"了却韶华"了！此诚如杨芳灿一序所称"三生慧业，不耐浮尘；寄思无端，抑郁不释"，但也绝非毫无现实动因的。赵秀亭、冯统一《饮水词笺校》（以下或称《笺校》）于本篇说明中系以容若康熙二十三年八月致顾贞观一信，特见眼光。其语云："弟比来从事鞍马间，益觉疲顿。发已种种，而执谒如昔。从前壮志，都已销尽。昔人言'身后名不如生前一杯酒'，此言大是。"可与本词相互发明参照。

· 附读 ·

减字浣溪沙　况周颐
一晌温存爱落晖，伤春心眼与愁宜。画阑凭损缕金衣。　　渐冷香如人意改，
重寻梦亦昔游非。那能时节更芳菲。

卖花声　陈永正
分明记得当时语，莫与分明，各自分明，到不分明语始真。　　平生万事都成错，
不悔平生，若问平生，负尽平生肯负君。

采桑子

　　冷香萦遍红桥梦[1]，梦觉城笳[2]，月上桃花。雨歇春寒燕子家。　　篆篘[3]别后谁能鼓，肠断天涯，暗损韶华。一缕茶烟透碧纱。

·注释·

〔1〕"冷香"句:冷香,清幽的香气,殆同暗香。红桥,泛指赤栏桥。"冷香"与"梦"相连见高观国《金人捧露盘》:"冷香梦、吹上南枝。"赵崇嶓《谒金门》:"销尽玉梅春不管,冷香和梦远。"

〔2〕城笳:城头上悠远的笳声。

〔3〕箜篌:古代的弹弦乐器,初名"坎侯""空侯",有卧、竖两种形制,盛行于汉、唐时,明代后渐失传。此处似以"小箜篌"借指琵琶。

·评析·

　　《笺校》按语以本篇为严绳孙所作,慰其思乡情绪,考证可从。严绳孙(1623—1702),字荪友,号藕荡渔人等,无锡人,康熙十八年(1679)以"江南三大名布衣"身份应博学鸿词科试,虽于诗赋二题仅成其一即退场,意在自晦,求被黜落,而适逢圣祖力行文治,收拾人心,尺度极为宽松,遂仍以"文词可取"授翰林院检讨,与修《明史》。充日讲官,迁右中允,寻告归,杜门不出,以书画著述终老。著有《秋水词》,小令特佳,清逸幽婉而时见冷隽藏锋。时人称容若所交好者皆一时俊彦,世所谓落落寡合者,严氏为其中之尤。

　　据有关文献,严氏康熙十二年(1673)年春在京与容若相识,虽年齿悬殊,而情好极密。此篇以风流骀荡之笔透现严氏天涯漂泊的孤清落寞,开篇即以"冷香""红桥梦"之意象点出严氏深邃而不废风情之气质,"月上"二句,极静美中露现一丝伤感,为后文"肠断天涯,暗损韶华"云云伏笔。末二句实从放翁《临安春雨初霁》"矮纸斜行闲作草,晴窗细乳戏分茶"之意境化出,那穿过碧纱窗、丝缕飘扬的茶烟不正照映出"素衣莫起风尘叹,犹及清明可到家"的萧疏心绪?词笔俊秀,而内里确是深探严氏"篱外寒花"式心绪的知音语,难怪二人肝胆相照,为莫逆之友如此。

· 附读 ·

减字木兰花　严绳孙

华灯影里，才饮香醪吾醉矣。试问梅花，春在红桥第几家。　　韶光弹指，欲说心情都不是。目断惊鸿，暮雨萧萧几阵风。

采桑子·效饮水体　王允晳

城头尚有三通鼓，雨歇梨花，月过窗纱。一顷轻寒透枕霞。　　凭君莫话伤心事，春尽天涯，燕子无家。不道明朝鬓有华。

采桑子　九日 [1]

深秋绝塞 [2] 谁相忆，木叶萧萧 [3]，乡路迢迢。六曲屏山 [4] 和梦遥。　　佳时倍惜风光别，不为登高 [5]，只觉魂销。南雁归时 [6] 更寂寥。

· 注释 ·

〔1〕九日：如其前无月份限制，则专指农历九月初九重阳节。

〔2〕绝塞：极远边塞。

〔3〕木叶萧萧：屈原《九歌·湘夫人》："袅袅兮秋风，洞庭波兮木叶下。"杜甫《登高》："无边落木萧萧下。"

〔4〕六曲屏山：六折屏风。洪咨夔《浣溪沙》："六曲屏山似去年。"

〔5〕登高：重阳节风俗，登山或爬高以祛邪。吴均《续齐谐记》：桓景从费长房游学累年。长房对其言："九月九日汝家当有灾，宜急去，令家人各作绛囊，盛茱萸以系臂，登高饮菊花酒，此祸可除。"桓景遂于这天齐家登山，夕还时见鸡犬牛羊皆暴死。

〔6〕南雁归时：指春归时。大雁秋时南飞，春暖北归。

· 评析 ·

深秋绝塞，木叶纷飞，登高怀乡，倍感寂寥。这种寂寥或有伤往悼逝的成分，但又与一般的悼亡不同，乃是提空刻写心绪，如同一支流动的钢琴曲，将淡淡的忧伤洒落在秋日长天之间。所谓"自然之眼""自然之舌"，本篇也是一例。

· 附读 ·

采桑子　蒋敦复
去年人倚凤台箫，花也今朝，月也今宵。花月芳愁各自飘。　　今年人忆江南别，风也骚骚，雨也潇潇。风雨离魂独自销。

蝶恋花　白敦仁
莫道闲情抛易得，绿鬓黄花，身是悲秋客。楼外雁音低落日，眼前莫个双飞翼。　　迟月花阴浑易识，能几勾留，换到苍苔迹。后不如今今异昔，无言有泪空相忆。

采桑子　咏春雨

嫩烟分染鹅儿柳[1]，一样风丝，似整如敧[2]。才着春寒瘦不支[3]。　　凉侵晓梦轻蝉腻[4]，约略红肥[5]，不惜葳蕤[6]。碾取名香做地衣[7]。

· 注释 ·

〔1〕"嫩烟"句：韦庄《春陌二首》其二："嫩烟轻染柳丝黄。"嫩烟，谓烟雨。
〔2〕似整如敧（qī）：摇摆不定状。敧，斜倚。
〔3〕"才着"句：赵葵《春寒》："花骨经寒瘦不支。"
〔4〕轻蝉：女子鬓发。
〔5〕红肥：谓花开艳好。杜甫《陪郑广文游何将军山林十首》其五："红绽雨肥梅。"
〔6〕葳蕤（wēiruí）：草木繁盛下垂貌。
〔7〕"碾取"句：陆游《感昔》："尊前不展鸳鸯锦，只就残红作地衣。"名香，这里指落花。地衣，即地毯。

陈少梅——《嬉春图》（一）

　　咏物不难于穷形尽相，而难于"透貌取神"，能升华出品格与境界。就此而言，本篇卒章显志，以"碾取名香做地衣"刻画春雨之精神，前承陆放翁"零落成泥碾作尘，只有香如故"(《卜算子·咏梅》)之意旨，后为龚定庵"化作春泥更护花"(《己亥杂诗》)导夫先路，应该说很好地完成了"咏物"的职责，然而本篇也只能给到"良好"的分数，不能称为上乘之作，无他，力弱也。其"鹅儿柳""才着春寒瘦不支""轻蝉腻"云云，与秦少游"有情芍药含春泪，无力蔷薇卧晓枝"(《春日》)同病，皆"女郎诗"也。

· 附读 ·

人月圆·春雨　崔荣江
略嫌柳眼春情少，微雨滴涟漪。泠泠醒了，枝头沉梦，燕子飞时。　　小桥花伞，有人倚若，一朵香栀。水湄还折，条枚纤软，绾着相思。

采桑子　塞上咏雪花

　　非关癖爱轻模样[1]，冷处偏佳，别有根芽。不是人间富贵花[2]。　　谢娘别后谁能惜[3]？飘泊天涯，寒月悲笳。万里西风瀚海[4]沙。

· 注释 ·

[1] 癖爱：溺爱，偏至之爱。轻模样：即轻佻、轻浮，无骨而媚之状。
[2] 富贵花：指牡丹之属。周敦颐《爱莲说》："牡丹，花之富贵者也。"
[3] "谢娘"句：谢娘，此指谢道韫，非诗词中常见指代情人之"谢娘"。《世说新语·言语》载述谢安与子侄辈讲论文义时忽见大雪纷飞，问："白雪纷纷何所似？"侄谢朗云"撒盐空中差可拟"，谢道韫则对以"未若

柳絮因风起"。谢娘为雪之知己，故曰"别后谁能惜"。

〔4〕瀚海：原指"海"，即北方的大湖，孔稚珪《白马篇》："横行绝漠表，饮马瀚海清。"后指广大戈壁沙漠。

· 评析 ·

　　顾贞观《答秋田书》云："吾友容若，其门第才华直越晏小山而上之，欲尽招海内词人，毕出其奇远。方骎骎渐有应者而天夺之年，未几辄风流云散。"纳兰与顾贞观曾在康熙十六年（1677）刊刻了他们合作编选的《今词初集》二卷，选录清立国以来三十年间一百八十四位词人的作品，作为别树一帜的理论准备。毛际可概括本编宗旨曰"舒写性灵"，可见，他们二人本来很有可能建起一个与阳羡、浙西争胜，从而三鼎足于词坛的"性灵派"的。而"性灵"云云之于容若固非一时兴起，乃是贯串于绝大多数写作环节中的。即如本篇，咏物词极易作成烂俗无聊之状，与纳兰同时的浙西派即不乏此种词章。容若则能于驰驱塞上之际，以雪花借题发挥，抒述不趋时俗功名利禄之热的一己品格。此种灌注着性灵真气的"咏物"真正是有为而作，求之词史，盖不多见，故能成就此清代词坛大名家之地位。纳兰名作之中，此篇最称"写心"之佳品，于解读其人心境关系至重，读者须格外留意。

　　附读顾太清、杨圻《金缕曲》各一首，"为人间、留取真眉目""富贵非吾意"之高唱当与容若相视而笑。

· 附读 ·

金缕曲·自题听雪小照　顾太清

兀对残灯读。听窗前、萧萧一片，寒声敲竹。坐到夜深风更紧，壁暗灯花如菽。觉翠袖、衣单生粟。自起钩帘看夜色，厌梅梢、万点临流玉。飞霰急，响高屋。　　乱云堆絮迷空谷。入苍茫、冰花冷蕊，不分林麓。多少诗情频到耳，花气薰人芬馥。特写入、生绡横幅。岂为平生偏爱雪，为人间、留取真眉目。阑干曲，立幽独。

金缕曲　杨圻

　　二月十八醉梦得句"楼外江山风月里，小阑干、消尽英雄泪"，有触斯感，为倚金缕曲。

富贵非吾意。且由他、飘飘身世，悠悠天地。自古清狂能饮酒，问甚人间闲事。拼十日、登高大醉。楼外江山风月里，小栏干、消尽英雄泪。烟柳恨，何时已。　　偶然掩卷闲凝睇。忽惊心、莺花三月，风云万里。不合时宜休挂齿，微笑拂衣而起。都道是、少年意气。别具清愁人不解，梦魂中、醒也何曾睡。还咄咄，书空字。

采桑子

　　桃花羞作无情死，感激东风，吹落娇红[1]。飞入闲窗伴懊侬[2]。　　谁怜辛苦东阳瘦[3]，也为春慵[4]，不及芙蓉。一片幽情冷处浓[5]。

・注释・

〔1〕娇红：谓娇艳的花瓣，此指桃花落瓣。王建《路中上田尚书》："可怜池阁秋风夜，愁绿娇红一遍新。"

〔2〕"飞入"句：闲窗，静窗，此形容寂寥孤独者之居处。懊侬，烦闷。古乐府有《懊侬歌》题，相传为绿珠首制。此处指懊恼烦闷之人。

〔3〕东阳瘦：原指南朝诗人沈约，沈约曾任东阳太守，故代称之。沈约《陈情书》："己老病，百日数旬，革带常应移孔。以手握臂，率计月小半分。"李商隐《韩冬郎即席为诗相送，一座尽惊……》之二："为凭何逊休联句，瘦尽东阳姓沈人。"后每以"东阳瘦沈"喻憔悴才子，此即词人自喻。

〔4〕春慵：病春，因伤春去而神思慵懒。

〔5〕"一片"句：化自王彦泓《寒词》"一片幽香冷处浓"句。幽情，深郁之情，深藏心底之隐情。白居易《琵琶行》："别有幽情暗恨生。"

上片数句无端而来，翻空出奇。"羞作无情"，实言"多情"。正话反说，直话曲说，即大有波澜。"死"字或从李商隐"春蚕到死丝方尽"（《无题》）而来，一种决绝之意跃然而出。因为这样决绝，所以要感激东风成全，可以将花瓣吹入那人的居处相伴。如此思致，可谓多情之至。

下片由多情的桃花转写自己，暗含比兴。"也为春慵"，即"也似桃花般多情"之意。词至此已经转深转厚。但最后两句忽又拔起一格：纵然如桃花般爱得缠绵热烈，总不如芙蓉之清幽孤冷、心底含情来得更加长久而浓郁吧？词心如此结撰，令人读之，如登百尺高楼，移步换景；又如武术高手过招，稍沾即逝，没有一招是用到底的。容若小令每有此种妙处，值得仔细体味。

·附读·

浣溪沙 王时翔
半是含娇半是慵，宝钗欲堕翠鬟松。锦窝情态为谁浓。　　春浅花新招蛱蝶，夜寒香烬绣芙蓉。一弯愁思驻螺峰。

采桑子 王策
梨花羞作多情态，粉月帘栊，一色濛濛。费尽东风染不红。　　个人恰与花相似，笑里颦中，阁后屏东。一片真情冷处浓。

浣溪沙 黄侃
悴叶惊秋不耐风，飞来闲砌伴吟蛩。萧条身世最相同。　　尚有芙蓉能耐冷，幽情还向冷时浓。清波照影可怜红。

采桑子

海天谁放冰轮满[1]，惆怅离情，莫说离情。但值凉宵总泪零。　　只应碧落[2]重相见，那是今生，可奈[3]今生。刚作愁[4]时又忆卿。

· 注释 ·

〔1〕冰轮：圆月。朱庆余《十六夜月诗》："昨夜忽已过，冰轮始觉亏。"

〔2〕碧落：道家称东方第一层天，碧霞满空，叫作"碧落"。后泛指天空。白居易《长恨歌》："上穷碧落下黄泉，两处茫茫皆不见。"

〔3〕可奈：怎奈何。李煜《采桑子》："可奈情怀，欲睡朦胧入梦来。"

〔4〕作愁：生愁。

· 评析 ·

　　首二句以满月起兴，联想及人间天上之永离。"但值凉宵总泪零"，正说明愁根深种，自爱妻长逝后罕有一日之欢。煞拍"作愁"与"忆卿"乃"共生关系"。与其说"刚作愁"而"忆卿"，还不如说每"忆卿"时愁即坌涌而"作"。将此难以分割之心理活动拆开来说，便觉分外有味。词之言长，最富感发之力，信乎哉！

· 附读 ·

罗敷媚　刘嗣绾
分明星月前头誓，百劫茫茫。转绿回黄。丝比春蚕一倍长。　　海天不信无凭准，天样红墙。海样瞿塘。多恐麻姑鬓也霜。

早春怨　金绳武
了了前盟，茫茫后世，草草今生。也没安排，全无头尾，好不分明。　　几回睡去还惊。听籁籁、风声竹声。是隔房栊，是摇罗帐，是近窗棂。

采桑子

　　明月多情应笑我，笑我如今，孤负春心[1]。独自闲行独自吟[2]。　　近来怕说当时事，结遍兰襟[3]，月浅灯深[4]。梦里云归何处寻。

〔1〕"孤负"句:孤负,有负。春心,原谓春日景象触发之心情。《楚辞·招魂》:"目极千里兮伤春心。"此处当作"春意"解,既指明媚春光送来赏心悦目之美意,亦指对于爱情之企望和憧憬。

〔2〕闲行:此言意兴阑珊、心绪茫然之独步。

〔3〕结遍兰襟:喻男女之间深切情缘,晏几道《采桑子》:"别来长记西楼事,结遍兰襟。"兰襟,芬芳的衣襟。班婕妤《捣素赋》:"侈长袖于妍袂,缀半月于兰襟。"结,谓在衣襟系上同心结以表深情。

〔4〕"月浅"句:晏几道《清平乐》:"犹恨那回庭院,依前月浅灯深。"

· 评析 ·

　　前代诗人词人之于纳兰容若产生最大影响者有三:李煜之疏朗,晏几道之纯挚与王彦泓之刻露,济以纳兰特有心性气质,即酿变为"北宋以来,一人而已"(王国维《人间词话》)的卓越成就。此一点应是研究纳兰词的重要课题。本篇写情,多处点染小晏词,可视为追溯渊源的典范例证。首句全袭苏轼《念奴娇》(大江东去)之名句,前缀以"明月"二字,便觉生新。两个"笑我"顶针连用,亦不徒修辞之妙,是大有深意之笔。联系到后文"月浅"之"月"字正照应首句,前时共对之月所以"应笑我",笑我今日独处,笑我当日不够珍惜也。回环往复,一片真挚,溢于言表。末句则谓梦里之寻本已空幻,而"何处寻"梦尤见虚茫,传达出深深的惆怅和绝望。虽翻用小晏与贺铸词句而又转进一层,此看似轻巧,实则点化而能浑融无迹,殊非易易。此最为容若长技,亦是其天才发越处。

· 附读 ·

采桑子　何振岱

花开花谢云烟过,百意消沉,犹念晴阴。不许芳菲不上心。　　闲愁闲倚俄千匝,都付闲吟,楼迥灯深。已负当年况到今。

采桑子　黄侃

遥帷未必相怜惜，空抱香心，月暗烟深。一离秋眸何处寻。　　别前心事谁能忆，自判兰襟，又到而今。伫苦停辛独自吟。

浣溪沙　吕贞白

惜取红芳点翠茵，等闲孤负一年春。襟边犹着旧题痕。　　悄展鸳衾移凤枕，暖融麝炷爇香云。那回魂梦最温磨。

采桑子

拨灯书尽红笺^[1]也，依旧无聊，玉漏迢迢^[2]。梦里寒花隔玉箫^[3]。　　几竿修竹三更雨，叶叶萧萧，分付秋潮^[4]。莫误双鱼到谢桥^[5]。

·注释·

〔1〕红笺：红色笺纸。王仁裕《开元天宝遗事》："长安有平康坊，妓女所居之地……每年新进士以红笺名纸，游谒其中，时人谓此坊为风流薮泽。"晏殊《清平乐》："红笺小字，说尽平生意。"

〔2〕"玉漏"句：秦观《南歌子》："玉漏迢迢尽，银潢淡淡横。"玉漏，古代计时漏壶美称。

〔3〕"梦里"句：司空曙《送王尊师归湖州》："玉箫遥听隔花微。"寒花，菊花。

〔4〕"分付"句：毛滂《惜分飞·富阳僧舍代作别语赠妓琼芳》："断魂分付潮回去"。

〔5〕"莫误"句：双鱼，代指信。传说鱼腹能藏信远寄，汉代古诗有"遗我双鲤鱼""中有尺素书"之句。谢桥，见前《采桑子》（谁翻乐府凄凉曲）注释〔4〕。

纳兰长技，端在纯任性灵的流动，一笔贯通，一意到底，填一词竟如一句。此种笔路，在"梦窗派"必叹为"张茂先我所不解"也，而本篇好处，恰在于斯。且看他"几竿修竹三更雨，叶叶萧萧"的清新流走，不可凑泊，看似清浅，其实大不易修到。读此篇，令人想起南社词人胡怀琛的《浣溪沙·夜雨》与《罗敷媚》（见附读），发语轻巧随意，丝毫不假涂饰，而"管他哀乐到明朝"的放达背后乃是"只难消受是今宵"的沉慨，情绪折叠，语势顿挫，正是纳兰一派。

· 附读 ·

浣溪沙·夜雨　胡怀琛

有个愁人睡不牢，芭蕉风雨夜潇潇。新凉如水一灯摇。　往事悲欢都过了，管他哀乐到明朝。只难消受是今宵。

罗敷媚　胡怀琛

芭蕉叶上宵来雨，已算凄清。不觳凄清。添个寒螀抵死鸣。　纸窗竹簟人无睡，坐到天明。听到天明。愁与秋潮一样平。

采桑子

凉生露气湘弦润[1]，暗滴花梢[2]，帘影谁摇。燕蹴风丝上柳条[3]。　舞鸱镜匣[4]开频掩，檀粉[5]慵调，朝泪如潮。昨夜香衾觉梦遥。

· 注释 ·

〔1〕"凉生"句：程敏政《饮王氏园亭》其四："露气凉生白苎衣。"湘弦，琴弦美称。

〔2〕"暗滴"句：谢迈《百花新咏·滴滴金》："露滴花梢满地金。"

〔3〕"燕蹴"句：张炎《南浦》："溪燕蹴游丝。"

〔4〕舞鸥镜匣：刻有鸥鸟起舞纹样的梳妆匣。

〔5〕檀粉：匀面香粉。杜牧《闺情》："暗砌匀檀粉。"

· 评析 ·

　　与上篇相比，本篇似走向了另外一个极端，"湘弦""花梢""帘影""风丝""柳条""舞鸥镜匣""檀粉"……可谓意象丛集，密不透风，以一字评曰"满"。"满"施之于书画，固落下乘，施之诗词，亦无不然。

采桑子

　　土花曾染湘娥黛〔1〕，铅泪〔2〕难销，清韵谁敲。不是犀椎是凤翘〔3〕。　　只应长伴端溪紫〔4〕，割取秋潮〔5〕，鹦鹉偷教〔6〕。方响前头见玉箫〔7〕。

· 注释 ·

〔1〕"土花"句：土花，金属器皿表面长期受泥土剥蚀而留下的痕迹。梅尧臣《古鉴》："古鉴得荒冢，土花全未磨。"湘娥，原指死于江湘之间的舜妃娥皇、女英，此喻代女子。黛，女子眉黛，青黑色。

〔2〕铅泪：眼泪。李贺《金铜仙人辞汉歌》："忆君清泪如铅水。"吴文英《浪淘沙》："铅泪结成红粟颗，封寄长安。"

〔3〕"不是"句：犀椎，以犀牛角所制之捶击槌，敲击乐器用。苏鹗《杜阳杂编》："犀椎即响犀也，凡物有声，乃响应其中焉"。梅尧臣《五情篇》："犀椎玉铃铃。"凤翘，女子头饰，作凤形，故云。周邦彦《南乡子》："不道有人潜看着，从教，掉下鬟心与凤翘。"

〔4〕端溪紫：端砚中之上品，紫端。端溪，在广东德庆县，以产端砚著称于世。

陈少梅——《竹石仕女图》

〔5〕割取秋潮：似谓颜色碧绿如秋水。李商隐《房中曲》："枕是龙宫石，割得秋波色。"

〔6〕鹦鹉偷教：《渊鉴类函·鸟部》引《青林诗话》："蔡确贬新州，侍儿名琵琶者随之。有鹦鹉甚慧，公每叩响板，鹦鹉传呼琵琶。后卒。误触响板，鹦鹉犹呼不已。公怏怏不乐，有诗云：'鹦鹉言犹在，琵琶事已非。伤心瘴江水，同渡不同归。'"

〔7〕"方响"句：晏几道《鹧鸪天》："小令尊前见玉箫。"方响，打击乐器，隋唐燕乐中常用。以十六枚大小同而厚薄不一之长方铁板组成，仿编磬次第排列，用小铁槌击奏。《周正乐》："西凉清乐方响，一架十六枚，具黄钟、大吕二均声。"《旧唐书·音乐志》："梁有铜磬，盖今方响之类，方响以铁为之，修八寸，广二寸，圆上方下。架如磬而不设业，倚于架上以代钟磬。"

· 评析 ·

　　本篇题旨隐晦，引发揣测多端。严迪昌先生、张秉戌先生等皆以为是言情悼亡之作，赵、冯《笺校》则指出："此为咏物词。所咏为一金石故物。"所说甚是。首句"土花曾染湘娥黛"即已明言此乃经由多年锈蚀之出土故物，非某人（如自己妻子）之遗物也。"只应长伴端溪紫"云云也不是悼亡之语，而是指此物可与砚台一道置于书案之上。

　　然而这是什么物件呢？《笺校》"疑为玉枕或玉镜"，我们以为不够贴切。三、四句云："清韵谁敲。不是犀椎是凤翘。"说明此物可以女子头饰敲击触碰，即发出清越的响声，可见是某种打击乐器。据注释中蔡确"每叩响板，鹦鹉传呼琵琶。后卒。误触响板，鹦鹉犹呼不已"及《旧唐书·音乐志》有关方响之记载，可推测此物是近乎方响的磬类乐器。再根据"湘娥""凤翘""鹦鹉"等语，则此物或为前朝女子（很大可能是后妃）的清供玩物。《红楼梦》第四十回《史太君两宴大观园，金鸳鸯三宣牙牌令》中，关于探春所居秋爽斋之陈设写道：

探春素喜阔朗，这三间屋子并不曾隔断……左边紫檀架上放着一个大观窑的大盘，盘内盛着数十个娇黄玲珑大佛手。右边洋漆架上悬着一个白玉比目磬，旁边挂着小锤。那板儿略熟了些，便要摘那锤子要击，丫鬟们忙拦住他。

可知当时至少在贵族家庭中，以小型磬作为闺房清供者实有其例。根据词中信息，目前只能推测到如此地步，完全确认还有待于方家通人。

采桑子

白衣裳凭朱阑立[1]，凉月趖[2]西，点鬓霜微[3]。岁晏[4]知君归不归。　　残更目断传书雁，尺素还稀[5]，一味相思。准拟相看似旧时。

· 注释 ·

〔1〕"白衣"句：王彦泓《寒词》："况复此宵兼雪月，白衣裳凭赤阑干。"

〔2〕趖（suō）：走，移动。

〔3〕"点鬓"句：范成大《新作景亭程咏之提刑赋诗次其韵二首》其一："不管吴霜微点鬓。"

〔4〕岁晏：一年将尽。

〔5〕"尺素"句：司马光《送昌言知宿州》："星轺晨夜度，尺素勿令稀。"

· 评析 ·

纳兰之接受前人，有"三驾马车"之说，"两驾"显性的是李煜、晏几道，"一驾"隐性的是王彦泓。本篇最亮眼的首句"白衣裳凭朱阑立"即取自王氏，然境界有别。王氏《寒词》系组诗十六首，其一曰："从来国色玉光寒，昼视常疑月下看。况复此宵兼雪月，白衣裳凭赤阑干。"此绝句手段也，前三句皆为精警之末句铺垫（顺便一说，本篇前二句袁枚也很欣赏，尝在《随园诗话》引之，以为描摹白肤女子之妙语）。纳兰则发端即用之，以此高对比度、画面感强烈完整的警句引起全篇，以下"凉月趁西，点鬓霜微"二句也是两个意象并列，有意无意间形成整饬的排比结构，从而逼出"岁晏"一句主题性结语。句子相似而功用不同，此亦"夺胎换骨"之法也。另一位为纳兰所瓣香的情诗大家元稹同样对白衣女子怀有别样情结："雨湿轻尘隔院香，玉人初着白衣裳。"（《白衣裳二首》）北地俗谚"女要俏，一身孝"正可作参证。

顺及：有制网文《词坛剽窃惯犯纳兰》者，多举此类例子，武断谩骂，赚人眼球而已，不值一笑。

· 附读 ·

小重山 · 惜春　崔荣江

人似荼蘼开未央，缘愁穿一件、白衣裳。盼春怜惜少红妆，陪着我、菱镜画眉长。　　春且细思量，别离应最苦、不堪尝。何如长驻共芬芳，君之好、到老不相忘。

采桑子

谢家庭院[1]残更立，燕宿雕梁，月度银墙。不辨花丛那辨香[2]。　　此情已自成追忆[3]，零落鸳鸯，雨歇微凉。十一年前梦一场。

· 注释 ·

[1] 谢家庭院：指代闺阁女子居所。张泌《寄人》："别梦依依到谢家，小廊回合曲阑斜。"向子谚《满庭芳》"谢家庭院，争道絮因风"，用谢道蕴咏雪故事，当为"谢家"之原典。容若妻子卢氏为两广总督卢兴祖

女，卢兴祖与谢安官位相埒，故此处用典有特指意，非泛泛也。

〔2〕"不辨"句：元稹《杂忆五首》之三："寒轻夜浅绕回廊，不辨花丛暗辨香。"此词句由此化用而自赋新意。

〔3〕"此情"句：李商隐《锦瑟》："此情可待成追忆，只是当时已惘然。"然"可待"犹是料想事，"已自"则乃已成绝望之事实。

·评析·

　　康熙十三年（1674），两广总督卢兴祖之女嫁与纳兰性德，"境非挽鹿，自契同心；遇碎游鱼，岂殊比目。抗情尘表，则视有浮云；抚操闺中，则志存流水"（叶舒崇《卢氏墓志铭》），其情意密契，可以想见。以今日之自由抉择，茫茫人海中遇见可钟情之伴侣尚且为难，昔年讲求门当户对、父母之命之背景下找到心仪的另一半更是极小概率事。就此一点看，天命之予容若不可谓不厚。而仅仅三年后的五月三十日，卢氏"产同瑜珥，兆类黑熊，乃膺沉痼，弥月告凶"（同前），因产后患病而弃世，然则天命之予容若又不可谓不薄。以故当卢氏之殁，"悼亡之吟不少，知己之恨尤深"（同前），悼亡之作遂成纳兰词之一大宗。

　　这首《采桑子》应该是纳兰悼亡词的绝笔之作，或也可能是词人平生之绝响。盖自二人结褵之年算起，至容若康熙二十四年（1685）与卢氏同日卒，恰好十一年。"零落鸳鸯""十一年前梦一场"云云正为此奇绝巧合事做注脚。更深露重，词人伫立于谢家庭院，遥想起种种"已自成追忆"之情事，恍然间十一年过去，而妻子墓上也该有宿草久矣！此情此景，怎一声叹息了得？读者对此茫茫，也惟有嗒然无言而已。

　　还需作一说明的是，容若挚友顾贞观有同调同韵之作云："分明抹丽开时候，琴静东厢，天样红墙。只隔花枝不隔香。　　檀痕约枕双心字，睡损鸳鸯，孤负新凉。淡月疏棂梦一场。"张任政《纳兰性德年谱·丛录》以为顾词与容若所作"咏事则一，句意又多相似，如谓容若词为悼亡妻作，则闺阁中事，岂梁汾所得言之？"放开版本考据不说，单以情理推测，朋友间和作乃至代作悼亡诗词皆属常见事，例子不胜枚举。以为顾氏不能言容若闺阁中事并进而否定此篇的悼亡性质，显然是外行语。

附读四首，乔大壮一首取其词情之似，汪元治等三首则涉及纳兰词之整理版行，置之绝笔后，当还恰切。

·附读·

鹧鸪天　乔大壮

小别朱阑梦一场，相逢旧识礼东皇。桃花红雨梨花雪，各媚番风各自香。　　春又半，夜偏长，白头何计赚年芳。十年幽誓无人省，忍访名园聘海棠。

齐天乐　汪元治

骖鸾返驾人天杳，伤心尚留兰畹。艳思攒花，哀音咽笛，当日更番肠断。乌丝漫展。认蠹粉芸烟，旧痕凄惋。拥鼻微吟，怎禁清泪暗承睑。　　终惭替人过许，只为萧落甚，重为排卷。白毡晨书，青灯夜校，忍记三生幽怨。蓉城梦远。倘梦可相逢，此情深浅。传遍词坛，有愁应共浣。

齐天乐　陈去病

　　汪珊渔以新刊《成容若全词》见寄，并见怀《齐天乐》一解，即和来韵答之。

遥天盼断征鸿影，娄江尺书才到。雪屋炉红，梅窗梦白，可似年时怀抱。吟边愦恼。是阻我清游，剡溪孤棹。试理湘弦，要知弦外赏音少。　　残芸几番检点。纳兰今再世，编就丛稿。宝瑟生尘，雕弧倚月，我亦凄凉同调。花最絮搅。叹侧帽风前，玉鸾声杳。一阁秋芜，九峰青未了。

金缕曲　张尔旦

　　国初长白纳兰容若先生工长短调，与顾梁汾辈角逐词坛，所著《侧帽词》，论者谓可与迦陵、竹垞鼎立，然未睹其全也。镇洋汪珊渔汇辑所得其三百二十余阕，有《通志堂全集》所未载者，总为五卷，刻之名曰《纳兰词》，用其姓也。珊渔固工倚声，以新本见贻，且自题《齐天乐》以索和，因赋是解寄之。

展卷相思也。笑年来、柳吟花醉，翼丝萦惹。谁似影缨公子贵，跌宕才兼骑射。想出塞、弓衣曾亚。雪暗旌旗风猎猎，和琵琶、唱彻天山下。怀古泪，数行洒。　　知音赖有钟情者。爱流传、零玑剩锦，拾来盈把。憔悴清魂君唤起，应与伤心共话。忍抛却、青春无价。滴粉搓酥成底事，送年华、尽受痴人骂。长太息，酹瑶斝。

采桑子

　　而今才道当时错[1]，心绪凄迷，红泪[2]偷垂。满眼春风百事非[3]。　　情知此后来无计，强说欢期，一别如斯。落尽梨花月又西[4]。

·注释·

〔1〕"而今"句：刘克庄《忆秦娥》："而今却悔当时错。"

〔2〕红泪：谓美人之泪。王嘉《拾遗记》："魏文帝所爱美人，姓薛名灵芸……闻别父母，歔欷累日，泪下沾衣。至升车就路之时，以玉唾壶承泪，壶则红色。及至京师，壶中泪凝如血。"

〔3〕"满眼"句：李贺《三月》："东方风来满眼春。"孔平仲《里伏驿》："满眼春风最多恨。"

〔4〕"落尽"句：郑谷《下第退居二首》其一："落尽梨花春又了。"

·评析·

　　词有劈空而来、骤看突兀、久之乃服其妙者，本篇是已。"而今才道当时错"，因何错？怎样错？错到何等程度？都不说。惟其不说，反而具普泛性意义。谁没有这样错过？谁没有追悔下的"满眼春风百事非""情知此后来无计"？"此情可待成追忆，只是当时已惘然"（李商隐《锦瑟》），这是人生的母题之一，所以常写常新，每一次书写也都会引发悠长的感喟与尖锐的疼痛。纳兰这次书写是成功的，读至"一别如斯。落尽梨花月又西"之句，哪能不废书长叹！

·附读·

采桑子　勒方锜

筹量无计留君住，银汉东西，咫尺天涯。只恨年时识面迟。　　雁笺留赠相思字，题了重题，泪墨凄迷。却悔年时错见伊。

丑奴儿令　曾习经
便无风雨都萧索，酒病微醒。有甚心情，落尽梨花听晚莺。　　春寒春暖寻常事，怎遣今生。红泪偷零，一枕云屏背晓灯。

罗敷媚　潘飞声
而今翻悔当时误，种了相思。枉了相思。闲杀春花影满帏。　　枕边犹记真真字，人也依稀。梦也依稀。落尽玫瑰月又西。

台城路　洗妆台[1]怀古

六宫[2]佳丽谁曾见？层台尚临芳渚[3]。露脚斜飞，虹腰欲断，荷叶未收残雨[4]。添妆何处？试问取雕笼，雪衣分付[5]。一镜空濛[6]，鸳鸯拂破白蘋去[7]。　　相传内家结束，有帕装孤稳，靴缝女古[8]。冷艳全消，苍苔玉匣[9]，翻出十眉遗谱[10]。人间朝暮。看胭粉亭西，几堆尘土[11]。只有花铃[12]，绾[13]风深夜语。

·注释·

〔1〕洗妆台：又名洗妆楼、梳妆楼。高士奇同调"苑西梳妆楼怀古和成容若"词明示此楼台在西苑。《大清一统志·京师二》云："琼华岛，在西苑太液池上。"又引蒋一葵《尧山堂外纪》："金章宗为李宸妃建梳妆台于都城东北隅，今琼华岛即其故迹。目为辽后梳妆台，误"。王圻《稗史汇编·地理门·都邑》云："琼花岛、梳妆台皆金故物也""都人讹为萧太后梳妆楼"。又毛奇龄《西河诗话》卷四："辽后梳妆台址在太液池东小山上，一名琼花岛，即今白塔寺址是也。南有石梁曰积翠、曰堆云，行人度梁即见之"。又引元人葛逻禄《妆台》诗并自注，有云："则知是台本辽时后妃游憩之所，不止萧太后也。"

〔2〕六宫：原指"以阴礼教六宫"之皇后寝宫，后指代帝皇之后妃们住处。

〔3〕"层台"句：层台，层楼高台。芳渚，水中小洲。《尔雅·释水》："水中可居者曰洲，小洲曰渚。"

〔4〕"露脚"三句：关合洗妆台建筑名，本篇后附高士奇《台城路·苑西梳妆楼怀古和成容若》"想见玉虹金露"下有"旧有玉虹、金露亭及荷叶殿"注。露脚斜飞，谓露水斜飘，露水量少，犹如雨脚，故云。李贺《李凭箜篌引》："吴质不眠倚桂树，露脚斜飞湿寒兔"。虹腰，桥形屈曲如虹。吴文英《喜迁莺》："向虹腰，时送斜阳凝伫。"

〔5〕"试问取"二句：雕笼，制作精美之鸟笼。祢衡《鹦鹉赋》："闭以雕笼，剪其翅羽。"雪衣，白色衣裳，这里指白鹦鹉。郑处诲《明皇杂录》："开元中，岭南献白鹦鹉，养之宫中。岁久，驯扰聪慧，洞晓言词。上及贵妃皆呼雪衣女。"分付，吩咐，嘱咐，此处是交代、说明、解答意。

〔6〕一镜：池水平静清澈如镜。吴融《送荆南从事之岳州》："秋拂湖光一镜开。"此指太液池，即今北京北海。

〔7〕"鸳鸯"句：史达祖《齐天乐·湖上即席分韵得羽字》："鸳鸯拂破蘋花影"。

〔8〕"相传"三句：内家，宫内。古时皇宫内苑又称大内，此专指后宫，即六宫佳丽所居处。结束，装束。帕装，佩饰华丽服装。帕，佩巾。孤稳，玉。《辽史·国语解》："孤稳，玉也。"女古，金。《辽史·营卫志上》："金曰'女古'。"王鼎《焚椒录》："清宁元年十二月戊子册为皇后……宫中为语曰：'孤稳压帕女古靴，菩萨唤作耨斡么。'盖言以玉饰首，以金饰足，以观音作皇后也。"按，清宁为辽道宗耶律洪基年号，元年为公元1055年，所立皇后即十六岁之萧观音。三句已暗示本篇咏叹者非萧太后而乃道宗皇后。

〔9〕玉匣：带镜妆匣。何逊《咏照镜》："玉匣开鉴影。"

〔10〕十眉遗谱：相传唐玄宗曾命画工设计眉妆样式，成《十眉谱》。

〔11〕"看胭粉亭"二句：高士奇《金鳌退食笔记》："胭粉亭，在荷叶殿稍西，后妃添妆之所也。"几堆尘土，指坟茔。

〔12〕花铃：护花铃。王仁裕《开元天宝遗事》："天宝初，宁王日侍，好声乐，风流蕴藉，诸王弗如也。至春时，于后园中纫红丝为绳，密缀金铃，系于花梢之上，每有鸟鹊翔集，则令园史掣铃索以惊之，盖惜花之故也"。

〔13〕绾（wǎn）：系。

·评析·

本篇所咏妆台究为谁属、何时所建有多种说法，孰是孰非不大关系词旨之理解。容若此词盖借洗妆台之遗迹咏辽道宗耶律洪基皇后萧观音史事，寄托一份伤感悼逝之情怀。

萧观音（1040—1075），耶律洪基第一任皇后。重熙年间被纳为妃，生太子耶律濬。清宁元年（1055）立为皇后，尊号懿德。由于谏猎秋山被洪基疏远，作《回心院》词十首祈望宠幸。大康元年（1075），契丹宰相耶律乙辛、汉宰相张孝杰等人向耶律洪基进伪造之《十香词》，诬陷萧后和伶官赵惟一私通。洪基以铁骨朵击萧后，几至殒命，又敕其自尽。萧观音自尽前，欲见洪基最后一面，也未获准，遂作《绝命词》一首，饮恨而逝。王鼎《焚椒录》记此冤案特详。

萧观音"姿容冠绝，工诗，善谈论，自制歌词，尤善琵琶"（《辽史·列传第一·后妃》），一代才慧女子终沦为暴戾帝王凌虐之玩物，遭际惨酷至此，对词人而言，当然是绝好的咏古题材。词开篇凭虚一问，引入"洗妆台"主题。以下刻写景致，"添妆"以下数句亦虚实相生，亦古亦今，渲染出一派迷蒙气氛。

下片承接"鸳鸯拂破白蘋去"的缥缈意趣转写萧观音装束气质。"冷艳"二字既与萧氏品格际遇相配，又具有一定史实依据。《辽史》载，皇太叔耶律重元妻以艳冶自矜，萧观音戒之曰："为贵家妇，何必如此。"可见萧氏更崇尚素冷之美，然而一个"冷"字也埋下日后惨祸的伏笔。"十眉遗谱"或暗指罹祸致死的《十香词》，那冷艳的容貌、气质与才华如今全都消歇，与苍苔为伴了！只有风中花铃，夜深鸣响，如诉如泣。后段"人间朝暮"四字特耐品涵，一种苍凉悠远的历史感直透纸端，笔力情致两臻其妙。

本篇在当时影响甚远，陈维崧、朱彝尊、顾贞观、严绳孙、曹贞吉、高士奇等皆有和作，兹附陈、高二首，并附晚清冯登府追和一首以见意。

台城路·苑西梳妆楼怀古和成容若　高士奇

雕阑几曲层台上，旧是广寒宫宇。绮缀迎风，珠钱漏月，想见玉虹金露旧有玉
虹、金露亭及荷叶殿。秾华无据。但锦石生苔，秋花点土。艳粉香脂，佩环声作
疏疏雨。　　堆云桥外徙倚，尚澄湖一片，晚霞孤鹜。雁柱调弦，鸾笺写怨，
无限当年情绪。长安砧杵。共蟋蟀悲吟，惹人词赋。系马垂杨，依稀听梵语。

齐天乐·辽后妆楼　陈维崧

洗妆楼下伤情路，西风又吹人到。一络山鬟，半梳苔发，想象新兴闹扫。塔
铃声悄。说不尽当年，月明花晓。人在天边，轴帘遥闪蒉钗小。　　如今
顿成往事，回心深院里，也长秋草。上苑云房，官家水殿，惯是萧娘易老。
红颜懊恼。与建业萧家，一般残照。惹甚闲愁，且归斟翠醥。

台城路·辽后洗妆楼追和容若韵　冯登府

玉盆湾口无遗庙，层楼尚依琼渚。蕃马吹螺，驼尼簇翠，历尽金铺败雨。承
恩是处。记换枕摊衾，青城分付。九帐灯红，东楼妆罢早朝去。　　城麇忽
遭秋妒，柱多才瑟瑟，旧恨千古。案证香词，瓦残萧字，莫问回心眉谱。烟
莎日暮。剩荷叶西头，绿云黄土。只有蒙哥，内家闻秘语。

台城路　上元 [1]

阑珊火树鱼龙舞 [2]，望中宝钗楼 [3] 远。鞯鞴余红，
琉璃剩碧 [4]，待嘱花归缓缓 [5]。寒轻漏浅。正乍敛烟霏，
陨星如箭 [6]。旧事惊心，一双莲影藕丝断 [7]。　　莫恨流
年逝水，恨销残蝶粉 [8]，韶光忒贱 [9]。细语吹香，暗尘笼鬓，
都逐晓风零乱 [10]。阑干敲遍 [11]。问帘底纤纤 [12]，甚时重见。
不解相思，月华今夜满 [13]。

·注释·

〔1〕上元：农历正月十五日，即元宵节。

〔2〕"阑珊"句：写元夜盛景。火树，灯火满树。傅玄《朝会赋》："华

〔清〕 陈枚 ——《月曼清游图册》之
《月下赏梅》

灯若乎火树，炽百枝之煌煌。"鱼龙舞，元夜习俗，舞动鱼、龙形灯。辛弃疾《青玉案·元夕》："一夜鱼龙舞。"

〔3〕宝钗楼：相传为汉武帝所建，唐宋时延为酒楼，此处泛指京中楼阁。蒋捷《女冠子》："春风飞到，宝钗楼上，一片笙箫，琉璃光射。"

〔4〕"靺鞨"二句：谓彩灯消残。靺鞨（mòhé），高士奇《天禄识余》："靺鞨，国名，古肃慎地也。产宝石大如巨栗，中国人谓之靺鞨。"后诗词中每用以比喻红色物。碧琉璃，绿色宝石。

〔5〕"待嘱"句：苏轼《陌上花诗引》："游九仙山，闻里中儿歌《陌上花》，父老言：吴越王妃每岁春必归临安，王以书遗妃曰：'陌上花开，可缓缓归矣。'吴人用其语为歌。"

〔6〕"陨星"句：形容烟火。辛弃疾《青玉案·元夕》："东风夜放花千树，更吹落、星如雨。"

〔7〕藕丝断：双关语，谓情绝。李之仪《菩萨蛮》："藕丝牵不断，谁信朱颜换。"

〔8〕销残蝶粉：罗大经《鹤林玉露》卷十四："杨东山言：《道藏经》云，蝶交则粉退，蜂交则黄退。周美成词云'蝶粉蜂黄浑退了'，正用此也。而说者以为宫妆，且以'退'为'褪'，误矣。"

〔9〕韶光忒贱：汤显祖《牡丹亭·惊梦》："雨丝风片，烟波画船，锦屏人忒看的这韶光贱。"

〔10〕"细语"三句：谓往事飘散。细语吹香，张良臣《平旦》："陈年翠袖新年恨，尽在吹香笑语中。"晓风零乱，陈子龙《虞美人》："冰心寂寞恐难禁，早被晓风零乱、又春深。"

〔11〕阑干敲遍：懊悔无奈状。韩偓《倚醉》："敲遍阑干唤不应。"

〔12〕帘底纤纤：喻女子双足。辛弃疾《念奴娇·书东流村壁》："闻道绮陌东头，行人长见，帘底纤纤月。"

〔13〕"月华"句：范仲淹《御街行》："年年今夜，月华如练，长是人千里。"

· 评析 ·

　　词史上最著名的元夕之作当推辛稼轩的《青玉案》，所谓"蓦然回首，那人却在，灯火阑珊处"，那种孤栖零落，置之今人笔下，也就是"热闹是他们的，我什么也没有"（朱自清《荷塘月色》）。纳兰心绪，亦大抵如是。

在这个闹热的元夕，词人眼望火树鱼龙，心底只有"一双莲影"，千般思量，而那月亮丝毫不解这些愁思，依旧圆满灿烂，令人陡生"旧事惊心""流年逝水"之怅恨。词从"宝钗楼远"逗入怀想之意，以下"待嘱花归缓缓""韶光忒贱""都逐晓风零乱"等步步深入，直逼出"不解相思，月华今夜满"的主题来。读此篇，当读他针脚细腻、优游不迫处。

·附读·

小重山·遣悲怀　谢玉岑

薄怒银灯一笑ությու，秋春门巷冷，梦先催。乍飞梁燕怯将归，临歧语，凄绝不重来。　海市旧楼台，鱼龙歌吹沸，报花开。无端锦瑟动深悲。人间世，清浅换蓬莱。

台城路　塞外七夕

白狼河[1]北秋偏早，星桥又迎河鼓[2]。清漏频移，微云欲湿，正是金风玉露[3]。两眉愁聚。待归踏榆花[4]，那时才诉。只恐重逢，明明相视更无语[5]。　　人间别离无数。向瓜果筵[6]前，碧天凝伫。连理千花，相思一叶[7]，毕竟随风何处？羁栖良苦。算未抵空房，冷香啼曙[8]。今夜天孙[9]，笑人愁似许。

·注释·

〔1〕白狼河：即大凌河。据《大清一统志·锦州府一》，大凌河在锦县东，源于凌源县（今凌源市）境，流经朝阳、锦州二府入海。

〔2〕"星桥"句：星桥，即传说之鹊桥。《淮南子》："乌鹊填河以成桥而

渡织女。"李商隐《七夕》:"星桥横过鹊飞回。"河鼓,星官名。《尔雅》:
"河鼓谓之牵牛。"又名天鼓。

〔3〕"清漏"三句:清漏,漏壶滴声,谓时间迁移。金风玉露,秋风白露。
此"清漏"与"金风玉露"意象均化自李商隐《辛未七夕》:"由来碧落
银河畔,可要金风玉露时。清漏渐移相望久,微云未接过来迟"。又见
秦观《鹊桥仙》:"金风玉露一相逢,便胜却、人间无数。"

〔4〕榆花:曹唐《织女怀牛郎》:"欲将心就仙郎说,借问榆花早晚秋。"

〔5〕"明明"句:柳永《雨霖铃》:"执手相看泪眼,竟无语凝噎。"苏轼《江
城子》:"相顾无言,唯有泪千行。"

〔6〕瓜果筵:《荆楚岁时记》:"是夕人家妇女结彩缕,穿七孔针,或以
金银石为针,陈几筵酒脯瓜果于庭中以乞巧。"

〔7〕"连理"二句:连理,两树枝条连生,喻生死与共。白居易《长恨
歌》:"在天愿作比翼鸟,在地愿为连理枝。"相思一叶,用孟棨《本事诗》
载顾况故事。顾况在洛,乘间与二三诗友游于苑中,坐流水上,得大梧
叶,上有题诗曰:"一入深宫里,年年不见春。聊题一片叶,寄与有情
人。"况亦题叶上,放于波中。诗曰:"花落深宫莺亦悲,上阳宫女断肠
时。帝城不禁东流水,叶上题诗欲寄谁?"后十余日,有人又于叶上得
诗以示况。诗曰:"一叶题诗出禁城,谁人酬和独含情?自嗟不及波中叶,
荡漾乘春取次行。"按:此事又见《云溪友议》《青琐高议》《北梦琐言》
等,主人公不同,事迹也有别。

〔8〕"冷香"句:冷香,见前《采桑子》(冷香萦遍红桥梦)注释〔1〕。啼曙,
哭泣流泪。江总《乌栖曲》:"城南美人啼著曙。"

〔9〕天孙:织女星。《史记·天官书》:"河鼓大星……其北织女。织女,
天女孙也。"

· 评析 ·

　　七夕乞巧,在中国古代本是"妇女节",但因为自《古诗
十九首》以来,历代咏及牛女相逢事者佳作迭出,至于秦观《鹊
桥仙》:"金风玉露一相逢,便胜却、人间无数""两情若是久长时,
又岂在、朝朝暮暮"而达极致,于是其间含有的"情人节"意味

便超越了原有的含义，也无怪乎今之商家竞相以口号招邀，制造新的"经济增长点"了。这一年的塞上，容若策着一匹劣马踽踽独行，自然也会想及"空房"中"冷香啼曙"的爱妻。织女牵牛一年一度相会已经不易，而"今夜天孙，笑人愁似许"，自己夫妇竟连牛女也不如！难怪有"连理千花，相思一叶，毕竟随风何处"之慨叹。本篇仍写塞上相思，细腻缠绵，点缀以边地风光，便觉浑成刚健。谭献《箧中词》评语云"逼真北宋慢词"，应该正是看重其间之骨力。

关于此词作年，《饮水词笺校》《纳兰词笺注》均据《清实录》推定为康熙二十二或二十三年，可从。

· 附读 ·

踏莎行·辛未七夕寄环　俞平伯

天上初逢，人间乍别。这遭又负新秋节。有心聚散做新愁，中庭瓜果为虚设。　却忆残荷，应怜残月。无眠不爱蛩声切。离家情味你知么，回家我也从头说。

风入松·七夕　张伯驹

花开思妇泪涔涔，玉露湿墙阴。闺中多少痴儿女，向天街、杯酒遥斟。萤火纳凉扑扇，蛛丝乞巧穿针。　银河耿耿夜沉沉，离恨隔年深。有情岂在常相见，更无须、鹊驾桥临。每夕皆如此夕，一心长并双心。

玉连环影

何处。几叶萧萧雨。漏尽檐花[1]，花底人无语。掩屏山，玉炉寒。谁见两眉愁聚倚阑干[2]。

· 注释 ·

[1] 檐花：靠近屋檐所开之花。李白《赠崔秋浦》："山鸟下厅事，檐花落酒中。"

〔2〕"谁见"句：萧纲《赋乐名得箜篌》："欲知心不平，君看黛眉聚。"

·评析·

《玉连环影》系纳兰自度曲（见吴藕汀《词名索引》），调新而发语饶有古意，逼真花间气味。"何处"二字系句中韵，至"掩屏山"句又转平韵，凡此皆可见乐度之细密。清代虽词乐早亡，而如此篇谱入时调，歌之幽咽凄美亦能想象。据刘深《清词自度曲与清代词学的发展》（《南京大学学报》2015 年第 6 期）统计，纳兰《玉连环影》继和者共 17 家 20 首，是清人自度曲影响较大的一种，故采撷数篇附之。

·附读·

玉连环影·雨　王策
丝雨。日日愁千缕。湿尽阑红，又湿笼莺羽。翠帘斜，绣床遮。香腻轻绡人懒似杨花。

玉连环影　曾习经
燕影。来去浑无定。小裹轻襟，几处红楼暝。正愁人，今黄昏。谁向他家门巷觅丝魂。

玉连环影·为夏丏尊题小梅花屋图　李叔同
屋老。一树梅花小。住个诗人，添个新诗料。爱清闲，爱天然。城外西湖湖上有青山。

玉连环影　冯永军
微雨。双燕呢喃语。相倚凭栏，栏外花纷舞。敛春山，渐无言。安得欢娱不学此春残。
无语。断雁伤心去。极目高天，旧侣知何处。一番秋，一番愁。谁复一天风雨上高楼。

洛阳春　雪

　　密洒征鞍[1]无数。冥迷[2]烟树。乱山重叠杳难分，似五里、濛濛雾[3]。　　惆怅琐窗深处。湿花轻絮。当时悠飏得人怜，也都是、浓香助。

　　·注释·

〔1〕征鞍：犹征马，指旅行者所乘的马。杜审言《经行岚州》："自惊牵远役，艰险促征鞍。"

〔2〕冥迷：模糊不清。杜牧《阿房宫赋》："高低冥迷，不知西东。"

〔3〕"似五里"句：萧绎《咏雾》："三晨生远雾，五里暗城闉。"

　　·评析·

　　此篇平平而已，无可说处。如是纳兰自己编入集，当属一时糊涂；如后人编入集，则适足曝纳兰之短。

谒金门

　　风丝袅，水浸碧天清晓[1]。一镜湿云青未了[2]，雨晴春草草[3]。　　梦里轻螺[4]谁扫，帘外落花红小。独睡起来情悄悄，寄愁何处好。

　　·注释·

〔1〕"水浸"句：欧阳修《蝶恋花》："水浸碧天风皱浪。"

〔2〕"一镜"句：湿云，见前《江城子·咏史》注释〔1〕。青未了，杜甫《望岳》："岱宗夫如何，齐鲁青未了。"

〔3〕草草：匆匆之意。

〔4〕轻螺：女子黛眉。螺，螺子黛，画眉材料。

· 评析 ·

《谒金门》起源甚古，但除冯延巳"风乍起，吹皱一池春水"那一首，后来几乎再无佳作。本调上片四句四仄韵，下片四句四仄韵，急促繁密，而情致又大都从容舒缓，二者相反相成，颇不易处理，或者是佳作极少的缘由之一。纳兰此篇上片写景纡徐，"一镜湿云"句甚警策；下片言情隐约，"梦里轻螺"句甚风情，总体当属上乘之作。

· 附读 ·

谒金门　张伯驹
春夜悄，青草池塘蛙闹。日久离家归梦少，睡来还盼晓。　　一晌弄晴天好，碧柳丝丝轻袅。满地胭脂红不扫，落花人起早。

四和香

麦浪翻晴风飐[1]柳，已过伤春候。因甚为他成僝僽[2]，毕竟是，春迤逗[3]。　　红药阑边携素手[4]，暖语浓于酒。盼到园花铺似绣，却更比，春前瘦。

· 注释 ·

〔1〕飐（zhǎn）：风吹动。

〔2〕僝僽（chánzhòu）：多义词，诗词中有折磨、烦恼、愁苦、憔悴等义，此或兼用。

〔3〕迤（tuó）逗：挑逗，引逗。

〔4〕"红药"句：赵长卿《长相思》："药阑东，药阑西，记得当时素手携，弯弯月似眉。"

《四和香》又名《四块玉》，与《洛阳春》（又名《一络索》）一样，都属相对生僻的词牌，纳兰用之填词，或有磨炼笔力、体会声情之用意。就本篇而言，也达到了磨炼体会的目的，但全篇仅中平而已，无大可人处。

·附读·

东风第一枝·用史梅溪韵　顾贞观

麦浪翻晴，柳烟吹暮，可怜时候新暖。攀来暗绿嫌深，折去残红怨浅。东风著意，为留得、几丝香软。笑双双、掠水衔泥，辛苦旧巢归燕。　费多少、斜阳送眼，容易得、远山迎面。肯将佩冷江皋，博个宴酣花苑。梦阑酒醒，早减却、春痕一线。问五湖、他日扁舟，可似苎萝相见。

西江月·乙卯七月二十五日梦中哭醒口占　况周颐

梦里十年影事，醒来半日闲愁。罗衾寒侧作深秋，清泪味酸于酒。　何处伤心不极，此生只恨难休。眼前红日在帘钩，听雨听风时候。

卜算子　赵我佩

密意乱如丝，别泪浓于酒。眉上青山脸际霞，多为春消瘦。　记得去时言，约在梅开后。风信而今过海棠，到底归来否。

海棠月　瓶梅

重檐淡月浑如水，浸寒香、一片小窗里。双鱼冻合[1]，似曾伴、箇人[2]无寐。横眸处，索笑[3]而今已矣。　与谁更拥灯前鬌[4]，乍横斜、疏影[5]疑飞坠。铜瓶小注，休教近、麝炉烟气[6]。酬伊也，几点夜深清泪。

·注释·

〔1〕双鱼冻合：双鱼，此指砚台。叶越《端溪砚谱》："砚之形制，曰风字，

曰凤池，曰合欢，曰玉台，曰双鱼。"冻合，谓砚台冻结，不能揭开。

〔2〕箇人：犹言那人，简化作"个人"或繁体作"個人"者皆误。

〔3〕索笑：杜甫《舍弟观赴蓝田取妻子到江陵喜寄三首》其二："巡檐索共梅花笑，冷蕊疏枝半不禁。"后每用以指代梅花。

〔4〕"与谁"句：拥髻，捧持发髻，话旧生哀姿态。《赵飞燕外传》附《伶玄自叙》："通德（伶玄妾，曾充汉成帝宫女）占袖，顾视烛影，以手拥髻，凄然泣下，不胜其悲。"

〔5〕横斜、疏影：林逋《山园小梅》："疏影横斜水清浅。"

〔6〕"铜瓶"二句：供梅旧俗。铜瓶，刘过《沁园春·赠王禹锡》："自注铜瓶，作梅花供，尊前数枝。""休教"句，谓梅花须远离焚麝香之炉，详见本篇"评析"。

·评析·

　　作为咏物词，本篇无可细说者，于"岁朝清供"则可啰唆几句。词中所谓"铜瓶小注"，是供梅的标准程序。张炎曾祖张镃的名篇《梅品》有"花宜称"二十六条："为澹阴；为晓日；为薄寒；为细雨；为轻烟；为佳月；为夕阳；为微雪；为晚霞；为珍禽；为孤鹤；为清溪；为小桥；为竹边；为松下；为明窗；为疏篱；为苍崖；为绿苔；为铜瓶；为纸帐；为林间吹笛；为膝上横琴；为石枰下棋；为扫雪煎茶；为美人澹妆簪戴。"爱梅如爱美人，真是细如毫发，趋奉如恐不及。其后刘过《沁园春·赠王禹锡》更明确说："自注铜瓶，作梅花供，尊前数枝。"可见注水也是"清供"之一端。

　　"休教近、麝炉烟气"一句也极讲究。袁宏道《瓶史·花祟》云："花下不宜焚香，犹茶中不宜置果也。夫茶有真味，非甘苦也；花有真香，非烟燎也。味夺香损，俗子之过。且香风燥烈，一被其毒，旋即枯萎，故香为花之剑刃。棒香、合香，尤不可用，以中有麝脐故也。"纳兰风雅中人，于此掌上观纹，举重若轻，淡淡写来，自得真味。

甲申夏五少梅陈云彰

陈少梅——《冬梅图》

本篇词牌《海棠月》即《月上海棠》，或为容若所改，历来纳兰词注本及诸词调专书似均未有指出，值得特别说明。

金菊对芙蓉　上元〔1〕

金鸭消香，银虬泻水〔2〕，谁家夜笛飞声〔3〕。正上林雪霁〔4〕，鸳鸯〔5〕晶莹。鱼龙舞罢香车杳〔6〕，剩尊前、袖掩吴绫〔7〕。狂游似梦，而今空记，密约烧灯〔8〕。　追念往事难凭。叹火树星桥〔9〕，回首飘零。但九逵烟月，依旧笼明〔10〕。楚天一带惊烽火，问今宵、可照江城〔11〕。小窗残酒，阑珊灯灺〔12〕，别自关情。

·注释·

〔1〕上元：见前《台城路·上元》注释〔1〕。

〔2〕"金鸭"二句：写上元景象。金鸭，鸭形铜铸熏炉。戴叔伦《春怨》："金鸭香消欲断魂，梨花春雨掩重门。"银虬，指漏壶。漏壶滴水以计时，壶之滴水口铸成虬龙状，水从龙口滴出。王维《送张舍人佐江州》："清晨听银虬。"

〔3〕"谁家"句：李白《春夜洛城闻笛》："谁家玉笛暗飞声，散入春风满洛城。"

〔4〕"正上林"句：上林，秦汉时宫苑名，此指代京城宫阙。雪霁，雪止放晴。

〔5〕鸳甃（zhòu）：鸳鸯瓦，成对互相覆承的屋瓦。甃，原指井壁，以瓦所砌，此借指宫殿瓦。《邺中记》："邺中铜雀台，皆鸳鸯瓦。"和凝《宫词》："龙楼露著鸳鸯瓦。"

〔6〕"鱼龙"句：鱼龙，见前《台城路·上元》注释〔2〕。香车，泛指命妇、闺秀所乘华饰之车。李清照《永遇乐》："来相召、香车宝马，谢他酒朋诗侣。"

〔7〕袖掩吴绫：掩，拭泪，以袖抹泪水。吴绫，丝织品名，唐代已著称，产于浙江杭州一带，今所称杭绸一类。

〔8〕密约烧灯：烧灯，《旧唐书·玄宗纪下》："（开元二十八年春正月）壬寅，以望日御勤政楼宴群臣，连夜烧灯。"又蔡绦《铁围山丛谈》："国朝上元节烧灯盛于前代，为彩山峻极而对峙于端门。"后因以"烧灯"指元宵节放灯。"密约"云云指曾有之冶游事。

〔9〕火树星桥：喻元宵灯火之盛。苏味道《正月十五夜》："火树银花合，星桥铁锁开。"火树，见前《台城路·上元》注释〔2〕。星桥，以花灯所饰之桥。

〔10〕"但九逵"二句：九逵，京城大道。陆德明引《尔雅》以释《左传》"及大逵"："九达谓之逵。""笼明"句：指明月似灯仍高挂天心。

〔11〕江城：张见阳其时所居江华县城在潇水上游沱水与涔天河畔。

〔12〕灯灺（xiè）：残烛。韩偓《无题》："小槛移灯灺。"

· 评析 ·

　　词题为"上元"，似为一般的节令词，但从"狂游似梦，而今空记，密约烧灯"等句看来，又杂有触景生情、忆念挚友的成分。下片云："楚天一带惊烽火，问今宵、可照江城。"所念者当是康熙十八年（1679）秋赴任江华县之张见阳。康熙十七年（1678）秋吴三桂称帝于湖南衡州，旋卒，其孙吴世璠嗣帝号，次年清兵攻入湖南。容若《送张见阳令江华》诗有"楚国连烽火，深知作吏难"句，致张氏信中又云："唯是地方兵燹之后，兴除利弊，动费贤令一番精神。"末句所谓"别自关情"者，正为此也。

金菊对芙蓉·秋感寄采湘　赵我佩

断角声凄，零笳韵悄，斜阳催暝荒城。正满林黄叶，秋老旗亭。春来送别香车杳，剩临歧、泪湿吴绫。可怜游子，生涯如梦，梦几时醒。　　旧事追忆无凭。叹尘劳鹿鹿，水逝云行。任楼开弹指，幻想空惊。故园寂寞休回首，怅衔泥、燕垒难成。今宵残月，照人千里，两地离情。

点绛唇　对月

　　一种蛾眉〔1〕，下弦不似初弦好。庾郎未老，何事伤心早〔2〕？　　素壁斜辉，竹影横窗扫。空房悄，乌啼欲晓，又下西楼了。

·注释·

〔1〕"一种"句：一种，一样、同样。裴交泰《相和歌辞·长门怨》："一种蛾眉明月夜，南宫歌管北宫愁。"蛾眉，喻女子眉毛，古以细长弯曲之眉如蚕蛾触须者为美。此转喻一弯如弓的缺月。

〔2〕"庾郎"二句：庾信《伤心赋》序云："既伤即事，追悼前亡，唯觉伤心。"姜夔《齐天乐·蟋蟀》："庾郎先自吟愁赋。"周密《秋霁》："愁损庾郎，霜点鬓华白。"

·评析·

　　"点绛唇"，此调因南朝江淹《咏美人春游》诗中有"白雪凝琼貌，明珠点绛唇"句而取名。上片四句，从第二句起用三仄韵；下片五句，亦从第二句起用四仄韵。声情低哑，基调沉郁，特宜于表现凄黯心绪。本篇为悼亡之作，从"庾郎"二句看，应作于卢氏逝世未久。首二句徐徐而起，写伤心人随处随时触物伤感，对月思圆缺尤感悲凉，过渡至"庾郎"云云。下片"素壁"二句喻形影相吊,与下句"空"字相应,写孤怀苦情。末数句言长夜独坐,目送残月西下,耳听乌啼惊晓。其连用"悄""晓""了"三韵,特具自然流宕之致,而自有一分纤徐沉挚。诸如"乌啼""西楼"之类意象显然得力于李后主,低沉处则又为纳兰所独有。

· 附读 ·

点绛唇　刘嗣绾
酒醒风前,断肠人去关山晓。昨宵草草,一曲江南好。　　不为秋娘,岂便伤心早。何时了,旧愁多少,啼得宫莺老。

点绛唇　咏风兰[1]

别样幽芬,更无浓艳催开处[2]。凌波[3]欲去,且为东风住。　　忒煞萧疏[4],争奈秋如许[5]。还留取,冷香半缕,第一湘江雨。

· 注释 ·

〔1〕风兰:兰科植物,叶短,夏日放白花,无土亦可活,多寄生深山树干上。

〔2〕"别样"二句:别样,别一样,特有一种。幽芬,清幽香气。浓艳,浓重华丽色彩,相对"幽芬"而言者。

〔3〕凌波:美人轻盈步履,曹植《洛神赋》:"凌波微步,罗袜生尘。"此喻指风兰。

〔4〕忒煞:过于、太。萧疏:萧散稀疏。

〔5〕争奈:怎奈何。争,怎,怎么。

· 评析 ·

据张一民《纳兰性德书画收藏录》(《承德师专学报》1991

年第 4 期）考证，本篇又题作"题见阳画兰"，系康熙十九年（1680）题写张见阳《风兰图》者，故不应视作单纯的题画词，其间自有一份浓馥的友情存焉。

正因如此，词虽题咏风兰，但处处切合张见阳心地品格而言之。诸如"别样幽芬""凌波欲去""萧疏""冷香"等，皆是兰人双写、弦外有音之笔。如此题咏，最能见功力，也最见情致。

《纳兰性德书画收藏录》并云：容若殁后，"见阳每画兰，必书容若词"。曹寅乃为张见阳赋《墨兰歌》云："张公健笔妙一时，散卓屈写墨兰姿。太虚游刃不见纸，万首自跋纳兰词。交渝金石真能久，岁寒何必求三友。"颇致赞叹之意，而张氏亦有同调同题词唱和，附后供参读。

· 附读 ·

点绛唇·兰，和容若韵　张见阳

弱影疏香，乍开犹带湘江雨。随风拂处，似共骚人语。　　九畹亲移，倩作琴书侣。清如许，纫来几缕，结佩相朝暮。

点绛唇　寄南海梁药亭[1]

一帽征尘[2]，留君不住从君去[3]。片帆何处，南浦沉香雨[4]。　　回首风流，紫竹村[5]边住。孤鸿语，三生定许，可是梁鸿侣[6]。

· 注释 ·

〔1〕梁药亭：梁佩兰（1630—1705），字芝五，号药亭，祖籍广东南海（今广东佛山市南海区），世居广州。顺治十四年（1657）举人，康熙二十七年（1688）进士，改庶吉士，遽乞归。著有《六莹堂集》，与屈大均、陈恭尹并称"岭南三大家"。

华星夹明月翠
篁连夜缘西园
骈飞盖泻泱英
容池建安以美风流
芳轨今在焉大者
瓒碎庸小者明鉴
诗一试为唱酬书
绵音同填篪

阮亭举酒松园将东
诸兰谢案分韵之一铜印

牧翁先生教正
南海梁佩兰

（清）梁佩兰——《行书五言古诗页》

〔2〕征尘：旅途中风尘。陆游《剑门道中遇微雨》："衣上征尘杂酒痕，远游无处不销魂。"

〔3〕"留君"句：蔡伸《踏莎行》："百计留君，留君不住。留君不住君须去。"

〔4〕"南浦"句：南浦，江淹《别赋》："送君南浦，伤如之何。"原泛指水滨，此言南国沉香浦。沉香浦，一名投香浦，又名沉香洲。位于广东广州市西北三十里。据《读史方舆记要》卷一○一"南海县琵琶洲"注：晋吴隐之任广州刺史，以清廉名，罢归北还，舟过此浦而狂风作，箧中惟有沉香，算名贵物，投之水，风息而现一沙洲，故名。

〔5〕紫竹村：未详，或指京西郊紫竹院一带。

〔6〕"孤鸿"三句：孤鸿，喻指孤身在京之梁佩兰。梁鸿，字伯鸾，东汉时高士，与妻孟光相敬相爱，世传为佳话。此以同姓喻指梁佩兰。按：佩兰与夫人情意谐美，每远出必苦念。其于悼容若之《祭文》中亦有言及："仲夏五月，朱荷绕门；西山飞来，青翠满轩。我念室家，南北万里；不能即归，暂焉依止。公为相慰，至于再三；谓我明春，同出江南。"

· 评析 ·

　　关于梁佩兰，《饮水词笺校》按语云："梁氏宦情颇汲汲，与屈大均志节不类，性德以梁鸿比之，实不侔。"此须作两点说明：其一，性德用此典故，着眼处主要在于"梁孟"情笃，而不在于佩兰与梁鸿人格之比较；其次，即以人格论，洪亮吉在《道中无事，偶作论诗绝句》中论"岭南三大家"云："尚得昔贤雄直气，岭南犹似胜江南。"近代诗人沈汝瑾《国初岭南江左各有三家诗选，阅毕书后》亦云："珠光剑气英雄泪，江左应惭配岭南。"皆未除开梁氏不算。其实梁氏比之陈、屈固有所不及，而因某些难言之痛，考取新朝科名，年届花甲始掇一甲科，甫入翰林院而遽然辞归，似不能言"宦情颇汲汲"。读一部《六莹堂集》，可知梁氏品格心地甚高洁，交游遍天下，而以遗民辈为多。明清之际环境极复杂，似难简单以出处论高下。

　　康熙二十一年（1682）春梁佩兰抵京，应会试落第，九月离京。容若卒时，梁氏《祭文》云："呜呼！我离京师，距今四年。"

此词当作于此次梁氏南归不久。开篇二句言前此送别时心情。"从君去",依依难别,心从之去,言情深挚。次二句写梁氏已归去乡里。过片二句回忆梁佩兰在京时诗酒才华,倜傥风流。康熙二十一年梁氏与朱彝尊以及方以智长子方中德在京师结诗社,主坛坫,声名藉甚,故云。末三句讯问伉俪情笃之状,语平淡而交情自见。

· 附读 ·

点绛唇 · 十月二日马上作　龚自珍
一帽红尘,行来韦杜人家北。满城风色,漠漠楼台隔。　　目送飞鸿,景入长天灭。关山绝,乱云千叠,江北江南雪。

点绛唇　黄花城[1]早望

五夜光寒,照来积雪平于栈[2]。西风何限,自起披衣看。　　对此茫茫,不觉成长叹[3]。何时旦[4]?晓星欲散,飞起平沙雁。

· 注释 ·

[1] 黄花城:或称黄花镇,在十三陵北,今北京怀柔北长城内侧,军都山东南麓一关隘。《新五代史》:"唐时置……黄花……等戍,以扼契丹于此。"

[2] "五夜"二句:用谢灵运《岁暮》"明月照积雪"与祖咏《望蓟门》"万里寒光生积雪"诗意。五夜,五更,通指长夜。栈,栈道,或称栈阁,于山路悬险处以木板铺成的阁道。《后汉书·隗嚣传》:"白水险阻,栈阁绝败。"

[3] "对此"二句:《世说新语·言语》:"卫洗马初欲渡江,形神惨悴,语左右云:'见此茫茫,不觉百端交集。'"

[4] 何时旦:宁戚《饭牛歌》:"从昏饭牛薄夜半,长夜曼曼何时旦。"

·评析·

本篇或以为康熙十五年（1676）农历十月扈从圣祖祭明陵时作，或以为此"黄花城"在山西大同府属之山阴县北，即位于古黄华山又名黄瓜堆者，为容若康熙二十二年（1683）扈从五台山时作。然十五年时容若甫中进士，久未授职，不当有扈从事。而二十二年玄烨于农历二月、九月两上五台，查《起居注》均由河北龙泉关入晋往返，未曾远取晋北之途。故二者皆不确。《饮水词笺校》以为非必随扈之作，是。容若任侍卫，曾司经营内厩马匹之任，亦曾有"觇梭龙"事，皆可能盘桓此地。黄花城距京师不远，随时可至，则此类词篇或不必务求编年矣。

词起二句切"早望"，"积雪平于栈"云云出语似拙直，其实正切合边塞混茫景象，为下文"西风何限""对此茫茫"等句积蓄气势，乃是全词颇值得留心的一处手笔。诗史有"明月照积雪""大江流日夜"之类先例，看似平易而高不可攀。《红楼梦》中才子才女们联句，"赞助商"王熙凤有"一夜北风紧"之发端，博得众人喝彩，其妙也在于那种重拙的大气。容若以此引出心中茫茫史事人事之感，那一声长叹中的"古今多少事""几度夕阳红"味道便有着落，不至突兀。末三句景中含情，平沙飞雁正也喻示一种昂扬心绪，新的一日将要开始，新的历史一页将要翻开，写出少年英俊、挥斥方遒之意。故此篇登临抒怀之作并非一味冷色调，词人心灵曲线的跌宕跃动也给词篇本身带来一种俊鹘掠岸、大鱼凌空之感。

点绛唇

小院新凉，晚来顿觉罗衫薄。不成孤酌，形影空酬酢 [1] ？　　萧寺 [2] 怜君，别绪应萧索 [3]。西风恶，夕阳吹角 [4]，一阵槐花落。

〔1〕"不成"二句：不成，反诘辞，用于句首，作"难道""莫非"解。高观国《凤栖梧》："不成日日春寒去。"孤酌，独自饮酒。酬酢（zuò）：饮酒时主客互相敬酒，主敬客曰酬，客还敬曰酢。一般指称杯盘酬应活动。李白《月下独酌》："花间一壶酒，独酌无相亲。举杯邀明月，对影成三人。"

〔2〕萧寺：寺庙。李贺《马诗》："萧寺驮经马，元从竺国来。"王琦《汇解》："《释氏要览》：'今多称僧居为萧寺者，必因梁武造寺，以姓为题也。'"旧时每以之谓文士客居寓所。

〔3〕萧索：凄清落寞，冷寂貌。

〔4〕夕阳吹角：落日中吹响号角。陆游《浣溪沙》："夕阳吹角最关情。"

· 评析 ·

  词中有"萧寺怜君"语，容若去世后姜宸英《祭文》恰有"于午未间，我蹶而穷，百忧萃止。是时归见，馆我萧寺"之句，说本篇赠姜氏，大抵不错。容若与姜氏交道甚笃，某些细节也甚复杂，赵秀亭先生《纳兰丛话》辨析最为详尽精彩。与《金缕曲·姜西溟言别赋此赠之》及《潇湘雨·送西溟归慈溪》等阕相比，本篇仅随手之小品而已，然而一个"怜"字，心境毕见，读之仍然感动。

· 附读 ·

点绛唇·和成容若韵　陈维崧
并坐燕姬，琵琶膝上圆冰薄。轻拢浅抹，巧把羁愁豁。　　竟去摇鞭，点草霜鬃渴。西风恶，数声城角，冷雁蒙蒙落。

浣溪沙

  消息谁传到拒霜〔1〕，两行斜雁碧天长。晚秋风景倍凄凉。　　银蒜押帘〔2〕人寂寂，玉钗敲烛信茫茫〔3〕。黄花开也近重阳〔4〕。

〔1〕拒霜：木芙蓉，农历八月秋深霜降时开花，故名。柳永《醉蓬莱》："嫩菊黄深，拒霜红浅，近宝阶香砌。"

〔2〕"银蒜"句：袭用孙光宪《浣溪沙》"春梦未成愁寂寂，佳期难会信茫茫"句法。银蒜，银块铸成蒜形作镇帘用，悬于帘下，即所谓"押帘"。苏轼《哨遍》："睡起画堂，银蒜押帘，珠幕云垂地。"

〔3〕"玉钗"句：玉钗敲竹本为击节歌吟时动作，高适《听张立本女吟》："自把玉钗敲砌竹，清歌一曲月如霜。"此处指聊以排遣愁绪之无聊举动。郑会《题邸间壁》："敲断玉钗红烛冷，计程应说到常山。"

〔4〕"黄花"句：黄花，菊花。郑谷《漂泊》："黄花催促重阳近，何处登高望二京。"

·评析·

这是一首提空写情的佳作，既无背景可寻，也无本事可言，无法按断作者之"凄凉"系因何人何事而发，其大旨略同乎李义山之《锦瑟》《无题》。故学者也多"赏"而不"析"，不失为谨慎的态度。就中，严迪昌先生比较明确提出此为悼亡之作。一则从全词意旨近乎《锦瑟》体念感觉，二则从末句联想及《沁园春》"丁巳重阳前三日"词有梦亡妇事之写。我们以为大体中肯（见《纳兰词选》，中华书局2010年版），而吴世昌先生《词林新话》卷五以为"此必有相知名'菊'者为此词所属意，惜其本事已不可考"，单就末句之"黄花"意象而下大判断，恐未免臆测。

实则容若提空写之，读者提空赏之，原无大碍，重心在于词之风神。窃以为，此篇首句、三句、六句皆值得称赏。首句"消息"提前，便使句法拗峭生新，而并不失自然质地。三、六两句皆极自然，写情写景，交相辉映，将一种伤感写得虚灵而沉郁。还应值得一说的是"银蒜"二句。此二句句法意象多取自古人成句，略加变化而已。这在纳兰词中是很常见的现象，也是古典诗

牡丹以姚黄为君魏紫为
后月令菊有黄华单黄
菊必稱尊于金卿以方
姚魏何多讓焉　寿平

載酒看南山種雪成五色霜艷在

〔清〕恽寿平——《菊花》

词创作中常见的现象。

如何评价此种"偷句""偷意"之举？我觉得关键是一个"外化"还是"内化"的问题。举一件词史上著名公案：小晏《临江仙》中的"落花人独立，微雨燕双飞"被称为"不可无一，不能有二"之千古名句，可他是从五代翁宏的《春残》诗中抄来的。现在我们形成了共识，承认小晏有"点铁成金"的手段，他抄得好，抄得妙。那是因为这十个字已完全"内化"成小晏自己东西的缘故。即以纳兰词而论，"银蒜"二句不算出色，但它在词中并不因"偷句""偷意"而显得隔膜，显得"两张皮"，而是与其他妙句共同凝定成一种专属于纳兰的气质。此之谓"内化"，亦即所谓"才气"也。

· 附读 ·

浣溪沙　黄侃
暗砌蛩休月色黄，一团林露漾浮光。秋魂禁得几分凉。　　绮席凝尘人寂寂，
玉珰缄札恨茫茫。重帏幽梦最无妨。

浣溪沙

雨歇梧桐泪乍收[1]，遣怀翻自[2]忆从头。摘花销恨旧风流[3]。　　帘影碧桃人已去[4]，屧痕苍藓径空留[5]。两眉何处月如钩。

· 注释 ·

〔1〕"雨歇"句：梧桐雨，离情别愁意象，温庭筠《更漏子》："梧桐树，三更雨。不道离情正苦。"又，白朴所著杂剧名《唐明皇秋夜梧桐雨》亦以梧桐雨为愁苦意象。

〔2〕翻自：反而引发。

〔3〕"摘花"句：摘花销恨，指代往日同游庭院之乐事。销恨，用王仁裕《开

元天宝遗事》卷二《销恨花》典故："明皇于禁苑中，初，有千叶桃盛开，帝与贵妃日逐宴于树下，帝曰：'不独萱草忘忧，此花亦能销恨。'"王士禄《浣溪沙》："莫将销恨属名花。"旧风流，昔日风流韵事。

〔4〕"帘影"句：帘外桃花依旧，帘内佳人已去。而碧桃影犹在帘上，故云。周密《大圣乐》："渐午阴、帘影移香，燕语梦回，千点碧桃吹雨。"

〔5〕"屐痕"句：屐痕，足印。屐原指木制鞋底，多泛指鞋。苍藓，同苍苔。

· 评析 ·

　　首句"梧桐雨"似暗用《唐明皇秋夜梧桐雨》（白朴所著杂剧名）之悼念意，次句"遣怀"似暗用元稹《遣悲怀》诗题，由此看来，本篇仍是悼亡之作。那人已去，桃影仍留，足迹仍印在苔藓小径之上，"摘花销恨"之"风流"也早消歇不存了！末句言两眉似弯月之心上人已不知何处，只见那弯月挂在天边，正暗示人天永诀，再难相逢，也就更加印证了本篇的悼亡主题。

· 附读 ·

采桑子　黄侃
双珰尺素知何处，梁燕空还，门掩重关，镜里眉痕月一弯。　有情何必长相聚，红泪阑干，两意如环，雾幌烟窗一例寒。

浣溪沙

　　欲问江梅瘦几分[1]，只看愁损翠罗裙[2]。麝篝衾冷惜余熏[3]。　　可耐暮寒长倚竹[4]，便教[5]春好不开门。枇杷花下校书人[6]。

〔1〕"欲问"句：范成大《梅谱》："江梅……或谓之野梅，凡山间水滨荒寒清绝之趣，皆此本也。花稍小而疏瘦有韵，香最清。"叶梦得《临江仙》："学士园林人不到，传声欲问江梅。"

〔2〕"只看"句：孔夷《南浦·旅怀》："故国梅花归梦，愁损绿罗裙。"

〔3〕"麝篝"句：麝篝，熏香器具，竹制熏笼。惜余熏，不想再添香燃熏，听其香烬被冷。韦庄《天仙子》："绣衾香冷懒重熏。"张元幹《浣溪沙》："别来长是惜余熏。"余熏，余温。

〔4〕"可耐"句：可耐，即"可奈""怎奈何"之意。黄庭坚《奉谢泰亨送酒》："非君送酒添秋睡，可耐东池到晓蛙。"暮寒倚竹，用杜甫《佳人》"天寒翠袖薄，日暮倚修竹"意象。

〔5〕便教：纵然，即使。

〔6〕"枇杷"句：借用"枇杷门巷"而化之。王建《寄蜀中薛涛校书》："万里桥边女校书，枇杷花里闭门居。"薛涛能诗，后人每以之称略通诗文风雅之妓女为女校书。

· 评析 ·

严迪昌先生《纳兰词选》解释云："此'江梅'以及下句之所拟喻佳人，均可视作意象运用，自抒心绪，不必认定实写一女子并据此索隐……容若作为八旗贵胄子弟，又久任宫禁侍卫，禁律甚严，不可能与青楼女子有交接。故此句实系其好《花间》词风之表现，借拟喻意象以抒情述志而已。校书人非'女校书'，其意为做个'花间草堂'中人。"

是说见地极高，不同俗眼，然也有可做补充处。如果说容若末句纯属自写心事，可供拈选之词汇正多，似乎没有必要直接用上如此鲜明之薛涛语典。说容若"禁律甚严，不可能与青楼女子有交接"我们是同意的，但是，或应友人之邀题写某位"女校书"，或直接吟咏某位薛涛一流"才妓"，则并非不可能。所以，本篇乃借抒写某位污泥不染、心性孤洁之妓女的外壳，寄托自己身处庙堂而心寄草野之襟怀，如此理解应该更圆通一些。

浣溪沙　沈祖棻
帘幕重重护烛枝，碧阑干外雨如丝。轻衾小枕乍寒时。　　弦谱相思莺柱涩，梦愁远别麝熏微。昨宵新病酒杯知。

浣溪沙

　　泪浥红笺第几行[1]，唤人娇鸟怕开窗。那更[2]闲过好时光。　　屏障厌看金碧画[3]，罗衣不耐水沉香[4]。遍翻眉谱[5]只寻常。

·注释·

〔1〕"泪浥"句:欧阳修《南乡子》:"泪浥红腮不记行。"浥，湿润、浸透。红笺，见前《采桑子》(拨灯书尽红笺也)注释〔1〕。第，但、只。

〔2〕那更：哪里还能。

〔3〕"屏障"句：屏障，屏风。金碧画，屏风上金碧山水画。

〔4〕水沉香：嵇含《南方草木状》："交趾有蜜香树……欲取香，伐之，经年，其根干枝节，各有别色也。木心与节坚黑，沉水者为沉香。"《本草纲目·木一》："沉香木之心节置水则沉，故名沉水，亦曰水沉。"可用以熏衣，周邦彦《浣溪沙》："衣篝尽日水沉微。"

〔5〕眉谱：见前《台城路·洗妆台怀古》注释〔10〕。

·评析·

　　本篇意旨惝恍，很容易被理解为闺愁春恨之写，严迪昌先生则指出此乃"悼亡苦吟"。其《纳兰词选》云：

　　　　第几行，谓笺纸上但有清泪数行，泣不成书。"唤人"句言怕听窗外鹂啭莺语。"那更"句言更怕过此春光明媚季节。"那更"承前句"怕"字而强调。"屏障"二句言心情极恶，缘见旧物更伤心，故厌看、不耐。结句殆如元稹名句"曾经沧海难为水，除却巫山不是云"意，言心头上旧时倩影无可取代者。此乃比喻句。厌看屏画、不耐薰衣心情时，焉有遍翻眉谱之举？

其说体会极深细，读者可详味之。

· 附读 ·

浣溪沙　况周颐
万里移春海亦香，五云扶舰渡花王。从教彩笔费平章。　　萼绿华尤标俊赏，藐姑射不竞浓妆。遍翻芳谱只寻常。

浣溪沙

残雪凝辉冷画屏[1]，落梅横笛[2]已三更。更无人处月胧明[3]。　　我是人间惆怅客，知君何事泪纵横。断肠声里忆平生[4]。

· 注释 ·

[1]冷画屏：杜牧《秋夕》："红烛秋光冷画屏。"

[2]落梅：古羌曲《落梅花》，以笛吹奏。苏味道《正月十五夜》："游伎皆秾李，行歌尽落梅。"黄庭坚《撼庭竹》："呜咽南楼吹落梅，闻鸦树惊栖。"

[3]"更无"句：更无，"更"犹言"绝"，张祜《寄王尊师》："犹忆夜深华盖上，更无人处话丹田。"月胧明，月色朦胧，元稹《嘉陵驿二首》之一："仍对墙南满山树，野花撩乱月胧明。"

[4]"断肠"句：断肠声，此即指笛声。杜甫《吹笛》："吹笛秋山风月清，谁家巧作断肠声。"平生，平昔，往常。《论语·宪问》："久要不忘平生之言。"

审此词情，当系写与知音长夜倾谈，共诉心头不得意事。残雪凝辉，落梅横笛，词开篇意象设置即透出冷寂凄清感。加之"更无人处"一句，则不仅使孤零形象栩栩然于纸上，更为过片情感运行至高潮设置津梁。"我是人间惆怅客"七字蕴蓄着无数悲凉，天荒地老，沧海桑田，尽数融化在此句当中。纳兰词最能揭橥容若之人格形象者有两句，此居其一，另一则"不是人间富贵花"（《采桑子·塞上咏雪花》）也。下接"知君"一句，则对方亦为"人间惆怅客"可不言而喻。知音知心语，莫此为最。而末句亦极妙，容若逝后二百四十年，梁启超有《鹊桥仙》祭之曰："冷瓢饮水，寒驴侧帽，绝调更无人和。为谁夜夜梦红楼，却不道当时真错。　寄愁天上，和天也瘦，廿纪年光迅过。断肠声里忆平生，寄不去的愁有么？"在梁氏亦为妙笔，而尺寸关心者，端在"断肠"七字。

·附读·

浣溪沙　黄侃

幻出优昙顷刻花，断茎零叶委泥沙。多情枉是损年华。　已分缠绵成结习，好将憔悴作生涯。人间唯是我怜他。

浣溪沙

睡起惺忪[1]强自支，绿倾蝉鬓[2]下帘时。夜来愁损小腰肢。　远信不归空伫望[3]，幽期细数却参差[4]。更兼何事耐寻思。

·注释·

[1]惺忪：形容刚醒时神志模糊、眼睛迷离的状态。

[2]绿倾蝉鬓：苏轼《浣溪沙·春情》："朝来何事绿鬟倾。"蝉鬓，古代女子发式之一，后指鬓发。崔豹《古今注·杂注》："魏文帝宫人绝所

宠者，有莫琼树、薛夜来、田尚衣、段巧笑，日夕在侧。琼树乃制蝉鬓，
缥缈如蝉翼，故曰蝉鬓。"

〔3〕伫望：久立而远望。

〔4〕参差：蹉跎，错过。李商隐《樱桃花下》："他日未开今日谢，嘉辰
长短是参差。"

·评析·

　　纳兰《浣溪沙》一调美不胜收，如本篇者，不过中驷而已，
但"睡起惺忪强自支""夜来愁损小腰肢"二语写女儿愁慵，活
色生香，仍令人心动不已。

·附读·

采桑子　谢章铤
心头辗转浑无着，才要画眉，又欲熏衣。百样思量总不宜。　干卿甚事偏如许，
花气微微，日影迟迟。瘦到腰肢不自知。

浣溪沙　潘飞声
昨夜惺忪强自支，更阑细细数归期。起来愁损小腰肢。　倚镜慵慨金届戌，
解囊偷赠玉参差。泪痕惟有枕绹知。

浣溪沙

　　十里湖光载酒游〔1〕，青帘低映白蘋洲〔2〕。西风听彻采
菱讴〔3〕。　　沙岸有时双袖拥，画船何处一竿收〔4〕。归
来无语晚妆楼。

·注释·

〔1〕载酒游：杜牧《遣怀》："落魄江湖载酒行。"

〔2〕"青帘"句：青帘，酒店青布招子。郑谷《旅寓洛南村舍》："白鸟

陈少梅——《柳荫泛舟》

窥鱼网，青帘认酒家。"白蘋洲，泛指水中沙洲。温庭筠《梦江南》："肠断白蘋洲。"

〔3〕"西风"句：听彻，听尽，听得清楚。采菱讴，乐府曲名，梁武帝所制乐府《江南弄》七曲之一有名《采菱曲》，此处泛指吴语歌谣。

〔4〕"沙岸"二句：写由船中所望见景象。一竿，指撑船之竹篙。

·评析·

温庭筠名作《望江南》云："梳洗罢，独倚望江楼。过尽千帆皆不是，斜晖脉脉水悠悠。肠断白蘋洲。"本篇意趣，与其不乏相似，又颇有不同。温氏所写，乃思妇光景；本篇则是看尽闹热风光、听尽采菱讴唱后无语独居的佳人形象。故严迪昌先生《纳兰词选》所说极是：

> "沙岸"句寓岸上人看水中船意，前者自在心闲，后者奔竞不已。味此词绝非实写冶游风光，"画船""妆楼"全系虚拟借喻，凭借以抒述对人生之体验而已。

浣溪沙

脂粉塘[1]空遍绿苔，掠泥营垒燕相催。妒他飞去却飞回。　　一骑近从梅里过，片帆遥自藕溪来[2]。博山炉[3]烬未全灰。

·注释·

〔1〕脂粉塘：地名。任昉《述异记》："吴故宫有香水溪，俗云西施浴处，又呼为脂粉塘。吴王宫人濯妆于此溪上源，至今馨香"。

〔2〕"一骑"二句：梅里，地名，江苏无锡东南。据传春秋时期吴泰伯居此，故又名泰伯城，今犹存泰伯墓。藕溪，在无锡西，参见后《浣溪沙·寄

严荪友》"藕荡桥"注释。

〔3〕博山炉：香炉的美称。炉体呈青铜器中的豆形，上有盖，盖高而尖，镂空，呈山形，山形重叠，其间雕有飞禽走兽，象征传说中的海上仙山博山而得名。宋吕大临《考古图》："香炉像海中博山，下盘贮汤使润气蒸香，以像海之四环。"

· 评析 ·

《笺校》以为本篇是扈驾南巡时偶得栖迟自适之作，严迪昌先生则以为是扈驾归自江南后写赠严绳孙之作，并云："严氏有《浣溪沙》七首写思恋佳人情，容若此词实回应其思。上片言对方空自期待而至怨恨，下片继慰严氏：我刚经您乡里北回，您所思念者仍痴痴等着。上片'掠泥营垒'云云并非实写，乃取其意象抒述人去不回之怨思。故泥于燕子筑巢季节而核之容若扈驾江南于秋冬，进而索隐容若别有江南之行，不免臆度。"所辨甚精，大可依从。

· 附读 ·

浣溪沙　严绳孙
瘦损腰支不奈愁，扇歆灯背晚庭幽。不如眠去梦温柔。　昨夜凉风生玉砌，旧时明月在兰舟。一生真得几回眸。
腻粉无端退蝶翎，赤憎偷眼是蜻蜓。春光先去短长亭。　安得手持修月斧，愿将身作护花铃。不堪风雨浣丹青。

浣溪沙

五月江南麦已稀，黄梅时节雨霏微〔1〕。闲看燕子教雏飞〔2〕。　　一水浓阴如墨画〔3〕，数峰无恙又晴晖〔4〕。湔裙谁独上渔矶〔5〕？

〔1〕"黄梅"句：黄梅时节，指初夏时节江淮流域连绵阴雨天气，时梅子黄熟，故云。柳宗元《梅雨》："梅实迎时雨。"霏微，迷蒙貌，李煜《采桑子》："细雨霏微。不放双眉时暂开。"

〔2〕"闲看"句：化用辛弃疾《山花子》"日日闲看燕子飞，旧巢新垒画帘低"句意。

〔3〕罨（yǎn）画：杨慎《丹铅总录》："画家有罨画，杂彩色画也。"又，太湖西岸之江苏宜兴、浙江长兴之间有罨画溪，景色秀丽，诗词中每以之指代如画溪流。

〔4〕"数峰"句：谓雨云消散，山峰又现出，秀色如初。

〔5〕湔（jiān）裙：亦作"溅裙"，男女相悦而相会之意象。典出李商隐《柳枝五首序》：洛中女子柳枝与商隐从兄让山相遇而约，谓三日后女子"当去湔裙水上，以博香山待，与郎俱过"。湔，洗涤。湔裙是古代一种风俗，士妇醉酒洗衣于水边，以辟灾度厄。矶：水边突出之岩石。孟浩然《经七里滩》："钓矶平可坐，苔磴滑难步。"

·评析·

　　诗词固然有纪实之功能，可据以考查诗人行迹等，但诗词又不能全作呈堂证供来理解。即如本篇，麦稀、梅雨、燕子飞，皆为江南夏初最普遍景象。不必亲临江南亦能写出，何况容若友好几乎皆为江南人，对此耳熟能详呢？此类词或为拟作，或系酬和，固不必以之为据索隐容若另有江南之行。顾贞观有《画堂春》与本篇意趣相近，或即酬和之原作，兹附读。

·附读·

画堂春　顾贞观
湔裙独上小渔矶，袜罗微溅春泥。一篙生绿画桥低，昨夜前溪。　　回首棟花风急，催归暮雨霏霏。扑天香絮拥凄迷，南北东西。

浣溪沙

西郊冯氏园看海棠，因忆《香严词》有感。[1]

谁道飘零不可怜，旧游时节好花天。断肠人去自经年[2]。　　一片晕红疑著雨[3]，几丝柔绿[4]乍和烟。倩魂销尽夕阳前。

· 注释 ·

〔1〕此副题通志堂本无，据汪刻本增，汪刻本则据徐钆《词苑丛谈》增。冯氏园：清初文华殿大学士冯溥园林，沿用元代右丞廉希宪万柳堂之名，位于北京右安门外草桥至丰台之间，为名流聚会处。一说为明万历时大珰冯保之园林。《香严词》：龚鼎孳（1616—1673）著。龚氏字孝升，号芝麓，安徽合肥人。明崇祯七年（1634）进士，官至兵科给事中。入清官至礼部尚书，屡主礼部会试。康熙十二年（1673）容若与韩菼等与试，即龚氏为主考，韩菼殿试第一，容若以病未与廷对，后三年补与殿试时龚已先卒。龚氏词清雅情深与悲凉慷慨兼具，为清初词坛一大作手。又以身居高位，鼓扬之功不浅，为"辇毂诸公"之代表人物。

〔2〕"断肠"句："经年"二字通志堂本作"今年"，据汪刻本改。

〔3〕晕红：陈松龙《海棠》："酒晕红娇气欲皆。"又，容若自作《锦堂春·秋海棠》："仿佛箇人睡起，晕红不著铅华。"

〔4〕柔绿：陈纪《倦寻芳》："簌簌落红春似梦，萋萋柔绿愁如织。"

· 评析 ·

本篇若采用通志堂本，无副题，则理解起来会简单很多。然历来论者对此副题皆颇有争议，缠讼久之而无定解，回避似不应该，需先作交代。

说法一：张草纫《纳兰词笺注》认为系忆念《香严词》中提

及之"璧人",不是龚鼎孳本人。

说法二:赵秀亭、冯统一《饮水词笺校》以为系怀念龚鼎孳作。

说法三:严迪昌先生《纳兰词选》于本篇附考,以为伤悼龚鼎孳夫人顾媚(即世所谓横波夫人者),而兼及龚氏。

窃以为,以上说法中最容易否定者乃赵、冯二氏之说。理由张草纫先生已说得很清楚:"词中有'断肠人去自今年''倩魂销尽夕阳前'的句子,把'断肠人''倩魂'这样的词语用在一个五十九岁的老者身上,是令人难以想象的。况且词的标题是'因忆《香严词》有感',分明是有感于《香严词》中提到的某件事或某个人,而不是龚本人。"可是张草纫先生以为忆念者为龚氏《菩萨蛮》提及之"璧人",亦应属误解。《菩萨蛮》词题为"同韶九西郊冯氏园看海棠",此"韶九"在龚氏诗词中经常出现,虽一时尚不可考,然其为男性则可断定,不应有"倩魂"之说。

严迪昌先生的说法比之前两种更近其实,应可信服。但先生据"汪刻本"文本判断此篇作于康熙十二年(1673)八九月间,指出所看为秋海棠,我则还有一点保留意见。如据通志堂本,则词中有"柔绿"意象,合上句之"晕红",分明是春景而非深秋色彩。因而在作期问题上,我更倾向于前两种说法,为康熙十三年(1674)年春。惟如此通志堂本之"今年"二字又无法落实,故取汪刻本,改作"经年"。

从以上论述可知其中矛盾甚多,我的浅愚之见并未真正解决问题。于是便又存在一种新的可能性,即词之本事以现有条件并不可考。或许对当事人及同时代人来说并非秘辛,而后人则难得其详矣。这在文学史上是不少见的情况,适当存疑或不全是惰性,而是一种谨慎。兹录严先生所作赏析文字以备参酌,亦减省读者翻检之劳:

> 首二句写花正好时想到花落之可怜,此意即切入"忆《香严词》有感",前句之感叹由后句"旧游时节"升发,容若此来时节也即龚鼎孳"旧游"看花节令。龚氏有四首《菩萨

蛮》"西郊冯氏园看海棠"，皆作于康熙八年（1669）春至九年秋之间。最后一首词题为"西郊海棠已放，风复大作，对花怅然"，词云："爱花岁岁看花早，今年花较去年老。生怕近帘钩，红颜人白头。　　那禁风似箭，更打残花片。莫便踏花归，留他缓缓飞。"龚氏看海棠词大抵寄寓追思顾媚之伤逝情，此阕中"怕近帘钩"云云即以海棠花魂"红颜"喻顾氏芳魂。时龚氏已五十五岁左右，故有"白头"之云。容若词首二句即龚氏此阕下片词意所触起之感喟。下文"断肠人"实喻指龚鼎孳。秋海棠又名断肠花，以花拟已逝者，则年年来寄心底哀思人正乃断肠人。如今爱怜断肠花而心祈"留他缓缓飞"之人也逝去了。"一片"二句亦花亦人，人指倩魂。断肠人即惜花人逝去，花魂亦感伤，顾媚之倩魂自更哀伤。

浣溪沙　黄侃
谁信飘零是宿缘，萧萧客路夕阳天。又将离恨度今年。　　流水有情长向海，西风吹盟总如烟。丝魂销尽在秋前。

浣溪沙　咏五更，和湘真韵

微晕娇花湿欲流，簟纹灯影[1]一生愁。梦回疑在远山楼。　　残月暗窥金屈戌[2]，软风徐荡玉帘钩。待听邻女唤梳头。

·注释·

〔1〕簟纹：见前《如梦令》（正是辘轳金井）注释〔5〕。
〔2〕屈戌：旧式门窗搭扣。梁绍壬《两般秋雨庵随笔》卷三："窗门之钩，旧名屈戌。程十然丈曰：'戌字当作戍字，戍有守义。屈戍者，屈铁以为守也。'赵秋舲同年云：'尤西堂词中，曾以戌字押入遇韵，则训戌为

成，前人已有之矣。'"

·评析·

"湘真"，系陈子龙词集名。陈氏《浣溪沙·五更》云："半枕轻寒泪暗流，愁时如梦梦时愁。角声初到小红楼。 风动残灯摇绣幕，花笼微月淡帘钩。陡然旧恨上心头。"两篇相对照，精彩处皆在"愁""头"二韵。纳兰"簟纹灯影一生愁"之坚执，湘真"愁时如梦梦时愁"之惝恍，各擅胜场，不易轩轾；纳兰"待听邻女唤梳头"刻写"五更"贴切，湘真"陡然旧恨上心头"振起全篇，亦各有千秋。如此和韵，可谓道着。

·附读·

浣溪沙·宿村店 黄侃
荒驿鸣蛩伴客愁，残灯清簟一宵秋。梦回疑在旧时楼。 帘动乍闻金屈戌，枕低遥见玉雕锼。当时未觉是绸缪。

浣溪沙

伏雨朝寒愁不胜[1]，那能还傍杏花行。去年高摘斗轻盈[2]。 漫惹炉香双袖紫，空将酒晕[3]一衫青。人间何处问多情。

·注释·

〔1〕"伏雨"句：彭孙遹《阮郎归》："几回欲去又消停，朝寒不自胜。"伏雨，连绵不断之雨。杜甫《秋雨叹》其二："阑风伏雨秋纷纷，四海八荒同一云。"
〔2〕"去年"句：吴伟业《浣溪沙》："摘花高处赌身轻。"
〔3〕酒晕：见前《浣溪沙》(谁道飘零不可怜)注释〔3〕。

注释〔2〕所提及吴伟业同调词题为"闺情",是其早期名作:"断颊微红眼半醒,背人蓦地下阶行。摘花高处赌身轻。 细拨熏炉香缭绕,懒涂吟纸墨欹倾。惯猜闲事为聪明"。本篇灵感,或得力于此。同一摘花,同一轻盈,同一赌斗,吴氏以"惯猜闲事为聪明"煞拍,就事论事而已,纳兰则拓展出"人间何处问多情"的感慨,自稍胜一筹。

吴梅村早年以闺情擅名词坛,上引《闺情》即是代表,更著名者乃《丑奴儿令》:"低头一霎风光变,多大心肠。没处参详。做个生疏故试郎。 何须抵死推侬去,后约何妨。却费商量。难得今宵是乍凉。"可谓艳入骨髓。迨中经国变,气息悲凉,不必说走稼轩一路者,即言情之作亦多苍劲语。如《临江仙》:"落拓江湖常载酒,十年重见云英。依然绰约掌中轻。灯前才一笑,偷解衸罗裙。 薄幸萧郎憔悴甚,此生终负卿卿。姑苏城上月黄昏,绿窗人去住,红粉泪纵横。"陈廷焯的评语很有见地:"吴伟业词虽非专长,然其高处有令人不可捉摸者。此亦身世之感使然,否则徒为'难得今宵是乍凉'等语,乃又一马浩澜耳。"(《白雨斋词话》)

朝中措 黄侃
阑风伏雨送残春,深阁掩孤嚬。弱絮已随流水,落红更化香尘。 无情百舌,问花不语,空惜佳辰。收拾今年愁绪,朝来还馁花神。

浣溪沙

五字诗中目乍成[1],尽教残福折书生[2]。手授裙带那时情[3]。 别后心期和梦杳[4],年来憔悴与愁并。夕阳依旧小窗明[5]。

〔1〕"五字诗"句:五字诗,五言诗。目乍成,目初成。目成,两心相悦,以目传情。《楚辞·九歌·少司命》:"满堂兮美人,忽独与余兮目成。"

〔2〕"尽教"句:尽教,任凭。刘克庄《乍归九首》其九:"尽教人贬驳,唤作岭南诗。"残福折书生,令书生消折福分。按此二句,前句用王彦泓(次回)之《有赠》成句:"矜严时已逗风情,五字诗中目乍成。"后句则化用王氏《梦游十二首》中"相对只消香共茗,半宵残福折书生"语意。

〔3〕捼(ruó):揉搓。薛昭蕴《小重山》:"手捼裙带绕阶行,思君切,罗幌暗尘生。"

〔4〕别后心期:分别后期待重逢的心愿。杳:遥远,谓难以实现。

〔5〕"夕阳"句:唐人方棫失题诗:"夕阳如有意,长傍小窗明。"

·评析·

　　此篇语致轻倩,是强说愁绪之篇,似伤少年一段情事,绝非为悼念亡妻卢氏作。或据蒋瑞藻《小说考证》引《海沤闲话》之记载,津津乐道所谓"表妹入宫"故事,引本篇为证。实则小说家言,风影虚无,难作凭据。

·附读·

浣溪沙·有赠　潘飞声
丁字帘前目乍成。手抛蝉翼晚妆停。代收鸾镜索调筝。　　压帐钩痕无月印,隔窗花语有人听。好春如梦未分明。

浣溪沙

　　欲寄愁心[1]朔雁边,西风浊酒[2]惨离颜。黄花时节碧云天[3]。　　古戍烽烟迷斥堠[4],夕阳村落解鞍鞯[5]。不知征战几人还[6]。

·注释·

〔1〕欲寄愁心：李白《闻王昌龄左迁龙标遥有此寄》："我寄愁心与明月，随风直到夜郎西。"

〔2〕浊酒：此处应用范仲淹《渔家傲》"浊酒一杯家万里"语典。

〔3〕"黄花"句：王实甫《正宫·端正好》："碧云天，黄花地，西风紧，北雁南飞。"

〔4〕"古戍"句：古戍，古时边防驻地营垒、城堡。斥堠（hòu），用以瞭望敌情之土堡。虞羲《咏霍将军北伐诗》其二："玉门罢斥堠，甲第始修营。"

〔5〕鞍鞯（jiān）：马鞍及其下垫子。《木兰诗》："东市买骏马，西市买鞍鞯。"

〔6〕"不知"句：化用王翰《凉州词》"古来征战几人回"句。

·评析·

　　本篇应系纳兰扈从塞上之作，情感平淡，意象陈旧，或乃一时兴感的口占之作，无赏心悦目处。

浣溪沙

　　记绾长条[1]欲别难，盈盈自此隔银湾[2]。便无风雪也摧残。　　青雀几时传锦字[3]，玉虫连夜剪春幡[4]。不禁[5]辛苦况相关。

·注释·

〔1〕绾长条：古人有折柳相别风俗，"柳"谐音"留"，折赠柳条表不舍。绾，此指折柳缠绕成结。张乔《寄维扬故人》："离别河边绾柳条，千山万水玉人遥。"

〔2〕"盈盈"句：盈盈，《古诗十九首》："盈盈楼上女，皎皎当窗牖。"

此指仪态动人之女子。纳兰《浣溪沙》："有个盈盈骑马过。"银湾,银河。李贺《溪晚凉》:"银湾晓转流天东。"

〔3〕"青雀"句:青雀,青鸟,传说中为西王母取食传信的神鸟。喻指传递书信之使者,代音讯。鲍照《野鹅赋》:"无青雀之衔命,乏赤雁之嘉祥。"锦字,指女子所寄书信。典出《晋书·窦滔妻苏氏传》:窦滔远徙流沙,其妻苏蕙织锦成回文诗以赠。顾夐《浣溪沙》:"青鸟不来传锦字,瑶姬何处锁兰房。忍教魂梦两茫茫。"

〔4〕"玉虫"句:玉虫,灯花。杨万里《和范至能参政寄二绝句》:"锦字展来看未足,玉虫挑尽不成眠。"春幡,旧时风俗,妇女于立春日剪缯绢为小幡,或簪头上,或缀花下,以迎吉祥。辛弃疾《汉宫春·立春日》:"春已归来,看美人头上,袅袅春幡。"

〔5〕不禁:不能承受。

· 评析 ·

　　容若《渌水亭杂识》云:"花间之词如古玉器,贵重而不适用;宋词适用而少贵重。李后主兼有其美,更饶烟水迷离之致。"可代表其词学观很重要的一个层面。尽管"不适用",但因其"贵重",他对《花间词》还是很下了一番功夫的。其有斋号"花间草堂"即为明证。本篇应该即是早年喜好《花间》时所拟作,未必有本事。据《瑶华集》本,"玉虫"二句作"绿窗前夜剪春幡。愁他辛苦梦相关",于顾夐《浣溪沙》词之拟作痕迹甚明显,《通志堂集》等本已改定成今所见之句,仿作意味渐泯矣。

　　小词最佳处在上下片两结句。"便无"句似写柳,而实写人,心伤沉痛之至。盖风雪摧残惟伤其身而已,相思之苦伤于心,远较风雪酷厉无情。中间以"青雀"二句过渡,一写期待之切,一写祈愿春神赐佳音,引出结末"不禁"句。"连夜剪春幡"已然辛苦,何况为相思关切之人祈福,又多一分甜蜜的忧愁呢?心上种种,如何能够担承?写少女心事,非慧心妙笔不克臻此。

　　纳兰有名篇《临江仙·寒柳》(飞絮飞花何处是)词,尝被推为"压卷之作"。本篇不及《寒柳》,但《寒柳》中诸多思路,在本篇中都有体现。如果前面的分析大体不错，即此篇为容若早年作，那么似可视为《寒柳》词的"预演"和"小样"吧。逼人才性，已露端倪，读者可对照而求之。

· 附读 ·

浣溪沙　冯开
携手红阑六曲阴，略无言语只沉吟。此情不为别来深。　　小小悲欢都在意，轻轻寒暖也关心。记从相见到而今。

鹧鸪天　潘飞声
检点闲情抛撇难，闻声对影苦相关。翻疑锦字传青雀，空忆银针绣彩鸳。　　遥听曲，悄凭阑，一墙才隔便蓬山。从知此夜霏微雨，布被香襟各自寒。

鹧鸪天·壬午秋词（之三）　白敦仁
直与秋人事有关，盈盈一水隔银湾。五更风露初七夜，一日相思定几年。　　人寂寞，泪阑干，水苹风起蜡枝残。红楼便是伤心地，星月当头不拟看。

浣溪沙

谁念西风独自凉，萧萧黄叶闭疏窗。沉思往事立残阳[1]。　　被酒莫惊春睡重[2]，赌书消得泼茶香[3]。当时只道是寻常。

· 注释 ·

[1]"沉思"句：李珣《浣溪沙》："暗思何事立残阳。"

[2]"被酒"句：被酒，中酒，酒醉。春睡，醉困沉睡，脸红如春色。冯延巳《上行杯》："春山颠倒钗横凤，飞絮入檐春睡重。"

[3]"赌书"句：用李清照、赵明诚故事。《金石录后序》："每饭罢，坐归来堂。烹茶，指堆积书史，言某事在某书某卷，第几叶第几行，以中否角胜负为饮茶先后。中则举杯大笑，至茶倾覆怀中，反不得饮而起。"消得，消受、享受。

日＜綺忘前花霧連昏曉下骨下廉

悼消受寒香繞

丙戌冬少梅

陈少梅——《倚窗仕女》

·评析·

　　纳兰词中，这也是格外动人心魄的一篇。所谓动人心魄，首先自然表现在那种浓郁而纯挚的情感。独立西风，黄叶萧萧，想起妻子生前的般般往事，当时视为寻常，视为理所当然者，如今却遥不可及，高不可攀。人生之大憾岂有过于此者？佛家所云"爱别离苦"，这也算是到了极致吧？可是，就是如此深不可测的情感，作者又是以怎样的语言表达出来的呢？我们把六句四十二个字一一读下来，可以说是简单到了极致，也平淡到了极致。既没有呼天抢地的悲怆，也没有描头画角的文饰，甚至很多字句和场景还似曾相识。可是，我们依然会清晰地感觉到，这是属于纳兰的，这是纳兰以他特有的性情和气质凝铸成的。异样的简单与平淡表达出了异样的深沉与痛楚，确乎非天才不能办也。走笔至此，又有或许不很贴切的联想。《射雕英雄传》十二回中黄蓉与洪七公有这样一段对话：

　　　　黄蓉扑哧一笑，说道："七公，我最拿手的菜你还没吃到呢。"洪七公又惊又喜，忙问："甚么菜？甚么菜？"黄蓉道："一时也说不尽，比如说炒白菜哪，蒸豆腐哪，炖鸡蛋哪，白切肉哪。"洪七公品味之精，世间稀有，深知真正的烹调高手，愈是在最平常的菜肴之中，愈能显出奇妙功夫，这道理与武学一般，能在平淡之中现神奇，才说得上是大宗匠的手段。

　　其实何止烹调、武学，诗词创作中更是如此。容若此篇可现身说法。

·附读·

浣溪沙　谢玉岑

十二雕阑十二帘，秋河初落夜恹恹。已凉还暖自家怜。　　琼叶螺痕空对影，锦书凤纸欲成烟。人生何处是当年。

浣溪沙

十八年来堕世间[1]，吹花嚼蕊弄冰弦[2]。多情情寄阿谁[3]边。　　紫玉钗[4]斜灯影背，红绵粉冷[5]枕函偏。相看好处却无言[6]。

·注释·

〔1〕"十八"句:李商隐《曼倩辞》:"十八年来堕世间,瑶池归梦碧桃闲。"典出《仙吏传·东方朔传》。朔卒后,武帝召太王公问其始末。太王公云:"(天上诸星)俱在,惟不见岁星十八年,今复见耳。"武帝惨然不乐,曰:"朔生在朕旁十八年,而不知是岁星也。"

〔2〕"吹花"句:吹花嚼蕊,形容少女天真娇憨的姿态。语出李商隐《柳枝五首序》:"柳枝,洛中里娘也……吹叶嚼蕊,调丝擫管,作天海风涛之曲,幽忆怨断之音。"因此中"吹叶嚼蕊"与"调丝擫管"相连,后也引申指吹奏、歌唱或反复推敲声律、词藻。如陈裴之《香畹楼忆语》:"余素不工词,吹花嚼蕊,嗣作遂多。"冰弦,琴弦的美称。《杨太真外传》载,中官自蜀回,得琵琶以献,弦乃拘弥国所贡绿冰蚕丝也。

〔3〕阿谁:犹言何人。

〔4〕紫玉钗:钗的美称,蒋防《霍小玉传》:"曾令侍婢浣沙,将紫玉钗一只,诣景先家货之。"

〔5〕"红绵"句:红绵谓红色丝绵的枕芯。崔国辅《白纻辞》:"坐恐玉楼春欲尽,红绵粉絮裛妆啼。"周邦彦《蝶恋花·早行》:"唤起两眸清炯炯,泪花落枕红绵冷。"

〔6〕"相看"句:汤显祖《牡丹亭·惊梦》:"是那处曾相见,相看俨然,早难道这好处相逢无一言。"

·评析·

这首轻倩灵动、满含甜美与温馨的小词究竟为谁而作,学界看法不同。《笺校》以为为沈宛作，理由如："吹花嚼蕊"与"天海风涛"皆出自李商隐《柳枝五首序》，暗示了沈宛的歌女身份。又如"十八年""紫玉钗"语均见《霍小玉传》，小玉亦歌女也。这些说法亦自有因，然古人用事典、语典法有多端，或可举其一隅而已，不必全然贴切。诸如"吹花"之语不过写娇憨情态，"紫玉钗"亦不过钗之美称，"十八年"用东方朔事，与《霍小玉传》无大关联。以上证据皆不够充分。

然赵秀亭先生《纳兰丛话》六四于其上增一句"容若身所遇、词所述，必为倡家女，决不可移贵家闺阁"，我则甚为赞可。玩本篇语气，亲切多于矜持，调笑多于庄重，用之风月场合尚属得体，赠妻子即嫌轻艳。故张草纫先生以为此篇为卢氏作我也不能同意。窃以为，古人于诗多有"赋得"之体，于词则有"空中语"之说，求之过深，难免沦入猜谜陷阱。诸如《花间集》载欧阳炯《浣溪沙》云："落絮残莺半日天，玉柔花醉只思眠。葱窗映竹满炉烟。　　独掩画屏愁不语，斜欹瑶枕鬓鬟偏。此时心在阿谁边。"其立意造语，多有为本篇所用者，然则以为拟古闲情之作或亦不为无因。

关于本篇，况周颐《蕙风词话》卷五云："《饮水词》有云'吹花嚼蕊弄冰弦'，又云'乌丝阑纸娇红篆'。容若短调，轻清婉丽，诚如其自道所云。"抉出"吹花"句标识纳兰短调风格，甚见巨眼。

浣溪沙·拟饮水　陈小翠

小扇单衫瘦不支，一春幽梦逐游丝。恹恹睡过日长时。　　低鬟围花蔫白奈，银纨揩粉写新词。等闲何敢说相思。

小院春寒花放迟，碧纱窗外雨丝丝。日长何事耐寻思。　　香近语低疑薄醉，离多会少却宜诗。当年未到可怜时。

浣溪沙

莲漏〔1〕三声烛半条，杏花微雨湿轻绡〔2〕。那将红豆寄无聊^[3]。　　春色已看浓似酒^[4]，归期安得信如潮^[5]。离魂入夜倩谁招^[6]。

·注释·

〔1〕莲漏：古时计时器一种，名莲花漏。以其状如莲，故称。

〔2〕轻绡：此指杏花之瓣。

〔3〕无聊：无可凭托、渺茫虚空感。

〔4〕"春色"句：俞国宝《蓦山溪》："群花烂熳，春色浓如酒。"

〔5〕"归期"句：潮汐定期如守信，故云。

〔6〕"离魂"句：用唐人传奇《离魂记》中倩娘故事。《离魂记》叙述衡州张镒有女倩娘，与表兄王宙相恋，镒将女儿许配他人，倩娘病。王宙远遣去蜀，夜半，倩娘魂随至船上。同居五年后，归家，房中卧病倩娘出与魂合。夜招，有悼亡之意。

·评析·

　　杏花微雨，春夜独坐，雨声漏声，声声敲滴心头。春色正浓，而那人归期无定，相思红豆，无处可寄，岂不无聊绝望之甚？真恨不能如离魂的倩女，奔到那人身畔！本篇严迪昌先生以为仍是悼亡之作，我们以为"杏花微雨""红豆寄无聊""春色已看浓似酒"等句发语较明丽轻倩，总体未觉沉痛，故作闺中离思之作理解。

·附读·

山花子　刘嗣绾

冷到楼头碧玉箫，春魂一夜不堪招。载得春人同去也，恨兰桡。　　但觉别情深似海，何当归梦信如潮。一点离心流得到，小红桥。

浣溪沙

身向云山那畔行，北风吹断马嘶声^[1]。深秋远塞若为情〔2〕。　　　一抹晚烟荒戍垒，半竿斜日旧关城〔3〕。古今幽恨几时平。

·注释·

〔1〕"身向"二句：那畔，那边。马嘶，马鸣。伏知道《从军五更转五首》其四："依稀北风里，胡笳杂马嘶。"

〔2〕若为情：《诗词曲语辞汇释》卷一："读时宜将'若'字一顿而弗与'为'字连读者"；"'为情'为一读，'若为情'，犹云何以为情或难以为情，实即不堪之情。毛滂《小重山》：'江山雄胜为公倾。公惜醉，风月若为情。'"

〔3〕"一抹"二句：写塞边荒凉景象。晚烟，傍晚旷野或山脚每多烟雾。戍垒，戍边堡垒。半竿斜日，日落将没。半竿谓视觉中间距，落日与地面或城关建筑物间只有半竿之高。吴融《便殿候对》："半竿斜日下厢风。"

·评析·

全篇之词眼在末句，表述一种行吟塞上自然感发之思古幽情：边塞战场古今征伐不绝，败者固然埋骨于荒烟雪漠之间，胜者虽开疆拓土，不可一世，如今不也烟消云散？只留下眼前的荒垒旧关，依稀掩映，成为一点历史见证罢了！东坡所谓"固一世之雄也，而今安在哉？"（《赤壁赋》）杨慎所谓"青山依旧在，几度夕阳红"（《临江仙》），同一意也。

·附读·

浣溪沙　黄侃

小阁萧晨病不胜，一宵微雨嫩凉生。那能还听坠梧声。　　　漫惹篆烟牵断绪，空翻蠹札问前情。今生幽恨几时平。

浣溪沙　大觉寺〔1〕

燕垒空梁画壁寒〔2〕，诸天花雨散幽关〔3〕。篆香清梵〔4〕

有无间。　　蛱蝶乍从帘影度，樱桃半是鸟衔残[5]。此时相对一忘言[6]。

·注释·

〔1〕大觉寺：据《笺校》考，此为位于北京西郊阳台山麓的大觉寺。

〔2〕"燕垒"句：燕垒空梁，薛道衡《昔昔盐》："暗牖悬蛛网，空梁落燕泥。"画壁，指寺院画有佛经故事之壁。

〔3〕"诸天"句：诸天花雨，佛教语，诸天指护法众天神，为赞叹佛说法之功德而散花如雨。《仁王经·序品》："时无色界雨诸香华，香如须弥，华如车轮。"后用为赞颂高僧颂扬佛法之词。顾况《题山顶寺》："日暮香风时，诸天散花雨。"幽关，寺院地处幽僻，故云。

〔4〕篆香：犹盘香。古时将香料做成篆文形状，燃其一端，依香上的篆形印记，烧尽计时。秦观《减字木兰花》："欲见回肠，断尽金炉小篆香。"清梵：诵经声。

〔5〕"樱桃"句：王维《敕赐百官樱桃》："才是寝园春荐后，非关御苑鸟衔残。"

〔6〕"此时"句：陶渊明《饮酒》其五："此中有真意，欲辨已忘言。"

·评析·

　　清朝贵胄多崇佛教，纳兰虽不见如何热衷，但内典谙熟，足迹流连，还是明显可感的。本篇是佛寺游观之作，自以静谧的禅意为主，然点染"蛱蝶""樱桃"二语，便有勃勃生机，不枯寂。动静相得之际，感悟生命哲思，"忘言"之煞拍也便悠远自然。读此篇想到《天龙八部》第八回中保定帝段正明到拈花寺求助黄眉僧的一段：

　　　　他踏着寺院落叶，走向后院。小沙弥道："尊客请在此稍候，我去禀报师父。"保定帝道："是。"负手站在庭中，眼见庭中一株公孙树上一片黄叶缓缓飞落。他一生极少有如此站在门外等候别人的时刻，但一到这拈花寺，俗念尽消，浑然忘了自己天南为帝。

纳兰心境，庶几似之。

·附读·

绮罗香·暮春旸台山大觉寺　溥儒

寂寞宫花，参天黛色，前度刘郎重到。依旧东风吹绿，寺门芳草。孤松下、半亩方塘，暮云外、数峰残照。经香虚隔久生尘，高僧尽向尘中老。　　前朝清水旧院，听画楼莺转，不堪登眺。一片荒亭，瘦石枯藤萦绕。吟玉树、尚忆嘉陵，题壁客、已无崔颢。问兴废，禅院凄凉，月明空碧沼。

浣溪沙　古北口[1]

杨柳千条送马蹄，北来征雁旧南飞[2]。客中谁与换春衣[3]。　　终古闲情归落照，一春幽梦逐游丝[4]。信回刚道[5]别多时。

·注释·

〔1〕古北口：长城关隘之一，《大清一统志·顺天府》："古北口关，在密云县东北一百二十里，亦曰虎北口。"两旁山势峻险，为长城一要口。

〔2〕"北来"句：大雁每年春分节令前后从南方北归。以其前一年秋分时节由北南飞，故云北归雁为"旧南飞"。

〔3〕换春衣：岑参《陪使君早春西亭送王赞府赴选》："到来逢岁酒，却去换春衣。"

〔4〕"一春"句：秦观《八六子》："夜月一帘幽梦，春风十里柔情。"赵彦端《秦楼月》："一春幽梦，与君相续。"游丝，指蜘蛛等布吐的飘荡在空中的丝。沈约《三月三日率尔成篇》："游丝映空转，高杨拂地垂。"

〔5〕刚道：偏说。刚，此处作"硬是""偏偏"解。苏轼《水调歌头》："堪笑兰台公子，未解庄生天籁，刚道有雌雄。"

这是一封写于古北口的家信或曰情书。首二句写关内春已浓，口外寒仍重。"送马蹄"意为马后杨柳翩翩，春意盎然，"送"字看似轻易，实则锤炼。后来康、雍之际诗人徐兰《出关》诗名句"马后桃花马前雪，出关争得不回头"亦即此意。"客中谁与换春衣"一句问得柔情似水，悬念之意皆在不言之中。下片以"终古"二字开头，气魄意境即转深沉，然下句仍以"幽梦"映照之，可谓收放自如。结句意谓原本为"别多时"所苦，怕提起此一话题，回信中却偏偏说"别多时"之事，岂不是眉间心上，无计回避？如此曲曲道来，极有风味。本篇虽是情书，但刚健婀娜融于一手，脂粉泪光被雄关峻岭淡化了不少，是亦得江山之助者。

· 附读 ·

浣溪沙 · 庚戌重游星洲　杨圻
百草千花送马蹄，重来门巷绿阴肥。夕阳依旧小帘西。　莫是繁华生客感，果然寂寞动乡思。夜深风露自添衣。

浣溪沙

凤髻抛残秋草生[1]，高梧湿月冷无声[2]。当时七夕记深盟[3]。　信得羽衣传钿合[4]，悔教罗袜葬倾城[5]。人间空唱雨淋铃[6]。

· 注释 ·

〔1〕"凤髻"句：唐天宝初，杨贵妃常以假鬓为首饰，而好服黄裙，时人为之语曰"义髻抛河里，黄裙逐水流"；又有闺怨之意，杜牧《为人题赠》："和簪抛凤髻，将泪入鸳衾。"秋草，用白居易《长恨歌》"西宫南内多秋草，落叶满阶红不扫"语典。

霓裳一曲舞衣裳
輕合笑秋波目
媚生宮院三千
皆國色春寒
丁亥少梅又題

陈少梅——《杨贵妃图》

〔2〕"高梧"句：白居易《长恨歌》："秋雨梧桐叶落时。"姜夔《扬州慢》："波心荡、冷月无声。"

〔3〕"当时"句：陈鸿《长恨歌传》："昔天宝十载，侍辇避暑骊山宫。秋七月，牵牛织女相见之夕……上凭肩而立，因仰天感牛女事，密相誓心，愿世世为夫妇。言毕，执手各呜咽。此独君王知之耳。"《长恨歌》有："七月七日长生殿，夜半无人私语时。"

〔4〕"信得"句：羽衣：道士代称。《长恨歌传》："（玄宗杨妃）定情之夕，授金钗钿合以固之……（妃亡后）适有道士自蜀来，知上皇心念杨妃如是，自言有李少君之术。明皇大喜，命致其神。方士乃竭其术以索之……（杨妃）指碧衣取金钗钿合，各析其半，授使者曰：'为谢太上皇，谨献是物，寻旧好也。'"

〔5〕罗袜：指杨妃之袜。据载，玄宗曾作《妃子所遗罗袜铭》，当系伪托。乐史《杨太真外传》："妃子死日，马嵬媪得锦靿袜一只，相传过客一玩百钱，前后获钱无数。"

〔6〕雨淋铃：即"雨霖铃"。郑处诲《明皇杂录补遗》："明皇既幸蜀，西南行，初入斜谷，属霖雨涉旬，于栈道中闻铃，音与山相应。上既悼念贵妃，采其声为《雨霖铃》曲，以寄恨焉。……其曲今传于法部。"《长恨歌》："行宫见月伤心色，夜雨闻铃肠断声。"

·评析·

　　本篇一般以为乃咏李、杨之事者，从词中语典来看，是。但如果本篇作于卢氏去世后，那么这咏古就多了一层意味。自"凤髻抛残""高梧湿月"以迄"羽衣钿合""罗袜倾城"，直至末句"人间空唱雨淋铃"，又何尝不是写自己的悼亡深情？

·附读·

浣溪沙　黄侃
月冷湘萝秋恨生，西风吹散旧时情。人间何处问深盟。　　独向琼台栖甲帐，曾无钿合报倾城。哀蝉落叶怕重听。

浣溪沙

　　败叶填溪[1]水已冰，夕阳犹照短长亭[2]。何年废寺失题名。　　倚马客临碑上字，斗鸡人拨佛前灯[3]。净消尘土礼金经[4]。

·注释·

〔1〕败叶填溪：唐求《和舒上人山居即事》："败叶填溪路，残阳过野亭。"
〔2〕短长亭：长亭、短亭并称，旧时城外大道旁供休憩、饯别之所。虞信《哀江南赋》："十里五里，长亭短亭。"
〔3〕"斗鸡"句：用唐人贾昌故事。据《太平广记·东城老父传》：唐玄宗好斗鸡戏，即位后设鸡坊养鸡千数。贾昌七岁，矫捷过人，解鸟语音。玄宗甚爱幸之，选为鸡坊五百小儿长，天下号为"神鸡童"。时人语曰："生儿不用识文字，斗鸡走马胜读书。贾家小儿年十三，富贵荣华代不如。"席宠四十年，恩泽不渝。天宝间，安史乱起，玄宗奔蜀，昌变姓名，依于佛舍，除地击钟，施力于佛。肃宗即位，昌还旧里。居室为兵掠，家无遗物。布衣憔悴，不复得入禁门矣。顺宗为太子时，为昌立斋舍，昌因日食粥一杯，浆水一升，卧草席，絮衣。过是悉归于佛。
〔4〕金经：以金泥书写之佛典。南朝陈慧思之《南岳思大禅师立誓愿文》中即有金字书写之般若经。

·评析·

　　本篇与《浣溪沙·大觉寺》不同，大觉寺为京师名刹，景物清幽，故令人俗气尽去，有"忘言"之思，本篇所写则是一处连题名都没有的荒寺、废寺，故开篇即以"败叶""水冰"之荒凉刻画"废"字。全篇最富深意者乃"斗鸡"一句，贾昌煊赫半生，终归萧寂之青灯古佛，其实并不乏"盛时常作衰时想，上场当念下场时"的大智慧。由此而言，"净消尘土礼金经"之末句并没能掘进一层，而汪元治刻本作"劳劳尘世几时醒"则好得多了。如《笺校》云："（'劳劳'句）更见警策，当为容若改定本。词境衰飒，且有'斗鸡人拨佛前灯'语，而出自贵公子容若之口，落差悬绝，尤觉悚然。'君本春人而多秋思'（梁佩兰评性德语），可于此得证。"

· 附读·

临江仙　沈祖棻

经乱关河生死别，悲笳吹断离情。朱楼从此隔重城。衫痕新旧泪，柳色短长亭。　　明日征程君莫问，丁宁双燕无凭。飘零水驿一星灯。江空菰叶怨，舷外雨冥冥。

浣溪沙　庚申除夜 [1]

收取闲心冷处浓 [2]，舞裙犹忆柘枝红 [3]。谁家刻烛 [4] 待春风。　　竹叶樽空翻彩燕 [5]，九枝灯焰颤金虫 [6]。风流端合倚天公 [7]。

· 注释·

〔1〕庚申除夜：康熙十九年（1680）除夕，是年容若二十六岁。

〔2〕冷处浓：王彦泓《寒词》："箇人真与梅花似，一日幽香冷处浓。"又纳兰《采桑子》："一片幽情冷处浓。"

〔3〕"舞裙"句：陈允平《思佳客·用晏小山韵》："舞裙摇曳石榴红。"柘（zhè）枝，柘枝舞，唐代西北民族舞名，出自安西大都护府所辖郅支（在今哈萨克斯坦境内江布尔）。唐人卢肇《湖南观双柘枝舞赋》："古也郅支之伎，今也柘枝之名。"初为独舞，后演变有双人、多人舞。

〔4〕刻烛：烛上刻度以计时。庾肩吾《奉和春夜应令》："烧香知夜漏，刻烛验更筹。"

〔5〕"竹叶"句：竹叶，酒名，亦泛指酒。白居易《钱湖州以箬下酒李苏州以五酘酒相次寄到……》："倾如竹叶盈樽绿，饮作桃花上面红。"彩燕，剪彩色丝绸成燕状。宗懔《荆楚岁时记》："立春之日，悉剪彩为燕戴之，贴'宜春'二字。"

〔6〕"九枝灯"句：九枝灯，一干九枝的烛台。《汉武帝内传》："燃九光之灯。"李商隐《楚宫》："不碍九枝灯。"金虫，原指女子首饰。吴均《和萧洗马子显古意诗六首》其二："莲花衔青雀，宝粟钿金虫。"此处指颤动的灯花，纳兰词之"玉虫""银虫"皆指灯花。

〔7〕"风流"句：风流，流风余韵，遗习风俗。《汉书·赵充国辛庆忌传赞》："其风声气俗自古而然。今之歌谣慷慨，风流犹存耳。"端合，真的应该。倚，倚靠。

· 评析·

　　这又是一首容易被误解成流连光景主题的词作。除夜守岁，一定是喧嚣热闹的，可容若心中并未稍减凄清。"冷处""谁家""樽空""灯炧"，发语处处都充满着犹疑、伤感，与万家笑语那样的格格不入。煞拍"风流"一句意谓以后的闲心风韵都要仰赖天意矣，看似自嘲无奈，实际内心蕴有很深沉的悲伤。"每逢佳节倍思亲"，这是符合心理学规律的，容若岂会无所用心？又，《笺校》引南卓《羯鼓录》所载故事，谓是句似云富贵风流皆为皇恩赋予，合全词基调而观之，此说应误。

· 附读·

玉烛新·除夜　顾贞观
百愁今夜扫。试熨展双蛾，依然欢笑。吟笺绣谱都删却，悔把韶光误了。拥炉清况，差不减、沉香庭燎。巡檐罢、冷蕊犹含，莫被竹声催觉。　　商量欲颂椒花，看兽炭频添，麝煤轻爆。个中冷暖，凭残漏、传与玉京人道。未曾三十，明日明年年少。判沉醉、两处无眠，五更春好。

浣溪沙

万里阴山[1]万里沙，谁将绿鬓斗霜华[2]。年来强半[3]在天涯。　　魂梦不离金屈戌[4]，画图重展玉鸦叉[5]。生怜瘦减一分花[6]。

· 注释 ·

〔1〕阴山：在今内蒙古自治区中部，位于河套以北，大漠以南。东西走向，西起狼山、乌拉山，中部为大青山、灰腾梁山，南为凉城山、桦山，东止大马群山。山间垭口自古为南北交通孔道。

〔2〕绿鬓斗霜华：黑鬓发上丛生白发。斗，通"陡"，突然。韩愈《答张十一功曹》："吟君诗罢看双鬓，斗觉霜毛一半加。"

〔3〕"强半"：过半，大半时间。

〔4〕"魂梦"句：谓万里远行时梦中都不离这家园。金屈戌，门窗上铜制环纽。李商隐《骄儿》："拔脱金屈戌。"

〔5〕重展：据《瑶华集》，后此之《通志堂集》等本二字作"亲展"。玉鸦叉：玉饰丫叉，展画所用工具。李商隐《病中闻河东公乐营置酒口占寄上》："锁门金了鸟，展障玉鸦叉。"

〔6〕"生怜"句：汤显祖《牡丹亭·写真》："晓寒瘦减一分花。"生怜，剧怜，特别怜惜。瘦减一分花，似花之瘦损，谓青春年华顿见衰弱。

· 评析 ·

自"万里阴山"等字句而言，此篇或属于边塞之作，然详味词意，乃反顾年来生涯，抒述略杂感伤之情怀，当作于又一次远行归来后，故仍属平居述怀之篇。"魂梦"二句不徒对仗工稳，亦最足见回家情状。由此反照"万里阴山万里沙""年来强半在天涯"句，则行役辛苦，自在不言中。

· 附读 ·

浣溪沙·秋意　张伯驹

黯淡云山展画叉，笛声楼外雁行斜。镜中容易换年华。　　庭际渐衰书带草，
墙阴初放玉簪花。西风昨夜梦还家。

浣溪沙　唐圭璋

似水柔情一梦赊，懒将泪眼看残花。不辞辛苦赚年华。　　云外沉沉遮璧月，
门前隐隐过钿车。病来咫尺是天涯。

浣溪沙

肠断斑骓去未还[1]，绣屏深锁凤箫寒[2]。一春幽梦有
无间。　　逗雨[3]疏花浓淡改，关心芳草[4]浅深难。不
成[5]风月转摧残。

· 注释 ·

[1]"肠断"句：李商隐《对雪二首》其二："肠断斑骓送陆郎。"斑骓，
骏马一种，毛色青白相杂。

[2]"绣屏"句：辛弃疾《江神子·和人韵》："绣阁香浓，深锁凤箫声。"
凤箫，即排箫。比竹为之，参差如凤翼，故名。

[3]逗雨：李贺《李凭箜篌引》："石破天惊逗秋雨。"

[4]芳草：香草。毛熙震《浣溪沙》："花榭香红烟景迷，满庭芳草绿萋萋。"

[5]不成：见前《点绛唇》（小院新凉）注释[1]。

· 评析 ·

　　本篇是常见的闺怨之词，曰"常见"，盖在于题材。若论用
笔，则颇具新颖匠心。"幽梦有无""疏花浓淡""芳草浅深"，皆
在对比中写出徘徊犹疑、趑趄进退的心绪。末句"风月"与"摧

残"又形成一重对比，其上加以疑问词"不成"二字，即愈发温存柔厚，用笔之妙如此。第其品格，当在小晏、秦郎之间。

浣溪沙

容易浓香近画屏，繁枝影著半窗横[1]。风波狭路倍怜卿[2]。　　未接语言犹怅望[3]，才通商略已誊腾[4]。只嫌今夜月偏明。

·注释·

〔1〕"容易"二句：写梅花枝条横斜，香气袭人。容易，张相《诗词曲语辞汇释》："犹云轻易也，草草也。"邵雍《秋日饮后晚归》："水竹园林秋更好，忍把芳樽容易倒。"繁枝，冯延巳《鹊踏枝》："梅落繁枝千万片。犹自多情，学雪随风转。"

〔2〕"风波"句：王彦泓《代所思别后》："风波狭路惊团扇，花月空庭泣浣衣。"

〔3〕"未接"句：王彦泓《和端已韵》："未接语言当面笑，暂同行坐凤生缘。"

〔4〕"才通"句：王彦泓《赋得别梦依依到谢家》："今日眼波微动处，半通商略半矜持。"

·评析·

据注释可知，本篇化用王彦泓诗句处甚多。我在前文曾说过，纳兰词受李煜、晏几道、王彦泓三家影响最大，此可为一好例。

后主、小山，词史之巨擘，人无异词，别择艳情诗名家王彦泓则未免令人惊诧。故赵秀亭先生《纳兰丛话》四四云："性德词多用王彦泓诗中语，而每能化污为洁，转浊成清……有挚情而无滥欲，词品高华，固非彦泓可及。彦泓诗颇涉邪狎，境味尘下，少有佳章。余尝遍读其《疑雨》《疑云》，惟取其'阅世已知寒暖变，逢人真觉笑啼难'二句。"

可是问题在于，"颇涉邪狎，境味尘下"的王彦泓何以会吸引到"纯情词人"（许宗元《中国词史》语）纳兰容若的目光，将他和后主、小山并列为"三驾马车"呢？赵先生的说法似未能服人。

其实，"善言风怀"（朱彝尊语）的王彦泓是明清时期不多见的性灵诗人之一。他字次回，生于明万历二十一年（1593），逝于崇祯十五年（1642），金坛（今江苏常州金坛区）人，以岁贡官华亭县训导，卒于任上。次回命途多舛，沉沦下吏，然博雅好古，以诗为性命，实则是以风情掩其穷愁困顿境遇而已。其用情之深刻，造语之纯真，李义山、韩冬郎之后实罕其匹。无论言情述怀，大旨在"性灵"二字，故深受袁枚的赏鉴，并尝质疑沈德潜《国朝诗别裁集》何以不选次回诗，成为清代诗坛一件著名公案（详可参看邱江宁《明清江南消费文化与文体演变研究》第一章第二节《崇奢尚华风气与王次回"艳体诗"的产生及影响》，上海三联书店 2009 年版；又可参看耿传友《王次回：一个被文学史遗忘的重要诗人》，《中国韵文学刊》2006 年第 3 期）。其实王彦泓殁于明代，袁枚这个抱不平打得并不全在理，然也可见其欣赏到了何等地步。我们在前面也屡次交代，纳兰曾有意在清初词坛树立起"性灵"大纛，而在这一点上，他显然和王彦泓之间是呼吸相通的。其实后主、小山又何尝不以性灵动人呢？我们以为，这正是容若倾心于次回的缘由所在。至于"邪狎""尘下"，次回集中未尝无之，大抵源于其底层生活阅历，似不应苛责。纳兰取其深纯，弃其轻佻，正是高明骏发处，也是纳兰之所以为纳兰的奥秘所在吧。

浣溪沙

抛却无端恨转长^[1]，慈云稽首返生香^[2]。妙莲花说试推详^[3]。　　但是有情皆满愿^[4]，更从何处著思量。篆烟残烛并回肠^[5]。

·注释·

〔1〕"抛却"句：谓愈想忘掉生离死别之恨，没来由此恨却愈益深长。抛却，忘却。

〔2〕"慈云"句：慈云，指代佛像、佛座。佛以慈悲为怀，其泽惠如慈云遍及人世。《三藏圣教序》："引慈云于西极，注法雨于东陲。"稽首，指礼佛跪拜。返生香，即还魂香。据署名东方朔之《海内十洲记》，聚窟洲有神鸟山，山上有返魂树，伐其木心，于玉釜中煮成汁，熬成丸，即曰返生香或名却死香，死者闻香气即活。

〔3〕"妙莲花"句：妙莲花，即《法华经》，全称《妙法莲华经》，为佛教重要经典之一。因用莲花喻佛法之清净微妙，故名。推详，详加推究，悉心体味。

〔4〕"但是"句：王彦泓《和于氏诸子秋词》："但是有情皆满愿，妙莲花说不荒唐。"但是，只是，此有"如果、假如"意。满愿，《妙法莲华经》："此经能大饶益一切众生，充满其愿。"即满足愿望，如愿。

〔5〕"篆烟"句：篆烟，香制成篆字形，故云。回肠，形容焦虑哀思辗转不解。

本篇应为卢氏逝后荐拔超度时所作，故多用佛家语。于"慈云稽首""妙莲花说"等梵呗声中，仍不乏"抛却无端恨转长""但是有情皆满愿"的性灵语，足见悼亡情深。这倒令人联想起金庸《倚天屠龙记》第四十回的一个桥段：

> 张无忌向空闻道："方丈，在下有一事不明，要向方丈请教。人死之后，是否真有鬼魂？"空闻沉思半晌，道："幽冥之事，实所难言。"张无忌道："然则方丈何以虔诚行法，超度幽魂？"空闻道："善哉，善哉！幽魂不须超度。人死业在，善有善报，恶有恶报。佛家行法，乃在求生人心之所安，超度的乃是活人。"

原来如此！佛家超度的不是亡魂，而是活人，这真是一语道破、一针见血！只是容若的"回肠"与"思量"又哪里是佛事可以轻易度化的呢？

浣溪沙　小兀喇 [1]

桦屋鱼衣柳作城 [2]，蛟龙鳞动浪花腥。飞扬应逐海东青 [3]。　　犹记当年军垒迹，不知何处梵钟 [4] 声。莫将兴废话分明。

〔1〕小兀喇：兀喇，即乌喇，又名乌拉。城在今吉林省吉林市北约六七十里之松花江东，原为扈伦四部之一，姓纳喇，始祖纳齐布禄，数传至布颜，征服周围部落，定国号乌喇。明万历间为满洲所灭，置打牲乌拉总管。《大清一统志·吉林二》："打牲乌拉城，在（吉林）城北七十里混同江东"，"内

有小城，周二里，东西二门"。《康熙起居注》载：二十一年（1682）农历三月十二日"上巡行乌喇地方"；二十五日"上至乌喇吉临地方……诣松花江岸，东南向，望秩长白山，行三跪九叩头礼，以系祖宗龙兴之地也"；二十七日"上登舟泛松花江，往大乌喇"。二十八日、二十九日至四月初四均"驻跸大乌喇虞村"。有大乌喇，小乌喇当亦在其地。

〔2〕"桦屋"句：桦屋，桦树木、皮所建屋。鱼衣，鄂伦春族风俗。高阳《漠河——中国的极北之地》引《东荒民族见闻琐录》有"鱼皮达子"之记载："男子衣料多为鱼皮，故华人又称鱼皮达子，实则冬日亦服狗皮也。鱼皮多服之于夏日，以其能防雨。鱼皮多系取之鲑鱼，剥皮之技甚巧。剥下后，用木槌击落其鳞，使之柔软，然后方能使用。"柳作城，即柳条边，清初修筑，又称柳墙。南北二条分建于吉林、辽宁境内，墙内外分界，以禁边内人越界牧猎。

〔3〕海东青：猛鸷名，雕之属。《本草纲目·禽部》："青雕出辽东，最俊者谓之海东青。"

〔4〕梵钟：僧人诵经时敲击之钟磬声。佛寺诵经又称"梵唱"，故云。李世民《谒并州大兴国寺》："梵钟交二响，法日转双轮。"

· 评析 ·

　　扈伦四部之一的纳喇氏，或作那拉氏，一音之转而为纳兰。故此乌喇地域正乃纳兰氏祖先领地，容若到此无异回祖籍。爱新觉罗氏"祖宗龙兴之地"正乃是自己祖先被征服之所，到此怎能不有兴亡感喟？词中无论首二句写当地民生风尚也好，过片二句写今昔变迁也好，目的全为引出末句沧桑史事之喟叹："兴废话分明"之后又如何？那些"兴废"又真的能"话分明"吗？以词之品格而言，本篇不能称佳，惟具一种历史认识意义。谈清代边塞词，此为不可忽视者。

　　还要说明一点的是，纳兰以贵介公子身份，而惴惴然有临履之忧，甚且多遗民故老之思。学者对此议论纷纷，有以为其先为爱新觉罗氏所灭，故怀隐恨于清朝者。略微推演一下年代即可知，纳喇氏万历间灭国，至容若已不少于六七十年。食毛践土，已逾三代，现在又为廊庙重臣，只消不是《天龙八部》中陷于复国迷梦不能自拔的慕容家族，正常人是不应还有什么"隐恨"的。说容若因此而引起某些对历史的空幻虚无感还可信，过此限度就难免不合情理。

浣溪沙　姜女祠[1]

　　海色残阳影断霓[2]，寒涛日夜女郎祠。翠钿尘网上蛛丝[3]。　　澄海楼[4]高空极目，望夫石[5]在且留题。六王如梦祖龙非[6]。

·注释·

[1] 姜女祠：孟姜女庙，在山海关东南海边山上。《一统志·永平府》："祠前土丘为姜女坟，傍有望夫石。俗传姜女为杞梁妻，始皇时因哭其夫而崩长城。"

[2] 断霓：断虹。李山甫《迁居清溪和刘书记见示》："晚天吟望秋光重，雨阵横空蔽断霓。"

[3] "翠钿"句：言祠庙荒芜。翠钿，女子头饰，此处指代祠中供奉之姜女塑像。

[4] 澄海楼：据《一统志》，楼在临榆县南宁海城上，前临大海。明时建。

[5] 望夫石：姜女庙后有殿，殿后有大石，相传孟姜女登此石遥望，足印一夜深嵌石中。石上所镌刻"望夫石"为顺治时山海关通判白辉所题。

[6] 六王：战国燕、魏、赵、韩、齐、楚六国君主。杜牧《阿房宫赋》："六王毕，四海一。"祖龙：秦始皇。《史记集解》引苏林语："祖，始也；龙，人君象。谓始皇也。"非：未成功。

· 评析 ·

　　此姜女祠未知何时而建，何时而圮，但"翠钿尘网上蛛丝"，看来颇为荒冷，香火不旺。即便如此，比起盛极一时的六国君主以及"四海一"的秦始皇，毕竟还有人被孟姜女打动，记得她，祭祀她，那些"一世之雄而今安在哉"？煞拍一句忽然提照全篇，具见锐度与深度，深得卒章显志之妙。本篇主题为历史的悲凉感，然而这种映照倒令人想起袁枚的口吻。在与好友杨潮观的一场笔墨官司中，他就刻薄地说过："就目前而论，自然笠湖（杨潮观号）尊，香君贱矣。恐再隔三五十年，天下但知有李香君，不复知有杨笠湖。"《随园诗话》卷一条三十三也有类似的记述：

　　　　余戏刻一私印，用唐人"钱塘苏小是乡亲"之句。某尚书过金陵，索余诗册，余一时率意用之，尚书大加诃责。余初犹逊谢，既而责之不休，余正色曰："公以为此印不伦耶？在今日观，自然公官一品，苏小贱矣。诚恐百年以后，人但知有苏小，不复知有公也！"

　　可发一笑，也可发一深思。

· 附读 ·

眼儿媚·哀江南　杨圻
六朝如梦总悠悠，遥思起千秋。台城花月，广陵江水，处处都愁。　　隋皇后主今何在，往事想风流。郁孤山下，酒边风雨，清泪孤舟。

浣溪沙

　　旋拂轻容写洛神[1]，须知浅笑是深颦[2]。十分天与可怜春[3]。　　掩抑薄寒施软障，抱持纤影藉芳茵[4]。未能无意下香尘[5]。

嬉左倚采旄右蔭桂旗攘皓腕於神滸兮采湍瀨
之玄芝余情悅其淑美兮心振蕩而不怡無良媒以接
歡兮託微波以通辭願誠素之先達兮解玉佩以要之
嗟佳人之信脩羌習禮而明詩抗瓊珶以和予兮
指潛淵而為期執拳拳之款實兮懼斯靈之我欺
感交甫之棄言兮悵猶豫而狐疑收和顏以靜志兮
申禮防以自持於是洛靈感焉徙倚彷徨神光離
合乍陰乍陽擢輕軀以鶴立若將飛而未翔踐
椒塗之郁烈兮步蘅薄而流芳超長吟以慕遠兮
聲哀厲而彌長爾迺眾靈雜遝命儔嘯侶或
戲清流或翔神渚或採明珠或拾翠羽從南湘之二
妃兮攜漢濱之遊女歎匏瓜之無匹兮詠牽牛
之獨處揚輕袿之猗靡兮翳脩袖以延佇體迅飛
于歒妤寫洛神賦人間合有數本此其一焉
寶厪元年正月廿四日起居郎柳公權臨
甲申正月陳少梅敬臨

陈少梅——《洛神》

〔1〕"旋拂"句：轻容，无花薄纱。周密《齐东野语》卷十："纱之至轻者，有所谓轻容，出唐《类苑》云：'轻容，无花薄纱也。'"王建《宫词》："缭罗不着索轻容。"洛神，神话中司掌洛河的女性水神，曹植《洛神赋》后，遂为古代诗文中理想女神之化身。

〔2〕浅笑、深颦：写画中美人容态。无名氏《点绛唇·丰城南禅寺题壁》："浅笑深颦，便面机中素。"

〔3〕"十分"句：范成大《宿东寺》："素娥有意十分春。"

〔4〕"掩抑"二句：写画中物事。软障，即画轴，此处似用赵颜、真真故事：杜荀鹤《松窗杂录》载，唐进士赵颜于画工处得一软障，图妇人甚丽。呼之百日，化为生人，名唤真真。芳茵，茂美的草地。

〔5〕下香尘：谓美人挟香尘而下。李白《感兴六首》其二："香尘动罗袜，绿水不沾衣。"

· 评析 ·

　　题画诗词不易作，题美人尤不易作，盖因翻出新意太难也。纳兰此篇尚好，"十分天与可怜春""未能无意下香尘"二语能写出美人动态心事，遂有活色生香之感。附及：《随园诗话》引陈楚南《题背面美人图》一首绝妙："美人背倚玉阑干，惆怅花容一见难。几度唤她她不转，痴心欲掉画图看。"可与纳兰词并读。

· 附读 ·

浣溪沙·题妍华对镜图　袁克文
迢递江头寄梦频，重重云水隔闲身。相逢只许唤真真。　　镜里未圆初夜月，画中犹认旧时人。肯将心事上眉颦。

浣溪沙

十二红帘窣地深[1]，才移刬袜[2]又沉吟。晚晴天气惜轻阴。　　珠祆佩囊三合字，宝钗拢髻两分心[3]。定缘何事湿兰襟。

·注释·

〔1〕"十二"句：吴文英《喜迁莺》："万顷素云遮断，十二红帘钩处。"窣（sū），下垂。

〔2〕刬（chǎn）袜：只穿袜而不穿鞋。李煜《菩萨蛮》："刬袜步香阶，手提金缕鞋。"

〔3〕"珠祆"二句：写女子装束。珠祆（jié），缀珠的裙带。杜甫《丽人行》："珠压腰祆稳称身。"蔡梦弼会笺："腰祆，即今之裙带也。"三合字，香囊绣字，由女子赠予情人。高观国《思佳客》："同心罗帕轻藏素，合字香囊半影金。"分心，女子插在鬏髻或发髻前后的一种弯形发饰，明代开始流行。

·评析·

这一首闺怨词采用了"零度视角"，只观察、记录，不做任何挖掘、探讨，因而形成一种空灵的特质。首句先写闺阁的"红帘"，交代环境，"窣地深"的"深"字也暗示了心事之"深"，实际上是对末句的照应。次句写人，但只记录"沉吟"的姿态，半点也不提原因。三句则宕开一笔，写对"晚晴天气"里"轻阴"的憾恨，心事仍在有无之间。下片前两句极写其华丽精心的妆容配饰，"三合字"逗露出风月情，"两分心"则暗示分飞仳离，从而逼出末句的潸然泪下，兰襟尽湿。"定缘"二字特妙——一定是因为什么事！但到底因为什么事呢？偏偏又不说。通篇都欲言又止，止而欲言，此之谓闺情，此之谓空灵，此之谓词人手段。

浣溪沙　杨芳灿

窣地珠帘小院空，蔷薇香露沁娇红。月痕如梦隔疏栊。　　钗影垂垂欹玉凤，烛煤的的坠金虫。自摹花样拂轻容。

浣纱溪·七月初四夜枕上足成　陈襄陵

翠袖生寒怨玉琴，天涯风信管晴阴。江山春梦正沉沉。　　流水渐赊来日愿，落花同葬去年心。为云为雨一侵寻。

浣溪沙　红桥怀古和阮亭韵[1]

无恙年年汴水流[2]，一声水调[3]短亭秋。旧时明月照扬州[4]。　　曾是长堤牵锦缆[5]，绿杨清瘦至今愁[6]。玉钩斜路近迷楼[7]。

·注释·

[1]红桥：又名虹桥，在扬州城西，为游览胜处。阮亭：即渔洋山人王士禛，顺治十七年（1660）至康熙三年（1664）任扬州推官。红桥怀古系清初词坛盛事之一。康熙元年，王士禛与陈维崧、杜濬、陈允衡、袁于令等游红桥，赋《浣溪沙·红桥》词，大江南北和者如云，词风为之一变，为清初词坛具有标志意义的几次唱和之一。

[2]汴水：大运河连接黄河至淮河的一段称汴水。白居易《长相思》："汴水流，泗水流，流到瓜洲古渡头。吴山点点愁。"

[3]水调：古曲调名，属商调曲，唐曲凡十一叠。前五叠为歌，后六叠入破。其首叠即《水调歌头》。杜牧《扬州三首》："谁家歌水调，明月满扬州。"

[4]"旧时"句：扬州明月常入诗词。徐凝《忆扬州》："天下三分明月夜，二分无赖是扬州。"张榘《木兰花慢》："十载清风楚泽，三年明月扬州。"

[5]长堤：即隋堤，隋炀帝时筑。锦缆：炀帝下运河时用来牵龙舟的缆绳。

〔6〕绿杨：谓隋堤杨柳。《开河记》载：炀帝至扬州时适当盛暑，遂令百姓植垂柳于长堤上，并赐姓杨，曰"杨柳"自此始。

〔7〕玉钩斜：传说隋炀帝葬宫女的墓地，在扬州西。迷楼：隋炀帝时所建楼，在扬州西北。徐谦芳《扬州风土记略》："楼中居稚女，又蓺名香，千门万牖，上下金碧，误入者不能出。帝喜曰：'真仙游此，亦当自迷'，因名之曰'迷楼'。后为唐兵所毁，即其地造'鉴楼'，今为观音阁。"

· 评析 ·

　　康熙二十三年（1684），容若扈驾南巡至扬州，既目睹这座享誉海内的古城之风貌，幽情萌发，又感于二十余年前王士禛、陈维崧等老友赓和怀古之韵事，遂有此作。就词而言，这是一首中规中矩之作，既谈不上新意，也难说蕴涵了多少性灵，但一来此篇关系到清初词坛大事，乃是"红桥唱和"二十余年后的一声悠远回响；二来本篇中"一声水调短亭秋""绿杨清瘦至今愁"等句确也融贯着纳兰特具的风神，可为其怀古之作备一格。

　　另：本篇下片异文颇多。汪刻本作："惆怅绛河何处去，绿杨清瘦绾离愁。至今鼓吹竹西楼。"两相参照，可对作词法有所悟入。

· 附读 ·

浣溪沙·红桥　王士禛
北郭清溪一带流，红桥风物眼中秋。绿杨城郭是扬州。　西望雷塘何处是，
香魂零落使人愁。淡烟芳草旧迷楼。
白鸟朱荷引画桡，垂杨影里见红桥。欲寻往事已魂消。　遥指平山山外路，
断鸿无数水迢迢。新愁分付广陵潮。

风流子　秋郊即事〔1〕

平原草枯矣，重阳后、黄叶树骚骚〔2〕。记玉勒青丝〔3〕，

落花时节；曾逢拾翠〔4〕，忽听吹箫。今来是、烧痕残碧尽〔5〕，霜影乱红凋〔6〕。秋水映空，寒烟如织〔7〕；皂雕〔8〕飞处，天惨云高。　　　人生须行乐〔9〕，君知否、容易两鬓萧萧〔10〕。自与东君作别，划地〔11〕无聊。算功名何许，此身博得；短衣射虎，沽酒西郊〔12〕。便向夕阳影里，倚马〔13〕挥毫。

·注释·

〔1〕秋郊即事：《今词初集》《古今词选》本词题为"秋尽友人邀猎"，汪刻本为"秋郊射猎"。

〔2〕骚骚：寒风劲吹声。张衡《思玄赋》："寒风凄其永至兮，拂穹岫之骚骚。"李善注："骚骚，风劲貌。"

〔3〕"记玉勒"句：玉勒，玉饰马衔。勒，即衔，放在马口内的嚼子，控制其行止。青丝，青色丝所编缰绳。杜甫《青丝》："青丝白马谁家子，粗豪且逐风尘起。"

〔4〕拾翠：拾取翠鸟羽毛以为首饰，语出曹植《洛神赋》："或采明珠，或拾翠羽。"后多指妇女游春。纪少瑜《游建兴苑》："踟蹰怜拾翠，顾步惜遗簪。"

〔5〕"烧痕"句：言草尽枯焦。旧时于冬日放火烧枯草以灰肥地，来春草长更茂盛。《管子·轻重甲》："齐之北泽烧，火光照堂下。管子入贺桓公曰：'吾田野辟，农夫必有百倍之利矣。'"司空图《上陌梯寺怀旧僧二首》其二："塔影荫泉脉，山苗侵烧痕。"

〔6〕"霜影"句：言严霜过后落叶飘零。乱红，深秋乱落的红叶。

〔7〕"寒烟"句：李白《菩萨蛮》："平林漠漠烟如织，寒山一带伤心碧。"

〔8〕皂雕：黑羽大雕。

〔9〕"人生"句：杨恽《报孙会宗书》："人生行乐耳，须富贵何时？"

〔10〕"容易"句：两鬓萧萧，衰老发稀疏貌。王之望《丑奴儿·寄齐尧佐》："两鬓萧萧、多半已成丝。"

〔11〕划地：《诗词曲语辞汇释》："犹云只是也，引申之，则犹云依旧或照样也；到底也；一派或一味也。"

〔12〕"短衣"二句：短衣，武士装，猎装。《汉书·景十三王传》："其（广川王刘去）殿门有成庆（武士名）画，短衣、大绔、长剑。去好之，作七尺五寸剑，被服皆效焉。"射虎，诗词中每作为志不能展、英雄无用武地意象，典出李广故事。《史记·李将军列传》："广出猎，见草中石，以为虎而射之，中石没镞。视之，石也……广所居郡闻有虎，尝自射之。及居右北平，射虎，虎腾伤广，广亦竟射杀之。"杜甫《曲江三章，章五句》之三："短衣匹马随李广，看射猛虎终残年。"沽酒，卖酒，即屠沽者流。

〔13〕"倚马"句：《世说新语·文学》载，桓温出征，令袁宏作露布文，倚马前手不停挥，顷刻得七纸。

· 评析 ·

　　况周颐《蕙风词话》卷五云："容若……慢词如《风流子·秋郊即事》云……意境虽不甚深，风骨渐能骞举，视短调为有进，更进，庶几沉着矣。歇拍'便向夕阳'云云，嫌平易无远致。"所说极当。本篇写秋景秋情，但少有衰飒意。诸如"秋水映空，寒烟如织；皂雕飞处，天惨云高""算功名何许，此身博得；短衣射虎，沽酒西郊"等语，更是豪情勃发、挥斥方遒，确乎"风骨渐能骞举"。严迪昌先生以为本篇"似年十七八时作，即大抵贡于国子监读书时期"，此一"骞举"的风骨在其后有渐沦入衰颓的一面，也有在赠友言志诸篇中磨砺得更加锋锐的一面，其衍化轨迹颇值得寻绎。

· 附读 ·

风流子·秋尽，友人邀猎，用侧帽词韵　丁炜
朔风摧岸柳，看平野，秋意正牢骚。美锦队从公，豹裘貂帽，铙歌奏曲，叠鼓横箫。围初合，马驰寒日惨，箭劈暮云凋。狡兔追时，鼻端火出；角鹰落处，眼低尘高。　　金盘初进炙，千钟倒忘却，岁晏晨萧。漫道请缨系越，飞矢降聊。笑空怀翰墨，骑驴京兆；何如袴褶，射雉东郊。醉后还裁羽猎，霜饱银毫。

画堂春

一生一代一双人[1]，争教两处销魂[2]。相思相望不相亲[3]，天为谁春。　　浆向蓝桥易乞[4]，药成碧海难奔[5]。若容相访饮牛津[6]，相对忘贫。

·注释·

[1]"一生"句：骆宾王《代女道士王灵妃赠道士李荣》："相怜相念倍相亲，一生一代一双人。"

[2]"争教"句：王益《诉衷情令》："梦兰憔悴，掷果凄凉，两处销魂。"争教，怎使、怎让。

[3]"相思"句：见本篇注释[1]。又：王勃《寒夜怀友杂体》："故人故情怀故宴，相望相思不相见。"李白《相逢行》："相见不相亲，不如不相见。"

[4]"浆向"句：用裴航遇云英故事。裴铏《传奇·裴航》载：裴航与樊夫人同舟返京，航赠诗致情意，樊夫人答诗云："一饮琼浆百感生，玄霜捣尽见云英。蓝桥便是神仙窟，何必崎岖上玉清？"途经蓝桥，口渴求饮，遇云英饮以琼浆。航求婚，其祖母云："得玉杵臼，吾当与之也。"裴航访得玉杵臼，与云英捣药百日，药成双双仙去。

[5]"药成"句：用嫦娥窃药故事。李商隐《嫦娥》："嫦娥应悔偷灵药，碧海青天夜夜心。"碧海，喻指天上。

[6]饮牛津：即传说中牛郎织女相会之天河。张华《博物志·杂说》载：有某人乘槎"奄至一处，有城郭状，屋舍甚严。遥望宫中多织妇，见一丈夫牵牛渚次饮之"，其所到处即天河。秦观《玉楼春》："当时误入饮牛津。"

·评析·

　　此篇意旨甚为模糊，《饮水词笺校》以为是悼亡之作；严迪昌先生以为其与容若经历全无相关也，或一时感事而已；我们则以为解作七夕词固亦不恶。虽中间掺入裴航玉杵、嫦娥奔月之其他神话元素，但除了这两处，皆吟咏牛女二星"金风玉露一相逢"之情事，作七夕词看大体可通。以词而论，上片较佳，"天为谁春"怨而渐近于怒。至结末处，笔致稍嫌质钝。

顺便一说，容若好友朱彝尊《蕃锦集》为集句词集，其《玉楼春·画图》末二句集骆宾王、王勃云："一生一代一双人，相望相思不相见。"容若用此二句，恐怕不是巧合。

蝶恋花

辛苦最怜天上月。一昔如环，昔昔都成玦[1]。若似月轮终皎洁，不辞冰雪为卿热[2]。　　无那尘缘[3]容易绝。燕子依然，软踏帘钩说[4]。唱罢秋坟[5]愁未歇，春丛认取双栖蝶[6]。

· 注释 ·

〔1〕"一昔"二句：一昔，一夕、一夜间。《左传·哀公四年》："楚为一昔之期，袭梁及霍。"环，圆形玉璧。玦，环形有缺口的玉佩。

〔2〕"不辞"句：用荀奉倩故事。《世说新语·惑溺》："荀奉倩与妇至笃，冬月妇病热，乃出中庭自取冷，还以身熨之。"不辞，不畏，甘愿。

〔3〕无那：无奈。尘缘：人间夫妇情缘。

〔4〕"燕子"二句：李贺《贾公闾贵婿曲》："燕语踏帘钩，日虹屏中碧。"

〔5〕秋坟：李贺《秋来》："秋坟鬼唱鲍家诗，恨血千年土中碧。"

〔6〕双栖蝶：用梁山伯、祝英台故事，意为愿身后如此。李商隐《偶题二首》之一："春丛定见饶栖鸟，饮罢莫持红烛行。"为此句所本，而纳兰自作同调词亦有句云："试扑流萤，惊起双栖蝶。"

·评析·

悼亡词为纳兰词最大一宗，足可称词史空前绝后之景观，不徒"北宋以来，一人而已"（王国维《人间词话》）。悼亡词中，此一篇《蝶恋花》分量极重，可以代表作视之。卢氏亡故当年重阳节后，词人所谱《沁园春》小序曾云梦见亡妇，临别时妇有诗句"衔恨愿为天上月，年年犹得向郎圆"，故本篇即以月起兴。所谓"一昔如环"乃为恩爱时短，"昔昔都成玦"则谓天人永诀。佛偈所谓"一切恩爱会，无常难得久"，此之谓也。"玦"字既喻指月缺形状，又谐音"诀"字，是一石而三鸟也，笔致之妙若此，然无深情，断断难至此境。"不辞"句用荀奉倩"与妇至笃"意而冷热反之。荀氏为妇驱热，乃生前事；容若欲以己热心熨妇之冷魂，乃身后不可能事。此是何等的凄苦与绝望？又是何等的深情与伤感？更何况燕子双双，言语呢喃，那种暖色调不愈益反衬出这分"尘缘"的无奈和脆弱？故末句"春丛认取双栖蝶"实即结愿于来生之意，所谓"待结个、他生知己"（纳兰性德《金缕曲·亡妇忌日有感》）者也，无非是一点渺茫的自我安慰罢了。可是面对"秋坟唱罢"，纳兰又能做什么呢？

顺便提及，北京陶然亭有"香冢"，碑铭甚著名。文曰："浩浩愁，茫茫劫。短歌终，明月缺。郁郁佳城，中有碧血。碧亦有时尽，血亦有时灭，一缕烟痕无断绝。是耶非耶，化为蝴蝶。"其来历中便有一说为纳兰葬爱妾而作。此说自然无稽，但二者之凄艳确然相似，也不为无因。想来这位碑铭的作者也是一位纳兰词的"超级粉丝"吧。

·附读·

减字浣溪沙　况周颐
玦绝环连两不胜，几生修得到无情。最难消遣是今生。　蝶梦恋花兼恋叶，燕泥黏絮不黏萍。十年前事忍伶俜。

苏幕遮　徐珂
篆烟微，箫韵咽。冷露侵阶，慵点回廊屧。贪看萝阴深夜月，半卷湘帘，却放流萤入。　　对黄花，愁绿叶。秋到心头，毕竟春时热。翠袖笼寒凄欲绝，一样伶俜，认取单栖蝶。

木兰花　黄侃

多情只是伤离别，相见何因愁更切。谁知情重即愁多，若是无愁情亦绝。　　开帘却见团圆月，又恐冰轮还易缺。可怜圆缺似郎心，愿得清光常皎洁。

蝶恋花　黄侃

露下空阶寒漏咽，历历秋星，不及弯环月。分得清光仍皎洁，不辞孤影成凄切。　　长向秋来伤暗别，万事难忘，此恨何时绝？远梦无凭山万叠，连环已解愁香歇。

蝶恋花　沈祖棻

碧树已凋芳草歇，过了清秋，帘幕多风雪。昨夜带罗犹未结，梦醒又是关山别。　　记取团圆天上月，常似连环，莫便翻成玦。绣被余香终不灭，相思留待归时说。

蝶恋花

眼底风光留不住[1]。和暖和香，又上雕鞍去[2]。欲倩烟丝遮别路。垂杨那是相思树[3]。　　惆怅玉颜成间阻[4]。何事东风，不作繁华主[5]？断带依然留乞句[6]。斑骓一系无寻处[7]。

·注释·

〔1〕"眼底"句：辛弃疾《蝶恋花》："泪眼送君倾似雨。不折垂杨，只倩愁随去。有底风光留不住，烟波万顷春江橹。"

〔2〕"和暖"二句：王彦泓《骊歌二叠送韬仲春往秣陵》："怜君辜负晓衾寒，和暖和香上马鞍。"雕鞍，华饰的马鞍。

〔3〕"欲倩"二句：烟丝，飘拂如烟之柳条。相思树，左思《吴都赋》："楠榴之木，相思之树。"李善注："相思，大树也……其实如珊瑚，历年不变。"

〔4〕玉颜：女子姣好的容貌。王昌龄《长信秋词》："玉颜不及寒鸦色，犹带昭阳日影来。"间阻：阻隔、隔断。柳永《轮台子》："念岁岁间阻，迢迢紫陌。"

〔5〕"何事"二句：杜旂《蓦山溪》："春风如客，可是繁华主。"

〔6〕"断带"句：用李商隐《柳枝五首序》事，《序》云："柳枝，洛中里娘也……余从昆让山，比柳枝居为近。他日春曾阴，让山下马柳枝南柳下，咏余《燕台诗》，柳枝惊问：'谁人有此？谁人为是？'让山谓曰：'此吾里中少年叔耳！'柳枝手断长带，结让山为赠叔乞诗。"

〔7〕"斑骓"句：李商隐《无题》："斑骓只系垂杨岸，何处西南任好风。"斑骓，见前《浣溪沙》（肠断斑骓去未还）注释〔1〕。

· 评析 ·

　　诗词相比，对词文本的读解较诗更难。盖"诗之境阔，词之言长"（王国维《人间词话删稿》），诗的纪实性较强，背景似更容易把握。词则要眇宜修，情感较难捉摸，更多呈现出发散性。即以本篇而论，置之词集上下阕之间，易给人带来悼亡词之印象，但细细品鉴，也不无其他可能。倘没有可靠文献证明其本事，似乎也以存疑为佳。

　　以词言词，这是写一次无奈的别离。首句化用辛词,惟"有底"作"眼底"耳。一字之改，意境迥异。"有底"者，无限之意。"眼底"则蕴涵凝视、注目之意。辛弃疾送别对象为男性好友，故词境开阔，下可接"烟波万顷春江橹"之句；纳兰送别红粉知交，故姿态多情，下乃承"和暖和香，又上雕鞍去"之语。古典诗词之微妙精细往往令人有观止之叹，此可为一例。"欲倩"二句正话反说：垂柳本可留人，然其质飘浮，不能如相思树般坚韧，令人徒唤奈何。看似无情埋怨，其实正衬现出有情。下片的"何事"二句亦是同一机杼，故作无理之笔，为结末断带乞句、斑骓无寻过渡。

　　客观分析本篇，也有伤感、也有惜别，但其感情投入力度比之其他悼亡之作差异甚大，似还是写生离，并非死别。

·附读·

浣溪沙　杨芳灿

一系斑骓甚处寻，画桥依旧柳阴阴。别来憔悴到于今。　　未许梨花通半梦，怎教栀子结同心。软风吹泪湿兰襟。

凤栖梧·过香炉营故居　况周颐

记得天涯携手处，梦逐征鸿，绕遍东华路。梁燕可知人在否，相逢也莫凄凉语。　　泪眼更看门外树。欲断无肠，苦恨香聪误。最是不堪回首处，凤城西去棠梨雨。

蝶恋花　麦孟华

珠幌春星和梦数，梦不分明，便上斑骓去。芳草何曾遮得住，尊前便是天涯路。　　不怨玉容成间阻，只怕春深，容易花迟暮。分付谢桥西去水，断红珍重相思句。

蝶恋花·读纳兰容若传拟作　陈襄陵

燕燕低飞莺语碎，云似春愁，雨似伤春泪。寂寂长廊花乱坠，香沟一曲西流水。　　莫再片红题锦字，有分相逢，无分重相对。昨夜相思如隔岁，人前还要相回避。

蝶恋花　散花楼[1]送客

城上清笳城下杵[2]。秋尽离人，此际心偏苦。刀尺又催[3]天又暮，一声吹冷蒹葭浦[4]。　　把酒留君君不住。莫被寒云，遮断君行处[5]。行宿黄茅山店路[6]，夕阳村社迎神鼓[7]。

·注释·

〔1〕散花楼：据《一统志》，散花楼在成都，然纳兰似未有巴蜀之行，故应为京师酒楼名。

〔2〕"城上"句：清笳，凄清的胡笳声。杵，捣衣用的棒槌，往往与"砧"连用。此指捣衣声。

陈少梅——《秋山江阔图》

〔3〕刀尺又催：意为赶制寒衣。杜甫《秋兴》："寒衣处处催刀尺，白帝城高急暮砧。"

〔4〕蒹葭浦：生满芦苇的水湾。张乔《春日游曲江》："日暖鸳鸯拍浪春，蒹葭浦际聚青蘋。"

〔5〕"莫被"二句：吕胜己《菩萨蛮》："遥山几叠天边碧，故教遮断天涯客。"

〔6〕"行宿"句：温庭筠《商山早行》："鸡声茅店月，人迹板桥霜。"

〔7〕"夕阳"句：村社，祭祀土地神的仪式，每年立春或立秋后第五个戊日举行。此处谓秋社。

· 评析 ·

　　本篇张纯修刊本《饮水诗词集》题目作"送见阳南行"。见阳，即张纯修号。纯修（1647—1706），字子安，隶正白旗汉军籍，该旗驻防高颎外八处之一丰润，故又称浭阳（即丰润）人，自署"古燕"，容若生死交之一。以贡生官至庐州府知府，著有《语石轩词》。康熙三十年（1691）刊《饮水诗词集》，序称："容若与余为异姓昆弟。"又，康熙三十六年（1697）曾刊刻《史道邻先生遗稿》《包孝肃奏议》，道邻为史可法，孝肃则包拯也。见阳为人清介高节，擅丹青，画品亦高逸。本篇应作于康熙十八年（1679）秋张氏任江华（今属湖南）县令时。

　　词从满城的砧杵声写起，不仅渲染出一派浓重的秋深氛围，也在此背景下推出"此际心偏苦"的"离人"。"刀尺又催"之"催"字看似寻常，其实兼有"催天暮""催离别"二义，为下文"一声吹冷"之"冷"的心境作铺垫。"蒹葭浦"既是实指，又因《诗经·秦风》以来凝定的文化意象而具有"所谓伊人，在水一方"的怅惘感。依依惜别之情，以不言言之。下片转入送别场景，"莫被"二句不徒写出情谊，亦暗示前途漫漫，风雨载途，遂引出末二句的想象之辞。黄茅山店，村社神鼓，虽僻远荒凉，也自弥漫着一分闹热喜庆的气息，寄寓着对"亲民之官"此行将有作为的期许。所谓"异姓昆弟"之交，知心固当如是。

　　容若《致张见阳札》有云："渌水一樽，黯然言别，渐行渐远，执手何期？心逐去帆，与江流俱转，谅知己同此眷切也。衡阳无雁，音问久疏。忽捧长笺，正如身过临邛，与我故人琴酒相对。乡心旅况，备极凄其。人生有情，能不惆怅。念古来名士多以百里起家者，愿足下勿薄一官，他日循吏传中，藉君姓名，增我光宠。种种自当留意，乃劳谆嘱耶？"又云："人生几何，堪此离别？湖南草绿，凄咽同之矣。改岁以还，想风土渐宜，起居安适。唯是地方兵燹之后，兴除利弊，动费贤令一番精神。古人有践历华要，犹恨不为亲民官，得展其志愿者。勉旃，勉旃！"其间情致嘱托，皆可与本篇参看。

·附读·

蝶恋花·戊戌感怀寄友　杨圻
向不工愁愁若许，底事春愁，愁得人无主。蝴蝶乱飞芳草坞，枇杷花下萧萧雨。　　欲伴蛾眉楼上去，又被黄昏，暗了藤芜路。待唤蛾眉留少住，广寒宫殿知何处。

蝶恋花　陈方恪
扑面蒙蒙飞弱絮，一霎溪山，萧瑟浑如许。云脚四垂天景暮，小楼夜半闻微雨。　　每到春来愁欲诉，诉尽愁肠，依旧成虚度。苦道离人留得住，长亭几送征鞍去。

蝶恋花

准拟^[1]春来消寂寞。愁雨愁风，翻把春担搁^[2]。不为伤春情绪恶，为怜镜里颜非昨。　　毕竟春光谁领略。九陌缁尘^[3]，抵死遮云壑^[4]。若得寻春终遂约，不成长负东君^[5]诺。

·注释·

〔1〕准拟：希望，料想。

〔2〕担搁：即耽搁。

〔3〕九陌缁尘：九陌，《三辅旧事》："长安城中八街九陌。"此处指繁华

都城。缁尘，黑色灰尘。常喻世俗污垢。谢朓《酬王晋安》："谁能久京洛，缁尘染素衣。"

〔4〕云壑：云气遮覆的山谷，谓世外隐居之所。孔稚珪《北山移文》："诱我松桂，欺我云壑。"于鹄《过凌霄洞天谒张先生祠》："乃知轩冕徒，宁比云壑眠。"

〔5〕东君：司春之神。辛弃疾《满江红·暮春》："可恨东君，把春去、春来无迹。"古人亦每以之喻青春岁月。

· 评析 ·

　　金圣叹点评《水浒》尝提出"正犯法"之论："正是要故意把题目犯了，却有本事出落得无一点一尽相借，以为快乐是也"，所举例子如"武松打虎后，又写李逵杀虎，又写二解争虎；潘金莲偷汉后，又写潘巧云偷汉；江州城劫法场后，又写大名府劫法场；何涛捕盗后，又写黄安捕盗；林冲起解后，又写卢俊义起解；朱仝、雷横放晁盖后，又写朱仝、雷横放宋江等"。其实诗词中也有"正犯法"，依一般的规矩，诗词中是要回避复字的，特别是篇幅较短的诗词，那会显得词汇量窘狭，手法雷同，但偏偏有一些诗词家，故意用大量复字，反复强调一个主题，那就不仅不是弊病，反而愈极其妙。纳兰此篇连用五个"春"字，"春寂寞""春担搁""春领略""伤春""寻春"，重叠往复，纠缠不休，愈趋深远，非高手不能办也。

　　此法虽非纳兰首创，但往往为性灵一派词人所乐用。如况周颐《双调望江南》之二："花如画，未必画非真。见说画中花不落，移家作个画中人。占取最长春。　　春未肯，著我软红尘。花若有情花亦瘦，十年香梦太酸辛。我与我温存。"小小一首词，"花"凡四见，"画"凡四见，"春"凡两见，"我"凡三见，笔致之妙，后来居上矣。顾随的《采桑子》也是此种手段：

　　　　一重山作天涯远，君住山前。侬住山间，山里花开山外残。红楼碧海相思地，卷起珠帘。倚遍阑干，又见山前月一弯。

相思之作，题材熟滥已极，但一个"山"字在小词中凡六见之，山前山间，山里山外，令人移步换形，目光闪烁不定，将相思之意写得异样跌宕波折，较之乐府民谣更加俏丽秀美。再多想一层，聂绀弩的《锄草》也是"正犯法"之苗裔：

> 何处有苗无有草，每回锄草总伤苗。培苗常恨草相混，锄草又怜苗太娇。未见新苗高一尺，来锄杂草已三遭。停锄不觉手挥汗，物理难通心自焦。

自来七律无此种写法，所谓"聂体"，名不虚传。

另附带有致敬意味的谢章铤《惜花阴》，王国维、邓桐芬《蝶恋花》，陈襄陵《凤凰台上忆吹箫》，可见附读。

· 附读·

惜花阴·送春　谢章铤
他乡不识春何处，忍把春光数。春色已阑珊，春雨春风，满地飞春絮。　丁宁春趁家山去，为向春闺诉。春病那人儿，一寸春心，都被春愁据。

蝶恋花·王国维
春到临春花正妩，迟日阑干，蜂蝶飞无数。谁遣一春抛却去，马蹄日日章台路。　几度寻春春不遇，不见春来，那识春归处。斜日晚风杨柳渚，马头何处无飞絮。

蝶恋花·忆宫悬起用《饮水词》句　邓桐芬
准拟春来消寂寞，来去匆匆，毕竟增离索。宿酒醒时新梦觉，春心每为愁耽搁。　燕语莺啼还似昨，小院轻红，点点穿朱阁。几日闲情何处托，碧桃花下东风薄。

凤凰台上忆吹箫　陈襄陵
春梦茫茫，春愁历历，春寒凝却春心。又雨丝风片，噪煞春禽。旧苑春红开尽，春归去，绿未成阴。新惆怅，伤离念远，怕了登临。　深深。采芳径里，空留得幽花，蝶也难寻。任琐窗人老，妆镜尘侵。埋没当年娇影，相思字，掩袖孤吟。韶光换，低徊眷恋，最是而今。

蝶恋花

又到绿杨曾折处。不语垂鞭[1]，踏遍清秋路。衰草连天[2]无意绪，雁声远向萧关[3]去。　　不恨天涯行役苦。只恨西风，吹梦成今古[4]。明日客程还几许，霑衣况是新寒雨[5]。

·注释·

[1]垂鞭：怅惘沮丧貌。温庭筠《赠知音》："景阳宫里钟初动，不语垂鞭上柳堤。"

[2]衰草连天：秦观《满庭芳》："山抹微云，天连衰草，画角声断谯门。"

[3]萧关：古关名，位于今宁夏固原市境，此处泛指边关。

[4]"只恨"二句：侯寘《江城子》："西风吹梦入江楼，故山幽，谩回头。"

[5]"霑衣"句：霑，即沾，浸湿。志南《绝句》："沾衣欲湿杏花雨。"

·评析·

《饮水词笺校》《纳兰词笺注》均以为从"又到绿杨曾折处"一句可推断本篇作于康熙二十一年（1682）八月"觇梭龙"时，我们以为有些突兀。"天涯行役"在容若一生曾有多次，重经某处折柳之地也很正常。本篇可写于任何一次的秋日，殊不必也无法确指也。

本篇写羁旅行役之情，然又与一般同类作品有别。盖羁旅行役往往与身世苍凉感打叠一处，从柳永至容若好友陈维崧莫不如此。容若之人生境遇与前人皆有区别，其苍凉感亦不表现为仕途上得意与否，故同样的"天涯行役苦"，容若这一次想到的却是"只恨西风，吹梦成今古"。此句不徒造语入妙，全篇至此也境界顿开，拥有了穿透历史的深邃感。西风漫卷，最终会把悠长的历史吹成

秋山行旅 甲申二月 少梅陈云彰

陈少梅——《秋山行旅》

一场不知是真是幻的大梦吧？更何况明日行程上还有那沾衣的蒙蒙细雨呢？结拍二句既承上一气呵成，又独具纤徐的气韵，若古寺疏钟，清响动听。其神髓确乎逼近冯正中，置之《阳春集》中，可乱楮叶。

·附读·

蝶恋花　王国维
阅尽天涯离别苦。不道归来，零落花如许。花底相看无一语，绿窗春与天俱暮。　待把相思灯下诉。一缕新欢，旧恨千千缕。最是人间留不住，朱颜辞镜花辞树。

蝶恋花·和斐云　胡士莹
落尽香红飘尽絮。密约鸾钗，惆怅无凭据。赢得今生肠断处，分明一笑擘帷去。　此夜芳惊应更苦。新月娟娟，恐被眉弯妒。翠幕银灯深几许，绿杨楼外天涯路。

蝶恋花

　　萧瑟兰成看老去[1]。为怕多情，不作怜花句[2]。阁泪倚花愁不语[3]，暗香飘尽知何处？　重到旧时明月路。袖口香寒[4]，心比秋莲苦[5]。休说生生[6]花里住，惜花人去花无主[7]。

·注释·

[1] "萧瑟"句：兰成，南北朝时北周诗人庾信小字。杜甫《咏怀古迹五首》之一："庾信平生最萧瑟，暮年诗赋动江关。"

[2] "怜花"句：程垓《闺怨无闷》："天与多才，不合更与，殢柳怜花情分。"

[3] "阁泪"句：欧阳修《蝶恋花》："泪眼看花花不语。"阁泪，噙泪、含泪。夏竦《鹧鸪天》："尊前只恐伤郎意，阁泪汪汪不敢垂。"

[4] 袖口香寒：晏几道《西江月》："醉帽檐头风细，征衫袖口香寒。"

〔5〕"心比"句：晏几道《生查子》："遗恨几时休，心抵秋莲苦。"

〔6〕生生："生生世世"之省略语。

〔7〕"惜花"句：用辛弃疾《定风波》"毕竟花开谁作主，记取，大都花属惜花人"词意。

· 评析 ·

这首词亦未明标悼亡，然而我们自可体会出字句中包孕的异样凄凉苦涩。若非伤悼逝者，断无须至此。既属悼亡词，则一来悲情大抵汹涌而至，气脉通贯，绝无停滞，谭献《箧中词》所谓"势纵"是也；二来笔致必定感伤细腻，微入毫发，谭献所谓"语咽"是也。"势纵"易体会，"语咽"则需赘说几句。

词开篇"看老去"三字即甚耐寻味。"看老去"者，实未老去而将要老去，即《九张机》中"可怜未老头先白"意也。著一"看"字，心碎之状便已活现，且为全篇奠定"凄淡无聊"（谭献语）之基调。只因"老去"，从而不愿多情，不能多情，更畏惧多情，故有"不作怜花句"之语。然而不"怜花"，却又不能不带愁"倚花"，阁泪无语，只因不知"暗香飘尽"后的去处。上片五句，一句一转，但流贯如珠，"势纵语咽"，足以当之。

下片宕开写另一情境。"明月路"乃昔日刻骨铭心之所，今日"重到"，却已形单影只。当年发下"生生花里住"的誓言已因"惜花人去"化为泡影。此情此景，怎一个"苦"字了得？然而需要体味的是，这种看似喷薄而出的苦情，容若乃是以非常克制、收敛的态度表现出来的。那样的吞吞吐吐，欲言又止，其实恰恰是"心比秋莲苦"的极致。中国自古即有"温柔敦厚"的诗教传统，若单从艺术层面看，克制、中和有时更能显现出大喜大悲，故也是不可偏废的。

· 附读 ·

浣溪沙　杨圻

玄鬓红妆两惘然，重来门巷草芊绵。词人老去若为怜。　　亭北繁华亡国恨，江南时节送春天。独无人处怨流年。

蝶恋花·病起至湖上已春暮矣，感赋　汤国梨
绿鬓朱颜容易负。忍使近年，好景仍虚度。扶病看花春又暮，春心却被春光误。　　不惜春光容易去。却恨春光，一去花无主。细雨斜风湖上路，流莺啼老湖边树。

蝶恋花·以纸花清供戏赋　饶宗颐
人间无复埋花处。为怕花残、莫买真花去。静对琼枝相尔汝，胆瓶觑面成宾主。　　词客生生花里住。裁剪冰绡、留写伤春句。紫蝶黄蜂浑不与，任他日日闲风雨。

蝶恋花

　　露下庭柯蝉响歇[1]。纱碧如烟[2]，烟里玲珑月[3]。并著香肩无可说[4]，樱桃暗吐丁香结[5]。　　笑卷轻衫鱼子缬[6]。试扑流萤[7]，惊起双栖蝶。瘦断玉腰沾粉叶[8]，人生那不相思绝。

·注释·

〔1〕"露下"句：鱼玄机《寄飞卿》："阶砌乱蛩鸣，庭柯烟露清。"

〔2〕纱碧如烟：李白《乌夜啼》："机中织锦秦川女，碧纱如烟隔窗语。"

〔3〕玲珑月：李白《玉阶怨》："却下水晶帘，玲珑望秋月。"

〔4〕"并著"句：刘过《小桃红》："宿酒醺难醒，笑记香肩并。"

〔5〕"樱桃"句：通志堂本"吐"作"解"，此从汪刻本。樱桃，代口。白居易有"樱桃樊素口"之句。丁香结，谓愁思凝结难解。李商隐《代赠》："芭蕉不展丁香结，同向春风各自愁。"

〔6〕鱼子缬：丝绢一种，其上扎染以白色花纹如鱼子，故名。段成式《嘲飞卿》之二："醉袂几侵鱼子缬，飘缨长胃凤凰钗。"

〔7〕"试扑"句：杜牧《秋夕》："银烛秋光冷画屏，轻罗小扇扑流萤。"

〔8〕玉腰：指蝴蝶的身体。陶谷《清异录》："温庭筠尝得一句云：'蜜官金翼使。'遍干知识，无人可属。久之，自联其下曰：'花贼玉腰奴。'予以为道尽蜂蝶。"

· 评析 ·

本篇汪刻本有题目"夏夜"，词亦确实写某一夏夜温馨甜美的爱情场景。词开篇暗用苏轼《阮郎归》"绿槐高柳咽新蝉，薰风初入弦。碧纱窗下水沉烟，棋声惊昼眠"数句意境。然同写蝉鸣，写碧纱窗，东坡继以"棋声"，便是士大夫闲逸生涯；容若继以"玲珑月"，便逼入小儿女喁喁细语，文心极微妙。以下"并著"二句甚绮丽，香肩并倚，然因为矜持与羞涩，有话不便明说，只见樱桃小口，欲言而嗫嚅，正透出心中一分似喜似愁的少女情怀。面对此情境，怎不令人怦然心动？下片前三句自杜牧《秋夕》诗化出，着"笑卷"二字、"鱼子缬"三字，即别具情味，少女"巧笑倩兮"的娇憨气息弥散纸上。"瘦断"一句由"双栖蝶"连缀而下，既写蝶，亦写少女窈窕身姿，是爱极之语，于是有结拍"人生那不相思绝"的感喟。所谓"人生自是有情痴，此恨不关风与月"（欧阳修《玉楼春》），一路铺垫下来，写环境，写风情，写动作，写态度，只为逼出此句，人同此心，水到渠成。其手笔之妙有难以言说者。

在以感伤著称的纳兰词中，这首小词活跃灵动，生机盎然，又为别调。

· 附读 ·

蝶恋花　王国维
满地霜华浓似雪。人语西风，瘦马嘶残月。一曲阳关浑未彻，车声渐共歌声咽。　　换尽天涯芳草色。陌上深深，依旧年时辙。自是浮生无可说，人间第一耽离别。

蝶恋花　出塞

　　今古河山无定据[1]。画角[2]声中，牧马频来去。满目荒凉谁可语，西风吹老丹枫树[3]。　　从前幽怨应无数。铁马金戈，青冢[4]黄昏路。一往情深深几许[5]，深山夕照深秋雨。

・注释・

〔1〕定据：定数，凭准。张孝祥《天仙子》："只恐舞风无定据，容易着人容易去。"

〔2〕画角：古管乐器，出自西羌。本细末大，以竹木或皮革制成，外加彩绘，故名。其声高亢哀厉，多为军中用之。

〔3〕"西风"句：唐温如《题龙阳县青草湖》："西风吹老洞庭波，一夜湘君白发多。"

〔4〕青冢：即昭君墓。《汉书·匈奴传下》："元帝以后宫良家子王嫱，字昭君，赐单于。"其墓冢在今内蒙古呼和浩特南郊。此为泛指，未必亲见。

〔5〕"一往"句：《世说新语·任诞》："桓子野每闻清歌，辄唤'奈何'，谢公闻之曰：'子野可谓一往有深情。'"又欧阳修《蝶恋花》："庭院深深深几许。"

・评析・

　　本篇张草纫先生《笺注》以为从"青冢"二字可推断作于康熙二十二年（1683）九月扈驾至五台山时，似过于将"青冢"落实了。严迪昌先生以为此乃泛指，是。赵、冯二先生更具体论证扈驾五台与青冢远不相及，以为"词之作期，尚难取定"，亦是。

　　这是一首塞上怀古词。与题材相应，开篇七字便有一股磅礴沉郁的气势扑面而来。一部曼衍汪洋的历史，以"无定据"三字定谳，非有大胸襟、大眼界不能臻此。然则何以言之？"牧马"

〔明〕仇英——《明妃出塞图》

二字已点出其中奥秘。贾谊《过秦论》："胡人不敢南下而牧马。"
王建《咏席萁帘》："单于不向南牧马，席萁遍满天山下。"所谓"画
角声中，牧马频来去"不正形成了历史的转捩与迁变？容若自己
就是"牧马"者中的一员，他发出如此感喟真是别有意味。世事
无常，历史无情，见证古今者只有被西风吹老的一树红枫而已。
可是从前的金戈铁马、青冢黄昏就自此湮没成一场幻梦了吗？面
对这些，只怕还是"圣人忘情，最下不及于情。然则情之所钟，
正在我辈"（《晋书·王衍传》）吧？结尾二句依然渲染"风流总
被雨打风吹去"的兴亡之感，却在有意无意间连用四个"深"字，
是信手拈得的神来之笔。

关于本篇，吴世昌先生《词林新话》有"通体俱佳"之评，又云：
"唯换头'从前幽怨'不叶，可倒为'幽怨从前。'"对此，赵、冯《笺
校》指出："然则'无'又不叶矣。"其实此处平仄不调（即"不叶"）
古人已有觉察，故《百名家词钞》作"幽怨从前应不数"，袁本
《饮水词钞》与汪刻本则改作"幽怨从前何处诉"。不难看出，将
"从前幽怨"改作"幽怨从前"无问题，而后两种改法虽合乎格律，
意思却远远不及，"应不数"甚至已不成话。这实际上不是新问
题，"意"为帅还是"律"为主已争论千年，至今也还在纷纭聚讼。
就纳兰这一篇来说，我还是倾向于保留现在这种顺畅的样子。神
采毕备，气脉流通，即或"不叶"又如何？

·附读·

蝶恋花·金闺小别寄妇道清　杨圻

小别无多多几许。烟柳斜阳，迷却来时处。回首青山山不语，泪珠抛下西江
去。　芦荻萧萧飘寒絮。做出秋声，单舸穿风雨。只恨西风吹不住，将人
吹遍天涯路。

蝶恋花

尽日惊风吹木叶[1]，极目嵯峨[2]，一丈天山雪[3]。去

去丁零愁不绝[4]，那堪客里还伤别。　　若道客愁容易辍，除是朱颜，不共春销歇。一纸乡书和泪摺，红闺此夜团圆月[5]。

·注释·

[1]"尽日"句：惊风，狂暴之风。白居易《赋得听边鸿》："惊风吹起塞鸿群，半拂平沙半入云。"木叶，见前《采桑子·九日》注释[3]。

[2]嵯峨：见前《梦江南》(江南好，城阙尚嵯峨)注释[1]。

[3]"天山"句：天山，据《史记·匈奴传》以为祁连山即匈奴所称之天山。此为泛指。王维《送崔三往密州觐省》："路绕天山雪，家临海树秋。"

[4]"去去"句：去去，越走越远。柳永《雨霖铃》："念去去、千里烟波。"丁零，唐代州名，属月支都督府，后废，在今新疆吐鲁番市境。

[5]"红闺"句：红闺，犹红楼，少女所居之地。团圆，团圆。牛希济《生查子》："新月曲如眉，未有团圆意。"

·评析·

据蒋景祁《瑶华集》卷六，此题为"十月望日与经岩叔别"，故云"客里还伤别"。又，容若诗集有《梭龙与经岩叔夜话》一首："绝域当长宵，欲言冰在齿。生不赴边庭，苦寒宁识此。草白霜气空，沙黄月色死。哀鸿失其群，冻翮飞不起。谁持花间集，一灯毡帐里。"可证作于康熙二十一年（1682）十月奉命赴梭龙侦察时。经岩叔，谓经纶，姚江（今浙江余姚）人。善画人物、士女，殊有奇致（见《图绘宝鉴续纂》)，此际与性德共觇梭龙。据整首词意，容若继续远行。经岩叔则回返，故"去去"意此去丁零，越去越远，而由此联想及客愁难去，正如朱颜与春光不能永驻。末二句可证经岩叔将南归，故托其携带家书。末句想象辞，将"红闺"之"团圆月"如此自然地镶嵌于"一丈天山雪"的雄奇苍茫之中，非妙手不能办，非纳兰特具的江山美人集于一身的气质也不能办。这是纳兰边塞词与此前同题材作品一个显著区别，论边塞词者值得注意。

〔清〕华嵒——《天山积雪图》

蝶恋花　勒方锜

客里萧条过禊节。柳絮梨花，飘散晴天雪。多少思量无处说，东风不解心头结。　　夜听虬壶春漏咽。孤似帷灯，冷似窗前月。茗碗停斟香篆歇，轻衾一幅愁千叠。

河传

春浅[1]，红怨，掩双环[2]。微雨花间昼闲。无言暗将红泪[3]弹。阑珊。香销轻梦还[4]。　　斜倚画屏思往事。皆不是，空作相思字[5]。记当时，垂柳丝。花枝。满庭胡蝶儿。

·注释·

〔1〕春浅：通志堂本作"春残"，据温庭筠词例，第二字为仄声，从《饮水词钞》及汪刻本改。

〔2〕双环：即双鬟，代指年轻女子。元稹《襄阳为卢窦纪事》："依稀似觉双环动，潜被萧郎卸玉钗。"掩双环，形容愁苦之状。

〔3〕红泪：见前《采桑子》（而今才道当时错）注释〔2〕。

〔4〕"香销"句：香销，见前《采桑子》（彤霞久绝飞琼字）注释〔3〕。轻梦，浅梦，短梦。毛滂《踏莎行》："沉香火冷小妆残，半衾轻梦浓如酒。"

〔5〕相思字：辛弃疾《满江红》："相思字，空盈幅；相思意，何时足？"

·评析·

《河传》之名始于隋代，为隋炀帝将幸江都时所制，声韵悲切。其词则创自温庭筠，双调五十五字，以《湖上》一篇为正体。一般以为前段七句两仄韵、五平韵，后段七句三仄韵、四平韵，而未审温氏"烟浦花桥路遥"一句"桥""遥"之句中韵，故前段应为两仄韵、六平韵。《钦定词谱》列二十七体，为词牌变体最繁者，皆自温词脱化而出。本篇即用温氏正体。

做如上技术性分析，目的是想说明，《河传》起源虽古，但体制复杂，不仅韵脚密集，平仄交互，而且短句繁多，语气急促，想写出温婉纤徐之致，难度巨大。从这些情况来看，容若这首拟步《花间》的作品完全达到了创作目的，其古艳纷披，即置之温庭筠集中，亦骤不可辨，是极能见出容若之才情的。

· 附读 ·

河传　程颂万
春晓，莺恼，起来迟。小庭间捻花枝。被风剪来红一丝。谁知。一双蝴蝶儿。　香销烛冷深深院。帘不卷，有梦都寻遍。乍扶钗，暗兜鞋。休猜。夜来难出来。

河传　朱自清
双桨，无恙，路迢迢。流水溪桥寂寥。欲言不言魂暗消。朝朝。去来潮两遭。　碧柳丝丝风里乱。莺语缓，望断归舟远。叶盈枝，花满蹊。逦迤。昔年郎马蹄。

河渎神

凉月转雕阑[1]，萧萧木叶声干[2]。银灯飘落琐窗闲，枕屏几叠秋山。　朔风吹透青缣被[3]，药炉火暖初沸[4]。清漏[5]沉沉无寐，为伊判得憔悴[6]。

· 注释 ·

[1] 雕阑：即雕栏，华美的栏杆。李煜《虞美人》："雕栏玉砌应犹在。"
[2] 声干：声音清脆。
[3] 青缣被：青缣，青色的细绢。白居易《冬夜与钱员外同直禁中》："连铺青缣被，对置通中枕。"按"青缣被""通中枕"为自汉代以来朝廷提

供给宿直官员之寝具。

〔4〕"药炉"句：王彦泓《述妇病怀》："无奈药炉初欲沸。"

〔5〕清漏：见前《台城路·塞外七夕》注释〔3〕。

〔6〕"为伊"句：判得，拚得，甘愿。柳永《凤栖梧》："为伊消得人憔悴。"

· 评析 ·

　　词中特地点出"青缣被"意象，可见是侍卫宿直时作。在别人，这正是春风得意之事，而纳兰则以"凉月""萧萧木叶""朔风"等衰飒意象出之，"春人而多秋思"，此为一证。然则末句之"伊"究竟何属？是具体的"伊人"，还是人格化的理想志愿之谓？颇值得深思。另一值得深思处是"药炉"意象，纳兰自弱冠即寒疾缠身，最终亦殁于寒疾。此一身体病痛亦"秋思"之极重要而研究者往往忽略的原因，李雷有《纳兰性德与寒疾》之文载于《文学遗产》2002 年第 6 期，颇有见，可参看。

· 附读 ·

浪淘沙　郑元昭

慢倚小阑干，落叶声干。添衣犹自怯微寒。那怪宵来眠未稳，影瘦衾宽。　　金兽喷沉檀，慵整云鬟。看花心事上眉端。几日秋阴如中酒，深掩屏山。

南乡子　陈寂

楼下远芳残，楼上银灯弄浅寒。燕子未归秋欲暝，凭阑，看尽江南万叠山。　　乡梦绕朱弦，肯把牢愁付酒边。无奈思量浑不见，空怜，惆怅西风又一年。

河渎神

　　风紧雁行高，无边落木萧萧。楚天魂梦与香消，青山暮暮朝朝。　　断续凉云来一缕，飘堕几丝灵雨〔1〕。今夜冷红浦溆〔2〕，鸳鸯栖向何处。

·注释·

〔1〕灵雨:《九歌·山鬼》:"杳冥冥兮羌昼晦,东风飘兮神灵雨。"

〔2〕"今夜"句:冷红,此指秋花。浦溆,水边。杨炯《青苔赋》:"桂舟横兮兰枻触,浦溆邅回兮心断续。"

·评析·

本篇"灵雨"一般注释皆引《诗·鄘风·定之方中》"灵雨既零,命彼倌人"句。《定之方中》诗系颂卫文公中兴之德者,《笺校》更引《后汉书·郑弘传》之"灵雨随车"典故,谓"此词用语多及湘楚,殆为寄张见阳词。见阳任江华令,因有'灵雨'之辞。'鸳鸯'云云,则颇涉调侃。词当作于康熙十八年秋见阳南行后不久"。此一判断恐求之过深,也有方枘圆凿处。如苏缨云:"这首词通篇气氛抑郁而绮丽,楚天魂梦、青山朝暮云云直指男女情事,'鸳鸯'一语亦非调侃……词之主题当与张见阳任江华令无关"(苏缨《纳兰词全编笺注·序之二》,湖南文艺出版社2011年版)。

我较同意苏缨之说,故于注释引《九歌·山鬼》,以为"灵雨"盖"神灵雨"之省称,从而与"楚天""魂梦""凉云"等意象相协调。如此用法先例颇多。如文同《巫山高》:"回看高唐庙下洒灵雨,遣我归意常翩翩。"李流谦《巫山一何高》:"灵雨满旗神女去,夜月吹笙神女归。"辛弃疾《河渎神·女诫效花间体》:"惆怅画檐双燕舞,东风吹散灵雨。"如此看来,本篇仍是风怀之作。

·附读·

鹊桥仙　萧豹岑

天涯异客,日边孤馆,一缕梦魂无路。迷离欹枕不眠时,仿佛见、兰窗朝暮。　　明灯纤手,霜缣彩笔,散出蓬莱香雾。波光云影渺无边,那里是、鸳鸯栖处?

落花时

夕阳谁唤下楼梯，一握香荑[1]。回头忍笑阶前立，总无语，也依依。　　笺书直恁[2]无凭据，休说相思。劝伊好向红窗[3]醉，须莫及，落花时。

〔1〕香荑：女子柔嫩手指。《诗·卫风·硕人》："手如柔荑。"吴文英《点绛唇》："一握柔葱，香染榴巾汗。"刘永济《微睇室说词》："柔葱，手指也。"
〔2〕直恁：犹言竟然如此。辛弃疾《朝中措》："残云剩雨，些儿意思，直恁思量。"
〔3〕红窗：女子居所。毛熙震《临江仙》："幽闺欲曙闻莺转，红窗月影微明。"

·评析·

许增光绪六年（1880）刻本有注云："此调《谱》《律》不载，疑亦自度曲。一本作《好花时》。"就词而言，这首自度曲不算成功，全篇惟"回头忍笑阶前立，总无语，也依依"一句为亮点，佳人无言蕴藉态度，跃然纸上。"一握香荑"句则平白伧俗，败笔也。

·附读·

临江仙　谢玉岑
门外新凉无计避，单衾熨梦依依。渐移银浦井栏西，起看蟾魄堕，偏值雁行低。　　闻说蘅芜新院迥，云罗锦字凄迷。帘栊早晚好添衣。为郎双翠荨，弥惜镜中窥。

卷二

金缕曲　赠梁汾[1]

　　德也狂生耳。偶然间、缁尘京国[2]，乌衣门第[3]。有酒惟浇赵州土[4]，谁会成生[5]此意。不信道、遂成知己。青眼高歌俱未老[6]，向樽前、拭尽英雄泪。君不见，月如水。　　共君此夜须沉醉。且由他、蛾眉谣诼[7]，古今同忌。身世悠悠[8]何足问，冷笑置之而已。寻思起、从头翻悔[9]。一日心期千劫在[10]，后身缘、恐结他生里[11]。然诺[12]重，君须记。

· 注释 ·

〔1〕梁汾：顾贞观（1637—1714），谱名华文，字华峰，一作华封，号梁汾，江苏无锡人。晚明东林党领袖顾宪成之曾孙。康熙初入京师，以诗受知于大学士魏裔介等，超擢秘书院典籍。康熙十年（1671）春落职归里。十五年（1676）复入京，馆明珠家，遂与容若结生死莫逆之交。著有《弹指词》及《积书岩集》等。其词极情之至，不落宋人圈缋，与陈维崧、朱彝尊有"三绝"之目。本篇题目《今词初集》作"赠顾梁汾杵香小影"，证以顾氏"填此曲为余题照"语，是。

〔2〕缁尘京国：陆机《为顾彦先赠妇》："京洛多风尘，素衣化为缁。"缁，黑色。京国，京城，国都。

〔3〕乌衣门第：豪门贵胄之家。东晋南渡，王谢豪族居建康（今南京）乌衣巷，故称。

〔4〕赵州土：用平原君礼贤下士故事。平原君，即赵胜，战国时赵国公子，与魏国信陵、齐国孟尝、楚国春申三君并称。李贺《浩歌》："买丝绣作平原君，有酒唯浇赵州土。"王琦注："古之平原君虚己下士，深可敬慕。今日既无其人，惟当买丝绣其形而奉之，取酒浇其墓而吊之已矣，深叹举世无有能得士者。"

〔5〕成生：纳兰自称。容若原名成德，满族习惯又称为成容若，后为避太子胤礽（乳名保成）讳，改为性德。

〔6〕青眼：垂青、爱重、赏识。《晋书·阮籍传》言阮籍"能为青白眼，见礼俗之士，以白眼对之……（嵇）康闻之，乃赍酒挟琴造焉，籍大悦，乃见青眼。"俱未老：时容若二十二岁，梁汾四十岁。杜甫《短歌行赠王郎司直》诗有"青眼高歌望吾子，眼中之人吾老矣"句，此反用其意。

〔7〕蛾眉谣诼：多才遭忌、佳士受诬之谓。《离骚》："众女嫉余之蛾眉兮，谣诼谓余以善淫。"蛾眉，指代佳人，类比才士。谣诼，谣言中伤。蛾眉谣诼事实有之，顾贞观《祭文》有追忆："每戆言之数进，在总角之交尚且触忌于转喉，而吾哥必曲为容纳。洎谗口之见攻，虽毛里之戚未免致疑于投杼，而吾哥必阴为调护。此其知我之独深，亦为我之最苦。岂兄弟之不如友生，至今日而竟非虚语。"按顾贞观家世、出处在明清易代之初有其特定复杂性，其以遗老子弟出仕，继又被罢斥，所受臧否自多，故云。

〔8〕身世悠悠：李商隐《夕阳楼》："欲问孤鸿向何处，不知身世自悠悠。"

〔9〕"寻思"句：辛弃疾《临江仙》："六十三年无限事，从头悔恨难追。"

〔10〕"一日"句：心期，心誓，誓言。张九龄《饯济阴梁明府各探一物得荷叶》："怀君美人别，聊以赠心期。"千劫，历劫、历无穷劫。佛家以天地一生一灭为一劫。

〔11〕"后身"句：后身缘，身后缘分，即来生缘。此用"三生石"事，见袁郊《甘泽谣》及苏轼《僧圆泽传》。大意谓：贵游子李源与洛阳惠林寺僧圆观（苏文称圆泽）交好。一日见妇女数人，圆观望而泣下曰："其中孕妇姓王者，是某托身之所。今既见矣，即命有所归。释氏所谓循环也。"谓李曰："更后十二年，中秋月夜，杭州天竺寺外，与公相见之期也。"是夕圆观亡而孕妇产矣。后十二年秋八月，李源直诣余杭，赴其所约。忽闻葛洪川畔，有牧竖歌竹枝词者，乘牛叩角，双髻短衣，乃圆观也。歌曰："三生石上旧精魂，赏月吟风不要论。惭愧情人远相访，此身虽异性长存。"又歌曰："身前身后事茫茫，欲话因缘恐断肠。吴越溪山寻已遍，却回烟棹上瞿塘。"

〔12〕然诺：诺言。《史记·游侠列传》："而布衣之徒，设取予然诺，千里诵义。"

· 评析 ·

康熙二十四年（1685）夏初纳兰病逝，顾贞观在次韵酬答本词的同调之作后补一小记云："岁丙辰，容若年二十有二，乃一见即恨识余之晚。阅数日，填此曲为余题照，极感其意而私讶'他生再结'语殊不祥，何意竟为乙丑五月之谶也，伤哉！"丙辰，即康熙十五年（1676）。据此可知本篇为此年初识顾贞观后所赠。据彭孙遹《词藻》："金粟顾梁汾舍人风神俊朗，大似过江人物……画《侧帽投壶图》，长白成容若题《贺新凉》一阕于上云……词旨嵚崎磊落，不啻坡老、稼轩。都下竞相传写，于是教坊歌曲间无不知有《侧帽词》者。"又可知此为容若之成名作，曾在当时产生过巨大的轰动效应。

所谓"轰动"，首先在于彭孙遹称道的"词旨嵚崎磊落"，即展现出一种拗峭奇绝、迥异流俗的人格形象。其次在于笔法奔放，如瀑布飞倾而下，"不啻坡老、稼轩"。二者的有机融合的确展现了这位多情公子令人惊悚的才华与胸襟。词开篇数句即是一段真挚的自我表白：人皆视我为贵介纨绔，岂不知我和你一样，本是一介狂生，只是偶然地落到了这"缁尘京国，乌衣门第"而已！因为显赫的家世、清要的地位，趋奉我者不可计数，可谁能领会我"有酒惟浇赵州土"的知音难求的孤寂呢？这段表述破空飞来，气概轩昂，胸次嶙峋，不必说求之新朝的贵介子弟，即当世才人可堪匹敌者有几？以下"不信道、遂成知己。青眼高歌俱未老，向樽前、拭尽英雄泪。君不见，月如水"数句进入二人订交之主题，有笑，有泪，有书生之俊逸，有英雄之悲壮，一片真纯的知音情谊，令人拍案起舞，令人血脉偾张。其心境朗畅，允为纳兰词中罕见之喜悦明快语。

下片承上点出"沉醉"二字，转入慷慨深情笔致。沉醉的背后是"蛾眉谣诼，古今同忌"的悠悠身世，还有"冷笑置之而已"的狂放和不屑。两人把酒微醺，似乎在俯视着奔竞于软红尘中的芸芸众生，那一抹感喟的冷笑真是凸现出诗人高远寥廓、蔑弃尘俗的精神境界。"一日心期千劫在"至结末数句亦是本篇的"词眼"所在，"心期"谓两人情比金坚的友谊，"千劫"则意味着茫茫的前途运命，但无论如何，你务必要记得我的承诺，我们来世也还要做这样的朋友的！人生得一知己足矣，如此慷慨的约定，如此执着的盟誓，不光是闪现着纳兰的"侠肠俊骨"（胡薇元《岁寒居词话》），更令后世千万读者增友情之重，因而本篇也在鳞次栉比的友情题材中巍然高踞一席。

顺便一提，顾氏得此"题照"佳篇，确乎"极感其意"，其酬唱之作亦神完而气足，为《弹指词》上乘也。此一段佳话缺失了顾氏之作当然是不完整的，而所谓"都下竞相传写"，和者尚多，亦辑录数篇，与晚清谢章铤，民国熊希龄、李继熙，当代卢象贤各一首并附录于后，供读者参看。

· 附读 ·

金缕曲·酬容若见赠次原韵 顾贞观

且住为佳耳。任相猜、驰笺紫阁，曳裾朱第。不是世人皆欲杀，争显怜才真意。容易得、一人知己。惭愧王孙图报薄，只千金、当洒平生泪。曾不直，一杯水。 歌残击筑心逾醉。忆当年、侯生垂老，始逢无忌。亲在许身犹未得，侠烈今生已已。但结托、来生休悔。俄顷重投胶在漆，似旧曾、相识屠沽里。名预藉，石函记。

金缕曲·题顾梁汾佩剑投壶小影次成容若韵 毛际可

惟我与君耳。更非因、标题月旦，攀援门第。一诺相期千古在，车笠区区何意。敢自附、龙泉知己。块垒频浇还未散，共滂沱、洒作襟前泪。把臂后，淡如水。 何须独醒怜皆醉。信从来、长门终老，长沙招忌。闲却残编除是卧，壶矢犹贤乎已。往事不须重悔。举世尽夸皮相好，叹传神、却在生绡里。顾子影，毛生记。

贺新凉·题顾舍人侧帽投壶图次成容若韵 徐釚

作达何妨耳。任猜嫌、六朝人物，过江门第。稷契许身原不薄，争识乃公此意。也只要、一人知己。匣冷鱼肠壶中矢，倩谁侬、揾住英雄泪。看写照，情如水。 记曾绮席同沾醉。笑回头、夷门渐老，不逢无忌。胡粉骚头聊自嚎，击筑弹丝而已。闲共话、拂衣追悔。宫柳轻烟寒食尽，盼仙韶、再奏龙池里。
游侠传，君休记。

贺新凉·题顾梁汾舍人小像和成容若韵　沈尔璟
凉吹初喧耳。想当年、凤池仙客，蕊珠高第。神武门前乞闲草，稳卧知君何意。
又社燕、辞营戊己。丛桂小山想见晚，听梧桐、雨洒清宵泪。携玉尘，剪秋
水。　　披图未展心先醉。况题词、南州孺子，西园无忌。锦带纯钩数壶矢，
忘却金门三巳。怕杨柳、陌头轻悔。尽道封侯人易老，笑麒麟、也只丹青里。
凭红豆，隔帘记。

贺新郎·题顾梁汾舍人佩剑投壶图次成容若韵　陆进
白面书生耳。问谁知、虎头名望，貂冠门第。半袒铁衣欹皂帽，那解个中深意。
算相对、自成知己。此日甲兵天地满，按青萍、莫洒英雄泪。无限事，付流
水。　　高阳旧侣堪同醉。想从来、才人未遇，多遭猜忌。老我名场三十载，
君却壮心未已。年少事、不须深悔。试看英姿偏俊爽，对画图、如在云霄里。
聊执笔，为君记。

贺新凉·题顾梁汾先生小影次成容若进士原韵　郑景会
仕路浮沉耳。羡峥嵘、南金声价，长康门第。八斗才华能独擅，不似陈思失意。
恰倾盖、情深知己。把臂湖头斜日暮，又匆匆、洒却旗亭泪。空泪落，似流
水。　　丹枫万树寒江醉。想吾生、及时行乐，阿谁能忌。扪虱剧谈千古事，
一片雄心未已。总潦倒、莫教追悔。击剑投壶身裹甲，对斯图、俨在云台里。
勋业遂，史官记。

贺新凉·夜与黄肖岩宗彝谈"东汉人"甚欢，时肖岩将游永安，行期已
迫　谢章铤
仆本狂生耳。却无端、长歌当哭，时愁时喜。二十年来谈节义，热血一腔而已。
况青眼、又逢吾子。慷慨相期成底事，算英雄、总要轻生死。天下事，担当
起。　　男儿声价宁朱紫。说甚么、倚马雄词，雕虫小技。元礼林宗如可遇，
定作千秋知己。磨折惯、风波由尔。天地生才原有用，着精神、打点留青史。
方不愧，称名士。

金缕曲·戊辰题荣叔章寄示容若手卷　熊希龄
逝者如斯耳。忆当年、太原公子，少年科第。弹指词中金缕曲，流水高山深意。
真俱得、伯乐知己。侠骨柔肠悲绝调，只凄凉、一卷伤心泪。千古恨，泪如
水。　　我虽独醒人皆醉。共咨嗟、才人无命，古今同忌。廿载干戈魂梦阻，

久别思君未已。犹幸有、轮台之悔。好待承平寻旧雨，想松江、木落秋风里。龄不敏，是为记。

金缕曲·赠沈用宜倚成容若韵　　李继熙
身世浮云耳。偶相逢、流连风月，夸谈门第。满腹牢骚无限事，尽入诗情酒意。依旧是、半生知己。慷慨悲歌君莫笑，对蛾眉、肯洒穷途泪。多少恨，付流水。　　宽怀且自寻酣醉。尽由他、鸡虫得失，易招猜忌。天下文章余几辈，耿耿此情何已。但剩得、千般追悔。宿酒零香消未了，又匆匆、惜别他乡里。相忆诗，从头记。

金缕曲·纪念纳兰容若诞辰三百六十周年，用其赠梁汾词元韵　　卢象贤
逝久惟词耳。转圆周、尚谁记得，首揆门第。青眼该他梁汾有，余则谁曾措意。普天下、曾无知己。南渡以来遥继响，纸间声、一读都成泪。轻侧帽，饮真水。　　无香真水人能醉。怪当时、蛾眉偏短，才高遭忌。人若多情生不易，刀笔相磨难已。至今读、犹生痛悔。满腹幽奇关不住，织巢于、仄仄平平里。千户诵，万家记。

金缕曲　姜西溟[1]言别，赋此赠之

谁复留君住？叹人生、几番离合，便成迟暮。最忆西窗同剪烛，却话家山夜雨[2]。不道只、暂时相聚。滚滚长江萧萧木[3]，送遥天、白雁哀鸣去[4]。黄叶下，秋如许。　　日归[5]因甚添愁绪？料强似、冷烟寒月[6]，栖迟梵宇[7]。一事伤心君落魄，两鬓飘萧[8]未遇。有解忆、长安儿女[9]。裘敝[10]入门空太息，信古来、才命真相负[11]。身世恨，共谁语。

·注释·

[1] 姜宸英（1628—1699），字西溟，号湛园，浙江慈溪人。博学多才，尤工诗古文，与朱彝尊、严绳孙并称江南三大名布衣。为人狂狷简傲，

与世寡合，故连蹇不得意。康熙三十六年（1697）始成进士，时已七十岁。后二年以顺天乡试副主考牵涉舞弊案，下狱瘐死。著有《湛园未定稿》《苇间诗集》等。

〔2〕"最忆"二句：化用李商隐《夜雨寄北》"何当共剪西窗烛，却话巴山夜雨时"句，言友情温馨。

〔3〕"滚滚"句：杜甫《登高》："无边落木萧萧下，不尽长江滚滚来。"

〔4〕"送遥天"句：蒋捷《贺新郎》："万里江南吹箫恨，恨参差、白雁横天杪。"

〔5〕曰归：曰，语助词。《诗·小雅·采薇》："曰归曰归，岁亦莫止。"

〔6〕冷烟寒月：柳永《受恩深》："陶令轻回顾。免憔悴东篱，冷烟寒雨。"

〔7〕"栖迟"句：梵宇，寺庙。时西溟寓千佛寺，故云。

〔8〕飘萧：白发稀疏飘动貌。杜甫《义鹘行》："飘萧觉素发，凛欲冲儒冠。"

〔9〕"有解忆"句：杜甫《月夜》："遥怜小儿女，未解忆长安。"此反用其意。

〔10〕裘敝：裘衣破旧。《战国策·秦策》载，苏秦始将连横说秦王，"书十上而说不行，黑貂之裘敝，黄金百斤尽"。后每以此典故喻抱负成空，奔走不遇。

〔11〕"古来"句：出自李商隐《有感》："中路因循我所长，古来才命两相妨。劝君莫强安蛇足，一盏芳醪不得尝。"而隐含全篇诗意。

· 评析 ·

据严绳孙同调"送西溟奔母丧南归次韵"词，篇中有"真使通都闻恸哭，废尽蓼莪诗句"云云，又有陈维崧同调"送西溟南归和容若韵，时西溟丁内艰"词，可知西溟南归系丁内艰。西溟母逝年份，据朱彝尊撰《孝洁姜先生墓志铭》，知姜父卒于康熙十一年五月，"殁后七年，孙孺人亦卒"，是当在康熙十八年（1679）秋。姜宸英于康熙十七年再次来京，相聚仅一年。旧时父母亡故守制居丧为二十七个月，然则再聚最早当在三年后。聚散无常，良会难再，故有此深情送别之篇。

词开篇即一声长忾："谁复留君住？叹人生、几番离合，便成迟暮。"由于交通、资讯的不便，离别对于古人来说较今人不知要惊心动魄多少倍。寻常一次离别，动辄经年，人生苦短，能禁得几场这样的离别呢？这一句长叹不止会拨动姜宸英的离情别绪，也撩动了无数人同频共振的心弦，乃是情理融贯的佳句。以下"最忆"三句叹离多聚少，惜别也。"滚滚"二句则写秋景萧瑟与奔丧氛围，白雁哀鸣乃孝子之意象。一"白"字一"哀"字切入此番言别送行之特定主题。而以"黄叶下，秋如许"六字作小结，深得有余不尽之妙。

下片起均为宽慰语，聊解姜氏悲情。"强似"句言此番回家总比栖身萧寺要强。"一事"三句于起伏跌宕中再宽慰姜氏。"一事伤心"二句本为西溟感慨，然"有解忆"句言膝下有善解人意之儿女，毕竟有福。末数句点出"才命相负"之"身世恨"，则不仅为西溟而发，直为天下才人放声一哭。纳兰独处时往往孤寂淡定，与友人交，则激切坌涌。纯挚怀抱，可于此窥见。

容若之于姜氏缱绻如此，姜氏又当如何呢？赵秀亭先生《纳兰丛话》三七对此有一段分析甚精辟，特迻录于下供参考：

> 性德于姜宸英，谊在顾严之亚。及性德早逝，明珠失柄，西溟乃为进身计，不惜诋讪故友，实为儇薄无义之尤。全祖望《姜宸英墓表》载："枋臣之子（按谓性德）乘间言于先生曰：'家君待先生厚，然而卒不得大有资助，某以父子之间亦不能为力者，何也？盖有人焉（按谓明珠仆安三）。愿先生少施颜色，则事（按谓为西溟谋官职事）可立谐。某既知斯言非可以加之先生，然念先生老，宜降意焉。'先生投杯而起曰：'吾以汝为佳儿也，不料其无耻至此！'绝不与通。于是枋臣之子百计请罪于先生，始终执礼。"此事又见方苞《记姜西溟遗言》及陈康祺《壬癸藏札记》。此即姜氏自诩平生"气节"三事之一，然事甚可疑可论。性德既死，姜氏一面之词，原不足据。事之有无，曾否歪曲，均未可知。姑以姜氏之言为

实，性德之策乃悯其老而为谋，纵不甚可取，亦不致有投杯大怒、遽斥以"无耻"之理。况西溟若无殷切汲引之求，容若何生不择路之"资助"之谋？西溟奔竞利禄，年既老而不衰，固人所共知也，竹垞尝戏之曰："君不食猪肉，倘须啖一脔方遂科名，君其食之乎？"西溟笑曰："谅猪肉非马肝也。"急切求达若是，更何操守之谈！性德纵有是谋，姜亦未必如所言之耿介出格。事隔多年，杜撰矫情之举，损故友以鸣高洁，以便改换门径，别作投靠，心机至为可鄙。斯事适足自彰西溟之丑，原于性德无损。民国二十五年《越风》杂志刊王文莱《姜湛园先生之死》一文云：晚节颇为人所非议，即其生前最自负而为后人所称述者，即在相国明珠家教读其子性德时，拒其家宠仆安三事，以为大节凛然，不附阿谀。顾近闻宸英致明珠书稿（原注：稿存童薻先生处），中多卑词，以其有累盛德，未曾刻入全集中。观此，则宸英殆未能硁硁自守也。斯人之"遗言"，又胡足论哉！

·附读·

贺新郎·送西溟奔母丧南归次韵　严绳孙
此恨何当住。也须知、王和生死，总成离阻。真使通都闻恸哭，废尽蓼莪诗句。算母子、寻常欢聚。粳稻登场春韭绿，便休论、万里封侯去。须富贵，竟何许。　片帆触处成悲绪。问从今、樯乌堠燕，几番风雨。不尔置身天禄阁，未算人生奇遇。甚一种、世间儿女。画获教成羞半豹，早高堂、鹓语偏无负。天可问，傥相语。

金缕曲·送西溟南归和容若韵，时西溟丁内艰　陈维崧
三载徐园住。记缠绵、春衫雪展，几曾离阻。又作昭王台畔客，日日旗亭画句。最难得、他乡欢聚。眼底独怜君落拓，又何堪、鹃鸟啼红去。都不信，竟如许。　千丝漫理无头绪。问愁悰、原非只为，渭城朝雨。如此人还如此别，说甚凌云遭遇。笑多少、痴儿呆女。本拟三冬长剪烛，怅今番、旧约成辜负。和残菊，隔篱语。

又，纳兰本篇陈维崧《迦陵词》附有另一稿，应为初稿（见《全清词顺康卷补编》），各种校本未取之入校，可附于下：

谁复留君住？恨人生、一回相见，又成间阻。曾向乱红深处坐，春夜灯前联句。应不道、暂时相聚。无限长江多少泪，听遥天、一雁哀鸣去。黄叶下，秋如许。　　丈夫因甚伤离绪？忆年来、栖迟梵寺，冷烟寒雨。更是伤心君落魄，两鬓飘萧未遇。只凄恻、故乡儿女。一事无成身已老，叹古来、才命真相负。千万恨，共谁语。

金缕曲　简梁汾，时方为吴汉槎作归计[1]

洒尽无端泪。莫因他、琼楼[2]寂寞，误来人世。信道痴儿多厚福，谁遣偏生明慧[3]。莫更著、浮名相累。仕宦何妨如断梗[4]，只那将、声影供群吠[5]。天欲问，且休矣。　　情深我自判[6]憔悴。转丁宁、香怜易爇，玉怜轻碎[7]。羡杀软红尘[8]里客，一味醉生梦死。歌与哭、任猜何意。绝塞生还吴季子[9]，算眼前、此外皆闲事。知我者，梁汾耳。

·注释·

[1]汉槎：吴兆骞（1631—1684）字，江南吴江（今属江苏苏州）人。少具隽才，与陈维崧、彭师度并称"江左三凤凰"，深为吴伟业所器重。后为慎交社眉目。顺治十四年（1657）应江南乡试，罹科场案，遣戍黑龙江宁古塔。居塞外二十三年，后经顾贞观力为周旋，得明珠父子、徐乾学等支援，醵金赎归，于康熙二十年（1681）冬生还入关，于明珠府任西席，教授其子揆叙，未三年即病卒。著作今存《秋笳集》。本题通志堂本仅作"简梁汾"三字，此从汪刻本。

[2]琼楼：九天仙界。苏轼《水调歌头》："我欲乘风归去，又恐琼楼玉宇，高处不胜寒。"

[3]"信道"二句：言多才折福，暗用苏轼《洗儿诗》"人皆养子望聪明，我被聪明误一生。惟愿孩儿愚且鲁，无灾无难到公卿"诗意。痴儿，此指愚憨之辈，不通事理者。谁遣，谁教，谁让。

〔4〕断梗：谓轻贱漂泊无定之物。《战国策·齐策》载有土偶与桃梗互相讥嘲之寓言。土偶嘲笑桃梗："吾，西岸之土也，土则复西岸耳。今子，东国之桃梗也，刻削子以为人，降雨下，淄水至，流子而去，则漂漂者将如何耳？"

〔5〕群吠：王符《潜夫论》："谚曰：'一犬吠形，百犬吠声'，世之疾此，固久矣哉。"

〔6〕判：亦作"拚"，甘愿，此作"无法摆脱，不能不"解。

〔7〕"丁宁"三句：叮咛，再三叮嘱。爇（ruò），烧，燃尽。玉怜轻碎，白居易《简简吟》："大都好物不坚牢，彩云易散琉璃脆。"

〔8〕软红尘：花天酒地的繁华人间。苏轼《次韵蒋颖叔钱穆父从驾景灵宫二首》之一："半白不羞垂领发，软红犹恋属车尘。"自注："前辈戏语，有西湖风月，不如东华软红香土。"容若《致张见阳书》第二十八："鄙性爱闲，近苦鹿鹿，东华软红尘，只应埋没慧男子锦心绣肠，仆本疏慵，那能堪此。"

〔9〕吴季子：指吴兆骞。春秋时吴王寿梦少子封于延陵，称延陵季子。吴兆骞于兄弟中行三，故借代。昔兆骞遣戍北行，其师吴伟业有诗送之，即名《悲歌赠吴季子》。

· 评析 ·

　　生还吴兆骞事，实为容若与梁汾生死骨肉交之一大关目，亦为词史上可歌可泣之一页。康熙十五年（1676）冬，顾贞观作著名的《金缕曲》二首，"以词代书"寄吴兆骞。据顾氏后来所作补记云："二词容若见之，为泣下数行曰：'河梁生别之诗，山阳死友之传，得此而三。此事三千六百日中，弟当以身任之，不俟兄再嘱也。'余曰：'人寿几何，请以五载为期。'恳之太傅，亦蒙见许，而汉槎果以辛酉入关矣。附书志感，兼志痛云。"此题中"时方为吴汉槎作归计"云，即"弟当以身任之"诺言之践行。又，容若《祭汉槎文》亦云："自我昔年，邂逅梁溪。子有死友，非此而谁。《金缕》一章，声与泣随。我誓返子，实由此词。"可见本篇当作于梁汾寄汉槎《金缕曲》二首后不久，即康熙十六年

（1677）中。从"情深我自判憔悴。转丁宁、香怜易爇，玉怜轻碎"等句味词意，作时应在卢氏去世后，故其语每青衫与红粉兼伤，生离与死别同哭。

开篇三句是对顾氏的劝慰开解之辞，用倒叙句法。表面说只因吴兆骞"琼楼寂寞，误来人世"，乃有此一番磨折，故不必"洒尽"此无来由之"泪"。实际上容若的内心与顾、吴一样满蕴牢骚。所谓"信道痴儿多厚福，谁遣偏生明慧"是第一层；"莫更著、浮名相累"是第二层；"仕宦何妨如断梗，只那将、声影供群吠"是第三层。层层递转，一句比一句激切怨愤。所谓"感同身受"，正是谓此。需要特别解释，"只那将"句不应作被诬、被莫须有论罪讲，其语意固纯是用王符所说谚语，而容若亦不可能径言吴汉槎之被遣戍乃莫须有定罪，终顺康之世无人敢言世祖（顺治帝）所定"科场案"为莫须有之狱者，况一八旗贵胄子弟？其力谋生还吴氏乃求赎归，非申冤；有为之不平意但不可能为之呼冤枉。以上各句已说得很清楚，吴兆骞之误触法网一是太以才高，二是名声太大，三是太看重科举功名。三点本乃非罪而竟获罪，有何可说呢？故结片云："天欲问，且休矣"，暗用老杜"天意高难问"（《暮春江陵送马大卿公，恩命追赴阙下》）诗，沉痛至极。

下片转深一层说，谓其实我亦为情心力交瘁，诚亦劝人易、己行难。"香怜""玉怜"二句承"憔悴"而来，谓才人命蹇、佳人命薄，人世间一切美好的东西都最为脆弱，容易消失。连下二"怜"字，直欲放声痛哭。"美杀"二句谓尘世间醒者易苦，醉则忘忧，仍是牢骚语。"歌与哭"句承上谓愿谋一醉，击缶歌哭声中谁能猜我辈心事？七字了结以上诸句。"绝塞"二句以下再转入"为吴汉槎作归计"事，斩钉截铁，一字千金，不能不使人热泪盈眶，热血涌动。世间朋友嘱托之重，岂有更逾于此者？于是结句六字亦顺流直下。盖容若一见梁汾，即许为平生第一知己，故谓满腔心事，不必明言，轻轻一语，必能尽知。以朋友为性情，以朋友为性命，且一切付诸不言中言之，仅结以"知我者"三字，此真所谓"朋友"也。至于世人纷纷以"朋友"二字相标榜者，其果真能为"朋友"哉？思之掩卷三叹而已。

"绝塞生还吴季子，算眼前、此外皆闲事"，这不仅是纳兰性德、顾贞观、吴兆骞三人之间的交谊，更是清初社会史、文化史一件惊天动地的大事。马大勇据讲课录音整理而成的《诗词课》（辽宁人民出版社2020年版）一书对此有详尽叙说，虽嫌冗长，但作为背景呈现，似亦可读，故附录于本书之末。时贤后彦有若干关于此事之吟咏，见附读。

·附读·

金缕曲·山民出示国初诸公寄吴汉槎塞外尺牍，辄题其后　郭麐
几幅丛残纸。是当年、冰天雪窖，眼穿而至。万里风沙宁古塔，那有塞鸿接翅。更缄寄、乌丝弹指。一代奇才千秋恨，换故人、和墨三升泪。生还遽，偶然耳。　诸公衮衮京华里。只斯人、投荒绝徼，非生非死。徐邈顾荣皆旧识立斋、梁汾，难得相门才子容若。叹不仅、怜才而已。感慨何须生同世，看人间、尚宝瑶华字。只此道，几曾弃。

金缕曲·题国初诸公寄吴汉槎塞外尺牍　姚椿
一士冰天走，叹诸公、真珠密字，岁寒相守。眼见乌头生马角，不枉玉关人瘦。只太息、娄东祭酒。绝塞生还吴季子，算千秋、高义而今有。丁酉过，又辛酉。　怜才一例还身后。听秋笳、声声掩抑，胜他秦缶。凄绝情娘题壁句，消得几多笺奏？都问道、故人安否？休读史公游侠传，怕古来、迁客重回首。留此意，风朋友。

金缕曲·读纳兰容若侧帽词，感容若与顾梁汾救吴汉槎入关事　蒋敦复
万里悲笳起。最伤心、河梁一别，故人天外。易水长歌歌当哭，两字平安季子。竟生入、玉门关矣。旷世风流然诺重，有五陵、侠少能轻利。君倘在，执鞭弭。　高才自古逢多忌。叹人间、蛾眉谣诼，供他群吠。马上文姬悲远嫁，门户凋零若此。算尚有、曹瞒知己。朋友生死恩骨肉，论交情、岂独称文字？酹酒问，竟谁是？

金缕曲·读顾贞观寄吴汉槎金缕曲，念汉槎妹文柔以孤孀送嫂北行事，因续作此曲　夏承焘
破晓鞭声起。倚轻装、颓鬟未裹，衰灯欲死。不望车轮生四角，不问白山黑水。挥手去、等闲乡里。处处征夫迁客队，蓦相逢、雪地冰天里。谁认得，木兰

子。　　梅村已办瓜喷鼻。苦相思、鱼皮岛畔，逢迎人鬼。湖海楼头听高唱，万事取之以气。百年身、徘徊何地？塞雁声中嫱娥曲，和哀歌、恐破邻翁睡。翁未醒，唾壶碎。

金缕曲　寄梁汾

　　木落吴江矣〔1〕。正萧条、西风南雁，碧云千里〔2〕。落魄江湖还载酒〔3〕，一种悲凉滋味。重回首、莫弹酸泪〔4〕。不是天公教弃置，是南华、误却方城尉〔5〕。飘泊处，谁相慰。　　别来我亦伤孤寄〔6〕。更那堪、冰霜摧折，壮怀都废。天远难穷劳望眼，欲上高楼还已〔7〕。君莫恨、埋愁无地〔8〕。秋雨秋花关塞冷，且殷勤、好作加餐计〔9〕。人岂得，长无谓〔10〕。

·注释·

〔1〕"木落"句：暗用唐崔信明残句"枫落吴江冷"意。吴江，县名，清属江苏苏州府，县邑驻松陵镇。太湖支流吴淞江又名松陵江，流经该邑，故名。此泛指苏州无锡一带。

〔2〕碧云千里：许浑《和友人送僧归桂州灵岩寺》："碧云千里暮愁合，白雪一声春思长。"乃从江淹《杂体三十首·休上人怨别》诗之"日暮碧云合，佳人殊未来"化出，后每以"碧云"意象喻对友人思念情。

〔3〕"落魄"句：杜牧《遣怀》："落魄江湖载酒行，楚腰纤细掌中轻。"纳兰与顾氏友人朱彝尊词集即名《江湖载酒集》。

〔4〕酸泪：凄凉辛酸之泪。高观国《生查子》："酸泪不成弹，又向春心聚。"

〔5〕"是南华"句：指唐诗人温庭筠曾贬为方城尉事。《唐诗纪事》卷五十四："令狐绹曾以旧事访于庭筠，对曰：'事出《南华》，非僻书也。或冀相公燮理之暇，时宜览古。'绹益怒，奏庭筠有才无行，卒不登第。庭筠有诗曰：'因知此恨人多积，悔读《南华》第二篇。'"南华，《南华

真经》，即《庄子》。《新唐书·艺文志》："天宝元年，诏号《庄子》为《南华真经》。"

〔6〕孤寄：孤独寄栖。

〔7〕"天远"句：化用辛弃疾《满江红》："天远难穷休久望，楼高欲下还重倚"句。已，停止。

〔8〕埋愁：仲长统《述志诗》："百虑何为？至要在我。寄愁天上，埋忧地下。"元好问《杂著九首》之六："埋愁不著重泉底，尽向人间种白头。"

〔9〕加餐计：爱惜身体，善摄起居。《古诗十九首》："弃捐勿复道，努力加餐饭。"

〔10〕"人岂得"二句：李商隐《无题》："人生岂得长无谓，怀古思乡共白头。"无谓，无所作为。

· 评析 ·

　　本篇或定于康熙二十三年（1684）作，以此年贞观告归、再未出仕故也。然细辨词意，"落魄载酒"云云，乃系指贞观漂泊湖海而言，非莼鲈故思。"木落吴江"云云，大抵无聊闲居甚且路过家乡而已。考贞观事迹，应以入闽中吴兴祚幕府时期最近之，时约在康熙十七至二十年间。又据词中"秋雨秋花关塞冷"及"别来我亦伤孤寄"句对勘性德之行迹，似以十七年近是。

　　自贞观与性德相识，数年来聚少而离多，本篇乃容若目睹秋意萧萧而兴起忆念挚友之情。顾氏千里漂泊，寄人篱下，而自己亦游弋塞上，冰霜摧折，同属失路之人，故有"一种悲凉滋味"弥漫纸上。词章情致真纯，非刻骨知己不能道之一字，识者自能辨之。其中有两处特别值得留意：一是"是南华、误却方城尉"，许增本刊"南华"作"才华"，显然不妥。严迪昌先生云："'才华'乃一种天赋，与'天公'均系客观因素，与'不是……是'句式不合。《南华》误却'前程是主观性选择，即受《庄子》之教而看透世事，不愿在尘俗中附炎趋势。按《庄子》主要篇章有《秋水》，后世每称'南华秋水篇'，辛弃疾《哨遍·秋水观》即以'空堂梦觉题秋水'之意隐括演绎此篇内容作词二阕。《秋水》篇主旨乃《齐物论》深入发挥：一切关于大小、贵贱、是非、有无之判断，均为相对言之而已。此篇更有'濠濮间想'典故，述庄子于濠水、濮水之上自由自在、悠然自得之出世之想。此词'误却'云云当指此观念导引了顾贞观。"所论极是。从此例子亦可知一字之讹往往谬以千里，词之校勘，可不慎哉？

二是结拍"人岂得，长无谓"六字。虽用李义山成句，却能在戛然而止之际将其诗中原有的凄凉感化为蓬勃雄健的风发之气。假设前文推断的作年大致不错，则此时容若年方逾冠，正当雄心澎湃之时，顾贞观长容若十八岁，也刚届不惑之龄。如此则"人岂得，长无谓"六字不啻为对挚友的慰藉，亦是对自己的勉励。在全篇凄切的情调中末尾突然振起，除了令读者深感其缠绵情谊，亦领略到容若少年昂扬的志气。

· 附读 ·

金缕曲·寄李少棠敬　刘家谋

空自伤心起。叹古来、英雄豪杰，都归蒿里。究竟未能低首坐，一片热肠难死。况浊酒、更为驱使。百尺危楼天汉上，看无边、浩浩东流水。水有尽，愁何已。　君家衮衮名门子。却少年、激昂慷慨，胸襟如此。黄谢风流还绝世，俊爽又如程李。莫掉臂、但为名士。勉力同担天下计，笑鲰生、官与人俱鄙。岭海外，素餐耳。

金缕曲　再赠梁汾，用秋水轩旧韵[1]

酒渑[2]青衫卷。尽从前、风流京兆，闲情未遣[3]。江左知名今廿载[4]，枯树泪痕休泫[5]。摇落尽、玉蛾金茧[6]。多少殷勤红叶句，御沟深、不似天河浅[7]。空省识，画图展[8]。　高才自古难通显。枉教他、堵墙落笔，凌云书扁[9]。入洛游梁重到处，骇看村庄吠犬[10]。独憔悴、斯人不免[11]。衮衮门前题凤客，竟居然、润色朝家典[12]。

凭触忌，舌难剪〔13〕。

· 注释 ·

〔1〕秋水轩旧韵：指康熙十年（1671）秋水轩唱和词所用韵。秋水轩系孙承泽（退谷）置于京城西南隅一别墅，周亮工长子周在浚（雪客）滞留北京时借此轩为下榻所，以交接名流，刻烛酬唱。事见汪懋麟《百尺梧桐阁集》卷三《秋水轩诗集序》。这场京华词苑唱和首唱者为曹尔堪，实际支持者为龚鼎孳，故顾贞观《金缕曲》题序云："秋水轩词一韵累百，皆淮南、檇李二公与都亭诸缙绅韦布唱酬名作。"唱和词于是年即有遥连堂刊本，人各一卷，为二十二卷，次年复增为二十六卷，总一百七十余首。不数年，酬唱遍见南北，"剪"字韵实已不止"累百"。按《秋水轩倡和词》所用词牌为《贺新郎》，又作《贺新凉》《金缕曲》《乳燕飞》《貂裘换酒》等。

〔2〕浣：浸渍留下痕迹，所谓"酒痕"也。吴文英《恋绣衾》："少年骄马西风冷，旧青衫、犹浣酒痕。"

〔3〕"尽从前"三句：尽，任凭，纵使。京兆，旧时京畿三辅地之一称京兆，主官设京兆尹，后又增设少尹。顾贞观曾以江南籍应顺天乡闱试，又曾考选国史院掌典籍，故性德借《汉书·张敞传》之"风流京兆"以喻。未遣，未尽遣发。

〔4〕"江左"句：江左即江东，原指长江下游芜湖以东流域，后泛指江南。以顾贞观顺治十一年（1654）识交吴兆骞（汉槎），齐名于慎交社，复又结云门社于乡邑无锡时算起，固已"廿载"有余。又，顾贞观《金缕曲》"以词代书"其二云："宿昔齐名非忝窃，只看杜陵穷瘦。曾不减、夜郎僝僽。"

〔5〕"枯树"句：庾信《枯树赋》："桓大司马闻而叹曰：'昔年种柳，依依汉南；今看摇落，凄怆江潭。树犹如此，人何以堪。'"泫，水珠滴落貌，喻指垂泪。

〔6〕玉蛾金茧：比喻柳叶柳絮，杨慎《咏柳》："垂杨垂柳管芳年，飞絮飞花媚远天。金茧抱春寒食后，玉蛾翻雪暖风前。"

（明）唐寅——《红叶题诗图》

〔7〕"多少"三句:红叶,红叶题诗事屡见于范摅《云溪友议》、孟棨《本事诗》等笔记,此当用《云溪友议》卷十载述卢渥于御沟巧拾上有一绝句之红叶,婚后始知即其妻为宫女未放出时所题诗叶事。

〔8〕"空省识"二句:省识,审察。画图,用汉元帝省识王嫱以图像之故事。杜甫《咏怀古迹》:"画图省识春风面,环佩空归月夜魂。"

〔9〕"堵墙"二句:用典言顾贞观诗文才艺。"堵墙落笔"化用杜诗《莫相疑行》"集贤学士如堵墙,观我落笔中书堂。往时文彩动人主,此日饥寒趋路旁"句;"凌云书扁"用《世说新语·巧艺》所载韦诞题匾额于凌云殿事:"韦仲将(诞)能书。魏明帝起殿,欲安榜,使仲将登梯题之。既下,头鬓皓然,因敕儿孙:'勿复学书。'"

〔10〕"入洛"二句:入洛游梁,裴松之《三国志·陆逊传》注引《陆机别传》:"晋太康末,俱入洛,造司空张华,华一见而奇之……遂为之延誉。"《汉书·枚乘传》:"乘久为大国上宾……复游梁,梁客皆善属辞赋,乘尤高。""骇看"句,仍用王符《潜夫论》所引"一犬吠形,百犬吠声"谚,见前《金缕曲·简梁汾,时方为吴汉槎作归计》注释〔5〕。

〔11〕"独憔悴"句:杜甫《梦李白二首》其二:"冠盖满京华,斯人独憔悴。"

〔12〕"衮衮"二句:言浅陋之辈竟也充任朝章典籍之撰述。衮衮,衮衮诸公,衣冠显宦。题凤客,比拟俗人,平庸之辈。按"凤"字繁体可拆成"凡鸟"二字,典出《世说新语·简傲》。朝家典,朝廷典籍。

〔13〕舌难剪:《禽经》:"鸲鹆剔舌而语。《山海经》谓之者鸲,今人育其雏,以竹刀剔舌本,教之言语。"

· 评析 ·

　　"秋水轩唱和"是清初词坛三大唱和之一,也是转移词风最力的一次。严迪昌先生在《清词史》中称其为"'稼轩风'从京师推向南北词坛的一次大波澜",并阐述其特征云:"'秋水轩'之集虽然没有提出任何主张和宗旨,但……可以感觉到一种'心骨具清'为貌、'纵横排奡'其神的离心情绪。唱和篇什中所激射的莫名的悲凉和惆怅、难以言传的郁积极其显然。"正因其有意无意间契合着一种时代的心音,故此后数年间大江南北邮筒互寄者可谓洋洋大观，不止"一韵累百"（顾贞观语）而已。容若这首词即是和作中相当出色的一篇。

　　此词与"赠梁汾"同调词均作于初识顾贞观之康熙十五年（1676）。唐圭璋先生总括词旨云："当时满汉之界甚严，居朝中，颇有不学无术之满人，而高才若西溟、梁汾诸人，反沉沦于下。于是容若既怜友人之落魄，复愤当朝之措施失当。"（《纳兰容若评传》）词开篇即点出"青衫"二字，题旨豁然。以下数句回顾梁汾自"江左知名"已经"廿载"，而依旧沉沦不偶，抚枯树而泪泫，真是情何以堪！"红叶"之典本喻缘分、机缘，容若用此则转进一层，谓天河会易，红叶缘难，皇宫更深似天河。此一"深"一"浅"，实伤顾贞观高才不达天听，无缘重用于庙堂，愤激之意显然。

　　如果说上片犹作摇曳，至换头"高才"句则单刀直入，再不遮掩，情绪亦进入另一重高潮。"堵墙"二句固有典故，而据丁绍仪《听秋声馆词话》卷十六，顾氏亦实有题壁掌故："梁汾典籍弱冠游辇下，寓居萧寺。……适龚文毅鼎孳（笔者按：此误，龚氏谥号为端毅。）入寺答客，于窗隙中见壁间题诗有'落叶满天声似雨，关卿何事不成眠'句，大惊叹。向寺僧询姓名去，称誉于朝。时纳兰相国明珠方官侍郎，即延为上客。旋举康熙五年京兆第二人，官内阁典籍。"然而就是这般"堵墙落笔，凌云书扁"的才人，依旧遭到村庄群犬的猖猖狂吠，怎不落得"冠盖满京华，斯人独憔悴"的结局？何以如是？根源怕还在那种孤高戆直的脾性，即便触犯衮衮诸公的忌讳，也难以箝口不言！自古而然，于今又可有例外么？容若为新贵，为相国公子，旁人趋奉尚有所不及，似不至激切如此。然则也可知此种异乎寻常的愤怒全为挚友而发，难怪唐圭璋先生评价道："此种愤世之情，竟毫无顾忌，慷慨直陈，而为友之真诚，尤可景仰。"（《纳兰容若评传》）我们从中确乎可认识到这位多情公子的另一种性情了。

　　秋水轩韵皆以"卷、遣、泫、茧、浅、展、显、扁、犬、免、典、剪"十二字为限，大多险僻。时人热衷此调，亦文士逞才炫技之习惯使之。容若运掉自如，一如己出，足见才力。世之讥容若长调不工者，曷不读此篇？

金缕曲

生怕芳樽[1]满。到更深、迷离醉影，残灯相伴。依旧回廊新月在，不定竹声撩乱[2]。问愁与、春宵长短。人比疏花还寂寞，任红蕤[3]、落尽应难管。向梦里，闻低唤。　此情拟倩东风浣。奈吹来、余香病酒[4]，旋添一半。惜别江郎[5]浑易瘦，更著轻寒轻暖[6]。忆絮语、纵横茗碗[7]。滴滴西窗红蜡泪[8]，那时肠、早为而今断。任角枕[9]，敧孤馆[10]。

·注释·

〔1〕芳樽：酒杯的美称。吴筠《题华山人所居》："故人住南郭，邀我对芳樽。"

〔2〕撩乱：同"缭乱"，此处指风中竹声纷乱。

〔3〕红蕤（ruí）：红花。王筠《摘安石榴赠刘孝威诗》："素茎表朱实，绿叶厕红蕤。"

〔4〕余香病酒：蔡松年《尉迟杯》："觉情随、晓马东风，病酒余香相伴。"

〔5〕江郎：江淹（444—505），字文通，南朝文学家，以《别赋》《恨赋》

著称于世。晚年诗赋不如前期，人谓"江郎才尽"，故有此称。此处为词人自喻。

〔6〕轻寒轻暖：乍暖还寒天气。黄庚《宴客东园》："酒当半醉半醒处，春在轻寒轻暖中。"

〔7〕茗碗：茶杯。

〔8〕红蜡泪：温庭筠《更漏子》："玉炉香，红蜡泪，偏照画堂秋思。"

〔9〕角枕：角制的或用角装饰的枕头。《诗·唐风·葛生》："角枕粲兮，锦衾烂兮。"通志堂本作"枕角"，从《今词初集》等改。

〔10〕孤馆：孤寂住所。秦观《踏莎行》："可堪孤馆闭春寒，杜鹃声里斜阳暮。"

·评析·

　　纳兰词中《金缕曲》一调绝多慷慨悲凉风格，此篇旖旎悱恻，又为别调。才人固无所不能也。

　　词写别情，无争议。至于究竟写生离还是写死别，张草纫先生与严迪昌先生认为是前者，赵、冯二先生据《今词初集》等本的异文推断为后者，各有道理，难以遽然裁断，可存疑。开篇三句言不能再继续饮酒，以免醉影朦胧中连一点美好回忆也模糊不清，是极缠绵深情语。纳兰词工于发端，有破空而来、入手擒题者，有纤徐悠远、层折入题者，此可为后者一例。"依旧"二句言旧时月色仍照回廊，然那时成双，而今只影，竹声高低不定，殆同缭乱心绪。"问愁"以下数句乃极感伤语。如此美好之春宵，只因那人别后转成如年长夜。是愁绪更长还是孤眠夜晚更长呢？凡此不必有答而答案已在问中之句，无异于长叹一声。其实人本惜花，然现今比疏花更寂寞孤零之人已全无惜花心情，只能任其凋零，也只有到梦境中寻觅抚慰。"低唤"之卿卿我我境界，无论是生离抑或死别，都足令人荡气回肠。

　　过片数句转进一层，从另一角度写孤寂之思。本想请东风洗去愁苦，谁知东风无情，吹来落红余香，反令心病加重。人之惜别，本易消瘦，加之轻暖轻寒，更如何禁受？以上五句全提空写内心感受，无理埋怨语透出伤感与深情。以下以一"忆"字领起，回忆昔日欢聚，至"而今"二字，忽然由往昔转回现在。笔法之妙，如移步换形，瞻之在前，忽焉在后，令人目光闪烁不已。结句六字以斜欹于孤馆的枕头写凄凉状，如电影结尾的静物特写，笔致婉曲而情怀悠然。

　　毋庸置疑，全篇给人的印象是绰约摇曳，深情款款的。可也需要留意，作者在表述这份感情时大量采取疏朗流宕的笔法。如"生怕芳樽满""问愁与、春宵长短""人比疏花还寂寞""那时肠、早为而今断"这样的句子，皆眼前语，信手写下即妙，也使全篇柔而不弱，充满着溪水般淙淙直下的活泼质感。

金缕曲　慰西溟

　　何事添凄咽？但由他、天公簸弄〔1〕，莫教磨涅〔2〕。失意每多如意少，终古几人称屈〔3〕。须知道、福因才折。独卧藜床看北斗〔4〕，背高城、玉笛吹成血〔5〕。听谯鼓〔6〕，二更彻。　　丈夫未肯因人热〔7〕。且乘闲、五湖料理，扁舟一叶〔8〕。泪似秋霖〔9〕挥不尽，洒向野田黄蝶〔10〕。须不羡、承明班列〔11〕。马迹车尘忙未了，任西风、吹冷长安月。又萧寺，花如雪〔12〕。

·注释·

〔1〕簸弄：播弄、作弄。洪咨夔《水调歌头》："搏控乾坤龙马，簸弄坎离日月，苍鬓映方瞳。"

〔2〕磨涅：磨折，磨砺。《论语·阳货》："不曰坚乎？磨而不磷。不曰白乎？涅而不缁。"

〔3〕称屈：受委屈，不得意。李白《为宋中丞自荐表》："一命不沾，四

海称屈。"

〔4〕"独卧"句：藜床，草结绳床，喻野逸清高生涯。北斗，北斗七星。北斗为紫微垣星区中枢，故每隐喻朝廷中枢。

〔5〕"玉笛"句：冯延巳《采桑子》："休说当时，玉笛才吹，满袖猩猩血又垂。"

〔6〕谯（qiáo）鼓：谯楼鼓声。谯楼，城门上用以瞭望的楼，后称鼓楼。

〔7〕"丈夫"句：因人热，语出《东观汉记》中《梁鸿传》："比舍先炊，已，呼鸿及热釜炊。鸿曰：'童子鸿不因人热者也。'灭灶更燃之。"引申为藉人臂助及攀附趋奉意。

〔8〕"且乘闲"三句：用春秋末期范蠡佐越王勾践灭吴后化名陶朱公隐居五湖故事。

〔9〕"泪似"句：陆游《满江红》："料也应、红泪伴秋霖，灯前滴。"

〔10〕野田黄蝶：王沂《野田花戏答友人》："飞飞媚黄蝶，聒聒闹青蛙。无如野田好，请子问蓬麻。"

〔11〕承明班列：谓朝班位置。古代天子左右路寝称承明，因承接明堂之后，故称。刘向《说苑·修文》："守文之君之寝曰左右之路寝，谓之承明何？曰：承乎明堂之后者也。"梁元帝《去丹阳尹荆州》："骖驾乘驷马，谒帝朝承明。"

〔12〕"又萧寺"二句：辛弃疾《好事近·春日郊游》："系马水边幽寺，有梨花如雪。"萧寺，见前《点绛唇》（小院新凉）注释〔2〕。

· 评析 ·

康熙十七年（1678），姜宸英以"江南三大布衣"之盛名来京师应"鸿博"试，原在韩菼、叶方蔼拟联袂荐举鸿博之列，不意叶方蔼被召入禁中两月，俟韩氏独呈吏部已过期，宸英遂不获与试，心情极郁且衣食无着。赖容若安排寓居宅第附近千佛寺中，既稍释其困，并以词相慰，即是此作。

姜氏来京师前文名已盛。全祖望《姜先生宸英墓表》云："圣祖仁皇帝润色鸿业，留心文学，先生之名遂达宸听。……尝呼先生之字曰：姜西溟古文，当今作者。于是京师之人来求文者户外恒满。会征博学鸿儒，东南人望首及先生。"可想见，姜氏是抱着很高的期望来应试的，不料枝节横生，一个微小的细节将其命运全盘改变，故大诗人王渔洋亦长叹："其命也夫！"慨叹者多，然真正知心同情之语，断推容若此篇。

词以疑问句振起，启开下文。"天公簸弄"是一层意，"终古几人称屈"又是一层意，"福因才折"是第三层意。有此三层折进之意思，下文遂凝结成"独卧藜床看北斗，背高城、玉笛吹成血"的失路才士形象，栩栩如生，几可入画。过片"丈夫"句照应上片"福因才折"，指出高才多狷介，不肯曲阿依附，意在赞赏姜氏心性。"且乘闲"二句转一笔谓倘能趁此机缘料理五湖扁舟，亦不失为大丈夫绝好终局。题目中所谓"慰"者，确乎周至之极。以下"泪似"三句仍写失意情绪，然特地申明姜氏此来应试原非为艳羡一席朝班位置，而是胸怀"兼济天下"志向，与以下"马迹车尘""西风冷月"等句共同赞誉姜西溟品格芳洁，而"因人热"者必被时光抛失。结以"花如雪"三字，既与"马迹"云云对照，又得情景映带之妙。

对于容若的"五湖料理"之说，《笺校》有一段说明文字值得注意：

> 西溟功名心至死不衰，性德"五湖料理"之说，绝非西溟所愿。鸿博之题荐，有漏夜赶往者，亦有人宁死不受征召，如顾炎武、黄宗羲、李颙，俱是坚卧不出，准备以绝食就死抗争，幸得廷臣斡旋，方免了麻烦。又有山西傅山（青主），被人抬了来京，抵死不肯与试，最后免试授官，青主既不受官亦不谢恩。西溟好友严绳孙虽然与试，不完卷而退场，原不望中，最后终授一检讨。秦松龄中式并授检讨，但和此词中有"牢笼豪杰"语，道破清廷用心。以上诸人与西溟相比，西溟胸怀远不及矣。

此段罗列诸人事迹，意在反衬西溟之热衷。从"顾见全人"的角度说来，很具眼光。尽管我们一直主张易代之际，人各有苦衷，难以一把尺子量尽诸色。但人品究竟有高下之分，上文论西溟不能说苛刻，合之前文疑其诋毁容若事，其人心术亦大略可知。性德为惜其才而不计其余，结忘年交，正乃他特具的纯厚真挚性情的体现。

·附读·

东西溟　纳兰性德
廿载疏狂世未容，重来依旧寺门钟。晓衾何处还家梦，惟有凉飕起古松。

金缕曲·和容若韵简西溟，时西溟寓千佛寺　秦松龄
失意空悲咽。只新来、栖迟梵舍，试谈白业。居士现身菩萨果，莫是牢笼豪杰。听几个、篯笆夜折。弹彻朱弦休再续，笑荒唐、四海青鸾血。禅榻上，晓钟彻。　　一龛佛火销炎热。更闲翻、琅函万卷，止啼黄叶。浪把空虚分两橛，栩栩庄生蝴蝶。看荏苒、年华如客。学道苦迟婚宦误，错回头、第二天边月。我与尔，綦成雪。

金缕曲·赠西溟次容若韵　严绳孙
画角三声咽。倩星前、梵钟敲破，三生慧业。身后虚名当日酒，未够消磨才杰。君莫叹、兰摧玉折。多少青蝇相吊罢，鲍家诗、碧溅秋坟血。听鬼唱，几时彻。　　更谁炙手真堪热。只些儿、翻云覆雨，移根换叶。我是漆园工隐几，也任人猜蝴蝶。凭寄语、四明狂客。烂醉绿槐双影畔，照伤心、一片琳宫月。归梦冷，逐回雪。

貂裘换酒·和秦少寇，用《侧帽》集中韵　吴骞
霜冷蛩初咽。正衡门、风凄木落，寂寥生业。晒得南来霜雁足，传与新词秀杰。知禀志、百回难折。检点朝衫何时挂，剩箧中、数点勤民血。焚谏草，避人彻。　　冰壶肯羡熏天热。计他年、归来履道，春生桃叶。还忆西湖从游侣，零落秋丛蛱蝶。又何况、沧江遗客。脉脉离怀凭谁恸，把停云、诉与空梁月。更欲断，风回雪。

金缕曲　亡妇忌日[1]有感

此恨何时已[2]？滴空阶、寒更雨歇，葬花天气[3]。

三载悠悠魂梦杳，是梦久应醒矣。料也觉、人间无味。不及夜台尘土隔，冷清清、一片埋愁地〔4〕。钗钿约〔5〕，竟抛弃。　　重泉若有双鱼寄〔6〕，好知他、年来苦乐，与谁相倚？我自终宵成转侧，忍听湘弦重理〔7〕。待结个、他生知己〔8〕。还怕两人俱薄命，再缘悭、剩月零风里〔9〕。清泪尽，纸灰起。

·注释·

〔1〕忌日：指卢氏亡故三周年祭日，时在康熙十九年（1680）五月三十日。

〔2〕"此恨"句：李之仪《卜算子》："此水几时休，此恨何时已。"

〔3〕"滴空阶"二句：何逊《临行与故游夜别》："夜雨滴空阶，晓灯暗离室。"葬花天气，农历夏至前后正落花时节，葬花时令正与落葬爱妻之时同，故云。

〔4〕"不及"二句：不及，此处为"不能到"之意。夜台，即黄泉，阴间。李白《哭宣城善酿纪叟》："夜台无李白，沽酒与何人？"埋愁地，墓葬处。用仲长统《述志诗》之"寄愁天上，埋忧地下"语意。

〔5〕钗钿约：生死之约，用唐玄宗、杨玉环故事。

〔6〕"重泉"句：重泉，九泉之下。白居易《寒食野望吟》："冥寞重泉哭不闻，萧萧暮雨人归去。"　双鱼，见前《采桑子》（拨灯书尽红笺也）注释〔5〕。

〔7〕"忍听"句：古时妻亡称"断弦"，悼亡每用"湘弦"意象，贺铸有《断湘弦》："青门解袂，画桥回首，初沉汉佩，永断湘弦。"

〔8〕"待结"句：暗用韦皋、玉箫结缘事。范摅《云溪友议》卷中"玉箫化"条记韦皋与玉箫相约来娶，留玉指环一枚。后皋违约不至，玉箫绝食而死。时有祖山人者，有少翁之术，能令逝者相亲。见玉箫曰：旬日便当托生，却后十二年，再为侍妾。临去微笑曰："丈夫薄情，令人死生隔矣！"后十二年，人送韦皋一歌姬，未当破瓜之年，亦以玉箫为号。观之，乃真玉箫也，而中指有肉环隐出，不异留别之玉环也。韦叹曰："吾乃知存殁之分，一往一来。玉箫之言，斯可验矣。"

陈少梅——《晓妆仕女》

〔9〕"还怕"二句:悭（qiān），吝啬、缺憾。缘悭，缘分欠缺。剩月，残月。零风，萧瑟寒风。顾贞观《唐多令》:"尽当年、剩月零风。"

·评析·

疗心灵之伤，时间是最好的药剂。随着韶华流逝，一切哀痛、伤感都会渐次淡化，以至云高风轻地飘散了。可对于纳兰，这条放之四海而皆准的规律似乎并没起到多大的作用。在卢氏弃世三年之后的忌日，他心头涌起的愁波恨浪依旧那样汹涌澎湃，继续着他一段痴情缠裹、血泪交迸的超越时空的内心独白。这其中毫无雕琢勾勒，词人只是"将一颗哀悯追怀、无尽依恋的心活泼泼地吐露到了纸上"（严迪昌先生《清词史》语），故全用白描的口语来结撰，诸如"冷清清、一片埋愁地""清泪尽，纸灰起"这样的句子，如此寻常，却包含着异样的艺术魅力，令我们数百年之后仍感觉到裂岸崩云般的震撼。

词开篇即是一声深长的问讯，探喉而出，领起全词。"寒更"意为阴寒的深夜。卢氏卒在农历五月末，气候已入盛夏，然词人心头寒苦，但觉萧瑟如秋冬。王国维所谓"以我观物，故物皆著我之色彩"（《人间词话》）也。以下转入"三周年忌"之意旨，然则"是梦久应醒矣"，究竟是一个什么样的梦呢？在另一首著名的悼亡作品《南乡子》中容若给出了答案:"卿自早醒侬自梦。"原来，离开这人世是醒觉，而活在这世间倒是迷梦！这本是源于庄子的道家生命观，容若用来却毫无道家的淡泊宁定气味，而是一片情深，难以量测。那么当然是"料也觉、人间无味"了！在这片"冷清清"的"埋愁"之地体味这分生命中无法承受的伤逝，词人禁不住还是埋怨起妻子:为何你会放弃那份"天上人间会相见"的生死盟誓呢？一个"竟"字，千折百回，似泣如诉。王国维《人间词话》:"尼采谓：'一切文学，余爱以血书者。'"如纳兰此篇，可谓泪尽以血继之了。

下片继小结处的怨极怜极之语惦念妻子在"重泉"的孤零，并反照自己的清寂重忧。"湘弦重理"实有二义：一指不忍重理当年共抚之琴；二是人间再无此般琴瑟和谐可续，即无缘续理。妻亡世称"断弦"，故重理有再"续"意，是为纳兰心誓语，亦是情感略显平复处。至于"待结个、他生知己。还怕两人俱薄命，再缘悭、剩月零风里"三句，则波澜又起。所谓缘结他生，世人钟情，至此而为极限，且也可聊作安慰。可是词人战战兢兢地想到，如果他生里我们还这样薄命，再次零风剩月，中道分飞，那苦痛该如何承受？这一奇想亦大大突破了历来悼亡作品的"哀伤底线"，真可谓惊心动魄，难以卒读。和以末句的泪尽灰起，意若亡灵有知，读者亦难免与作者一般心底大恸。

徐培均先生称纳兰为古今最出色的悼亡词人之一，诚然。而我们以为，从数量、质量、情感投入的综合指标来考察，去掉"之一"二字大概也不妨罢。

本篇亦纳兰长调之杰作，沾溉后人甚夥，故附读也颇多。

·附读·

金缕曲·悼亡　顾贞观

好梦而今已。被东风、猛教吹断，药炉烟气。纵使倾城还再得，宿昔风流尽矣。须转记、半生愁味。十二楼寒双鬓薄，遍人间、无此伤心地。钗钿约，悔轻弃。　　茫茫碧落音难寄。更何年、香阶划袜，夜阑同倚。珍重韦郎多病后，百感消除无计。那只为、简人知己。依约竹声新月下，旧江山、一片啼鹃里。鸡塞杳，玉笙起。

祝英台近·自题亡妾赵静其哀辞后　沈宗畸

笛声酸，灯影碎，落笔便凄哽。变徵含商，此曲令人醉。明知多恨伤生，语哀近谶，奈无计、消除清泪。　　甚无谓，算来中酒悲歌，总非这般味。才下心头，一语又勾起。试看历历中原，乱愁无际，更何处、觅埋愁地。

金缕曲·八月十八夜记梦　况周颐

风叶鸣窗竹。黯秋灯、残更数尽，梦回难续。天上寒于人间否，记伴黔娄幽独。惝愧煞、年时金屋。底不相逢教传语，怕相逢、令我悲心目。应念我，瘦于菊。　　西风等是无情物。说凄凉、人天一例，清寒彻骨。归去青鸾休相问，珍重菱花香玉。只此恨、平生谁属。第一天涯伤心事，有阿侯、夜守秋坟哭。浑未解，诉寒燠。

洞仙歌·寒夜不寐　汪承庆

影行相伴，怅宵寒如水。薄酌酽腾不成醉。试残灯细剔，遗挂亲悬，低声唤，只换数行清泪。　　重逢须梦里，梦太匆匆，况又孤衾耿无寐。剪纸与招魂，魂倘归来，定怜取、檀奴憔悴。问钗钿、他生可能圆，怕碧海青天，此情难慰。

虞美人　黄侃

几年离别他乡见，分外添凄恋。别来消息又茫然，但有愁心寄向暮云边。　　如今已分凄凉定，消受愁兼病。却从何处着思量，只恐他生缘会更荒唐。

凤凰台上忆吹箫　何振岱

枣市桥边，牛王庙里，梨花啼鸟春阑。趁晨光渡水，石径开轩。往日斋鱼药碗，到此际、玉化烟寒。怎生度、孤魂幽馆，如此阑干。　　盘桓。悽迷莫诉，伤病眼几番。盼断江关。恨琴亡尘几，珠暗华鬘。早晚消兵故里，待杯酒、浇汝青山。悲风里，吹残纸灰，悄飔莲幡。

木兰花慢·二月廿三日至上海，方知是日为清明也　谢玉岑

断肠才送别，又携泪、客中行。换瘦影春衫，回潮单舸，梦里平生。他乡乍惊花烂，掷流光、不信便清明。琼笛愁心欲碎，钿车广陌初尘。　　帘旌，梁庑与追寻，人海剩飘零。算余生抟得，青山埋骨，白日招魂。惜惜夜台钗燕，蹴筝弦、眉样可成春？百岁几禁回首，长宵开眼从今。

金缕曲·五月五日　孟依依

此日终无悔。者三年、消磨不尽，心头滋味。时向空中虚应诺，唤我声声在耳。忽自笑、真如天使。一堕凡尘千丝网，纵天堂、有路归无计。甘为汝，折双翅。　　聪明反被多情累。奈无情、人间风雨，别离容易。百结愁肠如能解，不过相忘而已。海天隔、莫知生死。重访桃花题门去，便有缘、亦在他生里。今生事，止于此。

清平乐·秋蝶　程滨

春心太软，结作相思茧。挤向一花深处展，雨后花飞翅卷。　　前生欲说无凭，此生已分飘零。只愿来生携手，奈何不信来生。

金缕曲

疏影临书卷。带霜华、高高下下，粉脂都遣[1]。别是

幽情嫌妖媚[2]，红烛啼痕休泫。趁皓月、光浮冰茧[3]。恰与花神[4]供写照，任泼来、淡墨无深浅[5]。持素幛，夜中展。　　残釭掩过看逾显。相对处、芙蓉玉绽，鹤翎银扁[6]。但得白衣[7]时慰藉，一任浮云苍犬[8]。尘土隔、软红偷免。帘幕西风人不寐，恁清光、肯惜鹔鹴典[9]。休便把，落英[10]剪。

· 注释 ·

〔1〕遣：排遣，除去。

〔2〕幽情：陆游《晚菊》："高人寄幽情，采以泛酒觞。"嫌：嫌恶，抛去。

〔3〕冰茧：喻指洁白精美的纸。

〔4〕花神：诗词多用以指梅花，此处指菊花。

〔5〕"任泼来"句：泼墨，中国画技法名。《唐朝名画录》载王洽以墨泼纸，脚蹴手抹，随其形状为石、为云、为水，应手随意，宛若神巧。又李日华《竹懒画滕》："泼墨者用墨微妙，不见笔迹，如泼出耳。"

〔6〕"残釭"三句：意为借灯光稍暗的角度观看，图中花影愈加清晰，如芙蓉、鹤翎。残釭，残灯。

〔7〕白衣：谓图中白菊。《集异记》载有客遇白衣花仙事，《续晋阳秋》载陶渊明重九日无酒，有白衣人为送酒事。此处亦兼用此二义。

〔8〕浮云苍犬：杜甫《可叹》："天上浮云如白衣，斯须改变如苍狗。"后因以比喻世事变幻无常。

〔9〕鹔鹴（shuāng）裘典：用司马相如事。《西京杂记》："司马相如初与卓文君还成都，居贫愁懑，以所着鹔鹴裘就市人阳昌贳酒与文君为欢。"

〔10〕落英：凋零的花瓣。

· 评析 ·

　　这是又一首秋水轩"剪字韵"词。"次韵"或曰清人所称之"叠韵"（广义可称"用韵"）是一种广泛存在于古典诗词创作中的现象，对此，文学史和文学理论往往表现出强烈的不以为然，诸如"文字游戏""形式主义"之类的帽子满天横飞。对此，马大勇在《清初庙堂诗歌集群研究》中已有过辨析。大意谓：

一、众所周知，中国古典诗歌是"戴着脚镣跳舞"的艺术，声韵只是"脚镣"上诸多环节中的一环。对于才力雄富者来说，多此一环或少此一环并不必然导致创作水准的下降。二、交际的需要。作诗难免友朋酬答，用对方成韵是对其人其作的尊重，亦最易引起对方的情感共振，从而形成一种心灵的"秘密对话"。三、表达的需要。韵字的选择很大程度上决定着作品的情绪格调，如果"用韵"双方存在类似的感受、观点，用相同、相近的韵字便可能对表达形成一种补益而非减损。四、从客观效果来看，"用韵"天然带有督促创作者发掘语言最大潜力的功用，它在束缚思维的同时也砥砺了思维，在限制创作水准的同时也提高了创作技巧。

引许多话，意在说明"用韵"在"束缚思维"的同时其实还具有很多优点和很大的包容性。即以康熙十一年遥连堂刊本的《秋水轩倡和词》而论，二十六家一百七十余首词在内容上可说覆盖极宽，言志抒怀、咏物送别、悼亡伤逝者尽皆有之。纳兰这首后进之作亦是其中很有特点的篇章。

本篇多以为咏物词，所咏为白菊。然细味"光浮冰茧""恰与花神供写照，任波来、淡墨无深浅""持素幛，夜中展""残釭掩过看逾显"等句，显然是题画词，所写系夜观《泼墨白菊图》的场景。词开篇数句即连用"疏影""霜华""幽情"等词，写图中白菊之精神。以下自"趁皓月"至下片"鹤翎银扁"数句则点出反复端详、爱不释手之状，令人想起北朝《琅琊王歌》："新买五尺刀，悬着中梁柱。一日三摩挲，剧于十五女。"文人看画，固略同壮士看刀也。其下借图而兴感：但得花神相伴，则人世间一切变态幻相都可以不在话下了！此是题中应有之义，若无此句，即非文人，而沦入书画鉴定矣。末尾数句的"惜花"之意也是为此。

纳兰词中，此篇或不算出色，然可联想处甚多。附曹尔堪秋

東家醜難傳剖屍棲花迎
莫然胡蝶点頂偷粉的學身
自餬起紅樓牡丹眷鎖去
攔発千綵百蕊無休敢管
頭選取雙人昴上脳剛十二月
墜向劇西不定師誰教灣眼
見小悽儂為頂刻殼亡之
我点遠延洶归天昭陽子
年三度鏡裹脫能不红
妬鏡中顏色不長就童
東家燕支麴玖花牡舞
影石家香依舊還歸叶中
硯光黃學腰歌一曲双三
来近畫眼林
　　天池道人

〔明〕徐渭——《墨笔花卉》

水轩首唱之作供参读。

踏莎美人　清明

　　拾翠[1]归迟，踏青期近。香笺小叠邻姬讯[2]。樱桃花谢
已清明，何事绿鬟斜亸、宝钗横[3]。　　浅黛双弯，柔肠几寸。
不堪更惹其他恨。晓窗窥梦有流莺[4]，也觉箇侬[5]憔悴、可怜生。

·注释·

〔1〕拾翠：见前《风流子·秋郊即事》注释〔4〕。

〔2〕"香笺"句：谓邻家女子寄信相约游春。朱淑真《约游春不去》："邻
　　姬约我踏青游。"

〔3〕"何事"句：写女子鬟发散乱。绿鬟斜亸，见前《浣溪沙》（睡起惺
　　忪强自支）注释〔2〕；欧阳修《阮郎归》："翠鬟斜亸语声低。"亸（duǒ），垂。

〔4〕流莺：即莺，流莺谓其鸣声婉转。沈约《三月三日率尔成章诗》："开
　　花已匝树，流莺复满枝。"

〔5〕箇侬：同"箇人"，那个人。

·评析·

　　《踏莎美人》乃顾贞观自度曲，系《踏莎行》与《虞美人》
各取其半撮合而成，不惟雅致，而且谐美。纳兰用之写春（踏莎）

闺（美人）心绪，近乎"本意"，其实也是对好友的一种尊敬与呼应。再功利性地深按一层，这也是纳兰与顾氏意欲构建性灵词派的"预热"活动之一。不能小觑这种同调同题的唱和，这常常是转毂词风、形成流派群体所必备的手段。仅就纳兰同时代而言，阳羡词派正是在"题徐渭文钟山梅花图""咏鬼声"等一系列唱和活动中凝聚政治／审美倾向、储备人才阵容，从而走向成熟顶点的；而浙西词派登坛树帜的关捩点也正是《乐府补题》咏物词的大规模唱和（详见严迪昌先生《清词史》等著）。研治纳兰词者，于此不可不察。

· 附读 ·

踏莎美人 · 踏青　顾贞观
拾翠寻芳，踏青斗草。杏花影里闻啼鸟。行吟一路到兰溪，忽记去年听雨、醉题诗。　　绿柳婆娑，白云缥缈。落红遍地无人扫。欲笺心事寄新词，却怕惹他空忆、也成痴。

风蝶令　郭麐
砧入尖风响，灯留短焰红。一衾幽梦断孤鸿，正是可怜时候、可怜侬。　　镜约眉痕外，琴声鬓影中。王昌不合住墙东，赢得伤春伤别、恨重重。

苏幕遮　谢章铤
月斜时，人定后。无数离情，暗向心头逗。争奈销魂花又凑。柳似伊柔，梅似伊消瘦。　　枕痕明，灯晕透。梦到伊行，正是眠时候。斝着云鬟钗欲溜。手拨薰笼，几度眉峰皱。

红窗月

燕归花谢，早因循、又过清明[1]。是一般风景，两样心情。犹记碧桃影里、誓三生。　　乌丝阑纸娇红篆[2]，历历春星[3]。道休孤[4]密约，鉴取深盟。语罢一丝香露、湿银屏。

〔1〕"早因循"句：王雱《倦寻芳慢》："算韶华，又因循过了，清明时候。"因循，轻率，随便。《五灯会元》："苟或因循，曷由体悟。"

〔2〕"乌丝"句：乌丝阑，亦作乌丝栏，指上下以乌丝织成栏，其间用朱墨界行的绢素，后亦指有墨线格子的笺纸。篆，印章。

〔3〕"历历"句：《古诗十九首》："玉衡指孟冬，众星何历历。"龚鼎孳《春夕行饮孙少宰北海斋中同秋岳赋》："酒酣起舞呼海岳，历历春星挂檐角。"历历，清晰貌。

〔4〕孤：同"辜"，辜负。

·评析·

词牌《红窗月》，汪刻本有按语云："《词律》作《红窗影》，一名《红窗迥》。"此按语实误。检阅有关资料可知，《红窗迥》始于柳永，言始于周邦彦并以之为定体者亦误，有五十五字、五十八字及六十余字数体，其调俚俗近乎曲，且各体均全篇押仄韵，无平韵者。本篇应为容若自度曲，其名或自毛熙震《临江仙》"幽闺欲曙闻莺转，红窗月影微明"得之。

纳兰词中，这可能是一首不太引人注目的作品，除况周颐《蕙风词话》以"乌丝阑纸娇红篆"一句标识纳兰词品，罕见齿及。然按其实，在纳兰言情之作中，本篇风情摇曳，婀娜多姿，足称上品。词开篇似是常见的伤春之意，然"因循"二字如怨如恨，逗漏出异样情愫。今春的风景和那一年应该是一样的吧？可是心情却迥然有异，那时碧桃花下盟誓三生的人儿究竟在何处呢？碧桃花下的回忆本已令人怦然心动，而不经意间的"一、两、三"数字连缀尤使词中流动着一份"蜜甜的忧愁"。

过片转一笔，以"乌丝阑纸"与"娇红篆"形成鲜亮的色彩对照，一个"娇"字透出无尽的怜惜。"历历春星"可解作天上清朗的星辰，又何尝不可解作星星般闪亮的眼睛？以下"休孤密约，鉴取深盟"是"道"的具体内容，也是"誓三生"的细节表现。听到这样的爱情盟誓已经令人魂销意尽，更何况一滴晶莹剔透的泪水滑落下来？末句自可解作自然景象，以景结情，若解作泪水，似亦可通，而亦别具情致。而将二义合并理解，尤胜一筹。

　　全词最需注意"犹记"二字，自此句以下直至词之结尾俱是"忆"之内容。"忆"至"一丝香露、湿银屏"即戛然而止，情韵摇漾，莫可端倪。再反照"一般风景，两样心情"之句，何等怅然！

·附读·

菩萨蛮　龚自珍
吴棉一幅单鸳被，沉沉和雾和香睡。花气湿银屏，红窗斜月明。　　玉阑干畔路，晓梦无寻处。梦醒转沉吟，花寒恐不禁。

清平乐　朱德宝
香浓酒酽，幽恨和云卷。梦又不来人又远，淡月梨花庭院。　　玉阶风露泠泠，纱窗一点灯青。最是无聊时候，搴帘自数春星。

南歌子

　　翠袖凝寒薄〔1〕，帘衣〔2〕入夜空。病容扶起月明中，惹得一丝残篆〔3〕，旧熏笼。　　暗觉欢期过，遥知别恨同。疏花已是不禁风〔4〕，那更夜深清露，湿愁红〔5〕。

·注释·

〔1〕"翠袖"句：杜甫《佳人》："天寒翠袖薄。"
〔2〕帘衣：即帘。《南史·夏侯亶传》："（亶）晚年颇好音乐，有妓妾十数人，并无被服姿容，每有客，常隔帘奏之，时谓帘为夏侯妓衣。"后因谓帘幕为帘衣。陆龟蒙《寄远》："画扇红弦相掩映，独看斜月下帘衣。"
〔3〕残篆：残香。皮日休《访寂上人不遇》："炉里尚飘残玉篆。"
〔4〕"疏花"句：谓稀疏花枝不堪风之摧残。
〔5〕"那更"句：鹿虔扆《临江仙》："清露泣香红。"

黛玉

人间天上�32情潇湘

馆啼痕空染枝鹦鹉

不知偿竟绪咖咖啁

诵英花诗

潜子高敏那题

陈少梅——《金陵十二钗》之《黛玉》

本篇无题,非要强加题目的话,"美人病"或相去不远。"病"分两层:一层是"病容"。寒夜月明,熏笼残香,那病也就显得格外惹人怜惜;另一层是"心病"。下片的"欢期""别恨"皆心病之源,至煞拍二句则关合身心两"病",不仅递进,抑且纡徐。

再多联想一点,索隐派红学以为纳兰乃宝玉原型,未必可信,然而这首词作为黛玉的"原型设计"倒颇为贴切。说曹雪芹熟稔纳兰词,黛玉的形象中有这首词的影子,或许不是无稽之谈罢。

· 附读 ·

浪淘沙·徐芸圃 黄景仁

人静露泠泠,别意阑珊。桂花庭院卷帘看。今夜月明应梦我,同倚阑干。 世味各咸酸,工到愁难。风前玉立瘦无端。只恐夜深应化去,化作幽兰。

南歌子

暖护樱桃蕊,寒翻蛱蝶翎[1]。东风吹绿渐冥冥[2],不信一生憔悴,伴啼莺。 素影飘残月,香丝拂绮棂。百花迢递玉钗声[3],索向绿窗[4]寻梦,寄余生。

· 注释 ·

[1] "暖护"二句:写春天乍暖还寒时景物。李煜《临江仙》:"樱桃落尽春归去,蝶翻轻粉双飞。"

[2] 冥冥:幽深貌。《楚辞·九章·涉江》:"深林杳以冥冥兮,乃猿狖之所居。"

[3] "素影"三句:写极度思念亡妻,恍惚中如见身影、如闻声音。香丝,女子头发。李贺《美人梳头歌》:"一编香丝云撒地,玉钗落处无声腻。"

[4] 绿窗:绿色纱窗,指女子居室。韦庄《菩萨蛮》:"劝我早归家,绿窗人似花。"

这首悼亡之作在纳兰"绝技"之悼亡词中远远排不到前列，但也别有系人心处。比如上片的"不信一生憔悴，伴啼莺"，"不信"二字看似决绝，实则以决绝语写内心伤悲——信能如何？不信又能如何？人力怎能敌得过命运的拨弄？凡此愤懑、无奈、激切，都在两个字中凸显出来。下片"索向绿窗寻梦，寄余生"是无奈语，"索"者，"只索"之省略，"只能、只应"之意。爱妻的逝去逼得自己无可选择，只能在对她的怀想中度过余生而已。耿耿情深，不能不令人动容！

·附读·

玉楼春　谢玉岑

画屏山上愁来路，今日送愁何处去？一春虚费凤靴心，日日西园风更雨。　　天涯芳草慵难赋，绣笔金荃荒旧句。绿窗缱绻梦中情，忘了流莺枝上语。

南歌子　古戍 [1]

古戍饥乌集，荒城野雉飞 [2]。何年劫火剩残灰 [3]，试看英雄碧血，满龙堆 [4]。　　玉帐空分垒，金笳已罢吹 [5]。东风回首尽成非，不道兴亡命也，岂人为 [6]。

·注释·

[1] 古戍：见前《浣溪沙》(欲寄愁心朔雁边)注释 [4]。

[2] "古戍"二句：写古戍荒芜景。沈佺期《被试出塞》："饥乌啼旧垒，疲马恋空城。"刘禹锡《荆门道怀古》："马嘶古道行人歌，麦秀空城野雉飞。"

[3] 劫火：指战火。劫，佛教名词，据谓世界每若干万年毁灭一次，再

重新开始，这一周期称一"劫"。后借以指称天灾人祸，巨大灾难。

〔4〕龙堆：原古地名，又称白龙堆，指今新疆罗布泊以东至甘肃玉门关之间沙漠地。《汉书·匈奴传》：扬雄《谏书》云："岂为康居、乌孙能逾白龙堆而寇西边哉？"颜师古注，龙堆形如土龙身，皆东北向，"在西域中"。此处泛指沙漠。

〔5〕"玉帐"二句：玉帐，战伐时主师所居之营帐。焦竑《焦氏笔乘续集》卷四"玉帐"条："玉帐乃兵家厌胜之方位，主将于其方置军帐，则坚不可犯，如玉帐然……李太白《司马将军歌》：'身居玉帐临河魁。'戌为河魁，谓玉帐在戌也。"金笳，此指军中号角，与"玉帐"相对而言。

〔6〕"不道"句：《国语·晋语》：范文子曰："国之存亡，天命也。"扬雄《法言》："命者，天之命也，非人为也；人为不为命。"不道，岂不知，亦可作"不料"解。苏轼《洞仙歌》："但屈指、西风几时来，又不道流年，暗中偷换。"

· 评析 ·

就词而言，本篇不能称佳作，末句尤其直白，少了蕴藉之致。然容若行吟塞上，每多悲凉之音、寂寥之思，此类作品对于了解这位贵公子的心迹颇有价值，故不可不加以特别注意。都梁小说《狼烟北平》就用了这首词，见第二十五章：

　　徐金戈长叹一声，低声吟道："玉帐空分垒，金笳已罢吹。东风回首尽成非……"方景林顺着小路登上峰顶，随口接道："不道兴亡命也，岂人为……"徐金戈淡淡地向方景林伸出手道："看来景林兄也喜欢纳兰词？"方景林握住他的手说："好词啊，哀婉凄美，令人柔肠百转，就是有一样，心情压抑的时候最好不要想它。"徐金戈并不理会，他扭过头去望着暮霭中的神武门，仿佛挑衅般地吟道："谁能瘦马关山道，又到西风扑鬓时。人杳杳，思依依，更无芳树有乌啼。凭将扫黛窗前月，持向今朝照别离……"

在都梁的创作中,《狼烟北平》并不算上佳,但徐金戈这个人物写得极好。借《南歌子》与《鹧鸪天》写他的情怀,很有味道。

·附读·

巫山一段云　汪玢
庙上云旗黯,城头野雉飞。朝朝勤浣嫁时衣,行客在边陲。　　异域无征战,衡门有别离。不言辛苦不言悲,天命是耶非。

一络索

过尽遥山如画,短衣匹马[1]。萧萧木落[2]不胜秋,莫回首、斜阳下。　　别是柔肠萦挂,待归才罢[3]。却愁拥髻[4]向灯前,说不尽、离人话。

·注释·

[1]短衣匹马:乃武士行装,明侍卫身份,与"过尽"句连缀,写远出。见前《风流子·秋郊即事》注释[12]。
[2]萧萧木落:见前《采桑子·九日》注释[3]。
[3]"别是"二句:别是,不要又是、想必定是。萦挂,牵挂。
[4]拥髻:见前《海棠月·瓶梅》注释[4]。

·评析·

自"短衣匹马"之侍卫打扮而言,本篇亦随扈远行思归之作。上片写远行,颇具"航拍感"。换头处才逗露出柔情牵挂之意,"拥髻向灯前,说不尽、离人话"的缠绵正与"遥山""短衣""匹马""木落""斜阳"的苍劲阔大相对映,从而调融成一种中和性的美感。此是容若的独擅绝技之一,最资辨识。

一络索

野火拂云微绿[1]，西风夜哭[2]。苍茫雁翅列秋空，忆写向、屏山曲[3]。　　山海几经翻覆[4]，女墙[5]斜矗。看来费尽祖龙[6]心，毕竟为、谁家筑？

·注释·

[1]野火：《物类相感志》："山林薮泽，晦明之夜，则野火生焉，布散如人秉烛。其色青，异于人火。"按，此句野火当异于山林湿地动植物积腐所化之火，而是战死人马骨所化磷火。

[2]夜哭：杜甫《去秋行》："战场冤魂每夜哭，空令野营猛士悲。"

[3]"苍茫"二句：张炎《解连环·孤雁》："写不成书，只寄得、相思一点。"

[4]"山海"句：谓历史不断兴亡变迁。

[5]女墙：即城垣，城墙上呈凹凸状的矮墙。

[6]祖龙：秦始皇。见前《浣溪沙·姜女祠》注释[6]。

·评析·

　　本篇《草堂嗣响》有词题"塞上"，汪刻本有词题"长城"，应以"长城"更贴切一些。所谓"野火微绿""西风夜哭"，那都是修筑长城与战场阵亡之冤魂凝成。因有此联想、景象，曾经"写向屏山"的雁翅在秋空中也不免变得"苍茫"起来。"苍茫"二字是全篇枢纽，既绾结上片，又开启下片之感慨。山海翻覆，长城依然坚实矗立，可是秦始皇建成如此坚固的长城，秦朝不就随即灰飞烟灭了吗？这样的感慨古已有之，容若重提，毫不新鲜，但"看来"二字，极为反讽调侃。有此一语，便觉空灵。

·附读·

倦寻芳·送成容若扈从北行　严绳孙

凤城东去，一片斜阳，千里红叶。便不凄凉，早是凄凉时节。云骢渐抛珠汗渍，桃花鞭影匆匆灭。笑回头，有葡萄酒暖，当垆如月。　　算此去、金波正满，何处关山，玉笛吹裂。古镇黄花，看即满头须折。扈跸长杨人自好，翠帷未惯伤离别。只归来，古奚囊、尽添冰雪。

南乡子·再送容若　严绳孙

归语太匆匆，刚道看山落叶中。生把马蹄都衬着，猩红。应到重来更几重？　　今古望长空，明月山前月似弓。浇酒长城饮马窟，英雄。输与儒生骂祖龙。

赤枣子

惊晓漏，护春眠，格外娇慵只自怜。寄语酿花[1]风日好，绿窗来与上琴弦[2]。

·注释·

[1]酿花：催花开放如酝酿成酒，既需时日，酿就又芳醇，故云。吴潜《江城子》："正春妍，酿花天。"又：《董解元西厢记·双调·豆叶黄》："薄薄春阴，酿花天气。雨儿廉纤，风儿淅沥。"
[2]"绿窗"句：赵光远《咏手二首》其二："撚玉搓琼软复圆，绿窗谁见上琴弦。"

·评析·

《赤枣子》，即《桂殿秋》，格式一如《鹧鸪天》之下片，或是将七言绝首句拆成三三句式而成。换句话说，此调亦具有七言绝句的诸多特点，诸如简洁明丽、善言风怀等，颇容易上手，但难在短短二十余字能令人百般回味，故不易见佳作。纳兰词中此调有两篇，虽不及朱彝尊氏"国朝第一"[况周颐语，词见前《如梦令》(正是辘轳金井)"评析"]之作,亦可入逸品之目。

这首小词写常见的闺情。开篇以两个对仗的三字句隐约写出闺中心事,一"惊"字、一"护"字皆下得谨慎而精妙。"惊"有娇怯意,故继以"格外娇慵";"护"有自我珍重意,故继以"只自怜",意脉颇清晰。因为"自怜",故有祈愿:希望一直有这样的酿花天气吧,让自己的情愫在琴弦上自由流淌。"酿花"二字是双关语,既指风日绝佳的天气,又何尝不是心中情感的跃动呢?小词突如其来,戛然而止,正是七绝手段。然纳兰七绝之风情远不及此,"词别是一家",于此益信然。

眼儿媚

林下闺房世罕俦[1]。偕隐[2]足风流。今来忍见,鹤孤华表[3],人远罗浮[4]。　　中年定不禁哀乐[5],其奈[6]忆曾游。浣花微雨,采菱斜日,欲去还留[7]。

·注释·

[1]"林下"句:谓妻子生前风度出众。林下闺房,《世说新语·贤媛》:"王夫人神情散朗,故有林下风气。"后每引为女子风度之赞语。世罕俦,世上少有与之相比。

[2]偕隐:夫妇共同隐居。

[3]"鹤孤"句:用丁令威化鹤故事。《搜神后记》载,辽东丁令威,学道于灵虚山,后化鹤归辽,集城门华表柱。时有少年举弓欲射之,鹤乃飞,徘徊空中而言曰:"有鸟有鸟丁令威,去家千年今始归。城郭如故人民非,何不学仙冢累累。"遂高上冲天。

[4]"人远"句:柳宗元《龙城录》载,隋开皇中,赵师雄迁罗浮。一日,天寒日暮,在醉醒间,憩于松林间酒肆旁舍,见一女子淡妆素服而出。师雄喜之,与之语,但觉芳香袭人,语极清丽。少顷,有一绿衣童子,

笑歌戏舞，亦自可观。顷醉寝，但觉风寒相袭。久之，东方已白，师雄
起视，乃在大梅花树下，上有翠鸟啾嘈相顾，但惆怅而已。

〔5〕"中年"句：《世说新语·言语》："谢太傅语王右军曰：'中年伤于哀乐，
与亲友别，辄作数日恶。'"

〔6〕其奈：怎奈，无奈。

〔7〕欲去还留：黄公度《浣溪沙·时在西园偶成》："欲去还留无限思。"

· 评析 ·

　　较之《南歌子》(暖护樱桃蕊)一首，这一篇悼亡词更在其下，
盖少蕴藉之故也。本篇下片尚好，"浣花"三句稍具有余不尽之意，
然开篇"林下闺房世罕俦，偕隐足风流"直是白话实说，甚乏感
发之力，非词应有之语，后虽渐好，难救全篇。

· 附读 ·

浣溪沙　杨圻

　　　小园牡丹有白、绿、绛、紫四种，皆移自洛阳，为霞客夫人所手植。
今春还家，值谷雨花盛，方欲为种花人作十日哭，又以避祸仓皇徙海上，
对花惜别，肠寸寸断矣。

万紫千红深闭门，谁家弦管赏良辰。自怜迟暮最伤神。　　入骨相思回首事，
销魂天气断肠人。一生哀乐不禁春。

眼儿媚　咏红姑娘[1]

　　西风骚屑[2]弄轻寒。翠袖倚阑干。霞绡裹处，樱唇微
绽，鞓鞢红殷[3]。　　故宫事往凭谁问，无恙是朱颜[4]？
玉埒争采，玉钗争插，至正年间[5]。

· 注释 ·

〔1〕红姑娘：酸浆草之别称，又称"挂金灯"。多年或一年生草本，茎直立，

不分枝，叶互生，卵形，夏秋间开花，花冠乳白色。浆果包藏于鲜艳之囊状花萼内，成熟时呈黄色、橘红或深红色。杨慎《丹铅总录》引徐一夔《元故宫记》："金殿前有野果，名红姑娘，外垂绛囊，中空有子如丹珠，味酸甜可食，盈盈绕砌，与翠草同芳，亦自可爱。"

〔2〕骚屑：风声，刘向《九叹·思古》："风骚屑以摇木兮。"

〔3〕"霞绡"三句：形容红姑娘形态。霞绡，谓花萼如云霞似的轻纱，色调艳丽明亮。樱唇，浆果之比喻。鞅鞯，见前《台城路·上元》注释〔4〕。

〔4〕"故宫"二句：李煜《虞美人》："雕阑玉砌应犹在，只是朱颜改。"

〔5〕"玉墀"三句：想象元宫中宫女争相采摘佩戴红姑娘事。玉墀（chí），宫殿台阶。至正，元代最后一个皇帝惠宗妥懽帖睦尔第三个年号（1341—1368）。

· 评析 ·

咏物词之最上乘当然是《临江仙·寒柳》一类托物寓情志者，再次一等，虽略无寄托，能咏新奇物件，别具手眼，也是不错的选择，否则千百年来，总是咏梅柳，咏鱼雁，陈陈相因，了无新意，未免令人生厌。从这一认识来看，与容若同时的朱彝尊等人咏猫、咏茄固不失为对咏物词的一种拓展，不应受到过多指责的。本篇亦犹此意。

姑娘，学名酸浆果，华北东北方言后缀儿化音，读作 gū niangr。多野生，成熟时呈黄色或红色。容若见其果，感其名，又联想及"元故宫"史实，遂有此咏物感怀之作，所慨者历史无情，物是人非耳。

词平平而已，惟视角新特，故略析背景如上。

· 附读 ·

眼儿媚·咏红姑娘　严绳孙
珊枕寒生夜来霜，犹自可人妆。绛仙呵手，红儿偷眼，斜倚纱窗。　　伤心合是樱桃侣，零落郑家香。生生长共，故宫衰草，同对斜阳。

眼儿媚　中元[1]夜有感

　　手写香台金字经[2]。惟愿结来生。莲花漏转，杨枝露滴，想鉴微诚[3]。　　欲知奉倩神伤[4]极，凭诉与秋擎[5]。西风不管，一池萍水[6]，几点荷灯[7]。

·评析·

　　严迪昌先生有云："独白为纳兰词一显著特点，本篇为典范之一。"极是。康熙十六年（1677）七月半，容若爱妻卢氏去世后第一个中元节。词人彻夜写经诵经，祈求来生的情缘，其痴诚栩栩可感。可是西风无情，吹动着萍水荷灯，只能提醒着那天人永隔、后期渺茫的残酷现实而已，令人徒唤奈何！其"惟愿""想鉴""欲知""凭诉"等字，皆内心之凄然独白也。

首句"手写香台金字经"，张纯修刊《饮水诗词集》本作"香台手自写金经"。严先生以为"合贺铸此调之平仄，且字从意顺，语辞自然不拗"，是。

·附读·

画堂春　杨圻
算来一语最心惊，今生同死同生。八年说了万千声，一一应承。　　一一都成辜负，教侬若可为情。人间天上未分明，幽恨难平。

浣溪沙　黄侃
一任花风飐鬓丝，禅心定处自家知。床头金字未须持。　　万一尘缘终不断，他生休昧此生时。华鬘忉利也情痴。

眼儿媚　咏梅

　　莫把琼花比淡妆[1]。谁似白霓裳[2]。别样清幽，自然标格[3]，莫近东墙[4]。　　冰肌玉骨天分付[5]，兼付与凄凉[6]。可怜遥夜，冷烟和月，疏影横窗[7]。

·注释·

[1]"莫把"句：琼花，见前《梦江南》（江南好，佳丽数维扬）注释[2]。淡妆，淡素妆饰，每指梅花。

[2]白霓裳：《楚辞·九歌·东君》："青云衣兮白霓裳。"蒋捷《水龙吟·效稼轩体招落梅之魂》："野马尘埃，污君楚楚，白霓裳些。"

[3]"别样"二句：别样，见前《点绛唇·咏风兰》注释[2]。自然标格，柳永《满江红》："就中有、天真妖丽，自然标格。"

[4]莫近东墙：宋玉《登徒子好色赋》："东家之子……登墙窥臣三年，至今未许也。"后遂有"东墙窥宋"成语，指女子对意中人的爱慕，此借喻梅花美丽。李处权《温其示梅诗用韵为谢兼简士特》："可喜刘郎鬓

鐵榦寒敲牛壑風侵天香氣
透晴空鬧時不許千花並獨
領春煙古雪中

挑進禪老人寒香圖戲題

〔清〕 恽寿平——《寒香图页》

未霜，能容宋玉近东墙。"

〔5〕"冰肌"句：李之仪《蝶恋花》："玉骨冰肌天所赋。"葛立方《沙塞子·咏梅》："天生玉骨冰肌。"

〔6〕付与凄凉：柳永《彩云归》："被多情、赋与凄凉。"

〔7〕"冷烟"二句：冷烟和月，冯子振《咏梅三十首》其三《江梅》："冷香和月浸黄昏。"又顾贞观《百字令》："淡烟和月，正梅花香动。"疏影横窗，曹冠《汉宫春·梅》："爱浮香胧月，疏影横窗。"

· 评析 ·

词下片能带入赏梅人心事，一笔双写，是本篇好处，然综看全篇，不过咏梅之常语尔，未见超著。唐圭璋先生以为"别样清幽，自然标格，莫近东墙"数句是"隐有寄托"的"自道"语（《纳兰性德评传》），亦是一说。

眼儿媚

独倚春寒掩夕扉〔1〕。清露泣铢衣〔2〕。玉箫吹梦，金钗划影〔3〕，悔不同携。　　刻残红烛〔4〕曾相待，旧事总依稀。料应遗恨，月中教去，花底催归。

· 注释 ·

〔1〕掩夕扉：临夜关门。韦应物《社日寄崔都水及诸弟群属》："芳园掩夕扉。"

〔2〕铢衣：佛经称忉利天衣重六铢，谓其轻而薄，见《长阿含经·世记经·忉利天品》。后称佛、仙之衣为"六铢衣"，常借指女子所着轻薄的纱衣。周邦彦《鹊桥仙》："晚凉拜月，六铢衣动，应被姮娥认得。"

〔3〕金钗划影：女子寂寞无聊举动。孙蕙兰《绿窗诗十八首》其十一："闲划金钗记月痕。"

〔4〕刻残红烛：见前《浣溪沙·庚申除夜》注释〔4〕。

·评析·

　　普通闺怨词而已，无大出色。赵、冯二先生以为"玉箫""金钗""月中""花底"等句关涉纳兰早年情事，用的乃是"今典"，而又以为此等今典惟纳兰与所怀之人能解得，可见并无有力证据，那就不如做一般性理解好。

　　"夕扉"，许增刊本作"夕霏"，因其上有"掩"字，应以"扉"稍胜。

·附读·

　昭君怨　黄侃
　秋萤冷，苔阶寂。画扇轻罗无力。深树月痕微，掩青扉。　　草际暗蛩凄断，夜静薄寒难散。寥落更伶俜，梦初醒。

　少年游　陈襄陵
　　　余所撰粤曲"往事总依稀"（纳兰句）、"忍泪觅残红"（稼轩句）、"凭吊故山青"（梵山句）、"情知枉断肠"（小山句）四阕，梵山陆续付歌伶在香港电台播唱，词以寄感（选一）。
　枕函旧事写新词，灯影襞边丝。泪替珠圆，梦凭香剩，来世定何时。　　微波苒苒天涯遍，生怕簟人知。强说忘情，违心解约，当日枉禁持。

眼儿媚

　　重见星娥碧海槎[1]。忍笑却盘鸦[2]。寻常多少，月明风细，今夜偏佳。　　休笼彩笔闲书字[3]，街鼓已三挝[4]。烟丝欲袅，露光微泫，春在桃花[5]。

·注释·

〔1〕"重见"句：星娥，谓天上之仙子。李商隐《圣女祠》："星娥一去后，

月姊更来无？”亦指织女。李商隐《海客》：“海客乘槎上紫氛，星娥罢织一相闻。”此处以星娥指称佳人。碧海槎，即星槎，古代神话中往来天上之木筏。《博物志·杂说下》：“旧说云：天河与海通，近世有人居海滨者，年年八月有浮槎去来，不失期。”

〔2〕“忍笑”句：却，卸退，解开。盘鸦，女子盘起之发髻。孟迟《莲塘》：“脉脉低回殷袖遮，脸横秋水髻盘鸦。”

〔3〕“休笼”句：赵光远《咏手》：“慢笼彩笔闲书字，斜指瑶阶笑打钱。”笼笔，握笔。

〔4〕街鼓：原设以城防警夜用，后每指报时之更鼓。挝（zhuā）：击，敲打。

〔5〕“烟丝”三句：烟丝，见前《蝶恋花》（眼底风光留不住）注释〔3〕。露光微泫，谢灵运《从斤竹涧越岭溪行》：“岩下云方合，花上露犹泫。”“春在”句，周邦彦《少年游》：“而今丽日明金屋，春色在桃枝。”

· 评析 ·

　　此词写情人重逢，欣快备至。容若好《花间》词，作艳词甚多，此篇或亦拟作之一。但比之《花间》原作及自己的某些拟作来，此词并不显得“密实”，而是疏朗清新灵动之甚，其活色生香、善用白描处尤近乎韦庄而远温庭筠。开篇以“星娥”代指心上人，即已透出深深爱怜与喜悦。“忍笑却盘鸦”五字写娇慵矜持而又亲昵大方的态度，可谓活灵活现，有画工难到之处。前两句坐实，以下即宕开虚写。“寻常”数句乃人人意中有、笔下无之语，热恋中人自能会心一笑。过片“休笼”二句或女子之言，风韵类乎周邦彦《少年游》：“低声问向谁行宿？城上已三更。马滑霜浓，不如休去，直是少人行。”所谓软语温存，笑涡红透，怎能不为之销魂？末三句再度宕开写景，而处处关锁女子情态，亦是一树双花、一喉两歌的妙笔。

　　详味之，此篇艳情在骨，而恰是此种在骨之艳最能表现出纳兰特具的才性。同一艳也，有“一只横钗坠髻丛，静眠珍簟起来慵。绣罗红嫩抹酥胸”（毛熙震《浣溪沙》）之写，有“兰麝细香闻喘息，绮罗纤缕见肌肤。此时还恨薄情无”（欧阳炯《浣溪沙》）之写，有“玉楼冰簟鸳鸯锦，粉融香汗流山枕”（牛峤《菩萨蛮》）

之写，亦颇极声色之美，然毕竟落下乘。本篇则多虚处转身，诸如"寻常"数句、"春在桃花"数字虽乍看平易，详思之乃有别人百般用力而不能至之境，总由天分绝出，所谓"慧业文人"也。

· 附读 ·

喝火令　谢章铤
雨湿莺儿梦，春浓燕子家。海棠开过几枝花。花外沉沉一带，一带玉窗纱。　　心软如中酒，神清屡点茶。炉香温后日初斜。记得眉青，记得髻盘鸦。记得避风庭院，障袖替卿遮。

清平乐　何振岱
香瓯浣笔。为赋君生日。愁思连天归未得，昨梦灯窗通夕。　　娇儿拜母咿哑。新衫髻子盘鸦。为想薰香深坐，胆瓶新供莲花。

荷叶杯

帘卷落花如雪[1]，烟月。谁在小红亭，玉钗敲竹[2]乍闻声。风影[3]略分明。　　化作彩云飞去[4]，何处。不隔枕函边，一声将息[5]晓寒天。肠断又今年。

· 注释 ·

〔1〕"帘卷"句：黄机《浣溪沙》："帘卷落花千万点。"
〔2〕玉钗敲竹：见前《浣溪沙》（消息谁传到拒霜）注释〔3〕。
〔3〕风影：随风晃动的物影。陈后主《自君之出矣》："思君若风影，来去不曾停。"
〔4〕"化作"句：李白《宫中行乐词》："只愁歌舞散，化作彩云飞。"
〔5〕一声将息：胡翼龙《南歌子》："只寄一声将息、当相思。"将息，保重，珍重。

荷叶杯

知己一人谁是[1]，已矣。赢得误他生，有情终古似无情[2]。别语悔分明。　　莫道芳时[3]易度，朝暮。珍重好花天，为伊指点再来缘[4]。疏雨洗遗钿[5]。

·注释·

[1]"知己"句：戴栩《题方干墓》："生前知己人谁是。"
[2]"有情"句：韦庄《长干塘别徐茂才》："有情争得似无情。"又司马光《西江月》："有情何似无情。"此反其意用之。
[3]芳时：良辰，花开时节。
[4]再来缘：用韦皋、玉箫故事，见前《金缕曲·亡妇忌日有感》注释[8]。
[5]"疏雨"句：丁澎《玉女摇仙佩·望春楼故邸》："雨洗遗钿，数点空翠。"遗钿，《旧唐书·后妃传·杨贵妃》："玄宗每年十月幸华清宫，国忠姊妹五家扈从，每家为一队，着一色衣，五家合队，照映如百花之焕发，而遗钿坠舄，瑟瑟珠翠，灿烂芳馥于路。"此指亡妻遗物。

·评析·

　　赵、冯二先生以"帘卷"一首见之《今词初集》，判断系康熙十七年卢氏下葬时作，又以为"知己"一首作于同时，甚是，可合并说之。

　　叶舒崇《卢氏墓志铭》有名言曰："于其殁也，悼亡之吟不少，知己之恨尤多。""帘卷"一首显是"悼亡之吟"，笔致颇空灵而情感极沉郁。说空灵，是因为全篇都没有直言悼亡字样，只以"化作彩云飞去"一句隐约提示，可是这空灵背后不是难以直面的哀痛吗？"大都好物不坚牢，彩云易散琉璃脆"（白居易《简简吟》），人世间永恒的悲哀轮到了自己头上，那"一声将息"又岂能化解这春日的冰冷与凄凉？这里面包含着的沉重真是无法称量！

　　"言之不足，故长言之"，"悼亡之吟"方罢，后一首开篇即悲吟"尤多"的"知己之恨"。"已矣"二字，短暂决绝，长歌当哭——今生已矣，他生如何？只恐又是一场错过和耽误！纳兰两年后（康熙十九年）之名作《金缕曲·亡妇忌日有感》有感人肺腑之句："待结个、他生知己。还怕两人俱薄命，再缘悭、剩月零风里。"其意早发端于此。

·附读·

虞美人　黄侃
东风无力留花住，只怪鹃声误。阑干重认落花痕，不道春归犹有未销魂。　　长条也解留行客，别意真无极。枉教青鸟报多情，纵得相逢只恐是他生。

菩萨蛮　况周颐
五更才得朦胧睡，梦中多少伤心事。残月饶啼鸟，梦回钟动无。　　鸳衾空复暖，魂共炉烟断。何日是欢期，他生重见时。

梅梢雪 [1]　元夜月蚀

　　星球 [2] 映彻，一痕微褪梅梢雪。紫姑 [3] 待话经年别。窃药心灰 [4]，慵把菱花揭 [5]。　　踏歌才起清钲歇 [6]，扇纨仍似秋期洁 [7]。天公毕竟风流绝。教看蛾眉，特放些时 [8] 缺。

·注释·

〔1〕梅梢雪：此调本名《一斛珠》，又名《怨春风》《章台月》《醉落魄》等，性德拈次句"梅梢雪"三字以为调名。吴藕汀《词名索引》云其为清末梁鼎芬首制，误。

〔2〕星球：焰火。丁仙现《绛都春·上元》："须臾一点星球小。渐隐隐、鸣鞭声杳。"

〔3〕紫姑：神话中厕神名。梁宗懔《荆楚岁时记》："正月十五日，其夕迎紫姑，以卜将来蚕桑并占众事。"刘敬叔《异苑》："世有紫姑神，古来相传，云是人家妾，为大妇所嫉，每以秽事相次役。正月十五日，感激而死。故世人以其日作其形，夜于厕间或猪栏边迎之。"李商隐《正月十五夜闻京有灯恨不得观》："羞逐乡人赛紫姑。"

〔4〕"窃药"句：见前《画堂春》（一生一代一双人）注释〔5〕。

〔5〕菱花：古铜镜背后常刻有菱花图案，故以菱花为镜子的代称。

〔6〕"踏歌"句：踏歌，拉手而歌，以脚踏地为节拍。清钲，清远的钲声。钲（zhēng）：古代青铜鸣乐器，周代"四金"之一。《说文·金部》："钲，铙也，似铃，柄中，上下通。"段玉裁注："镯、铃、钲、铙四者，相似而有不同。钲似铃而异于铃者，镯、铃似钟有柄，为之舌以有声。钲则无舌，柄中者，柄半在上，半在下，稍稍宽其空为抵拒，执柄摇之，使与体相击为声。"古时视月食现象为天狗食月，民众击打器物以恐吓驱赶天狗。证之诗词，此篇外则有家铉翁《中秋月蚀，邦人鸣钲救月，不约而齐，中原旧俗犹有存者，感而有作》等。

〔7〕"扇纨"句：班婕妤《怨歌行》："新裂齐纨素，皎洁如霜雪。裁为合欢扇，团团似明月。"扇纨即纨扇，素绢所制团扇，喻月色皎洁。

〔8〕些时：片刻。

· 评析 ·

《饮水词笺校》据陈维崧《宝鼎现·甲辰元夕后一日次康伯可韵》及题注"是岁元夜月食"，又据沙罗周期推算，下次元夜月食在康熙二十一年（1682）。甲辰乃康熙三年(1664)，时容若年仅十岁，故本篇作于康熙二十一年。

词未可称佳，惟煞拍数句出以风趣，稍具滋味。

· 附读 ·

上元月食 纳兰性德
夹道香尘拥狭斜，金波无影暗千家。姮娥应是羞分镜，故倩轻云掩素华。

木兰花令　拟古决绝词 [1]

人生若只如初见。何事秋风悲画扇 [2]？等闲变却故人心，却道故心人易变 [3]。　　骊山语罢清宵半。泪雨零铃终不怨 [4]。何如薄幸锦衣郎，比翼连枝当日愿 [5]。

· 注释 ·

〔1〕拟古决绝词：元稹有《相和歌辞·决绝词》三首，取古诗《白头吟》"闻君有两意，故来相决绝"之意演绎而成。其一曰："乍可为天上牵牛织女星，不愿为庭前红槿枝。七月七日一相见，故心终不移。那能朝开暮飞去，一任东西南北吹。分不两相守，恨不两相思。对面且如此，背面当可知。春风撩乱伯劳语，此时抛去时。握手苦相问，竟不言后期。君情既决绝，妾意已参差。借如死生别，安得长苦悲。"纳兰仿拟其旨，故有"拟古"字样。

〔2〕"何事"句：用班婕妤《怨歌行》诗意："新裂齐纨素，皎洁如霜雪。裁为合欢扇，团团如明月。出入君怀袖，动摇微风发。常恐秋节至，凉飙夺炎热。弃捐箧笥中，恩情中道绝。"

〔3〕"等闲"二句：谢朓《同王主簿怨情》："故人心尚永，故心人不见。"赵师侠有《菩萨蛮·用三谢诗"故人心尚远，故心人不见"之句》："故人心尚如天远，故心人更何由见。肠断楚江头，泪和江水流。"据此"却道"二字后应作"故心人"，世之流行版本常作"故人心"，误。等闲，随意，轻易。

〔4〕"骊山"二句：见前《浣溪沙》(凤髻抛残秋草生)注释〔3〕和〔6〕。"语罢"，通志堂本原作"雨罢"，与后文"泪雨"犯复，而据《长恨歌传》，亦以"语罢"为胜，依汪刻本等改。

〔5〕"何如"二句：何如，比之如何。锦衣郎，贵胄公子。张草纫《笺注》以为指明皇，似觉牵强。如继上文仍用明皇事，可替代"锦衣郎"而指明皇之词语尚多，当不至用此浮泛不切之辞。比翼连枝，仍用《长恨歌》语。

陈少梅——《纨扇仕女》

·评析·

本题汪刻本多"柬友"二字，实不妥。柬友人而拟女性口吻，固不罕见。如唐代朱庆余《近试上张水部》，但此种"变身"需有尺度，不可无限制地煽情。以此视本篇口吻，仍应是一首拟托女子心事的爱情词。

爱情有多端，"闻君有两意，故来相决绝"亦其中之一。本篇虽拟古决绝词，意思乃极婉曲幽怨，并无横眉相对的那一份冰冷，女主角温厚的情性灼然可见。词开篇即铭心刻骨语，"人生若只如初见"，是啊！当深陷于背叛和离弃，谁不会从心头涌出这七个字呢？七字之中又包含着多少蜜甜的回忆和芳馨的场景呢？可是，时光是个残酷的雕刻家，转眼间，自己已如深秋的团扇，被捐弃在一旁了。他明明不该如此轻易变了心肠，却反来说人心就是如此多变的。上片四句，意思一句紧似一句，分明口角怨怼，但辞气却不疾不徐，令人不自禁心生怜惜。

下片转至具体的忆念，所谓寸断柔肠，必然至此。当年我们也曾有过"骊山宫……因仰天感牛女事，密相誓心，愿世世为夫妇"（陈鸿《长恨歌传》）的约定吧？结果却是劳燕分飞，终日以泪洗面。即便泪水淋漓，即便那"锦衣郎"如此"薄幸"，想起当日比翼连枝之愿，我最终也还是不悔恨曾有过的美好吧？其"终不怨"三字是一篇词眼，此一种态度也是词篇最打动人处所在。

就全词而言，相对于上片的极度精彩，下片或有不称。然其琢意炼句，极自然又极整饬，使人一见难以去怀。纳兰词中，亦是佳品。附读谢章铤、黄侃二词已甚佳，然不及现代女词人茅于美的《生查子》，"不敢怨华年，但惜珠难再"二句极温柔敦厚之至，所谓"终不怨"也。

·附读·

采桑子　谢章铤

尽情排遣都非是，坐也空房，卧也空床。一日相思百日长。　　寸心积遍愁和闷，醉也苍茫，梦也荒唐。自署人间薄幸郎。

采桑子　黄侃
当时谁信相逢误，赢得悽迷，慧绝成痴。诉与秋风总不知。　　而今重订他生约，
瘦骨成灰，红泪长垂。未必心坚愿总违。

木兰花　江椿
　　读《饮水集》，有拟古决绝词柬友《木兰花》一阕，情怀悱恻，触余
　　新感，因广其意。
星前密约花前咏，春梦迷离销欲尽。只应柳絮本无情，未必东风真薄幸。　　无
端触破双鸾镜，呖呖莺声催别恨。萧郎昔日玉人怜，此日萧郎谁过问。

生查子　茅于美
妾有夜光珠，采掬经沧海。悱恻以贻君，奇处凭君解。　　近偶失君欢，断
弃平生爱。不敢怨华年，但惜珠难再。

长相思

山一程，水一程，身向榆关那畔行[1]。夜深千帐
灯。　　风一更，雪一更，聒碎[2]乡心梦不成。故园无此声。

·注释·
[1]"身向"句：榆关，即山海关。那畔，那边。
[2]聒（guō）碎：聒，絮聒，吵闹声不绝。柳永《爪茉莉·秋夜》："残
蝉噪晚，甚聒得、人心欲碎。"

·评析·
　　蒋寅先生《金陵生小言》云："诗歌题材随时代而变，最典
型者莫如宫怨、出塞二题，唐诗赋此题最盛，而至清诗绝少。"
这是一个很敏锐的观察，其中原因，我们此处不谈。需要说的是，
就词史发展的历程而言，边塞题材在宋代几乎是空白。除了范仲

淹那首著名的《渔家傲》以外，两宋再也没有严格意义上的边塞词。这个巨大的词史空白直到纳兰性德手里才得到填补，他的塞外行吟之篇不仅数量较多，且词境壮观寥廓而兼凄怨苍凉，是清人此类词表现最上乘的一家。

康熙二十年（1681），三藩之叛底定。翌年三月，玄烨出山海关，至盛京告祭永陵、福陵、昭陵，纳兰扈从。本篇即作于此时。词以"山一程，水一程"六字叠韵发端，是此调正体，而全用口语组织，予人自然奔放之感，为下文"夜深千帐灯"五字拓开地步。此五字粗看亦寻常，细味之则朴素中兼有气象万千，为他人累千百字所刻画不到。所以王国维《人间词话》对此深致推奖云："'明月照积雪''大江流日夜''中天悬明月''黄河落日圆'，此种境界，可谓千古壮观。求之于词，唯纳兰容若塞上之作，如《长相思》之'夜深千帐灯'、《如梦令》之'万帐穹庐人醉，星影摇摇欲坠'差近之。"体味甚是，也足见纳兰此句之地位。

下片作者情绪陡转。在"千帐灯"下，词人倾听着一更又一更的风雪之声，不禁想起"故园"，唤起"乡心"，从而辗转难寐了。此数句字面亦寻常，意思却很不一般。所谓"天涯行役苦"，大家都容易理解，可是纳兰现在乃是扈从皇帝"巡幸"途中，本该意气风发、耀武扬威才是。他却偏偏作此小儿女态度，恋起家来！其深心视此等荣耀为何如即可以想见矣，按其底里，真正是"冷处偏佳，别有根芽。不是人间富贵花"（《采桑子·塞上咏雪花》），难怪索隐派的红学家们以为贾宝玉的原型乃是此君呢。

· 附读 ·

采桑子·雨夜　潘飞声
天涯听雨无人夜，点滴分明，点滴分明。不是家园一样声。　乡心挤被风吹碎，梦又难成，梦又难成。蓦忆家园一样情。

醉太平　徐晋如
长汀短汀，江声雨声。夜阑一舸昏灯，正山程水程。　怜卿怨卿，多情薄情。真真画上银屏，又愁醒酒醒。

〔明〕文徵明——《关山积雪图》（局部）

朝中措

蜀弦秦柱[1]不关情,尽日掩云屏[2]。已惜轻翎退粉[3],更嫌弱絮为萍[4]。　　东风多事,余寒吹散,烘暖微酲[5]。看尽一帘红雨[6],为谁亲系花铃[7]。

·注释·

〔1〕蜀弦秦柱:琴、筝、瑟一类乐器美称。汉代蜀郡司马相如善操琴;朱骏声《说文通训定声》:"古筝五弦,施于竹,如筑。秦蒙恬改为十二弦,变形如瑟,易竹为木,唐以后为十三弦。"唐彦谦《汉代》:"别随秦柱促,愁为蜀弦么。"

〔2〕"尽日"句:李端卿《谒金门》:"尽日画屏独掩。"云屏,用云母作装饰的屏风。

〔3〕轻翎退粉:见前《台城路·上元》注释〔8〕。

〔4〕弱絮为萍:传说水中萍乃柳絮所化,见《群芳谱》。苏轼《再次韵曾仲锡荔支》:"柳花着水万浮萍。"自注云:"柳絮飞落水中,经宿即为浮萍。"

〔5〕微酲(chéng):酒后神情恍惚。《说文》:"酲,病酒也。"

〔6〕"看尽"句:华岳《别馆即事》:"一帘红雨燕泥香。"红雨,喻落花。

〔7〕花铃:见前《台城路·洗妆台怀古》注释〔12〕。

·评析·

词咏暮春,着力渲染由醉眼看去的一片融暖蒙昧氛围,如印象派画作。上片结句稍嫌着相,然"轻翎退粉""弱絮为萍"属对天然工巧,翻成亮点。全篇心绪闲淡,略近大晏《清平乐》"金风细细,叶叶梧桐坠。绿酒初尝人易醉,一枕小窗浓睡。　　紫薇朱槿花残,斜阳却照阑干。双燕欲归时节,银屏昨夜微寒"一首。

寻芳草　萧寺[1]记梦

　　客夜怎生过？梦相伴、绮窗吟和[2]。薄嗔佯笑[3]道：若不是恁[4]凄凉，肯来么？　　来去苦匆匆，准拟待、晓钟敲破[5]。乍偎人、一闪灯花堕，却对着、琉璃火[6]。

·注释·

〔1〕萧寺：见前《点绛唇》（小院新凉）注释〔2〕。

〔2〕吟和：唱和，依别人题材、体裁或韵部作诗填词。

〔3〕薄嗔：微怒。佯笑：假装笑貌。

〔4〕恁：如此、这般。

〔5〕晓钟敲破：谓晨钟惊破好梦。贾岛《三月晦日赠刘评事》："共君今夜不须睡，未到晓钟犹是春。"

〔6〕琉璃火：琉璃灯，供于佛像前，俗称长明灯、万年灯。

·评析·

　　容若爱妻卢氏卒后，年余始下葬，其间灵柩厝于双林禅院。此篇人多以为系双林禅院悼亡之作，然容若两首双调《望江南》均标明"宿双林禅院有感"，若此篇处于相同情境，词题不至如此模糊。细味"客夜"等词，"薄嗔佯笑"等语，并未特别显出伤逝的沉痛，故本篇乃写客居旅途借宿之庙宇，夜梦还家的情景。开篇三句平平，既是写实之需，又为下文"薄嗔"三句异军突起构成逆向铺垫。"薄嗔佯笑"已然生动之极，下接"若不是恁凄凉，肯来么"，全是口头语，天然无一丝修饰，而镶嵌于词中，又全然的契合无迹，如盐着水。诗家有"天生好言语"之说，此之谓也。

下片全为醒后心语，亦怨语、相思语。过片数句仍以平淡出之，"准拟"二句不过通常的游子之思，谓原想来去不易，好好团聚一夜。自"乍偎人"以下又是奇境突现，"一闪灯花堕"五字极富动感，合以"乍"字，梦境之变幻迷离写得微入毫发。以"却对着、琉璃火"六字口语结句，一来照应上片的口语色彩；二来也活现出心底深深的怅惘。

· 附读 ·

一痕沙·记梦　汪石青
我有凤鸾奇字，唾向玫瑰花里。入手月如规，夜迟迟。　眼角眉端投准，都是别来情分。他日月重明，作么生？

醉花阴　何振岱
守着灯儿红一颗，独自西窗坐。没得素心人，欲说无聊，只有梅花我。　今宵真个能来么，奈梦都难做。比月旧时圆，钩起离愁，不醉如何躲。

菩萨蛮·记梦　金启孮
昨宵梦境萧萧去，沉思枕畔愁千缕。紫陌系骅骝，依然万户侯。　倚栏闲对月，相偎说离别。醒后陌橡遮，恒河几点沙。

遐方怨

敧角枕[1]，掩红窗[2]。梦到江南，伊家博山沉水香[3]。浣裙归晚坐思量。轻烟笼浅黛[4]，月茫茫。

〔1〕角枕：见前《金缕曲》（生怕芳樽满）注释〔9〕。

〔2〕红窗：见前《落花时》（夕阳谁唤下楼梯）注释〔3〕。

〔3〕"伊家"句：《乐府诗集·杨叛儿》："欢作沉水香，侬作博山炉。"博山，博山炉。见前《浣溪沙》（脂粉塘空遍绿苔）注释〔3〕。伊家，那人。沉水，见前《浣溪沙》（泪浥红笺第几行）注释〔4〕。

〔4〕浅黛：谓女子黛眉。

· 评析 ·

　　纳兰与沈宛的关系堪称纳兰研究一桩疑案。说"疑"并不是否认沈宛的存在，综合前人之记载与考证，沈宛其人实有之应无问题，但是否关乎"江南"之词作皆可联系到沈宛身上呢？恐怕还要谨慎。即如本篇，实亦常见的对花间词之摹写，其中并无关乎沈宛之具体信息。倘怀揣成见，附会为这是对纳兰与沈宛江南同居生活的回忆，并据此演绎出一段悲凄情史，大概不能免罗织之嫌。我尝提出"疑罪从无"原则应引入学术公案中的"侦破"：如果证据不够坚实，不能形成完整的证据链条，我们只能暂且认为"嫌疑人"没有实施这桩"犯罪"。文学当然是需要想象力的，文学研究也不能离开假设与推断，但总该建立在证据相对充分、逻辑相对严密的基础上。本书不把很多凿空言情的作品归之沈宛，正是基于上述认识的。

秋千索[1]　渌水亭[2]春望

　　垆边唤酒双鬟亚[3]，春已到、卖花帘下。一道香尘碎绿苹，看白袷、亲调马[4]。　　烟丝宛宛愁萦挂[5]，剩几笔、晚晴图画[6]。半枕芙蕖压浪眠，教费尽、莺儿话[7]。

〔1〕秋千索：即李清照之《怨王孙》，乃《忆王孙》之仄韵变体，纳兰
为改今名。谢章铤《赌棋山庄词话》"调名宜从朔"条云："古人调法始
皆独创，调有数名，宜从其朔……调本先传，而题开新号，如纳兰词之
改《忆王孙》为《秋千索》，虽曰信笔，颇近炫奇。"

〔2〕渌水亭：纳兰别业，故址有北京什刹海畔、玉泉山下、皂甲屯玉河
浜等说。性德诗《渌水亭》："野色湖光两不分，碧云万顷变黄云。分明
一幅江村画，着个闲亭挂西曛。"性德弟揆叙亦有诗《禾中留别竹垞先
生得五百字》云："门前渌水亭，亭外泊小船。"

〔3〕"垆边"句：垆，古时酒店里安放酒瓮的炉形土台子。借指酒店。
辛延年《羽林郎》："胡姬年十五，春日独当垆。双鬟何窈窕，一世良所
无。"亚，低垂貌。沈谦《销夏·雨窗读巢青阁词，翻〈风入松〉，用仄
韵》："唱遍旗亭绝妙词，有按拍、双鬟低亚。"

〔4〕"看白袷"句：袷（jiá），夹衣。调马，驯马。李洞《秋宿梓州牛
头寺》："石室僧调马，银河客问牛。"

〔5〕"烟丝"句：陆羽《小苑春望宫池柳色》："宛宛如丝柳。"

〔6〕晚晴图画：吴融《富春》："一川如画晚晴新。"

〔7〕"教费尽"句：王安国《清平乐》："留春不住，费尽莺儿语。"

据赵、冯二先生考证，本篇作于康熙二十四年（1685）春。
据孙致弥和作"流莺并坐""恰侧畔、有人如画"等语，判断其
时已纳沈宛，皆大抵可从。如此就好理解词中透现出的轻快心绪：
虽也有"烟丝宛宛愁萦挂"之语，但只是轻愁、闲愁，是唤酒双
鬟、白袷调马的晚晴图画中的一点调味品而已。如此优哉游哉之
作，纳兰词中，殊为罕见。

与正式斋号"通志堂"相比，"着个闲亭挂西曛"的渌水亭
因为其"闲"，尤能引发后人怀想系念。附读多篇吟咏其亭其人者，
略备参酌。

拔香灰·容若侍中索和楞伽山人韵　孙致弥
流莺并坐花枝亚。帘影动、合欢窗下。绿绣笙囊紫玉箫，称鹿爪、调弦马。　宣
和宫裱崔徽挂。恰侧畔、有人如画。几许伤春梦雨愁，都付与、鹦哥话。

满江红·过渌水亭　杜诏
一带寒汀，问是处，谁家亭馆？可记得，水晶帘下，绿荷香满。尽日不教东阁闭，
无时肯罢西园宴。十年间，海内几词人，同游宦。　奈侧帽，风情断；觉弹指，
韶光换。便飘香秀笔，总随云散。何事庄生迷晓梦，重来楚客逢秋怨。正萧萧、
落叶冷燕山，霜华晚。

玉漏迟·题《饮水词》后　项鸿祚
寄愁何处好，金奁怕展，紫箫声杳。十幅乌丝，寂寞怨琴凄调。犹忆笼香倚
醉，是旧日、承平年少。憔悴早，词笺赋笔，半销衰草。　最怜渌水亭荒，
曾几度流连，几番昏晓。玉笥葳云，付与后人凭吊。君自孤吟野鬼，谁念我、
啼鹃怀抱。消瘦了，恨血又添多少。

绛都春·分咏京师词人第宅。得纳兰容若渌水亭，在玉泉山下　夏孙桐
莲凋渚晚。问缑岭堕音，吹笙人远。豹尾退闲，蜗角幽栖依琼苑。重光词笔
同凄怨。恁抱膝、繁华轻遣。倚阑曾是，梨花落后，望春深浅。　一片。
璇流漱碧，绕鸳甓、似带烟萝空眷。花底著书，席上题襟多英彦。乌衣三度
朱门换。只谢墅、巢痕寻燕。邈然裙屐承平，梦华恨断。

绛都春·渌水亭，和闰枝　金兆蕃
乌衣梦醒。送春似过翼，园林幽复。地近绛霄，才称黄门声华盛。无端环玦
寒宵迥。正孤坐、推敲难定。怪他心迹，春光最好，怎教凄哽。　消凝。
簪花帽侧，待谁为绾住，云晨烟暝。塞雁乍还，仙骥将迎缑山顶。至今泉水
清于镜。俏留得、青衫瘦影。翠微定是无情，对人意冷。

秋千索

药阑携手销魂侣[1]，争不记、看承人处[2]。除向东风
诉此情，奈竟日[3]、春无语。　　悠扬扑尽风前絮，又百五[4]、

韶光难住。满地梨花似去年，却多了、廉纤雨〔5〕。

·注释·

〔1〕"药阑"句:赵长卿《长相思》:"药阑东，药阑西，记得当时素手携。"药阑，植花木之栏杆，"药"非仅指芍药。《南史·徐湛之传》:"果竹繁茂，花药成行。"

〔2〕看承人处:吴淑姬《祝英台近·春恨》:"断肠曲曲屏山，温温沉水，都是旧、看承人处。"看承，护持，照顾。

〔3〕竟日:终日。

〔4〕百五:自冬至日至清明，共一百零五日，故称清明节为一百五日，又省称为百五。《荆楚岁时记》:"去冬节一百五日，即有疾风甚雨，谓之寒食，禁火三日，造饧大麦粥。"无名氏《祝英台近》:"因甚不展眉头，凝愁过百五。"

〔5〕廉纤雨:微雨。孙洙《菩萨蛮》:"回头肠断处，却更廉纤雨。"

·评析·

据《饮水词笺校》，《国朝词综》与汪刻本此篇词题作"渌水亭春望"，恐误。陈廷焯体会不错:"悲惋。日似去年，已不胜物是人非之感，再加以廉纤雨，有心人何以为情也。"(《云韶集》十五)此"悲惋"与上篇之轻快迥异，应非同时之作。

·附读·

减兰·中秋夜感旧　黄景仁
露浓烟重，一阵衣香何处送。倚遍回廊，九曲栏杆九曲肠。　去年今夕，木犀花底曾相识。此夜花前，只有清光似去年。

丑奴儿令·春夜　黄景仁
春阴底事浓如结，半是离愁，半是春愁。酿得廉纤雨一楼。　霎时云散天如洗，月似银钩，凉似新秋。嫩绿池塘湿未收。

秋千索

　　游丝〔1〕断续东风弱，浑无语、半垂帘幕。茜袖〔2〕谁招曲槛边，弄一缕、秋千索。　　惜花人共残春薄，春欲尽、纤腰如削。新月才堪照独愁，却又照、梨花落。

·注释·

〔1〕游丝：见前《浣溪沙·古北口》注释〔4〕。

〔2〕茜袖：红袖。茜，深红色。李中《春闺辞》二首其一："茜袖香裙积泪痕。"

·评析·

　　三首同调词中，这一首既是词牌别名之由来，也是最出色的一首。综而观之，词上片较柔弱，犹是云间一派遗风，下片则渐见巧思。"春欲尽、纤腰如削"一句似写春，又似写人，极尽变幻；"新月"二句词意翻进而一气呵成，也是绝妙手笔。此等作在纳兰笔下仅中驷而已，倘出之一般作手，可置前席。

·附读·

秋千索（或作《拨香灰》）黄文琛

　　　　秋夜枕上见月，谱纳兰容若自度曲，寄怀王叔吾。

连宵明月真多趣，偏故故、照人眠处。一枕新凉梦乍醒，更助我、闲吟句。　　团圆一样怜羁旅，料触目、转增离绪。不为悲秋已断肠，况竟夕、寒蛩语。

秋千索·庚辰七夕寄沈二彦慭　梁鼎芬

银河一水西风锁，问乌鹊、几时能过。莫是前宵费聘钱，才许尔、今番坐。　　娇娆队队簪花朵，便分与、筵前瓜果。真个黄姑得自由，谁能忆、当初我。

秋千索　黄侃

庭空春小人闲后，正蕃地、难忘时候。并立东风意共痴，悔未遣、微辞逗。　　苔痕历历还依旧，只孤影、更谁相就。向暝幽花一径寒，奈人比、幽花瘦。

珠樹因風偃琪華
睬霧開 壽平

〔清〕 恽寿平——《梨花》

茶瓶儿

杨花糁径[1]樱桃落。绿阴下、晴波燕掠。好景成担阁[2]。秋千背倚[3]，风态宛如昨。　　可惜春来总萧索。人瘦损、纸鸢风恶[4]。多少芳笺约。青鸾[5]去也，谁与劝孤酌[6]。

· 注释 ·

[1] 杨花糁径：杜甫《绝句漫兴》："糁径杨花铺白毡。"糁（sǎn），洒，散落。李玉《贺春情》："芳草王孙知何处，惟有杨花糁径。"

[2] 担阁：同"耽搁"。蒋捷《喜迁莺》："闷无半分消遣，春又一番担阁。"

[3] 秋千背倚：吕渭老《极相思》："阑干醉倚，秋千背立，数遍佳期。"

[4] "纸鸢"句：陆游《山园杂咏五首》其五："纸鸢收线愁风恶。"纸鸢，风筝。

[5] 青鸾：即传信之青鸟。赵令畤《蝶恋花》："废寝忘餐思想遍，赖有青鸾，不必凭鱼雁。"

[6] "谁与"句：黄公绍《青玉案》："花无人戴，酒无人劝，醉也无人管。"

· 评析 ·

　　又是永恒的春天，又是永恒的春天的忧伤，已经被歌咏书写了无数次。这首词之所以还可读，恐怕是因为"秋千背倚，风态宛如昨"的画面与"好景成担阁""可惜春来总萧索"的叹息在我们心头同频共振的缘故罢。煞拍的"青鸾"一词，张草纫先生注以为指"车"，实则"青鸾"专指天子车驾，用于此不妥当。张先生以为也可指女子，引柳永"坐中年少暗消魂，争问青鸾家远近"为语证，说较通，然若结合上文"芳笺约"，作"青鸟"解当更优。

好事近

帘外五更风[1]，消受晓寒时节。刚剩秋衾一半，拥透帘残月[2]。　争教清泪不成冰[3]，好处便轻别。拟把伤离情绪，待晓寒重说。

·注释·

〔1〕"帘外"句：李清照《浪淘沙》："帘外五更风，吹梦无踪。"

〔2〕透帘残月：柳永《女冠子·夏景》："有时魂梦断，半窗残月，透帘穿户。"

〔3〕"争教"句：王彦泓《感怀杂咏》："寸肠焚绝泪成冰。"

·评析·

开篇即提出"晓寒时节"，煞拍又有"待晓寒重说"之语，如此照应，俱见匠心，尤见深情。冯梦龙所编民歌集《挂枝儿》有一首《相会》，与本篇雅俗相去甚远，但有异曲同工之妙，可以附读：

> 都说有情人相会时，无边的情况。我两个相会时，只办得凄凉。哭一哭，说一说，就是东方亮。你忙忙穿衣出门去，我孤孤的摊被儿卧在床。不知甚么日子相逢也，又只够把今夜的凄凉讲。

·附读·

鹧鸪天·壬午秋词（其一）　白敦仁

梦熟帘波第几重，楼高人迥夜相逢。琴收座上心先许，雨迸灯前曲未终。　一叶落，五更风。昨宵言语太惺忪。瑶台碧海浑闲事，只隔惘纱便不同。

好事近

何路向家园，历历残山剩水^[1]。都把一春冷淡，到麦秋天气^[2]。　　料应重发隔年花^[3]，莫问花前事。纵使东风依旧，怕红颜不似。

·注释·

〔1〕残山剩水：原指人工开凿的池塘和堆砌的假山。杜甫《陪郑广文游何将军山林》："剩水沧江破，残山碣石开。"后多指国土割裂后残余的河山，此指明亡时历经战乱后之景观。

〔2〕麦秋：农历四月麦子成熟时令。《礼记·月令》："（孟夏之月）麦秋至。"蔡邕《月令章句》："百谷各以其初生为春，熟为秋，故麦以孟夏为秋。"

〔3〕隔年花：去年此时之花。马令《南唐书》卷六《后主·昭惠周后传》：李后主"尝与后移植梅花于瑶光殿之西，及花时而后已殂，因成诗见意……云：'失却烟花主，东君自不知。清香更何用，犹发去年枝。'"

·评析·

此词严迪昌先生以为从"隔年花"之句推测，或作于康熙十七年（1678）初夏时，是。《起居注》载：是年闰三月初"上因大行皇后崩逝，伤悼不已，诸王大臣奏请游幸数日，少宽圣怀，上从之，故有此行"。从初三日出行，经黄村（大兴）、固安、霸州、雄县，至白洋淀畔之赵北口，驻留六天，十三日回程，十七日返京城，前后半月。纳兰前一年五月赋悼亡，故扈从途中感伤情绪浓甚，所经又为昔日烽火遍燃之地，自然觉得满目"残山剩水"，无一可恋。是为"以我观物"的移情之辞，然亦可见纳兰特有的将家国感、身世悲自然打叠一处的高超手段。小词以极浅淡笔致，传递极沉郁之哀往吊逝、伤今悼古情怀，白描手法出神入化。下片轻轻点染崔护"人面桃花"之心境，亦不即不离，真挚逾恒，是纳兰词之上品。

好事近

马首望青山，零落繁华如此。再向断烟衰草[1]，认藓碑题字[2]。　　休寻折戟话当年[3]，只洒悲秋泪。斜日十三陵下，过新丰[4]猎骑。

· 注释 ·

〔1〕断烟衰草：谓衰败景观。林一龙《越中吟》："世事茫茫今复古，断烟衰草共凄凉。"

〔2〕藓碑题字：碑上题字已湮没于苔藓之中。可止《哭贾岛》："暮雨滴碑字，年年添藓痕。"

〔3〕"休寻"句：杜牧《赤壁》："折戟沉沙铁未销，自将磨洗认前朝。"折戟，战场上断残之刀戟。

〔4〕新丰：古县名，汉置，在陕西临潼东北，秦时为骊邑。汉高祖定都关中时，因其父思归故里丰沛，乃于骊邑仿丰地街巷筑城，迁家乡父老居此，以娱父心，遂改名新丰。

· 评析 ·

纳兰性德生平行径颇多矛盾悖反现象。身为新朝贵介公子而每多孤臣孽子心绪即为其中很神秘的一个，且至今我们也未找到很合理的解释。相对可以接受的倒是王国维先生那句名言"未染汉人风气"的反语，即：正因汉文化熏陶甚重，对于历史的观感才不是那么简单化的成王败寇，而是懂得站在曼衍的长河面前发出"逝者如斯夫"的长叹。在此意义上说，纳兰是清初八旗中最早一批"汉化"的贵胄之典型人物。指出这一点的同时，我们也看到，纳兰对于历史的感喟很多也欠含蓄，太直白。诸如《南歌子·古戍》"东风回首尽成非，不道兴亡命也、岂人为"、《浣溪沙·姜女祠》"六王如梦祖龙非"、《一络索》"看来费尽祖龙心，毕竟为、谁家筑"等等，格调不能称高。相比之下，本篇凭吊旧朝历代帝王陵寝，其情感浓郁自不待言，而表现手法亦甚收敛。开篇以"零落繁华"略点一句，即转向"断烟衰草""藓碑题字"的衰败景象，历史感凸显无遗。下片以"新丰猎骑"作结，引而不发，侧面藏锋，颇有含蕴之致，是同类题材之最佳者。

太常引　自题小照 [1]

　　西风乍起峭寒 [2] 生。惊雁避移营。千里暮云平 [3]，休回首、长亭短亭 [4]。　　无穷山色，无边往事，一例 [5] 冷清清。试倩 [6] 玉箫声，唤千古、英雄梦 [7] 醒。

·注释·

〔1〕小照：肖像画。

〔2〕峭寒：严寒。吴文英《暗香疏影》："卷峭寒万里，平沙飞雪。"

〔3〕"千里"句：王维《观猎》："回看射雕处，千里暮云平。"

〔4〕长亭短亭：古时设在路旁之亭舍，本为驿亭，供征程小憩用，后每亦用作饯别处。《白孔六帖》："十里一长亭，五里一短亭。"李白《菩萨蛮》："何处是归程，长亭更短亭。"

〔5〕一例：一样。

〔6〕倩：请。

〔7〕英雄梦：喻建功立业心志理想。吴师道《送林初心》："春风冠盖英雄梦，夜雨江湖老大身。"

· 评析 ·

据《笺校》考证，渔洋山人高弟子吴雯《莲洋集》有《题楞伽出塞图》诗，姜宸英亦有《题容若出塞图》诗二首，题中"小照"所指即此，是。如此则易理解何以小照中会有"西风乍起""千里暮云""无穷山色"等语。词题小像，目的并不在描摹相貌，而在于气质性情，否则即成"产品说明书"，然气质性情之生发又不能离开小像的内容。这与咏物词的要求有相似处，即：不离不即，上者摹神，次者赋形。

此图今已不传，依小照推测，应有塞雁南飞，暮云缭绕，旅者翘首。故开篇即从秋景入手，"峭寒"二字是图中画不出者，与以下"惊雁避移营"之"惊"字共同凸显征人之苦，乃加一倍写法。"千里"二句点染唐人名句，语致天然，一如己出。而"千里"句隐含"射雕"上文，切合自己的侍卫身份。"长亭短亭"则隐有"何处是归程"意，非泛泛而用者。纳兰点染前人成句者多类此，亦"独门绝技"也。下片"无穷山色，无边往事"二句有意犯复，山色徒增人愁，往事思来心哀，一样给人带来冷清之感。冷清，也必然冷静。当箫声幽幽响起，英雄梦也该醒了吧？末二句有杨慎名作《临江仙·〈廿一史弹词〉第三段说秦汉开场词》"浪花淘尽英雄""是非成败转头空"语意。惟此梦乃箫声唤醒，尤觉有味。

自《好事近》的"残山剩水"到"零落繁华"，再至此"英雄梦醒"，连续三篇读罢，似可思考一个问题了。我们屡次申说过，纳兰尝有意在清初词坛建构一个与阳羡、浙西鼎足的"性灵"词派，但此构想随其早逝而未能实现。问题是，如果天不遽夺容若之寿，他有可能建构起一个叱咤风云的词派吗？对此，严迪昌先生在《一日心期千劫在——纳兰早逝与一个词派之夭折》中有如下判断："纳兰性德虽堪称一员'有大力者'，但正如梁佩兰《祭文》所云：'呜呼，四时之气，秋为最悲。公本春人，而多秋思。'生当开国初盛之世，其'感怀凄怆'之'秋思'心性岂又合乎'与时为盛衰'事理？所以，即使纳兰容若寿同顾梁汾，恐仍不定能久负'起衰之任'。"诚然，对照同时词坛上"敢拈大题目，出大

〔清〕禹之鼎——《容若侍卫小像》

意义”的阳羡词派之衰歇，讲求“清空醇雅”的浙西词派之勃兴，可以看得很清楚，纳兰的“春人而多秋思”情性无疑与主流意识形态的需求相去甚远。我们很难想象，“残山剩水”“零落繁华”“英雄梦醒”之类的句子会站在词坛高处，并为雄心勃勃的新朝统治者所乐闻，那么这个酝酿中的词派之“夭折”不也成为必然注定事？这的确是词史莫大的遗憾和悲哀，但纳兰之所以成为今日倾倒众生之纳兰，其中不可窥见很多消息么？

·附读·

惠山忍草庵旧藏纳兰容若遗像并所书贯华阁额。重九后二日，偕钟士奇访之，额与像俱毁弃，慨然题壁　赵函
中酒才过裂叶风，寻秋乱踏四山空。贯华阁子梦边鹿，饮水词人天外鸿。变灭浮岚攒紫翠，萧林老树碎青红。销魂绝代佳公子，侧帽风流想象中。

纳兰容若小像题词（选二）　陈三立
拓戟门楣椒幄亲，过江风貌照麒麟。微怜开国射雕手，唤作词家第一人。
弱冠才华禁御知，芝兰不数谢家儿。至今琼醑思公子，都唱当年侧帽词。

八声甘州·题纳兰容若小影　何振岱
澹无言、摊卷向风前，愁思带罗飗。是燕台骏影，乌衣词客，玉貌堂堂。弹指清音隐现，天气木樨凉。栏石回环处，无限思量。　　人世孤心难写，倚银筝瑶瑟，怨峡啼湘。问一生窗月，离聚几炉香。者心盟、如今犹耿，算幽亭、渌水未曾荒。依稀见，独沉吟里，人隔斜阳。

太常引·自题小像　黄侃
仙心侠意两难平。一例化幽情。尘海任飘零，更休问、他生此生。　　浓香引梦，寒花伴影，到处总凄清。虚愿慰伶俜，莫轻遣、愁醒恨醒。

太常引

晚来风起撼[1]花铃。人在碧山亭。愁里不堪听，那更杂、泉声雨声。　　无凭踪迹[2]，无聊心绪，谁说与多情[3]。

梦也不分明[4]，又何必、催教梦醒。

·注释·

〔1〕撼：摇动。

〔2〕"无凭"句：无据，言行迹不定，自己亦把握不住。

〔3〕谁说与：与谁说。

〔4〕"梦也"句：张泌《寄人》："倚柱寻思倍惆怅，一场春梦不分明。"

·评析·

审上片词语"花铃""碧山亭""泉声"云云，当写于京郊别业山水佳处，作期不详。本篇在纳兰词中颇受瞩目。除张德瀛《词征》许为"缠绵往复"外，陈廷焯尤其三致意焉。《云韶集》云"只'那更'七字，便是情景兼到"，《词则》云："凄切语，亦是放达语。"晚年定稿之《白雨斋词话》则有如下一段评价：

> 容若《饮水词》，在国初亦推作手，较《东白堂词》（佟世南撰）似更闲雅。然意境不深厚，措词亦浅显……《太常引》云："梦也不分明，又何必、催教梦醒。"亦颇凄警，然意境已落第二乘。

可以看到，陈氏晚年对纳兰词颇致不满。所谓"亦颇凄警，然意境已落第二乘"云云，此嫌其不够所谓"沉郁"之故。严迪昌先生云："句中先置一'也'字，继言'又何必'，无奈而沉痛，岂可以固有之模式如含蓄之类框求之？措辞浅显正乃容若词一长处，沉郁非必隐约艰涩。"（《纳兰词选》）正是。陈白雨早年意气横逸，襟期宽博，编选《词则》《云韶集》时颇多真知灼见，后来恪守常州家法，以"沉郁"为门户，凡不吻合者皆斥为"左道旁门""野狐禅"。不少人说他的调整是成功的，我们则以为亦不无可惜。

话说回来，陈氏与张氏共同赏鉴"梦也不分明"二句确实见眼光。经由上片"泉声雨声"中"不堪听"之愁绪，再经由下片具体演绎"踪迹"之"无凭"与"心绪"之"无聊"，以及无法向"多情"人倾诉的孤寂，词人在"不分明"的"梦"和"梦醒"之间的挣扎显得那样的无奈，无奈中又包含着难以尽述的婉转哀凉。没有背景可以说明词人何以有此沉慨的长叹声，然而正因为无背景，这一声叹息倒成了人生普遍的悲凉，会弹动无数读者内心的感伤之弦。

· 附读 ·

菩萨蛮·寒夜　郭麐
薰炉鹨鹕寒无力，清冰一片红蕤湿。抱影就灯眠，雁声寒一天。　　霜华催晓角，残梦如烟薄。莫道梦无凭，梦儿还不成。

浪淘沙又一体　刘毓盘
翠钿二等，珠帘一桁，金泥欢塞胭脂井。到如今、耐了衣冷酒冷香冷。　　残芙自惜衰红影，鹤愁猿病。砧声入梦凄弦应，更无人、唤得花醒月醒秋醒。

太常引　赵我佩
销魂人在画罗屏，著耳乍冬丁。已是不堪听，那更杂、蛩声雁声。　　无边风雨，无聊情绪，触处乱愁生。挤却梦难成，任谯鼓、三更四更。

转应曲

明月，明月，曾照箇人离别[1]。玉壶红泪相偎，还似当年夜来[2]。来夜，来夜，肯把清辉重借。

· 注释 ·

[1]"明月"三句：冯延巳《三台令》："明月，明月，照得离人愁绝。"箇人：见前《海棠月·瓶梅》注释[2]。

〔2〕夜来：魏文帝为宠姬薛灵芸改名夜来，事见前《采桑子》（而今才道当时错）注释〔2〕。

· 评析 ·

　　《转应曲》起源甚古，但佳作罕见，或与其复杂的音乐性有关。全篇八句，共押四仄韵、两平韵、两叠韵，且要三换其平仄。据白居易说，这种调子本来是一种"抛打曲"，即配合酒令中的"抛打令"所唱的曲子，其急管繁弦，当可想见。沈松勤先生《唐代酒令与令词》一文（载《浙江大学学报》2000 年第 4 期）对其声情考证綦详，可以参看。本篇亦不甚佳，练笔之作而已。

· 附读 ·

转应曲·送别　董元恺
相送，相送，门外远钟残梦。千山万水郎程，一夜五更月明。明月，明月，偏是照人离别。

山花子

　　林下荒苔道韫家〔1〕。生怜〔2〕玉骨委尘沙。愁向风前无处说，数归鸦〔3〕。　　半世浮萍随逝水〔4〕，一宵冷雨葬名花〔5〕。魂似柳绵吹欲碎，绕天涯〔6〕。

· 注释 ·

〔1〕林下：见前《眼儿媚》（林下闺房世罕俦）注释〔1〕。道韫：见前《采桑子·塞上咏雪花》注释〔3〕。

〔2〕生怜：见前《浣溪沙》（万里阴山万里沙）注释〔6〕。

〔3〕数归鸦：辛弃疾《玉蝴蝶》："暮云多，佳人何处，数尽归鸦。"

〔4〕"半世"句：朱庆余《途中感怀》："迹似萍随水。"

〔5〕"一宵"句：韩偓《哭花》："夜来风雨葬西施。"

〔6〕"魂似"二句：顾夐《虞美人》："教人魂梦逐杨花，绕天涯。"

·评析·

　　本篇悼亡题旨甚明，然细玩词意，其"生怜""愁"等情绪皆站在"他者"立场，并非悼爱妻卢氏口吻，或经某处庭院叹慨才媛薄命，一时感喟之作。词未见佳，"生怜玉骨委尘沙"句且甚伧俗，惟"一宵冷雨葬名花"稍稍可人尔。

山花子

　　昨夜浓香[1]分外宜。天将妍暖[2]护双栖。桦烛影微红玉软[3]，燕钗[4]垂。　　几为愁多翻自笑，那逢欢极却含啼。央及莲花清漏滴，莫相催。

·注释·

〔1〕昨夜浓香：徐钧《减字木兰花·客途》："昨夜浓香是梦中。"

〔2〕妍暖：晴朗暖和。韩愈《游青龙寺赠崔大补阙》："须知节候即风寒，幸及亭午犹妍暖。"

〔3〕"桦烛"句：桦烛，以桦树皮卷制之烛，此处美称蜡烛。《事物原会》："古烛未知用蜡，直以薪蒸，即是烧柴取名耳，亦或剥桦皮爇之。"红玉，女性红润躯体。《西京杂记》："汉赵飞燕……女弟昭仪……二人并色如红玉。"毛熙震《南歌子》："腻香红玉茜罗轻。"

〔4〕燕钗：燕子形发钗。任昉《述异记》："汉武帝元鼎元年，起招灵阁，有一神女，留一玉钗与帝，帝以赐赵婕好。至昭帝元凤中，宫人见此钗，光莹甚异，共谋欲碎之。明视钗匣，唯见白燕，直升天去。后宫人常作玉钗，因名玉燕钗。"纳兰性德《端午帖子》："钗名玉燕，两两斜飞。"

· 评析 ·

赵、冯《饮水词笺校》称本篇"似为新婚之作",张秉戌《纳兰性德词新释辑评》称本篇"浓艳清丽"。诸先生未明说者,这是一首男女欢会的"性爱词",也即标准正宗的"艳词"。

从《诗经》中的《野有死麕》《将仲子》等篇章开始,中国诗歌史的"艳制"就络绎不绝,佳作迭出。至花前酒边的词体崛起,"艳词"更成了这种新兴文学体裁的"当家花旦""形象大使"。其后虽有苏辛等"指出向上一路""无意不可入,无事不可用","艳词"的地位还是相当稳固,乃是词人的"必杀技"之一。在纳兰稍前及同时代,施绍莘、马浩澜、吴伟业、董以宁、朱彝尊、吴绮等都以"艳制"蜚声词苑,董、朱二家的《沁园春》"美人"系列香艳百端,不可方物。即便一世之雄的陈维崧,其创作也绝不乏活色生香的绮丽之笔,甚至"香艳"到了同性身上(如赠紫云诸篇)。如此风气背景下,怎能少得了追踪"艳制"大师王次回的纳兰公子的身影?

所值得注意者是张秉戌先生的"清丽"二字断语。艳词是很难脱出"俗""腻"的套数的,与纳兰同时的董以宁、朱彝尊两家就分别写过《沁园春·美人乳》,"尺度"之大,令后人瞠目结舌。纳兰走的则是"避实击虚"一路,全篇仅有"浓香""红玉软"等寥寥"写实"之语,重心全放在"几为愁多翻自笑,那逢欢极却含啼"的那种复杂心绪的刻写上,那就显得"不腻而清""不俗而丽"。这与纳兰的"人设"是具有同一性的,须知,董、朱写"美人乳",那是"文人风流";纳兰如果也这样写,那就是"公子纨绔"了。一笑。

· 附读 ·

临江仙　汪承庆

兰月流波银箭咽,比肩人影窗西。眉尖传语太迷离。蚖膏羞照镜,麝屑替熏衣。　悄说轻寒今夜减,妍春暖护双栖。颊潮红晕鬓云低。海棠浓睡好,多事晓莺啼。

山花子

风絮飘残已化萍[1]。泥莲刚倩藕丝萦[2]。珍重别拈香一瓣,记前生[3]。　　人到情多情转薄,而今真个悔多情[4]。又到断肠回首处,泪偷零。

·注释·

〔1〕"风絮"句：见前《朝中措》(蜀弦秦柱不关情)注释〔4〕。

〔2〕"泥莲"句：泥莲,泥中莲花,本佛教意象。《大藏经·论第二卷闻书第二》："出泥莲与前泥中莲,其体一故。"王福娘《掷红巾诗》："泥莲既没移栽分,今日分离莫恨人。"萦,缠绕。《诗·周南·樛木》："葛藟萦之。"引申为牵挂。周邦彦《氐州第一》："座上琴心,机中锦字,觉最萦怀抱。"

〔3〕"珍重"二句：《传灯录》："有一省郎梦至碧崖下,一老僧前烟穗极微,云：'此是檀越结愿香,烟存而檀越已三生矣。第一生明皇时剑南安抚巡官,第二生宪皇时西蜀书记,第三生即今生也。"

〔4〕"人到"二句：杜牧《赠别二首》之二："多情却似总无情。"

·评析·

　　此篇亦悼亡词之佳者。首句以意象法点出人已亡逝,"絮""萍"皆柔弱漂泊物,最能唤起心底凄怆怜惜情。次句承上参以民谣谐音手法,"泥"即"泥人"之"泥","莲"谐"怜爱"之"怜"。"藕丝"则谐"偶思",即"思偶",谓人间天上,心魂仍相牵连。于是有"珍重"二句,以佛家典故谓盟约三生,再结他生情缘。过片二句写伤逝情苦,乃极沉痛语,"情转薄"三字与"悔"字特见痴挚之心。薄情多情之别,纳兰最萦心头,屡屡形诸言语。如《虞美人·秋夕信步》句云："薄情转是多情累,曲曲柔肠碎。"句亦佳甚，然不及此十四字，虽无一不平淡，而其中实含至理，为千万痴情人道出心音。

乾隆三十二年经锄堂刻本《昭代词选》卷九有性德《摊破浣溪沙》（即《山花子》），词云："一霎灯前醉不醒，恨如春梦畏分明。淡月淡云窗外雨，一声声。　　人道情多情转薄，而今真个悔多情。又听鹧鸪啼遍了，短长亭。"亦妙。或因与本篇"人道"两句相同，故删出集外。

山花子

　　欲话心情梦已阑[1]。镜中依约见春山[2]。方悔从前真草草[3]，等闲看。　　环佩只应归月下[4]，钿钗何意寄人间[5]。多少滴残红蜡泪，几时干[6]。

·注释·

〔1〕阑：阑珊，梦已阑即梦破。辛弃疾《南乡子·舟中记梦》："别后两眉尖，欲说还休梦已阑。"

〔2〕"镜中"句：依约，仿佛，隐约。刘兼《登郡楼书怀》："天际寂寥无雁下，云端依约有僧行。"又有情意缠绵意，舒逊《感皇恩》："谁道小窗萧索？青灯相伴我，情依约。"此或兼二义。春山，喻女子秀眉，《西京杂记》："文君姣好，眉色如望远山。"

〔3〕草草：轻率，草率。梅尧臣《令狐秘丞守彭州》："前时草草别，渺漫二十年。"

〔4〕"环佩"句：杜甫《咏怀古迹五首》之三："环佩空归月夜魂。"环佩，

女子饰物，指代佳人，此喻亡妻魂。

〔5〕"钿钗"句：白居易《长恨歌》："惟将旧物表深情，钿合金钗寄将去。钗留一股合一扇，钗擘黄金合分钿。但教心似金钿坚，天上人间会相见。"

〔6〕"多少"句：李商隐《无题》："蜡炬成灰泪始干。"红蜡泪，见前《金缕曲》（生怕芳樽满）注释〔8〕。

·评析·

本篇与上篇词调同，感伤亦同，或同时作。与上篇不同的是，心中千回百折之悼念情，乃以极明快流丽笔法出之，略无回旋弯转，而此种明快流丽又适可反照内心之极沉痛抑郁，且令其加倍浓厚。上篇已有此特点，然不如本篇之鲜明。前曾引严迪昌先生云："措辞浅显正乃容若词一长处，沉郁非必隐约艰涩。"此篇亦好例子。

山花子

小立红桥柳半垂。越罗裙飐缕金衣。采得石榴双叶子^{〔1〕}，欲贻谁。　　便是有情当落日，只应无伴送斜晖。寄语东风休著力^{〔2〕}，不禁吹。

·注释·

〔1〕石榴双叶子：石榴叶对生，古人以为爱情象征。晁端礼《江城子》："石榴双叶忆同寻。"

〔2〕"寄语"句：沈明臣《绿衣》："寄语东风休著力，琼花依旧不曾开。"

·评析·

先前有篇煞拍为"央及莲花清漏滴，莫相催"，本篇煞拍为"寄语东风休著力，不禁吹"，皆所谓无理而妙者。至于"石榴双叶子"，亦是俊语，然总体而言，平平而已。

庚辰秋日少梅陈彭

陈少梅——《柳荫仕女》

菩萨蛮

窗前桃蕊[1]娇如倦，东风泪洗胭脂面[2]。人在小红楼[3]，离情唱石州[4]。　　夜来双燕宿，灯背屏腰绿[5]。香尽雨阑珊，薄衾寒不寒。

·注释·

〔1〕窗前桃蕊：温庭筠《春暮宴罢寄宋寿先辈》："窗间桃蕊宿妆在。"

〔2〕"东风"句：杨基《雨中看花》："花枝净洗胭脂面。"

〔3〕"人在"句：姜夔《满江红》："又怎知、人在小红楼，帘影间。"

〔4〕"离情"句：李商隐《代赠》："楼上离人唱石州。"石州，乐府商调曲名。

〔5〕"灯背"句：谓背灯处屏风幽暗。屏腰，屏风中段。绿，此作"暗"解。

·评析·

此类词前人多赞赏其《花间》气味，以为醇厚近古。置之今人应有的词史眼光下，其模拟研习之迹显然，已不值得做出很高评价。全篇惟"灯背"一句稍显生新，其余则大抵云间三子手段，看来受影响是不小的。我们在有关文章中曾有言，王国维"未染汉人风气"（《人间词话》）之说应辩证来看，不能做僵死理解，本篇亦是一证。故附读陈子龙、李雯二首，以见渊源。

点绛唇·春日风雨有感 陈子龙

满眼韶华，东风惯是吹红去。几番烟雾，只有花难护。　　梦里相思，故国王孙路。春无主。杜鹃啼处，泪洒胭脂雨。

菩萨蛮 李雯

蔷薇未洗胭脂雨，东风不合催人去。心事两朦胧，玉箫春梦中。　　斜阳芳草隔，满目伤心碧。不语问青山，青山响杜鹃。

菩萨蛮

朔风吹散三更雪，倩魂犹恋桃花月[1]。梦好莫催醒，由他好处行。　　无端听画角[2]，枕畔红冰[3]薄。塞马[4]一声嘶，残星[5]拂大旗。

·注释·

〔1〕"倩魂"句：倩魂，倩女离魂。见前《浣溪沙》（莲漏三声烛半条）注释〔6〕。桃花月，仇远《西江月》："一番拈起一思量，又是桃花月上。"此指梦中旖旎春夜。

〔2〕画角：军中号角，外以彩绘。

〔3〕红冰：指代泪水，隐天寒之意，照应前文。王仁裕《开元天宝遗事》："杨贵妃初承恩召，与父母相别，泣涕登车。时天寒，泪结为红冰。"王之道《虞美人》："青娥罗列竞消凝，阁定眼边珠泪、做红冰。"

〔4〕塞马：边塞战马。庾信《和赵王送峡中军诗》："胡笳遥警夜，塞马暗嘶群。"

〔5〕残星：谓天将破晓。牛峤《定西番》："漏残星亦残，画角数声呜咽，雪漫漫。"

·评析·

　　为了论述的方便，我们往往从题材角度将纳兰词分为爱情（悼亡）、边塞、友情为主的若干类别。需要提醒的是，纳兰颇有一些作品是融合多种题材于一身的，特别是最杰出的边塞与爱情（悼亡）两大类。本篇即此种类型之代表作。词开篇即写塞上寒苦，而在这朔风呼啸、疾雪漩舞的深夜，居然还有一个温馨的梦。梦里，伊人与我徘徊于桃花月下，无限缠绵依恋。既然梦这样好，还是别催醒它，由那倩魂向她喜欢的地方尽情盘桓！首二句以"朔风""三更雪"与"倩魂""桃花月"对写，既写出梦之奇幻，也写出梦之空幻。"犹恋"二字最为沉痛，亦带映自己深心。三四句是极痴情语。爱而形诸梦寐，是第一层；梦中犹怜惜不置，是第二层；怜惜至于放纵倩魂，希冀她得到短暂的欢悦，是第三层。《二十四孝图》中有王裒"闻雷泣墓"故事，孝而至于安慰母亲魂魄，可见亲情也好，爱情也好，到最深处皆能相通。如此痴语，仅靠才华而无深情不能有此。

　　下片转写梦醒后的寂寥与伤情。"无端"二字表明续梦无望之人只觉眼前视听莫不冷酷刺心，而骏马嘶鸣，天色将晓，一场空梦空花再也无由留驻。其痛楚可胜言哉？由"倩魂""桃花月"之温存情境写至最后，居然以"残星拂大旗"之寥廓荒凉作结。其情其笔，真妙到不可思议之境。纳兰塞上行吟之篇多雄健之句，五言居多。如"夜深千帐灯""冰合大河流，茫茫一片愁""落日万山寒，萧萧猎马还"等，本篇末十字亦可夺一席。求诸古贤，如庾信《和赵王送峡中军诗》云："赤蛇悬弩影，流星抱剑文。胡笳遥警夜，塞马暗嘶群。"极壮阔苍凉，此种"航拍感"佳处殆同。

菩萨蛮

问君何事轻离别，一年能几团圆月。杨柳乍[1]如丝，故园春尽时。　　春归归不得[2]，两桨松花[3]隔。旧事逐寒潮[4]，啼鹃恨未消[5]。

·注释·

·注释·

〔1〕乍：刚、初。

〔2〕归不得：无法归去。韦庄《中渡远眺》："家寄杜陵归不得。"

〔3〕松花：松花江，满语为"松阿里乌拉"，意即"天河"。其正源发源于长白山天池，流域经吉林、黑龙江两省。

〔4〕"旧事"句：吴大有《点绛唇·送李琴泉》："添愁绪。断肠柔橹，相逐寒潮去。"

〔5〕"啼鹃"句：啼鹃，杜鹃鸟，一名子规。据《华阳国志》载述，古蜀帝死后魂化子规，啼时口边泣血。后人每以之作为遗恨难化意象。

·评析·

　　本篇《瑶华集》有题曰："大兀剌"。证之以《康熙起居注》，可知二十一年二月至四月间，容若扈驾祭福陵、昭陵、永陵，出关赴盛京（今辽宁沈阳）。三月二十五日"诣松花江岸，东南向，望秩长白山，行三跪九叩头礼，以系祖宗龙兴之地也"。二十七日"登舟泛松花江，往大乌喇"，词即作于本年三月底四月初。就是这篇作期明确，读起来也不艰深的词，理解起来其实分歧颇不小。赵、冯二先生《笺校》以为"词中'旧事''啼鹃'句，显然与性德先世事有关"，张草纫先生《笺注》以为主题是"思家"，张秉戌先生看法略同，以为本篇是写给闺中人的。

　　首先，我不能同意赵、冯二先生的看法。张草纫先生说的是："若以'旧事'指历史上的旧账，那么'恨未消'的对象就是当今的皇族了。形诸笔墨，恐作者没有这样大胆"，且词如写先世灭国之恨，又何以开篇要有"问君"二句呢？其次，两位张先生的说法我也不能完全同意。如果仅是思家，怀念闺中人，那似乎用不到"旧事"二句这样沉痛的表达。权衡之下，似乎还是严迪昌先生的看法更近情理。其《纳兰词选》按语云：

> 时距其妻卢氏之亡正将五年，三年祭时容若曾谱词追悼。首二句写同一时令在不同地域空间中景色差异感受，伤别意寓于空间感。前句眼前景，杨柳初见绿丝，地愈偏北春愈来迟，故云。次二句写春归人难归，引起过片二句往事难道，遗恨难消心绪。词以"何事"起问，以"旧事"结篇，味其哀离别意似非苦眼前事，乃勾起旧情伤心。故回环以读起首二句，则"旧事"中必有深情缠绵之语。

本篇最精彩处在于"杨柳"二句，的是《花间》高境，不减五代人手笔。陈廷焯以为"亦凄惋，亦闲丽，颇似飞卿语，惜通篇不称"（《白雨斋词话》），说得甚是。吴梅《词学通论》亦称其较温庭筠"杨柳又如丝，驿桥春雨时"更进一层。

·附读·

六丑·除夕　麦孟华

又凋年黄落，怅玉蓂、流光轻掷。晚阴酿寒，欺人年事急。灯影摇壁。梦堕横塘路，蛤蜩菰叶寄，倦禽羁翼。百年万态趋残夕。灯火沉沉，裙喧向寂。寻常踏歌生忆。况阑蛾欢会，芳讯沉隔。　白鸥相识。笑荒江倦客。双桨松花冷，归未得。铜驼梦断消息。恨浮云暗蔽，高楼西北。屠苏薄、被愁无力。酒醒后、明镜明朝，怕换旧时颜色。林鸦散、马嘶枥陌。向夜阑、移枕看盘烛，幢幢焰碧。

菩萨蛮　郑元昭

红尘软踏长安道，牡丹天气心情好。京国足春光，玉骢拖紫缰。　朝曦红木末，琉瓦金明灭。杨柳乍成丝，画帘新燕飞。

菩萨蛮　沈祖棻

丁丑之秋，倭祸既作，南京震动。避地屯溪，遂与千帆结缡逆旅。适印唐先在，让舍以居。惊魂少定，赋兹四阕（其二）。

熏香绣阁垂罗带，门前山色供眉黛。生小住江南，横塘春水蓝。　仓皇临间道，茅店愁昏晓。归梦趁寒潮，转怜京国遥。

菩萨蛮　盛静霞

一年几见团圆月，人生谁免伤离别。留取两眉春，将来见旧人。　　风花还过眼，一会还愁晚。莫自照云池，知卿腰带移。

菩萨蛮　为陈其年[1]题照

乌丝曲倩红儿谱[2]，萧然半壁惊秋雨[3]。曲罢鬓鬟偏[4]，风姿真可怜。　　须髯浑似戟，时作簪花剧[5]。背立讶卿卿[6]，知卿无那情[7]。

· 注释 ·

〔1〕陈其年：陈维崧（1625—1682），字其年，号迦陵，江苏宜兴人。祖陈于廷于明末官至左都御史，父陈贞慧为"明末四公子"之一。陈维崧年二十时明亡，入清落魄漂泊三十余年，康熙十八年（1679）召试博学鸿词，取为一等，授翰林院检讨，在京四年卒。著《湖海楼集》，其中词三十卷，一千六百二十九首，加辑佚所得则在一千七百上下，所谓"填词之富，古今无两"（陈廷焯《白雨斋词话》卷三）。其词风雄浑苍莽，剀切霸悍，直可上摹苏辛之垒，为一代巨擘，阳羡词派宗师。题照，指题《迦陵填词图》。康熙十七年（1678）闰三月，释石濂大汕过吴中，为陈维崧写照作《迦陵填词图》。是年冬维崧应召入京，携此图遍征友辈题咏。

〔2〕"乌丝"句：乌丝，陈维崧中年词结集名《乌丝词》，凡四卷，收词一百三十八调二百六十六首，刊入孙默编留松阁本《国朝名家诗余》。红儿，用罗虬《比红儿诗》故事，此泛称歌姬。谱，按谱而歌。

〔3〕萧然：凄寒冷清之状。其年家世清华，然国变后流落颠沛，至有"风打孤鸿浪打鸥。四十扬州，五十苏州"（《一剪梅·吴门客舍初度作》）之自述，故曰"萧然"。惊秋雨：李贺《李凭箜篌引》："石破天惊逗秋雨。"

〔4〕"曲罢"句：鬓鬟，借指代女子。按：图上迦陵长髯露顶席地坐，一手握笔，笑视右侧一女郎坐蕉蕈上搦萧管。《词学》第三辑（1985）有刊本图片。

〔5〕"须髯"二句:龚鼎孳《沁园春·读乌丝集和顾庵、阮亭、西樵韵》:"怪须髯如戟,偏成斌媚。"须髯,蒋永修《陈检讨迦陵先生传》:"其年少清癯,冠而于思,须侵淫及颧准。天下学士大夫号为陈髯。"簪花,古时凡宴会或佳节盛典,男女皆戴花,多簪插于发髻。徐乾学《陈检讨维崧墓志铭》云:"遇花间席上,尤喜填词。兴酣以往,常自吹箫而和之,人或指以为狂。"

〔6〕"背立"句:背立,背向灯影立,指女子。严绳孙《金缕曲·题陈其年小照填词图有姬人吹玉箫倚曲》:"便遣玉人嗔急性,背华灯、扣损裙儿砑。"讶,迎向。《仪礼·聘礼》:"厥明,讶宾于馆。"

〔7〕无那情:无奈情。

·评析·

　　本篇应作于康熙十七年(1678)秋陈维崧入京后携图遍征题咏时。既是《填词图》,开篇即提出"乌丝曲"三字。词史久有"柳词可倩十七八女郎执红牙拍板歌之"之说,图上亦有女郎形象,故后半句逗出"红儿",可见图中人虽萧然半壁,落魄侘傺,而依然名士风流。过片二句实写迦陵亦刚亦柔,狂放与妩媚兼具之为人心性,系自乃师龚鼎孳《沁园春》名句化出。末二句寓有戏谑调侃陈维崧意,亦照应上片"风姿可怜"语。

　　就词本身言,此篇不能称佳,应景或曰应社而已。但有两点值得一说:一、陈维崧《迦陵填词图》为词史之首创,意义颇重大,名流题咏者即有梁清标、朱彝尊、王士禛、严绳孙、毛先舒、宋荦、洪昇、翁方纲、蒋士铨、冯应榴、吴锡麒、袁枚等,谢章铤称为"词苑大观",洵非虚誉。但《填词图》在当世并未迅速流行,至道光以后乃渐趋繁盛。今可收集者即有近二百种。这种词画合一的特殊样式有多方面的价值,值得词学研究者关心(见夏志颖《论填词图及其词学史意义》,《文学遗产》2009年5期)。

　　其二,据乾隆五十九年(1794)维崧从孙陈淮摹刻本题咏集,容若此词文字颇多异,当为初稿,可附录于此:"乌丝词付红儿谱,洞箫按出霓裳舞。舞罢髻鬟偏,风姿真可怜。　　倾城与名士,千古风流事。低语嘱卿卿,卿卿无那情。"

〔清〕释大汕——《迦陵先生填词图》

迈陂塘·题其年填词图　朱彝尊

擅词场、飞扬跋扈，前身定自青兕。风烟一壑家阳羡，最好竹山乡里。携砚
几。坐罨画溪阴，袅袅珠藤翠。人生快意，但紫笋烹泉，银筝侑酒，此外总
闲事。　　空中语，想出空中姝丽，图来菱角双髻。乐章琴趣三千调，作者
古今能几？团扇底。也直得尊前，记曲呼娘子。旗亭药市，听江北江南，歌
尘到处，柳下井华水。

八归·题其年填词图　曹贞吉

散圣安禅，乌衣白袷，淡宕风流如许。酒旗戏鼓人间世，博得萧然驴背，须
眉尘土。凌轹词坛三十载，写六代、兴亡无数。翻墨渖、历落欹崎，看海奔
鲸怒。　　谁拂生绡作照，维摩清冷，坐对散花天女。三叠霓裳，一声河满，
曲项琵琶金缕。问英雄红粉，可到相逢肠断处。想歌阑、深厄微劝，银甲春寒，
水沉香慢炷。

菩萨蛮　宿滦河[1]

玉绳[2]斜转疑清晓，凄凄月白渔阳[3]道。星影漾寒沙，微茫织浪花[4]。　　金笳鸣故垒，唤起人难睡。无数紫鸳鸯[5]，共嫌今夜凉。

·注释·

〔1〕滦河：源自河北省丰宁县，经内蒙古多伦县东折，为河北东北部干流河，由昌黎、乐亭县间姜各庄入渤海。滦河西岸的滦州，为出山海关必经地。

〔2〕玉绳：星名，《太平御览》卷五引《春秋纬·元命苞》："玉衡北两星为玉绳。"即天乙、太乙二星。李商隐《寄令狐学士》："晓饮岂知金掌迥，夜吟应讶玉绳低。"

〔3〕渔阳：地名。战国燕置渔阳郡，秦、汉治所在今北京密云区。唐时

渔阳郡治所在今天津市蓟州区一带。

〔4〕"星影"二句：韦庄《江城子》："角声呜咽，星斗渐微茫。"

〔5〕"无数"句：徐延寿《南州行》："河头浣衣处，无数紫鸳鸯。"

· 评析 ·

严迪昌先生据《康熙起居注》定本篇作于康熙二十一年二月十九日夜，故词中"寒沙""今夜凉"云云乃指早春时节，以为写秋冬景色者误。"星影"二句不徒句法佳妙，更与前二句构成天地上下、虚实远近之景象。其余诸句亦点染得宜，自然流宕。

菩萨蛮

荒鸡再咽天难晓[1]，星榆落尽秋将老[2]。毡幕绕牛羊，敲冰饮酪浆[3]。　　山程兼水宿[4]，漏点清钲续[5]。正是梦回时，拥衾无限思。

· 注释 ·

〔1〕荒鸡：古时将三更前啼鸣之鸡称荒鸡。温庭筠《马嵬佛寺》："荒鸡夜唱战尘深，五鼓雕舆上上林。"再咽：再次啼鸣声歇，谓夜漫长拂晓迟。

〔2〕"星榆"句：星榆，白榆，落叶乔木，耐干冷。古乐府《陇西行》："天上何所有，历历种白榆。"这里以白榆喻星星，故有星榆之称。

〔3〕"敲冰"句：敲冰，迺贤《塞上曲五首》其二："倚岸敲冰饮橐驼。"酪浆，牛羊等动物的乳汁及其制品。李陵《答苏武书》："膻肉酪浆，以充饥渴。"

〔4〕"山程"句：陆游《八十一吟》："山程两芒属，水宿一渔蓑。"

〔5〕"漏点"句：漏为古时计时器，滴水计更点，即漏壶，报几更几点之谓。钲（zhēng）：古代军中乐器，有柄可执，行军时用使士兵肃静。《诗·小雅·采芑》："方叔率止，钲人伐鼓。"《说文》："钲，铙也，似铃，柄中上下通。"

《笺校》云:"晚秋时节,竟冷至敲冰,近边当不至此。惟康熙二十一年秋往觇梭龙,极北苦寒,或有冰雪。"甚是。

首句即点出极北冬日夜长昼短之征候,次句正面写秋尽冬初,万物凋零。白榆树本耐干冷,连它也落尽叶子,则可知北地之寒,故其下有"毡幕"二句牛羊绕幕帐、敲冰拌乳酪之真切情景。由此二句观之,此行即非扈驾出游。帝驾出巡,携诸皇子王公大臣随行,侍卫銮仪声势威重,供给充足,似不至于如此清苦。或解此二句为眼中所见牧民生活,若然则亦非扈从时事,凡帝驾驻跸地均别辟营垒,远离民居处。益可证此为"觇梭龙"时之作。过片"山程"二句谓日夜兼程,在漏点与钲声中过尽山山水水。"漏点"句顺序原应为"清钲续漏点",押韵所需倒置。末句"无限思"即无可名状、抽理难清之思绪。点到为止,不明说,而茫然惆怅感自在言外。

塞上行吟作品中,本篇亦平平而已,然写漠北苦寒极真切,"毡幕绕牛羊,敲冰饮酪浆"等句亦朴厚重拙,饶有画意,可备一格。

菩萨蛮

新寒中酒敲窗雨[1],残香细袅秋情绪[2]。才道莫伤神,青衫湿一痕。 无聊成独卧,弹指[3]韶光过。记得别伊时,桃花柳万丝。

[1]"新寒"句:吴文英《风入松》:"料峭春寒中酒,交加晓梦啼莺。"中酒,酒酣微醺。《汉书·樊哙传》:"项羽既飨军士,中酒。"颜师古注:"饮酒之中也。不醉不醒,故谓之中。"

[2]"残香"句:周密《桃源忆故人》:"一缕旧情谁表,暗逐余香袅。"袅,

柔弱缭绕状。

〔3〕弹指：弹指之间，喻时光短暂，即转瞬间。原佛家语，据《翻译名义集·时分》谓：二十念为一瞬，二十瞬为一弹指。

· 评析 ·

开篇以"新寒""中酒""敲窗雨""残香"等意象细细铺叙出悲秋之意。"才道莫伤神"，自我劝慰之辞也；"青衫湿一痕"，忽然醒觉之辞也。此二句写情不自禁，分外出色。过片二句作一过渡，渐渐触及"青衫湿一痕"之缘由——"记得别伊时，桃花柳万丝"！当时的烂漫繁华适与今天的无聊伤神形成极致之对比。此乃"以乐写哀，加一倍哀乐"的又一经典力证。全词设色朴素清华，抒情大有曲折，得《花间》神髓者也。

· 附读 ·

临江仙　王时翔

一段旅情无处着，闲眠中酒平分。燕归窗黑又黄昏。灯微屏背影，泪暗枕留痕。　梦入怨花伤柳地，分明有个人人。压帘香气倚轻裙。小园风雨后，扶病问残春。

菩萨蛮

白日惊飙冬已半〔1〕，解鞍正值昏鸦乱。冰合大河流，茫茫一片愁。　烧痕〔2〕空极望，鼓角高城上。明日近长安，客心愁未阑。

· 注释 ·

〔1〕白日：日光惨淡貌，非谓青天白日也。惊飙（biāo）：疾风，暴风。应场《西狩赋》："惊飙四骇，冲禽惊溢。"

〔2〕烧痕：见前《风流子·秋郊即事》注释〔5〕。

本篇《笺校》与张草纫《笺注》均系于康熙二十三年冬月，以随驾南巡返程也，近是。全篇以"冰合"二句最胜，既义兼比兴，复气魄眼界绝大，似不亚于李杜"江入大荒流""月涌大江流"之名句。而小令词短短的篇幅中两见"愁"字，亦不止偶见不纯，正是作者凄苦厌倦情致的自然流露。乾嘉之际名词人杨芳灿《纳兰词序》云："先生貂珥朱轮，生长华胏。其词则哀怨骚屑，类憔悴失职者之所为。"此是一证。

菩萨蛮

萧萧几叶风兼雨，离人偏识长更[1]苦。欹枕数秋天，蟾蜍[2]早下弦。　　夜寒惊被薄，泪与灯花落[3]。无处不伤心，轻尘在玉琴[4]。

·注释·

〔1〕长更：长夜。李煜《三台令》："不寐倦长更，披衣出户行。"
〔2〕蟾蜍：指代月亮。
〔3〕"泪与"句：花仲胤妻《伊川令》："教奴独自守空房，泪珠与、灯花共落。"
〔4〕"轻尘"句：温庭筠《题李处士幽居》："瑶琴寂历拂轻尘。"

·评析·

词写秋日风雨之夜伤悼妻子之心绪。末二句最为萧戚，所谓"人琴之痛"是也，出之以平淡，则愈见深情一往。如谢章铤氏论纳兰词所云："固不必刻划《花间》，俎豆《兰畹》，而一声《河满》,辄令人怅惘欲涕。"(《赌棋山庄词话》)拟之本篇,可谓恰切。

浣溪沙　黄侃

明月无情独自圆,罗窗流影照人眠。卧看银汉数秋天。　　珍重微生酬挚意,搜罗幽恨付蛮笺。飘零犹幸有卿怜。

菩萨蛮　回文

雾窗寒对遥天暮,暮天遥对寒窗雾。花落正啼鸦,鸦啼正落花。　　袖罗垂影瘦,瘦影垂罗袖。风翦一丝红,红丝一翦风。

·评析·

回文之作大抵无"感情成本",皆写作训练而已,从赏析意义上往往不值一提。但回文这种写作方式别有风韵,亦不可忽视,而且还曾对新诗产生过影响。马大勇《诗词课》(辽宁人民出版社 2020 年版)中尝有一段文字论之,迻录于下,供读者诸君参酌:

戴望舒还有一首名气不大,但同样很美的作品,这首小诗叫《烦忧》:

说是寂寞的秋的清愁,
说是辽远的海的相思。
假如有人问我的烦忧,
我不敢说出你的名字。

我不敢说出你的名字,

假如有人问我的烦忧。
说是辽远的海的相思，
说是寂寞的秋的清愁。

　　不难看出这首小诗的奥妙所在：说是八句诗，其实是
四句诗，第二节只是把第一节倒转而成，但是不仅形成了回
环往复、缠绵悱恻的美感，音律也非常和谐流动。

　　这样的新诗可能受西方诗歌影响吗？我不相信英文、法
文、德文诗歌里有这样的作品。很显然，他的创作灵感应该
来源于中国古典文学中常见的"回文体"。我们的汉字是二维
平面构型的表意文字，每一个字都是一个意义单位，倒读正读，
皆能成文，于是我们就有很多回文对联、回文诗词。比如说"画
上荷花和尚画；书临汉帖翰林书"，这是比较著名的一个回文
对。还有个著名的回文对：据说乾隆和纪晓岚去一家饭庄"天
然居"吃饭，乾隆来了灵感，出了上联："客上天然居，居然
天上客。"纪晓岚应声答道："人过大佛寺，寺佛大过人。"大
佛寺就是北京西郊香山的卧佛寺，民间俗称大佛寺。即兴对
到这个程度，很了不起了，但也应该看到，严格一点要求的话，
这个下联并不达标。因为乾隆的上联意境还是不错的，有一
点儿诗意，下联的意境要弱得多了，不太搭配。后来有人对
了另一个下联："僧游云隐寺，寺隐云游僧。"这就好多了。

　　我认为，戴望舒的这首《烦忧》正是从回文体创作获
得灵感，只不过古代的"回文体"是以字为单位回文，而戴
望舒是以句子为单位回文的。

菩萨蛮

催花未歇花奴鼓[1]，酒醒已见残红[2]舞。不忍覆余觞[3]，
临风泪数行。　　粉香[4]看又别，空剩当时月。月也异当

时，凄清照鬓丝。

·注释·

〔1〕"催花"句：催花，南卓《羯鼓录》："尝遇二月初，诘旦，（玄宗）巾栉方毕。时当宿雨初晴，景色明丽，小殿内庭，柳杏将吐。睹而叹曰：'对此景物，岂得不为他判断之乎？'左右相目，将命备酒，独高力士遣取羯鼓。上旋命之临轩，纵击一曲，曲名《春光好》（原注"上自制也"），神思自得。及顾柳杏，皆已发坼。上指而笑谓嫔御曰：'此一事不唤我作天公，可乎？'嫔御侍官皆呼万岁。"杨万里《正月五日以送伴借官侍宴集英殿十口号》之七："一声白雨催花鼓，十二竿头总下来。"此指筵席上击鼓以为乐。花奴，唐玄宗时汝阳王李琎小字，善羯鼓。《羯鼓录》载，玄宗酷不好琴，曾听弹琴未毕，叱琴者出，曰："速召花奴将羯鼓来，为我解秽。"

〔2〕残红：风吹落的花片。

〔3〕覆余觞：饮尽残酒。覆觞即覆置酒杯，表示饮尽。邹阳《酒赋》："乃纵酒作倡，倾盆覆觞。"

〔4〕粉香：谓春花娇美的颜色，代指春日。宋词之用"粉香"者，绝多指春花，如晏几道《诉衷情》"粉香传信，玉盏开筵，莫待春回"、陈克《渔家傲》"粉香泡泡蔷薇透"等等。以之指代女子则字面未免伧俗，间有如赵子发《桃源忆故人》"粉香度曲嬉游女"者，不足为训。

·评析·

"从此伤春伤别，黄昏只对梨花"（性德《清平乐》），这也是一首伤春伤别之作，内中蕴含着难言的悲伤。

开篇从催花的闹热羯鼓写到浓醉乍醒，眼见残红吹舞，不禁念及春天又尽，明月当空，一如昔日，而心头凄清，泪数行下。可以看到，作者之情致写得甚空灵，无法判断为何人何事而发，然则可能只是酒醒后梦回时又一次莫名的感伤而已。昔人云："君自见其朱门，贫道如游蓬户。"特为容若所赏。那么在这个春夜的欢乐场景中，他就是"君自见为繁华，贫道则见凄凉"的一个。

这种心绪在容若最具代表性，对解读其人亦特有意义。

就词句而言，胜处端在下片。"空剩当时月"与"月也异当时"二句凭空转折，了无痕迹，真如羚羊挂角，妙难言诠。另：本篇乾隆三十二年经锄堂刻本《昭代词选》卷九异文颇多，几成另篇。附录于下：

> 梦回酒醒三通鼓，断肠啼鴂花飞处。新恨隔红窗，罗衫泪几行。　　相思何处说，空有当时月。月也异当时，团圞照鬓丝。

亦佳，惟"团圞"似不及"凄清"尔。

菩萨蛮

惜春春去惊新燠[1]，粉融轻汗红绵扑[2]。妆罢只思眠，江南四月天。　　绿阴帘半揭，此景清幽绝。行度竹林风[3]，单衫杏子红[4]。

· 注释 ·

〔1〕"惜春"句：惜春春去，李清照《点绛唇·闺思》："惜春春去，几点催花雨。"燠（yù），暖，热。新燠谓春夏之交天气转热。

〔2〕"粉融"句：白居易《和梦游春》："朱唇素指匀，粉汗红绵扑。"

〔3〕"行度"句：祖咏《宴吴王宅》："窗度竹林风。"

〔4〕"单衫"句：《西洲曲》："单衫杏子红，双鬓鸦雏色。"

· 评析 ·

此篇或又容易被判定为赠沈宛的作品，在证据不足的情况下，本书还是持"宁缺毋滥"原则，尽量疏离之为好。单就词言，这幅《初

陈少梅——《竹林仕女》

夏美人图》还是描绘得相当动人的，特别是将《西洲曲》的"单衫杏子红"一句拿来煞拍，翠竹中红衫闪动，极见风韵，饶有画意。

菩萨蛮

榛荆[1]满眼山城路，征鸿不为愁人住[2]。何处是长安，湿云吹雨寒。　　丝丝心欲碎，应是悲秋泪。泪向客中多，归时又奈何。

· 注释 ·

〔1〕榛荆：犹荆棘，形容荒芜阻碍。

〔2〕不为愁人住：周紫芝《千秋岁》："春去也，不成不为愁人住。"

· 评析 ·

　　此行役之作也，其心愁苦，其语感怆，亦不乏动人处，惟泪点纷纷，终嫌"女郎气"过多，令人不喜。

菩萨蛮

春云吹散湘帘雨，絮粘蝴蝶飞还住。人在玉楼中，楼高四面风[1]。　　柳烟丝一把[2]，暝色笼鸳瓦[3]。休近小阑干，夕阳无限山。

· 注释 ·

〔1〕"楼高"句：朱淑真《夜留依绿亭》其二："楼静檐披四面风。"

〔2〕"柳烟"句：王沂孙《水龙吟·牡丹》："玉阑干畔，柳丝一把，和风半倚。"

〔3〕鸳瓦:即鸳鸯瓦,互相成对之瓦,《邺中记》:"邺中铜雀台,皆鸳鸯瓦。"后为瓦之美称。

· 评析 ·

　　谢章铤《赌棋山庄词话》卷七谈性德词,以"人在玉楼中,楼高四面风""休近小阑干,夕阳无限山"为警句,大约赏会其玲珑通透,义兼比兴处。所谓"四面风",实暗示闺中人心寒意冷情状;"无限山",其实是"无限远"带来的"无限愁"。凡此千百字难描画之繁杂心事,但以浅浅十几字了之,确乎大有过人处。谢氏具眼,固自不谬。

· 附读 ·

菩萨蛮　杨圻
罘罳不幛飞花影,碧云无力春空冷。月白雾迷迷,五更蝴蝶飞。　　此时愁不语,万里人何处。北斗挂楼梢,吴江生暗潮。

菩萨蛮

　　晓寒瘦著西南月,丁丁〔1〕漏箭余香咽。春已十分宜,东风无是非〔2〕。　　蜀魂〔3〕羞顾影,玉照〔4〕斜红冷。谁唱后庭花〔5〕,新年忆旧家。

· 注释 ·

〔1〕丁丁:形容漏声。方干《陪李郎中夜宴》:"间世星郎夜宴时,丁丁寒漏滴声稀。"
〔2〕"东风"句:反用罗隐《广陵开元寺阁上作》"长向东风有是非"语意。
〔3〕蜀魂:杜鹃鸟。见前《菩萨蛮》(问君何事轻别离)注释〔5〕。
〔4〕"玉照"句:写姬人演唱情景。玉照,宋张镃堂名,以其堂周围皆种梅,皎洁辉映,夜如对月,因名。其《满江红·小圃玉照堂赏梅呈洪景卢内

翰》云："玉照梅开，三百树，香云同色。"斜红，头上所饰红花。萧纲《艳歌篇十八韵》："分妆间浅靥，绕脸傅斜红。"

〔5〕后庭花：见前《梦江南》（江南好，城阙尚嵯峨）注释〔3〕。

·评析·

本篇《饮水词笺校》有按语云："此阕甚为可疑，置胜明遗老集中，恐不能辨识。"此或从"东风"句含怨怼意，蜀魂、后庭花皆亡国典故而着眼，很有道理，然亦不可必也。许增刻本有词题曰"早春"，将此词理解为早春情形之平常叙写，不求之过深，也未尝不可。

菩萨蛮

为春憔悴留春住〔1〕，那禁半霎〔2〕催归雨。深巷卖樱桃，雨余红更娇〔3〕。　　黄昏清泪阁，忍便花飘泊。消得〔4〕一声莺，东风三月情。

·注释·

〔1〕留春住：见前《秋千索·渌水亭春望》注释〔5〕。

〔2〕半霎：谓极短时间。

〔3〕"深巷"二句：陆游《临安春雨初霁》："深巷明朝卖杏花。"晁补之《浣溪沙》："雨过园亭绿暗时，樱桃红颗压枝低。绿兼红好眼中迷。"

〔4〕消得：消受，经得。王沂孙《绮罗香·红叶》："疏枝频撼暮雨，消得西风几度，舞衣吹断。"

　　本篇仍写春愁，在樱桃鲜妍欲滴的娇红中带出感伤。词非特佳，这种感伤我们也已熟悉，但顾随先生还是从中看到了不寻常的东西："'深巷卖樱桃，雨余红更娇'，最易引起人爱好是鲜，而最不耐久也是鲜。如果藕、鲜菱，实际没有什么可吃，没有回甘。耐咀嚼非有成人思想不可。纳兰除去伤感以外，没有一点什么。除去鲜，没有一点回甘。新鲜是好的，同时还要晓得苍秀。"（《驼庵诗话》，天津人民出版社 2007 年版）"除去伤感以外，没有一点什么。除去鲜，没有一点回甘"之语未免过苛，但拈出"苍秀"二字以论纳兰，却也正中其某些作品的弊病。

　　此词手迹尚存，为书赠高士奇者。

菩萨蛮

　　隔花才歇廉纤雨[1]，一声弹指[2]浑无语。梁燕自双归，长条脉脉垂[3]。　　小屏山色远，妆薄铅华浅[4]。独自立瑶阶，透寒金缕鞋[5]。

·注释·

〔1〕廉纤雨：见前《秋千索》（药阑携手销魂侣）注释〔5〕。

〔2〕弹指：见前《菩萨蛮》（新寒中酒敲窗雨）注释〔3〕。

〔3〕"长条"句：写杨柳之景。彭可轩《杨庄铺》："芳草迢迢去路，垂杨脉脉长亭。"

〔4〕"妆薄"句：黄裳《渔家傲·秋月》："新妆更学铅华浅。"铅华，化妆所用铅粉，引申为妆容。

〔5〕"独自"二句：用李白《玉阶怨》"玉阶生白露，夜久侵罗袜"诗意。

昔人称小晏"梦后楼台高锁，酒醒帘幕低垂"（《临江仙》）二句为"华严境界"（康有为语，见梁启超《艺蘅馆词选》乙卷），本篇"一声弹指浑无语"亦略似之。有此一句，品格即高。

·附读·

眼儿媚·集饮水词句　许宝蘅
肠断斑骓去未还，何处是长安。鬓丝憔悴，浮生如梦，好梦原难。　　隔花才歇纤纤雨，香径晚风寒。沉吟往事，天涯芳草，明月阑干。

菩萨蛮

黄云紫塞[1]三千里，女墙[2]西畔啼乌起。落日万山寒，萧萧猎马[3]还。　　笳声听不得，入夜空城黑。秋梦不归家，残灯落碎花[4]。

·注释·

[1]黄云：北地多风沙，云往往亦呈黄色。高适《别董大》："千里黄云白日曛。"紫塞：边塞，长城。崔豹《古今注·都邑》："秦筑长城，土色皆紫，汉塞亦然，故称紫塞焉"。
[2]女墙：见前《一络索》（野火拂云微绿）注释[5]。
[3]萧萧：马鸣声。《诗·小雅·车攻》："萧萧马鸣，悠悠旆旌。"
[4]"残灯"句：戎昱《桂州腊夜》："晓角分残漏，孤灯落碎花。"

·评析·

塞上之吟，本篇亦好。首先好在"落日万山寒，萧萧猎马还"十字，不减唐人边塞诗高境。其次则好在全篇一路描述边塞景象，"黄""紫""黑"等暗色调络绎而至，渲染出一派雄奇荒远气氛。

至结拍却接以"秋梦不归家，残灯落碎花"的婉约琐细之句，既水到渠成，又出人意表。无论章法的结构，还是意境反差的营造，均有可圈点处。

·附读·

菩萨蛮　王允皙
回峰折叠晴川色，玻璃一镜酣春碧。镜里是儿家，蛮溪满屋花。　东风吹别苦，直送云帆去。昨梦故乡看，月明千万山。

菩萨蛮

飘蓬只逐惊飙转[1]，行人过尽烟光远。立马认河流，茂陵[2]风雨秋。　寂寥行殿[3]锁，梵呗琉璃火[4]。塞雁与宫鸦[5]，山深日易斜[6]。

·注释·

〔1〕"飘蓬"句：飘蓬，飘飞的蓬草，常以喻人漂泊无定。惊飙，见前《菩萨蛮》（白日惊飙冬已半）注释〔1〕。

〔2〕茂陵：明十三陵中明宪宗陵墓。汉武帝陵亦称茂陵，然下片首句"行殿"之云乃谓陵前享殿及祭祀建筑物，可证此茂陵非汉茂陵。此实以茂陵概指十三陵、有明一朝。按：茂陵乃司马相如病免后家居之地，诗词中亦指相如。如庾信《奉和永丰殿下言志》："茂陵体犹瘠，淮阳疾未祛。"李贺《昌谷北园新笋》："古竹老梢惹碧云，茂陵归卧叹清贫。"此处与此义无涉。

〔3〕行殿：行宫，此指陵墓前之享殿。

〔4〕"梵呗"句：梵呗，佛家语，赞叹、赞颂。此指法事唱经声。琉璃火，见前《寻芳草·萧寺记梦》注释〔6〕。

〔5〕"塞雁"句：韩偓《故都》："塞雁已侵池籞宿，宫鸦犹恋女墙啼。"塞雁，塞上鸿雁，亦即"塞鸿"。宫鸦，栖止宫苑中之乌鸦。

〔6〕"山深"句：王维《奉和圣制幸玉真公主山庄因题石壁十韵之作应制》："谷静泉逾响，山深日易斜"。

·评析·

词中"茂陵"乃概指昌平之明十三陵。面对前朝君王之陵寝，兴亡之感难免袭上心头。"飘蓬""惊飙"的无定与骤烈，"行殿""梵呗"的寂寥与清冷，"塞雁""宫鸦"的荒凉与悲鸣，无不显示出历史纵向运动、一往无前的冷酷无情。这些"古今多少事"的浓郁感受，词人并不站在前台明说，而是诉诸频密的意象，那么也就深得象外之象、味外之味了。"立马认河流，茂陵风雨秋"二句气象壮阔，可与"夜深千帐灯""残星拂大旗"等并妙。

·附读·

临江仙　莫德光
楼上轻寒楼外雨，茫茫弱水残云。几番憔悴倦游人。一身零落意，不尽古今情。　　多少英雄儿女事，华年一去成尘。茂陵风雨满秋声。都将国士恨，写入白头吟。

菩萨蛮

晶帘一片伤心白〔1〕，云鬟香雾〔2〕成遥隔。无语问添衣，桐阴月已西。　　西风鸣络纬〔3〕，不许愁人睡〔4〕。只是去年秋，如何泪欲流。

·注释·

〔1〕"晶帘"句：晶帘，水晶帘。伤心，极甚之词，犹言万分。杜甫《滕王亭子》："清江锦石伤心丽，嫩蕊浓花满目斑。"
〔2〕云鬟香雾：杜甫《月夜》："香雾云鬟湿，清辉玉臂寒。"此指代妻子。
〔3〕"西风"句：张耒《西风》："西风吹屋络纬鸣。"络纬，虫名，即今

陈少梅——《桐荫仕女》

之蝈蝈，又名莎鸡、络丝娘、纺织娘等，夏秋夜间振羽作声，声如纺线，故名。无名氏《古八变歌》："枯桑鸣中林，络纬响空阶。"

〔4〕"不许"句：李清照《念奴娇·春情》："不许愁人不起。"

·评析·

　　本篇毛泽东批语以为"悼亡"，可，但不可看死。纳兰词常有此种疑似悼亡者，若李商隐《锦瑟》然，总由写情之深挚也。观其"伤心白""遥隔""无语""泪欲流"云云，以为悼亡，有何不宜？其间界限，在乎读者之见仁见智。无论悼亡抑或相思，钱仲联先生以为"短幅而语多曲折，能透过一层写"（《清词三百首》），甚是。此语盖指煞拍"只是"二句：想起去年秋日，意欲悲愁下泪，则今年逢秋，又当如何？如此"透过一层"，言情逾深。

菩萨蛮　寄梁汾苕中〔1〕

　　知君此际情萧索〔2〕，黄芦苦竹〔3〕孤舟泊。烟白酒旗青，水村鱼市晴〔4〕。　　柂楼〔5〕今夕梦，脉脉春寒送。直过画眉桥，钱塘江上潮〔6〕。

·注释·

〔1〕苕（tiáo）中：浙江湖州。东西苕溪流经湖州，故称苕中。东苕溪源出天目山之阳，东流经临安、余杭、杭县，北至湖州又称雪溪，与西苕溪合流入太湖。

〔2〕萧索：见前《点绛唇》（小院新凉）注释〔3〕。

〔3〕黄芦苦竹：形容凄清氛围，水乡荒寒。白居易《琵琶行》："住近湓江地低湿，黄芦苦竹绕宅生。"张炎《声声慢·送琴友季静轩还杭》："苦竹黄芦，都是梦里游情。"

〔4〕"水村"句：王禹偁《点绛唇·感兴》："水村渔市，一缕孤烟细。"

〔5〕柁楼：船上操舵的小楼，指代船。

〔6〕"直过"二句：照应顾贞观词句，词见附读。

· 评析 ·

据严迪昌先生考订，本篇作于康熙二十二年（1683）春初。又云："顾贞观作有《踏莎美人·六桥词今删其二》四阕，以曾与恋人游踪所至之桥址分咏昔日悲欢情事，故容若此阕寄顾氏词关涉'六桥'本事……此正二人生死骨肉交谊又一确证，亦为辨认容若与苕中闺秀沈宛一段情事之一大关键。"然则词中之"画眉桥"并非泛写，其间当有一段情事存焉，惜已难考矣。

· 附读 ·

踏莎美人·六桥词今删其二　顾贞观

渺渺风帆，凄凄烟树，望中便是侬行处。羁魂别后若相招，分付采菱歌畔、木兰桡。　翠被浓香，青帘细雨，依然坐对蓬窗语。双鱼好托夜来潮，此信拆看应傍、画眉桥。桥在平望，俗传画眉鸟过其下，即不能巧啭，舟人至此，必携以登陆云。

湿翠群山，柔丝几树，当年倾国曾来处。前溪溪畔是谁招，觅个藕花丛里、暂停桡。　烟霭横空，露华如雨，催归却讶舟人语。西南风紧上轻潮，待得月明同倚、水仙桥。

吹落瑶华，折残琼树，魂兮可忆相逢处。枕涛亭下旧曾招，笑指冰船飞渡、胜莲桡。　痛结沉云，病疏行雨，鸳鸯小字三生语。梦偎红颊晕微潮，犹似雪天双骑、玉河桥。枕涛亭在正阳门外西响水闸。

瑟鼓青峰，歌翻绛树，无言忽到分襟处。袂罗冰尽手频招，安得千寻铁锁、截轻桡。　醉缬凝酥，嗁珠冻雨，晓钟时节围炉语。离情欲寄浙江潮，其奈客程偏指、坠钗桥。

菩萨蛮 回文

客中愁损催寒夕,夕寒催损愁中客。门掩月黄昏,昏黄月掩门[1]。　　翠衾孤拥醉,醉拥孤衾翠。醒莫更多情[2],情多更莫醒。

·注释·

〔1〕"门掩"二句:朱彝尊《菩萨蛮·回文词》:"门掩乍黄昏,黄昏乍掩门。"

〔2〕莫更多情:顾贞观《望海潮》:"莫更多情,漫劳天上葬神仙。"

菩萨蛮 回文

砑笺银粉残煤画[1],画煤残粉银笺砑。清夜一灯明,明灯一夜清。　　片花惊宿燕,燕宿惊花片。亲自梦归人,人归梦自亲。

·注释·

〔1〕"砑笺"句:砑(yà)笺,压印有图画的信笺。银粉,银的粉末,亦为铅粉、铝粉的通称,此指用以压印的颜料。残煤,残墨。

·评析·

见前《菩萨蛮·雾窗寒对遥天暮》一首。

菩萨蛮

乌丝画作回纹纸[1],香煤暗蚀藏头字[2]。筝雁十三双,输他作一行[3]。　　相看仍似客，但道休相忆。索性不还家，落残红杏花[4]。

·注释·

〔1〕"乌丝"句：乌丝，指墨线。笺纸以墨笔界行，称乌丝栏。回纹，用苏蕙璇玑图典故，回纹纸即情信。

〔2〕"香煤"句：香煤，和香料之煤烟，墨之美称。藏头，藏头诗，亦名藏头格，杂体诗一种。形式一般为将所说之事分藏于诗句之首，连读而义显。

〔3〕"筝雁"二句：喻书写整齐，不似筝雁斜列。筝雁即筝柱，又称雁柱。十三弦筝每弦以一柱支撑，斜列如雁行，故名。

〔4〕"落残"句：郭钰《春日忆萧韶二首》其二："独看红杏落残花。"

·评析·

　　是亦传统闺怨题材，无甚新意，当看他针线细腻蕴藉处。"香煤暗蚀"，谓字迹漫漶，那人离家之久、杳无音信可知；"筝雁"二句谓弦柱相依相偎，则反衬自己孤清凄凉可知；"相看仍似客"写重逢时略感生疏之情状，则聚少离多可知。以此三次顿挫，方逼出煞拍之决绝语：那你就干脆不要回来了罢！任凭那红杏花在娇艳春光里凋零了便罢！如此气急败坏，而口角依然婉曲若此，此所谓"温柔敦厚"也。

菩萨蛮

阑风伏雨[1]催寒食，樱桃一夜花狼藉。刚与病相宜，锁窗薰绣衣。　　画眉烦女伴，央及流莺唤[2]。半饷试开奁[3]，娇多直自嫌。

·注释·

〔1〕伏雨：见前《浣溪沙》（伏雨朝寒愁不胜）注释〔1〕。

〔2〕"央及"句：央及，请求，恳求。流莺，见前《踏莎美人·清明》注释〔4〕。

〔3〕半饷：即"半响"。

·评析·

　　一幅《病中美人图》，"娇多直自嫌"一句刻画心事，最为微妙。大约自"西施捧心"之说以来，美人善病常被视为风雅佳话。广及男性，鲁迅甚至都有"秋天薄暮，吐半口血，两个侍儿扶着，恹恹的到阶前去看秋海棠"的"风雅"之想（《病后杂谈》）。如此审美，不可思议。还是梁实秋说得好：不管多风雅的病，都不可美，都着实不如"独自一个硬硬朗朗到菜圃看一畦萝卜白菜"（《病》）。

·附读·

菩萨蛮　黄侃
绿芜一片伤心色，阑风伏雨花狼藉。渐看树阴圆，沾泥香未干。　　钿筝空掩抑，归去金堂侧。何事独凭栏，无人知暮寒。

醉桃源

　　斜风细雨正霏霏，画帘拖地垂。屏山几曲篆香微[1]，闲庭柳絮飞。　　新绿密，乱红稀，乳莺残日啼。余寒欲透缕金衣，落花郎未归。

·注释·

〔1〕"屏山"句：陈子龙《醉落魄》："几曲屏山，镇日飘香篆。"

亦模拟《花间》有得之作,"新绿密,乱红稀"二句最能写出春暮风景。

昭君怨

深禁好春谁惜〔1〕,薄暮瑶阶伫立〔2〕。别院管弦声,不分明。 又是梨花欲谢〔3〕,绣被春寒今夜〔4〕。寂寂锁朱门,梦承恩〔5〕。

·注释·

〔1〕"深禁"句:深禁,深宫。宫禁森严,非侍御之臣不得入,故云。好春,青春。此处喻女性青春年华。

〔2〕"薄暮"句:杜甫《对雪》:"乱云低薄暮。"伫立,有所企待而久立。李白《菩萨蛮》:"玉阶空伫立。"瑶阶,即玉阶,汉白玉殿阶。

〔3〕"又是"句:李清照《浣溪沙》:"梨花欲谢恐难禁。"

〔4〕"绣被"句:晏几道《生查子》:"牵系玉楼人,绣被春寒夜。"

〔5〕"寂寂"二句:孙光宪《生查子》:"寂寞掩朱门,正是天将暮。"承恩,得君王宠幸。

·评析·

在纳兰生平的很多谜团中,一直有一个"初恋之谜"。初恋对象或指为其表妹,后入宫不得与通,性德遂乔装喇嘛,始得一见;或径指为某宫女。这些说法,我们今天已不相信,但索隐风气大行其道时,则颇有人拿某些作品作"内证",以佐助自己的判断。本篇即其中的重要一篇。

卷三

琵琶仙　中秋

　　碧海年年，试问取、冰轮为谁圆缺[1]。吹到一片秋香，清辉了如雪[2]。愁中看、好天良夜，争知道、尽成悲咽[3]。只影而今，那堪重对，旧时明月。　　花径里、戏捉迷藏[4]，曾惹下、萧萧井梧叶[5]。记否轻纨小扇，又几番凉热[6]。只落得，填膺[7]百感，总茫茫、不关离别。一任紫玉无情，夜寒吹裂[8]。

· 注释 ·

〔1〕"碧海"二句：碧海，指青天，李商隐《嫦娥》："碧海青天夜夜心。"冰轮，见前《采桑子》（海天谁放冰轮满）注释〔1〕。

〔2〕"吹到"二句：秋香，桂花香气。李贺《金铜仙人辞汉歌》："画栏桂树悬秋香，三十六宫土花碧。"了如雪，明亮如雪。

〔3〕"愁中"二句：据《词谱》，《琵琶仙》五、六句均系七字，前三字顿读，每句为三四结构。"争知道"，各本无"争"，依《草堂嗣响》补入。

〔4〕"花径"句：元稹《杂忆五首》之三："忆得双文胧月下，小楼前后捉迷藏。"

〔5〕"曾惹"句：罗隐《听琴》："寒雨萧萧落井梧，夜深何处怨啼乌。"井梧叶，井旁梧桐树叶。

〔6〕"记否"二句：用班婕妤《怨歌行》语意，见前《木兰花令·拟古决绝词》注释〔2〕。

〔7〕填膺：充塞于胸中。卢纶《秋中野望寄舍弟绶兼令呈上西川尚书舅》："旧恨尚填膺，新悲复萦睫。"

〔8〕"一任"二句：紫玉，紫竹制成之笛、箫等管状乐器。李白《经乱后将避地剡中留赠崔宣城》："胡床紫玉笛，却坐青云叫。"吹裂，形容哀怨之极，音声裂笛箫。吴文英《满江红·甲辰岁盘门外寓居过重午》："倩卧箫、吹裂晚天云，看新月。"

　　此为悼亡之作。从"碧海年年""几番凉热"等句，可知作期当在卢氏去世二三年以上。"碧海年年，试问取、冰轮为谁圆缺"，这几乎是最寻常的对月一问，但在纳兰心中却很不寻常。盖此问中已隐隐浮现出自己和爱妻的影子。"吹到"二句写月色，实则宕开一笔，为如此"好天良夜"下"愁人"的现身做铺垫。由"愁"而至于"悲咽"，再至于孤形只影，无法面对旧时明月。词人的心绪划出一条愈来愈凄怆的曲线。下片承上"旧时明月"句忆念旧时事。花径迷藏，梧叶萧萧，轻纨小扇，如今几番凉热，尽成迷梦。真正情何以堪！下文"不关离别"四字甚婉曲，乃言此种茫茫苦哀已非往昔别愁离恨，而是人天相隔，永无再见之期。然则末句"吹裂"的又何止是紫玉笛箫，难道一颗心不也是随之片片粉碎么？

　　全篇借节令起兴，徐徐道来，渐入悲咽，至于"紫玉无情，夜寒吹裂"之句，竟使人欲罢不能，辄唤奈何。容若悼亡词短章居多，其长调之佳者，《沁园春》《青衫湿遍》《金缕曲》之外，当数本篇。

念奴娇·中秋寄内　张伯驹
无人庭院，坠夜霜、湿透闲阶堆叶。月是团圆今夜好，可奈个人离别。倚遍云阑，立残花径，触绪添凄咽。满身清露，更谁低问凉热。　　记得去年今日，盈盈双袖，满地明如雪。只影那堪重对此，美景良辰虚设。玉漏无声，银灯息焰，总是愁时节。谁家歌管，任他紫玉吹彻。

鹧鸪天　沈祖棻
永夕风帘蜡作堆，鸳鸯篝冷梦初回。连环珍重休成玦，心篆分明久化灰。　　消宿酒，坠残煤，高楼明月自徘徊。青天碧海茫茫夜，不分人间更可哀。

清平乐

凄凄切切，惨淡黄花节[1]。梦里砧声[2]浑未歇，那更乱蛩悲咽。　　尘生燕子空楼，抛残弦索床头[3]。一样晓风残月[4]，而今触绪添愁。

·注释·

[1]黄花节：重阳节。

[2]砧声：捣衣声。

[3]"尘生"二句：用关盼盼故事。燕子楼在今江苏省徐州市。相传为唐贞元时尚书张建封爱妾关盼盼居所。张死后，盼盼念旧不嫁，独居此楼十余年。见白居易《燕子楼诗序》。周邦彦《解连环》："燕子楼空，暗尘锁、一床弦索。"

[4]晓风残月：柳永《雨霖铃》："今宵酒醒何处，杨柳岸，晓风残月。"

·评析·

　　此篇《纳兰词笺注》《饮水词笺校》均定为悼亡之作，是。"凄凄切切""惨淡""乱蛩悲咽"、"尘生"二句等，语意愈重，非悼亡不能作此语。其实全篇最沉郁处乃在煞拍："一样晓风残月，而今触绪添愁"，非过来人不能知其悲也。

清平乐　上元月蚀

瑶华映阙，烘散霙堚雪[1]。比似寻常清景别，第一团圆时节。　　影娥忽泛初弦，分辉借与宫莲[2]。七宝修成合璧[3]，重轮[4]岁岁中天。

·注释·

〔1〕"瑶华"二句：写蚀月映照宫阙景象。瑶华，美玉，此喻指月亮。葛洪《抱朴子·勖学》："故瑶华不琢，则耀夜之景不发。"蓂墀（míngchí），蓂即蓂荚，瑞草名，夹阶而生，故名。墀，台阶上的空地。《竹书纪年》："（尧时）又有草荚阶而生，月朔始生一荚，月半而生十五荚，十六日以后日落一荚，及晦而尽，月小则一荚焦而不落，名曰蓂荚，一曰历荚。"皇甫谧《帝王世纪》："（尧时）又有草夹阶而生，随月而生死，王者以是占日月之数。惟盛德之君，应和而生，故尧有之，名曰蓂荚。"

〔2〕"影娥"二句：写月复圆景象。影娥，《三辅黄图》卷四《池沼》："武帝凿池以玩月，其旁起望鹄台以眺月，影入池中，使宫人乘舟弄月影。名影娥池，亦曰眺蟾台。"初弦，谓月初复圆时如新月。宫莲，宫灯。文天祥《齐天乐·甲戌湘宪种德堂灯屏》："回首宫莲，夜深归院烛。"

〔3〕"七宝"句：七宝，段成式《酉阳杂俎·天咫》："其人笑曰：'君知月乃七宝合成乎？月势如丸，其影，日烁其凸处也。常有八万二千户修之，予即一数。'因开襆，有斤凿数件。"后因有"玉斧修月""七宝团圆"等说。王安石《题画扇》："玉斧修成宝月团，月边仍有女乘鸾。"七宝，佛家所谓七种珍宝。合璧，圆满的完璧。

〔4〕重轮：日、月周围光线经云层冰晶的折射而形成的光圈，古代以为祥瑞之象。《隋书·音乐志中》："烟云同五色，日月并重轮。"亦喻指帝王。

·评析·

本篇据赵秀亭《纳兰丛话》（续）考证，作于康熙二十一年（1682），之前黄天骥称此为康熙三年（1664）纳兰十岁时作，说不可取（见《承德师专学报》1998 年第 4 期）。《饮水词笺校》于本篇下按语云"一味颂圣，毫无个性"，亦是。本篇或为应制之作，古今应制之作皆"一味颂圣，毫无个性"，此不待智者而后知也。

清平乐

　　烟轻雨小〔1〕，望里青难了〔2〕。一缕断虹垂树杪〔3〕，又是乱山残照。　　凭高目断征途，暮云千里平芜〔4〕。日夜河流东下，锦书应托双鱼。

清平乐

　　孤花片叶，断送清秋节。寂寂绣屏香篆灭〔1〕，暗里朱颜消歇〔2〕。　　谁怜散髻吹笙〔3〕，天涯芳草关情。懊恼隔帘幽梦〔4〕，半窗花月纵横。

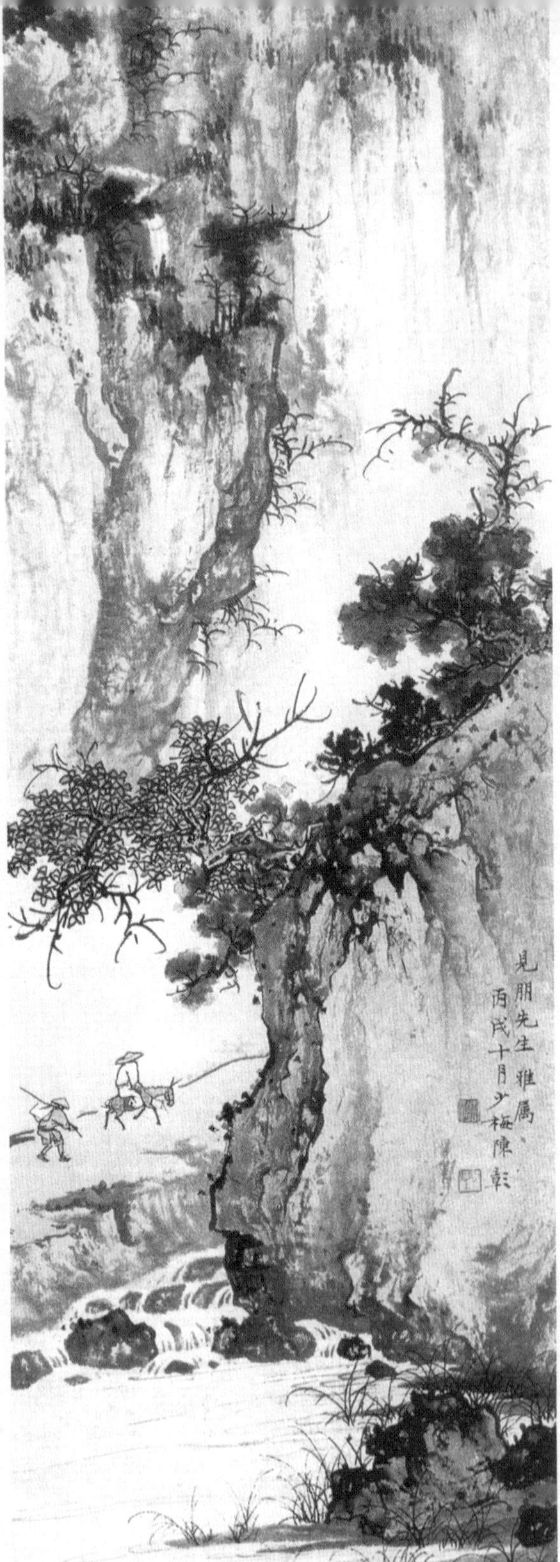

陈少梅——《深山行旅》

斜插帻簪，朝野慕之，相与仿效"。皇甫松《忆江南》："双髻坐吹笙。"

〔4〕隔帘幽梦：秦观《八六子》："夜月一帘幽梦。"

·评析·

　　诗人词人常有无端兴会、莫名惆怅之时，不必说读者难以揣摩其本事、指向，即便起作者于地下，令他自己"坦白"，也可能不知所云。本篇即是此种"无端莫名"之作，其上片平平，自"散髻吹笙"以下，则个人面目陡然鲜明，至"天涯芳草关情""半窗花月纵横"云云，竟有感慨苍茫之意。虽只有半阕好词，亦足珍惜矣。

·附读·

清平乐　黄侃

寸眉两叶，禁受愁千叠。幽意缠绵无处说，但有魂销心切。　　更深月过回廊，照见秋花断肠。侬比秋花命薄，谁怜独自凄凉。

清平乐

　　麝烟深漾，人拥緱笙氅〔1〕。新恨暗随新月长，不辨眉尖心上〔2〕。　　六花斜扑疏帘，地衣红锦轻霑〔3〕。记取暖香如梦，耐他一晌寒严〔4〕。

·注释·

〔1〕"麝烟"二句：麝烟，熏炉香烟。緱（gōu）笙氅，鹤氅。刘向《列仙传》云：王子乔好吹笙，作凤凰鸣，道士浮丘公接以上嵩高山。三十余年后，见桓良曰："告我家：七月七日待我于緱氏山巅。"至时果乘白鹤驻山头，望之不得到，举手谢时人，数日而去。此指棉服。

〔2〕"不辨"句：范仲淹《御街行》："都来此事，眉间心上，无计相回避。"

李清照《一剪梅》："此情无计可消除，才下眉头，却上心头。"
〔3〕"六花"二句：六花，雪花有六瓣，故称。地衣，地毯。白居易《红线毯》："地不知寒人要暖，少夺人衣作地衣。"霑，同"沾"，沾湿。
〔4〕寒严：寒气威重。孔稚珪《游太平山诗》："阴涧落春荣，寒岩留夏雪。"

· 评析 ·

　　某个严寒的冬日，词人身披厚重的棉装围炉而坐。看着袅袅荡漾的麝烟，一种新愁又随着新月渐渐涌上心头，无计回避。门外雪花飞舞，沾湿了红锦地毯。如何能抵挡这凛冽的寒气呢？且记取那温存香软的倩影，尽管它是如梦境一般缥缈的，可也会觉得有一丝暖意吧？

　　词意如上述，无非是我们业已熟悉的那份愁情，可是这首词依然令我们觉得新鲜。"新恨暗随新月长"的两个"新"字流丽跃动，以"暖香"耐"寒严"的奇思妙想尤令人叹服。

　　本篇赵、冯二先生《笺校》以为"缞笙氅"借指丧服，从而判断是为卢氏守灵而作，略同"双林禅院"词境。我们以为稍嫌凿实了，对于此种"可此可彼"的作品，还是理解得空灵一点为好。

· 附读 ·

满庭芳　袁克文
趁酒寻芳，因花忘果，此时春又当楼。十年欢恨，堪与说温柔。难得重逢陌上，东风里、一半春休。回肠处，眉尖眼底，依约不胜愁。　　悠悠谁料，留香锦幄，挂月银钩。算今夕魂销，恁便勾留。好梦朦胧未远，枕函上、空坠搔头。还凝伫，屏山隐隐，灯火隔前游。

清平乐

　　将愁不去〔1〕，秋色行难住。六曲屏山深院宇，日日风风雨雨。　　雨晴篱菊初香，人言此日重阳〔2〕。回首凉云暮叶[3]，黄昏无限思量。

·注释·

〔1〕将愁不去：辛弃疾《祝英台近·晚春》："是他春带愁来，春归何处，却不解、带将愁去。"

〔2〕"人言"句：王之道《望海潮·重九和彦时兄》："枫叶露痕，荻花风色，人言今日重阳。"

〔3〕凉云：高观国《喜迁莺》："凉云归去。"暮叶：陈师道《浣溪沙》："暮叶朝花种种陈。"

·评析·

本篇亦感慨流光之作，"日日风风雨雨"一句自然之极，颇见巧思。煞拍二句中的怅惘乍看浅淡，孰视之则浓稠难化，很动人心。"附读"之郭麟词写春景，而流动自然之致正乃容若一路，可以对参。

·附读·

卖花声　郭麟
十二玉阑干，六曲屏山。留春不住送春还。昨夜梨花今夜雨，多分阑珊。　春梦太无端，到好先残。夹衣初换又添绵。只是别来珍重意，不为春寒。

清平乐

青陵蝶梦[1]，倒挂怜么凤[2]。退粉收香情一种，栖傍玉钗偷共[3]。　惝惝镜阁飞蛾[4]，谁传锦字秋河[5]。莲子依然隐雾[6]，菱花暗惜横波[7]。

〔1〕青陵蝶梦：青陵，指青陵台，在河南封丘县境内。据《太平寰宇记》引干宝《搜神记》，宋康王强夺大夫韩凭妻，韩凭自杀，其妻亦投青陵台下，死后化蝶。按：今传《搜神记》所载不同，韩凭夫妇死后化成"大梓木，生于二冢之端。旬日而大盈抱，屈体相就，根交于下，枝错于上。又有鸳鸯，雌雄各一，恒栖树上，晨夕不去，交颈悲鸣，音声感人。宋人哀之，遂号其木曰相思树。相思之名，起于此也"。李商隐《青陵台》："青陵台畔日光斜，万古贞魂倚暮霞。莫讶韩凭为蝴蝶，等闲飞上别枝花。"

〔2〕么（yāo）凤：鸟名，绿毛红嘴，形似鹦鹉但体形较小。苏轼《西江月》："海仙时遣探芳丛，倒挂绿毛么凤。"

〔3〕"退粉"二句：退粉，见前《台城路·上元》注释〔8〕。"收香"及"栖傍"句，《名物通》："倒挂，即绿毛么凤，性极驯，好集美人钗上……身形如雀而羽五色，日间闻好香，则收藏尾翼间，夜则张翼以放香。"

〔4〕"愔愔"句：愔（yīn）愔，幽深悄寂貌。周邦彦《瑞龙吟》："愔愔坊陌人家，定巢燕子，归来旧处。"或以杜预注《左传》"祈招之愔愔，式招德音"解作"和乐安舒貌"，误。镜阁飞蛾，李商隐《镜槛》："斜门穿戏蝶，小阁锁飞蛾。"镜阁，女子居室。

〔5〕"谁传"句：锦字，由苏蕙《璇玑图》事引申为情信。李清照《一剪梅》："云中谁寄锦书来。"秋河，天河，银河。韩偓《六言三首》："幽欢不尽告别，秋河怅望平明。"

〔6〕"莲子"句：《子夜歌》："雾露隐芙蓉，见莲不分明。"莲谐音"怜"。

〔7〕"菱花"句：菱花，见前《梅梢雪·元夜月蚀》注释〔5〕。横波，女子眼神流动状。傅毅《舞赋》："目流睇而横波。"

在纳兰的爱情词当中，这是很特殊的一篇。首先特殊在情绪的迷离扑朔。从"青陵蝶"的典故与"谁传锦字秋河"之句来看，似有悼亡之意；而"倒挂"三句笔致特香艳，杂之悼亡词中，甚不得体。至于"莲子"二句，则又以轻倩的民歌手法写闺怨。作者意旨何在，确乎令人摸不着头脑。张秉戍先生以为此乃悼亡词，我们觉得没有那么简单。与此相应的，其次特殊在笔法的多变晦涩。纳兰词向以浅显明快著称，本篇却意象频密，措辞诡谲生涩，颇有李贺、李商隐诗歌的风味。张秉戍先生以为风格近乎周邦彦，亦我们所无法体会者。

以上讲了很多，其实是认输，承认自己无法获得本篇的真解。既不愿强作解人，"评析"之要求又不能留白，故提出以上疑问，就教于高明。我们想说的是，读惯了那些流丽轻快风格的纳兰词，看到这一篇绞尽脑汁而无法读通的，既别有一番快意，也体会到举纳兰词而以"明白""无余味""不耐思忖"等语以蔽之，实在并不够公道。

· 附读 ·

蝶恋花　黄侃

流水潺潺无断绝，流向天涯，何止千回折。不得长留甘永诀，可怜缘尽空鸣咽。　旧恨茫茫何处说，暂蚀仍圆，只有多情月。捣麝成尘香未歇，痴魂愿作青陵蝶。

清平乐

风鬟雨鬓[1]，偏是来无准。倦倚玉阑看月晕，容易语低香近[2]。　软风吹过窗纱，心期便隔天涯。从此伤春伤别[3]，黄昏只对梨花。

· 注释 ·

〔1〕风鬟雨鬓：女子发髻蓬松散乱。李朝威《柳毅传》："见大王爱女牧羊于野，风鬟雨鬓，所不忍视。"

〔2〕语低香近：晏几道《清平乐》："勾引行人添别恨，因是语低香近。"

〔3〕伤春伤别：李商隐《杜司勋》："刻意伤春复伤别，人间惟有杜司勋。"

· 评析 ·

　　在纳兰短暂的生命中，其爱情经历也是颇染上些神秘而凄美色彩的。民国蒋瑞藻《小说考证》引《海沤闲话》云："纳兰眷一女，绝色也，有婚姻之约。旋此女入宫，顿成陌路。容若愁思郁结，誓必一见，了此宿因。会遭国丧，喇嘛每日应入宫唪经，容若贿通喇嘛，披袈裟，果得一见彼姝。而宫禁森严，竟如汉武帝重见李夫人故事，始终无由通一词，怅然而去。"此类轶事大抵演绎成分居多，不可信，但纳兰某些词篇里带着那种温馨甜蜜与怅惘凄苦相交织的初恋情怀确属事实，作为背景视之亦无大妨碍的。如本篇，上片写幽会，下片写离别，忽而微笑依偎，忽而孤栖零落，起伏跌宕的心绪中弥漫着一种烟水迷离的感伤之美，确是这类题材的上佳之作。

　　在小令词牌中，《清平乐》属易学难精的一个。其上片四仄韵，句法为四、五、七、六；下片三平韵，皆六字句，从而抑扬有致，又兼具错落整饬之美。要写得轻倩流美，如溪水淙淙，又如大珠小珠落玉盘才是上品。本篇不徒音律谐妙，其铸语如"风鬟雨鬓""容易语低香近""从此伤春伤别，黄昏只对梨花"等亦极飞扬俊逸，不让晏小山专美于前，识者自能辨之。

· 附读 ·

卖花声　蒋敦复
梦醒客无家，有梦先差。春情都在旧琵琶。楼上残灯楼外雨，只隔窗纱。　　过了好年华，好事终赊。来生情愿作杨花。算是杨花容易落，一样天涯。

减字木兰花　况周颐
风狂雨横，未必城南芳信准。说起前游，梦绕青篷一叶舟。　　花枝纵好，载酒情怀都倦了。柳外湖边，付与鸳鸯付与蝉。

临江仙　黄侃

秋梦如烟吹不散，丝丝袅向天涯。玉箫凄咽是谁家。楼高人更迥，灯影隔窗纱。　　浪说柔情容易达，愁心望里频加。翠帷还被画屏遮。遥怜深夜月，犹自照庭花。

浪淘沙　张伯驹

帘外雨纷纷，静掩重门。梨花满院易黄昏。一穗银灯窥壁影，却印双人。　　烟篆泛层云，龙脑香薰。好添兽炭凤炉温。怕是年年二三月，多病伤春。

菩萨蛮·题《侧帽词》。王观堂引尼采语：文学须以血（Blut）书者，始见其真且工。余于性德词亦云然　饶宗颐

人间冰雪为谁热，新词恰似啼鹃血。血也不成书，眼枯泪欲无。　　风鬟连雾鬓，偏是来无准。吹梦到如今，有情海样深。

清平乐　弹琴峡[1]题壁

泠泠彻夜[2]，谁是知音者[3]。如梦前朝何处也，一曲边愁难写。　　极天关塞云中[4]，人随落雁西风。唤取红巾翠袖，莫教泪洒英雄[5]。

·注释·

[1]弹琴峡：《大清一统志·顺天府二》："弹琴峡，在昌平州西北居庸关内，两山相峙，水流石罅，声若弹琴。"

[2]"泠泠"句：顾贞观《采桑子》："小字香笺，伴过泠泠彻夜泉。"泠泠，形容声音清畅高扬。罗含《湘中记》："衡山有悬泉，滴沥岩间，声泠泠如弦音。"

[3]"谁是"句：用俞伯牙、钟子期故事。

[4]"极天"句：杜甫《秋兴》其七："关塞极天唯鸟道。"极天，高耸貌。关塞即言居庸关。

[5]"唤取"二句：辛弃疾《水龙吟·登建康赏心亭》："倩何人唤取，红巾翠袖，揾英雄泪。"

本篇词眼在末二句，"莫教泪洒"云云即稼轩《水龙吟》词末句翻用，唯将其悲慨变作一腔惆怅的感喟语。稼轩怀揽辔澄清之志，郁郁不得伸，故多"把吴钩看了，栏杆拍遍，无人会，登临意""求田问舍，怕应羞见，刘郎才气"的愤懑。容若抒发的乃是文人的泛常叹息，心绪与稼轩有别，如此皴擦点染，亦恰到好处。

· 附读 ·

蝶恋花　王国维

连岭去天知几尺，岭上秦关，关上元时阙。谁信京华尘里客，独来绝塞看明月。　　如此高寒真欲绝，眼底千山，一半溶溶白。小立西风吹素帻，人间几度生华发。

清平乐　忆梁汾

才听夜雨，便觉秋如许。绕砌蛩螀[1]人不语，有梦转愁无据。　　乱山千叠[2]横江，忆君游倦何方。知否小窗红烛，照人此夜凄凉。

· 注释 ·

〔1〕蛩螀：蛩（qióng），蟋蟀。螀（jiāng），秋蝉，寒蝉。《礼记·月令》："凉风至，白露降，寒蝉鸣。"孙应时《不寐》："空庭风露入，唧唧话蛩螀。"
〔2〕乱山千叠：形容莽苍险峻地貌。方干《寄普州贾司仓岛》："乱山重复叠。"

· 评析 ·

词亦感怀友朋之常语而已，值得说者乃上下片两"人"字。

前一"人"无疑为"我",后一"人"则不止是"我",而是隐约包容进了其他遥思梁汾的红粉知己之"人",其味道即格外悠长,故严迪昌先生有云:"纳兰小令每具此种摇曳多致、余情曲包之审美效应。"

·附读·

清平乐·偶见詹无庵橐作小词,惊才绝艳,次韵二首（选一） 饶宗颐
看天不语,底事秋同住。陌上秋花秋泪古,禁得几番秋雨。　　秋心聊托瑶琴,殊方冷落宵襟。相见白头无分,芭蕉雨打秋心。

清平乐

塞鸿去矣,锦字何时寄。记得灯前伴忍泪[1],却问明朝行未。　　别来几度如珪[2],飘零叶落成堆。一种晓寒残梦,凄凉毕竟因谁。

·注释·

[1]"记得"句:韦庄《女冠子》:"别君时,忍泪伴低面,含羞半敛眉。"
[2]"别来"句:谓以月缺计数分别日期。江淹《别赋》:"秋露如珠,秋月如珪……与子之别,思心徘徊。"

·评析·

　　词写别情,极平常。好处有二:一是上片叙事,下片抒情,章法井然;二是煞拍明知故问,笔致空灵。此两点乍看平平无奇,写至纳兰这样纯粹利落,固亦难能。

一丛花　咏并蒂莲

阑珊玉珮罢霓裳[1]，相对绾红妆。藕丝风送凌波去[2]，又低头、软语商量[3]。一种情深，十分心苦[4]，脉脉背斜阳[5]。　　色香空尽转生香[6]，明月小银塘[7]。桃根桃叶[8]终相守，伴殷勤、双宿鸳鸯。菰米漂残，沉云乍黑[9]，同梦寄潇湘。

·注释·

〔1〕霓裳：霓裳羽衣舞。裴铏《传奇·薛昭》："(杨)妃甚爱惜，常令独舞《霓裳》于绣岭宫。"王沂孙《水龙吟·白莲》："翠云遥拥环妃，夜深按彻霓裳舞。"

〔2〕"藕丝"句：藕丝风，荷塘上吹拂之风。洪咨夔《朝中措·送同官满归》："荷花香里藕丝风。"凌波，见前《点绛唇·咏风兰》注释〔3〕。每以喻水生花木如莲花、水仙等。

〔3〕商量：即对谈、讨论，拟人化手法。

〔4〕心苦：莲心味苦，古人常用以双关相思之情。

〔5〕"脉脉"句：温庭筠《梦江南》："斜晖脉脉水悠悠。"

〔6〕"色香"句：顾贞观《小重山》："色香空尽转难忘。"

〔7〕银塘：清澈明净的池塘。萧纲《和武帝宴诗》之一："银塘泻清渭，铜沟引直漪。"

〔8〕桃根桃叶：张敦颐《六朝事迹类编》："桃叶者，晋王献之爱妾名也，其妹曰桃根。"此以之喻并蒂莲。

〔9〕"菰米"二句：杜甫《秋兴》："波漂菰米沉云黑，露冷莲房坠粉红。"菰米，水生草本植物菰的种子，可食用，古代"六谷"之一。

·评析·

　　咏物词之弊，一是情感淡泊，无所用心，所咏之物形象涣散，

〔清〕恽寿平——《荷花册页》

没有灵魂；二是堆砌典实，烦琐破碎，将"物""咏"成流水账；三是线索散乱，不知所云，只见"咏"而不见"物"。以上述原则衡纳兰此篇，"又低头、软语商量"一句极富情韵；"一种情深，十分心苦"一句能遗形而取神；"色香空尽转生香"一句提点升华，画龙点睛；"菰米"数句侧锋烘托，饶有远致，都可圈可点。虽无大寄托，固可称上乘之作。

· 附读 ·

一丛花·咏并蒂莲　顾贞观

一篙轻碧众香浮，月艳淡于秋。双成本是无双伴，汉皋佩、知猜谁收。浴罢孤鸯，背花飞去，花外却回头。　　合欢消息并兰舟，生未识离愁。相怜相妒浑多事，料团扇、不耐飔飔。金粉飘残，野塘清露，各自悔风流。

一丛花·咏并蒂莲　严绳孙

画桡昨夜过横塘，两两见红妆。丝牵心苦浑闲事，甚亭亭、别是难忘。澹月层城，影娥池馆，生小怕凄凉。　　而今稽首祝空王。便落也双双。露寒烟远知何处，妥红衣、忽认余香。那夜帘栊，双纹绣帖，有尔伴鸳鸯。

菊花新　用韵送张见阳令江华[1]

愁绝行人天易暮，行向鹧鸪声里住[2]。渺渺洞庭波，木叶下、楚天何处[3]。　　折残杨柳应无数，趁离亭、笛声催度[4]。有几个征鸿，相伴也、送君南去。

· 注释 ·

[1]张见阳：张纯修号，生平事迹见前《蝶恋花·散花楼送客》评析部分。见阳为人清介高洁，擅丹青，画品亦高逸。江华：湖南最南端县邑，与两广毗邻，位于五岭中萌渚岭东北。张见阳于康熙十八年（1679）赴任。
[2]"愁绝"二句：辛弃疾《菩萨蛮·书江西造口壁》："江晚正愁余，山深闻鹧鸪。"《本草纲目》载，俗谓鹧鸪"鸣曰行不得也哥哥"，以象

声喻行路之难。

〔3〕"渺渺"二句：见前《采桑子·九日》注释〔3〕。

〔4〕"趁离亭"句：郑谷《淮上与友人别》："数声风笛离亭晚，君向潇湘我向秦。"催度，催促，催请。

· 评析 ·

　　容若与张纯修为异姓昆弟，今张氏赴任楚天南角，难免牵系关怀。"鹧鸪声"乃指道路艰险，"楚天何处"则悬念其地幽远难及。"离亭笛声"暗用郑谷"数声风笛离亭晚，君向潇湘我向秦"之句，极切题面。如此"眷切"的知己之情，真如其致张氏札中所说"心逐去帆，与江流俱转"。

　　词体要眇宜修，用之言别最佳。至于信札，则又是一样气色。"念古来名士多以百里起家者，愿足下勿薄一官，他日循吏传中，借君姓名，增我光宠""古人践历华要，犹恨不为亲民之官，得展其志愿者。勉旃，勉旃"云云，皆勉励语，是亦丈夫之志也。下附二信，读者可自参看。

· 附读 ·

送张见阳令江华　纳兰性德
楚国连烽火，深知作吏难。吾怜张仲蔚，临别劝加餐。避俗诗能寄，趋时术恐殚。好名无不可，聊欲砥狂澜。

纳兰容若致张见阳札（节选）
成德白：渌水一樽，黯然言别，渐行渐远，执手何期？心逐去帆，与江流俱转，谅知己同此眷切也。衡阳无雁，音问久疏。忽捧长笺，正如身过临邛，与我故人琴酒相对。乡心旅况，备极凄其。人生有情，能不惆怅。念古来名士多以百里起家者，愿足下勿薄一官，他日循吏传中，藉君姓名，增我光宠。种种自当留意，乃劳谆嘱耶？

又
四月廿一日成德白：朝来坐渌水亭，风花乱飞，烟柳如织，则正年时把酒分襟之处也。人生几何，堪此离别？湖南草绿，凄咽同之矣。改岁以还，想风土渐宜，起居安适。唯是地方兵燹之后，兴除利弊，动费贤令一番精神。古人有践历华要，犹恨不为亲民官，得展其志愿者。勉旃，勉旃！勿谓枳棘非鸾凤所栖也。兼尔荒残，料无脂膏可点清白，但一从世俗起见，则进取既急，逢迎必工，百炼刚自化为绕指柔。我辈相期，定不在是。兄之自爱，深于弟之爱兄，更无足为兄虑者。

淡黄柳　咏柳

三眠〔1〕未歇，乍到秋时节。一树斜阳蝉更咽〔2〕。曾绾灞陵离别〔3〕，絮已为萍〔4〕风卷叶。　　空凄切，长条莫轻折。苏小恨、倩他说〔5〕。尽飘零、游冶章台客〔6〕。红板桥空〔7〕，湔裙〔8〕人去，依旧晓风残月〔9〕。

·注释·

〔1〕三眠：《三辅故事》："汉苑中有柳状如人形，号曰人柳，一日三眠三起。"刘克庄《春词》："雏莺又百啭，高柳忽三眠。"张炎《踏莎行》："柳未三眠，风才一讯。催人步屧吹笙轻。"

〔2〕"一树"句：李商隐《柳》："如何肯到清秋日，已带斜阳又带蝉。"蝉咽，入秋蝉鸣声似凄咽，不若夏时浏亮。

〔3〕"曾绾"句：李白《忆秦娥》："年年柳色，灞陵伤别。"刘禹锡《杨柳枝词》："长安陌上无穷树，唯有垂杨绾别离。"灞陵，西汉文帝陵，位于今陕西西安灞桥区东灞水岸，灞桥驿亭为当时折柳送别处。

〔4〕絮已为萍：柳之种子称柳絮，亦叫柳绵，以其带有白色绒毛，春暮放飞。旧时传说柳絮入池水化为萍。苏轼《水龙吟·次韵章质夫杨花词》："晓来雨过，遗踪何在，一池萍碎。"

〔5〕"苏小"句：温庭筠《杨柳枝》："苏小门前柳万条，毵毵金线拂平桥。"苏小，苏小小省称，钱塘名妓，南朝齐时人。又赵翼《陔余丛考·两苏小小》谓："南宋有苏小小，亦钱塘人。其姊为太学生赵不敏所眷，不敏命其弟娶其妹名小小者。见《武林旧事》。"

〔6〕"尽飘零"句:欧阳修《蝶恋花》:"玉勒雕鞍游冶处,楼高不见章台路。"章台,秦时宫名、汉时街名均有章台,后每以汉长安章台下街名指称秦楼楚馆。唐韩翃有宠姬柳氏,临别韩以词寄之。后柳氏为番将沙咤利所掳,亦作同调回寄韩,因韩词句为"章台柳"取作调名。词见许尧佐《柳氏传》与孟棨《本事诗》。韩词云:"章台柳,章台柳,昔日青青今在否?纵使长条似旧垂,也应攀折他人手。"柳词云:"杨柳枝,芳菲节,可恨年年赠离别。一叶随风忽报秋,纵使君来岂堪折。"

〔7〕"红板"句:白居易《杨柳枝》:"红板江桥青酒旗,馆娃宫暖日斜时。可怜雨歇东风定,万树千条各自垂。"

〔8〕湔裙:见前《浣溪沙》(五月江南麦已稀)注释〔5〕。

〔9〕"依旧"句:柳永《雨霖铃》:"杨柳岸、晓风残月。"

· 评析 ·

词牌为"淡黄柳",词即咏柳,此之谓"本意",亦可见是为咏物而咏物的习作,无大寄托,也不大有感情投入,大抵练笔而已。虽然如此,煞拍"红板桥空,湔裙人去,依旧晓风残月"三句点染柳永名句而添出无限离别之意,仍甚具动人处。

满宫花

盼天涯,芳讯绝[1]。莫是故情全歇[2]。朦胧寒月影微黄,情更薄于寒月。 麝烟销,兰烬灭[3]。多少怨眉愁睫。芙蓉莲子待分明[4],莫向暗中磨折。

· 注释 ·

〔1〕芳讯绝:芳讯,花信,同"芳信"。史达祖《双双燕》:"应自栖香正稳,便忘了、天涯芳信。"

〔2〕歇:尽,犹言全无了。

〔3〕"麝烟"二句:麝烟,见前《清平乐》(麝烟深漾)注释〔1〕。销,熄灭。

兰烬，灯花。皇甫松《忆江南》："兰烬落，屏上暗红蕉。"
〔4〕"芙蓉"句：见前《清平乐》（青陵蝶梦）注释〔6〕。

·评析·

　　本篇仍是拟古之作，颇具乐府情味，置之《花间集》中，当数疏朗一路。词以女子口吻叙说，"朦胧"二句言对方冷漠薄情，因"寒月"之影朦胧缥缈，摇漾不定，故有"情更薄于寒月"之奇想。两"寒月"之连属于纳兰或属寻常，天分较差者则终生难得此一句也。过片三句写长夜思苦，即下句所云之"磨折"。其"怨眉愁睫"四字亦颇生新。结二句甚婉委而语致极决断：我在等你把意思说清楚，不要不明不白来折磨人，实际已属"最后通牒"。其决绝处正乃乐府情味之佳处。

·附读·

满宫花　杨圻
柳丝长，征马歇，重把归期先说。细云疏雨过长亭，暗暗吴山千叠。　　水东流，人小别，别后归来愁绝。碧芜烟湿露珠明，数片梧桐秋叶。

洞仙歌　咏黄葵〔1〕

　　铅华不御〔2〕，看道家妆〔3〕就。问取旁人入时否〔4〕。为孤情淡韵，判不宜春，矜标格、开向晚秋时候。　　无端轻薄雨〔5〕，滴损檀心，小叠宫罗镇长皱〔6〕。何必诉凄清，为爱秋光，被几日、西风吹瘦。便零落、蜂黄〔7〕也休嫌，且对倚斜阳，倦偎红袖。

·注释·
〔1〕黄葵：锦葵科一年生草本植物，又名黄蜀葵。李时珍《本草纲目》：

"黄蜀葵与蜀葵别种……叶心下有紫檀色。""夏末开花，浅黄色……旦开，午收，暮落，亦呼侧金盏花。"故下文"檀心"云。

〔2〕铅华不御：谓不施脂粉。曹植《洛神赋》："芳泽无加，铅华弗御。"铅华，见前《菩萨蛮》（隔花才歇廉纤雨）注释〔4〕。

〔3〕道家妆：王嘉《拾遗记》："刘向……校书天禄阁……夜有老人，着黄衣，植青藜杖，叩阁而进……请问姓名，云：'我是太乙之精，天帝闻卯金之子有博学者，下而观焉。'"后世遂以黄衣为道家装束，又引为黄葵之喻。

〔4〕"问取"句：朱庆余《近试上张水部》："妆罢低声问夫婿，画眉深浅入时无。"入时，合乎时尚。

〔5〕"无端"句：晏几道《生查子》："无端轻薄云，暗作廉纤雨。"

〔6〕"小叠"句：形容花瓣如罗衣多皱，菊花即有"叠罗"之目。

〔7〕蜂黄：蜂体间黄粉，又为女子涂额妆饰物，此处一笔双写。

· 评析 ·

　　除却"命题作文"、闲来练笔、好奇作异几种情况，作者选择何"物"可"咏"的过程大抵是投射自己心绪品格的过程，纳兰最好的咏物词《采桑子·塞上咏雪花》《临江仙·寒柳》既是如此。此二首之外，他选择咏黄葵，也摇曳映射出了自家面目。什么是"孤情淡韵，判不宜春"？什么是"矜标格"？什么是"为爱秋光，被几日、西风吹瘦"？这里难道不是有着对自己身处的富贵门阀、簪笔禁近的处境的疏离么？

　　对此，纳兰是再三言之的。在致异姓昆弟张见阳的信中他说："至长安中，烟海浩浩，九衢昼昏，元规尘污，非便面可却。以弟视之，正复支公所云：'卿自见其朱门，贫道如游蓬户耳。'"在致岭南三大家之一梁佩兰的信中他如此邀请梁氏入京与自己共操选政："不知足下乐与我同事否？有暇及此否？处雀喧鸠闹之场而肯为此冷淡生活，亦韵事也，望之望之。"对自己与九衢烟尘格格不入的"孤情淡韵""标格"都已经说得非常清楚了。前文提过杨芳灿《饮水词序》中的深慨："先生貂珥朱轮，生长华腴，其词则哀怨骚屑，类憔悴失职者之所为。"由是而言，这首一定程度上显呈了一己心地的"咏黄葵"也是不宜轻轻读过的。

附读蒋捷之《南乡子》，可征容若"孤情淡韵"说之由来。姚华、谢玉岑二首皆题画之作，可一并参读。

·附读·

南乡子·黄葵　蒋捷
冷淡是秋花。更比秋花冷淡些。到处芙蓉供醉赏，从他。自有幽人处士夸。　寂寞两三葩。昼日无风也带斜。一片西窗残照里，谁家。卷却湘裙薄薄纱。

西江月·秋葵凤仙　姚华
入道仙衣蘸酒，凝脂玉质俍琼。一般儿女两轻盈，顾影初阳相并。　仿佛金坛受箓，依稀赤甲弹筝。钟馗小妹嫁时情，一婢花中堪媵。

浣溪沙·题画雁来红、拒霜、秋葵　谢玉岑
沉醉西风倚绿幢，砑罗慵试道家装。几时来伴水仙王。　鸭脚已遮云外路，雁书新递叶边霜。芙蓉江上是斜阳。

唐多令　雨夜

丝雨织红茵[1]，苔阶压绣纹。是年年、肠断黄昏。到眼芳菲都惹恨，那更说，塞垣[2]春。　萧飒不堪闻，残妆拥夜分。为梨花、深掩重门[3]。梦向金微山下去，才识路，又移军[4]。

·注释·

〔1〕红茵：红色垫褥。元稹《梦游春七十韵》："铺设绣红茵，施张钿妆具。"
〔2〕塞垣：原义为汉代为抵御鲜卑所设的边塞，后泛指边塞及北方边境

地带。

〔3〕"为梨花"句：戴叔伦《春怨》："金鸭香销欲断魂，梨花春雨掩重门。"

〔4〕"梦向"三句：张仲素《秋思二首》："梦里分明见关塞，不知何路向金微……欲寄征衣问消息，居延城外又移军。"金微山，今新疆西北部的阿尔泰山。

· 评析 ·

　　思妇伤春怀远之词也，与繁多的同类题材词相比，其独异处在于煞拍的"梦"。日有所思夜有所梦是正常的，常人也就写到此处为止，本篇则推进一层：好容易梦到金微山，刚刚熟悉了一点路程，结果军队驻地又换了！那岂不是又要迷失？如此患得患失，其焦灼无奈之情即加一倍凸显。

· 附读 ·

唐多令　黄侃

高树早凉还，渠荷开又残。几分秋、已是凄然。惟有夕阳红可爱，人去后，好凭栏。　　楚泽忆幽兰，初心总未寒。对西风、遥计平安。未必重逢真绝望，只不是，旧朱颜。

秋水　听雨

　　谁道破愁须仗酒〔1〕，酒醒后，心翻碎。正香销翠被〔2〕，隔帘惊听，那又是、点点丝丝和泪。忆剪烛、幽窗小憩〔3〕。娇梦垂成，频唤觉、一眶秋水〔4〕。　　依旧乱蛩声里，短檠〔5〕明灭，怎教人睡。想几年踪迹，过头风浪〔6〕，只消受、一段横波花底〔7〕。向拥髻、灯前提起。甚日还来，同领略、夜雨空阶〔8〕滋味。

〔1〕"谁道"句：赵长卿《南乡子》："谁道破愁须仗酒，君看。酒到愁多破亦难。"

〔2〕香销翠被：意为夜已深，熏炉香烟消散，故翠被生寒。王炎《踏莎行》："尘暗犀梳，香消翠被。悄无音信来青羽。"

〔3〕"忆剪烛"句：用李商隐《夜雨寄北》句意，纳兰词中屡见。或用之友人，或用之爱人，盖义山诗本也具两种解释也。

〔4〕"频唤觉"句：频唤觉，不时逗引使之睁开眼来睡不成，亲昵调笑动作。秋水，喻清澈眼波，一般指女子美目。李贺《唐儿歌》："一双瞳人剪秋水。"

〔5〕短檠（qíng）：矮灯。檠，灯架，指代灯。韩愈《短灯檠歌》："长檠八尺空自长，短檠二尺便且光。"

〔6〕过头风浪：险恶风波，喻患难艰危事。袁宏道《放言效白》："铁网试捞穿海月，渔舟任截过头波。"

〔7〕"一段"句：横波，喻女子美目。沈谦《西江月》："目成花底认横波。"

〔8〕夜雨空阶：何逊《从镇江州与故游夜别》："夜雨滴空阶，晓灯离暗室。"

·评析·

　　本篇《草堂嗣响》题作"雨夜"。道光汪元治刻本、光绪许增刻本于词牌下均有按语，指明此调《词谱》《词律》均不载，疑系自度曲。李慈铭《越缦堂日记》曾批评汪刻本"校雠不精，又指其《琵琶仙》《秋水》等调为自度曲，盖全不知此事矣"。《琵琶仙》系因第六句少一"争"字，汪氏误解，确属粗疏。而此《秋水》一调，则实为容若自度曲（吴藕汀等《词调名辞典》）。莼客多才博雅，以善骂，亦不乏误解。此为一例。

　　据谢章铤《赌棋山庄词话》的统计，容若颇多自度曲。《玉连环影》三十一字，《落花时》五十二字，《添字采桑子》五十字（与《促拍采桑子》字同句异），《秋水》一百一字，《青衫湿遍》一百二十二字，《湘灵鼓瑟》一百三十二字（一曰《剪梧桐》是也）。若《踏莎美人》六十二字、《剪湘云》八十八字，则梁汾所度，取而填者。学界一般以为至晚明代中期词乐已失传，从此，词由音乐文学体式彻底转为案头书写文学样式。故清初词中自度曲虽颇有一些（如"西泠十子"之沈谦集中即不少），乃大多不为后人所知。相比之下，容若所作大家还较熟悉一些。

这首《秋水》与《青衫湿遍》《剪梧桐》可并列为其自度曲之上品，虽亦不可歌，但音节谐婉流丽，情致真纯朴厚，动人处不下于故老相传之词调。开篇三句引赵长卿成句而翻进一层，奠定全篇哀恻的基准色。"正香销"三句正面写夜半听雨声时的伤感。"那又是、点点丝丝和泪"一句凄怆之极，遂有下文"忆剪烛"三句，以昔时温馨映照衬见眼前苍凉。"娇梦垂成，频唤觉、一眶秋水"之细节，将爱怜之情写得妙到毫巅，是一篇精华所在。

过片三句转回眼前，更由听雨之花月情拓展入更广阔之人生层面。"几年踪迹，过头风浪"云云包含实多，不仅花月之情也，而"一段横波""花底""拥髻灯前"正是留存心头之倩影，虽光阴荏苒，不能消磨。末三句写重见心上人之企盼，无异于一种凄艳之心灵召唤。用以收束全篇，既落实"听雨"之主题，亦透出一分空灵。

·附读·

浪淘沙·听雨　杨芳灿

落叶带愁飘，敲响窗寮。相思人度可怜宵。几片凉云流不住，夜雨萧萧。　鹊尾嫩香销，灯也慵挑。罗衾如水梦无憀。自是侬家听不得，错怪芭蕉。

高阳台　程颂万

殢雨篷心，弹潮舵尾，春江断送兰桡。冷浸鱼天，一枝凉月吟箫。返魂新柳夸三绝，做鬘眉、泪眼蛮腰。系湾头，纵有他生，不似虹桥。　当初唤玉帘衣臂，已心心心上，长遍愁苗。镜海颓廊，居然有个鹦招。过头风浪年时事，待萍鸥、送上离潮。怕横江，万斛诗愁，酒薄难消。

虞美人

峰高独石当头起，影落双溪水。马嘶人语各西东，行到断崖无路小桥通。　朔鸿过尽[1]归期杳，人向征鞍[2]老。又将丝泪[3]湿斜阳，回首十三陵树暮云黄。

·注释·

〔1〕朔鸿过尽：朔鸿即北雁。雁秋时南飞，时为深秋入冬，故谓过尽。

〔2〕征鞍：见前《洛阳春·雪》注释〔1〕。

〔3〕丝泪：泪丝，泪行。韦应物《拟古诗》："年华逐丝泪，一落俱不收。"

·评析·

　　此词当亦作于康熙十五年（1676）扈驾十三陵时。"峰高独石"一句极险峻突兀，以之开篇，特具威势。其后诸句也大抵相配，惟"丝泪"二字杂于其中甚觉荏弱。伤感颓唐可以理解，至"丝泪"程度则与全篇之刚健基调不称。此或因贪图"湿斜阳"之"湿"字而强用"丝泪"，从效果看，因小失大矣。

虞美人

黄昏又听城头角，病起心情恶。药炉初沸短檠青[1]，无那残香半缕恼多情。　多情自古原多病[2]，清镜怜清影。一声弹指泪如丝，央及东风休遣玉人知。

·注释·

〔1〕檠：灯焰。赵长卿《念奴娇·夜寒有感》："檠短灯青。"

〔2〕"多情"句：柳永《倾杯》："早是多情多病。"

陈少梅——《秋园行旅》

本篇张秉戌先生《纳兰性德词新释辑评》列入"友情编"，盖从"一声弹指"推定为顾贞观而作。此或未能免于牵强，"弹指"乃常语也，未必指顾氏《弹指词》。纳兰《菩萨蛮》另有"一声弹指浑无语"之句，然则该篇亦为顾氏而作耶？揣摩词意，本篇无非是病起时恶心绪之抒述：药炉初沸，残香半缕，由"多病""清影"联想及自己的多情多愁，不禁一声长叹，还是不要让伊人知道自己这些不妙的景况罢！走笔至此，可谓其情拳拳，其意绵绵，惟末句稍显直白尔。倘能精思慎笔，本篇应可再进一程。

· 附读 ·

浣溪沙·仿饮水词，只求貌似却无题目也　梁鼎芬

才说当时泪暗倾，宵宵寒雨绿阴成。有人帘外盼天晴。　独自空庭花细落，那堪今夜月微明。药烟茶梦断平生。

虞美人　为梁汾赋

凭君料理花间课[1]，莫负当初我。眼看鸡犬上天梯[2]，黄九自招秦七共泥犁[3]。　瘦狂那似痴肥好，判任痴肥笑[4]。笑他多病与长贫，不及诸公衮衮向风尘[5]。

· 注释 ·

[1] 花间课：谓选《花间集》等词集之佳者为读本，详见本篇评析。

[2] 鸡犬上天梯：即"一人得道，鸡犬升天"。王充《论衡·道虚》述淮南王学道，举家升天，畜产皆仙，犬吠于天上，鸡鸣于云中。

[3] 黄九：黄庭坚，北宋词人，字鲁直，有《山谷琴趣外篇》。秦七：

秦观,字少游,与黄庭坚等同称"苏门四学士",尤以词名著天下,有《淮海居士长短句》。《苕溪渔隐丛话后集》卷十三引陈师道言:"今代词手,惟秦七、黄九耳,唐诸人不迨也。"泥犁:佛家语,由梵文音译,意为地狱。《禅林僧宝传》卷二十六:"黄庭坚鲁直作艳语,人争传之。(法)秀呵曰:'翰墨之妙,甘施于此乎?'鲁直笑曰:'又当置我于马腹中耶?'秀曰:'汝以艳语动天下人淫心,不止马腹,正恐生泥犁中耳'"。

〔4〕"瘦狂"二句:《南史·沈庆之传》附《沈昭略传》:"尝醉,晚日负杖携家宾子弟至娄湖苑,逢王景文子约,张目视之曰:'汝是王约耶?何乃肥而痴。'约曰:'汝沈昭略邪?何乃瘦而狂。'昭略抚掌大笑曰:'瘦已胜肥,狂又胜痴。'"判任,任凭。判,同"拚"。

〔5〕"不及"句:衮衮诸公,众多显宦,含贬义。杜甫《醉时歌》:"诸公衮衮登台省,广文先生官独冷。"风尘,污浊纷扰之仕宦生涯。高适《封丘作》:"乍可狂歌草泽中,宁堪作吏风尘下。"

· 评析 ·

　　本篇汪刻本有题"为梁汾赋",《笺校》据此定为康熙十七年作,以"料理花间课"指顾氏南下刊刻《今词初集》及《饮水词》事。严迪昌先生《纳兰词选》以为汪刻本题目未必可信,玩词意应寄梁佩兰,嘱其共著选本,非为请编校一己之词,并附录《与梁药亭书》为证。据梁佩兰《祭文》"我离京师,距今四年;此来见公,欢倍于前"云云,梁氏于康熙二十三年(1684)冬赴京,次年春会试再次下第。农历五月二十三日同姜宸英、顾贞观、吴雯集容若斋中,同咏庭中夜合花,三十日容若卒。可知词与信当均作于康熙二十三年秋。

　　两说对照,《笺校》胜在版本依据,然循此则必然解释"眼看鸡犬上天梯""痴肥""诸公衮衮向风尘"等句为讽刺本年应"鸿博"考试诸君。一来其中严绳孙、秦松龄、朱彝尊、陈维崧等皆系性德好友,性德似不至如此尖刻不厚道,为梁汾而"一竹篙打翻一船人";二来事关朝廷国策,性德新授侍卫,似也不致如此明目张胆讥刺。依严先生之说，则以上均可解作词学观念之比喻，难题可迎刃而解矣。

　　本篇系纳兰重要的词学宣言，意义不在《填词》诗之下。严迪昌先生如此解说之："'莫负'一句即谓不要违我初衷。其初衷指词之观念、审美倾向。徐乾学《墓志铭》：'尤喜为词，自唐五代以来诸名家词皆有选本。''好观北宋之作，不喜南渡诸家。''眼看'二句力主词应'言情入微'，有真情哪怕艳语犯戒入地狱，最厌陈陈相因……滥竽正宗之名，即犬吠天上，鸡鸣云中。'瘦狂'二句反讽，谓美丑高下任由有目无珠者去评断，让痴肥笑瘦狂吧！瘦狂，喻超迈有性情有骨力，痴肥则冗沓平庸，辞费空枵。后文'多病'句即指所以瘦狂者，'诸公'句则指痴肥。黄秦之辈，皆贫病类型。贫，多指仕途不顺，与通达对言。病，以病于心、精神抑郁为主要指对。与此风尘生涯之俗与热相对言，则即为自守操持，自持情性之冷生活。句中'笑'字意为庸俗之辈嘲笑我辈'瘦狂'，二句实自得自豪语。"恭录于上供参酌。

· 附读 ·

填词　纳兰性德

诗亡词乃盛，比兴此焉托。往往欢娱工，不如忧患作。冬郎一生极憔悴，判与三闾共醒醉。美人香草可怜春，凤蜡红巾无限泪。芒鞋心事杜陵知，只今惟赏杜陵诗。古人且失风人旨，何怪俗眼轻填词。词源远过诗律近，拟古乐府特加润。不见句读参差《三百篇》，已自换头兼转韵。

桃源忆故人　顾贞观

千金一刻三春夜，转眼水流花谢。已觉都成梦话，只是伤心也。　　分明有恨如何写，判得今生暂舍。还拟他生重借，领袖鸳鸯社。

虞美人

绿阴帘外梧桐影，玉虎牵金井[1]。怕听啼鴂出帘迟[2]，恰到年年今日两相思。　　凄凉满地红心草[3]，此恨谁知道。
待将幽忆寄新词，分付芭蕉风定月斜时。

· 注释 ·

〔1〕"玉虎"句：李商隐《无题》："玉虎牵丝汲井回。"玉虎，井上的辘轳。

〔2〕"怕听"句：张炎《高阳台》："莫开帘，怕见飞花，怕听啼鸠。"鸠
（jué），伯劳鸟，一说即杜鹃。

〔3〕红心草：红心灰藋俗称。相传唐代王炎梦侍吴王，言葬西施。吴王
悲悼不止，立诏词客作挽歌。炎应教作《西施挽歌》，有"满地红心草，
三层碧玉阶"之句。沈亚之《异梦录》载此事，后以"红心草"为美人
遗恨之典。

· 评析 ·

　　自"红心草"典故可以推知，本篇亦是悼亡词。所谓"绿
阴梧桐""芭蕉风定"，正是夏日光景，与性德妻卢氏逝世之五月
三十日合，"年年今日"或即指此。其"怕""凄凉""恨""幽忆"
等字，已经将悼念之意表达得非常充沛。在性德诸多杰出的悼亡
之作里，这一首并未出色，然"分付芭蕉风定月斜时"九字一气
呵成，句法出色，令人一见难以去怀。

· 附读 ·

采桑子·过旧院　谢章铤
可怜一片繁华地，浅水弯弯。斜月珊珊。弱草红心忆珮环。　　销魂枨触无穷事，
小谪人间。流落关山。春后花光似水寒。

蝶恋花　麦孟华
庭院惝惝人悄悄，减了腰围，添了闲烦恼。绿遍阶苔人不到。恹恹春恨谁知
道。　　起拨薰炉寒料峭。愿作炉烟，出入君怀抱。镜里朱颜春易老。相思
盼断红心草。

虞美人

　　风灭炉烟残灺[1]冷，相伴惟孤影。判教狼藉醉清尊[2]，为问世间醒眼是何人。　　难逢易散花间酒，饮罢空搔首[3]。闲愁总付醉来眠，只恐醒时依旧到尊前。

·注释·

〔1〕残灺（xiè）：蜡烛的余烬。

〔2〕"判教"句：情愿喝得酩酊大醉。判，同"拚"，甘愿，不惜。

〔3〕搔首：焦虑有所思状。《诗经·邶风·静女》："爱而不见，搔首踟蹰。"

·评析·

　　如同其他的天才一样，这位年轻俊异的满洲词人的内心常常是极度孤独的。所以一旦遇见可青眼相加的同道，他才会那样热切真诚，倾心以待。但是，独处的时候，寂寞孤独（即其词中所谓"闲愁"）总会不期而至，无论醒，无论醉，避之不开，挥之不去。小词即写此一种情绪，其上下片各用"醒""醉"二字串联，既见往复回环之妙，更见出"世间醒眼"之痛楚无所不在。

　　这是一场"难逢易散花间酒"后的内心独白，也是一个"世间醒眼人"的孤寂自语：世人皆醉，我何独醒？满目烦恼，索性再谋一醉吧，但睡醒时愁情又上心头！这是容若深心里发出的声音，对认知其人格品性价值颇大，仅亚于"我是人间惆怅客""不是人间富贵花"等数语而已。

·附读·

　　虞美人　陈步墀

　　　　盛季莹太守景璿寄赠屈翁山先生象、粤东三家词钞、焦山志、魂粤庐余两集，用饮水词韵作答。

　　梧桐叶落秋风冷，盼断鱼鸿影。忽看图籍到金樽，知是多情楼上照霞人。　　相逢曾泛葡萄酒，别去频回首。屋梁怀月尚无眠，安得长为三柳拜君前。

鹧鸪天　况周颐
如梦如烟忆旧游，听风听雨卧沧洲。烛消香炧沉沉夜，春也须归何况秋。　　书
咄咄，索休休，霜天容易白人头。秋归尚有黄花在，未必清尊不破愁。

蝶恋花　庞俊
携手中园灯色晚。款语花前，尚惜花阴浅。明月不辞相送远，望中贝阙清光
满。　　街鼓凉声人欲断。易散难逢，最是秋宵短。恨近云鬟香雾乱，袜尘
拼取明朝换。

蝶恋花　袁克文
又向花间寻断梦。几度欢来，几度愁思重。病酒年年谁与共，朱楼听彻梅花
弄。　　翠枕欲抛珠琐动。次第东风，何日春相拥。量取闲愁随处送，相思
只合江南种。

虞美人

春情只到梨花薄[1]，片片催零落。夕阳何事近黄昏，不道人间犹有未招魂[2]。　　银笺[3]别记当时句，密绾同心苣[4]。为伊判作[5]梦中人，长向画图清夜唤真真[6]。

·注释·

[1]"春情"句:谓春暮梨花凋落,春亦逝去。薄,指薄情,春情薄即春无情。

[2]"不道"句:不道,不管、不顾。未招魂,未及招归亡魂。杜甫《返照》:"南方实有未招魂。"

[3]银笺:素笺,洁白笺纸。王沂孙《高阳台》:"朝朝准拟清明近,料燕翎、须寄银笺。"

[4]同心苣:锦带打成连环回文样式的结子,象征永不分离。沈约《少年新婚为之咏诗》:"锦履并花纹,绣带同心苣。"

[5]判作:甘心做。

[6]"长向"句:用赵颜、真真事,见前《浣溪沙》(旋拂轻容写洛神)

注释〔4〕。陈与义《次韵何文缜题颜持约画水墨梅花二首》其一："从此不贪江路好，剩拚心力唤真真"；周密《江城子·赋玉盘盂芍药寄意》："酒醒歌阑，谁为唤真真"。

· 评析 ·

此阕悼亡词应作于卢氏逝世次年，即康熙十七年 (1678) 春暮时。眼看梨花凋落，夕阳西逝，不免又勾起自己念兹在兹的伤情。又一个夜晚要到来了，自己还是对着爱妻的遗像一声声呼唤，可她真能像小说里的真真一样活过来吗？如此痴人说梦，正对应上片的"招魂"之语，亦正见其痴不可及。

· 附读 ·

浣溪沙　潘飞声
仿佛湘灵又洛神，循弦寻梦总难分。微闻香泽似花云。　　元鹤明光空记曲，离鸾私语静无人。断肠清夜唤真真。

虞美人

曲阑深处重相见，匀泪偎人颤 [1]。凄凉别后两应同，最是不胜清怨 [2] 月明中。　　半生已分 [3] 孤眠过，山枕檀痕涴 [4]。忆来何事最销魂，第一折枝 [5] 花样画罗裙。

· 注释 ·

〔1〕"曲阑"二句：李煜《菩萨蛮》："画堂南畔见，一晌偎人颤。"匀，通"揾"，擦拭。
〔2〕不胜清怨：难以忍受的凄清幽怨。钱起《归雁》："二十五弦弹夜月，不胜清怨却飞来。"
〔3〕分：料想。

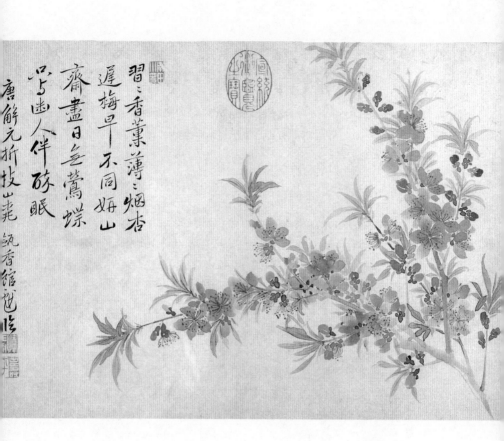

習習香薰薄薄烟香
遲梅早不同妍山
齋盡日無鶯蝶
以与幽人伴醉眠
唐解元折枝出此花

凡香館詀临柳

（清）恽寿平——《折枝桃花》

〔4〕"山枕"句：山枕，枕头美称。檀痕，口脂的印痕，解作泪痕者误。尹鹗《醉公子》："何处恼佳人，檀痕衣上新。"口脂以檀香、沉香为之者最贵重，故可代称。详参孟晖《花间十六声·口脂》。

〔5〕折枝：花卉画的一种。画花卉不写全株，只画从树干上折下来的部分花枝，故名。韩偓《已凉》："碧阑干外绣帘垂，猩血屏风画折枝。"明清之际特盛行。

· 评析 ·

　　很甜蜜的回忆，很凄凉的心绪，很精彩的一首爱情词。但在纳兰词中，此种精彩也太多，几令人无言以对。本篇打动我们者乃在于末句。销魂的记忆有许多，可作者说"第一折枝花样画罗裙"，倒是那条折枝花样的罗裙最难去怀！裙已如此，人即可知。此之谓"不说破"之含蕴美，亦即"风人之旨"也。再有，诗词法门三千，有时固然空灵清虚为妙，也有时愈实写具体细节，就愈生动，愈有表现力。先贤写人则"我爱孟夫子，风流天下闻"（李白《赠孟浩然》）、"岐王宅里寻常见，崔九堂前几度闻"（杜甫《江南逢李龟年》），写地则"朱雀桥边野草花，乌衣巷口夕阳斜"（刘禹锡《金陵五题·乌衣巷》）、"舞阳去叶才百里，贱子与公俱少年"（黄庭坚《次韵裴仲谋同年》），人地兼写则"李白一斗诗百篇，长安市上酒家眠"（杜甫《饮中八仙歌》）、"问汝平生功业，黄州惠州儋州"（苏轼《自题金山画像》），皆好例也。我近年颇关注现代旧体诗词，顾随先生有《清平乐·早起散策戏仿樵歌体》："人天欢喜，更没纤尘起。高柳拂天天映水，一样青青如洗。　　先生今日清闲，轻衫短杖悠然。要看西山爽气，直来银锭桥边。"其绝妙亦在"银锭桥边"四字。以之反顾本篇，可证见"折枝花样画罗裙"之佳。

· 附读 ·

江城梅花引　程颂万

横塘双桨掠秋苹，荡愁根，剪愁根。艇子归来，阑角认灯痕。贪筑小楼临水住，多分月，有时香，都到门。　　闭门香篆懒重熏，月黯魂，花黯𩏑。被也被也恋不得，空惜余温。记取折枝花样画罗裙。记取裙边书小字，诗瘦也，比侬家，瘦几分。

虞美人

彩云易向秋空散[1]，燕子怜长叹[2]。几番离合总无因，赢得一回偬偬[3]一回亲。　　归鸿旧约霜前至，可寄香笺字。不如前事不思量，且枕红蕤[4]欹侧看斜阳。

·注释·

〔1〕"彩云"句：白居易《简简吟》："大都好物不坚牢，彩云易散琉璃脆。"
〔2〕"燕子"句：李商隐《无题》："归来展转到五更，梁间燕子闻长叹。"
〔3〕偬偬：见前《四和香》（麦浪翻晴风飐柳）注释〔2〕。
〔4〕红蕤：即红蕤枕。张读《宣室志》卷六记载玉清宫有三宝：碧瑶杯、红蕤枕和紫玉函。后代指绣枕。

·评析·

　　此篇亦寻常恋情词，可说者乃在于赵、冯二先生《笺校》之说明。文曰："以恋人口吻作寄友诗，亦诗家常伎。此阕实为寄顾贞观词。性德康熙二十三年春寄顾贞观书云'杪夏新秋，准期握手'，即词'旧约霜前至'事；词'几番离合'句，亦与梁汾曾数度南返合。词或二十三年春随书以寄。"不惮做"文抄公"，意在展示此一判断的证据实在薄弱。既无旁证，亦无某版本词题可据，仅凭书信中提及之季节与词相应即定谳，未免令人错愕。其次，还是我们在前面说过的，以恋人口吻作寄友诗，固然为"诗家常伎"，但"变身"应有尺度，不能无限制煽情，或曰不可过分女性化。本篇中"一回偬偬一回亲"何等风情？即"香笺""红蕤"意象，似也难施之于好友间。我们是极尊敬两位先生的纳兰词研究的，本书撰写所受沾溉亦多，然《笺校》时有"过度阐释"情况，但有所见，亦愿略陈固陋。

虞美人

银床[1]淅沥青梧老，屧粉秋蛩扫[2]。采香行处蹙连钱[3]，拾得翠翘何恨不能言[4]。　回廊一寸相思地[5]，落月成孤倚。背灯和月就花阴，已是十年踪迹十年心[6]。

·注释·

〔1〕银床：井栏的美称，郑嵎《津阳门诗》："石鱼岩底百寻井，银床下卷红绠迟。"

〔2〕"屧粉"句：屧粉，见前《如梦令》（黄叶青苔归路）注释〔1〕。秋蛩，蟋蟀。

〔3〕"采香"句：采香，采香径。据范成大《吴郡志》，采香径在香山旁小溪畔。吴王种香于香山，使美人泛舟以采香。此指旧日经行处。蹙，紧密相连。连钱，此指青苔。文徵明《三宿岩》："古树腾蛟根束铁，春苔蚀雨翠连钱。"

〔4〕"拾得"句：温庭筠《经旧游》："坏墙经雨苍苔遍，拾得当时旧翠翘。"翠翘，玉制首饰，状若翠鸟尾上长羽。

〔5〕"回廊"句：李商隐《无题四首》："春心莫共花争发，一寸相思一寸灰。"

〔6〕"已是"句：高观国《玉楼春》："十年春事十年心，怕说湔裙当日事。"

·评析·

康熙十三年，容若与爱妻卢氏结缡。三年后，卢氏去世。又六年，即康熙二十二年，容若写下这首《虞美人》，长歌当哭，以寄哀思。词开篇即是一派雨声渐沥、梧叶飘坠的萧瑟景象，次句"屧粉"二字逗出妻子俏倩的身姿。孟晖《莲花香印的足迹》云："在纳兰之前，似乎还没有人用'屧粉'这一意象来暗示女性。"很是。秋虫的啼鸣把妻子的足迹一扫而光，当年经行之处如今已是青苔斑斑，即便拾得旧日翠翘，又能够说点什么呢？过片"一寸相思"四字背后隐含"一寸灰"之意，而这分灰心在月下飘过，在灯下飘过，又在花阴下飘过，十年踪迹，十年心事，如今总成一梦。夫复何言！

词最动人处在末句，虽自竹屋词化得，用在此处乃熨帖天然，全自肺腑流出。还是孟晖说的："那些被使用了数个世纪的旧典故，什么回廊、红窗、心字香之类，乃至落花、苔痕等等，似乎早被人们嚼熟、用烂了，但是，一到纳兰容若笔下，竟然翻出一番冷峭、清丽的新意，读来令人肌骨清凉。"能创造，也能用旧如新，正标识着纳兰的天才。

·附读·

调金门　王国维
孤蘖侧，诉尽十年踪迹。残夜银釭无气力，绿窗寒恻恻。　　落叶瑶阶狼藉，高树露华凝碧。露点声疏人语密，旧欢远处觅。

虞美人　吴玉如
十年往事心头恶，反覆思量着。思量反覆不胜情，明镜朱颜换得白头新。　　白头词笔歌当哭，幽恨今番足。今番幽恨付谁知，无奈翻风惊雨梦回时。

浣溪沙　胡士莹

漫寄明珠缭绕簪，断无消息报青禽。五更风雨十年心。　　紫玉双枝灯影残，红棉一枕泪痕深。不辞憔悴到而今。

临江仙　沈祖棻

小阁疏帘风恻恻，客窗几日寒深。斜阳容易变轻阴。江山成怅望，杯酒怯登临。　　无益相思无用泪，当时苦费沉吟。闲愁何处可追寻？秋灯千点雨，春梦十年心。

浣溪沙·次人韵　王蛰堪

梦断南天一羽沉，花痕帘影转交侵。最难消受是重阴。　　九死能偿三世债，两厢空费十年心。不堪凄戚动孤吟。

潇湘雨　送西溟归慈溪

长安一夜雨[1]，便添了、几分秋色。奈此际萧条，无端又听，渭城风笛[2]。咫尺层城[3]留不住，久相忘、到此偏相忆。依依白露丹枫[4]，渐行渐远，天涯南北。　　凄寂。黔娄[5]当日事，总名士、如何消得。只皂帽塞驴[6]，西风残照[7]，倦游踪迹。廿载江南犹落拓，叹一人、知己[8]终难觅。君须爱酒能诗，鉴湖[9]无恙，一蓑一笠[10]。

·注释·

〔1〕"长安"句:孙继皋《雨霁有怀钱征君》:"长安一夜雨，漂泊倍思君。"
〔2〕渭城风笛:用王维《渭城曲》典故。郑谷《淮上与友人别》:"数声风笛离亭晚。"
〔3〕层城:《淮南子·地形训》:"层城九重。"后常以之指代京城。
〔4〕白露丹枫:秋景。严参《沁园春·自适》:"看处处丹枫白露晞。"
〔5〕黔娄:鲁人，一说齐人，家贫，不肯出仕，死时衾不蔽体。陶潜《咏贫士》之四:"安贫守贱者，自古有黔娄。"

〔6〕皂帽蹇驴：寒士之装扮坐骑。徐釚《满江红·广陵旅感》："叹半载，蹇驴皂帽，空弹长铗。"皂帽，黑色帽子。《三国志·魏志·管宁传》："宁常着皂帽，布襦袴，布裙，随时单复。"蹇（jiǎn）驴，跛足瘦弱的驴子。东方朔《七谏》："驾蹇驴而无策兮，又何路之能极？"王逸注："蹇，跛也。"

〔7〕西风残照：李白《忆秦娥》："西风残照，汉家陵阙。"

〔8〕一人、知己：《三国志·虞翻传》裴注引《翻别传》："使天下一人知己者，足以不恨。"

〔9〕鉴湖：在浙江绍兴城西南，为江南名湖之一。

〔10〕一蓑一笠：谓隐居生活。王质《浣溪沙·有感》："一蓑一笠任孤舟。"

· 评析 ·

　　姜宸英此次南还故里系"丁内艰"，时在康熙十八年（1679）秋。遭逢母丧，人生一大悲也；高才无命，与"博学鸿词"擦肩而过，人生又一大悲。纳兰为此三致意焉，以两首《金缕曲》一首《潇湘雨》赠别，谱出了恳挚激越的"友情交响曲"。

　　交响曲的三个乐段中，本篇稍显平淡。可能因为《潇湘雨》是纳兰自度曲，声情不及《金缕曲》为人熟稔；也可能因为本篇情绪较为"萧条""凄寂"，不及《金缕曲》中"裘敝入门空太息，信古来、才命真相负。身世恨，共谁语""独卧蓼床看北斗，背高城、玉笛吹成血""丈夫未肯因人热"那些句子之"风鸣万窍，怒涛狂卷"（严迪昌先生《清词史》语），但需要看到，恰恰是在两篇《金缕曲》的"慨然长吭"（《清词史》语）之余，纳兰心中还自有一份"萧条""凄寂"需要抒发。那就好似交响曲的各乐章不能一味高亢，必须要有低回幽约的部分来调和宏观节奏一样。本篇的"无端又听，渭城风笛""渐行渐远，天涯南北""皂帽蹇驴，西风残照，倦游踪迹"等句正承担了这一种功能。从此角度而言，把"赠姜"三篇视为一个整体，是更可透视出纳兰与姜宸英友情的立体多棱的底蕴的。

清秋霜晨雁南飞江上诗人白裌衣
湘乡才人之已去苍茫当年墨映斜晖
少枝先生遠志森厚之为精而今
雁待遠成完璧因正纸句 啟功

陈少梅——《清秋斜晖》（启功先生题识）

雨中花　送徐艺初[1]归昆山

天外孤帆云外树，看又是、春随人去[2]。水驿灯昏[3]，关城[4]月落，不算凄凉处。　　计程应惜天涯暮，打叠[5]起、伤心无数。中坐[6]波涛，眼前冷暖，多少人难语。

·注释·

〔1〕徐艺初：容若顺天乡试座师徐乾学（1631—1694）之长子徐树谷，字艺初，江苏昆山人。康熙二十四年（1685）成进士，历官山东道监察御史。

〔2〕"看又是"句：吴文英《忆旧游》："送人犹未苦，苦送春、随人去天涯。"

〔3〕"水驿"句：姜夔《解连环》："水驿灯昏，又见在、曲屏近底。"

〔4〕关城：关塞上的城堡。

〔5〕打叠：亦作打迭，收拾、收拢。龙辅《相见欢》："打叠闲情别绪、教鹦哥。"

〔6〕中坐：即"坐中"倒置语，与上片"水驿"照应。

·评析·

　　徐树谷行迹难以细考，归昆山年份不易确定。严迪昌先生以为"词或作于康熙十五年（1676）徐乾学母氏病故，徐氏父子丁忧归里时"，《笺校》则以为作于康熙二十三年（1684），应以《笺注》可能性更大。盖该年徐树谷之弟树屏顺天乡试成举人，郭则沄《十朝诗乘》卷四记载："甲子京兆试，健庵（徐乾学）子侄皆取中，以磨勘兴大狱，则江村（高士奇）所为。"词中"中坐波涛，眼前冷暖，多少人难语"等句正与"磨勘兴大狱"之说相合。

　　"磨勘"的结果是徐树屏举人功名遭免除，但从徐树谷次年成进士看来，这次磨勘并未给徐乾学带来严重打击。容若病逝后不久，其父明珠即渐失宠信。康熙二十七年（1688），御史郭琇上疏弹劾明珠结党营私、排斥异己，明珠遭罢黜，交侍卫酌情留用。后虽因随征噶尔丹官复原职，但没有再被重用。

康熙二十九年（1690），两江总督傅拉塔疏劾徐乾学放纵子侄招摇纳贿等劣迹十五款。康熙严斥徐乾学，免降调，仍留任。是年冬，准徐氏请假，命携书归籍编纂，徐氏之煊赫大抵就此终结。凡此种种，诚所谓"难语"的"中坐波涛，眼前冷暖"，那么容若也是早就闻到了"遍被华林"的"悲凉之雾"了罢！

临江仙

丝雨如尘云著水，嫣香碎拾吴宫[1]。百花冷暖避东风[2]。酷怜[3]娇易散，燕子学偎红。　　人说病宜随月减，恹恹却与春同。可能留蝶抱花丛。不成双梦影，翻笑杏梁[4]空。

· 注释 ·

[1]"嫣香"句：嫣香，娇艳芳香的花朵。李贺《南园》："可怜日暮嫣香落，嫁与春风不用媒。"吴宫，李白《登金陵凤凰台》："吴宫花草埋幽径。"另参前《虞美人》（银床淅沥青梧老）注释[3]。

[2]"百花"句：李商隐《无题》："相见时难别亦难，东风无力百花残。"

[3]酷怜：极言怜惜，酷，十分。张泌《寄人》其二："酷怜风月为多情。"

[4]杏梁：文杏木所制的屋梁，言屋宇之美，常以之为燕栖处。白居易《寓意诗五首》其四："翩翩两玄鸟，本是同巢燕……彼矜杏梁贵，此嗟茅栋贱。"

· 评析 ·

纳兰词夙以平易轻畅擅场，但也不只此一种风格，本篇即极尽生新朦胧之能事。自开篇的空灵一句之下，"嫣香碎拾吴宫""酷怜娇易散""可能留蝶抱花丛"……几乎每一句都力避凡庸，营造出拗峭深秘的境界。此种笔路，显然自梦窗一派而来，可见纳兰在形成自己风格的过程中亦曾转益多师、多向探索。大约是觉得与自己才性不甚合的缘故，纳兰才蜻蜓点水、一掠而过的罢？顺便一说，吴梦窗词在清初不大为人重视，至晚清王鹏运、朱祖谋等"四大家"之"再发现"，始大放光彩，形成了笼盖近今词坛的"梦窗派"，其影响直至今日仍甚剧烈。此为治词史者所宜知。

·附读·

点绛唇·雨霁　黄景仁
瘦骨无情，年年此际恹恹病。风前小立，讨个伤春信。　　淡月微云，作出春宵景。斜还整，断无人处，卍字阑干影。

生查子　谢章铤
垂柳倚双桥，旧是郎来处。芳草忽无情，绿向双桥去。　　不醉病恹恹，细想缘何故。小妹尚酣嬉，乱把飞红数。

临江仙　陈襄陵
一簇花魂吹不醒，柳梢眉月朦胧。晚来孤负卷帘风。镜鸾单影，倦倚蜡灯红。　　曾是防闲鸦鹊渡，可怜各自惺忪。谢家庭院宋家东。粉墙三尺，偏待梦相逢。

临江仙

长记碧纱窗外语，秋风吹送归鸦。片帆从此寄天涯。一灯新睡觉[1]，思梦月初斜。　　便是欲归归未得，不如燕子还家[2]。春云春水带轻霞[3]。画船人似月[4]，细雨落杨花。

·注释·

〔1〕新睡觉：刚醒来。觉，醒转。姚合《庄居即事》："斜月照床新睡觉。"
〔2〕"便是"二句：顾敻《临江仙》："何事狂夫音信断，不如梁燕犹归。"

〔3〕春云春水：韦庄《春云》："春云春水两溶溶。"

〔4〕人似月：喻女子容貌姣好。韦庄《菩萨蛮》："垆边人似月，皓腕凝霜雪。"又："春水碧于天，画船听雨眠。"

· 评析 ·

　　此词见于《今词初集》，作期不晚于康熙十七年，亦容若早期喜好《花间》词而拟作者。韵近韦庄，情味疏朗清新，笔致明快流畅。词自"长记"说起，写心中一直惦念着入秋即归的许诺，可是昏鸦归巢，人却片帆天涯，不见回家。"一灯"二句言半夜梦回，一灯尚明，月刚初斜。所谓辗转反侧，寤寐思服。此二句极轻巧可爱，最近《花间》手笔。下片由闺中人口吻转入羁旅者视角。"便是"二句言人不如燕，早想还家而尚在旅途羁绊。末三句系回忆中情境：昔时春日同游何等惬意！"画船"二句写景写人，亦极细腻灵动，可与上片末二句颉颃。此词结构颇妙，上片写思妇心语，下片描述羁旅者之遐想。虽各自独白，而能两边映带，有烘云托月之妙，通篇轻倩流美如燕翦掠波，为又一知名度低而艺术水准颇高之作。

· 附读 ·

浣溪沙　王时翔
一剪轻风一片霞，玉钩新月画帘斜。柳条纤软不胜鸦。　　暖褪锦衾微见雪，香霏绡幔欲笼花。可怜春梦落天涯。

临江仙·夏初　石任之
池影半城飞絮，雨声一柱焦桐。东君座客又西东。未尝新荔子，安问旧芙蓉。　　春水春云过尽，榴花榴月应秾。虹桥流去碧翁翁。已而殊有限，身外正无穷。

临江仙　塞上得家报云秋海棠开矣〔1〕，赋此

　　六曲阑干〔2〕三夜雨，倩谁护取娇慵〔3〕。可怜寂寞粉墙东。

已分裙衩绿，犹裹泪绡红〔4〕。　　曾记鬓边斜落下，半床凉月惺忪〔5〕。旧欢如在梦魂中〔6〕。自然肠欲断，何必更秋风。

· 注释 ·

〔1〕家报：家书，家中信息。秋海棠：多年生草本植物，花色有白、红二品。《琅嬛记》："昔有妇人思所欢不见，辄涕泣，恒洒泪于北墙之下。后洒处生草，其花甚媚，色如妇面；其叶正绿反红。秋开，名曰断肠花，又名八月春，即今秋海棠也。"故下文有"肠欲断"云云。

〔2〕六曲阑干：指代亭园。冯延巳《鹊踏枝》："六曲阑干偎碧树，杨柳风轻，展尽黄金缕。"

〔3〕娇慵：美女柔弱倦怠貌，此指秋海棠。

〔4〕分：意料之辞。冯延巳《更漏子》："蓬垂鬓，尘青镜，已分今生薄命。"泪绡：顾况《送从兄使新罗》："帝女飞衔石，鲛人卖泪绡。"

〔5〕"曾记"二句：王彦泓《临行阿琐欲尽写前诗》："可记鬓边花落下，半身凉月靠阑干。"惺忪，此指月色分明。

〔6〕"旧欢"句：温庭筠《更漏子》："春欲暮，思无穷，旧欢如梦中。"

· 评析 ·

　　此词作期有多种说法，皆属推测。在不能做到纳兰每一年行迹都清楚的情况下，应以不确定为佳。

　　可确定的是，此篇必作于容若任侍卫之后，也即卢氏亡故之后。故词题与秋海棠有关，而实赋悼亡。首二句忧花遭风雨无人照看。秋海棠或乃昔年伉俪同赏爱。今妻亡已远出，能不为花神伤？怜花实乃哀伤逝者。《金缕曲》句云："重泉若有双鱼寄，好知他、年来苦乐，与谁相倚？"即"倩谁护取娇慵"之意。"可怜"三句想象中花之神态。"已分"句谓叶，"犹裹"句写花。"裙衩绿""泪绡红"亦皆关锁亡妻情态，凄婉无限。过片二句以"曾记"领起回忆。当年花插入鬓，风姿绰约，半床睡起，妙目惺忪。此为以人写花。末三句伤哀语。"自然"者，本来、已然也。秋海棠又名断肠花，花名断肠，人亦肠断，无须秋风秋雨再添凄凉。《红楼梦》中黛玉有《秋窗风雨夕》诗，在"秋"字上大做文章："秋花惨淡秋草黄，耿耿秋灯秋夜长。已觉秋窗秋不尽，那堪风雨助凄凉！助秋风雨来何速，惊破秋窗秋梦绿。抱得秋情不忍眠，自问秋屏移泪烛……"八句连用十一个"秋"字，亦是妙手。其"已觉"二句，与纳兰"自然"二句实同一机杼也。

·附读·

剪湘云　顾贞观

> 秋海棠叶底多红纹，偶从山中觅得一种，叶上下纯绿，正面尤生翠可爱，花复耐久，因移植书阁，为制此词。

瘦却剩烟，娇偏宜雨。傍窥宋墙阴，目断初遇。别是幽情脂粉外，那得红丝轻许。系天涯、归梦绿罗裙，添两眉愁聚。　谁念补屋牵萝，卖珠回去。正袖薄天寒，风韵凄楚。小甃凌波铅泪滴，剪破湘云一缕。向西窗、密约美人蕉，和影儿私语。

乌夜啼·庭中玫瑰一丛，秋来忽发数花　王策

浓香艳紫重重，小阑中。夜半苔根露下、响秋虫。　伤薄命，怜孤韵，一般穷。生把东风背了、受西风。

临江仙·秋海棠　黄侃

烟锁空庭苔满院，秋深人意先慵。寒花一簇小墙东。怜他憔悴日，犹自学春红。　曾记春残花谢后，几番泪洒珍丛。谁知重见夕阳中。断肠原已久，更莫怨西风。

临江仙　谢饷[1]　樱桃

绿叶成阴春尽也[2]，守宫偏护星星[3]。留将颜色慰多情。分明千点泪，贮作玉壶冰[4]。　独卧文园方病渴[5]，强拈红豆酬卿。感卿珍重报流莺[6]。惜花须自爱，休只为花疼。

〔清〕恽寿平——《樱桃册页》

〔1〕饷：款待，馈赠。

〔2〕"绿叶"句：杜牧《怅诗》："自是寻春去校迟，不须惆怅怨芳时。狂风落尽深红色，绿叶成阴子满枝。"据计有功《唐诗纪事》等载，杜牧佐宣城幕，游湖州，得垂髫者十余岁。后十四年，牧刺湖州，其人已嫁生子矣，乃怅而为诗云云。

〔3〕守宫：守宫砂。据张华《博物志·戏术》，食蜥蜴以朱砂，体尽赤，治捣万杵，点女子肢体上，终身不灭，惟房室事后则消失，故称守宫。此言樱桃色红如朱砂，方一夔《春行口占》："樱桃红滴守宫砂。"一说"守宫"指守宫槐，即马缨花，亦通。星星：喻樱桃小巧晶莹。

〔4〕玉壶冰：鲍照《代白头吟》："直如朱丝绳，清如玉壶冰。"王昌龄《芙蓉楼送辛渐》："一片冰心在玉壶。"

〔5〕文园病渴：司马相如曾为孝文园令，患消渴疾，称病闲卧。后文人常自称文园，以文园病渴指患病。艾性夫《春晚》："我类文园病消渴，晓窗和露咀青梅。"

〔6〕流莺：《淮南子·时则训》高诱注："含桃（即樱桃），莺所含食。"李商隐《百果嘲樱桃》："流莺犹故在，争得讳含来。"

·评析·

　　唐代禅宗高僧青原行思有著名的"看山看水"三境界之说：参禅之初看山是山，看水是水；禅有悟时看山不是山，看水不是水；彻悟禅机则看山仍是山，看水仍是水。此语用之诗词读解亦颇恰切。盖初读诗词，往往仅限于文本，就事论事，所谓"看山是山，看水是水"者也；了解背景本事稍多，则易生联想，有时灵机骏发，妙手偶得，也有时漫无边际，附会迷乱，所谓"看山不是山，看水不是水"者也；将背景本事剖析清楚，摆落铅华，还原真义，即所谓"看山仍是山，看水仍是水"也。

　　一部纳兰词集，芬芳靡曼，佳篇纷披，美不胜收。相形之下，《临江仙·谢饷樱桃》实在不能算是出色，但这首词引起的争议之多足可称为集中第一，因而也形成了纳兰词解读的一个难点。

首先可以看苏雪林先生（1897—1999，以反鲁迅著称的女作家、学者）的观点。1931年，苏先生发表名作《清代男女两大词人恋史之谜》(武汉大学《文哲季刊》第一卷第三、四号），其上篇《饮水词与红楼梦》将纳兰恋情以"索隐"手段——分剖道来，新颖奇特，令人咋舌。要点如其自述："纳兰容若少时有一谢姓中表，或姨姊妹关系的恋人，性情相合，且密有婚姻之约。后来此女被选入宫，容若别婚卢氏，感念前情，不能自释。常与她秘密通信，并互相馈赠食物，此女在宫，不久郁郁而死，容若悲悼终身，《饮水词》中所有凄婉哀感之词，均为彼妹而作。"可佐证"互相馈赠食物"者即指本篇，苏先生说："（两人）不但通信，还馈赠食物。想两人既属中表，此事宫廷亦不禁止……恋人赠容若以内府樱桃，在容若看来那颗颗红樱，不啻是她红泪。'惜花'两句是容若慰嘱她的话，容若常以花自比，而将恋人比为惜花的人，故有'休说生生花里住，惜花人去花无主'之语。这想是两人爱情间的隐语。这词中用'守宫'的典故，恋人之入宫为宫女，更万无疑义了……唐人宫怨诗有'自研丹砂养守宫'之句。这典故只有宫女可用，平常女子用之便不通。"

苏先生写作此文时学界尚未发现叶舒崇所撰《卢氏墓志铭》，有些推论错误是可以理解的，对此我们并不苛求前辈。但专就文本的理解而言，其推论之大胆，结论之武断，似也不可视而不见。比如苏先生很自信地说此女入宫为宫女"万无疑义"，我们就觉得未必。

首先要问，苏文中"樱桃"上"内府"二字从何而来？既无内证，也无外证，显是想当然的结果。其次，"守宫"惟宫女可用又见于何典？注释［3］引张华《博物志》之解释，并未说只有宫女可用。事实上，后人用此语不指宫事者颇多，随意举几例：李商隐《河阳诗》："巴陵夜市红守宫，后房点臂斑斑红。"刘辰翁《贺新郎》："点点守宫包红泪，纵倾城、一顾倾城顾。"杨维桢《西湖竹枝词》："床脚搘龟有时烂，臂上守宫无日消。"可见，苏先生的两大证据都站不住脚，那么这些推论也可付之一粲了。

更加令人不解的是苏先生断定此女姓谢，其理由竟然是："《饮水词》提及恋人屡有'谢娘''道韫''柳絮''林下风'等语。《世说新语》称'谢道韫有林下风'，又道韫与父兄咏雪有'未若柳絮因风起'之句，故'柳絮''林下风'均为谢姓女子的代名词。"不用说谢娘还有指谢道韫之外的其他含义，将泛泛之用典如此坐实就可证明苏先生的思维方式出了不小的问题。循此思路，是不是写过"梦魂惯得无拘检，又踏杨花过谢桥"（《鹧鸪天》）的小晏也会多了一个姓谢的恋人呢？夏承焘先生称苏氏"甚傅会"看来是太敦厚了，我们觉得还是钱锺书先生《谈艺录》批评张采田《玉溪生年谱会笺》解《锦瑟》诗的"想入非非，蛮凑强攀""盖尚不足比于猜谜，而直类圆梦、解谶；心思愈曲，胆气愈粗"来得更痛快些，可以转赠。

再来看赵、冯《笺校》中的解说。两位先生的纳兰词研究非常令我们尊敬，以为海内无与抗手，但这首词的理解我们却不能苟同。《笺校》由樱桃联想及中进士赐樱桃宴之故实，因而判断本篇作于康熙十二年容若患病未与廷试时，馈赠樱桃者乃其乡试主考徐乾学。对于"饷"字，《笺校》引《唐书》考订为"尊长馈少者之言"，甚精彩。可似乎忘了此为特殊用法，一般义项即为"馈赠"，并不区别双方身份。通过李义山《百果嘲樱桃》诗之本事将此词与科举联系起来亦很精彩，但如此一来，就只好把"自爱"二字解为"暗示徐慎用选士之权"，以为"此句用意极重，最见性德品格"。可两位先生似乎又忘了，末二句意思连属，从"为花疼"倒转来看，"自爱"在此处只能是疼爱自己、珍重自己之意，而非"不自重、不自爱"的反义。

确实，古人诗词常有比兴之意，束友人而自拟妾侍也并不罕见。如唐代朱庆余《近试上张水部》"妆罢低声问夫婿，画眉深浅入时无"，系探问自己呈递的行卷诗是否中意；而张水部（张籍）面对强藩李师道的招邀，也曾化身"节妇"，有"还君明珠双泪垂，恨不相逢未嫁时"（《节妇吟》）的诗句以明志，皆不失雅人深致。惟此种"变身"须有尺度，婉曲多讽的同时还要合乎双方身份，不能滥用，亦不可无限制地煽情。容若谢老师赠樱桃本是庄重事，何苦要以"强拈红豆酬卿。感卿珍重报流莺。惜花须自爱，休只为花疼"这样含情脉脉，或曰带些调笑的口吻来写呢？更不用说还隐含规讽了。若我等心胸狭隘者为座师，弟子敢以如此"轻薄"口吻报之，必定勃然而怒，甚或逐出门墙也不一定呢！关键是，纳兰是这样不识体统的人吗？所以，两位先生的解说比之苏氏胡猜乱凑自不可同日而语，但在"索隐"这一点思路上，二者并无实质区别，故也难免缘木以求鱼，南辕而北辙。

张草纫先生《纳兰词笺注》提供了第三种意见，以为是帝王于春末将樱桃分赐近臣，宫内之臣可能由宫女分送，此词系写分送之宫女。对此，《笺校》批驳得很在理："既为帝王所赐，则当致谢帝王，无致谢他人之理。且臣下谓皇帝所赠，只可称'赐'，绝无称'饷'之可能。"可谓一语破的，不必赘说。诸说之中，我们倒是最倾向于张秉戍先生《纳兰词笺注》以为朋友馈赠樱桃、以词答之的讲法。虽无奇思妙想，也无精辟考据，但平实朴素，可能最接近真相。只略作一点修正，我们仍然以为此词口吻赠同性友人有点"轻艳"了。其实或写给侍女，或写给侍妾，如宝玉身边的袭人、晴雯之辈，故随意中略带调侃，不是很可以说得通吗？

纳兰词中，类此被看出别的花样之作品甚多。比如《昭君怨》（深禁好春谁惜）一首，本是容若"好《花间》"之拟作，也被苏雪林等先生演绎为爱情传奇，甚至说从此篇"可见恋人入宫后，从未得皇帝临幸。容若写此词，并非要描写恋人与其他宫女一般望幸的心理，不过表明她始终是清白的女儿身，始终属于他的罢了"（《饮水词与红楼梦》）。强词夺理到如此地步，恐难免"走火入魔"之讥罢？

读解诗词，当然要把文本和外部背景、本事结合起来考察，所谓"知人论世"是也。但需要特别注意，诗词不是纪实文学，也非呈堂证供，其中有想象，有虚构，有夸张，有大量为文造情的成分，没有确切证据，不能随意比附联想。非要说"关关雎鸠"是"后妃之德"，非要说"野渡无人舟自横"是讽刺当朝政治，非要说"丁香花"是指龚自珍的"婚外恋"，那就反而不美，掉进猜笨谜的陷阱中去了。所以，能做到"看山仍是山，看水仍是水"的彻悟境界当然最理想，如果不能，我们倒是提倡"看山是山，看水是水"的"初级"境界，虽无创获胜义可言，庶几可免去不必要的疏失，不失为读解诗词之正道。

临江仙　卢龙大树[1]

雨打风吹[2]都似此，将军一去谁怜[3]。画图曾见绿阴圆。旧时遗镞[4]地，今日种瓜[5]田。　　系马南枝犹在否，萧萧欲下长川[6]。九秋黄叶五更烟。只应摇落尽，不必问当年。

·注释·

〔1〕卢龙：清直隶县名，属永平府，今河北省卢龙县，属秦皇岛市。

〔2〕雨打风吹：辛弃疾《永遇乐》："舞榭歌台，风流总被，雨打风吹去。"

〔3〕"将军"句：用将军树典故。《后汉书·冯异传》："每所止舍，诸将并坐论功，异常独屏树下，军中号'大树将军'。"庾信《哀江南赋序》："将军一去，大树飘零。"

〔4〕镞（zú）：箭头，指代旧战场遗存残缺兵器。

〔5〕种瓜：用邵平典故。邵平，秦故东陵侯，秦亡后为布衣，种瓜长安城东青门外，瓜味甜美，时人谓之"东陵瓜"。见《三辅黄图》卷一。杨炯《送李庶子致仕还洛》："亭逢李广骑，门接邵平瓜。"

〔6〕长川：大河，具体指滦河。

·评析·

卢龙系一历史悠远之古城，殷商时期为孤竹国地，汉为右北平郡治所，飞将军李广射虎即在此地。后唐将裴旻亦驻守于此。

裴旻即唐代"三绝"之一的"裴将军剑舞"之主角，亦以射虎著称。明朝改称为永平府，为连接山海关和京师之要冲重镇。明末，皇太极屡攻宁远不克，尝从此隘口突袭得手，兵临北京城下。清廷在此驻守重兵，拱卫京师，有了"京东第一府"之称。面对这样丰富的历史长卷，尤其李、裴二将军的传奇身影与他们代表的兴亡盛衰，容若自然会思潮澎湃，写下这一首气韵沉厚悲凉，境界宏大深远的佳作。

此词借物咏叹，叹沧桑变迁，人事皆空。起二句即统摄全阕，"雨打"二句意谓物是人非，一切辉煌煊赫转眼皆成陈迹。苏东坡《前赤壁赋》所谓："固一世之雄也，而今安在哉？""画图"一句过渡，或因有《大树图》而轻点一点。"旧时""今日"二句对仗精工，沧桑感喟自寓其中。过片"系马"二句写历史上无数征伐之史事，切合卢龙军事重镇之地位，"犹在否"之一问仍为历史咏叹。末三句化用其师龚鼎孳《九月十三日于皇招同前民、澹心、绮季诸子登清凉台》"万里秋阴入幕烟，盘空石磴断虹前。西风残叶能多少，变尽江山九月天"诗意，亦回应上文"一去谁怜""犹在否"之问。其实又何必问呢？时光淘尽一切，此即历史，盛衰皆难以超脱此无情岁月。此种襟抱、才情、器识、眼界，求之当时人物，盖不多见。至于词情之雄厚沉郁，前人早指出，纳兰词有得力稼轩者，然一般指长调，短章之中，则必推此作。

临江仙　寒柳

飞絮飞花何处是，层冰积雪[1]摧残。疏疏一树五更寒。爱他明月好，憔悴也相关。　　最是繁丝摇落后[2]，转教人忆春山[3]。湔裙梦[4]断续应难。西风多少恨，吹不散眉弯。

陈少梅——《柳下仕女》

·注释·

〔1〕层冰积雪：《楚辞·招魂》："层冰峨峨，积雪千里。"

〔2〕"最是"句：摇落，零落、凋残。曹丕《燕歌行》："秋风萧瑟天气凉，草木摇落露为霜。"

〔3〕春山：见前《山花子》（欲话心情梦已阑）注释〔2〕。

〔4〕湔裙梦：见前《浣溪沙》（五月江南麦已稀）注释〔5〕。另，湔裙亦难产典故，见本篇评析。

·评析·

　　这首作品是纳兰集中得后人极力推誉的佳作之一，不但多种选集阑入，陈廷焯甚至作出"言之有物，几令人感激涕零"之"压卷之作"的崇高评价。"压卷"与否姑且不置论，"言之有物"则可以作点简单分析。

　　咏物为古典诗词之大宗，而原其宗旨，"物"本是外壳，是媒介，抒情才是本质，是核心。所以咏物之作要求摹写神理而不能徒赋形体，同时还要不粘不离，保持一个恰好的分寸。以此绳衡这首小词，在"层冰积雪摧残""爱他明月好，憔悴也相关"等句刻画出那婀娜杨柳的"寒意"之外，词人更着重"摧残""憔悴""梦断""西风多少恨，吹不散眉弯"的情感的抒写，亦将他复杂凄咽的内心感受特别深曲又特别准确地传递出来。写寒柳而字里含情，弦外有音，此之谓"言之有物"。

　　还要深思一层，"言之有物"之"物"究竟能否落实呢？赵秀亭先生《纳兰丛话》云：

　　　　性德《临江仙·寒柳》，文廷式推为《饮水》压卷，陈廷焯亦赏之。然今人多不知此词所云，以不解"湔裙梦断续应难"句意也。黄天骥引李义山《柳枝词序》注之，亦强作解人。按"湔裙"用窦泰事也。《北齐书·窦泰传》："窦泰，字世宁，大安捍殊人也。初，泰母期而不产，大惧。有巫曰：'渡河濡裙，产子必易。'泰母从之，俄而生泰。"容若盖以喻卢氏难产而死也，则此词亦悼亡之作。

"强作解人"云云未免言重了，引李义山《柳枝五首序》以为男女欢会典故并无不通之处。但赵先生的这一考证确实很有见地，如此理解词情更深挚，词境也更厚重。我以为甚可信从。

·附读·

临江仙·秋柳　黄侃

往日风流何处是，断桥斜照寒烟。柔丝历历转凄然。独将摇落感，分付与哀蝉。　　记得春闺相见处，劳伊苦致缠绵。如今憔悴有谁怜。西风偏有意，吹恨上眉边。

临江仙·望月　谢玉岑

欲买貂裘惭壮句，匆匆雁满关山。断肠弦柱不堪弹。旧情寒月在，后约锦书残。　　万里云罗千尺浪，绛河冻合无端。他生梦里更眉弯。有情输蜡烛，欲寄泪痕难。

眼儿媚　徐晋如

春愁如海说应难，憔悴不相关。去年社燕，今年杜宇，都上眉间。　　可堪后夜倚雕阑，筝柱已慵弹。彩云易散，歌云将尽，只是轻寒。

临江仙

夜来带得些儿[1]雪，冻云[2]一树垂垂。东风回首不胜悲[3]。叶干丝未尽，未死只颦眉[4]。　　可忆红泥亭子[5]外，纤腰舞困因谁。如今寂寞待人归。明年依旧绿，知否系斑骓[6]。

〔1〕些儿：少许，一点儿。

〔2〕冻云：寒云，严冬阴云，此喻凝结于柳枝秃条上之冰雪，是故"一树垂垂"。方干《冬日》："冻云愁暮色，寒日淡斜晖。"

〔3〕"东风"句：韦庄《春陌二首》其一："肠断东风各回首，一枝春雪冻梅花。"

〔4〕"叶干"二句：暗用李商隐《无题》诗句"春蚕到死丝方尽"意，喻相思刻骨。丝，柳丝，此处谐音"思"，言相思无尽。颦眉，皱着眉头，愁苦貌。

〔5〕红泥亭子：李白《鲁郡尧祠送窦明府薄华还西京》："红泥亭子赤阑干，碧流环转青锦湍。"按李白于兖州尧祠"送吴五之琅琊"，红泥亭乃送别分手处，类同驿亭、长亭。

〔6〕斑骓：见前《浣溪沙》（肠断斑骓去未还）注释〔1〕。此又指代御马之翩翩公子。

· 评析 ·

读解此篇应与前篇手眼同，其寄托在有意无意间，未可胶着，但看他处处写柳处处写人可也。"纤腰舞困因谁"一句深挚婉转，温柔敦厚，已经极为动人，"叶干丝未尽，未死只颦眉"更是可攀跻"春蚕到死丝方尽"的佳句。咏物而能言情至此，可谓高境。虽全篇不敌前篇，亦大有可观处。

· 附读 ·

临江仙·寒柳　严绳孙

无多烟雨旗亭路，为谁萦损风流？新来消尽两眉愁。不知当日意，生怨隔红楼。　桃叶桃根同怅望，知他何处维舟？玉钩斜畔女墙头。昏鸦栖不定，霜月满扬州。

临江仙·寒柳　陈维崧

自别西风憔悴甚，冻云流水平桥。并无黄叶伴飘摇。乱鸦三四点，愁坐话无憀。　云压西村茅舍重，怕他榾柮同烧。好留蛮样到春宵。三眠明岁事，重斗小楼腰。

临江仙·寒柳　顾贞观

向日宫莺千百啭，而今几点归鸦。西风著意做繁华。飘残三月絮，冻合一江花。　　自是心情寥落尽，不堪重系香车。永丰西畔即天涯。白头金缕曲，翠黛玉钩斜。

临江仙·寒柳　朱彝尊

绾得旧时离恨否？风前一样丝丝。送人折尽夕阳时。昏鸦余几点，莫认早莺儿。　　憔悴倡条浑不是，菱花记取双眉。秋声谁与寄相思。章台疏影在，只剩两三枝。

临江仙　寄严荪友

　　别后闲情何所寄，初莺早雁[1]相思。如今憔悴异当时。飘零心事，残月落花知。　　生小不知江上路，分明却到梁溪。匆匆刚欲话分携[2]。香消梦冷[3]，窗白一声鸡[4]。

· 注释 ·

〔1〕初莺早雁：萧子显《自序》："早雁初莺，开花落叶。"

〔2〕分携：分手与携手，谓聚散，侧重指分离。吴文英《风入松》："楼前绿暗分携路，一丝柳、一寸柔情"。

〔3〕香消梦冷：李清照《念奴娇》："被冷香消新梦觉，不许愁人不起。"陈亮《清平乐》："两处香消梦觉，一般晓月秋声。"

〔4〕"窗白"句：李贺《致酒行》："我有迷魂招不得，雄鸡一声天下白。少年心事当挐云，谁念幽寒坐呜呃。"

· 评析 ·

　　康熙十五年（1676）初夏，严绳孙南归，纳兰有《别荪友口占》二绝句云："离亭人去落花空，潦倒怜君类转蓬。便是重来寻旧处，萧萧日暮白杨风。""半生余恨楚山孤，今夜送君君去吴。君去明年今夜月，清光犹照故人无。"亦深情款款。据此词"生小不知江上路"与严绳孙《祭文》中"昨年扈从，兄到吴门。归与吾言，里俗何喧。前人所夸，举不足论"句，足证康熙二十三年前容若足迹未至江南。故词当作于严氏南归后二年里，即康熙十五年秋至十七年冬之间。再据"如今憔悴""飘零""残月落花"等句，知作于卢氏亡故后，可进一步定为康熙十六年秋至十七年春之间。

本篇词意甚明白，可不烦赘解。值得一说者，傅庚生先生《中国文学欣赏举隅》十三于本篇有一段评语："仙品、鬼才，何由判耶？试别举他例以明之。温飞卿《商山早行》云云，吟哦之余，觉有清清洒洒之致，是仙品也。纳兰容若《临江仙》（别后闲情何所寄）云云，寓目之顷，俄有踽踽悸悸之情，是鬼才也。"然则何谓仙品、鬼才？傅先生又云："仙品与鬼才，非止谓作品之光景如仙似鬼也。凡情旨超越，能脱却烟火气者，皆仙品；意境奇突而机关诡谲者，皆谓为鬼才矣"；"神工浑成，鬼斧精镂。雕镂之工，鬼词尚已，学而难便企及也；天授之巧，神词托焉，瞠乎不可跻攀也。故仙亦好，鬼亦好，要以各在其性灵之真为愈。人各有能有不能，未可相强也。学者于此，宜审辨淄渑，毋妄议臧否。"其说细致而新颖，是真知诗词之妙者。"仙亦好，鬼亦好，要以各在其性灵之真为愈"一句尤为不刊之论。

临江仙　永平道中 [1]

独客单衾谁念我，晓来凉雨飕飕 [2]。缄书 [3] 欲寄又还休。箇侬憔悴，禁得更添愁 [4]。　　曾记年年三月病 [5]，而今病向深秋。卢龙 [6] 风景白人头。药炉烟里，支枕听河流。

·注释·

〔1〕永平：清代沿明设永平府，治所在卢龙县，辖直隶（今河北省）长

城以南，玉田至卢龙一线以北地区。

〔2〕飕飕：风雨声，亦形容寒气、寒意。元好问《游龙山》："石门无风白日静，自是林响寒飕飕。"

〔3〕缄书：为信札封口。缄，亦作械，封口或扎束紧器物。

〔4〕"箇侬"二句：箇侬，此指忆念妻子。禁得，怎受得了。

〔5〕三月病：韩偓《春尽日》："把酒送春惆怅在，年年三月病恹恹。"

〔6〕卢龙：见前《临江仙·卢龙大树》注释〔1〕。后句"河"即滦河。

· 评析 ·

　　本篇作于永平，其时应在康熙十五年秋九月，容若扈从圣祖巡视墙子路一带。虽在一般人看来是随侍圣驾，威风赫赫，容若却为秋悲、为病苦、为爱相思，笔下一片衰飒。"三月病"用韩偓《春尽日》"把酒送春惆怅在，年年三月病恹恹"诗意，乃指伤春，"而今病向深秋"虽有悲秋意，合之以下文"药炉烟里"，可见身心皆病，所以情绪颓靡不振。从此日积月累之细微处都能见出容若的"蓬门心绪"，故也不能轻忽之。

· 附读 ·

眼儿媚　汤国梨

梦回灯烛夜漫漫，幽思起无端。药炉烟冷，罗巾泪尽，金鸭香残。　　声声断雁长空渡，无寐起凭栏。一痕银汉，半规皓魄，两地愁颜。

临江仙

　　点滴芭蕉心欲碎，声声催忆当初。欲眠还展旧时书。鸳鸯小字，犹记手生疏[1]。　　倦眼乍低缃帙[2]乱，重看一半模糊。幽窗冷雨一灯孤。料应情尽，还道有情无。

陈少梅——《蕉石仕女》

〔1〕"鸳鸯"二句:王彦泓《湘灵》:"戏仿曹娥把笔初,描花手法未生疏。沉吟欲作鸳鸯字,羞被郎窥不肯书。"

〔2〕缃帙:浅黄色书套。亦泛指书籍、书卷。

·评析·

  本篇是纳兰一段情愫的剪影,本事难以确认,那种低回幽冷的心绪则相当明晰动人。全篇"词眼"在煞拍二句:是有情?是无情?是无情似有情?还是有情似无情?这是千古难题。司马光说:"相见争如不见,有情还似无情。"(《西江月》)苏轼说:"多情却被无情恼。"(《蝶恋花》)有情无情之间,谁能真正悟得?

·附读·

鹧鸪天·王震铎先生为绘半梦填词图 王蛰堪

谁写烟沽到画图,幽窗弄影一灯孤。樽前冷笛拈残韵,雨外归鸿识故庐。 溯旧梦,抚今吾,只应化碧泪成珠。此生长在蕾腾里,拾得悲欢半叶无。

鬓云松令

  枕函香[1],花径漏。依约相逢,絮语黄昏后。时节薄寒人病酒[2]。划地[3]东风,彻夜梨花瘦。 掩银屏,垂翠袖。何处吹箫[4],脉脉情微逗。肠断月明红豆蔻[5]。月似当初,人似当初否。

·注释·

〔1〕枕函香:王彦泓《重有感用叔测韵》:"残夜枕函香泽满。"

〔2〕"时节"句:王彦泓《无题》:"时节落花人病酒。"

〔3〕划地：见前《风流子·秋郊即事》注释〔11〕。

〔4〕"何处"句：杜牧《寄扬州韩绰判官》："玉人何处教吹箫。"

〔5〕红豆蔻：植物名。范成大《桂海虞衡志·志花·红豆蔻》："红豆蔻花丛生……一穗数十蕊，淡红鲜妍，如桃杏花色。蕊重则下垂如葡萄，又如火齐璎珞及剪彩鸾枝之状。此花无实，不与草豆蔻同种。每蕊心有两瓣相并，词人托兴曰比目连理云。"屈大均《代怨别曲》："心如红豆蔻，两瓣苦相连。愿得重欢好，同衾及富年。"

· 评析 ·

《鬓云松令》即《苏幕遮》，纳兰因"咏浴"开篇三字，为改今名。《苏幕遮》音节颇谐美流转，向为词人所喜。惟佳作不多，最著者大概要数范仲淹"碧云天，黄叶地"一阕、周邦彦"燎沉香，消溽暑"一阕。纳兰同时之阳羡健将万树有《苏幕遮》"堆絮体"之创，极具风致，相比之下，本篇雕饰稍重，不及万树之作清圆灵动，然"月似当初，人似当初否"二句近乎"堆絮"味，手笔不俗。

· 附读 ·

苏幕遮·离情　万树

彩分鸳，丝绝藕。且尽今宵，且尽今宵酒。门外骊驹声早骤，恼煞长亭，恼煞长亭柳。　　倚秦筝，扶楚袖，有个人儿，有个人儿瘦。相约相思须应口。春暮归来，春暮归来否。

鬓云松令　咏浴

鬓云松，红玉莹[1]。早月多情，送过梨花影。半晌[2]斜钗慵未整。晕入轻潮[3]，刚爱微风醒。　　露华[4]清，人语静。怕被郎窥，移却青鸾镜。罗袜凌波波不定。小扇单衣，可耐星前冷。

·注释·

〔1〕红玉莹：柳永《红窗听》："如削肌肤红玉莹。"

〔2〕半晌：许久。

〔3〕"晕入"句：谓佳人面色微红；邹祗谟《醉花间·相见》："潮晕透轻红，窈袅遮纨扇。"

〔4〕露华：清冷的月光。王俭《春夕》："露华方照夜，云彩复经春。"

·评析·

　　"咏浴"亦"艳体正宗"之题目，所在多有，而罕见佳篇，纳兰于此亦未擅胜场，不过堆砌常语而已。"小扇"二句较佳，颇耐忖度。

·附读·

浪淘沙·幽会　黄景仁

连日爱新凉，更短更长。昨宵沉醉甚心肠。百样温柔呼不起，爇尽炉香。　　今夜醉柔乡，且费商量。和衣霍地倒银床。不合郎来偷一觑，漏了春光。

于中好

　　独背斜阳上小楼，谁家玉笛韵偏幽[1]。一行白雁[2]遥天暮，几点黄花满地秋。　　惊节序，叹沉浮[3]，秾华[4]如梦水东流。人间所事堪惆怅[5]，莫向横塘[6]问旧游。

·注释·

〔1〕"谁家"句：李白《春夜洛城闻笛》："谁家玉笛暗飞声，散入春风满洛城。"幽，指笛声悠远低沉，有凄清感。

〔2〕白雁：沈括《梦溪笔谈》卷二十四："北方有白雁，似雁而小，色白，秋深则来。白雁至则霜降，河北人谓之'霜信'。杜甫诗云：'故国霜前白雁来。'即此也。"

〔3〕沉浮：喻盛衰、消长、起伏。《史记·游侠列传》："岂若卑论侪俗，与世沉浮而取荣名哉！"

〔4〕秾华：繁盛貌。《诗经·召南·何彼秾矣》："彼何秾矣，唐棣之华。"郑笺："兴者，喻王姬颜色之美盛。"

〔5〕"人间"句：曹唐《张硕重寄杜兰香》："人间何事堪惆怅，海色西风十二楼。"所事，事事。

〔6〕横塘：横塘在今苏州虎丘前，又南京亦有名横塘者。后每作忆旧日情事意象。贺铸《青玉案》："凌波不过横塘路。"

· 评析 ·

首句"独背斜阳"即托显出一片伤心人别有之怀抱。"一行"二句以"白雁""黄花"对映，凸现秋深氛围，铺垫下片惘然情致。"秾华如梦水东流""人间所事堪惆怅"，此类慨叹虽常见，也多借镜前贤处，然笔致沉郁重大，"人间"一句大有羊祜"不如意事十常八九"名言之风神，仅此即可断为容若上乘之作。

· 附读 ·

鹧鸪天　黄侃

为爱斜阳独上楼，新来人意冷于秋。西风吹送华年尽，不解离人此际愁。　　缘断续，信沉浮，柔肠一寸枉绸缪。不如并付秋江水，直向天涯尽处流。

于中好

雁贴寒云次第飞[1]，向南犹自怨归迟。谁能瘦马关山道，又到西风扑鬓时[2]。　　人杳杳，思依依，更无芳树有乌啼[3]。凭将扫黛窗前月[4]，持向今宵照别离。

· 注释 ·

〔1〕"雁贴"句：吴则礼《怀彭志南因寄之》："雁贴寒云春水深。"贴，靠近。次第，依次排列。

〔2〕"谁能"二句：化用自马致远《越调·天净沙·秋思》"古道西风瘦马"意境。

〔3〕乌啼：乌鸦叫声。

〔4〕"凭将"句：凭将，凭借，靠着。扫黛，画眉。黛，眉、笔黑色。李商隐《又效江南曲》："扫黛开宫额，裁裙约楚腰。"

· 评析 ·

　　玩味词意，本篇亦是关山行役的寄内之作，无多新意可采。值得一说者，这是传世纳兰词中修改最多之一首：《瑶华集》，"向南"句原作"飘零最是柳堪悲"，"又到"句原作"又到残阳雨过时"，"人杳杳"三句原作"魂黯黯，思凄凄，如今悔却一枝栖"。也就是说，本篇的一半都修改过。这里我们应该思考的还不只是容若精益求精的创作态度，更应该探寻他改词的利弊得失。

　　可以说，容若改得还是相当成功的。（一）"飘零最是柳堪悲"不仅过于凄凉，且转而写柳，未能找足"雁飞"一句情境，改作"向南"一句即避免了上述两个缺陷。（二）借王国维的话说，"又到残阳雨过时"一句乃"无我之境"，不如"西风扑鬓"的"有我之境"来得深切。（三）"魂黯黯"三句的问题也表现在过于直白黯淡，改作"人杳杳"三句就温厚蕴藉得多。

　　如此改动，较原作为佳而已，并谈不上多出色，但有创作经验的读者自能辨识其精微处。

· 附读 ·

山花子　徐晋如

博我当初不自持，深涡浅晕映金厄。那夜惊鸿来复去，种相思。　　南国秋宵听蟀唱，凤城回首恨依依。记得梨花清静月，照云归。

于中好

　　别绪如丝[1]睡不成，那堪孤枕梦边城。因听紫塞[2]

三更雨，却忆红楼半夜灯。　　书郑重，恨分明〔3〕，天将愁味酿多情。起来呵手封题处〔4〕，偏到鸳鸯〔5〕两字冰。

· 注释 ·

〔1〕如丝：形容缠绵而纷乱。江淹《灯赋》："秋夜如岁，秋情如丝。"梅尧臣《送仲连》："别绪如丝乱，欲理还不可。"

〔2〕紫塞：见前《菩萨蛮》（黄云紫塞三千里）注释〔1〕。

〔3〕"书郑重"二句：李商隐《无题》："锦长书郑重，眉细恨分明。"

〔4〕"起来"句：苏轼《四时词》："起来呵手画双鸦。"封题，指在书札的封口上签押。白居易《与微之书》："封题之时，不觉欲曙。"

〔5〕鸳鸯：伴侣、情侣意象。欧阳修《南歌子》："等闲妨了绣功夫，笑问双鸳鸯字、怎生书。"

· 评析 ·

此为塞上忆闺中之作。"因听紫塞三更雨，却忆红楼半夜灯"二句已不经意间将塞上情怀与闺中思致打叠一处，全无斧凿之痕。"天将"一句亦耐寻味。事实是多情而酿愁情，此处倒转来说，不仅合平仄，抑且更见愁浓。结句之"冰"字谓双手冰结僵硬不能动。从前文"三更雨"来看，塞上纵苦寒，尚不至此，然则其真意为触动心病，伤感之至。着此一字，尤洞见公子多情身段，芳悱襟怀。朱彝尊《生查子》云："若遣绣鸳鸯，但绣鸳鸯睡。"可谓异曲同工。

《笺校》谓本篇上片写塞上怀家中，下片写闺中怀远人，或从"鸳鸯"二字着眼。然此二字系词人塞上所写情书中语，非闺中事也。

· 附读 ·

鹧鸪天　黄侃

别意经年似旧浓，梦回仍叹凤帏空。不知别馆三更月，今照高楼第几重。　　悲落叶，听西风，新诗吟罢更无悰。挑灯郑重裁笺寄，叙到归期带泪封。

鹧鸪天·壬午秋词（之二）　白敦仁

淡淡梳栊薄薄妆，眼波眉意费商量。熏香可是怜荀令，梦雨何曾到楚王　　欢易歇，夜何长，今番愁味是亲尝。早知欹枕还无奈，拆却鸳鸯不令双。

于中好

谁道阴山行路难，风毛雨血万人欢[1]。松梢露点霑鹰绁[2]，芦叶溪深没马鞍。　　依树歇，映林看，黄羊高宴簇金盘[3]。萧萧一夕霜风紧，却拥貂裘怨早寒。

·注释·

[1]"谁道"二句：化用李白《上皇西巡南京歌》"谁道君王行路难，六龙西幸万人欢"句。阴山，见前《浣溪沙》（万里阴山万里沙）注释[1]。风毛雨血，班固《两都赋》："风毛雨血，洒野蔽天。"喻大规模射猎，鸟兽毛血纷飞状。

[2]鹰绁（xiè)：拴牵猎鹰之绳索。"绁"别本皆误为"细"，从汪刻本改。《隋书·列女传·刘昶女》："每鞴鹰绁犬，连骑道中。"

[3]黄羊：即蒙古羚，分布于内蒙古、甘肃、新疆一带。入夜喜逐光，猎捕甚易。簇：堆聚。

·评析·

据张秉戍先生《纳兰词笺注》提供的数据，纳兰塞上之作合计得五十八首，占全部作品的近百分之十七。尽管由于侧重点和标准的不同，此数字未必完全准确，但也可看出比例相当惊人。我们已经很熟悉，在这五十余首作品中，容若更多展现的是扈从之烦闷、思乡之酷苦、怀古之悲慨，可谓萧瑟盈纸，令人读之惨然不欢。这首扈从行猎词则不然，开篇所着"谁道阴山行路难"之一问已透出异样的雄健乐观气派。以下自"风毛雨血"至"黄羊高宴"写一路见闻经历，皆不乏喜悦情。末二句虽着一"怨"字，

陈少梅——《深谷谈艺图》

昂扬心绪亦不能尽掩，展现出俊逸挺拔少年的勃勃英气。在纳兰塞上词中，此种状态者似仅有此篇，其意义不小。可以设想一下，若只有惆怅，只有缠绵，只有浓得化不开的感伤，而没有了对挚友的担当与侠情，没有了塞上放歌的豪迈与驰骋，纳兰还会是纳兰么？还会有现在这样的魅力么？

于中好

　　小构[1]园林寂不哗，疏篱曲径仿山家[2]。昼长吟罢风流子[3]，忽听楸枰[4]响碧纱。　　添竹石，伴烟霞[5]，拟凭尊酒慰年华。休嗟髀里今生肉[6]，努力春来自种花。

·注释·

〔1〕小构：谓园林规模小巧。

〔2〕山家：山野人家。

〔3〕风流子：词牌名，双调又名《内家娇》。容若自填此词牌作品存见《风流子·秋郊即事》。

〔4〕楸枰：棋盘。《本草集解》："（楸）木湿时脆，燥则坚，故谓之良材，宜作棋枰。"温庭筠《观棋》："闲对楸枰倾一壶。"

〔5〕烟霞：山水自然。《旧唐书·田游岩传》："臣泉石膏肓，烟霞痼疾。"潘音《反北山嘲》："烟霞成痼癖，声价藉巢由。"

〔6〕"休嗟"句：《三国志·蜀书·先主传》裴注引司马彪《九州春秋》："备住荆州……见髀里肉生，慨然流涕。还坐，（刘）表怪问备，备曰：'吾常身不离鞍，髀肉皆消。今不复骑，髀里肉生。日月若驰，老将至矣，而功业不建，是以悲耳。'"嗟，感叹声。

·评析·

　　容若今存致张见阳手简后有顾贞观跋语云："'卿自见其朱

门，贫道如游蓬户'——容兄因仆作此语，构此见招。"可知此"小构园林"兼为顾贞观建。容若又有《寄梁汾并茸茅屋以招之》可以为证，诗云："三年此离别，作客滞何方。随意一尊酒，殷勤看夕阳。世谁容皎洁，天特任疏狂。聚首羡麋鹿，为君构草堂。"顾氏康熙十六年离京，此云"三年离别"，则茅屋或在康熙十八至十九年落成，即著名之"花间草堂"也。堂成，容若作二词，另一则《满江红·茅屋新成却赋》（详见后文）。

词开篇平淡，素朴中自有深长滋味。"昼长"二句写闲逸生活情趣，"风流子"云云并不实指词调，而取"风流洒落"之意。"楸枰响碧纱"既是"风流"的具体呈现，也营造出疏离红尘的隐居氛围。过片"添竹石"二句言布置小园，兴致勃勃中着一"慰"字，则隐隐透出一丝无奈与悲凉。末二句"休嗟"云云承上作慰藉语，"休嗟"正说明平日不少嗟叹，此所谓"正话反说"也。稼轩词云："却将万字平戎策，换得东家种树书。"（《鹧鸪天》）容若之意同此。虽胸怀气魄不及辛老子，但自有一种韶秀清丽，亦颇可观。

· 附读 ·

浣纱溪　陈襄陵
自琢新词掩玉瑕，如环如玦意交加。闲情闲恨诉琵琶。　　梦里色香花有主，天涯风雨燕无家。青衫泪点认年华。

于中好　十月初四夜风雨，其明日是亡妇生辰

尘满疏帘素带[1]飘，真成暗度可怜宵[2]。几回偷拭青衫泪，忽傍犀奁见翠翘[3]。　　惟有恨，转[4]无聊，五更依旧落花朝。衰杨叶尽丝难尽[5]，冷雨凄风打画桥。

· 注释 ·
〔1〕素带：白色布带，丧期饰物。

〔2〕"真成"句:沈亚之《传奇小说（诗句）》:"徘徊花上月,空度可怜宵。"可怜宵,伤心夜。

〔3〕犀奁(lián):以犀牛角制作而成的妆盒或首饰盒。张镃《燕山亭》:"犀奁黛卷,凤枕云孤,应也几番凝伫。"翠翘,见前《虞美人》（银床淅沥青梧老）注释〔4〕。

〔4〕转:王锳《诗词曲语辞例释》:"表示程度加深的副词,相当于文言的'愈''益',白话的'更''越'。"欧阳炯《春光好》:"纤指飞翻金凤语,转婵娟。"

〔5〕"衰杨"句:用民歌谐音手法,"丝"谐音"思"。温庭筠《达摩支曲》:"拗莲作寸丝难绝。"

· 评析 ·

　　次句有"真成"二字,难信之辞也。据此可推断词必作于妇亡之年,即康熙十六年十月初四日,距卢氏去世之五月底仅百余日,其心境凄黯、忍悲咽泪之状自不待言。起句即从两人旧日居所写起,当年的温馨地现在却是疏帘尘满,素带飘摇,真是情何以堪!"素带"字面意为丧期饰物,然亦可能是作者心理感觉。七字中已写出徘徊坐卧,凄独欲绝。"真成"二字包含难信意,更多则是不得不然的无奈接受感。仅两个字,即有千回百折,纠葛难解之效果,洵为奇观。"几回"二句承"可怜宵"而来。"拭泪"是一层,"偷"拭泪更深一层,"几回"极言其多,是第三层。三层意思愈转愈深后,接"忽傍"一句,则此泪必更难忍,此宵必更可怜。过片"惟有"三句写长夜不寐,心魂无凭。"转无聊"即三年后所作《金缕曲》中"料也觉、人间无味"之意。结二句即物兴情,以景写情,感伤心绪愈加浓郁。"衰杨"不无自况意,"冷雨凄风"则此后难以摆脱矣。本篇哀痛汹涌,奔腾流利处得益于北宋风格,一种真挚凄婉则并晏小山、贺方回亦无,此所以为容若也。

南歌子　史承谦
茜袖凝香重，银灯照影娇。人去月痕消。画堂空似水，可怜宵。

唐多令·垂虹舟夜　周之琦
汀柳晚萧萧，烟波十四桥。溯西风、一叶舟摇。秋意也如人意苦，浑瘦尽，
玉虹腰。　　泪点黦冰绡，香心冷翠翘。怨芳魂、楚些难招。长簟竟床灯烬落，
谁念我，可怜宵。

临江仙·深宵有忆　林庚白
扬尽楼头春色，三年长是萧寥。轻寒帘幕可怜宵。泪痕深浅雨，心绪去来
潮。　　曾记几回相见，含嗔如怨还娇。自家烦恼种愁苗。当时真错这，今
夜恁无聊。

鹧鸪天·十一月二十八夜客楼听雨，感不成寐。明日是亡妇生辰，用成容若
韵　潘飞声
别泪更深作雨飘，布帷孤枕拥寒宵。遥思故阁萦蛛网，空剩游尘拂凤翘。　　寻
旧梦，更无聊。客楼花落又明朝。天涯默数飘零恨，两渡西溟望鹊桥。

于中好

冷露无声[1]夜欲阑，栖鸦不定朔风寒。生憎画鼓楼头急，
不放征人梦里还。　　秋澹澹，月弯弯，无人起向月中看[2]。
明朝匹马相思处，如隔千山与万山[3]。

·注释·
〔1〕冷露无声：王建《十五夜望月寄杜郎中》："冷露无声湿桂花。"
〔2〕"无人"句：卢纶《裴给事宅白牡丹》："别有玉盘承露冷，无人起
就月中看。"
〔3〕"明朝"二句：李嘉祐《夜宴南陵留别》："预愁明日相思处，匹马
千山与万山。"

・评析・

　　下片结三句皆剿袭唐诗，不能免捋扯之讥，而"生憎"二句句法字法皆新，尚有可取处。

・附读・

浪淘沙　张伯驹

零露欲成团，北斗阑干。乱虫泣语夜凉天。窗外西风吹又急，怕到秋残。　瘦减带围宽，添上炉檀。卷帘犹自怯轻寒。一病沈郎如小别，谢了芳兰。

于中好　送梁汾南还，为题小影

　　握手西风[1]泪不干，年来多在别离间。遥知独听灯前雨，转忆同看雪后山[2]。　凭寄语，劝加餐[3]。桂花时节约重还。分明小像沉香缕，一片伤心欲画难[4]。

・注释・

〔1〕握手西风：送别情景。杨士奇《送吴员外赴南京礼部》："此日帝城重握手，西风祖道又分襟。"陈维崧《八声甘州·寄宛陵沈方邺兼怀梅耦长》："记西风、握手秣陵限。"

〔2〕"遥知"二句：灯前雨，吴泳《青玉案》："薰炉茗碗，葵根瓠叶，落寞灯前雨。"雪后山，白居易《登天宫阁》："高上烟中阁，平看雪后山。"

〔3〕"凭寄语"二句：王彦泓《满江红》："欲寄语，加餐饭。难嘱咐，鱼和雁。"

〔4〕"分明"二句：用高蟾《金陵晚望》"世间无限丹青手，一片伤心画不成"句意。顾贞观有"杵香小影"画像。杵香，捣香末。故此句非谓以香熏画，而是说香似透从画上来。

《饮水词笺校》考证本篇作于康熙十七年正月，甚是。惟顾氏前一年十月尚在浙江湖州与李渔等"啖蟹甚畅"（见《木兰花慢·立秋夜雨，送梁汾南行》一篇"评析"），三月间北上京师，而又南还，其辙迹匆匆之故尚待考索。

容若与梁汾自康熙十五年（1676）定交以来，一年多时间里别多聚少，故"年来多在别离间"乃是写实语。因"同看雪后山"的相契，想到别后"独听灯前雨"的孤寂，才有"握手西风泪不干"的难舍难离。末二句照应词题"为题小影"之语：人去留像，而且似还沉香缕缕扑鼻，但那会少离多的伤心怎是画笔所能描摹得出来？如此结语，深情空灵兼而有之。

南乡子　捣衣 [1]

鸳瓦已新霜 [2]，欲寄寒衣转自伤 [3]。见说征夫容易瘦，端相 [4]。梦里回时仔细量。　　支枕怯空房，且拭清砧 [5] 就月光。已是深秋兼独夜，凄凉。月到西南 [6] 更断肠。

· 注释 ·

[1] 捣衣：古代妇女将布帛铺于砧上，以木棒敲平，以求柔软熨帖，便于裁制。古代士兵武器装备和粮食统一供应，棉衣之类则多自备，故"捣衣"多于秋夜进行，为征人备寒衣也。李白《捣衣篇》："晓吹筼管随落花，夜捣戎衣向明月。"《子夜吴歌》之三："长安一片月，万户捣衣声。秋风吹不尽，总是玉关情。何日平胡虏，良人罢远征？"词调中有《捣练子》，即其本意。李煜《捣练子令》："又是重阳近也，几处处砧杵声催。"又，妇女洗衣时以杵击衣，使其洁净，亦称"捣衣"。杨慎《丹铅总录》："《字林》云：'古人捣衣，两女子对立执一杵，如舂米然。'……尝见六朝人画《捣衣图》，其制如此。"与一般说法不同。

〔2〕"鸳瓦"句：李颀《夜归》："残灯收短市，鸳瓦已凝霜。"参见前《菩萨蛮》（春云吹散湘帘雨）注释〔3〕。

〔3〕"欲寄"句：姚燧《越调·凭栏人·寄征衣》："欲寄君衣君不还，不寄君衣君又寒。寄与不寄间，妾身千万难。"

〔4〕"见说"二句：见说，听说，唐时俗语。李白《送友人入蜀》："见说蚕丛路，崎岖不易行。"征夫，原谓远行之人，后多指出征士兵。《晋书·羊祜传》："征夫苦役，日寻干戈。"端相，即端详，"相"字此处作平声。

〔5〕清砧（zhēn）：捶衣石。

〔6〕月到西南：月将落时，谓长夜将尽。王彦泓《纪事》："月到西南倍可怜。"

· 评析 ·

　　捣衣为旧题，清初边戍大体宁静之背景下，已无多现实意义。本篇刻写思妇情怀，属"为文造情"之拟作，然"造情"亦非易易。词从秋夜"欲寄寒衣"生发，一"瘦"字，一"梦"字，一"怯"字，一"端相"之动作，一"拭"之动作，思妇细腻心境，丝丝入扣。末三句"深秋"是一层，"独夜"又是一层，"月到西南"再进一层，潜气内转，愈折而愈厚，是见功力处。又，顾贞观、严绳孙皆有同调同题之作，顾氏之作为清初词苑名篇，容若比之略有不及，然亦可居中驷也。三词并读，颇可参悟内中消息。

· 附读 ·

南乡子·捣衣　陈维崧

悄倚缭垣阴，蓦听谁家响暮砧。不是此声听不得，关心。自惜离愁万种深。　夜梦别秋衾，趁了西风返故林。满巷砧声都一样，沉吟。黄叶村扉那处寻。

南乡子·捣衣　顾贞观

嘹唳夜鸿惊，叶满阶除欲二更。一派西风吹不断，秋声。中有深闺万里情。　片石冷于冰，两袖霜华旋欲凝。今夜戍楼归梦里，分明。纤手频呵带月迎。

南乡子　·捣衣　严绳孙

霜叶满城头，一片青砧万古愁。唯有啼痕点点在，衣襦。夜夜随君宿戍楼。　　误妾定吴钩，不是萧郎爱远游。条脱旋宽双杵重，封侯。消得金堂几度秋。

南乡子　为亡妇题照

泪咽却无声，只向从前悔薄情。凭仗丹青重省识[1]，盈盈。一片伤心画不成[2]。　　别语忒分明，午夜鹣鹣[3]梦早醒。卿自早醒侬自梦，更更。泣尽风檐夜雨铃[4]。

·注释·

〔1〕"凭仗"句：杜甫《咏怀古迹五首》之三："画图省识春风面。"省识，忆念、辨识。

〔2〕"一片"句：高蟾《金陵晚望》："世间无限丹青手，一片伤心画不成。"

〔3〕鹣（jiān）鹣：比翼鸟。《尔雅·释地》："东方有比目鱼焉，不比不行，其名谓之鲽；南方有比翼鸟焉，不比不飞，其名谓之鹣鹣。"后世作为男女情好象征。

〔4〕"泣尽"句：李商隐《二月二日》："新滩莫悟游人意，更作风檐夜雨声。"

·评析·

叶舒崇撰卢氏墓志云："抗情尘表，则视若浮云；抚操闺中，则志存流水。于其殁也，悼亡之吟不少，知己之恨尤多。"此深知容若心事语，足见其凄咽深挚的心谊。当仕途渐趋得意而文名震动海内之际，爱妻逝去给纳兰带来的心灵创伤至为沉痛，"侧帽"风流顿成"如鱼饮水，冷暖自知"的惨苦。此为其词风播迁的一大关捩，读者不可不知。

本篇为亡妻题照，当作于卢氏殁后不久，一片深情，和血和泪，真令人不能卒读。开篇"泪咽却无声"五字突兀而起，丝毫不假铺垫涂饰，一下子攫住读者心底脆弱的部分。对着遗照，无声咽泪，想起与爱妻结缡以来，正是自己走入仕途的"上升期"，奔竞劳碌，扈从侍卫，以至少有时间与爱妻相伴相守，如今生死暌隔，怎不痛悔自己的"薄情"！词人"悔薄情"，我们却从中看到他感人肺腑的深情和多情。"凭仗"三句进入"题照"主题，"盈盈"二字兼有多层意思，既指图中卢氏姣好的态度，又指摇曳飘荡的伤情，不作意于笔墨而自然入妙。"一片伤心画不成"七字乃词人深心无限伤痛酿酵而得，与陈维崧"一幅生绡泪写成"（《沁园春》）之句各极其妙，同为千古名句。至此，小词达到第一个高潮。

下片"别语忒分明"五字承上"伤心"而来，此为最伤心的一刻。那温柔的、荏弱的最后叮咛当然会一遍又一遍地在"午夜"的"鹣鹣梦"中回荡，令人迷幻和痛楚。可是"大都好物不坚牢，彩云易散琉璃脆"，"鹣鹣梦"又岂能长久？不是很早就醒来了吗？这句以"早醒"煞尾，下句即惊人地指出"卿自早醒侬自梦"：逝去的人原来是早醒的人，活在世上的人却在梦寐。这该是一个怎样无聊无味的人间！此句不无道家哲学的根源，但又是与纳兰此际的心境特别契合的，因而令人无比惊悚地将词人的悲悼情怀最深切地表现出来，也将全篇推向催人肺肝的第二个高潮。

·附读·

风马儿·幽忆　黄景仁
子规窗外一声声，把醉也醒醒，梦也醒醒。细忆别时情状忒分明，盈盈。　　夜长孤馆更清清，把钟也听听，漏也听听。直到五更斜月落疏棂，冥冥。

醉太平　黄侃
无情有情，亲卿怨卿。楼头对数飘零，有箫声笛声。　　灯青鬓青，愁醒梦醒。深宵醉倚云屏，听长更短更。

南乡子　何振岱
不寐拥重衾，百事悲欢尽到心。醒眼看天容易倦，怎禁。烛冷香消更夜深。　　弦断剩闲琴，已矣伊人指上音。几阵唧啾倾耳听，空林。斜月凄风叫暗禽。

风入松·元日寄江南友　崔荣江
入眸明月若钩镰，低户约人谈。钟声乍起消残岁，一壶酒、遥对江南。微醉尤思前事，酣眠还梦鹣鹣。　　当年新绿溅珠帘，人手弄云簪。花前羞赧痴无语，半推却、近了青衫。兹日无从磨蠥，奈书寄说呢喃。

南乡子

飞絮晚悠飏[1]，斜日波纹映画梁。刺绣女儿楼上立，柔肠。爱看晴丝百尺长[2]。　　风定却闻香，吹落残红在绣床。休堕玉钗惊比翼，双双。共唼[3]蘋花绿满塘。

·注释·

〔1〕"飞絮"句：曾觌《诉衷情》："几番梦回枕上，飞絮恨悠扬。"
〔2〕"爱看"句：赵孟頫《见章得一诗因次其韵二首》："自在晴丝百尺长。"晴丝，即游丝。
〔3〕唼（shà）：拟声词，鱼、鸟等吃东西的声音。何晏《言志诗》："顺流唼浮萍。"

·评析·

"晴丝"，情丝也；"比翼"，鸳鸯也，可见本篇仍是写闺中情思之作。其煞拍三句较有新意，然"刺绣"一句直白伧俗，如屠沽儿混入贤人队中，大败意兴。

南乡子　柳沟晓发[1]

灯影伴鸣梭，织女依然怨隔河[2]。曙色远连山色起，青螺[3]。回首微茫忆翠蛾[4]。　　凄切客中过，料抵秋闺一半多。一世疏狂应为著，横波[5]。作个鸳鸯消得[6]么。

·注释·

〔1〕柳沟：在今北京延庆区，位于明陵之后，为明清两朝重要军城。《清史稿·地理志》："（宣化府延庆州）四口：周四沟堡、四海冶堡、柳沟城、八达岭。"

〔2〕"灯影"二句：暗含曹植《洛神赋》"咏牵牛之独处"意。鸣梭，织布声。

〔3〕青螺：谓色貌青翠之山。刘禹锡《望洞庭》："遥望洞庭山水翠，白银盘里一青螺。"

〔4〕翠蛾：女子眉毛之美喻，诗词每以之指代女子。

〔5〕横波：喻女子眼神波光流动，此指代心所钟情者。

〔6〕消得：值得。郑仅《调笑转踏》："相如年少多才调，消得文君暗断肠。"

·评析·

这是一封行役途中的情书，尽管词人自伤"凄切"，根底里则是自喜"疏狂"。七夕乃中国情人节，由节令自然联想起"织女依然怨隔河"，这是第一层；柳沟晓发，由曙色山色自然联想起心上人的秀眉长发，这是第二层；因柳沟晓发，行役辛苦，自然联想起闺中人相思辛苦，远过己，这是第三层。由以上三层意思逼出煞拍之奇想：我这一生的疏狂都只为了你的眼波，倘能成就鸳鸯，我可能消受得起这样的幸福么？如此轻巧调笑的情书在容若笔下颇为罕见，值得珍视。

·附读·

清平乐　谢玉岑

雕鞍朱鞚，南陌劳相送。收拾歌离兼吊梦，宾客眼前能共。　　逡巡镜里腰身，依微襆畔春痕。消得横波一注，麻姑东海三尘。

定风波·依秋体十日词之一　魏新河

第一风华属谢娘，小词一卷误萧郎。心比玲珑千佛洞，能种。菩提树与紫丁香。　　忧思沉沉似汞，多重。这回压断旧疏狂。剩有今生辛苦果，和我。和风和雨品凄凉。

南乡子

何处淬吴钩[1]，一片城荒枕碧流[2]。曾是当年龙战[3]地，飕飕。塞草霜风满地秋[4]。　　霸业等闲休[5]，跃马横戈总白头。莫把韶华轻换了，封侯[6]。多少英雄只废丘[7]。

· 注释 ·

〔1〕"何处"句：淬，铸刀剑时将刀剑烧红后浸入水中，使之坚刚。王褒《圣主得贤臣颂》："清水淬其锋。"吴钩，古代吴地所造一种弯形之刀。《吴越春秋·阖闾内传》："阖闾既宝莫邪，复命于国中作金钩，令曰：'能为善钩者，赏之百金。'吴作钩者甚众。"此泛指刀剑兵器。

〔2〕"一片"句：李珣《巫山一段云》："古庙依青嶂，行宫枕碧流。"碧流，清澈河流。

〔3〕龙战：《周易·坤》："龙战于野，其血玄黄。"后指代群雄割据之争战。班固《答宾戏》："于是七雄虓阚，分裂诸夏，龙战虎争。"

〔4〕"塞草"句：边塞景象。萧贡《按部道中二首》其二："秋半霜风塞草枯。"

〔5〕等闲休：转眼成空。杨牢《赠舍弟》："袖里镆铘光似水，丈夫不合等闲休。"等闲，随意地，轻松地。

〔6〕封侯：王昌龄《闺怨》："忽见陌头杨柳色，悔教夫婿觅封侯。"

〔7〕废丘：此指荒坟。

· 评析 ·

此阕写行经古战场废城堡所感。其语致浅显，意旨也常见，然出自满洲新贵乌衣子弟之手，即非同寻常。容若何以能够在清初满汉之大防异常严峻的时段赢得很多世所称"落落难合"的"一时俊异",如陈维崧、朱彝尊、顾贞观、严绳孙、姜宸英等的友情?这历来是读者感兴趣的话题。抛除种种无根游谈不提,容若本人这种超越成王败寇、民族仇恨、阶级立场的"人文情怀"应是很值得探讨的原因。本篇令人联想及杨慎《廿一史弹词》中名作《西江月·说三分两晋》:"道德三皇五帝,功名夏后商周。英雄五伯闹春秋,顷刻兴亡过手。　青史几行名姓,北邙无数荒丘。前人田地后人收,说甚龙争虎斗。"此篇被冯梦龙用于《东周列国志》开篇,所以广为后人所知,名声仅次于原本写秦汉史之《临江仙》(滚滚长江东逝水)一首,其因缘亦颇奇妙。

南乡子

　　烟暖雨初收[1],落尽繁花小院幽。摘得一双红豆子,低头。说著分携[2]泪暗流。　人去似春休,卮酒曾将酹石尤[3]。别自有人桃叶渡[4],扁舟。一种烟波各自愁[5]。

·注释·

[1]"烟暖"句:赵长卿《小重山·残春》:"日暖雨初收。"

[2]分携:见前《临江仙·寄严荪友》注释[2]。

[3]"卮酒"句:卮酒,犹言杯酒。石尤,石尤风。《娜嬛记》引《江湖纪闻》:"石尤风者,传闻为石氏女嫁为尤郎妇,情好甚笃。尤为商远行,妻阻之,不从。尤出不归,妻忆之,病亡,临亡长叹曰:'吾恨不能阻其行,以至于此。今凡有商旅远行,吾当作大风为天下妇人阻之。'"后因称打头风、逆风为"石尤风"。刘骏《丁督护歌》:"愿作石尤风,四面断行旅。"

[4]桃叶渡:渡口名。在今南京秦淮河畔。相传因东晋王献之在此送其爱妾桃叶而得名。辛弃疾《祝英台近·晚春》:"宝钗分,桃叶渡,烟柳暗南浦。"

[5]"一种"句:何英残句:"南北烟波各自愁。"

〔清〕 崔错——《李清照像》

·评析·

《饮水词笺校》以为本篇为送友南还词，理由是"虽不忍分携，念其家中'别自有人'盼夫归，故惟祷其一路顺风而已"，并云"以词中节令看，似作于康熙十五年初夏严荪友南归之际"。送严荪友南归，固属无任何根据的揣测，前面的理由也颇令人疑心。

本篇《瑶华集》有副题作"孤舟"，可见是很常规的咏物词。其上片"摘得一双红豆子"数句低回隐纾，将"孤"字刻画入神；下片则围绕"舟"字，以石尤风、桃叶渡等意象做足文章，"人去"一句、"一种"一句皆精警含情，实乃朱彝尊《桂殿秋》名句"共眠一舸听秋雨，小簟轻衾各自寒"之流亚，是纳兰的典型风调。

鹊桥仙

月华如水，波纹似练，几簇淡烟哀柳。塞鸿一夜尽南飞，谁与问、倚楼人瘦[1]。　　韵拈风絮[2]，录成金石[3]，不是舞裙歌袖。从前负尽扫眉才[4]，又担阁、镜囊重绣[5]。

·注释·

〔1〕"谁与问"句：辛弃疾《满江红》："人去后，吹箫声断，倚楼人独。"谁与问，意为能请谁去探问，悬念之意。倚楼人，指"与问"之对象，即妻子卢氏。

〔2〕韵拈风絮：用谢道韫事。见前《采桑子·塞上咏雪花》注释〔3〕。

〔3〕录成金石：用赵明诚、李清照撰《金石录》事，喻闺中雅情。

〔4〕扫眉才：女子有才学之赞称。王建《寄蜀中薛涛校书》："扫眉才子知多少，管领春风总不如。"

〔5〕"又担阁"句：担阁，见前《茶瓶儿》(杨花糁径樱桃落)注释〔2〕。锦囊重绣，用王建《镜听词》"可中三日得相见，重绣锦囊磨镜面"诗意。

按，"镜听"为古代卜法一种，又称"镜卜"。朱弁《曲洧旧闻》卷九："王建集有《镜听词》，谓怀镜于通衢间，听往来之言，以占休咎……盖以有心听无心耳。"又，王建《镜听词》尚有"重重摩挲嫁时镜，夫婿远行凭镜听"句。

·评析·

《饮水词笺校》据"风絮""金石""扫眉"等语，疑本篇为沈宛而作，时在康熙二十三年（1684）；严迪昌先生《纳兰词选》据下片用《金石录》故事，判断系惦念卢氏而作。又据容若康熙十三年（1674）结褵、十五年任侍卫、十六年五月卢氏即亡故之时间线，以为本篇作于康熙十五年（1676）九月上旬扈驾去墙子路、密云等地时。二说不易轩轾，姑两存之。

以词而言，未能称佳，读者但看其情致可也。

·附读·

木兰花慢　史承谦

记华灯飐影，惊划地、暗尘收。想乍冷笙歌，闲抛彩胜，倦倚篝篌。罗帏。梦魂牢锁，再难寻、拜月小红楼。只是凄凉独醉，从教冷落欢游。　　凝眸。空盼旧鸳俦，忍更负温柔。怕梅粉飘残，兰痕吹醒，一倍春愁。知否满襟风月，被燕猜、莺妒等闲休。辜负扫眉才子，远山别样风流。

踏莎行

春水鸭头，春山鹦嘴[1]。烟丝无力风斜倚。百花时节好逢迎，可怜人掩屏山睡[2]。　　密语移灯，闲情枕臂。从教[3]酝酿孤眠味。春鸿不解讳相思，映窗书破人人字[4]。

·注释·

〔1〕"春水"二句：形容水色碧绿如鸭头，山花鲜红如鹦鹉嘴。苏轼《送

别》："鸭头春水浓如染。"

〔2〕"可怜"句：温庭筠《菩萨蛮·春闺》："无言匀睡脸，枕上屏山掩。"

〔3〕从教：纵教，"从"同"纵"。

〔4〕"春鸿"二句：谓雁行成人字，对之思及情人。人人，用以称亲昵者。辛弃疾《寻芳草·调陈莘叟》："更也没书来，那堪被、雁儿调戏。道无书、却有书中意。排几个、人人字。"

·评析·

  本篇在纳兰词中不大有名，鲜见提及，然而骨肉停匀、风致绝佳，是不可多得的上乘之作。开篇二句"春水""春山"有意反复，"鸭头""鹦嘴"对仗工稳，已见匠心。浓春百花盛开，正是闹热时节，但词中主人公却孤凄冷清，与这大好春光格格不入。上片前四句皆铺垫，至将结束之第五句才出现"可怜人"的形象，笔力耐心，皆甚可观。与小晏名句"斜月半窗还少睡，画屏闲展吴山翠"（《蝶恋花》）对照，同样面对"屏山"，但一个"少睡"，一个"多睡"，各有其"可怜"处，也各具其妙。

  下片紧扣"睡"字展开："密语移灯"与"睡"相关，"闲情枕臂"也与"睡"相关，但何尝不是当时的移灯密语与枕臂闲情酝酿了今天的孤寂况味呢？更可恨那春来北飞的鸿雁不懂得可怜人的心事，非要把"人人"二字映射在窗子上面！煞拍处这一翻进点题，仍承"睡"字而来，可谓针脚绵密、一通到底，极见才情。

·附读·

虞美人　饶宗颐

盈盈独倚阑干遍，酒薄香生面。鸭头春水绿盈门，一到言愁天亦欲黄昏。 牵情恁地劳飞絮，寄泪凭谁语。谢桥波荡月如云，自踏杨花来觅倚楼人。

踏莎行　寄见阳

倚柳题笺，当花侧帽〔1〕。赏心应比驱驰好〔2〕。错教双鬓受东风,看吹绿影成丝早〔3〕。　　金殿寒鸦,玉阶春草〔4〕。就中冷暖和谁道。小楼明月镇长闲〔5〕,人生何事缁尘〔6〕老。

· 注释 ·

〔1〕"倚柳"二句:刘过《沁园春》:"傍柳题诗,穿花劝酒。"题笺,题诗。侧帽,《周书·独孤信传》云:"信在秦州,尝因猎日暮,驰马入城,其帽微侧。诘旦,而吏民有戴帽者,咸慕信而侧帽焉。"此典后每作为风流潇洒、脱略不羁意象。纳兰词曾一名《侧帽词》。

〔2〕"赏心"句:赏心,谓娱悦心志。谢灵运《拟魏太子邺中集诗序》:"天下良辰美景,赏心乐事,四者难并。"驱驰,驱使奔走,为供效力。

〔3〕"错教"二句:谓时光催人老。东风,春风,转借为年光。绿影,绿鬓乌亮,指黑发。成丝,变白发。

〔4〕"金殿"二句:寒鸦,王昌龄《宫词》:"玉颜不及寒鸦色,犹带昭阳日影来。"以寒鸦犹胜玉颜喻宫女之苦,冷宫白发之哀。此径以寒鸦喻冷意。春草,喻暖意。此二句与后句"就中冷暖"照应。

〔5〕镇长闲:镇日闲,即整天闲雅。朱熹《邵武道中》:"不惜容鬓凋,镇日长空饥。"

〔6〕"人生"句:何事,为何,何故。缁尘,见前《金缕曲·赠梁汾》注释〔2〕。

· 评析 ·

　　容若致张见阳札有云:"沅湘以南,古称清绝,美人香草,犹有存焉者乎?长短句固骚之苗裔也,暇日当制小词奉寄,烦呼三闾弟子,为成生荐一瓣香,甚幸!"此当即所制寄"小词"之一。

　　开篇三句以侧帽题诗之赏心事与奔波驱驰对举,"赏心应比驱驰好"为一篇意旨所在。正因赏心事多,所以感慨自己虚度年华,双鬓见白;又感慨那些金殿玉阶的冷暖感受不足为外人道也。煞拍处深化"赏心"之说:没有"小楼明月"之"长闲",哪里会有"赏心"的处境与心境?而我们不都渐渐被京华的缁尘沾染得很深了吗?容若致张见阳札中云："鄙性爱闲，近苦鹿鹿。东华软红尘，只应埋没慧男子锦心绣肠，仆本疏慵，那能堪此。"《菩萨蛮·过张见阳山居赋赠》有"安得此山间，与君高卧闲"之句，可见一"闲"字本是二人共通之志业。这是容若交谊中颇为重要一侧面，值得深究。

翦湘云　送友

险韵慵拈[1]，新声醉倚[2]。尽历遍情场[3]，懊恼曾记。不道当时肠断事，还较而今得意。向西风、约略数年华，旧心情灰矣。　　正是冷雨秋槐[4]，鬓丝憔悴。又领略、愁中送客滋味。密约重逢知甚日，看取青衫和泪。梦天涯、绕遍尽由人，只尊前迢递[5]。

·注释·

〔1〕"险韵"句：晏几道《六幺令》："昨夜诗有回文，韵险还慵押。"
〔2〕新声：新词调。《翦湘云》为顾贞观自度曲，故云。倚：依调填词。
〔3〕"尽历遍"句：王彦泓《即事十首》其六："历遍情场滟预滩。"
〔4〕冷雨秋槐：杨凝《送客入蜀》："明朝骑马摇鞭去，秋雨槐花子午关。"
〔5〕迢递：指思虑悠远。元稹《旅舍感怀》："迢递乡心夜梦中。"

·评析·

词平平而已，无大可说，但《翦湘云》为顾贞观自度曲，可以略说清词自度曲现象。刘深有《清词自度曲与清代词学的发展》一文载之《南京大学学报》2015年第6期，较为系统精深。撮其主旨，约有以下几点：1.清人对元明人自度新曲持批判态度，但却继承了这种创作探索的方式，颇努力为之。自清初沈谦、丁澎、毛先舒、纳兰性德、顾贞观至清中叶的任兆麟、顾翰，再到晚清的戈载、姚燮、蒋敦复、谢章铤、王鹏运等，前赴后继，络绎不绝，数量质量均远超元明。2. 清代自度曲成就最高、影响最大者厥推顾贞观、纳兰性德二人。顾贞观《踏莎美人》一调继和者44家46首，《风马儿》继和者10家12首，《蓊湘云》继和者9家10首，分别位居"清人自度曲影响力排行榜"的第一、第四、第五位；纳兰《玉连环影》继和者17家20首，《青衫湿遍》继和者7家7首，分别位居排行榜的第二、第七位。3. 因为自度曲的存在，宋人与清人的生命存在出现了一条神秘的通道，清人对自度曲的尝试使他们更多获得了对宋词的"同情之理解"，进而才有了清词中兴的自信，带来了清代词学蓬勃发展的局面。

其文甚佳，值得仔细研读。

鹊桥仙　七夕

乞巧楼[1]空，影娥池[2]冷，佳节只供愁叹。丁宁休曝旧罗衣[3]，忆素手、为予缝绽[4]。　　莲粉飘红[5]，菱丝翳碧[6]，仰见明星空烂。亲持钿合梦中来，信天上、人间非幻[7]。

· 注释 ·

〔1〕乞巧楼：孟元老《东京梦华录》："至初六日、七日晚，贵家多结彩楼于庭，谓之乞巧楼。"王建《宫词一百首》其九十四："每年宫里穿针夜，敕赐诸亲乞巧楼。"

〔2〕影娥池：郭宪《洞冥记》卷三："（武）帝于望鹄台西起俯月台，台下穿池，广千尺，登台以眺月。影入池中，使宫人乘舟弄月影，因名影娥池。"

〔3〕"丁宁"句：丁宁，同"叮咛"。曝衣，七夕曝衣为古时民俗。《四民月令》："七月七日……曝经书及衣裳。"

〔4〕"忆素手"句：王彦泓《春暮减衣》："难消素手为缝绽，那得闲心问织缣。"绽，此指衣缝裂开处。

〔5〕莲粉飘红：指荷花瓣落。杜甫《秋兴》："露冷莲房坠粉红。"

〔6〕菱丝翳碧：指菱叶渐枯。翳（yì），通"殪"，《诗经·大雅·皇矣》："作之屏之，其菑共翳。"毛《传》："木立死曰菑，自毙为翳。"

〔7〕"亲持"二句：用唐明皇、杨贵妃故事，见前《浣溪沙》（凤髻抛残秋草生）注释〔3〕。

·评析·

　　此词当作于康熙十六年（1677），即卢氏卒后二月之七夕。开篇一"空"字、一"冷"字，正乃绝望悲凉至于顶点之辞。七夕本为曝衣之时，自己却不敢晾晒那些伊人亲手缝绽的旧衣裳，那真是怎一个"凄凉"了得！换头之"莲粉""菱丝"乃词人自喻心境，与天上之爱妻遥相对映，从而逼出末二句的沉痛痴情语。词的感情爆发烈度不强，但浓稠的怀想正在那种欲哭无泪的喃喃自语中，所谓"泪咽却无声"者也。

·附读·

木兰花慢·七夕偶述　潘飞声

又秋期似旧，惊心事，倩谁商。忆年年佳约，兰闺瓜果，同爇炉香。韶光。等闲过眼，便人间、天上信茫茫。愿乞仙槎渡我，琼台去把风裳。　　空房。未忍理瑶箱。钿盒枉收藏。算半钩凉月，一枝残烛，照尽凄凉。啼螀。劝人觅句，怕追寻、重断旧回肠。不待双星卧看，呼鬟悄掩红窗。

月下笛·旧房　何振岱

听久无声，看如有影，阴天初夕。寒帷悄立。早搬移旧床席。故衫敝袼存留着，认唾点、啼痕疏密。痛双身成只，昏尘掩镜，暗灯摇壁。　　踪迹。空追忆。只苦海匆忙，负伊岑寂。睁睁默默。多时孤坐垂膝。病中言语分明甚，道爱我、般般爱惜。这声影、只依稀，老泪怎生揾得。

御带花　重九夜

晚秋却胜春天好，情在冷香[1]深处。朱楼六扇小屏山[2]，寂寞几分尘土。虬尾[3]烟销，人梦觉、碎虫零杵[4]。便强说欢娱，总是无憀心绪[5]。　　转忆当年，消受尽、皓腕红萸[6]，嫣然一顾。如今何事，向禅榻茶烟[7]，怕歌愁舞[8]。玉粟寒生[9]，且领略、月明清露。叹此际凄凉，何必更、满城风雨[10]。

·注释·

〔1〕冷香：此指菊花。

〔2〕六扇小屏山：见前《采桑子·九日》注释〔4〕。

〔3〕虬尾：龙形的熏炉。毛滂《临江仙》："香残虬尾细，灯暗玉虫偏。"

〔4〕碎虫零杵：谓秋深后虫鸣声与捣衣的砧杵声皆渐稀疏零碎。

〔5〕"便强说"二句：此处依词律在"总是"后脱一字。无憀（liáo），同"无聊"。

〔6〕红萸：茱萸，重九插发髻上以祛邪避灾。曹冠《蓦山溪》："簪嫩菊，插红萸，相对年年好。"

〔7〕禅榻茶烟：杜牧《题禅院》："今日鬓丝禅榻畔，茶烟轻飏落花风。"

〔8〕怕歌愁舞：周紫芝《蓦山溪》："娇小正笄年，每当筵、愁歌怕舞。"

〔9〕"玉粟"句：皮肤因感寒冷，立毛肌隆起呈粟状。梅鼎祚《玉合记》："绿鬓云散裊金翘，双钏寒生玉粟娇。"

〔10〕满城风雨：潘大临残句："满城风雨近重阳。"

·评析·

　　性德友人丁炜《紫云词》有《御带花·重九夜用侧帽词韵》一阕，可见本篇作期不晚于康熙十五年，属其早期作品。《御带花》这个词牌相当冷僻，宋人亦极少用之。性德操作起来却如鱼得水，丝毫不见捉襟见肘的生涩。虽有一处脱字之疏漏，才情要为可观。词开篇即以"晚秋"胜于"春天"的悬念领起，引出一"情"字。"朱楼六扇小屏山"则既是"情"思缠绵处，亦是"情"

缘终结处。故此句仅简单过渡,若蜻蜓点水,倏来倏去。自"寂寞"以下即转入相思煎熬。"便强说"二句写情甚微妙,作上片小结,情韵也悠然。

下片承上写回忆,"皓腕红莨,嫣然一顾"八字有景有情,栩栩如生,确乎令人生"消受"之感。后王国维《蝶恋花》云:"众里嫣然通一顾,人间颜色如尘土。"是自此化出而青胜于蓝者。"如今"以下再转回现在,"禅榻茶烟,怕歌愁舞"正堪与"皓腕"句作对,而愁绪亦极真切。"玉粟"句照应节令,"且"字则写出无奈怅惘,不得不然。煞拍二句与前《临江仙》"秋海棠"一首"自然肠欲断,何必更秋风"句意思略同,然点缀出"满城"二字,仍用重阳典实,甚熨帖。

纳兰的早期恋情至今还是个谜,我们反对索隐式的附会,但并不否认这段恋情的存在。此篇或即为早年恋人所写,惟该女子究竟为何等样人物,则难考矣。

· 附读 ·

御带花·重九夜用侧帽词韵 丁炜

醉残菉酒银缸淡,蛩诉晚愁浓处。碧虚燕去,锦巢空瑶席,频凝香土。冰兔半规,聊借影,未酬琼杵。认镜里,风流浑减,不是旧张绪。 往事题糕,曾记忆,醉倩人扶,闲将曲顾。消沉残梦,任白纻尘封,前溪谁舞。菊碎霜心,渐冻损,玉壶芳露。听庭树,秋声做尽,还弄隔窗雨。

疏影 芭蕉

湘帘卷处,甚离披[1]翠影,绕檐遮住。小立吹裙[2],曾伴春慵[3],掩映绣床金缕。芳心一束浑难展[4],清泪里、隔年愁聚。更夜深、细听空阶雨滴[5],梦回无据。 正是秋来寂寞,偏声声点点[6],助人离绪,缬被[7]初寒,宿酒全醒,搅碎乱蛩双杵[8]。西风落尽庭梧叶,还剩得、绿阴如许。想玉人、和露折来，曾写断肠诗句〔9〕。

· 注释 ·

〔1〕离披：草木繁盛貌。《西京杂记》引刘胜《文木赋》："丽木离披，生彼高崖。"

〔2〕吹裙：李端《拜新月》："细雨人不闻，北风吹裙带。"

〔3〕春慵：春天的懒散情绪。李商隐《垂柳》："思量成夜梦，束久废春慵。"

〔4〕"芳心"句：苏轼《贺新郎》："芳心千重似束。"钱珝《未展芭蕉》："冷烛无烟绿蜡干，芳心犹卷怯春寒。"芳心即芭蕉叶心。

〔5〕空阶雨滴：柳永《尾犯》："夜雨滴空阶，孤馆梦回，情绪萧索。"

〔6〕声声点点：朱淑真《闷怀》："芭蕉叶上梧桐雨，点点声声有断肠。"

〔7〕缬被：绣花被。缬（xié），有花纹的丝织品。

〔8〕双杵：杨慎《丹铅总录》引《字林》："古人捣衣，两女子对立执一杵，如春米然。"杜甫《夜》："新月犹悬双杵鸣。"

〔9〕"想玉人"二句：谓蕉叶题诗，古时有此风雅之举。

· 评析 ·

　　严迪昌先生《纳兰词选》共选词一百八十余首，按述怀言志、钟情悼亡、边塞扈从、友情酬赠、咏史咏物、闲情拟作分类编排，其中咏史咏物二类合之仅十三首，可见这并不是纳兰所擅长。清词咏史，要让陈维崧独步一时；咏物，还是朱彝尊独擅胜场。纳兰咏物词也有绝佳的，比如《临江仙·寒柳》，那是因为关合身世心绪的缘故，故能摹寒柳之神。本篇系朱氏《疏影·芭蕉》原词的唱和之作，故堆砌意象，感情投入甚微，不过"赋形"而已，比朱氏原作尚逊一筹（见"附读"）。

　　同样写芭蕉、写夜雨，南社词人胡怀琛笔下就特富于感发之力。读其《浣溪沙·夜雨》："有个愁人睡不牢，芭蕉风雨夜潇潇。新凉如水一灯摇。　　往事悲欢都过了，管他哀乐到明朝。只难消受是今宵。"发语轻巧随意，丝毫不假涂饰，而"管他哀乐到明朝"

的放达背后乃是"只难消受是今宵"的沉慨，情绪折叠，语势顿挫，即便与蒋竹山《虞美人·听雨》《一剪梅·舟过吴江》相比也无逊色。其《罗敷媚》同题之作佳处略同：

> 芭蕉叶上宵来雨，已算凄清。不觳凄清，添个寒螀抵死鸣。　　纸窗竹簟人无睡，坐到天明。听到天明，愁与秋潮一样平。

另附读杨圻同调词《茉莉》一首，咏物而兼悼亡，亦真挚感人。

·附读·

疏影·芭蕉　朱彝尊

是谁种汝，把绿天一片，檐牙遮住。欲折翻连，乍卷还抽，有得愁心如许。秋来惯为羁人伴，惹多少、冷风凄诉。那更堪，一点疏灯，绕砌暗虫交诉。　　待把蛛丝拭却，试今朝留与，个人题句。小院谁来，依旧黄昏，明月暂飞还去。罗衾梦断三更后，又一叶、一声低语。拚今番、尽剪秋阴，移种樱桃花树。

疏影·茉莉　杨圻

悄无人地，是小栏风静，夕容添媚。点点繁英，采入冰盘，绮魂零乱无寐。空床辗转重寻觅，怎忍见、隔年残蕾。起来惊露流光，犹似替人垂泪。　　还记房栊私语，瑶簪初卸了，冰簟凉腻。夜已三更，一点银蟾，窥见那人酣睡。水精枕角凉云散，有几片、幽香抛坠。更怜他、玉臂清寒，秋梦做来如水。

添字采桑子

闲愁似与斜阳约，红点苍苔。蛱蝶飞回。又是梧桐新绿影[1]，上阶来。　　天涯望处音尘断，花谢花开。懊恼离怀。空压钿筐金缕绣，合欢鞋[2]。

·注释·

〔1〕"又是"句：欧阳修《摸鱼儿》："卷绣帘、梧桐秋院落，一霎雨添新绿。"

〔2〕"空压"二句:谓女子形单影只,白白精心装扮。周端臣《古断肠曲》:"压鬘慵簪双凤钗,伤心羞觑合欢鞋。"钿筐,填嵌宝石的饰品。金缕绣,以金线绣成的衣衫、鞋子等物事。合欢鞋,象征男女欢爱之鞋。毛先舒《填词名解》:"吴任臣云,物以合欢名者合欢宫、合欢笋、合欢鞋、合欢花、合欢被、合欢带。"

· 评析 ·

词写闺怨,寻常之作也,值得注意的是末句中的"钿筐"。张草纫《纳兰词笺注》释为"有金银贝壳等镶嵌物的筐",不全对;赵秀亭、冯统一《饮水词笺校》释为"针线筐箩",全错。扬之水刊于《书城》2014年第3期的《看图说话记(三)》有详细考释,可读一读:

> ……比如唐五代诗歌中经常出现的"钿筐"……温庭筠"宝梳金钿筐"(《鸿胪寺有开元中锡宴堂楼台池沼雅为胜绝荒凉遗址仅有存者偶成四十韵》)、又"钿筐交胜金粟"(《归国谣》);张泌《思越人》"斗钿花筐",等等,凡此诸般,都是类同的物象……飞卿句,《温庭筠全集校注》云:"筐,犹盒。句似谓华贵的梳子置于用金镶嵌的盒中"(页821,中华书局2007年)……飞卿句原是为想象中的歌伎画像,所谓"萦盈舞回雪,宛转歌绕梁;艳带画银络,宝梳金钿筐",如此情景中,实与置梳于盒之行事了不相干。
>
> 所谓"钿筐""金筐",原是唐代金饰一种很有特色的样式。钿,一指金花或曰花钿,一指以宝饰器(参希麟《续一切经音义》卷五"钿饰"条),作为首饰的花钿,当是兼用两意,即填嵌宝石的金花。六朝歌诗为美人画像,每喜以"金钿"照耀颜色……它在唐五代依然流行,不过此际多为传统的"宝钿"添加"花筐",即以金粟勾勒边框,内里用金材掐作花朵图案,复以宝石填嵌花朵。

名物之学似小实大，似易实难，读扬先生此文可知一斑。顺便说一则闲话：某日，友人出"扬之水"征下联，我忽来灵感，骤曰"钢的琴"，友人拊掌叫绝。

·附读·

添字罗敷媚·用纳兰容若韵　潘飞声
名园夜趁嬉春约，扶步青苔。阿姊催回，行到悄无人地月华来。　　相逢只恨当时错，鸾信羞开。触恼愁怀，一片落红曾印缕金鞋。

如梦令　张伯驹
寂寞黄昏庭院，软语花阴立遍。湿透凤头鞋，玉露寒侵苔藓。休管，休管，明日天涯人远。

望江南　宿双林禅院[1]有感

挑灯坐，坐久忆年时[2]。薄雾笼花[3]娇欲泣，夜深微月下杨枝。催道太眠迟。　　憔悴去，此恨有谁知。天上人间俱怅望，经声佛火[4]两凄迷。未梦已先疑。

·注释·

〔1〕双林禅院：据《日下旧闻》《天府广记》等记载，双林禅院在北京阜成门外二里沟，初建于明万历四年。《北京名胜古迹辞典》载双林寺位于门头沟区清水乡上清水村西北山坡，未知孰是。有说在山西平遥县西南、辽宁凌海松山者，皆不可从。

〔2〕年时：往昔。卢殷《雨霁登北岸寄友人》："忆得年时冯翊部，谢郎相引上楼头。"

〔3〕薄雾笼花：程垓《满江红》："薄霭笼花天欲暮。"

〔4〕佛火：佛灯。

寒林图

少梅陈彰写

陈少梅——《寒林图》

卢氏于康熙十六年五月去世后，直到康熙十七年七月才葬于皂荚屯纳兰祖坟，其间灵柩暂厝于双林寺禅院。本篇为禅院守灵时所作。词以"忆"字领起，诸多往事在经声佛火中奔来眼底，兜上心头。"薄雾笼花""夜深微月"云云，情景相生，一片愁苦，难以描画。过片"憔悴去"之"去"字颇耐寻味。张相《诗词曲语辞汇释》考"去"字为语助词，犹"啊""着""了"。又有指示时间意，犹"后"也。此处二义兼用，而含"彻底""到尽头"之决绝意，故下文问"此恨有谁知"。"天上"二句对仗中连用四名词，天上、人间、经声、佛火，组构成一幅如梦如幻的凄绝图画。佛家有"六如"之说，谓如梦幻露电泡影也。人生已如梦，梦中之梦又怎可凭信？此时纳兰怎能不发出"未梦已先疑"的颓然长叹？谢章铤氏所谓"一声《河满》，辄令人怅惘欲涕"者，此篇可当之。

·附读·

浣溪沙　郑元昭
欲写愁怀恨转长，更无佳句只心伤。酸辛滋味自家尝。　　佛火经声堪慰藉，兰因絮果罢思量。篆烟还似见回肠。

木兰花慢　立秋[1]夜雨，送梁汾南行

盼银河迢递[2]，惊入夜、转清商[3]。乍西园蝴蝶，轻翻麝粉[4]，暗惹蜂黄。炎凉。等闲瞥眼[5]，甚丝丝、点点搅柔肠。应是登临送客，别离滋味重尝。　　疑将[6]。水墨画疏窗，孤影淡潇湘。倩一叶高梧[7]，半条残烛，做尽商量[8]。荷裳。被风暗剪，问今宵、谁与盖鸳鸯[9]。从此

羁愁万叠〔10〕，梦回分付啼螀〔11〕。

·注释·

〔1〕立秋：指康熙二十年（1681）立秋。

〔2〕迢递：此作遥远解。左思《吴都赋》："旷瞻迢递，迥眺冥蒙。"

〔3〕清商：清秋，此指立秋夜雨声。商，五音之一。旧以商音为金音，声凄厉，与肃杀秋气相应，故称秋为"商秋"。何晏《景福殿赋》："结实商秋，敷华青春。"李善注引《礼记》："（孟秋之月）其音商。"潘岳《悼亡》："清商应秋至，溽暑随节阑。"

〔4〕麝粉：香粉，此指蝴蝶翅上粉末。麝，又名香獐，有腺分泌麝香。后亦以之泛指香气。陈维崧《望江南·宛城五日追次旧游漫成十首》其九："麝粉细调蛾子绿，虎钗新破茧儿黄。"

〔5〕瞥眼：转眼。杜甫《解忧》："呀坑瞥眼过，飞橹本无蒂。"

〔6〕疑将：好似把……，或以"将"视作助词，语气无义，误。《木兰花慢》调下片换头二字句押韵，向无虚词之用。

〔7〕一叶高梧：落叶，化自李白《赠别舍人弟台卿之江南》："梧桐落金井，一叶飞银床。"

〔8〕商量：见前《一丛花·咏并蒂莲》注释〔3〕。

〔9〕"荷裳"三句：反用郑谷《莲叶》"多谢浣溪人不折，雨中留得盖鸳鸯"语意，寓分手离散之意。荷裳，荷叶。韩翃《送客归江州》："露湿荷裳已报秋。"暗剪，即折断，故无法再遮盖鸳鸯。

〔10〕羁愁万叠：文天祥《雨雪》："江云愁万叠。"羁愁即牢愁，忧愁。

〔11〕啼螀(jiāng)：螀即寒蝉，秋天鸣叫。李时珍《本草纲目·虫部·蚱蝉》："弘景曰：'寒螀九月十月中鸣，声甚凄急。'"元稹《夜池》："满池明月思啼螀。"

·评析·

　　《饮水词笺校》《纳兰词笺注》《纳兰性德词新释辑评》皆谓本篇为康熙二十年（1681）顾贞观因母丧南归而作，《纳兰词笺注》且引容若五言古诗《送梁汾》"西窗凉雨过，一灯乍明灭。沉忧从中来，绵绵不可绝。如何此际心，更当与君别。南北三千里，同心不得说。秋风吹蓼花，清泪忽成血"为证。严迪昌先生《纳兰词选》则指出："细味此词，略无哀挽或宽慰语，时令亦与上引诗略有差异。兹存阙疑，俟考。"

考顾氏行迹，在与纳兰交集的数年中，他应该至少还有一次秋日南行。《李渔全集》卷一有《丁巳小春，与顾梁汾典籍、吴云文文学集吴念庵斋头啖蟹甚畅……》诗，也就是说，康熙十六年十月，顾氏在浙江湖州，他有可能是立秋日南行的，《送梁汾》诗与本篇并不一定作于同时。

之所以提出此一可能，是因为严先生所说"略无哀挽或宽慰语"极有道理。词写别离不舍，总体情调自然是低沉的，但"西园蝴蝶，轻翻麝粉，暗惹蜂黄""甚丝丝、点点搅柔肠""水墨画疏窗，孤影淡潇湘""荷裳。被风暗剪，问今宵、谁与盖鸳鸯"云云，思绪飘飞，遣词轻逸。倘顾氏因母丧南归，以这些词句送行是很不合体统的。试对照《送梁汾》中"沉忧从中来，绵绵不可绝……秋风吹蓼花，清泪忽成血"等诗句，两者之差异不难辨别。

· 附读 ·

风入松　史承谦

旧时云佩冷江皋，岑寂度清宵。徘徊半晌西窗月，对凉波、重进三蕉。忽坠高梧一叶，信知秋到林梢。　　罗帷舒卷任风飘，锦字凭谁挑。楚山花簟横陈处，绕湘屏、曲曲魂销。却背残灯枕手，梦回依旧无聊。

卷
四

百字令　废园有感

片红飞减[1]，甚东风不语、只催漂泊[2]。石上胭脂[3]花上露，谁与画眉商略[4]。碧甃瓶沉，紫钱钗掩，雀踏金铃索[5]。韶华如梦，为寻好梦担阁[6]。　　又是金粉空梁，定巢燕子，一口香泥落[7]。欲写华笺[8]凭寄与，多少心情难托。梅豆圆时，柳绵飘处，失记当初约[9]。斜阳冉冉，断魂分付残角[10]。

·注释·

〔1〕"片红"句：杜甫《曲江二首》之一："一片花飞减却春，风飘万点正愁人。"片红，落花。

〔2〕"甚东风"句：赵功可《氐州第一·送春》："借问东风，甚飘泊、天涯何处。"甚，张相《诗词曲语辞汇释》："甚，犹是也，正也，真也。词中每用以领句，与甚么之'甚'作'怎'字、'何'字义者异。"

〔3〕胭脂：落红，喻石上残落之花瓣。杜甫《曲江对雨》："林花著雨胭脂湿。"

〔4〕商略：商量。姜夔《点绛唇》："数峰清苦，商略黄昏雨。"

〔5〕"碧甃"三句：碧甃（zhòu），井的代称，以青色石为井垣，故云。甃，井壁。吴干《书吴道隐林亭》："井脉牵湖碧甃深。"紫钱，青紫色苔藓。李贺《过华清宫》："云生朱络暗，石断紫钱斜。"金铃索，系护花铃之绳索。

〔6〕担阁：此作停留解。

〔7〕"又是"三句：薛道衡《昔昔盐》："暗牖悬蛛网，空梁落燕泥。"定巢燕子，旧时之燕。周邦彦《瑞龙吟》："愔愔坊陌人家，定巢燕子，归来旧处。"

〔8〕华笺：花笺，精致印花之信笺，指代信函。

〔9〕"梅豆"三句：梅豆，梅子。欧阳修《渔家傲》："叶间梅子青如豆。"失记，忘却。

〔10〕"斜阳"二句：周邦彦《兰陵王》："渐别浦萦回，津堠岑寂，斜阳冉冉春无极。"残角，断续零落之号角声。《北史·齐安德王延宗传》："周武帝乃驻马，鸣角收兵。"刘基《漫兴》："数声残角起城乌。"

· 评析 ·

题作《废园有感》，究竟为何处之废园，因何而废，皆难考矣。然可肯定者，词若有所忆，非泛写偶经之废园，自也非泛泛感慨兴废，其间固有人事在焉。

开篇"片红"三句形容落花随风飘荡，盛衰由天，实以意象暗喻命运难以自主，兴起全词。"石上"二句言废园空寂，由"胭脂""露"而联想及画眉人去，无可商量，隐隐逗出"人"之形象。"碧甃"三句皆写废园荒芜。昔年此处也曾煊赫一时，如今乃石冷残红，瓶沉荒井，钗埋苔藓，雀喧铃索。"雀踏"一句言护花无人，任由践踏，颇见沉郁意，而"韶华"二句沉痛似更过之。韶华本已如梦，迅即无踪，且又为寻好梦而耽搁许多。此二句以递进方式道出一种空幻感，可作存在主义哲学之例证。在一篇拙作中我尝如是说："诗歌是抒情的艺术，但我以为没有纯粹的'情'或纯粹的'理'。在优秀的诗歌作品中，'情'和'理'总是共生交织的，也就是说，情感和体悟总是同时出现的。凡体悟都带有一定的情感，而从情感中也总能得到一些体悟。这些情感和体悟是超越了技术层面的东西，只有投入一己的人生体验，拿它去和古人碰撞，你才能读懂古人，和他们息息相通，深入到他们的心灵中去，真正地理解他们的人生，进而思索探求自己的人生。这样，读诗就不再是文学鉴赏或研究层面的一种行为，而是上升为一种生命方式，一种活法。"（《四个交通：浅谈古典诗词的读解》）纳兰这两句词正可谓情理共生的一个典范。

下片"又是"三句演绎"空梁落燕泥"诗意，仍凸现"废"字，较之刘禹锡"旧时王谢堂前燕，飞入寻常百姓家"（《乌衣巷》）恢宏有所不及而怆然意似犹过之。盖刘氏诗表达一种空阔辽远的历史感，纳兰词则表现切肤之痛故也。"梅豆"三句皆上文凄怆"心情"之具体表达，点出"有感"之"事"。题中"有感"二字至此始见落实，可见章法之曲折，笔法之绵密。末二句以景言情，"断魂"二字正面刻画伤心，"有感"之"感"至此亦达顶点。

· 附读 ·

百字令·秋晚客中效侧帽词体　边浴礼
愁丝一缕，象将来、不断把人缠缚。况是他乡云水夜，秋雨秋风萧索。被冷鸳文，灯残凤胫，往事思量着。病蛩无力，惝惝啼近帘箔。　　遥识翠阁新寒，晚妆卸罢，独下葳蕤钥。肺疾深时眠不惯，有梦也成担搁。玉子楸枰，银笺象管，怎敌情怀恶。浮名何物，赚人随地漂泊。

鹊踏枝·废园　黄人
燕子移家何处住，草比人长，难觅行春路。病蝶寻花时一舞，歌云酒雾都成絮。　　官价千缗谁问主，一半朱楼，尚觉深如许。当日豪华难觅取，乱鸦声里沉沉暮。

百字令　宿汉儿村 [1]

　　无情野火，趁西风烧遍、天涯芳草。榆塞 [2] 重来冰雪里，冷入鬓丝吹老。牧马长嘶，征笳互动 [3]，并入愁怀抱。定知今夕，庾郎 [4] 瘦损多少。　　便是脑满肠肥 [5]，尚难消受，此荒烟落照。何况文园憔悴后，非复酒垆风调 [6]。回乐峰寒，受降城远 [7]，梦向家山绕。茫茫百感，凭高惟有清啸。

· 注释 ·

〔1〕汉儿村：应即汉儿城，清代属热河朝阳县境，后归属土默特部。其界域位于今辽宁凌源市西北，河北承德以北，属内蒙古境内。
〔2〕榆塞：《汉书·韩安国传》："后蒙恬为秦侵胡，辟数千里，以河为竟。

累石为城，树榆为塞，匈奴不敢饮马于河。"后因以"榆塞"泛称边关、边塞。杨宾《柳边纪略》卷一："自古边塞种榆，故曰榆塞。今辽东皆插柳条为边，高者三四尺，低者一二尺，若中土之竹篱而掘壕于其外，人呼为柳条边，又曰条子边。"

〔3〕"牧马"二句：李陵《答苏武书》："胡笳互动，牧马悲鸣。"

〔4〕庾郎：北周诗人庾信，此处为词人自指。庾信有《愁赋》，故上句"愁怀抱"云。

〔5〕脑满肠肥：李百药《北齐书·琅邪王俨传》："琅邪王年少，肠肥脑满，轻为举措。"

〔6〕"何况"二句：用司马相如、卓文君故事。文园憔悴，见前《临江仙·谢饷樱桃》注释〔5〕，此自喻妻亡后多病。酒垆风调，《史记·司马相如列传》："相如与（文君）俱之临邛，尽卖其车骑，买一酒舍酤酒，而令文君当垆，相如身自着犊鼻裈，与保庸杂作，涤器于市中。"

〔7〕"回乐"二句：回乐，边塞烽火台名，位古灵州回乐县境，今宁夏灵武市西南毗邻内蒙古之长城段。受降城，唐中宗神龙、景龙年间筑，为防御突厥侵扰。城分三段，东段在今内蒙古托克托境，中段在包头西，西段在杭锦后旗。李益《夜上受降城闻笛》："回乐峰前沙似雪，受降城外月如霜。"

· 评析 ·

韩菼为容若所撰《神道碑》云："康熙二十一年秋，奉使觇梭龙羌。道险远，君间行疾抵其界，劳苦万状，卒得其要领还报。后梭龙诸羌输款，而君已殁。"本篇即作于此"间行疾抵其界，劳苦万状"的情形之下。

行役艰辛、思乡情苦、相思自伤，"茫茫百感"都杂入百字长调之中，故写情写景皆呈奔涌之势。"何况文园憔悴后，非复酒垆风调"二句是一篇词眼，所谓"冷入鬓丝""愁怀抱""庾郎瘦损"皆从此来，对荒烟落照的凄异感受、对遥远家山的怀想也都因此而加倍分明。然拍处词人以一声清越长啸试图绾结平复那"茫茫百感"，可谁知是不是更加深加浓了呢？

百字令

绿杨飞絮，叹沉沉院落、春归何许。尽日缁尘吹绮陌[1]，迷却梦游归路。世事悠悠，生涯未是，醉眼斜阳暮。伤心怕问，断魂何处金鼓[2]。　　夜来月色如银，和衣独拥[3]，花影疏窗度。脉脉此情谁得识[4]，又道故人别去。细数落花[5]，更阑[6]未睡，别是闲情绪。闻余长叹，西廊惟有鹦鹉。

· 注释 ·

〔1〕绮陌：繁华的街道，元稹《羡醉》："绮陌高楼竞醉眠。"此指京城。

〔2〕金鼓：军中用具，钟与鼓，此喻战争。《吕氏春秋·不二》："有金鼓，所以一耳。"高诱注："金，钟也。击金则退，击鼓则进。"

〔3〕和衣独拥：穿着衣服独自拥衾而坐。

〔4〕"脉脉"句：辛弃疾《摸鱼儿》："脉脉此情谁诉。"

〔5〕细数落花：王安石《北山》："细数落花因坐久。"

〔6〕更阑：更将尽，即夜深欲曙时。

· 评析 ·

自"世事悠悠，生涯未是""伤心怕问，断魂何处金鼓"等句，可体会到本篇或为悬念三藩之乱引发的动荡而作。词以旖旎笔调，写深重忧患，正乃风人之遗。由于词学观念、生活阅历等原因，纳兰词中有关社稷民生等重大题材者甚属罕见，然则此篇虽非正面抒写，吉光片羽，固自可珍也。

要特别说明的是，在纳兰的时代，尽管陈维崧等已发出"存经存史""谅无异辙"的雄亮声音，但毕竟刚刚进入觉醒的状态，容若这样写是可以理解的。到晚近，在周济提出"诗有史，词亦有史，庶乎自树一帜矣。若乃离别怀思，感士不遇，陈陈相因，唾渖互拾，便思高揖温韦，不亦耻乎"（《介存斋论词杂著》）之后，在谢章铤提出"词与诗同体……以杜之《北征》《诸将》《陈陶斜》，白之《秦中吟》之法运入减偷，则诗史之外，蔚为词史，不亦词场之大观欤"（《赌棋山庄词话》）之后，再过求以摇曳的姿态"抑扬时局"（谢章铤语）就显得过于保守陈腐了。我们在近百年词史研究中对"庚子秋词"、沈祖棻某些创作持批评态度即是因为这一点认识。

·附读·

念奴娇·壬子春感　杨圻

飞满流莺，甚催春归去，些儿容易。都是寻常闲院落，日暖昏沉沉地。春已无踪，玉人不管，一枕春眠腻。空阶蝴蝶，两三飞过深翠。　　正是故国归来，男儿也有，几点伤心泪。曾负寒梅期后约，辜负月中霜里。记得深闺，那时帘底，悄影扶轻醉。小栏红烛，照人愁坐无寐。

念奴娇　郑元昭

晚廊延仁，看林阴如沐，飞禽来去。不见归鸿传尺素，寂寂闲庭春暮。风约檐烟，花摇帘影，静对人无语。者番寒食，又添一段离绪。　　试问镜里朱颜，年来瘦减，谁信春光误。底事年年犹别恨，忍把韶华虚度。彩线慵挑，新声倦倚，镇日憎飞絮。满腔偃偬，不知宜托何处。

百字令

人生能几[1]，总不如休惹、情条恨叶[2]。刚是尊前同一笑[3]，又到别离时节。灯炧[4]挑残，炉烟爇[5]尽，无语空凝咽[6]。一天凉露，芳魂此夜偷接。　　怕见人去楼空，柳枝无恙，犹扫窗间月。无分[7]暗香深处住，悔把兰襟亲结。尚暖檀痕[8]，犹寒翠影，触绪添悲切。愁多成病，此愁知向谁说。

·注释·

〔1〕人生能几：江总《山庭春日诗》："人生复能几，夜烛非长游。"

〔2〕情条恨叶：洪瑹《水龙吟·追和晁次膺》："念平生多少，情条恨叶，镇长使、芳心困。"

〔3〕"刚是"句：王彦泓《续游十二首》其一："又到尊前一笑同。"

〔4〕灯炧：见前《金菊对芙蓉·上元》注释〔12〕。

〔5〕爇：烧，燃尽。

〔6〕"无语"句：柳永《雨霖铃》："执手相看泪眼，竟无语凝噎。"

〔7〕无分：没有机缘。

〔8〕檀痕：见前《虞美人》（曲阑深处重相见）注释〔4〕。

·评析·

　　清初词坛对于柳永的态度是先"尊"后"抑"。董以宁、沈谦、彭孙遹等一时名家均好柳氏格调，一代神韵宗师王渔洋也有"郎似桐花，妾似桐花凤"（《蝶恋花》）之风情语，被人美称为"王桐花"。自毛先舒《与沈去矜论填词书》高揭"反柳"大旗，陈维崧、朱彝尊、纳兰性德等继之而起，或尊苏辛，或尊姜张，或标举"铲除浮艳，舒写性灵"，尊柳之风为之一铩（参见陈水云、苏建新《清初词坛的"尊柳"与"抑柳"》，《武汉大学学报》2002年第4期）。在当时词坛，纳兰是以"抑柳"骁将的面目出现的，但对柳七郎之长处，他也不惮且不少吸收与学习。本篇平白妥溜，颇见柳永体格，但去其俚俗成分，以雅驯笔意出之而已。

·附读·

鹧鸪天　　顾贞观

往事惊心碧玉箫，燕猜莺妒可怜娇。风波亭下鸳鸯牒，惶恐滩头乌鹊桥。　　搴恨叶，摘情条，旧时眉眼旧时腰。可能还对西窗月，狼藉桐花带梦飘。

陈少梅——《双清仕女》

清平乐　黄侃

愁花恨叶，秋尽成萧瑟。帘外清霜阑角月，更有无边凄切。　　前身悔作春花，年年飞向天涯。化作秋花耐冷，一般损尽年华。

沁园春　代悼亡

梦冷蘅芜，却望姗姗[1]，是耶非耶。怅兰膏[2]渍粉，尚留犀合[3]；金泥蹙绣[4]，空掩蝉纱[5]。影弱难持，绿深暂隔，只当离愁滞海涯。归来也，趁星前月底，魂在梨花。　　鸾胶纵续琵琶[6]，问可及、当年萼绿华[7]。但无端摧折，恶经风浪；不知零落，判委尘沙[8]。最忆相看，娇诧道字[9]，手剪银灯自泼茶[10]。今已矣，便帐中重见[11]，那似伊家[12]。

· 注释 ·

〔1〕"梦冷"二句：用汉武帝李夫人故事。王嘉《拾遗记》载，汉武帝思李夫人，梦其授己蘅芜之香。惊起，而香气犹著衣枕，历月不歇。蘅芜，香草一种。"却望"句，班固《汉书·外戚传》载，汉武帝思念李夫人，方士齐人少翁言能致李夫人之神，使武帝居他帐，遥望见好女如李夫人之貌。武帝愈益相思悲感，为作诗曰："是邪非邪？立而望之，偏何姗姗其来迟。"

〔2〕兰膏：润发香油。浩虚舟《陶母截发赋》："象栉重理，兰膏旧濡。"

〔3〕犀合：以犀角所制、盛放化妆用品之盒。

〔4〕金泥蹙绣：以金屑所饰、用捻紧的丝线制成的皱纹状织品。杜甫《丽人行》："绣罗衣裳照暮春，蹙金孔雀银麒麟。"

〔5〕蝉纱：薄如蝉翼的轻纱。

〔6〕"鸾胶"句：据《海内十洲记·凤麟洲》载，西海中有凤麟洲，多仙家，煮凤喙麟角合煎作膏，能续弓弩已断之弦，名续弦胶，亦称"鸾胶"。

后多用以比喻续娶后妻。刘兼《秋夕书怀呈戎州郎中》："鸾胶处处难寻觅，断尽相思寸寸肠。"

〔7〕萼绿华：传说中女仙名，自言是九嶷山中得道女子罗郁，晋穆帝时夜降羊权家，赠权诗一篇，火浣手巾一方，金玉条脱各一枚。事见陶弘景《真诰·运象》。

〔8〕"判委"句：谓埋于尘土之下。

〔9〕娇讹道字：谓女子吐字不清，惹人怜爱。苏轼《浣溪沙·春情》："道字娇讹苦未成。"

〔10〕泼茶：即烹茶。

〔11〕帐中重见：见本篇注释〔1〕。

〔12〕伊家：此处代指亡人。

·评析·

词题"代悼亡"，汪元治刻本、许增刻本无，而通志堂本、张纯修刻本均有之，可从后者。本篇无背景，无作年，只能据常理推断，系代友人悼念其去世的年轻姬妾之作。盖词中"姗姗""萼绿华""娇讹道字"等语，施之妻室皆嫌不伦也。既代人悼亡，一方面要悬拟出悼亡者痛惜的心情，一方面因为毕竟是"代"，无切肤之痛，其痛惜也有限，故敷衍堆砌之迹显然。《笺校》以为"远不及《金缕曲·亡妇忌日有感》之真情动人"，是。张草纫以为可能是悼念妻子卢氏之作，应误。附读潘飞声慰人悼亡之作及晚清民主革命先驱周实（1885—1911）悼亡词各一首，试作比较，感情投入的程度差异不难感知。

此外一说：词下片"不知"二字，诸本多作"不如"，意不甚通。张纯修刻本作"不知"，与上句之"无端"相对，意较胜。

·附读·

高阳台·伯纯出示悼姬人词，赋此慰之　潘飞声
碧玉成烟，明珠化泪，琴铭怨入银笺。梦醒天涯，不堪重话当年。佳人未信青春老，脱青衣、又跨飞鸾。尽凄然。夜雨江湖，孤枕怀仙。　　人间绮恨

原无数，问青天皓月，几度能圆。短命名花，争禁都种愁边。玉箫怕有来生约，慰深情、更结闲缘。且闲眠。莫赋伤心，再听啼鹃。

喝火令·追悼棠隐　　周实
鹣鲽相依久，鸳鸯小别难。茜窗并坐怯春寒。那料风风雨雨，玉树遽摧残。　　泪染襟成血，琴焚曲罢弹。几生重睹佩珊珊。记得旧时，记得旧时欢。记得杏花天气，红袖倚阑干。

沁园春

　　试望阴山[1]，黯然销魂[2]，无言徘徊。见青峰几簇，去天才尺[3]；黄沙一片，匝地无埃[4]。碎叶城[5]荒，拂云堆[6]远，雕外寒烟惨不开。踟蹰久，忽砅崖转石，万壑惊雷[7]。　　穷边自足秋怀[8]，又何必、平生多恨哉。只凄凉绝塞，蛾眉遗冢[9]；销沉腐草，骏骨空台[10]。北转河流，南横斗柄[11]，略点微霜鬓早衰。君不信，向西风回首，百事堪哀。

· 注释·
〔1〕阴山：见前《浣溪沙》（万里阴山万里沙）注释〔1〕。
〔2〕黯然销魂：惨凄之状。江淹《别赋》："黯然销魂者，唯别而已矣。"
〔3〕"见青峰"二句：李白《蜀道难》："连峰去天不盈尺。"
〔4〕"黄沙"二句：黄沙，阴山北有大片沙漠地，西端狼山亦入大漠。匝地无埃，阴山南麓紧邻河套一线有乌加河、乌梁素海，故云"无埃"。匝地，满地。
〔5〕碎叶城：城有二处，一在新疆吐鲁番东南高昌故邑。王树枬《新疆访古录》："碎叶为唐四镇之一，《唐书》'焉耆都督府'下云：贞观十八年灭焉耆，置有碎叶城。"另一在今吉尔吉斯斯坦共和国托克马克附近，

据云李白出生于此。

〔6〕拂云堆：在今内蒙古五原县境，河套北部黄河畔。堆上有祠称拂云祠，唐时"突厥将入寇，必先诣祠祭酹求福。因牧马料兵，候冰合渡河"，见《唐明皇实录》。后张仁愿败突厥，收其地，于黄河北修三座受降城，中受降城即筑于拂云堆。杜牧《题木兰庙》："几度思归还把酒，拂云堆上祝明妃。"

〔7〕"忽砯崖"二句：李白《蜀道难》："飞湍瀑流争喧豗，砯崖转石万壑雷。"砯（pīng），水击岩石声。郭璞《江赋》："砯岩鼓作。"

〔8〕"穷边"句：穷边，极边，最边远处。秋怀，悲秋心绪。

〔9〕蛾眉遗冢：即青冢，见前《蝶恋花·出塞》注释〔4〕。此指王昭君墓。

〔10〕"销沉"二句：腐草，李商隐《隋宫》："于今腐草无萤火，终古垂杨有暮鸦。"骏骨空台，《战国策·燕策》载，燕昭王厚币招贤，郭隗为言千金求马骨故事，于是昭王筑宫而师事之。后世称黄金台，又名招贤台。据传台在幽州燕王故城，或说在易州，即今北京大兴、河北易县一带。

〔11〕斗柄：北斗七星，四星象斗，三星象柄，第五至第七星称"斗柄"。

· 评析 ·

　　词写深秋景色，又有"穷边"诸句。学者多据此判断为康熙二十一年"觇梭龙"时作，甚是。

　　"觇梭龙"对年少英发、颇怀用世之志的性德来说，是他短短一生中唯一与"功业"有关的大事。然或许是"三生慧业，不耐浮尘；寄思无端，抑郁不释"（杨芳灿《纳兰词序》）之故，其为数不多的有关记载中慷慨奋发亦略无体现。相较之下，这首词还不算特别消沉的一篇。开篇"黯然销魂，无言徘徊"八字已奠定全词基调，"见青峰"以下数句实写"望"中情境。长调词多用"赋"法，此即铺排敷衍也。青山如簇，黄沙匝地，如此奇伟场景接以"荒""远"二字，即照应开篇"黯然""徘徊"等语。而峰巅之上寒烟凝重，惨结不开，山涧之中砯崖转石，万壑惊雷，至此也愈增颓唐沮丧踟蹰感。

　　下片"穷边"句谓极边塞外之地本就荒寒凛冽，令人易悲，不必平生多愁恨者方如此。以下四对句点染其"恨"。昭君故事言美人,骏骨空台谓霸业,如今美人霸业,皆归于虚无,诚可谓"百事堪哀"者也。然则自己微霜点鬓,踽踽独行,又究竟有何意义呢?词以"百事堪哀"的慨喟作结,在古今出使之作中数得上很"丧气"的篇章了。严迪昌先生《清词史》云:"纳兰塞外行吟词既不同于遣戍关外的流人凄楚哀苦的呻吟,又不是卫边士卒万里怀乡之浩叹,他是以御驾亲卫的贵介公子身份扈从边地而厌弃仕宦生涯。一次次的沐雨栉风,触目皆是荒寒苍莽的景色,思绪无端,凄清苍凉,于是笔下除了收于眼底的黄沙白茅、寒水恶山外,还有发于心底的'羁栖良苦'的郁闷。"挟纳兰心地如见。

另:"觇梭龙"事为纳兰生平悬案,兹附马大勇为《清史·文苑传》撰《成德传》时所作《考异》(略有删订),一家之言,聊资参酌:

关于纳兰"觇梭龙"事,学界一直说法纷纭,东北、西北、内蒙、两次出使等说互不相下,然窃以为此事并不难解决,查考有关寻常史料即可以寻到很可靠的答案。

徐乾学在《纳兰君墓志铭》中说:"容若尝奉使觇梭龙诸羌,其殁后旬日,适诸羌输款。"韩菼在《纳兰君神道碑铭》中说:"康熙二十一年秋,奉使觇梭龙羌。道险远,君间行疾抵其界,劳苦万状,卒得其要领还报。后梭龙诸羌输款,而君已殁。"此为最准确、直接之记载。循此线索检阅《圣祖仁皇帝实录》卷一百四康熙二十一年八月记:"庚寅。初鄂罗斯所属罗刹,时肆掠黑龙江边境,又侵入净溪里乌喇诸处,筑室盘踞。上命大理寺卿明爱等谕令撤回,犹迁延不去,而恃雅克萨城为巢穴,于其四旁耕种渔猎,数扰索伦、赫哲、飞牙喀、奇勒尔居民,掠夺人口。上遣副都统郎谈、公彭春等率兵打虎儿、索伦,声言捕鹿、以觇其情形……随行者亦量加赏赍。"又《圣祖仁皇帝实录》卷一百二十一康熙二十四年六月记:"癸巳,上出古北口驻跸。是日上驾行途次。理藩院尚书阿喇尼奏曰：侍郎明爱遣拨什库席纳尔图疾驰报称：都统公彭春等帅师进发。五月二十二日、抵雅克萨城下。遵谕上日，将皇上不忍加诛洪恩悉著于书，致罗刹。罗刹恃巢穴坚固，不肯迁归。于是，二十三日分水陆兵为两路列营。二十四日夜，将神威将军等火器移置于前。二十五日黎明，并进急攻。城中大惊。罗刹城守头目额里克舍等势迫，诣军前稽颡乞降。都统公彭春、黑龙江将军萨布素等复宣上恩德。罗刹头目额里克舍所部官兵皆垂涕，望阙稽首。"《清史稿》卷二百八十列传六十七《郎坦传》所记与此同：康熙二十四年，都统朋春、副都统郎坦薄雅克萨城，罗刹酋额里克舍请降，郎坦宣诏宥其罪，引众徙去，毁木城。

　　结合徐乾学、韩菼对纳兰去世前后有关行迹的记载，可以判定，梭龙诸羌即指盘踞在索伦部一带的俄罗斯人，则纳兰所"觇"即当时的东北边陲，对此不应有别解。以"羌"指当时之俄罗斯国，亦时人之俗称。陈子彬《纳兰性德"觇梭龙"方位里程考》(《承德民族师专学报》2004 年 04 期)引魏声和《鸡林旧闻录》云："老枪即老羌，指当时之罗刹，今俄罗斯人也。"吴桭臣《秋笳集跋》亦提到"老羌之警"字样，可为佐证。

　　至于纳兰诗词常用"碎叶""受降城"等地名，亦滋生诸多异说之原因。对此，《笺校》云："词多用边外古地名，皆非实指。古诗词中用地名，每不合于地理，惟取兴会神到，以求词境辽阔高壮。"是已。

沁园春

　　丁巳重阳前三日，梦亡妇淡妆素服，执手哽咽。[1]语多不复能记，但临别有云："衔恨愿为天上月，年年犹得向郎圆。"妇素未工诗，不知何以得此也，觉后感赋。

瞬息浮生[2]，薄命如斯，低徊怎忘？记绣榻闲时，并吹红雨[3]；雕阑曲处，同倚斜阳。梦好难留，诗残莫续，赢得更深哭一场。遗容在，只灵飙一转[4]，未许端详。　　重寻碧落茫茫[5]。料短发[6]、朝来定有霜。便人间天上，尘缘未断；春花秋叶，触绪还伤。欲结绸缪[7]，翻惊摇落，减尽荀衣昨日香[8]。真无奈，倩声声邻笛[9]，谱出回肠。

· 注释 ·

〔1〕丁巳：康熙十六年（1677）。亡妇：卢氏病卒于该年农历五月三十日，年二十一岁。

〔2〕瞬息浮生：转眼瞬间，短促一生。柳永《凤归云》："算浮生事，瞬息光阴，锱铢名宦。"姬翼《金童捧露盘》："世情远。浮生瞬息归来晚。"

〔3〕"记绣榻"二句：吹花题叶称闺房韵事。晏几道《虞美人》："吹花拾蕊嬉游惯，天与相逢晚。"容若自作《浣溪沙》亦有"吹花嚼蕊弄冰弦"句。红雨，桃花落瓣，李贺《将进酒》有"桃花乱落如红雨"句，后亦泛指落花。

〔4〕灵飙（biāo）：神风。张翼《咏德诗》："灵飙起回浪，飞云腾逆鳞。"

〔5〕碧落茫茫：见前《采桑子》（海天谁放冰轮满）注释〔2〕。

〔6〕短发：愁苦形貌。杜甫《春望》："白头搔更短，浑欲不胜簪。"

〔7〕绸缪：紧密缠缚，喻情意殷切。

〔8〕"减尽"句：荀衣，用《三国志·魏书·荀彧传》事。汉末荀彧，所穿衣有香气。据云凡其坐处，香气三日不去，世称"荀令香"。后喻人潇洒倜傥貌每用此典。又荀彧有子荀粲，年二十九赋悼亡，哀恸逾年卒。此处兼用二义。

〔9〕邻笛：向秀《思旧赋·序》言嵇康、吕安殁后，自己经过二人旧居，"日薄虞渊，寒冰凄然。邻人有吹笛者，发声寥亮，追思曩昔游宴之好，感音而叹，故作赋云"。此但取其感伤意。

·评析·

丁巳，即康熙十六年。卢氏殁于本年五月三十日，至重阳前三日，正届百日之期。所谓"索向绿窗寻梦、寄余生"（《南歌子》）、"梦也不分明，又何必、催教梦醒"（《太常引》），纳兰总在迢递的梦中寻觅爱妻的身影，其中这一个梦最清晰，也最令人意尽魂销。是啊，"妇素未工诗"，何以会在梦里吟唱出"衔恨愿为天上月，年年犹得向郎圆"这样缠绵缱绻的诗句呢？不需太深的科学理论，我们也都可以理解，这当然是纳兰代作的，托诸梦幻，形诸妻子之口而已。他多么期望两个人能像诗里写的那样年年月圆啊！单是小序中的耿耿深情，已足令我们恻然动容了。

词开篇即长吟"瞬息浮生"，人生本就短暂，加之"薄命"，怎不令人无时无刻地低回？想起凭肩携手、吹花嚼蕊的种种往事，可惜如今尽成"难留"的好梦！梦醒后面对残缸零句，又怎能不失声落泪！"更深哭一场"五字痛彻肺腑，与"泪咽却无声"（《南乡子·为亡妇题照》）一样，皆极尽哀伤能事，悼亡诗词中前所未有，可见纳兰性情之深挚，笔力之重大。西哲有云："未曾痛哭长夜者，不足与语人生。"实谓此句也。

"重寻碧落茫茫。料短发、朝来定有霜"二句上承"遗容"三句及"梦好难留"之意，用《长恨歌》语与伍员"一夜头白"典故，写尽冥搜苦忆的眷念情怀。以下"便人间天上"四句似对非对，一气单行，极得李后主《虞美人》之神味，而"不堪回首月明中"的沉痛也相似。末六句一用荀奉倩典故，一用向秀《思旧赋》典故，而融化无痕，作者情绪轨迹至此慢慢画出平淡的弧线，在平淡中则涌动着持久而强劲的哀伤。

以下附读四篇。其一为本篇光绪许增刊本，异文颇多，可对读；其二、三为晚清周之琦、清民际潘飞声所作《沁园春》；其四为民国词人谢玉岑之悼亡名作《烛影摇红》。

周之琦（1782—1862），字稚圭，河南祥符（今河南开封）人，嘉庆十三年（1808）进士，累官至广西巡抚。有《心日斋词集》，含《金梁梦月词》等四种。其中《怀梦词》受纳兰沾溉甚多而能自成面目，足称清代悼亡词之殿军，与纳兰词同读，别有意味。

潘飞声（1858—1934），字兰史，号剑士、老兰、剑道人等，广东番禺（今属广州市海珠区）人。光绪十三年（1887）应聘执教德国柏林大学，讲授中国文学。客居海外四年，返国后举经济特科，不应，游于港、沪间。有词集《海山》《花语》《珠江低唱》《长相思》四种，合为《说剑堂词》。又有《春明词》《饮琼浆馆词》《花月词》各一卷。其集中悼亡之作深情耿耿，亦为学纳兰而能成自家面目者。

谢玉岑（1899—1935），名觐虞，字子楠、玉岑，以后者行世，别号白萰莒香室主、懒尊者等甚多，悼亡后则单署"孤鸾"，以寄"欲报吾师惟有读书，欲报吾妻惟有不娶"之心愿。江苏常州人，十四岁入表伯钱振锽（名山）之寄园从学，并娶钱氏长女素蕖为妻。1925年起执教于省立温州第十中学、上海南洋中学等。民国二十一年（1932），钱素蕖病逝，玉岑体素羸弱，又因哀毁而每况愈下，三年后即以肺疾辞世。其悼亡词数量既多，一种"断尽猿肠"之致直逼纳兰，为受纳兰影响甚巨的词人之一。

·附读·

沁园春　纳兰性德

瞬息浮生，薄命如斯，低徊怎忘？自那番摧折，无衫不泪；几年恩爱，有梦何妨。最苦啼鹃，频催别鹄，赢得更阑哭一场。遗容在，只灵飙一转，未许端详。　　重寻碧落茫茫，料短发、朝来定有霜。信人间天上，尘缘未断；春花秋叶，触绪堪伤。欲结绸缪，翻惊漂泊，两处鸳鸯各自凉。真无奈，把声声檐雨，谱入愁乡。

沁园春·题亡室沈淑人遗照　周之琦

描出伤心，月悴烟憔，回肠恁支。忆香消玉腕，愁停针线；病淹珠唾，怯试枪旗。命薄难留，魂柔易断，当日欢场已早知。良工笔，为传神简里，欲下还迟。　　离箱粉缟空思。剩倩影、幽房一帧携。看湘兰婀娜，重拈恨蕊；吴绡婉转，未了情丝。缓缓花开，真真酒暖，环佩归来可有期。无眠夜，礼金仙绣像，记否年时。

沁园春·丁亥十月十夜，柏林客馆梦亡妇　潘飞声

如此长宵，听雨听风，回肠自支。想兰房遗挂，久萦烟网；花魂偷返，又杳天涯。旅枕秋凉，残灯梦瘦，莫道瑶宫总不知。分明见，是云鬟似旧，絮语迟迟。　　相逢慢诉相思，问碧海、鲸波鹤怎携。叹玉箫红泪，空沾絮果；檀奴青鬓，尚恋尘丝。钿盒三生，银槎万里。到死相依更不离。翻然醒，记一声珍重，仙去移时。

烛影摇红　谢玉岑

二月二十二日，送素君枢葬菱溪，舟中望寄园，凄然欲涕。

破晓溪烟，为谁催发临风橹。岸花红日不胜情，才照人眉妩。过眼华年迅羽。换瑶棺、颓波东注。芳魂应恋，水墨家园，白头臣甫。　　画角江天，乱烽休警啼鹃苦。殡宫蔓草不成春，死忆王孙路。如雪麻衣欲幕。抵河梁、凄其争诉？人天长恨，便化圆冰，夜深伴汝。

东风齐著力

　　电急流光[1]，天生薄命，有泪如潮。勉为欢谑[2]，到底总无聊。欲谱频年[3]离恨，言已尽、恨未曾消。凭谁把，一天愁绪，按出琼箫[4]。　　往事水迢迢。窗前月、几番空照魂销。旧欢新梦，雁齿小红桥[5]。最是烧灯[6]时候，宜春髻[7]、酒暖蒲萄。凄凉煞，五枝青玉[8]，风雨飘飘。

·注释·

〔1〕电急流光：谓时光飞逝。贯休《怀二三朝友》："伤心复伤心，流光似飞电。"

〔2〕欢谑：欢乐戏谑。李白《将进酒》："陈王昔时宴平乐，斗酒十千恣欢谑。"

〔3〕频年：连续几年。

〔4〕"按出"句：按，演奏箫笛类乐器。琼箫，箫美称。

〔5〕雁齿小红桥：白居易《新春江次》："鸭头新绿水，雁齿小红桥。"雁齿，

比喻台阶，多用于桥。庾信《温汤碑》："仍为雁齿之阶。"

〔6〕烧灯：点灯。王建《宫词》："院院烧灯如白日，沉香火底坐吹笙。"与前《金菊对芙蓉·上元》之"烧灯"意异。

〔7〕宜春髻：妇女春日发式，因将"宜春"字样贴在彩胜上，故名。《荆楚岁时记》："立春之日，悉剪彩为燕戴之，贴'宜春'二字。"汤显祖《牡丹亭·惊梦》："你侧着宜春髻子恰凭阑。"

〔8〕五枝青玉：玉制连枝灯。《西京杂记》卷二："高祖初入咸阳宫，周行库府，金玉珍宝不可称言。其尤惊异者，有青玉五枝灯。高七尺七寸，作蟠螭以口衔灯，灯燃鳞甲皆动，焕炳若列星盈室焉。"谢良辅《忆长安·正月》："献寿彤庭万国，烧灯青玉五枝。"

· 评析 ·

　　此篇亦悼亡之作，中有"欲谱频年离恨"之句，又有"烧灯""宜春髻"等描写，结合含迎春之意的词牌《东风齐著力》，可推断作于卢氏去世两三年后的某个春节。

　　词以"电急流光"开篇，四字即渲染出一种急骤感，以下继以"天生薄命""有泪如潮"两个四字句，十二字三层意思，哀痛澎湃，难以遏制。以下节奏放缓，"勉为欢谑，到底总无聊"，既是春节时候，总需顾及和乐气氛，然而欢谑毕竟勉强为之，内心深处的枯淡无味到底无法排遣。想要填词制曲，以纾解愁怀，可是词曲非但不能销恨，反而是幽幽咽咽的箫声，吹出了漫天的凄苦！上片连用"到底""欲谱""凭谁"等虚灵的修饰语，正衬托出"此情无计可消除"的那种哀怨。

　　下片回忆往事。"窗前月"是一件，"雁齿小红桥"是一件，"宜春髻"与"酒暖蒲萄"是又一件，字里行间都闪动着温暖的笑靥。而其中点缀以"空""旧欢""最是"等字，温暖即转成冰冷，笑靥也化为凄凉，从而引出结拍"凄凉煞"三字。那些往事，连同自己与爱妻的命运，包括这无味的人生，不是都像眼前这美轮美奂的灯火，飘动，脆弱，很容易就化入虚无了吗？

　　纳兰悼亡词中，此为不太著名的一首，然而情意纯挚，功力甚深，动人处不亚于某些名作。尤其《东风齐著力》乃是很冷僻的词牌，《全宋词》亦仅见胡浩然《除夕》一首。而纳兰纵横上下，悉逢肯綮，足见过人才情。

·附读·

百字令　郭麐

幢幢灯影，是曾经、照过几番元夜。火树银花刚一瞥，已是暗风飘炧。剪纸心情，闹蛾身世，过了今生也。人间天上，柳梢兰月初挂。　　难忘中酒时光，烧灯院落，有个人如画。衣上峭寒帘外雪，小坐早梅花下。碧海星沉，红心草宿，说甚凄凉话。春衫依旧，泪痕重叠盈把。

摸鱼儿　送座主德清蔡先生[1]

问人生、头白京国[2]，算来何事消得[3]。不如罨画[4]清溪上，蓑笠扁舟一只。人不识。且笑煮鲈鱼、趁着莼丝碧[5]。无端酸鼻，向歧路[6]消魂，征轮驿骑[7]，断雁西风急[8]。　　英雄辈，事业东西南北[9]。临风因甚成泣[10]。酬知[11]有愿频挥手，零雨凄其此日[12]。休太息。须信道、诸公衮衮[13]皆虚掷。年来踪迹。有多少雄心，几番恶梦，泪点霜华织。

·注释·

〔1〕座主：亦称座师，明清两代举人、进士称其本科主官或总裁官为座主。德清蔡先生：蔡启僔（1619—1683），字石公，号昆旸，浙江德清人。康熙九年（1670）一甲第一名进士，授翰林院修撰，擢侍讲兼起居注官。十一年（1672）主顺天乡试，为主考，旋以"副榜未取汉军卷"被劾去职归里。

〔2〕京国：见前《金缕曲·赠梁汾》注释〔2〕。

乙酉六月少梅陈云彰

陈少梅——《松溪放棹图》

〔3〕消得：必要，值得如此。

〔4〕罨（yǎn）画：溪水名，见前《浣溪沙》（五月江南麦已稀）注释〔3〕。

〔5〕"且笑煮"句：用张翰故事。《世说新语·识鉴》："（张）在洛见秋风起，因思吴中菰菜莼羹、鲈鱼脍，曰：'人生贵得适意尔，何能羁宦千里以要名爵？'遂命驾便归。"莼丝，莼菜，水生草本，叶可食，以太湖流域所产最味美。

〔6〕"向歧路"句：用杨朱泣岐典。《荀子·王霸》："杨朱哭衢途曰：'此夫过举跬步而觉跌千里者夫！'哀哭之。"

〔7〕"征轮"句：征轮，远行人所乘之车。驿骑，驿马。

〔8〕"断雁"句：张炎《甘州·寄李筠房》："正凭高送目，西风断雁，残月平沙。"

〔9〕东西南北：《礼记·檀弓》："今丘也，东西南北之人也。"

〔10〕"临风"句：苏轼《次韵刘贡父省上》："不用临风苦挥泪，君家自与竹林齐。"

〔11〕酬知：酬答知遇之恩，即报谢师恩。

〔12〕"零雨"句：零雨，慢而细的小雨。孙楚《征西官属送于陟阳候作诗》："晨风飘歧路，零雨被秋草。"凄其，凄凉。《国风·邶风·绿衣》："凄其以风。"

〔13〕诸公衮衮：见前《虞美人·为梁汾赋》注释〔5〕。

· 评析 ·

　　性德康熙十一年参加顺天乡试中举，蔡氏与徐乾学分任此科正副主考，故与性德有师生之分。此科号称"得士最盛"，韩菼、翁叔元、王鸿绪（榜名度心）、徐倬、曹寅等皆榜上有名，而蔡徐二人却以细故横遭吏议，引咎回籍。徐乾学仅受小挫，旋即起复，在康熙政坛起飞，为一时权臣。蔡氏则复官升至右春坊右赞善不久即以足疾告归，不复出，悠然畅游于山水间，以修读图书自娱。并云：而今为盛世，朝不乏辅佐之才，不妨留其一二人在水边树下，作为盛世点缀。其品格可知。这首送别词即作于康熙十二年（1673）秋蔡氏回籍时，是年容若十九岁，会试中式，以病未与殿试。

词以"问人生"二句发端，情奇，语亦奇，出之十九岁贵介少年之手，尤奇。盖此等慨喟深沉之句，非久阅沧桑不能感知领会，更不必说形诸笔墨了。纳兰天分之高，即此寥寥数字已可证见。"不如"二句作断然语，核以蔡氏日后行迹，亦可谓知心语。"人不识"三句承上劝慰之，"人不识"乃与喧嚣烦扰相对而言，莼菜鲈鱼，正是一种清逸境界。张翰（季鹰）西晋吴人，湖州处太湖西南，同为古三吴地，故以之喻蔡氏也确切。"无端"以下转进送别主题，设想去程艰辛，并渲染伤感氛围。是年蔡氏五十五岁，古时已称老人，又遭跋涉苦，故"断雁"云云实寓有很深的萧瑟感，师弟情特真挚。

过片三句自伤感转换另一副笔墨，毫端洋溢一股雄杰之气，亦为全篇涂上一抹专属于少年的亮色。其下再由"泣"转回别离的凄凉感，为"休太息"以下数句昂扬牢骚语过渡，构成抑扬交错的起伏节奏。结末数句仍同此手段，"年来踪迹"是抑，"雄心"是"扬"，"恶梦""泪点"又是"抑"，其复杂微妙的情怀写得淋漓尽致。蔡氏以状元之清贵被此非议，朝野为之不平者大有人在，性德以弟子身份精心结撰的这首送别之作最负盛名，而其水准也高，足称长调词中富代表性的佳品。

·附读·

贺新凉　顾随

天远星飘渺。漏声残，月轮高挂，尘寰静悄。南北东西都何处，著我情怀懊恼。况岁暮、天寒路杳。欲织回文长万丈，问愁丝、恨缕长多少。空自苦，赚人笑。　半生真似墙头草。尽随风、纷披摇荡，东斜西倒。万岁千秋徒虚语，眼看此身将老。且点检、残篇断稿。说到文章还气馁，算个中、事业词人小。清泪滴，到清晓。

摸鱼儿 午日^[1]雨眺

涨痕添、半篙柔绿，蒲梢荇叶^[2]无数。空濛台榭烟丝暗，白鸟衔鱼欲舞。桥外路。正一派^[3]画船、箫鼓中流住。呕哑^[4]柔橹，又早拂新荷，沿堤忽转，冲破翠钱^[5]雨。　　蒹葭渚^[6]，不减潇湘深处。霏霏漠漠^[7]如雾。滴成一片鲛人泪^[8]，也似汨罗投赋^[9]。愁难谱。只彩线香菰^[10]、脉脉成千古。伤心莫语。记那日旗亭^[11]，水嬉散尽，中酒阻风去^[12]。

·注释·

〔1〕午日：端午节，农历五月初五。

〔2〕蒲梢荇叶：蒲，菖蒲。多年生水生草本植物，形状似剑，故又称"蒲剑"。民间于端午节常将菖蒲叶与艾结扎成束，或烧其花序，以熏蚊虫，或悬挂门上，谓可辟邪。此句之蒲梢即指蒲剑。荇（xìng）叶，荇菜，即莕菜，水生植物，根节没水中，叶圆径寸余，漂浮水面。《诗·周南·关雎》，"参差荇菜，左右流之。"

〔3〕一派：一群，言多且有气势。

〔4〕呕哑：象声，摇橹声。橹声传来，即已起驰。

〔5〕翠钱：指水面上萍叶一类。宋伯仁《梅花喜神谱》其十七："新绿小池沼，田田浮翠钱。"

〔6〕蒹葭渚：长满芦苇的水中小洲。

〔7〕霏霏漠漠：形容水雾浓密。王建《长安早春》："霏霏漠漠绕皇州。"

〔8〕鲛人泪：用"鲛人泣珠"典。张华《博物志》："南海水有鲛人，水居如鱼，不废织绩，其眼能泣珠。"

〔9〕汨罗投赋：即作赋凭吊屈原。《汉书·贾谊传》："谊既以适去，意不自得，及渡湘水，为赋以吊屈原。"

〔10〕彩线香菰：指以彩线裹包之粽子，端午风物。菰（gū），菰米，可煮食，此句中指糯米。

〔11〕旗亭:酒楼。范成大《揽辔录》:"过相州市,有秦楼、翠楼、康乐楼、月白风清楼,皆旗亭也。"

〔12〕"水嬉"二句:水嬉,水中游乐事,如赛舟、歌舞之类。中酒阻风,谓酒醉而滞留舟中。杜牧《郑瓘协律》:"自说江湖不归事,阻风中酒过年年。"

·评析·

端午词亦节令词一大宗,添"雨眺"二字,即有新意。词开篇即写"雨"字,上片大抵为雨中眺望景象,"一派画船"则暗暗点出端午时节。过片"蒹葭渚"二句仍写"雨眺",但已渐切入屈原形象,此后即渲染"汨罗投赋"的悲凉气氛。煞拍三句或因记起与友人某年共度端午之场景,但如此作结,转觉空灵。严迪昌先生曰:"此词……构建一种凄清情韵,整体浑成,为容若长调慢词中精心结撰之作。"是。

·附读·

摸鱼儿　黄侃

去年六月三日,风雨中独上什刹海酒楼观荷,行柳绿添,丛蕖红湿,景山琼岛,烟树葱茏。今兹追忆,始知春物娱人,故乡无此也。寓斋苦热,赋此追摹,清景已逗,远怀弥轸。

正江城、火云煊午,延凉仍少深树。低帘短榻人初困,清梦湖堧风雨。楼畔路。爱十顷田田,青盖凌波去。蝉声送暮。看辇道人经,山亭鸦集,琼岛隐深雾。　欢游地,一晌寻思已误。轻赍归计何遽。水天试话年时事,目断夕阳红处。情漫诉。便再到陂塘,谁伴花间住。炎蒸最苦。想水佩风裳,依然好在,输与旧鸥鹭。

相见欢

微云一抹遥峰[1],冷溶溶。恰与箇人清晓、画眉同。　红蜡泪,青绫被,水沉浓[2]。却向黄茅野店、听西风。

〔1〕"微云"句：秦观《满庭芳》："山抹微云，天连衰草。"

〔2〕"红蜡泪"三句：红蜡泪，见前《金缕曲》（生怕芳樽满）注释〔8〕。青绫被，青色有花纹的丝织被子，古时多为贵族所用。水沉，见前《浣溪沙》（泪浥红笺第几行）注释〔4〕。

·评析·

　　小词仍写塞上相思情怀，精彩处多在上片。起句写早行所见，"抹"字虽自秦少游词化出，用于此处自然灵动。其下"冷溶溶"三字特空灵，写微云，写遥峰，或写触觉感觉？似乎什么都写到，又不专指其中一项。摇曳生姿，此之谓也。而第三句"恰与简人清晓画眉同"则又奇想惊人，将"冷溶溶"的感觉联想到伊人清晓画眉，委实出人意表而又妙不可言。下片承上接连铺排闺中场景，末句可怜自己无福消受，只好于野店西风中艰辛行进。比之上片妙笔有所不及，亦自稳妥流贯。

　　"青绫被"三字，张草纫先生引《汉官典职》以为官员入值备品，并顺此思路解末句云："谓自己身居侍卫之职，例应值宿宫中，现在却在此黄茅野店听西风悲鸣。"我们以为不妥。"青绫被"若作泛指讲，则不过闺中陈设，作者也无非行吟塞上，作多情身段而已。此种姿态我们既熟悉，也易理解。若依张先生的解释，则作者为贪恋权势享受，厌弃行役艰苦之庸人耳。《水浒传》开篇有"洪太尉误走妖魔"一节，洪信有名言曰："我是朝廷中贵官，如何教俺走得山路，吃了这般辛苦，争些儿送了性命！"纳兰口吻岂能同此？读解文本一般被视为基础工夫，然而如张先生于纳兰词用功之深，尚且不免误会，看来"读解"也并不容易。

· 附读 ·

南柯子 王时翔
碧柳春檐雨，青梧夜阁风。箇人香梦恰朦胧。又是和衣熟睡、小屏中。 薄
鬓倾浓绿，清灯晕小红。玉炉熏被半床空。一缕水沉烟袅、绣芙蓉。

南楼令·归次寿阳驿霜气寒甚 周之琦
候馆闲残缸，凄凄夜已霜。拥青绫、一昔云凉。多事西风吹恨去，随冷月，
度回廊。 秋梦恼疏狂，征衣惜旧香。有闲心、休着思量。憔悴银屏山几叠，
浑不耐，漏声长。

锦堂春　秋海棠〔1〕

　　帘际一痕轻绿，墙阴几簇低花。夜来微雨西风软，无
力任欹斜。　　仿佛箇人睡起〔2〕，晕红不着铅华。天寒
翠袖〔3〕添凄楚，愁近欲栖鸦。

· 注释 ·
〔1〕秋海棠：见前《临江仙·塞上得家报云秋海棠开矣，赋此》注释〔1〕。
〔2〕"仿佛"句：惠洪《冷斋诗话》："东坡《海棠诗》云：'只恐夜深花
睡去，更烧银烛照红妆。'事见《太真外传》，曰：'上皇登沉香亭，召
太真。妃于时卯醉未醒，命力士使侍儿持掖而至。妃子醉韵残妆，鬓乱
钗横，不能再拜。上皇笑曰：岂妃子醉？是海棠睡未足耳。'"
〔3〕天寒翠袖：杜甫《佳人》："天寒翠袖薄，日暮倚修竹。"

· 评析 ·
　　此练笔咏物之作也，无大出色，但看其"天寒""愁近"等
语刻画"秋"字可也。

忆秦娥　龙潭口

　　山重叠，悬崖一线天疑裂〔1〕。天疑裂，断碑题字，古苔横啮〔2〕。　　风声雷动鸣金铁〔3〕，阴森潭底蛟龙窟〔4〕。蛟龙窟，兴亡满眼，旧时明月。

·注释·

〔1〕天疑裂：皮日休《太湖诗·上真观》："罅处似天裂，朽中如井甃。"

〔2〕古苔：卢照邻《过东山谷口》："古苔依井被，新乳傍崖流。"啮：啃咬，此处作"侵蚀"解。

〔3〕金铁：谓兵器。此处写风卷急湍，若金铁交鸣，而兼指干戈杀伐事。刘崧《咏河中流澌》："水宫战合鸣金铁。"

〔4〕蛟龙窟：杜甫《绝句四首》："青溪先有蛟龙窟，竹石如山不敢安。"

·评析·

　　龙潭口为甚普通之地名，各处多有。于是自李勖《饮水词笺》以来，诸家笺注亦异说纷纷。或谓在北京宛平县（今已划归丰台、门头沟、房山等区），或疑在河北保定，又有辽宁铁岭、吉林伊通以及山西盂县盂山黑龙池等疑似之说。严迪昌先生则以为作于扈驾江南时，龙潭口在今江苏南京、镇江之间龙潭镇，位于句容以北八十里。词为感慨明建文四年燕王朱棣由此渡长江，围南京事。

　　其实龙潭口究竟在何处以及发生过何等战事并不特别紧要，此词关键在干戈杀伐之"兴亡满眼"，关键在于无论何处之龙潭口，都曾躬阅兴亡，苍凉满眼。作者来此凭吊，见苔藓蚀碑，断字泯灭，深感历史在时空中无情流逝，一场又一场天崩地坼皆成陈迹，而人世万事包括兴亡盛衰均必消逝，唯有亘古无变之明月尽将一切看在冷眼中。与此感受相谐调，词之调遣字句皆呈险峻峭拔之势，诸如"悬崖一线天疑裂""古苔横啮""阴森潭底蛟龙窟"等，凿然生新，使人不寒而栗。纳兰词以平易浅近为主，此种风格，偶一为之，出手已颇不凡。

忆秦娥

春深浅，一痕摇漾青如剪[1]。青如剪，鹭鸶[2]立处，烟芜[3]平远。　　吹开吹谢东风倦，缃桃[4]自惜红颜变。红颜变，兔葵燕麦[5]，重来相见。

·注释·

〔1〕青如剪：杨慎《菩萨蛮·楚雄春归》："芜平芳草短。一望春如剪。"

〔2〕鹭鸶：鹭，因其头顶、胸、肩、背部皆生长毛如丝，故称。

〔3〕烟芜：烟雾中的草丛，亦指云烟迷茫的草地。

〔4〕缃桃：即缃核桃，桃实浅红色。贾思勰《齐民要术·种桃柰》："《西京杂记》曰：'核桃、樱桃、缃桃。'"陈允平《恋绣衾》："缃桃红浅柳褪黄。"

〔5〕兔葵燕麦：形容荒凉景象。刘禹锡《再游玄都观绝句》引："重游玄都，荡然无复一树，唯兔葵燕麦，动摇于春风耳。"兔葵，植物名。《尔雅·释草》作"菟葵"。叶廷珪《海录碎事·草》："兔葵，苗如龙芮，花白茎紫。"

·评析·

惜春之作。由惜春而念及今日繁华必会转入来日荒凉，有"细思极恐"之感，词则未见精彩。

·附读·

烛影摇红　谢玉岑

拆绣园林，轻阴酿得寒如许。杨丝无力绾春晴，绿暗蔪皋暮。池上乱红谁主，漾帘旌、风还如虎。莺痴鸠醉，断送韶华，一声杜宇。　　憔悴扁舟，寻芳也悔来迟误。兔葵燕麦几人禁，泪湿刘郎句。我自讳言离绪，算争瞒、锦屏儿女。浮云西北，思量愁凭，画阑高处。

减字木兰花

烛花摇影，冷透疏衾刚欲醒[1]。待不思量，不许孤眠不断肠。　　茫茫碧落，天上人间情一诺[2]。银汉难通，稳耐[3]风波愿始从。

·注释·

[1] 疏衾：单薄被子。

[2] 情一诺：情约盟誓。《史记·季布传》："得黄金百斤，不如得季布一诺。"

[3] 稳耐：忍耐，忍受。稳，甘心自忍。关汉卿《救风尘》第三折："我为甚不敢明闻，肋底下插柴自稳。"

·评析·

　　上片"疏衾"二字，凄凉伤感意思已经满溢纸间。三、四句既以"孤眠"照应"疏衾"，更连用三个"不"字，极写思量千回百折之苦。下片之"碧落""银汉"二语亦相互呼应：天人永隔，无由相通，但不管怎样艰险，也要践履"天上人间"之盟誓，他生与你长相伴随！此系思极、爱极之痴语，容若真纯情怀，读之能不回肠荡气！陈寂之《踏莎行》以"散尽池萍，折残堤柳""当时一梦够思量，而今梦也思量够"的决绝语擅场，而决绝中又正透出千丝难解的深情，叶恭绰评之曰："怨而怒矣，然恰不伤薄。"与纳兰此篇甚似，故附后。

·附读·

踏莎行　陈寂

散尽池萍，折残堤柳，清明过了空回首。当时一梦够思量，而今梦也思量够。　　短约无凭，后期难就，阑干倚遍愁如旧。定知无分向东风，可怜不是伤春瘦。

减字木兰花

　　相逢不语，一朵芙蓉着秋雨[1]。小晕红潮[2]，斜溜鬟心只凤翘[3]。　　待将低唤，直为[4]凝情恐人见。欲诉幽怀，转过回阑叩玉钗[5]。

·注释·

〔1〕"一朵"句：李珣《临江仙》："强整娇姿临宝镜，小池一朵芙蓉。"又白居易《长恨歌》："梨花一枝春带雨。"

〔2〕小晕红潮：方千里《六幺令》："微晕红潮一线，拂拂桃腮熟。"

〔3〕"斜溜"句：斜溜，斜插，"溜"有熨帖、随顺之意。宋祁《蝶恋花》："腻云斜溜钗头燕，远梦无端欢又散。"鬟心，鬟髻的顶心。只，一只，繁体作"隻"，不作"祇"。凤翘，凤凰形状的首饰。周邦彦《南乡子·拨燕巢》："不道有人潜看著，从教。掉下鬟心与凤翘。"

〔4〕直为：只为，"直"通"只"。

〔5〕叩玉钗：以玉钗轻轻敲打阑干，表紧张、羞涩的心情。王彦泓《永遇乐》："插髻夭桃，叩钗疏竹，亭亭如故。"

·评析·

　　纳兰的爱情词中，出现最多的无疑是眼泪，或如冰泉幽咽，或如溪水奔流，令读者之心也一同陷入不可自拔的愁苦深井，王安期所谓"人言愁，我始欲愁"者也。可是，眼泪是以欢笑为前提的，没有当年那些欢笑和甜蜜，又从何酿就今日这源源不绝的泪水呢？本篇写一个少女的羞涩与含情，虽写数百年前事，复于纸上见之，犹令人心怦怦动。文字之魅力真有如此者。至民国间，"新月派"骁将徐志摩诗赠日本女郎："最是那一低头的温柔，恰

蒲塘秋艶

〔清〕恽冰——《蒲塘秋艳图》

似一朵水莲花不胜凉风的娇羞。"其中满蕴的"蜜甜的忧愁"与纳兰此篇意境绝似。

本篇乾隆间《精选国朝诗余》末句作"选梦凭他到镜台"，《笺校》以为为沈宛而作，可备一说。

减字木兰花

从教铁石[1]，每见花开成惜惜[2]。泪点难消，滴损苍烟玉一条[3]。　　怜伊太冷，添个纸窗疏竹影。记取相思，环佩归来月上时[4]。

·注释·

〔1〕"从教"句：从教，见前《踏莎行》（春水鸭头）注释〔3〕。铁石，铁石心肠。皮日休《桃花赋》："余尝慕宋广平之为相，贞姿劲质，刚态毅状，疑其铁肠石心，不解吐婉媚辞。然睹其文而有《梅花赋》，清便富艳，得南朝徐庾体，殊不类其为人也。"

〔2〕惜惜：怜惜。张可久《钗头凤·春思》："恨花填曲，怨感吹笛，惜惜。"

〔3〕"滴损"句：苍烟，春色氤氲貌。《尔雅·释天》："春为苍天。"郭璞注："万物苍苍然生。"按：梅开春先，春风春雨中凋谢。合之上句，此以泪点喻春雨般滴损梅花。顾贞观《采桑子》："滴破苍烟，小字香笺。伴过泠泠彻夜泉。"玉一条，梅树。张谓《早梅》："一树寒梅白玉条。"

〔4〕"环佩"句：杜甫《咏怀古迹》："环佩空归月夜魂。"姜夔《疏影》因演绎曰："想佩环、月夜归来，化作此花幽独。"

·评析·

严迪昌先生《纳兰词选》云："词乃咏……室中盆梅。咏物贵在舍形取神，'记取'二句则复明示所吟乃梅魂，而梅之魂实为倩魂、佳人神魂。辨味全篇，系睹物思人，托物写情，似亦悼亡之作。"所说极精审。

减字木兰花

断魂无据[1]，万水千山何处去。没个音书，尽日东风上绿除[2]。　故园春好，寄语落花须自扫。莫更伤春，同是恹恹[3]多病人。

〔1〕无据：行踪难定，不得自主。刘弇《惜双双令》："翠屏人在天低处，惊梦断、行云无据。"

〔2〕上绿除：春风吹绿庭阶。李若水《偶成》："春风有妙理，都在绿除中。"除，台阶。

〔3〕恹（yān）恹：精神萎靡貌。韩偓《春尽日》："把酒送春惆怅在，年年三月病恹恹。"

本篇系寄内之作。上片拟想闺中人之思忆惦念。"断魂"是自伤之辞，亦闺中怨极之语，细读颇有味道。"没个音书"四字全用白描，口角如见，"尽日东风上绿除"补充节令，亦加深"没个音书"之埋怨情，虽怨而唇边似犹带微笑，风致楚楚。下片转入远行人一方，以怜慰语气表现对闺人之思念、怜惜与嘱托：别为伤春、相思而意兴索然，连落花也不扫了，若狼藉满地，岂不更加剧了伤感？"莫更伤春，同是恹恹多病人"二句一笔双带，不仅写出关切怀思，且将二人心地性情表而出之，最是慧心处。

醉落魄　王时翔

困冰握雪，天公幻个人孤洁。最怜误向风尘撇。貌似春花，命似欲凋叶。　歌
边一见曾相悦，重逢草草悲生别。新来真个音书绝。欢似浮云，愁似乍生月。

卜算子　赵我佩

一样风和雨，各样愁人听。楼外垂阳楼上人，同是恹恹病。　低掩水文窗，
莫把栏杆凭。昨夜西风今夜寒，瘦却红花影。

减字木兰花　新月

晚妆欲罢，更把纤眉临镜画。准待[1]分明，和雨和烟
两不胜[2]。　莫教星替[3]，守取团圆终必遂。此夜红楼，
天上人间一样愁。

·注释·

〔1〕准待：期待，打算。
〔2〕"和雨"句：郑谷《江梅》："和雨和烟折，含情寄所思。"
〔3〕星替：李商隐《李夫人三首》："惭愧白茅人，月没教星替。"

·评析·

　　表面上看，本篇当然是咏物词，然而咏物贵有寄托，其中
究竟寄托了什么样的情思呢？从"莫教星替""天上人间一样愁"
的句子看来，悼亡意味甚浓厚。《笺校》即作此解。可如此则解
释不通词为何从女子"晚妆欲罢"的角度写起，而且若说"莫教
星替"四字寓有不肯再娶之意，那么"守取"一句岂不成了相从
于地下的誓言了吗？严迪昌先生以为"实闺怨之写，以比兴法代
女子作闺音"，是已。

　　首二句以"晚妆"带出新月，又以纤眉比喻新月，同时兴

起画眉人"为悦己者容"心情，"更"字谓在"晚妆"之外尤刻意描画纤眉，细致珍惜之情毕现，很具匠心。"准待"以下引出新月，"两不胜"谓新月遇雨遇云均无法分明，实指自己忐忑敏感、对爱人心意无法把握之状态，温柔幽怨之极。过片二句尤为闺怨之证。"小星"为妾之称谓，此因"新月"而联想及"星"，乃祈令语：你不要让新欢取代我的位置，而我的诚心期待终能感动上苍，令我们团圆吧？结句总括一己"愁"情，而楼头眉月似正与楼中画眉人同病相怜呢！以楼中人映带天上月，情韵极婉曲悠长。"一样愁"与上片"两不胜"照应，也见章法回环之妙。

海棠春

落红片片浑如雾，不教更觅桃源路。香径晚风寒，月在花飞处。　　蔷薇影暗空凝伫，任碧飐[1]、轻衫萦住。惊起早栖鸦，飞过秋千去。

·注释·

〔1〕碧飐（zhǎn）：谓枝叶摇动。李梦阳《时事》："碧飐依墙竹，红残拂槛花。"

·评析·

词写幽会场景，好处在于全从空际转身，"落红""晚风""月""蔷薇"，步步写景，至"轻衫"二字，方才点出词中之"人"。煞拍又一笔宕开，不直写相会，而以"惊起早栖鸦，飞过秋千去"的动感画面侧写之，笔法绝佳，笔力绝奇。

清平乐 · 春夜闻隔墙歌吹声　项鸿祚
阑珊心绪，醉倚绿琴相伴祝。一枕新愁，残夜花香月满楼。　繁笙脆管，吹得锦屏春梦远。只有垂杨，不放秋千影过墙。

少年游

算来好景只如斯，惟许有情知。寻常风月，等闲谈笑，称意即相宜。　十年青鸟音尘断[1]，往事不胜思。一钩残照，半帘飞絮[2]，总是恼人时。

· 注释 ·

[1]"十年"句：青鸟，传说中能传达信息之神鸟，典出《山海经·西山经》，后世以其指代信使。李璟《摊破浣溪沙》："青鸟不传云外信，丁香空结雨中愁。"音尘，音信。陆机《思归赋》："绝音尘于江介，托影响乎洛湄。"
[2]半帘飞絮：周邦彦《瑞龙吟》："纤纤池塘飞雨，断肠院落，一帘风絮。"

· 评析 ·

　　严迪昌先生评本篇云："景随情迁（即移情说）乃古老话题。然强调人为移情主体，尤以心相怡悦为重，则数纳兰填词时特具匠心，而略无雕琢、自然道来又当以此词为佳。"极是。"略无雕琢、自然道来"本来是纳兰词的显著特色，然亦有程度之别。本篇从头至尾淙淙流下，一首词只如一句话，自然到这种地步，亦不多见。前面说过，自然乃从"追琢"中来，只有追琢到极致，才自然到极致。而追琢则半由人力，半由天工。词史上看来，如吴文英之追琢，乃是人力至于顶点，无可复加。如苏辛，则非参以天工不能有如今境界。纳兰此篇，亦天工胜过人力之一例也。

大酺　寄梁汾

只一炉烟，一窗月，断送朱颜如许。韶光犹在眼，怪无端吹上，几分尘土〔1〕。手捻残枝，沉吟往事〔2〕，浑似前生无据。鳞鸿〔3〕凭谁寄，想天涯只影，凄风苦雨。便砑损吴绫〔4〕，啼沾蜀纸〔5〕，有谁同赋。　　当时不是错，好花月、合受天公妒。准拟倩、春归燕子，说与从头，争教他、会人言语〔6〕。万一离魂遇，偏梦被、冷香萦住〔7〕。刚听得、城头鼓。相思何益〔8〕，待把来生祝取。慧业〔9〕相同一处。

· 注释 ·

〔1〕"韶光"三句：韶光，美好时光，此处承前句"朱颜"喻容光。尘土，此喻黯淡色。

〔2〕"手捻"二句：白居易《临水坐》："手把杨枝临水坐，闲思往事似前身。"捻，拈弄。残枝，谓当时赠别折下的柳枝，今已枯残。

〔3〕鳞鸿：鱼雁。古时传说鱼腹雁足均能传书，故以鱼雁指代书信。方千里《一络索》："不见芳音长久，鳞鸿空有。"

〔4〕"砑损"句：砑损，碾磨至于破损。砑（yà），碾石，以之磨纸或布、皮革等物使光滑。韩偓《信笔》："绣叠昏金色，罗揉损砑光。"吴绫，泛指吴越出产的薄绸。《新唐书·地理志》："明州余姚郡……土贡吴绫。"

〔5〕蜀纸：亦称蜀笺，如薛涛笺、十色笺等，皆为文人珍视。见前《采桑子》（拨灯书尽红笺也）注释〔1〕。

〔6〕"准拟"三句：赵佶《燕山亭》："凭寄离恨重重，这双燕、何曾会人言语。"

〔7〕"偏梦被"句：顾贞观《浣溪沙》有"一片冷香惟有梦，十分清瘦更无诗"句。

〔8〕相思何益：李商隐《无题二首》之一："直道相思了无益。"

〔9〕慧业：原佛家语。《维摩诘经上·菩萨品四》："知一切法，不取不舍。入一相门，起于慧业。"后多以喻文人缘分。《宋书·谢灵运传》"太守孟颛事佛精恳，而为灵运所轻，尝谓颛曰：'得道应须慧业文人，生天当在灵运前，成佛必在灵运后。'"

· 评析 ·

　　本篇作于康熙十六年顾贞观南还无锡后。前一年春夏间，顾贞观入京，经徐乾学、严绳孙等相介识性德，遂互以知己目之。性德为题其"侧帽投壶图"《金缕曲》词，一时传写京师。冬，顾贞观作《金缕曲》二章寄吴兆骞宁古塔，性德见之泣下，遂以"绝塞生还吴季子"为己任，并开始与顾贞观合编《今词初集》。罗列以上人尽熟知之史事，意在说明两人交谊已历经一段时间的淬炼，"一见倾心"已渐次深化为"生死不渝"之知交。以故，当顾氏南还，纳兰所寄词篇才这般愁肠百转，眷念不已。

　　首三句从眼前情境兴起。烟生烟熄，月上月落，不知不觉间已改变了青春容颜。"韶光"三句递进上一层意，以景致言，则春天已去，徒留感伤；以人言，则容色黯淡，愁绪满怀。"手捻"三句化用白居易诗意，言思念之深，回想往事犹如隔世。"前生"二字点出这段交谊在自己心中的分量。"鳞鸿"三句承上由自己之孤独转写对方定也孤寂，笔致虚灵。"便研损"三句言即使写破绫绢，泪湿笺纸，那份孤寂心情又有谁能知？乃照应前文"天涯只影，凄风苦雨"八字。

　　过片二句回忆相聚时无限投契心情，然聚少离多，燕子岂能解会心底无限眷怀？"万一"三句言唯一可以期望者乃梦中相遇，然梦也不长久，又为城头更鼓惊破。那就只好系念于来生慧业了！"天公妒"是一层意，燕子不解会言语是第二层意，梦中相遇而被更鼓惊醒是第三层意，步步深入，才水到渠成，逼出"待把来生祝取，慧业相同一处"之句。生死骨肉之交，信不虚也。

　　顾贞观《祭文》："犹忆吾哥见赠之词有曰：'一日心期千劫

在，后身缘、恐结他生里。'又曰：'惟愿把来生祝取，慧业同生一处。'呜呼！又岂偶然之言而他人所得预者耶？"可知本篇对于二人交情而言实非泛泛，乃与《金缕曲》并辔齐驱的标志性作品。然而就词情而言，实过于凄楚，脂粉气也略嫌浓重。仅寻常离别，即思及"来生慧业"，诚也如杨芳灿所言"韵淡疑仙，思幽近鬼。年之不永，即兆于斯"也。

另：关于寿命之修短，容若似早有预感，且也有自己的看法。《通志堂集》有《书昌谷集后》一文，语云："尝读吕汲公《杜诗年谱》，少陵诗首见于《冬日雒城谒老子庙》，时为开元辛巳，杜年已三十，盖晚成者也。李长吉未及三十，已应玉楼之召，若比少陵，则毕生无一诗矣。然破锦囊中石破天惊，卒与少陵同寿，千百年大名之垂，彭殇一也。优昙之华，刹那一现；灵椿之树，八千岁为春秋，岂计修短哉？"此为其生死观之直接表现，值得注意。

· 附读 ·

水龙吟 项鸿祚
西风已是难听，如何又着芭蕉雨？泠泠暗起，渐渐渐紧，萧萧忽住。候馆疏砧，高城断鼓，和成凄楚。想亭皋木落，洞庭波远，浑不见，愁来处。 此际频惊倦旅，夜初长，归程梦阻。砌蛩自叹，边鸿自唤，剪灯谁语？莫更伤心，可怜秋到，无声更苦。满寒江剩有，黄芦万顷，卷离魂去。

八声甘州·题《饮水词》 何振岱
贮千生、灵谛作闲愁，入世惄悲凉。向孤中觅侣，欢中忏恨，不是佯狂。一卷鸾龙高唱，云际落宫商。天下知音者，玄鬓须霜。 为想人间修证，但未成圣果，离合心伤。这遍身兰气，化恨定潇湘。算消磨、炉香窗月，有冰丝、捻泪待深偿。悠悠对、樽前蛉蜺，漫自猜量。

霜天晓角·读《饮水词》 何振岱
相爱如身，相怜始是真。两两牵肠镂骨，算古也、不多人。 愿心互亲，莫求人绝尘。只恐炉香窗月，些少分、是前因。

满庭芳　题元人芦洲聚雁图[1]

　　似有猿啼，更无渔唱，依稀落尽丹枫。湿云影里，点点宿宾鸿[2]。占断沙洲寂寞[3]，寒潮上、一抹烟笼[4]。全不似，半江瑟瑟，相映半江红[5]。　　楚天秋欲尽，荻花[6]吹处，竟日冥濛[7]。近黄陵祠庙[8]，莫采芙蓉[9]。我欲行吟去也，应难问、骚客遗踪[10]。湘灵杳，一尊遥酹，还欲认青峰[11]。

· 注释 ·

〔1〕芦洲聚雁图：元末明初人朱芾绘。朱芾，字孟辨，自号沧洲生，华亭（今上海松江区）人。洪武初以征聘至官编修，改中书舍人。工词章翰墨之学，以所书瘗之细林山中，题曰"篆冢"。善画芦雁，《明画录》称"极潇湘烟水之致"。其《自题芦洲聚雁图》诗并序云："夜窗剪烛听雨，偶阅叔升钱君所画古木寒鸦小景，不觉技痒，因写《芦洲聚雁》以配之。适友人黄德谦在座，曰：'似潇湘水云景也。昔年过二妃庙，今复观此图，恍若重游，但少苦竹篔深耳。'余遂添丛筱中其间，殊有天趣，并赋诗一绝云：'夜窗听雨话巴山，又入潇湘水竹间。湘浦冥鸿谁得似，碧天飞去又飞还。'甲寅春三月修禊日，朱孟辨在西掖记。"此画一度归纳兰性德，钤有其印。

〔2〕宾鸿：雁。《礼记·月令》："鸿雁来宾。"

〔3〕"占断"句：苏轼《卜算子》："拣尽寒枝不肯栖，寂寞沙洲冷。"

〔4〕"寒潮"句：杜牧《泊秦淮》："烟笼寒水月笼沙。"

〔5〕"半江"二句：白居易《暮江吟》："半江瑟瑟半江红。"

〔6〕荻花：荻，多年生草本植物，依水生，叶似芦苇，秋季开紫花。

〔7〕冥濛：幽暗不明。江淹《杂体诗·效颜延之〈侍宴〉》："青林结冥濛，丹巘被葱蒨。"

〔8〕黄陵祠庙：舜帝妃娥皇、女英之庙，在湖南湘阴县。《水经注·湘水》：

〔元末明初〕朱芾——《芦洲聚雁图》

"湖水西流，径二妃庙南，世谓之黄陵庙。"

〔9〕芙蓉：用谭用之《秋宿湘江遇雨》"秋风万里芙蓉国"典。湖南省境内盛产芙蓉，故又称"芙蓉国"。

〔10〕"我欲"二句：用屈原故事。行吟，《楚辞·渔父》："屈原既放，游于江潭，行吟泽畔。"骚客，指屈原。

〔11〕"湘灵"三句：用钱起《省试湘灵鼓瑟》"曲终人不见，江上数峰青"典。湘灵，湘水之灵，即娥皇、女英。

· 评析 ·

　　题画之作，易写难工。易在具有一定程式，大体扣紧题面，描摹出图中景象，就算及格；难在要有及格基础上的"超越性"。所谓"超越性"，那就是从画图本身"溢出"，或者能写出作画者的心事状貌，或者能寄托观画者的情绪感想。要能够题画而不拘于画，意在画外，笔在画先，改用苏轼的诗可以说："题画必此画，定知非诗人。"以上述标准衡量，本篇不过堆积点化若干辞藻意象，乏兴味，少远韵，及格而已。有人指出题中"元人"回避了朱耷的明代身份，以为纳兰小心翼翼表达了某些难言心事，似求之过深。

　　纳兰好友严绳孙有同题之作，其中"向人心、谱出许多愁""回首西风故国"等语包含着易代之际士人群特有的悲凉感，较本篇好得多。再对比一下陈维崧的名作《沁园春·题徐渭文钟山梅花图》，体味到"一夜啼乌，落花有恨"的哀思、对"珠珰贵戚，玉佩公卿"们"十四楼中乐太平"的误国行径的怨慨，以至"寻去疑无，看来似梦"的泪眼愁看等等"孤臣孽子"感情，个中壶奥就更加清晰了。

· 附读 ·

南浦·题朱孟辨芦洲聚雁　严绳孙
生绡淡墨，向人心、谱出许多愁。剩有垂杨金缕，几叶下寒流。隐隐渔灯生处，锁潇湘、一派荻花秋。问宾鸿点点，稻粱何在，生占白蘋洲。　　回首西风故国，有芙蓉、塘外月如钩。应是千帆数尽，人倚隔江楼。此际离魂归去，正谁家、水调唱歌头。甚无情图画，烟中不著一扁舟。

沁园春·题徐渭文钟山梅花图　陈维崧
十万琼枝，娇若银虬，翩如玉鲸。正困不胜烟，香浮南内；娇偏怯雨，影落西清。
夹岸亭台，接天歌板，十四楼中乐太平。谁争赏？有珠珰贵戚，玉佩公卿。　　如
今潮打孤城，只商女船头月自明。叹一夜啼乌，落花有恨；五陵石马，流水无声。
寻去疑无，看来似梦，一幅生绡泪写成。携此卷，伴水天闲话，江海余生。

满庭芳

　　堠雪翻鸦，河冰跃马[1]，惊风吹度龙堆[2]。阴磷夜泣[3]，
此景总堪悲。待向中宵起舞，无人处、那有村鸡[4]。只应是，
金笳暗拍，一样泪沾衣[5]。　　须知今古事，棋枰胜负[6]，
翻覆如斯。叹纷纷蛮触[7]，回首成非。剩得几行青史，斜
阳下、断碣残碑。年华共，混同江[8]水，流去几时回。

·注释·

〔1〕"堠雪"二句：曹溶《踏莎行·答客问云中》："堠雪翻鸦，城冰浴马。"
堠（hòu），此作路旁记里程之土坛解。《玉篇·土部》："堠，牌堠，五
里一堠。"

〔2〕"惊风"句：李费《月氏王头饮器歌和杨铁崖》："胡风吹堕白龙堆。"
龙堆，见前《南歌子·古戍》注释〔4〕。

〔3〕"阴磷"句：鬼火、鬼哭，为咏古战场常语。

〔4〕"待向"二句：用祖逖故事。《晋书·祖逖传》："（逖）中夜闻荒鸡鸣，
蹴琨觉，曰：'此非恶声也。'因起舞。"

〔5〕"金笳"二句：洪皓《江梅引》："更听胡笳，哀怨泪沾衣。"

〔6〕棋枰胜负：谓人事兴衰如棋局。陆游《初归杂咏七首》其七："棋
枰胜负能多少，堪笑傍人说烂柯。"

〔7〕蛮触：《庄子·则阳》："有国于蜗之左角者，曰触氏；有国于蜗之

右角者，曰蛮氏。时相与争地而战，伏尸数万。"喻指为小事而争斗者。

〔8〕混同江：松花江。纳兰性德《通志堂集》卷四《松花江》诗自注："即混同江也。《金史》有宋瓦江，旧志遂以混同、松花为二江，误矣。"

·评析·

本篇《饮水词笺校》以为作于康熙二十一年秋往觇梭龙时，"身历祖先故地，因有古今之感；身为天涯羁旅，因有年华之叹"，所说大处甚是，小处不足。盖煞拍之"年华"意思略同乎"时间""时光"，并非感慨自己年华之消逝，所谓"年华之叹"其实极为稀薄，"古今之感"显得至为浓厚。前人称纳兰"惴惴然有临履之忧"，这是又一篇力证。

"惴惴然有临履之忧"，也就是说具有一定的"超越性"，并不一味因为自己起了高楼、宴了宾客就骄矜不可一世，而是把眼光投射到了深邃广阔的历史进程中，看到了"棋枰胜负，翻覆如斯""纷纷蛮触，回首成非"的规律性和必然性。这种思维方式在咏古诗词中并不新鲜，但出之于炙手可热的权相之子、一等侍卫，就更加发人深省，令人肃然，也悚然。倘火热而自以为伟大永恒者都能有这一点修养与心思，做事做人就会多一分冷寂与沉静，从而使自己面目不至于那么丑陋狰狞罢！

忆王孙

暗怜双缬郁金香[1]，欲梦天涯思转长。几夜东风昨夜霜。减容光[2]，莫为繁花又断肠。

·注释·

〔1〕"暗怜"句：缬（xiè），同"绁"。《诗经·鄘风·君子偕老》："蒙彼绉绤，是绁袢也。""绁袢"为于中剖分之对襟夏衣。又，《说文·衣部》：

"亵,私服……诗曰'是亵袢也。'"据扬之水考,"绁"为"亵"之假借,亵衣即内衣。此处"双绁"当指此,历来解为袜者误。郁金香,此谓散发郁金的香气。郁金为古代名贵香料一种。卢照邻《长安古意》:"罗帏翠被郁金香。"

〔2〕减容光:唐太原妓《赠欧阳詹》:"自从别后减容光。"

· 评析 ·

　　此一时伫兴之作,无本事可系,但看其古朴艳丽、如六朝歌谣处可也。此种手笔看似轻巧,实不易到。可值一说者惟首句之"绁"字,《饮水词笺校》释为"足衣",即袜,为词意理解造成的隔碍。郁金香与绁之关联似出于佛典,后引申为服饰美称。顾贞观《虞美人·佛手柑,后十数词皆与容若同赋,其余唱和甚多,存者寥寥,言之堕泪》云:"七行宝树奇香透,鸟爪寒来瘦。麻姑久悔学仙非,结个莲台真印、印皈依。　郁金析染千重绁,酥乳何曾涅。合欢名字更休提。乞得兜罗锦样、许相携。"自注云:"郁金印绁见《法苑珠林》,如来三十二相好,第二手肮如兜罗绵。"可以参读。

· 附读 ·

南歌子　沈曾植
密字仙家授,飞轮上苑迎。掀转九华灯。胸前香绁印,秘层层。

忆王孙

　　西风一夜剪[1]芭蕉,满眼芳菲[2]总寂寥。强把心情付浊醪[3]。读离骚,洗尽秋江日夜潮。

· 注释 ·

〔1〕剪:削剪。

〔2〕芳菲：此作花草讲。白居易《大林寺桃花》："人间四月芳菲尽。"
〔3〕浊醪：浊酒。杜甫《清明》："浊醪粗饭任吾年。"

· 评析 ·

    谭复堂（献）氏尝指出："以成容若之贵，项莲生之富，而填词皆幽艳哀断，异曲同工，所谓别有怀抱者也。"（《箧中词》）诚然。容若之"别有怀抱"，乃"销魂独我情何限"（李煜《子夜歌》）的一种永恒哀伤，发之于人心最深处。世之好纳兰词者极夥，然不能理解其时刻横亘在心之"满眼芳菲总寂寥""洗尽秋江日夜潮"之"怀抱"，则非真知纳兰词者。

· 附读 ·

浣溪沙　吴藻
一卷离骚一卷经，十年心事十年灯。芭蕉叶上几秋声。　欲哭不成还强笑，讳愁无奈学忘情。误人犹是说聪明。

临江仙　沈祖棻
望断小屏山上路，重逢依旧飘飘。相看秉烛夜迢迢。覆巢空有燕，换酒更无貂。　风雨吟魂摇落处，挑灯起读离骚。桃花春水住江皋。旧愁流不尽，门外去来潮。

忆王孙

    刺桐花底是儿家〔1〕，已拆秋千〔2〕未采茶。睡起重寻好梦赊〔3〕。忆交加，倚着闲窗数落花。

· 注释 ·

〔1〕"刺桐花"句：刺桐，豆科刺桐属落叶乔木，产于闽广一带，花期每年三月，花色鲜红，花形如辣椒。儿家，犹我家，少女口吻。

〔2〕拆秋千：清明习俗，荡秋千以祭祖并祈作物茂盛，清明过后数日即拆除秋千架。晏几道《浣溪沙》："已拆秋千不奈闲，却随胡蝶到花间。"

〔3〕赊：遥远。王勃《滕王阁序》："北海虽赊，扶摇可接。"

·评析·

　　性德足迹未至闽广，亦即未见过刺桐花，故本篇云云非是实写，乃系仿拟之作，略同诗中竹枝词手段。虽为仿作，但开篇两句独白一自表住处，一交代节令，若续若断，一派小女儿娇痴口吻，极是活泼明艳。"睡起"三句写慵懒情态，亦自入神。全篇如璞玉未凿，韵味淳厚。丁澎谓容若词如"名葩美锦，郁然而新"，本篇足以当之。

　　诗之浑璞天然者莫过民歌，倚声名手笔下偶有清新可喜笔墨庶几近之，尤可读。

·附读·

柳梢青　蒋敦复

问讯年华，十三四五，碧玉初瓜。小小房栊，低低帘幕，薄薄窗纱。　　无人知是儿家，郎空了、闲来吃茶。一座旗亭，一湾流水，一树桃花。

卜算子　塞梦

　　塞草晚才青，日落箫笳动。恓恓凄凄入夜分[1]，催度星前梦[2]。　　小语绿杨烟[3]，怯踏银河冻[4]。行尽关山到白狼[5]，相见惟珍重。

·注释·

〔1〕"恓恓"句：恓恓，即戚戚，忧伤貌。谢灵运《登临海峤初发疆中作与从弟惠连可见羊何共和之》其三："戚戚新别心，凄凄久念攒。"夜

分，夜半。《水经注·江水二》："自非停午夜分，不见曦月。"

〔2〕星前梦：魂梦。《牡丹亭·魂游》："生性独行无那，此夜星前一个。"

〔3〕绿杨烟：绿杨如烟，春浓时景观。权德舆《杂言和常州李员外副使春日戏题十首》其七："绿杨烟袅袅，红蕊莺寂寂。"

〔4〕银河冻：银河，冰河。华岳《冬日述怀》："银河冻合水无声。"

〔5〕白狼：白狼河。见前《台城路·塞外七夕》注释〔1〕。

· 评析·

　　题为"塞梦"，则上片写"塞"，下片写"梦"，章法颇为精严。"小语"以下皆梦中情形，梦中人于绮旎之"绿杨烟"中温存"小语"，嘱托务必小心塞外寒冻，珍重自己，娓娓倾诉中正可见出空间阻隔之伤感与念兹在兹之痴情。

· 附读·

卜算子·别怨，用饮水词韵　袁思古
砧杵报秋风，惹起芳心动。寂寞寒灯夜悄然，孤负鸳衾梦。　一纸诉相思，素手频呵冻。和泪书成欲寄君，又恐君愁重。

卜算子　五日〔1〕

　　村静午鸡〔2〕啼，绿暗〔3〕新阴覆。一展轻帘〔4〕出画墙，道是端阳酒〔5〕。　　早晚夕阳蝉，又噪长堤柳〔6〕。青鬓长青自古谁〔7〕？弹指黄花九〔8〕。

· 注释·

〔1〕五日：农历五月初五之省称，亦称"午日"，端午节。

〔2〕午鸡：顾况《过山农家》："板桥人渡泉声，茅檐日午鸡鸣。"

〔3〕绿暗：绿叶掩映。吴融《途次淮口》："有村皆绿暗，无径不红芳。"

〔4〕一展轻帘：一面招展之帘。轻帘，指酒招子。洪迈《容斋随笔续笔》卷十六《酒肆旗望》："都城与郡县酒务及凡鬻酒之肆，皆揭大帘于外，以青白布数幅为之。"

〔5〕端阳酒：旧俗于端午节饮以艾蒲浸泡之酒，以祛邪避瘟。

〔6〕"早晚"二句：江总《秋日游昆明池》："蝉噪金堤柳。"王籍《入若耶溪》："蝉噪林逾静，鸟鸣山更幽。"

〔7〕"青鬓"句：化用韩琮《春愁》"青鬓长青古无有"句意。青鬓，黑发。

〔8〕黄花九：指九月初九重阳节，时菊花正开，故云。

· 评析 ·

　　词由五月端阳思及九月重阳，叹息流光之速，无多深意，一时感慨而已。"青鬓"句虽化用前人成句，亦自弹动读者心弦。

卜算子　新柳

　　娇软不胜垂〔1〕，瘦怯〔2〕那禁舞。多事年年二月风，剪出鹅黄缕〔3〕。　　一种可怜生，落日和烟雨。苏小门前长短条〔4〕，即渐迷行处。

· 注释 ·

〔1〕"娇软"句：隋炀帝《望江南》："湖上柳，烟里不胜垂。"

〔2〕瘦怯：华岳《瑞鹧鸪》："梅花体态香凝雪，杨柳腰肢瘦怯风。"

〔3〕鹅黄缕：谓柳条。贺铸《洞仙歌·柳》："自鹅黄千缕，数到飞绵。"

〔4〕"苏小"句：见前《淡黄柳·咏柳》注释〔5〕。

· 评析 ·

　　此词题一作"咏柳"，观其句句扣住柳丝新苗情状，应以"新柳"为是。虽写新柳，又处处关合少女婀娜摇曳、弱不禁风之娇

陈少梅 ——《柳荫偕步》

柔状。诸如"娇软""瘦怯"固然是少女情态,"多事""可怜生"也有意仿拟少女娇憨口吻。煞拍点出"苏小门前"字样,更将人、柳打叠一处,春色将来未来,正是迷人最深处。如此口角,正令人思小杜"娉娉袅袅十三余,豆蔻梢头二月初"(《赠别》)诗句。

金人捧露盘 净业寺[1]观莲,有怀荪友

藕风轻,莲露冷,断虹收。正红窗、初上帘钩。田田[2]翠盖,趁斜阳、鱼浪[3]香浮。此时画阁垂杨岸,睡起梳头。　　旧游踪,招提[4]路,重到处,满离忧。想芙蓉湖[5]上悠悠。红衣狼藉[6],卧看桃叶[7]送兰舟。午风吹断江南梦,梦里菱讴[8]。

·注释·

〔1〕净业寺:位于北京西北隅,毗邻什刹海。始建于明嘉靖三十七年(1558),初名智光寺,后更名,清代重修。《日下旧闻考》按语:"元时以积水潭为西海子,明季相沿亦名海子,亦名积水潭,亦名净业湖……今则并无西海子之名,其近十刹海者即称十刹海,近净业寺者即称净业湖。"引《明水轩日记》:"净业寺门临水岸,去水止尺许,其东有轩,坐荫高柳,荷香袭人,江南云水之胜无以过此。"

〔2〕田田:荷叶浓翠连绵貌。汉乐府诗:"江南可采莲,莲叶何田田。"

〔3〕鱼浪:姜夔《惜红衣》:"鱼浪吹香,红衣半狼藉。"

〔4〕招提:梵语。音译为"拓斗提奢",省作"拓提",后误为"招提"。其义为"四方",四方之僧称招提僧,四方僧之住处称为招提僧坊。北魏太武帝于始光元年(424)造伽蓝,创招提之名,后遂为寺院的别称。此指净业寺。

〔5〕芙蓉湖:严氏故里名胜,古称上湖、射贵湖,入无锡地称无锡湖,在今江苏常州武进区东,无锡锡山区西北、江阴市南。陆羽《游慧山寺记》:

"（慧山寺）东北九里有上湖，一名射贵湖，一名芙蓉湖。其湖南控长洲，东泊江阴，北淹晋陵，周围一万五千三百顷，苍苍渺渺，迫于轩户。"

〔6〕"红衣"句：见本首注释〔3〕。红衣，莲瓣。

〔7〕桃叶：桃叶渡，此为渡口美称。见前《南乡子》（烟暖雨初收）注释〔4〕。

〔8〕菱讴：菱歌。

· 评析 ·

《饮水词笺校》以为本篇作于康熙十五年盛夏初秋，甚是。其时严绳孙刚归江南未久，容若游净业寺观莲，见其"荷香袭人，江南云水之胜无以过此"，故有此怀念挚友之词。这份友情固然令人觉得温暖，而词未见佳，大抵念远怀人之常言，读者但看其情致殷勤处可也。附严氏《成容若遗稿序》，述二人交谊甚详，读之可增朋友之重。

· 附读 ·

成容若遗稿序　严绳孙

始余与成子容若定交，成子年未二十，见其才思敏异，世未有过之者也。使成子得中寿，且迟为天子贵近臣，而举其所得之岁月，肆力于六经诸史百家之言，久之浩瀚磅礴，以发为诗歌、古文词，吾不知所诣极矣，今也不然。追溯前游，十余年耳，而此十余年之中，始则有事廷对所习者，规摹先进为殿陛敷陈之言。及官侍从，值上巡幸，时时在钩陈豹尾之间。无事则平旦而入、日晡未退以为常。且观其意，惴惴有临履之忧，视凡为近臣者有甚焉。盖其得从容于学问之日，固已少矣，吾不知成子何以能成就其才若此。抑尝计之，夫成子虽处贵盛，闲庭萧寂。外之无扫门望尘之谒，内之无裙屐丝管、呼卢秉烛之游，每凤夜寒暑、休沐定省，片晷之暇，游情艺林，而又能撷其英华，匠心独至，宜事无所不工也。至于乐府小词，以为近骚人之遗，尤尝好为之。故当其合作，飘忽要眇，虽列之花间、草堂，左清真而右屯田，亦足以自名其家矣。嗟呼！天之生才，而或夺之年，如贾傅之奇气卓识，度越今古无论；其次文章之士，若唐王勃之流，藻艳飙驰，一往辄尽。故裴行俭之论，有以卜其所止，今成子之作，非无长才，而蕴藉流逸，根乎情性，所谓人所应有，己不必有；人所应无，己不必无。虽使益充其所至，犹疑非世之所共识赏，而造物厄之何耶！虽然，修短天也。夫士亦欲其言之传耳。今健庵先生已缀辑其遗文而刻之，盖不徒笃死生之谊也，后世必更有知成子者矣。独是余与成子周旋久，于先生是命序是编，其能不泫然而废读乎？康熙三十年秋九月，无锡严绳孙题。

青玉案　辛酉人日〔1〕

东风七日蚕芽软〔2〕，青一缕，休教剪。梦隔湘烟征雁远〔3〕。那堪又是，鬓丝吹绿，小胜宜春〔4〕颤。　　绣屏浑不遮愁断，忽忽年华空冷暖。玉骨几随花骨换〔5〕。三春醉里，三秋别后，寂寞钗头燕〔6〕。

·注释·

〔1〕辛酉：康熙二十年（1681）。人日：农历正月初七为"人日"。梁宗懔《荆楚岁时记》："正月七日为人日，以七种菜为羹，剪彩为人，或镂金箔为人，以贴屏风，亦戴之头鬓，又造华胜以相遗，登高赋诗。"

〔2〕蚕芽：指饲蚕之桑叶初绽嫩芽。《渊鉴类函·岁时部》"人日"条引《宕渠记》："渠有乐山，正月七日邑人鼓吹酒食，以祈蚕事。"

〔3〕"梦隔"句：湖南衡阳湘江之滨有回雁峰，亦称烟雨山，相传北雁南来至此峰而止，故名。王安石《送刘贡甫谪官衡阳》："万里衡阳雁，寻常到此回。"一说因山势如鸿雁欲飞而得名。

〔4〕小胜宜春：胜，古时妇女首饰称"胜"，有花胜、彩胜之类。杜甫《人日》："胜里金花巧耐寒。"宜春，见前《东风齐著力》（电急流光）注释〔7〕。

〔5〕"玉骨"句：玉骨喻佳士、才人之风华岁月，此指自己与友人均正当青壮年华。杜甫《徐卿二子歌》："秋水为神玉为骨。"花骨，花枝之谓，苏轼《雨中看牡丹》："清寒入花骨，肃肃初自持。"此喻秋去春来，年复一年。

〔6〕钗头燕：燕形钗，头饰。宋祁《蝶恋花》："隐隐枕痕留玉脸，腻云斜溜钗头燕。"

严迪昌先生以为"此为人日怀人词，所怀者乃一挚友"，因词中有"梦隔湘烟征雁远"之句，猜测是忆念就职湘地的张见阳之作。我们以为，词或者有怀想张氏之处，但似无化身为"寂寞钗头燕"的女子的必要，还是理解为一般性的节令词更好。

若做深闺视角的节令词理解，则本篇还是写得相当不错的。下片完全抛开"人日"景象故实，极言"忽忽年华空冷暖"之心意与"三春醉里，三秋别后"的寂寞。能宕开一笔，即高出一尘。

青玉案　宿乌龙江〔1〕

东风卷地飘榆荚〔2〕，才过了，连天雪。料得香闺香正彻〔3〕。那知此夜，乌龙江畔，独对初三月。　　多情不是偏多别，别离只为多情设。蝶梦百花花梦蝶〔4〕。几时相见，西窗剪烛，细把而今说〔5〕。

·注释·

〔1〕乌龙江：即松花江，明清时称兀喇江，乌龙与兀喇音近。

〔2〕榆荚：俗称榆钱。《本草纲目·木部二》："榆未生叶时，枝条间先生榆荚，形状似钱而小，白色成串，俗呼榆钱。"

〔3〕彻：谓熏香燃尽。

〔4〕"蝶梦"句：用庄周梦蝶典喻两地相互思念。

〔5〕"几时"三句：化用李商隐《夜雨寄北》诗意。

·评析·

康熙二十一年（1682）二月中玄烨"以云南底定，海宇荡平，躬诣永陵、福陵、昭陵告祭"，首赴盛京（今沈阳），三月初十日继续北行，二十五日经萨龙河等地至乌喇吉林（今吉林省吉林市）及松花江畔，"望秩长白山……以系祖宗龙兴之地也"。二十七日泛松花江，驻跸大乌喇虞村，至四月初四日始离大乌喇回程。容若此词或作于此时，词中"初三月"云云亦合。

此篇仍是塞上相思路数，不新鲜，结句也不见佳。然下片"多情"三句特妙，顾随先生敏感地注意到了这一点，他的《临江仙·题纳兰〈饮水〉〈侧帽〉二词》中以本篇为"自开新境界"之重要例证，可见本篇在纳兰词中之地位。

· 附读 ·

临江仙·题纳兰《饮水》《侧帽》二词　顾随

笔底回肠宛转，梦中万里关山。断肠不只赋离鸾。生成应有恨，哀乐总无端。　　蝶梦百花已苦，百花梦蝶堪怜。乌龙江上月初三。自开新境界，何必似花间。

月上海棠　中元[1]塞外

原头野火烧残碣[2]，叹英魂、才魄暗销歇[3]。终古江山，问东风、几番凉热。惊心事，又到中元时节。　　凄凉况是愁中别，枉沉吟、千里共明月。露冷鸳鸯，最难忘、满池荷叶。青鸾杳，碧天云海音绝[4]。

· 注释 ·

〔1〕中元：见前《眼儿媚·中元夜有感》注释〔1〕。

〔2〕"原头"句：刘克庄《长相思》："烟凄凄，草凄凄，野火原头烧断碑。不知名姓谁。"碣，圆顶碑石。

〔3〕"叹英魂"句：用韩偓《金陵》"自古风流皆暗销，才魄妖魂谁与招"句意。

〔4〕"青鸾"二句：青鸾，青鸟，此化用李商隐《无题》"青鸟殷勤为探看"句。

· 评析 ·

　　严迪昌先生据《康熙起居注》考得，康熙帝二十二年（1683）中元节驻跸黄草川（今内蒙古五原境内），二十三年此日驻拜察（今内蒙古克什克腾旗），容若均随扈。本篇以作于"前一次可能较大，初逢中元塞外过'鬼节'，大抵感受较多"，甚是。

　　所谓"感受较多"，自词中看，确实包蕴甚广。开篇即长叹英魂才魄、终古江山、东风凉热：多少英才之士已经沉埋进时光长廊，化为土灰，被人遗忘！上片结句由"几番凉热"的"惊心"之问过渡到中元节令：值此荒冷的塞外初秋，怎能不惦念永铭心底的倩魂？

　　下片追忆诀别时令人心碎语，又以鸳鸯、青鸾意象喻指天人永诀、无可言宣的鹣鲽之情。将悲凉宏阔的边塞感受与细腻凄婉的悼亡感受打叠一手，是纳兰"辨识度"最高处，无论词史抑或诗史均属偶见。

雨霖铃　种柳

　　横塘〔1〕如练，日迟帘幕，烟丝斜卷。却从何处移得，章台〔2〕仿佛，乍舒娇眼〔3〕。恰带一痕残照，锁黄昏庭院。断肠处、又惹相思，碧雾〔4〕濛濛度双燕。　　回阑恰就轻阴转，背风花、不解春深浅。托根幸自天上〔5〕，曾试把、霓裳舞遍。百尺垂垂〔6〕，早是酒醒，莺语如剪。只休隔、梦里红楼，望个人儿见。

· 注释 ·

〔1〕横塘：见前《于中好》（独背斜阳上小楼）注释〔6〕。

〔2〕章台：见前《淡黄柳·咏柳》注释〔6〕。

〔3〕娇眼：苏轼《水龙吟·次韵章质夫杨花词》："萦损柔肠，困酣娇眼，欲开还闭。"

〔4〕碧雾：青色云雾，此喻柳色。

〔5〕"托根"句：以天上柳宿比柳树。柳宿，二十八宿之一，南方朱雀第三宿。托根，尤寄身。

〔6〕百尺垂垂：李翘《寓言》："柔弱不自持，垂垂百尺树。"

· 评析 ·

　　据《今词初集》收严绳孙《雨霖铃·和成容若种柳》可知，本篇作于康熙十五年前。在文人而言，种柳是风流多情事，故值得填词"纪盛"。本篇也以多情风流为大旨，刻写柳树的"乍舒娇眼""带一痕残照""濛濛度双燕""把霓裳舞遍"等经典画面，极尽腾挪变幻、移步转景之能事，不啻为一篇小型的《柳赋》。

　　值得特别关注者在煞拍。一方面，"只休隔、梦里红楼，望个人儿见"点出"人"的形象，从而将上文的一系列铺垫推向高潮，有卒章显志之效；另一方面，"红楼"意象在纳兰诗词中凡数见之，诸如"今宵便有随风梦，知在红楼第几层"（《别意》六首其三）、"此夜红楼，天上人间一样愁"（《减字木兰花》）、"因听紫塞三更雨，却忆红楼半夜灯"（《于中好》）等。"索隐派"红学家以为纳兰是宝玉原型，不能说全无根蒂，只是笔笔坐实，既不可信，且令人生厌而已。

· 附读 ·

雨霖铃 · 和成容若种柳　严绳孙

湘帘月冷，是谁添上，丝丝斜影。横塘烟雨何事，朱门空锁，断肠金井。最是东君，好事要、十眉相并。也不管、舞困纤腰，从此垂垂向芳径。　　算来冰雪无多剩，又冰雪、燕子归初暝。忍教送尽离别，傍紫陌、漫维双艇。雁齿红桥，多少博山，前事难省。只伴我，雾暗尘窗，仿佛旧时病。

长命女·再题纳兰词后　陈荣昌

词五卷，五卷融成愁一片。分析为三恨。　　一恨燕楼人远。纳兰词云："只休隔、梦里红楼，望个人儿见。"他篇亦多惜别。二恨郁金香散。纳兰妻卢氏先卒，故多悼亡之词，即题非悼亡，亦多寓悼亡之意。三恨命如昌谷短，使我添哀怨。

满江红　茅屋新成却赋[1]

问我何心，却构此、三楹[2]茅屋。可学得、海鸥无事，闲飞闲宿[3]？百感都随流水去，一身还被浮名[4]束。误东风、迟日[5]杏花天，红牙曲[6]。　　尘土梦，蕉中鹿[7]；翻覆手[8]，看棋局[9]。且耽闲殢酒[10]，消他薄福。雪后谁遮檐角翠，雨余好种墙阴绿。有些些[11]、欲说向寒宵，西窗烛。

·注释·

〔1〕却赋：再赋，事见前《于中好》（小构园林寂不哗）篇"评析"。

〔2〕楹：一排为一楹，计算房屋之单位。

〔3〕"海鸥"二句：《列子·黄帝》载，古时海上有好鸥者，日从鸥鸟游。其父言："吾闻鸥鸟皆从汝游，汝取来吾玩之。"次日至海上，鸥舞而不下。后遂以"鸥"为远离机心之意象，故称"鸥鹭忘机"云。又，与鸥结盟喻退隐。陆龟蒙《酬袭美夏首病愈见招次韵》："除却伴谈秋水外，野鸥何处更忘机。"黄庭坚《登快阁》："此心吾与白鸥盟。"

〔4〕浮名：虚名。陆龟蒙《浮萍》："最无根蒂是浮名。"

〔5〕迟日：春日。《诗经·豳风·七月》："春日迟迟。"

〔6〕红牙曲：打红牙拍板唱曲。俞文豹《吹剑续录》："东坡在玉堂日，有幕士善歌，因问：'我词何如柳七？'对曰：'柳郎中词，只合十七八女郎，执红牙板，歌"杨柳岸晓风残月"；学士词须关西大汉，执铜琵琶、铁绰板，唱"大江东去"。'东坡为之绝倒。"

梅花书屋
少梅写

陈少梅——《梅花书屋图》

〔7〕"尘土"二句：即蕉鹿梦典故，出《列子·周穆王》。春秋时郑国樵夫打死一鹿，惧被人知，藏于土壕中，上覆蕉叶。后欲取鹿时，忘其所藏处，遂以为梦。归途向人说及此事，被一旁人听及，按所说而获此鹿。后以比喻世事如梦，并引申有得失无常、真假莫辨意。贡师泰《寄静庵上人》："世事同蕉鹿，人心类棘猴。"

〔8〕翻覆手：喻反复无常，权术多诡。杜甫《贫交行》："翻手作云覆手雨，纷纷轻薄何须数。"顾贞观《金缕曲》："魑魅搏人应见惯，总输他、覆雨翻云手。"

〔9〕棋局：喻世事如弈棋，变幻莫测。杜甫《秋兴八首》之四："闻道长安似弈棋，百年世事不胜悲。"

〔10〕耽闲殢酒：沉湎于闲情狂饮之中。辛弃疾《最高楼》："怎消除，须殢酒，更吟诗。"殢（tì），沉溺，滞留。

〔11〕些些：一些，一点，亦可作"好些，好多"解。元稹《赠崔元儒》："些些风景闲犹在，事事颠狂老渐无。"

· 评析 ·

　　康熙十八至十九年，性德筑"花间草堂"成，并赋《于中好》（小构园林寂不哗）一首以抒其志，并折简招顾贞观、张见阳等好友来此盘桓。对于这间草堂的来由，顾贞观在容若致张见阳手简后的跋语说得很清楚："'卿自见为朱门，贫道如游蓬户'——容兄因仆作此语，构此见招。"朱门、蓬户乃东晋高僧竺法深名言，载诸《世说新语》，那么容若其实是以"蓬户"之心处"朱门"了。其实早在三四年前，性德初见顾贞观，所赋《金缕曲》即有"德也狂生耳。偶然间，缁尘京国，乌衣门第"之言，其意略同。词开篇"问我何心"，此"心"已早有答案。

　　然而人生种种选择，并不总由自主。"可学得、海鸥无事，闲飞闲宿"？这第二个问号可见在作者的心底仍然抱有深深的疑惑和感喟。"百感"二句即承上言身心两矛盾状态。心已看透世情，身则仍羁束于尘俗。是自嘲，亦自答前文二问。"误东风"二句言浮名束身，耽误多少赏心乐事、良辰美景。"误"字看似轻倩，实则颇沉痛。故过片引入"蕉鹿梦"与"翻覆手"等感慨人生险恶、世事无常之类意象，反衬茅屋可以养"闲"之清境。"耽闲殢酒，消他薄福"，这一点"雪后谁遮檐角翠，雨余好种墙阴绿"的"薄福"当然不是什么很高的要求，但对文人来说也向来不易得。关键是在这纷扰的尘世，真的能"海鸥无事，闲飞闲宿"吗？严迪昌先生十余年前尝赐札谈"闲"："'闲'字诀为人生一境……'闲'乃华夏萃拔文化之母，一闲生百文。虽然，自中古以来，'闲'乃文人自救、自保，进而自娱、自立，原出于大痛苦，实置之绝地而后活之景观。但倘无此一闲，当无复有隐逸文化之属……往时颇有意撰一书，专言闲文化之史，憾者诸事营营，己身不闲，唯能俟之六六之后矣。他日如能手一编自孩提时即喜极之还珠《蜀山》，于茶烟飘渺中撰'闲文化文学史'，或亦人生之一乐。还珠笔下所展五光十色之剑气，大不闲之大观，然其功能则助人闲心思焉。其与陶彭泽、苏眉山之创获，以我观之，诚异曲同工者也。"

今手迹尚在，而先生之墓有宿草久矣，《闲文化文学史》亦成泡影，憾何如哉！

· 附读 ·

蓦山溪　姚华

春来何处，漠漠烟和雨。望眼入青冥，共翩跹、翔空轻羽。壮怀消尽，冷澹作溪山，天欲语，诗可谱。到纸愁成缕。　　三间茅舍，何问谁为主。翠墨染须眉，便瞬息、形骸尔汝。百年如梦，容易一声钟，昏又晓，今更古。往事都尘土。

满江红

代北燕南^[1]，应不隔、月明千里。谁相念、胭脂山^[2]下，悲哉秋气^[3]。小立乍惊清露湿，孤眠最惜浓香腻^[4]。况夜乌、啼绝四更头，边声[5]起。 销不尽，悲歌意；匀[6]不尽，相思泪。想故园今夜，玉阑谁倚。青海[7]不来如意梦，红笺暂写违心字。道别来、浑是不关心，东堂桂[8]。

· 注释 ·

〔1〕"代北"句:代北,代指代州,今山西大同、阳高一线长城内外。燕南,河北大兴(今属北京)地域,此或泛指。

〔2〕胭脂山:又名燕支山、焉支山,在今甘肃山丹县东南。西汉前属月氏,后为匈奴占领,《史记·匈奴传》:霍去病"将万骑出陇西,过焉支山千余里,击匈奴"。据传此山土石红如胭脂,或云产红蓝花可制胭脂,妇人用作妆饰,故名。杜审言《赠苏绾书记》:"知君书记本翩翩,为许从戎赴朔边。红粉楼中应计日,燕支山下莫经年。"

〔3〕悲哉秋气:宋玉《九辩》:"悲哉秋之为气也,萧瑟兮草木摇落而变衰。"

〔4〕浓香腻:任生《投曹文姬诗》:"莫怪浓香薰骨腻,云衣曾惹御炉烟。"

〔5〕边声:边境巡守警夜报时诸种声响,如胡笳、画角吹鸣等。蔡琰《胡笳十八拍》:"日暮风悲兮边声四起。"

〔6〕匀:此作"揩拭"解,略同"揾"。牛希济《酒泉子》:"纤手匀双泪。"

〔7〕青海:此非实指,泛言西北边塞。

〔8〕东堂桂:典出《晋书·郤诜传》:诜以对策上第,拜议郎,后迁官,晋武帝于东堂会送。问询曰:"卿自以为何如？"诜对曰:"臣举贤良对策,为天下第一,犹桂林之一枝,昆山之片玉。"后世遂以"桂林一枝"或"折桂"喻科第得意事,东堂桂则指称科甲鼎盛之家。此处以桂树指代家园。

· 评析 ·

　　本篇《饮水词笺校》《纳兰词笺注》皆据"代北"语系于康熙二十二年（1683）九、十月间扈从五台山途中,盛冬玲《纳兰性德词选》则定于前一年觇梭龙时。从词中多用西北地名而言,当以前者为是。

《满江红》向例以换头处四个三字句为词眼，本篇"销不尽，悲歌意；匀不尽，相思泪"亦是情绪最喷薄处。最委曲处则在末二句的"违心"语，本是念兹在兹，无时或忘，偏偏装作"浑是不关心"，正话反说，饶具韵致。

满江红

为问封姨[1]，何事却、排空卷地。又不是、江南春好，妒花天气[2]。叶尽归鸦栖未得，带垂惊燕[3]飘还起。甚天公、不肯惜愁人，添憔悴。　　搅一霎[4]，灯前睡；听半饷[5]，心如醉[6]。倩碧纱遮断，画屏深翠。只影凄清残烛下，离魂飘渺秋空里。总随他、泊粉与飘香[7]，真无谓。

·注释·

〔1〕封姨：原指风神，诗词中每指代狂风。唐郑还古《博异志》载：崔玄微月夜遇诸美人共饮，绯衣少女石醋醋得罪封家十八姨，封姨怒而去。次日晚诸女复来，言所居苑中屡遭恶风凌虐，求玄微于元旦立朱幡于苑东，以避风灾。后乃知诸女皆花精，封姨系风神。

〔2〕妒花天气：指暮春时节风雨不定天气。朱淑真《落花》："连理枝头花正开，妒花风雨便相催。"

〔3〕带垂惊燕：指帘幕飘起惊飞燕子。王僧孺《咏春诗》："径狭横枝度，帘摇惊燕飞。"

〔4〕一霎：一瞬间。冯延巳《蝶恋花》："红杏开时，一霎清明雨。"

〔5〕半饷：同半晌。见前《鬓云松令·咏浴》注释〔2〕。

〔6〕心如醉：《诗经·王风·黍离》："行迈靡靡，中心如醉。"

〔7〕泊粉、飘香：凋零于风雨中之落花。卢祖皋《江城子》："坠粉飘香，日日唤愁生。"

开篇即怨怼"封姨"，其实是怨怼"不肯惜愁人"的天公，也就是怨怼令自己憔悴漂泊的命运之手。本词堪称一篇小型的《秋风赋》，上片以归鸦失栖、惊燕去巢一路渲染"排空卷地"的秋风之薄情猛恶，下片渐渐过渡到悲凉孤另之心境。《满江红》一调换头处最为吃紧，"搅一霎，灯前睡；听半饷，心如醉"十二字也是本篇之词眼，至煞拍乃明揭"心如醉"之缘，发出一声自悯、自怜、亦自嘲之长叹。总体言之，本篇未能称佳，盖缺乏转圜、信息量较小之故也。

诉衷情

冷落绣衾谁与伴，倚香篝[1]。春睡起，斜日照梳头。欲写两眉愁[2]，休休。远山残翠收。莫登楼。

·注释·

[1] 香篝：见前《采桑子》(严宵拥絮频惊起)注释[5]。
[2] 两眉愁：韩偓《闺情》："一声声作两眉愁。"

·评析·

《诉衷情》，常见者为双调，四十四字，上片五句三平韵，下片六句三平韵，盖北宋时增益者。温庭筠创制者为单调，三十三字，五仄韵，六平韵。其词云："莺语，花舞，春昼午，雨霏微。金带枕，宫锦，凤凰帷。柳弱燕交飞，依依。辽阳音信稀，梦中归。"本篇所用为韦庄六平韵之变体，例词如："碧沼红芳烟雨静，倚兰桡。垂玉佩，交带袅纤腰。鸳梦隔星桥。迢迢。越罗香暗销。坠花翘。"分辨这些，意在指出本篇是又一篇步拟花间之作，韵味醇厚近古，除此之外则无大意义。

水调歌头　题西山秋爽图

空山梵呗^[1]静，水月^[2]影俱沉。悠然一境人外，都不许尘侵。岁晚忆曾游处，犹记半竿斜照，一抹界疏林。绝顶茅庵里，老衲正孤吟。　　云中锡^[3]，溪头钓，涧边琴。此生着几两屐^[4]，谁识卧游心。准拟乘风归去^[5]，错向槐安^[6]回首，何日得投簪^[7]。布袜青鞋^[8]约，但向画图寻。

·注释·

〔1〕梵呗：见前《菩萨蛮》（飘蓬只逐惊飙转）注释〔4〕。

〔2〕水月：佛家常用意象，此又实写画中景致。

〔3〕锡：僧人锡杖。李东阳《西山十首》（其六）："坐爱鸣弦清石上，仰看飞锡堕云中。"

〔4〕"此生"句：用阮孚故事。《世说新语·雅量》："阮遥集好屐……或有诣阮，见自吹火蜡屐，因叹曰：'未知一生当着几量屐'？神色闲畅。"两，本字为緉，《说文》："緉，履两枚也"。两、量犹今之"双"。辛弃疾《满江红》："佳处径须携杖去，能消几两平生屐。"

〔5〕乘风归去：苏轼《水调歌头》："我欲乘风归去。"

〔6〕槐安：槐安国、槐安梦之省称。李公佐《南柯太守传》载，东平淳于棼醉酒于古槐下，梦至大槐安国，国王招梦为驸马，使任南柯郡太守三十年。醒后依梦境掘开古槐，见槐下一大蚁穴，南枝一小蚁穴。后因以槐安梦故事喻人生如梦、富贵无常。

〔7〕投簪：丢下固冠用的簪子，比喻弃官。陆机《应嘉赋》："苟形骸之可忘，岂投簪其必谷。"

〔8〕布袜青鞋：杜甫《奉先刘少府新画山水障歌》："吾独胡为在泥滓，青鞋布袜从此始。"仇兆鳌注："此见画而思托身世外。"借指隐士或平民生活。

· 评析 ·

《西山秋爽图》,《笺校》以为高士奇《江村书画目》收有元人盛子昭所作《溪山秋爽图》, 性德所题, 或即此画。如此猜测要满足两个条件 : 第一, 高士奇只收藏过盛子昭一幅《溪山秋爽图》; 第二, 纳兰笔误, 将"溪"误书作"西"。

事实是, 高士奇并不仅收了一幅《溪山秋爽图》。现藏于台北故宫博物院的明人顾正谊万历乙亥年 (1575)所作《溪山秋爽图》亦一度为高士奇收藏, 图中有高氏题词云:"舍人《溪山秋爽图》, 笔墨闲静, 万壑千岩, 寒泉落木, 悬之北窗前, 六月忘暑。康熙辛巳仲夏记于清吟堂, 江村抱瓮翁高士奇。"而最著名的《溪山秋爽图》乃宋代马远手笔, 纳兰或也通过别的途径看过。不管纳兰看到了哪一幅《溪山秋爽图》, 我们以为, 他把"溪"误书为"西"的可能性都很小, 也就是说, 他题写的是《"西"山秋爽图》, 而不是上述任何一幅《"溪"山秋爽图》。至于《西山秋爽图》是谁所作, 面貌如何, 据现有资料, 已经无可稽考。

与前面的《满庭芳·题元人芦洲聚雁图》相比, 本篇要稍好一些。好在全篇确立了"何日得投簪"的主题, 一气贯通, 绝不涣散地做足文章。煞拍二句"布袜青鞋约, 但向画图寻"且大有怅然喟叹之意, 乃是并不热中的纳兰真实感情的吐露。能于题画中涵真情, 出远韵, 即佳。

水调歌头　题岳阳楼 [1] 图

落日与湖水,终古岳阳城。登临半是迁客 [2],历历数题名。欲问遗踪何处,但见微波木叶 [3],几篆打鱼罾 [4]。多少别离恨,哀雁下前汀。　　忽宜雨,旋宜月,更宜晴 [5]。人间无数金碧,未许著空明 [6]。淡墨生绡 [7] 谱就,待倩横拖一笔 [8],带出九疑〔9〕青。仿佛潇湘夜，鼓瑟旧精灵〔10〕。

·注释·

〔1〕岳阳楼：著名古城楼，相传三国吴鲁肃于此建阅兵台，唐开元四年（716）中书令张说谪守巴陵，即于阅兵台基础上建此楼。宋庆历五年（1045）滕子京守巴陵时重修，范仲淹撰《岳阳楼记》，遂使此楼名益著，后迭有兴废。

〔2〕迁客：遭贬被放之人。范仲淹《岳阳楼记》："迁客骚人，多会于此。"

〔3〕微波木叶：见前《采桑子·九日》注释〔3〕。

〔4〕罾（zēng）：捕鱼网，形似仰伞，以木棍或竹竿为支架。

〔5〕"忽宜雨"三句：浓缩《岳阳楼记》中"若夫霪雨霏霏，连月不开"至"把酒临风，其喜洋洋者矣"一节文字。

〔6〕"人间"二句：金碧，中国画颜料中的泥金、石青和石绿。凡用这三种颜料作为主色的山水画即称"金碧山水"，比"青绿山水"多泥金一色。又，泥金勾勒宫室楼阁居多，故"金碧"含富丽气息。空明，空旷澄澈，与"金碧"相对。

〔7〕生绡：未漂煮过的丝织品，古代多用以作画。韩愈《桃源图》："生绡数幅垂中堂。"

〔8〕"待倩"句：倩，通志堂本作"俏"，应为误植，据张纯修刻本等改。横拖，此指绘画技法。

〔9〕九疑：亦作"九嶷"，即九嶷山，在湖南省宁远县南。

〔10〕"仿佛"二句：屈原《远游》："使湘灵鼓瑟兮，令海若舞冯夷。"钱起据此敷衍《省试湘灵鼓瑟》："善鼓云和瑟，常闻帝子灵。冯夷空自舞，楚客不堪听。苦调凄金石，清音入杳冥。苍梧来怨慕，白芷动芳馨。流水传潇浦，悲风过洞庭。曲终人不见，江上数峰青。"

·评析·

　　中国文艺传统中历来有诗画一体之说，题画也即成为诗词写作一大宗，至清代而言志述情传统尤其向前大大推进一步。诸如

时在丁亥年季夏六月□为
相金仁兄先生法正
少梅陈少梅

陈少梅——《江山胜境图》

今释澹归"题骷髅图"词、郑燮等扬州八怪自题画诗词、大量题罗聘《鬼趣图》之诗词等等，其内蕴皆超迈前朝，拓开了全新局面。在诸多题画佳作中，纳兰这一首并不显得怎样突出，中规中矩而已。但在纳兰词中，笔致奇丽而又满含其特有的幽怨者，这是很有代表性的一篇。

词开篇即抓住落日、湖水两大明显特征。落日者，"朝晖夕阴，气象万千"也；湖水者，"衔远山，吞长江，浩浩汤汤，横无际涯"也。二者诚为"岳阳楼之大观"，由此亦引出"终古岳阳城"一句，即接上悠远的人文脉络。"登临"以下数句抒发怀古幽情，全用虚写，其"别离"二字稍嫌浮泛，至"哀雁下前汀"以景结之则含不尽之意。过片以排比句法檃栝《岳阳楼记》大段文章，上承前文而即转入题画主旨。"空明"二字即赞画技超逸，亦赞洞庭景观，一笔双写，颇饶匠心。"淡墨"二句实写作画程序，"带出"一句则虚写情境，虚实衔接甚妙。煞拍以《楚辞》及《省试湘灵鼓瑟》诗作结，点缀以"仿佛"二字，则题画之意豁然，极得体。

附读较容若稍长寿的早逝天才黄景仁之同调同题之作，供参看。

· 附读 ·

水调歌头 · 岳阳楼　黄景仁

岂是梦中到，始觉楚天长。轩皇张乐去后，太古别离场。一曲湘灵鼓罢，再听汜人歌尽，天老月荒荒。十二晚峰碧，万里瘴云黄。　龙锁脱，蛇骨断，蚌帆张。阴阴一片腥起，微带酒花香。不用凭轩流涕，只要朗吟飞去，倒影落潇湘。挥手谢时辈，千载定还乡。

天仙子　渌水亭秋夜

水浴凉蟾[1]风入袂，鱼鳞[2]蹙损金波碎。好天良夜[3]

酒盈尊，心自醉，愁难睡。西南月落城乌起[4]。

·注释·

〔1〕水浴凉蟾：谓月影映于水中。凉蟾，寒月。周邦彦《过秦楼》："水浴清蟾，叶喧凉吹。"

〔2〕鱼鳞：比喻水面细碎的波纹。白居易《早春西湖闲游》："小桥装雁齿，轻浪漾鱼鳞。"

〔3〕好天良夜：柳永《女冠子》："好天良夜，无端惹起，千愁万绪。"

〔4〕"西南"句：伏知道《从军五更转》其五："城乌初起堞。"城乌，城头上的乌鸦。

·评析·

"野色湖光两不分，碧云万顷变黄云。分明一幅江村画，着个闲亭挂西曛"，此性德《渌水亭》诗也。秋日闲亭，好天良夜，有酒盈尊，本该很惬意才对，纳兰公子则满怀莫名之愁，独坐至西南月落，天色侵晓。忧生？忧世？不必明说。这只是一幅心情速写，无端而来，倏然而去，莫可端倪，小令词如此写方妙。首二句稍嫌雕琢伤气。

·附读·

长相思·寻访纳兰祠　张力夫

千缕斜，万缕斜，古道空村载酒车。漫天飞柳花。　　春有涯，梦有涯，渌水亭边啼暮鸦。醉他王谢家。

天仙子

梦里蘼芜[1]青一剪，玉郎经岁音书远[2]。暗钟明月不归来，梁上燕，轻罗扇。好风又落桃花片。

〔1〕蘼芜：香草，叶可风干做香料。李时珍《本草纲目》："《别录》言，蘼芜一名江蓠，芎藭苗也。而司马相如《子虚赋》称'芎藭菖蒲，江蓠蘼芜'；《上林赋》云'被以江蓠，糅以蘼芜'，似非一物，何邪？盖嫩苗未结根时则为蘼芜。既结根后乃为芎藭；大叶似芹者为江蓠，细叶似蛇床者为蘼芜。如此分别，自明白矣。"传蘼芜可使妇人多子，而自乐府诗《上山采蘼芜》后，每为诗词中闺怨意象。

〔2〕"玉郎"句：顾敻《遐方怨》："玉郎经岁负娉婷，教人争不恨无情。"

· 评析 ·

本篇《清平初选后集》有题曰"闺思"，可见亦拟《花间》者。田茂遇称本篇"雅隽绝伦"（《清平初选后集》），陈廷焯称本篇"不减五代人手笔"（《词则·大雅集》），二语可以尽之。

· 附读 ·

蝶恋花　程颂万

窗外樱桃帘里燕，泣翠颦红，有个人同倦。六曲屏山春昼掩，好风吹落桃花片。　记得花前双笑脸，语软香低，暗绕回廊遍。搯破旧时红印浅，一枝枝上啼痕染。

天仙子

好在软绡红泪积〔1〕，漏痕斜罥菱丝碧〔2〕。古钗封寄玉关秋〔3〕，天咫尺，人南北。不信鸳鸯头不白〔4〕。

· 注释 ·

〔1〕"好在"句：用灼灼故事。杨慎《丽情集》："灼灼，锦城官中奴，善舞柘枝，能歌水调，御史裴质与之善。后裴召还，灼灼以软绡聚红泪

为寄。"好在，犹依旧，如故。

〔2〕漏痕：此句及下句言写信寄远。漏痕即屋漏痕，草书笔法之一，谓行笔须藏锋。周越《法书苑》："颜鲁公与怀素同学草书于邬兵曹，或问曰：'张长史见公孙大娘舞剑器，始得低昂回翔之状，兵曹有之乎？'怀素以古钗脚为对。"姜夔《续书谱·用笔》："屋漏痕，欲其横直匀而藏锋"。康有为《广艺舟双楫·缀法》："锥画沙、印印泥、屋漏痕，皆言无起止，即藏锋也"。罥（juàn）：挂，缠绕。菱丝碧：当指书写所用碧色绢帛。

〔3〕"古钗"句：庾信《竹杖赋》："玉关寄书，章台留钏。"古钗，即古钗脚，喻书法笔力遒劲。参见前注。韦续《书品优劣》："李阳冰书似古钗倚物，力有万夫。"玉关，即玉门关，泛指边塞。

〔4〕"不信"句：李商隐《代赠》："鸳鸯可羡头俱白。"

· 评析 ·

　　本篇《昭代词选》有题"古意"，亦常题拟古者。妙处在于前三句密晦，后三句疏朗，相映成趣，遂成古艳，佳作也。

· 附读 ·

菩萨蛮　郑文焯

小波秋冷夫容苑，鸳鸯头白花应见。山黛可怜颦，故宫眉样新。　　有人妆淡薄，缟袂垂深幕。青鸟莫飞来，报君双凤钗。

浪淘沙

　　紫玉拨寒灰[1]，心字[2]全非。疏帘犹是隔年垂。半卷夕阳红雨入，燕子来时。　　回首碧云西，多少心期。短长亭外短长堤[3]。百尺游丝千里梦[4]，无限凄迷。

· 注释 ·

〔1〕"紫玉"句：紫玉，紫玉钗。寒灰，香炉内已凉之灰烬。

〔2〕心字：见前《梦江南》（昏鸦尽）注释〔3〕。

〔3〕"短长"句：谭宣子《江城子》："短长亭外短长桥。"

〔4〕"百尺"句：李商隐《日日》："几时心绪浑无事，得及游丝百尺长。"

· 评析 ·

　　《浪淘沙》的句式为五四七七四，付之声情，即是"平—收—放—放—收"，极具跌宕顿挫之美感。纳兰喜用之，词集中多至十首，良有以也。十首之中，本篇不算上佳，但也不俗。首二句极写无憀情状，似从李清照《浪淘沙》"记得玉钗斜拨火，宝篆成空"句中化出。"疏帘"三句点化晏几道《临江仙》"酒醒帘幕低垂。去年春恨却来时。落花人独立，微雨燕双飞"词意。虽皆有所本，但融化得颇为高明。

　　下片极言"凄迷"之情，两处"短长"重复，"百尺""千里"连用，造出顺流直放、略无渟滀之声势，"无限"二字乃水到渠成。此所谓"说破之妙"。

· 附读 ·

临江仙·甲申春感　陈襄陵
花信难凭春意乱，一番一换心期。夕阳墙角袅游丝。昨宵微雨，净绿涨秋池。　　私语温存鸳枕畔，幽情生怕人知。梦中寻梦觉来迟。东风过后，红豆最相思。

浪淘沙　汤国梨
独上小楼西，风雨凄迷。余寒天气旧罗衣。茗碗药炉斟酌定，病也相宜。　　香冷已成灰，盼到春归。闲情且付与低徊。端赖夜长留梦住，玉漏休催。

浪淘沙

　　野宿近荒城，砧杵[1]无声。月低霜重莫闲行。过尽征鸿书未寄[2]，梦又难凭[3]。　　身世等浮萍，病为愁成。

寒宵一片枕前冰[4]。料得绮窗孤睡觉[5]，一倍关情。

·注释·

[1]砧杵：捣衣石和棒槌。亦指捣衣行为。深夜捣衣，是思妇不寐、远念亲人意象。

[2]"过尽"句：赵闻礼《鱼游春水》："过尽征鸿知几许，不寄萧娘书一纸。"

[3]"梦又"句：毛文锡《更漏子》："人不见，梦难凭。"

[4]"寒宵"句：刘商《古意》："风吹昨夜泪，一片枕前冰。"

[5]"料得"句：韩淲《桃源忆故人·杏花风》："睡觉绮窗清晓。绿遍池塘草。"绮窗，指女性居处。

·评析·

　　本篇应为行役途中寄内之作。开篇即是密集的意象，"野宿""荒城""砧杵""月""霜"……一路写去，由恶劣物候环境下的相思导出身世之感。煞拍又从闺中人的孤单关情映照自家的羁旅冷寂。短短数十字，瞻之在左，忽焉在右，大有段誉的"凌波微步"之妙。

·附读·

浪淘沙　郭麐
归雁已差参，何处疏砧。天涯憔悴旅人心。开到芙蓉无限好，只是秋深。　　推枕起沉吟，小簟轻衾。枫根可奈薄寒侵。又是一宵檐外雨，到晓沉沉。

浪淘沙　望海

　　蜃阙[1]半模糊，踏浪惊呼。任将蠡测笑江湖[2]。沐日光华还浴月[3]，我欲乘桴[4]。　　钓得六鳌无[5]，竿拂珊瑚[6]。桑田清浅问麻姑[7]。水气浮天天接水，那是蓬壶[8]。

·注释·

〔1〕蜃阙：海市蜃楼。沈括《梦溪笔谈》："登州海中时有云气，如宫室、台观、城堞、人物、车马、冠盖，历历可见，谓之'海市'。"

〔2〕"任将"句：蠡（lí）测，以瓠瓢测海水之量，喻见识短浅，难识全貌。《汉书·东方朔传》："以管窥天，以蠡测海。"笑江湖：《庄子·秋水》："秋水时至，百川灌河……河伯欣然自喜，以天下之美为尽在己。"及见大海，叹曰："吾长见笑于大方之家。"

〔3〕"沐日"句：《古诗源》卷一《禹玉牒辞》："祝融司方发其英，沐日浴月百宝生。"

〔4〕乘桴：《论语·公冶长》："道不行，乘桴浮于海。"桴（fú），小的竹、木筏子。

〔5〕"钓得"句：《列子·汤问》："渤海之东不知几亿万里，有大壑焉……其中有五山焉……常随波潮上下往还。……帝恐流于西极，失群圣之居，乃命禺彊使巨鳌十五举首而戴之。龙伯之国，有大人……一钓而连六鳌。"后以钓鳌喻远大抱负，豪迈举止。李白曾自署"钓鳌客"，其《相和歌辞·登高丘而望远》亦云："六鳌骨已霜，三山流安在。"

〔6〕"竿拂"句：杜甫《送孔巢父谢病归游江东兼呈李白》："诗卷长留天地间，钓竿欲拂珊瑚树。"

〔7〕"桑田"句：《神仙传·麻姑》："麻姑自说：接待以来，已见东海三为桑田。"

〔8〕蓬壶：传说中海中三仙山之一，即蓬莱山。

·评析·

　　此词当作于康熙二十一年扈驾东巡过山海关时。首二句写海边隐约见到海市之惊喜，切入"望海"之题。"任将"三句赞美大海宏伟瑰丽，油然生向往意。"我欲乘桴"四字已隐现"道不行"之意。故过片二句先诘问雄伟志向可否成真，而自答以"诗卷长留天地间，钓竿欲拂珊瑚树"之句，隐寓倦怠疏慵的出世情怀。末三句言在渺无涯际的海边，人世间沧海桑田都显得如此微不足道，可哪里又真的有海上仙山，能让人躲避这一切呢？看似飘逸的游仙情思中透现出羁缚重重的无奈心绪。世谈纳兰惊才绝艳，多看重其纯挚清远，往往忽略其胸次中一段雄奇高迈。此篇可觇见这一层面。

寿香社女词人王真（1904—1971）《风入松·初阳》一篇亦雄奇高迈、想驰天外者，可以附读。

· 附读 ·

风入松·初阳　王真

初阳好景上层檐，呼婢卷重帘。锦屏护处熏炉暖，爱天容、无限堆蓝。初晓鸡声犹倦，快晴衾语堪占。　　腾光出海揭金奁，寒气欲无纤。鱼龙岛屿都惊醒，看仙舟、安稳张帆。重海阴霾都息，古松千尺垂鬈。

浪淘沙

夜雨做成秋，恰上心头[1]。教他珍重护风流。端的为谁添病也，更为谁羞[2]。　　密意未曾休，密愿难酬。珠帘四卷月当楼[3]。暗忆欢期真似梦，梦也须留。

· 注释 ·

〔1〕"夜雨"二句：吴文英《唐多令·惜别》："何处合成愁，离人心上秋。"李清照《一剪梅》："此情无计可消除，才下眉头，却上心头。"
〔2〕"端的"二句：端的，此作"到底、究竟"解。元稹《莺莺传》引崔莺莺寄诗："不为旁人羞不起，为郎憔悴却羞郎。"
〔3〕"珠帘"句：曾觌《燕山亭·中秋诸王席上作》："四卷珠帘，渐移影、宝阶鸳甃。"

· 评析 ·

不喜纳兰词者，常有"清浅才人"之类贬语。此语需辩证看：

陈少梅——《嬉春图》（二）

第一，纳兰确有"清浅"处；第二，"清浅"常常并不碍其"才"，总比故作艰深而文其隘陋者好；第三，纳兰也常有看似脱口而出而实具匠心者，如本篇两处"为谁"连用，"密意""密愿"连用，两个"梦"字顶针连用，如此锦心绣口，是刻意经营的结果，大有回旋，似不能以"清浅"目之。

· 附读 ·

罗敷媚　潘飞声
朝来悄把红窗启，见汝梳头。见汝回眸。轻卷罗帏挂玉钩。　　晚来悄把红窗掩，为我勾留。为我含羞。道是良缘却种愁。

浣溪沙　袁克文
尽日帘栊不上钩，黄昏过了未梳头。初灯残梦正当楼。　　明月不知何处有，闲身安得此中休。那堪临去几回眸。

浪淘沙

红影湿幽窗，瘦尽春光。雨余花外却斜阳[1]。谁见薄衫低髻子，抱膝思量[2]。　　莫道不凄凉，早近持觞[3]。暗思何事断人肠。曾是向他春梦里，瞥遇回廊[4]。

· 注释 ·
〔1〕"雨余"句：温庭筠《菩萨蛮》："雨后却斜阳，杏花零落香。"
〔2〕"抱膝"句：白居易《寒食夜》："抱膝思量何事在。"
〔3〕持觞：举杯。
〔4〕"瞥遇"句：王彦泓《瞥见》："花影长廊瞥见时。"

· 评析 ·
　　因为偶尔瞥见那个薄衫低髻子的人，从此抱膝思量，不能忘情，只能独持酒杯，黯然伤怀。这般情境难免令人想起《传奇》

歌词的开篇："只是因为在人群中多看了你一眼，再也没能忘掉你容颜。梦想着偶然能有一天再相见，从此我开始孤单思念。"两者何其相似乃尔！想来当时唱起纳兰这首词，大约就是我们今天听《传奇》的感觉吧！

·附读·

添字采桑子　赵我佩
绣衾不暖炉烟冻，剔却银釭。卸罢残妆。蓦见隔帘斜月影，上回廊。　　坠欢重省浑如梦，没个思量。枉费端详。细数别来多少事，断人肠。

浪淘沙　潘飞声
　　　长相思室夜坐感赋。室即亡妇梁佩琼所居红芳馆，丁亥闰四月悼亡，因取苏子卿死当长相思句，改颜其室。
孤影冷幽窗，愁别银釭。怕看遗卷在空床。案上瓶花开落尽，谁写红芳。　　风景太凄凉，旧句思量。记曾柳外倚回廊。何必春阴肠断也，愁杀秋光。

琵琶仙·题桃花便面　冒广生
瘦尽春光，便花也、未必能消人恨。应有清夜蟾蜍，相思泪同迸。三二月、西湖万绿，软红熟、一枝娇靓。前度刘郎，再来崔护，情话休问。　　料量着、诗思琴心，趁凉月、雕栏影双并。何事问消寻息，总东风无准。千万错、当时返棹，锁洞云、难觅仙境。想见人面于今，也羞愁病。

浪淘沙

眉谱待全删[1]，别画秋山。朝云渐入有无间[2]。莫笑生涯浑似梦[3]，好梦原难。　　红咮[4]啄花残，独自凭阑。月斜风起袷衣单。消受春风都一例，若个[5]偏寒。

·注释·

[1] 全删：全不采用。
[2] "朝云"句：朝云，巫山神女名，见前《江城子·咏史》注释[3]。
[3] "莫笑"句：李商隐《无题》："神女生涯原是梦。"

〔4〕"红咮"句：温庭筠《咏山鸡》："红嘴啄花归。"咮（zhòu），鸟嘴。
〔5〕若个：哪个。

· 评析 ·

　　这也是一首无端而来、倏然而去的词，表面上看，只是速写一个女子心情而已，但仔细品读，则能领略到一些别样的滋味。"眉谱待全删，别画秋山"，一个"全"字写出决绝，一个"别"字则透出掉臂独行的个性。至于"莫笑"二句，更是犹如画出了嘴角边冷峭的微笑。下片"独自凭阑"的孤栖，"若个偏寒"的怨怼，都弥漫出一种倔强不从流俗的韵味。那么，为这个女孩子所作的几笔素描何尝不是纳兰自己"处雀喧鸠闹之场而肯为此冷淡生活"（容若《与梁药亭书》）之心情的有意无意的表呈？容若填词时或者"未必然"，然而读者又"何必不然"，多一分弦外之音、味外之味，岂不甚佳？

· 附读 ·

菩萨蛮·四月十九日薄暮即事　龚自珍
文窗花雾凄然绿，侍儿不肯传银烛。楼外月昏黄，口脂闻暗香。　　新来情性敏，未肯偎罗袖。此度袷衣单，蒙他讯晚寒。

昭君怨　冒广生
记得长廊旧地，六曲阑干同倚。微笑现云涡，数春螺。　　今夜此情谁说，少了淡黄眉月。密露菊花寒，袷衣单。

浪淘沙　张伯驹
香雾湿汍澜，乍试衣单。小楼消息雨珊珊。斜卷珠帘人病起，无奈春寒。　　愁思已无端，又减华颜。年年几见月团圆。燕子不来花落去，莫倚阑干。

浪淘沙

　　闷自剔残灯，暗雨空庭。潇潇已是不堪听。那更西风偏著意，做尽秋声〔1〕。　　城柝〔2〕已三更，欲睡还醒。

薄寒中夜掩银屏。曾染戒香^{〔3〕}消俗念，莫又多情。

·注释·

〔1〕"做尽"句：李雯《鹊踏枝·落叶》："惨碧愁黄无气力，做尽秋声，砌满阑干侧。"

〔2〕城柝（tuò）：城上巡夜所敲木梆。

〔3〕戒香：佛教谓戒律能涤除尘世的污浊，故以香喻。亦指所燃之香。张公礼《龙藏寺碑》："戒香恒馥，法轮常转。"司空图《为东都敬爱寺讲律僧惠确化募雕刻律疏》："启秘藏而演毗尼，熏戒香以消烦恼。"

·评析·

　　自开篇以下一路尚可，煞拍忽阑入"戒香""俗念"等语，顿煞风景不少。佛禅语非不能入诗词，在乎运用，本篇是弄巧成拙者。

·附读·

浪淘沙·和容若韵　陈维崧
凤胫卷残灯，抹丽中庭。临歧摘阮要人听。不信一行金雁小，有许多声。　　今夜怯凉更，茶沸笙瓶。梦中梦好怕他醒。依旧刺桐花底去，无限心情。

南乡子·秋夜寄怀维衍　黄景仁
生怕数秋更，况复秋声彻夜惊。第一雁声听不得，才听，又是秋蛩第一声。　　凄断梦回程，冷雨愁花伴小庭。遥想故人千里外，关情。一样疏窗一样灯。

浪淘沙　汪承庆
孤馆晚寒侵，人抱秋心。蕊珠消息怅青禽。落叶阶前堆一寸，可比愁深。　　弦绝更无音，扑碎瑶琴。泪花绣遍旧罗襟。昔日柔肠先已断，莫说而今。

浪淘沙

双燕又飞还，好景阑珊。东风那惜小眉弯^{〔1〕}。芳草绿波吹不尽，只隔遥山。　　花雨忆前番，粉泪偷弹。倚楼谁与话春闲。数到今朝三月二〔2〕，梦见犹难。

·注释·

〔1〕小眉弯：李珣《南乡子》："双髻坠，小眉弯。"此谓女子愁态。

〔2〕三月二：旧以三月三为上巳日，前后有水边饮宴、郊外游春之俗。

·评析·

　　煞拍"数到今朝三月二，梦见犹难"二句最耐玩味，盖三月三上巳实为古代之"情人节"，士女倾城出游，去年曾在众中一瞥，今年却"梦见犹难"，个中况味真是不易排遣！从此而言，小词所调度出的心理曲线是非常曲折、引人遐思的。全篇语词亦俊，惟"粉泪偷弹"四字近俗，大败意兴。明清之际词人如李雯、吴伟业等每有此种手笔，亦明季酿就之一种风气也。

·附读·

南楼令　谢玉岑

虬箭响初残，归桡惊夜阑。理残妆、还启屏山。纵道有情春样暖，也凉了、藕花衫。　　薄晕起涡圆，恨肩恣意看。更关心、泥问加餐。指点天边蟾月说：今日可，放眉弯？

双调南柯子　白敦仁

会意知凭眼，妨嫌莫并肩。十分打叠向春妍，几度薄羞浅恨、更无言。　　酒失憎应惯，琴心理又难。任人看画小眉弯，知道者般新样、定郎怜。

唐多令·立春　陈永正

钗上忆春幡，新丝缭翠鬟。只修眉、远似云山。便掩琐窗重与画，料难耐，到春残。　　晨起卷帘看，花风吹悴颜。枕函边、旧渍新斑。何况西园红满路，双燕子，又飞还。

浪淘沙

清镜上朝云，宿篆[1]犹熏。一春双袂尽啼痕。那更夜来山枕侧，又梦归人。　　花底病中身，懒约湔裙。待寻闲事度佳辰。绣榻重开添几线，旧谱[2]翻新。

·注释·

〔1〕宿篆：燃了整夜的香。李复《彦桓奉檄将行，同饭素于龙泉寺》："古殿香寒消宿篆，晴林叶暗退残红。"

〔2〕谱：此指绣谱。

·评析·

　　常见的闺思题材，笔法则颇具匠心。盖"思"字仅用"啼痕"轻轻逗出，以"那更"二句直写，其他句子皆宕开写"闺"中之无聊懒散。看似"闺"多"思"少，然"闺"中种种，无不是"思"。如此写法，深得烘云托月之妙。

南楼令

金液镇心惊[1]，烟丝似不胜[2]。沁鲛绡、湘竹无声[3]。不为香桃怜瘦骨[4]，怕容易，减红情[5]。　　将息报飞琼，蛮笺署小名[6]。鉴凄凉、片月三星[7]。待寄芙蓉心上露[8]，且道是，解朝醒[9]。

·注释·

〔1〕"金液"句：谓以药使病人心神安稳。王彦泓《述妇病怀》："难凭银叶镇心惊，侍女床前不敢行。"金液，古代方士所炼丹液，谓服之可

成仙。《汉武内传》："其次药有九丹金液，紫华红英，太清九转五雪之浆。"葛洪《抱朴子·金丹》："金液，太乙所服而仙者也，不减九丹矣。"

〔2〕"烟丝"句：谓病人如风中柳条般怯弱难支。

〔3〕"沁鲛绡"句：谓病人默然拭泪。鲛绡，传说中鲛人所织之绡，亦借指薄绢、轻纱。任昉《述异记》："南海出鲛绡纱，泉室潜织，一名龙纱。其价百余金，以为服，入水不濡。"湘竹，斑竹。张华《博物志》："尧之二女，舜之二妃，曰'湘夫人'，舜崩，二妃啼，以涕挥竹，竹尽斑。"

〔4〕"不为"句：隐汉武帝求仙桃长生故事，此喻求药方。李商隐《海上谣》："海底觅仙人，香桃如瘦骨。"

〔5〕红情：春日艳丽景色，常喻指女子容色。

〔6〕"将息"二句：言作书致女仙，祈求将病人从天上放归。将息，养息、休息。飞琼，许飞琼，女仙名。《太平广记·女仙》载：唐进士许瀍得大病，不知人事，至三日，蹶然而起，取笔大书于壁曰："晓入瑶台露气清，坐中唯有许飞琼。尘心未尽俗缘在，十里下山空月明。"书毕复寐。明日又惊起，改第二句曰"天风飞下步虚声"。言曰："昨梦到瑶台，有仙女三百余人……内一人云是许飞琼，遣赋诗。及成，又令改曰：不欲世间人知有我也。"蛮笺，唐时高丽纸的别称，亦指蜀地所产名贵彩色笺纸，此代指信。

〔7〕片月三星：谓一片痴心应得上天明鉴。秦观《南乡子》："天外一钩残月、带三星。"此处一钩三点形态暗指心字。释函可《心》："一钩新月挂三星。"

〔8〕"待寄"句：吴文英《齐天乐》："芙蓉心上三更露，茸香漱泉玉井。"王仁裕《开元天宝遗事》："贵妃每宿酒初消，多苦肺热。尝凌晨独游后院，傍花树以手攀枝，口吸花露，藉其露液润于肺也。"

〔9〕解朝醒：醒，似当为"醒"，朝醒谓宿酒未醒，此喻病人昏睡之态。合以上句，言愿乞仙露使病人苏醒。

·评析·

　　此容若爱妻卢氏病重时作，就词而言，未可称佳，论其深情，则不啻荀奉倩一流。《世说新语·惑溺》篇云："荀奉倩与妇至笃。冬月妇病热，乃出中庭自取冷，还以身熨之。妇亡，奉倩后少时亦卒。""至笃"相类,"亦卒"之结局亦相类。人世间固有此一种"惑溺"也,能不令人喟然!

·附读·

喝火令　谢章铤
梦好原无据,愁多夜屡醒。对人无赖远山青。最是酒阑灯炧,小胆怯凄清。　河汉三千里,更筹二五声。几番憔悴可怜生。为汝焚香,为汝写心经,为汝素来多病,减算祝双星。

浣溪沙　黄侃
黄竹歌成尚有情,瑶池谁见许飞琼。筵前仿佛记幽盟。　青鸟信乖添别恨,金钗恩重是前生。怜君憔悴为倾城。

南楼令　塞外重九

古木向人秋[1],惊蓬掠鬓稠[2]。是重阳、何处堪愁。记得当年惆怅事,正风雨,下南楼。　断梦几能留,香魂[3]一哭休。怪凉蟾、空满衾裯[4]。霜紧乌啼浑不睡[5],偏想出,旧风流[6]。

·注释·

[1]秋:凋敝肃杀貌。刘禹锡《经檀道济故垒》:"万里长城坏,荒营野草秋。"

[2]"惊蓬"句:惊蓬,被风卷吹的蓬草。吕温《风叹》:"青海风,飞沙射面随惊蓬。"稠,紧密,此言风紧。

[3]香魂:喻妻之亡魂。温庭筠《过华清宫》:"艳笑双飞断,香魂一哭休。"

[4]"怪凉蟾"句:凉蟾,此指月光,参见前《天仙子·渌水亭秋夜》注释[1]。衾裯(chóu),被褥。《诗经·召南·小星》:"抱衾与裯。"毛《传》:"衾,被也。裯,禅(单)被也。"又,郑玄《笺》:"裯,床帐也。"

[5]"霜紧"句:陆琼《玄圃宴各咏一物须筝诗》:"鹤别霜初紧,乌啼

月正悬。”

〔6〕旧风流：指往日重阳之情事。

· 评析 ·

严迪昌先生据《康熙起居注》指出本篇系于康熙十六年
（1677）者误，应作于康熙二十一年（1682）赴梭龙侦察时，精
切可从。

作为悼亡之词，本篇情致依然可感，但"惊蓬掠鬓稠"的"稠"
字凑韵，"断梦""香魂"云云亦终觉不俊，未可称佳。

生查子

短焰剔残花〔1〕，夜久边声〔2〕寂。倦舞却闻鸡〔3〕，暗
觉青绫湿〔4〕。　　天水接冥蒙，一角西南白。欲渡浣花溪〔5〕，
远梦轻无力。

· 注释 ·

〔1〕残花：将熄之灯花。

〔2〕边声：见前《满江红》（代北燕南）注释〔5〕。

〔3〕"倦舞"句：用祖逖、刘琨闻鸡起舞事。见前《满庭芳》（堠雪翻鸦）
注释〔4〕。

〔4〕青绫：青绫被。见前《相见欢》（微云一抹遥峰）注释〔2〕。

〔5〕浣花溪：在成都市西南，因杜甫旧居而闻名。

· 评析 ·

本篇《饮水词笺校》以为是康熙十五年容若新举进士、急欲
请缨川陕前线而未得允准时作，其说有据可从。词中用祖逖、刘
琨事，"天水冥蒙"之语亦具豪情，然"青绫湿""轻无力"等毕

竟气弱。才子之笔诚然可赏也，于其"三不朽"之"立功"情怀似不必过于认真。

生查子

惆怅彩云飞，碧落知何许。不见合欢花，空倚相思树[1]。　　总是别时情，那待分明语。判得最长宵，数尽厌厌雨[2]。

·注释·

[1]"空倚"句：陆龟蒙《齐梁怨别》："不知兰棹到何山，应倚相思树边泊。"

[2]"数尽"句：张表臣《蓦山溪》："楼横北固，尽日厌厌雨。"厌厌，绵长不绝貌。

·评析·

"数厌厌雨"已经孤寂可怜，何况数"尽"厌厌雨？又何况在"最长宵"数尽厌厌雨？又何况甘心承受（判得）在"最长宵"数尽厌厌雨？此十个字含四层意，层峦叠嶂，特耐寻味。词体婉曲之妙，溢于言表。

·附读·

临江仙　王鹏运

记得朝回花底日，水晶帘外寒轻。支离病骨怯相迎。情多词转蹇，辛苦为分明。　　寂寞绣帷香篆冷，而今谁复卿卿。房栊犹是暗尘生。好春容易过，夜雨等闲听。

生查子

东风不解愁[1]，偷展湘裙衩[2]。独夜背纱笼，影著纤腰画〔3〕。　　　爇尽水沉烟，露滴鸳鸯瓦。花骨冷宜香，小立樱桃下。

·注释·

〔1〕"东风"句:欧阳修《玉楼春》:"闲愁一点上心来,算得东风吹不解。"
〔2〕"偷展"句:高明《琵琶记·强就鸾凰》:"湘裙展六幅,似天上嫦娥降尘俗。"湘裙,古代女子所着细裥裙,打有密褶而宽大曳地,因行动时款款如水纹得名。李群玉《同郑相并歌姬小饮戏赠》:"裙拖六幅湘江水。"衩,服装下摆开口。与裙连用时为偏义副词,仅取"裙"义。
〔3〕"独夜"二句:谓女子面向灯笼站立,背对着人,灯光勾勒出纤腰轮廓。

·评析·

　　晏几道有同调词:"金鞭美少年,去跃青骢马。牵系玉楼人,绣被春寒夜。　　消息未归来,寒食梨花谢。无处说相思,背面秋千下。"本篇即大似小晏手笔,而作意、字法均较生新,从而将小晏之自然略变陡峭,别具滋味。

生查子

　　鞭影落春堤,绿锦鞴泥〔1〕卷。脉脉逗菱丝,嫩水吴姬眼〔2〕。　　啮膝带香归〔3〕,谁整樱桃宴〔4〕。蜡泪恼东风〔5〕,旧垒眠新燕。

·注释·

〔1〕鞴泥:马鞯,因垫在马鞍下,垂于马腹两侧以挡尘土,故称。
〔2〕"嫩水"句:言春水明净如吴姬眼波。嫩水,春水。薛能《吴姬》:"眼波娇利瘦岩岩。"方千里《浣溪沙》:"嫩水带山娇不断。"

〔3〕"啮膝"句:谓马踏春归,用"春风得意马蹄疾(孟郊《登科后》)"及"踏花归去马蹄香"句意。啮膝,良马名。杜甫《清明》:"渡头翠柳艳明眉,争道朱蹄骄啮膝。"仇兆鳌注引应劭曰:"马怒有余气,常啮膝而行也。"

〔4〕"谁整"句:整,安排,料理。樱桃宴,科举时代庆贺新进士及第的宴席。始于唐僖宗时。王定保《唐摭言·慈恩寺题名游赏赋咏杂纪》:"新进士尤重樱桃宴。乾符四年,永宁刘公第二子覃及第……独置是宴,大会公卿。时京国樱桃初出,虽贵达未适口,而覃山积铺席,复和以糖酪者,人享蛮榼一小盘,亦不啻数升。"

〔5〕"蜡泪"句:谓烛焰摇曳,如被东风所逗弄。

· 评析 ·

《饮水词笺校》以为本篇是纳兰新举进士春游之作,是。全篇笔致轻快,"脉脉"二句尤其写出少年风流得意,纳兰笔下罕见,然而著"蜡泪"一句,毕竟不能免"女郎词"之嫌。

生查子

散帙[1]坐凝尘,吹气幽兰并[2]。茶名龙凤团[3],香字鸳鸯饼[4]。玉局类弹棋[5],颠倒双栖影[6]。花月不曾闲,莫放相思醒。

· 注释 ·

〔1〕"散帙"句:专心读书之貌。散帙,打开书帙,亦借指读书。《昭明文选·谢灵运〈酬从弟惠连〉》:"凌涧寻我室,散帙问所知。"刘良注:"散帙,谓开书帙也。"凝尘,积聚的尘土。《晋书·简文帝纪》:"帝……留心典籍,不以居处为意,凝尘满席,湛如也。"

〔2〕"吹气"句:《洞冥记》:"武帝所幸宫人名丽娟,年十四,玉肤柔软,吹气胜兰。"

〔3〕龙凤团：宋时制圆饼形贡茶，上有龙凤纹。王辟之《渑水燕谈录·事志》："建茶盛于江南，近岁制作尤精，龙凤团茶最为上品，一斤八饼。庆历中……始造小团以充岁贡，一斤二十饼，所谓上品龙茶者也……宫人剪金为龙凤花贴其上……以为奇玩。"欧阳修《归田录》卷二："茶之品，莫贵于龙凤，谓之团茶。"

〔4〕鸳鸯饼：古代熏香常用香料所制之饼，鸳鸯饼应为其中一种形制。

〔5〕"玉局"句：弹棋，古代博戏之一，《后汉书·梁冀传》章怀注云："弹棋，两人对局，白黑棋各六枚，先列棋相当，更先弹也。其局以石为之。"徐广《弹棋经后序》："建安中曹公执政，禁阑幽密，至于博弈之具皆不得妄置宫中。宫人因以金钗玉梳，戏于妆奁之上，即取类于弹棋也。"故云"类"。贺铸《南乡子》："玉局弹棋无限意。"

〔6〕"颠倒"句：谓栖鸟之影颠倒映于棋盘之上。

·评析·

　　此阕雅艳得宜，宫词本色，无须赘说，可说者"鸳鸯饼"耳。明明是很简单的形制，《刘瑞明文史述林》则有匪夷所思之别解："'香字鸳鸯饼'的内部结构实际是：香字鸳鸯·饼。不是说焚的香是形似鸳鸯的饼，而是说：所焚香饼的烟，曲折如篆字，袅袅远扬，即'鸳鸯'只能是'远扬'的谐音。"牵强附会，不足取。

忆桃源慢

　　斜倚熏笼，隔帘寒彻，彻夜寒于水。离魂何处，一片月明千里。两地凄凉多少恨，分付药炉烟细。近来情绪，非关病酒[1]，如何拥鼻[2]长如醉。转寻思、不如睡也，看道夜深怎睡。　　几年消息浮沉，把朱颜、顿成憔悴。纸窗风裂，寒到箇人衾被。篆字香消灯焰冷，忽听塞鸿嘹唳[3]。加餐千万，寄声珍重，而今始会当时意。早催人、一更更漏，残雪月华满地。

拟宋人雪景 肪友嘱 少梅陈云彰

陈少梅——《雪霁图》

〔1〕"近来"二句：李清照《凤凰台上忆吹箫》："新来瘦，非干病酒，不是悲秋。"病酒，饮酒沉醉。

〔2〕拥鼻：《晋书·谢安传》："安本能为洛下书生咏，有鼻疾，故其音浊，名流爱其咏而弗能及，或手掩鼻以效之。"后以"拥鼻吟"指用雅音曼声吟咏。张公庠《晚春途中》："拥鼻微吟半醉中。"

〔3〕"忽听"句：李绅《宿扬州》："嘹唳塞鸿经楚泽。"嘹唳，形容声音响亮凄清。

·评析·

　　《饮水词笺校》以为是怀念友人之作，作期在康熙十七年以前，是。全篇以"寒"字起兴，并以"熏笼""纸窗""残雪""月华"等意象一路皴擦渲染，托映孤寂忐忑状态，从而加深"相思君子，吁嗟万里"（欧阳詹《有所恨》句）的情怀。就词而言，将此一意铺排到底，少转换升华，未能称佳。

青衫湿遍〔1〕　悼亡

　　青衫湿遍，凭伊慰我，忍便相忘。半月前头扶病〔2〕，剪刀声、犹在银缸〔3〕。忆生来、小胆怯空房〔4〕。到而今、独伴梨花影，冷冥冥、尽意凄凉。愿指魂兮识路，教寻梦也回廊。　　咫尺玉钩斜〔5〕路，一般消受，蔓草残阳。判〔6〕把长眠滴醒，和清泪、搅入椒浆〔7〕。怕幽泉、还为我神伤。道书生、薄命宜将息〔8〕，再休耽、怨粉愁香〔9〕。料得重圆密誓，难禁寸裂柔肠。

〔1〕此调又名《青衫湿》，系纳兰自度曲，专为悼亡而谱，取意白居易《琵琶行》："座中泣下谁最多，江州司马青衫湿。"

〔2〕扶病：带病勉强做事。白居易《缚戎人》："扶病徒行日一驿。"

〔3〕银缸：银制灯台，指代灯。

〔4〕"小胆"句：常理《古别离》："小胆空房怯，长眉满镜愁。"前《南乡子·捣衣》亦有"支枕怯空房"句。

〔5〕玉钩斜：扬州地名，隋炀帝葬宫人处，此指墓地。

〔6〕判：同"拚"，甘愿。

〔7〕椒浆：古时用以祭奠之酒，浸椒于其中，故名。《楚辞·九歌·东皇太一》："奠桂酒兮椒浆。"

〔8〕将息：调养，休息，与前《荷叶杯》（帘卷落花如雪）"将息"意异。李清照《声声慢》："乍暖还寒时候，最难将息。"

〔9〕怨粉愁香：为儿女情而伤感之心绪。王沂孙《金盏子》："厌厌地、终日为伊，香愁粉怨。"

· 评析 ·

容若爱妻卢氏因难产病逝于康熙十六年五月三十日，本篇有"半月前头扶病，剪刀声、犹在银缸"句，则应作于六月中，可能为作者大宗悼亡词作的第一篇。

叶舒崇《皇清纳腊氏卢氏墓志铭》有云："抗情尘表，则视若浮云；抚操闺中，则志存流水。于其殁也，悼亡之吟不少，知己之恨尤多。"历来公认最能言中容若伉俪深情。故词开篇三句即提出"慰我"二字，以示非一般之伤悼，其中固自有知己难再之心声。"半月前头"以下俱为细节描写。扶病裁剪，其人贤淑可知；小胆怯空房，其人柔弱可想。然而空房尚且害怕，如今却成为飘荡的精灵，独自与梨花影相随相伴了！多么期望自己能指示魂魄归来之路，或许她就不会那样孤单恐惧吧。上片以"愿指魂兮识路，教寻梦也回廊"作小结，真乃一字一泪。青衫湿遍，非虚言也。

过片"咫尺"三句指卢氏棺枢暂厝之处近邻宫娥葬地，从"咫尺""一般消受"可知意在凸现"冷冥冥、尽意凄凉"氛围，触目之处，自是倍感伤情。由墓地而想到"长眠"，而祈祷自己的泪水和薄酒能把"长眠滴醒"。情深至此，令人难复为言。"怕幽泉"以下数句从地下之亡妻设想其嘱托语，大抵亦为卢氏生前叮嘱语。虽含宽慰意，然愈宽慰，则地上地下，伤心愈剧。故结句又转一层，亡妻在地下念及"重圆密誓"今生已无望，必是柔肠寸断。然而生死事大，其故渺茫，真感受到断肠滋味的难道不正是词人自己吗？

《青衫湿遍》为性德自度曲，其间或有爱妻新丧，伤心欲绝，不容于雕章琢句之故。然也因为其情深而且真，则文字的节奏亦随着情感的自然流转起伏跌宕，形成一种特别的韵味。故周之琦称这首自度曲"虽非宋贤遗谱，其音节有可述者"。周氏《怀梦词》续奏此调后，又有王拯、王鹏运、况周颐、张尔田、徐珂等踵事之，潘飞声、何振岱之作亦痕迹宛然，俱可称情辞双胜，直欲分纳兰之席，应附于后。

· 附读 ·

青衫湿遍　周之琦

　　道光己丑夏五，余有骑省之戚，偶效纳兰容若词为此，虽非宋贤遗谱，音节有可述者。

瑶簪堕也，谁知此恨，只在今生。怕说香心易折，又争堪、烬落残灯。忆兼旬、病枕惯懵腾。看宵来、一样恹恹睡，尚猜他、梦去还醒。泪急翻嫌错莫，魂销直恐分明。　　回首并禽栖处，书帏镜槛，怜我怜卿。暂别常忧道远，况凄然、泉路深扃。有银笺、愁写瘗花铭。漫商量、身在情长在，纵无身、那便忘情。最苦梅霖夜怨，虚窗递入秋声。

青衫湿遍　王拯

　　辛酉八月，归自溧阳，适遭施淑人丧。襄见纳兰容若此调，尝为金梁外史所谱，窃亦效颦，不知两君情况视我何如也。

菱花破也，依然噩梦，潦草霜晨。不道西风倦羽，撄归来、并影鸾分。感黔娄、身世总难论。只青山、有约偕归处，待白头、长对如宾。禁得孤生暮景，重伤弱草轻尘。　　痴绝石麟空祷，灵萱佩影，愁带三春。那识江潭摇落，又凄凉、殢荦含黉。赁东华、百故恨长贫。算从头、十八年间事，到今宵，一一凄神。断送瑶华倩影，支离末了残魂。

青衫湿遍　王鹏运

> 八月三日，谯君生朝也。岁月不居，人琴俱往。纳兰容若往制此调，音节凄婉，金梁外史、龙壁山人皆拟之，伤心人同此怀抱矣。

中秋近也，年时枨触，双笑行觞。记得木樨香里，倚青奁、特换明妆。更喁喁、吉语祝兰房。愿年年、花好人同健，醉花阴、不羡鸳鸯。谁信皋桥赁庑，飘零天壤王郎。　　任是他生能卜，也难禁得、此际神伤。二十三年断梦，霜侵鬓、谁念无肠。看依然、儿女拜成行。只不堪、衰草斜阳外，酹棠梨、泪血沾裳，明月无端弓势，宵来空照流黄。

青衫湿遍　况周颐

> 五月二十四日，宣武门西广西义园视亡儿小羊墓。是日为亡姬桐娟生日。

空山独立，年时此日，笑语深闺。极目南云怅断，近黄昏、生怕鹃啼。料玉扃、幽梦凤城西。认伶俜、三尺孤坟影，逐吟魂、绕遍棠梨。念我青衫痛泪，怜伊玉树香泥。　　我亦哀蝉身世，十年恩眷，付与斜晖。况复相如病损，悲欢事、咫尺天涯。倘人天、薄福到书痴。便菱花、长对春山秀，祝兰房、小语牵衣。往事何堪记省，疏钟惨度招提。

青衫湿遍　徐乃昌

> 乙未十月十七日筑亡室刘恭人墓于南陵城西。廿九日为恭人忌日，因效容若，感谱此阕，不自知其音之凄楚也。

玉钗恩断，年年此日，恨有谁知。几度零风剩雨，冒空山、恍入灵旗。听秋坟、空唱鲍家诗。镇无聊、一枕恹恹病，惹回肠、九曲难支。纵复泪无干土，争禁蜡已成灰。　　为忆那回残梦，一灯官阁，絮语低迷。犹祝郎君远道，须珍护、何事含悲。到而今、墓草渐蔓蔓。惨人天、终古成长别，抚新碑、和泪亲题。还念香魂寂寞，他年补种妆梅。

青衫湿遍　张尔田

> 余初娶于舅氏，妇陈结缡甫五月，昙花遽遗，榇尚旅殡吴淞十五年。断梦夜长，追忆黯然销魂矣。纳兰容若往制此，谓写黄门之哀，龙壁山人、金梁外史、半塘老人俱和之。悼往伤今，辄复继声。词成覆读，不知是字是泪也。

潘郎老也，河阳镜里，换尽愁丝。盼断鹿车何处，莫椒浆、泪染鹃枝。漫今生、好梦缔将离。问当初、谁共凄凉月，怎无端、如此分携。应是封侯无骨，人间难著情痴。　惆怅离鸾歌罢，斜阳片碣，彤管留题。只恐双鱼信杳，夜台深、难寄相思。待何年、同息汉阴机。纵输君、环佩归来早，算飘零、一样天涯。碎雨淋铃听惯，声声递入秋帏。

青衫湿遍·视次女新华殡作　徐珂
闲阶伫立，招魂此际，与酹椒浆。一霎昙花隐现，费人间、几许斜阳，又哀蝉，落叶近昏黄。镇伤心、相对卷葹草，黯秋灯、更断无肠。怕检丛残遗稿，宵分墨泪淋浪。　缥缈玉京幽梦，可曾回首，冷月残墙。我亦西风身世，孤吟倦、两鬓吴霜。叹年来，尘海恨茫茫。愿他生、莫被兰因误，问骖鸾、欲驻何乡。怅望人天永隔，凭谁共话沧桑。

金菊对芙蓉　潘飞声
仲夏葬亡室于禅山带雾冈，夜宿山家作。
山黛描烟,桥腰束翠,未秋先art秋容。奈啼乌唤客,暂买村醲。层云回首泉扃杳,葬玉棺、何处芳踪。佩声依约,知他归否,素袜凌风。　追念往事朦胧。早寒闺胆怯,何况尘封。问空山悄悄,依倚谁同。慰君只有秋衾梦,怕羁魂、未许相逢。镇无聊赖,斜敧短枕,诉与幽蛩。

鹧鸪天　何振岱
谁信消沉遂隔年，闲花荒圃记春前。何曾临别留微语，约略来书注断笺。　深院里，白杨边。残更坠月曳钟圆。孤魂小胆知应怯，梦遍湖阴欲曙天。

酒泉子

　谢却荼蘼[1]，一片月明如水。篆香[2]消，犹未睡，早鸦啼。　嫩寒无赖罗衣薄[3]，休傍阑干角。最愁人，灯欲落，雁还飞。

·注释·
[1]谢却荼蘼:王琪《春暮游小园》:"开到荼蘼花事了,丝丝天棘出莓墙。"荼蘼,又名酴醾,春季最后盛放,每以为春天结束标志。

〔2〕篆香：见前《浣溪沙·大觉寺》注释〔4〕。

〔3〕"嫩寒"句：秦观《浣溪沙》："漠漠轻寒上小楼，晓阴无赖似穷秋。"嫩寒，轻寒。无赖，谓无聊。

· 评析 ·

前引顾随先生《临江仙》评纳兰云："自开新境界，何必似花间。"诚然，但纳兰集中那些模拟《花间》的作品又确令人爱难释手，特别是很得那些钟爱五代词的批评家们的喜欢。陈廷焯就多次表扬纳兰此篇"情词凄婉"，以为韦庄、冯延巳等不得专美于前（见《云韶集》《词则》）。

也难怪陈白雨给出那么高的评价，这首小词确实幽怨华美到了极致，置之韦、冯集中，难以轩轾。尤其是"谢却"二句与结末三句，一静谧，一飞动，资质稍差者，终生难得一句。其天分之高，真匪夷所思。

· 附读 ·

更漏子　谢章铤

雨疏疏，风索索，一片伤心楼阁。人影只，烛花单，罗衣澈夜寒。　断虫吟，孤雁语，添出许多酸楚。云黯淡，树模糊，家山认得无。

凤凰台上忆吹箫　守岁

锦瑟何年[1]，香屏[2]此夕，东风吹送相思。记巡檐笑罢，共捻梅枝[3]。还向烛花影里，催教看、燕蜡鸡丝[4]。如今但、一编消夜[5]，冷暖谁知。　　当时。欢娱见惯，道岁岁琼筵，玉漏如斯。怅难寻旧约，枉费新词。次第朱幡剪彩[6]，冠儿侧、斗转蛾儿[7]。重验取、卢郎[8]青鬓，未觉春迟。

陈少梅——《岁朝图》

〔1〕"锦瑟"句:李商隐《锦瑟》:"锦瑟无端五十弦,一弦一柱思华年。"

〔2〕香屏:华美的屏风。萧纲《美女篇》:"朱颜半已醉,微笑隐香屏。"

〔3〕"记巡檐"二句:杜甫《舍弟观赴蓝田取妻子到江陵喜寄》:"巡檐索共梅花笑,冷蕊疏枝半不禁。"巡檐,来往于檐前。

〔4〕"燕蜡"句:杨慎《艺林伐山》:"《玉烛宝典》云:'洛阳人家,正旦造丝鸡、蜡燕、粉荔枝,故宋人贺正启有"瑞霭饯腊,粉荔迎年"之句'。"

〔5〕"一编"句:王彦泓《灯夕悼感》:"一编枯坐过三更。"一编,一卷书。

〔6〕"次第"句:朱幡,此应即指红色春幡,见前《浣溪沙》(记绾长条欲别难)注释〔4〕。

〔7〕"斗转"句:斗转,旋转,乱转。康与之《瑞鹤仙·上元应制》:"闹蛾儿满路,成团打块,簇着冠儿斗转。"蛾儿,即闹蛾儿,古代女子头饰,剪丝绸或乌金纸为花或草虫之形。刘若愚《酌中志·饮食好尚纪略》:"自岁暮正旦,咸头戴闹蛾,乃乌金纸裁成,画颜色装就者,亦有用草虫、蝴蝶者。"陈维崧《望江南·岁暮杂忆》:"人斗南唐金叶子,街飞北宋闹蛾儿。"

〔8〕卢郎:钱易《南部新书》:"卢家有子弟,年已暮而犹为校书郎。晚娶崔氏女。崔有词翰……成诗曰:'……自恨妾身生较晚,不见卢郎年少时。'"

·评析·

新春守岁,少不了丝鸡、蜡燕、春幡、闹蛾儿等一应物事,共同铺渲出一派闹热氛围。词人心中则是冷冷的,惟以"一编消夜",惆怅不已。当年曾与简人有约,如今则已难寻当日欢娱,滋味冷暖,哪堪分辨?词篇隐约含情,出语幽淡。

凤凰台上忆吹箫　除夕得梁汾闽中信,因赋

荔粉初装,桃符欲换,怀人拟赋然脂[1]。喜螺江双鲤,忽展新词[2]。稠叠频年离恨[3],匆匆里、一纸难题。

分明见、临缄重发〔4〕，欲寄迟迟。　　　心知。梅花佳句，
待粉郎香令〔5〕，再结相思。记画屏今夕，曾共题诗〔6〕。
独客料应无睡，慈恩梦、那值微之〔7〕。重来日、梧桐夜雨，
却话秋池〔8〕。

·注释·

〔1〕"荔粉"三句：荔粉，粉荔枝，民间节日食品。冯贽《云仙杂记·洛
阳岁节》："洛阳人家，正旦造丝鸡、蜡燕、粉荔枝。"桃符，春联之雏形，
于门上悬两桃板，上绘神荼、郁垒二神像以辟邪驱鬼。五代时改写
联语，后又以纸代木板贴门上，即后世春联。然脂，燃脂，点灯烛。
徐陵《玉台新咏序》有"然脂暝写"之语，《新咏》所选为艳歌，后
人常用为闺阁诗典故。清初王士禄有《然脂集例》，民国王蕴章有《然
脂余韵》。

〔2〕"喜螺江"二句：螺江，江名。《一统志》："螺江在福州西北。"双鲤，
《古诗十九首》："客从远方来，遗我双鲤鱼。呼儿烹鲤鱼，中有尺素书。"
后每以双鲤指代书信。新词，谓顾贞观于闽中所作词，如《点绛唇·螺
川立春》等阕。

〔3〕稠叠：稠密层叠，喻深重。皎然《送皇甫侍御曾还丹阳别业》："积
水悠扬何处梦，乱山稠叠此时情。"频年：接连几年。

〔4〕临缄重发：正要封信口时重又打开。张籍《秋思》："复恐匆匆说不尽，
行人临发又开封。"

〔5〕粉郎："傅粉何郎"之省称，《三国志·魏书·曹爽传》注引《魏略》，
谓何晏喜修饰，粉白不去手。香令：《襄阳记》："刘季和性爱香，谓张坦曰：
'荀令君（荀彧）至人家，坐幕三日香气不散。'"

〔6〕"记画屏"二句：言曾于前此某除夕夜相聚时情景。按顾贞观与纳
兰同赋之作原多，留存则已甚少，顾氏《虞美人·佛手柑》一阕有注云：
"后十数词皆与容若同赋，其余唱和甚多，存者寥寥，言之堕泪。"

〔7〕"独客"二句：以元稹（微之）、白居易知音比拟与顾贞观之友情。

慈恩梦，《本事诗·征异第五》："元相公（稹）为御史，鞫狱梓潼。时白尚书在京，与名辈游慈恩（寺），小酌花下，为诗寄元曰：'花时同醉破春愁，醉折花枝当酒筹。忽忆故人天际去，计程今日到梁州。'时元果及褒城，亦寄《梦游》诗曰：'梦君兄弟曲江头，也到慈恩院里游。驿吏唤人排马去，忽惊身在古梁州。'千里神交，合若符契。友朋之道，不期至欤。"

〔8〕却话秋池：用李商隐《夜雨寄北》诗意。

· 评析 ·

　　本篇写作时间亦有争议。盖蒋景祁《瑶华集》卷十选此词之题为"辛酉除夕得顾五闽中消息"，《饮水词笺校》据顾氏《与吴汉槎书》以及姜宸英《题蒋君长短句》，以为顾贞观该年秋南奔母丧，次年元夕已回北京，半月之前"辛酉除夕"焉能远在闽中？《瑶华集》副题必误无疑。

　　其说甚是，但严迪昌先生还是补充了两点：一、《瑶华集》刊于康熙二十五年（1686），蒋景祁氏此前久滞京华，与诸大词人渊源甚深，其选或有所据，当俟专考。二、由闽中寄函，于当时邮程数以月计，故除夕得书信，原非寄书人除夕仍在闽中。如此看来，此问题还有待进一步查究。

　　当然，上述疑团并不妨碍我们领略词中洋溢出的浓馥的友情香气。"喜螺江双鲤，忽展新词"，词人心中那份喜悦诚然是挂满了脸颊和笔端的，而把自己与顾氏的交情比作"千里神交，合若符契。友朋之道，不期至欤"的元白，更有一份自傲与自得。清初诗人张文光有诗云："偶得故人天上句，如怀明月夜中行。"想来纳兰此时也是这般心境罢！

　　《瑶华集》卷十选录此词字句差异甚多，附录于后供参酌。

· 附读 ·

凤凰台上忆吹箫·辛酉除夕得顾五闽中消息　纳兰性德
神燕慵图，朱泥罢印，新诗待拟燃脂。喜螺江双鲤，忽送相思。惆怅频年离恨，匆匆里、一纸难题。料应是，行人临发，封又迟迟。　　谁知。梅花佳句，与粉郎香令，一样凄迷。辛稼轩在闽之三山有"梅花相思"之句。"粉郎香令"，梁汾集中语。记画屏今夕，共赋丝鸡。剔尽残灯无焰，慈恩梦、风又东西。重来日，梧桐夜雨，却话桃溪。

剪梧桐　自度曲

新睡觉[1]，正漏尽、乌啼欲晓。任百种思量，都来拥枕，薄衾颠倒[2]。土木形骸[3]，分甘抛掷[4]，只平白、占伊怀抱[5]。听萧萧、一剪梧桐，此日秋声重到。　　若不是、忧能伤人[6]，甚青镜、朱颜易老。忆少日清狂[7]，花间马上，软风斜照。端的[8]而今，误因疏起[9]，却懊恼、殢人[10]年少。料应他、此际闲眠，一样积愁难扫。

· 注释 ·

〔1〕新睡觉：见前《临江仙》（长记碧纱窗外语）注释〔1〕。

〔2〕颠倒：辗转反侧、难以入眠的样子。孙承恩《南院屋敝甚，雨至辄漏，戏呈石庵、南山二司空》："书册纵横乱堆几，颠倒衾帱与衣屦。"

〔3〕土木形骸：比喻人的本来面目，不加修饰。引申为率性任情，不合时宜。《世说新语·容止》："刘伶身长六尺，貌甚丑悴，而悠悠忽忽，土木形骸。"

〔4〕分甘抛掷：不被理会，无人怜爱。分，应该，该当。

〔5〕占伊怀抱：史达祖《探芳信》："说道试妆了，也为我相思，占它怀抱。"

〔6〕忧能伤人：孔融《论盛孝章书》："若使忧能伤人，此子不得复永年矣"。

〔7〕清狂：狂放不羁。杜甫《壮游》："放荡齐赵间，裘马颇清狂。"

〔8〕端的：果然。晏殊《凤衔杯》："端的自家心下、眼中人。"

〔9〕误因疏起：蒋捷《满江红》："万误曾因疏处起。"

〔10〕殢人：使人沉溺其中。石孝友《浣溪沙》："殢人残酒不能醒。"

　　这首自度曲写一个秋夜的思量与内疚。开篇从梦醒写起，耳听乌啼，眼见天光，无数往事涌到心头，令人辗转反侧，再难入寐。以下"土木形骸"三句皆自责自怨，觉得自己误人不浅。然而也只点到即止，下接"听萧萧"二句，以景言情。萧萧秋风中实寓有诸多难言的痛悔。过片转另一意，自孔融"忧能伤人"之语联想及自己的"朱颜易老"皆由"少日清狂""而今懊恼"得来，其"误因疏起"一句背后必有本事，非泛泛而言者也。因为误会难解，双方皆愁怀未释，结拍乃以料想对方"一样积愁难扫"收束，颇含情韵。

　　本篇全用赋法铺排，语虽浅近平易，而意思婉曲缠绵，饶具深致。对于背后的"本事"，《笺校》有说明云："此阕似为薄情少恩、贻误女子青春而生悔。'平白占伊''殢人年少'皆此意。'误因疏起'，谓早年未曾着意于情感。容若娶卢氏之前，先纳庶妻颜氏，时约在康熙十二年。十四年，颜氏产容若长子富格。颜氏长期别居海淀双榆树，性德眷顾甚少。此阕或即为颜氏而作。"我很欣赏两位先生富于启发性的思路，但揆之情理，对于"眷顾甚少"的颜氏，容若恐很难下气力填一首自度曲来表达歉意和痛悔的。词中情意真纯，一读即知，非对方在自己心目占据重要位置不可。若说与妻子发生短暂误会时所作，或为其他恋人而作，大约会更贴切一些。

　　附读朱荫龙步韵之作及沈轶刘之作，"湘灵鼓瑟"乃"剪梧桐"之别名也。

湘灵鼓瑟·用纳兰饮水词韵　朱荫龙

兵过处，竟没个、村鸡报晓。长夜漫漫谁起舞，半壁东南悄悄。空人海、波涛千层，一任后推前倒。猿鹤杳然，虫沙满眼，更谁问、壮怀雄抱。算人间、纵有桃源，也被胡尘飞到。　　还怅望、寂寥琼宵，倚桂树、秋娥泣老。香蕊飘零枝斫尽，瞥眼芳华过了。看桑海纷更，山河变换，清辉慵照。归去无依，霜寒路迥，应最恨、误人年少。待何时、照彻长空，薄雾浮云齐扫。

湘灵鼓瑟·戊戌初度感事　沈轶刘

新旧史。向眼底心头歘逝。奇药剩谁输一转，竟斥淮南犬雄。问燕尽红桑，群飞海水，适来何事。舞戚形天，骂人膏魅，尽翻作通天乾矢。待重铭、劫后荙鲈，已觉江山如此。　　六十载。长遗金丹，有无数唐鸡竞舐。去日罡风嗟棹绝，断却神鳌左趾。悔误入桃源，胡麻冷了，几番尘世。兰泽行吟，荷锄生计，但消受露狂烟肆。看他年，皂帽东归，百岁河清能俟。

卷
五

浣溪沙　寄严荪友

　　藕荡桥边理钓筒[1]，苎萝西去五湖东[2]。笔床茶灶太从容[3]。　　况有短墙银杏雨，更兼高阁玉兰风。画眉闲了画芙蓉[4]。

・注释・

〔1〕藕荡桥：严绳孙故乡无锡阳溪（亦作洋溪）上一桥名，其号藕荡渔人、藕渔者以此。见朱彝尊《墓志铭》与顾贞观《离亭燕・藕荡莲》自注。钓筒：竹制钓鱼用器皿，泛指钓具。"筒"此处读平声。

〔2〕苎萝：山名，在浙江诸暨，因西施居此而著名。五湖：太湖及周围湖泊的泛称。范蠡助越国灭吴后，传说即携西施遁隐五湖。

〔3〕"笔床"句：用《新唐书・陆龟蒙传》事："不乘马，升舟设篷席，赍束书，茶灶笔床，钓具往来，时谓江湖散人。"笔床，笔架。

〔4〕芙蓉：指芙蓉湖。见前《金人捧露盘・净业寺观莲，有怀荪友》注释〔5〕。

・评析・

　　这首小词艺术上并没有多么高超，在纳兰集中并不引人瞩目，即便很大型的词选一般也不选入。我之所以特施关注，乃是因为一件往事。

　　还记得1998年秋正式拜入严迪昌先生门墙，彼时未窥学问路径，却骄狂盈溢，正如子贡所说"不知天之高也，地之下也"。不久，听先生说有出版社约《纳兰词选》稿，遂自告奋勇，提出愿做点前期的工作，替先生分担一点繁重的劳动。先生是从不用学生为自己做事的，不过这一次也许是看我虽无毛遂之才，却有毛遂之胆，不忍拂了我的兴头，也就勉强答应了。

　　大约是1999年3月做起，仅仅两个月左右，我就以张草纫、张秉戌二先生的纳兰词注本为基础，"选注"了二百余首词。很厚的一沓稿纸捧给先生，他未置可否。过几天把我叫去说："你拿回去吧。这个注本完全不能用。"见我发愣，先生又笑笑说："你的所谓'注释'完全是从两位张先生抄出来的，没有自己的一点看法。此事人人能做，何必我严某人、你马某人操刀呢？"接着又举例子说，纳兰赠严绳孙的那首《浣溪沙》（藕荡桥边理约筒）的末句"画眉闲了画芙蓉"诸家或不注"芙蓉"二字，或注为荷花，实则此处乃指无锡西北之芙蓉湖，简称蓉湖。容若另在《金人捧露盘·净业寺观莲，有怀苏友》一阕下片云："想芙蓉湖上悠悠。红衣狼藉，卧看桃叶送兰舟。午风吹断江南梦，梦里菱讴"，可为佐证。此其一也；解为荷花，固亦可通，然不若解释为画眉闲了则画芙蓉湖之山光水色更能凸显严氏归隐莼鲈之雅量高致也。此为其二；如此则"画眉"亦不能作"张敞画眉"之风流掌故解，而是用朱庆余《近试上张水部》"画眉深浅入时无"之意。这样最后七字即概括了严氏一生行迹心地。此为其三。

何谓严氏行迹心地？这背后有一篇大文章。康熙十七年，清廷开博学鸿词科，网罗草野遗子。此策一出，知识分子群体迅即分化。有如黄宗羲绝食相抗、终以其子黄百家入明史局换得自己晚节者；有如傅山被绑架至京师、终不入城与试而得赐中书舍人虚衔者。严绳孙名在黄、傅之下，只能与试，然只作《省耕诗》即退场，力求不中，然而玄烨以其身在"江南三大布衣"之列，仍特授翰林院检讨之职。如此背景之下，严氏告归乡里，"画眉闲了画芙蓉"也就不再是前人风流习气的翻版，而是深具隐痛的出处选择。

尽管已经抽丝剥茧说了许多，先生似乎还是怕打击了我的信心，宽厚地嘱咐道："你这稿子拿回去别扔掉，说不定若干年后会有用呢。"

从游三年，得先生教诲不知凡几，但或许是受了当头棒喝、大感如梦初醒之故，这一次的谈话至今深刻在心。从此我才渐渐明白先生常说起的"知人论世谈何容易""选政看似轻巧，其实谈何容易""做学问谈何容易"之类话头，开始静下心，低下头，懂得在学术殿堂里游弋流连，小心翼翼地去感受那种深沉而绵悠的香气了。至于当年那一叠所谓"纳兰词选初稿"，当然越来越意识到毫无价值，因而也就没听先生的话，早就不知扔到何处去了。

此事虽小，关涉甚大，所以印象特深，加之现在所有纳兰词注本都不说或没有说对的，故赘述如上。

（案：本篇文字系马大勇旧作基础上增订而成，其事可书，故保留了原作叙事角度。）

渔父　题徐釚枫江渔父图[1]

收却纶竿[2]落照红，秋风宁为剪芙蓉。人淡淡，水濛濛，吹入芦花短笛[3]中。

·注释·

[1] 此题据徐釚《词苑丛谈》卷五"品藻三"补得。徐釚（1636—1708）字电发，号虹亭，又号菊庄、拙存，晚号枫江渔父，江苏吴江（今苏州市辖区）人，康熙十八年（1679）召试博学鸿词，授翰林院检讨，入史馆纂修明史，二十五年归里。康熙帝南巡时两次赐给御书，并诏以原官起用，婉谢不就。著有《南州草堂集》《续本事诗》等，以《词苑丛谈》十二卷最为著名，为容若好友。枫江渔父图：《词苑丛谈》卷五"品藻三"云："余旧属谢彬画《枫江渔父图》。"当时题咏者以数十计。

[2] 纶竿：钓竿。黄庭坚《满庭芳》："便是渔蓑旧画，纶竿重、横玉低垂。"

[3] 芦花短笛：吴锡畴《渔父》："入夜醉归横短笛，满江明月浸芦花。"

·评析·

此题见康熙三十四年徐釚家刻本《南州草堂集》附《枫江渔

（清）徐釚——《行书七言律诗扇面》

父图》题词，同时题者尚有顾贞观、徐乾学、汪懋麟、朱彝尊、姜宸英等，《纳兰词笺注》据此系此篇于康熙十八年徐釚入京应鸿博试时。严迪昌先生则以为此词见于《词苑丛谈》卷五"品藻三"，该书完稿于康熙十七年（1678）初，故其"鸿博"同年陈维崧、朱彝尊之所题词均未及收入。可见，容若此阕当作于徐氏图成之康熙十四年后（见《饮水词笺校》考证），十七年前。

徐釚当时颇负词苑重名，但无大精审可采。容若此篇亦不过点染"渔父"之意，平平而已。

・附读・

摸鱼儿·题徐电发枫江渔父图　陈维崧
问何人、生绡滑笏，敛来寂历如许。孤篷几扇西风底，滴尽五湖疏雨。垂弱缕。尽水蔓江荭、信意牵他住。寄声鲂鱮。总来回欣然，去还可喜，知我者鸥鹭。　　行藏事，不是如今才悟。浮名休再相误。人间多少金貂客，输却绿蓑渔父。谁唤渡。早万木酣霜、红到消魂处。湛湛枫树。又遥衬芦花，摇晴织暝，闹了半汀絮。

小阑干·电发枫江渔父图　李良年
年时枫底白鸥乡，欸乃一溪凉。今日重寻，冷红十里，不见旧渔郎。　　君言鉴曲终须乞，此事且商量。满地江湖，渐无人矣，容我占沧浪。

明月棹孤舟　海淀[1]

一片亭亭[2]空凝伫，趁西风、霓裳遍舞[3]。白鸟惊飞，菰蒲[4]叶乱，断续浣纱人语。　　丹碧驳残秋夜雨[5]，风吹去、采菱越女。辘轳[6]声断，昏鸦欲起，多少博山情绪[7]。

・注释・

〔1〕海淀：位于北京西北郊，即今之海淀区。明珠曾在性德婚前于海淀桑榆墅（今双榆树村）为其营建别居。

〔2〕亭亭：指荷花。周敦颐《爱莲说》："亭亭净植。"

〔3〕"趁西风"句：卢炳《满江红》："依翠盖、临风一曲，霓裳舞遍。"

〔4〕菰蒲：菰和蒲，两种常见水生植物。谢灵运《从斤竹涧越岭溪行》："蘋萍泛沉深，菰蒲冒清浅。"

〔5〕"丹碧"句：言荷花经雨后花叶凋残。

〔6〕辘轳：见前《如梦令》（正是辘轳金井）注释〔1〕。

〔7〕博山情绪：博山，见前《浣溪沙》（脂粉塘空遍绿苔）注释〔3〕，此处隐含相思意味。

· 评析 ·

　　海淀是容若在京城的生活核心区，所谓生于斯、死于斯、歌啸于斯者。据张宝章《纳兰性德的海淀故居》（《中关村》2010年第8期）之说，容若的"渌水亭"在玉泉山下，他号"楞伽山人"之由来的楞伽洞在玉泉山北峰山腰，而他与夫人卢氏共同经历三年美好感情的桑榆墅也在海淀的双榆树。由此而言，本篇是容若海淀日常生活与心情的一帧剪影，"上片鲜活俏丽，下片凄迷索寞"（张秉戍《纳兰性德词新释辑评》语），煞拍之"博山情绪"亦一时佇兴之言而已。

东风第一枝　桃花

　　薄劣东风[1]，凄其[2]夜雨，晓来依旧庭院。多情前度崔郎，应叹去年人面[3]。湘帘乍卷，早迷了、画梁栖燕。最娇人、清晓莺啼，飞去一枝犹颤。　　背山郭、黄昏开遍。想孤影、夕阳一片。是谁移向亭皋[4]，伴取晕眉青眼[5]。五更风雨，莫减却，春光一线[6]。傍荔墙[7]、牵惹游丝，昨夜绛楼难辨。

· 注释 ·

〔1〕"薄劣"句：张翥《踏莎行》："薄劣东风，天斜落絮，明朝重觅吹笙路。"

武陵春色玉洞朝霞雲溪壽平

〔清〕恽寿平——《桃花册页》

薄劣，薄情。

〔2〕凄其：见前《摸鱼儿·送座主德清蔡先生》注释〔12〕。

〔3〕"多情"二句：用崔护《题都城南庄》诗"人面桃花"故事，见孟棨《本事诗·情感第一》。

〔4〕亭皋：水边的平地。王安石《移桃花示俞秀老》："枝柯蔫绵花烂熳，美锦千两敷亭皋。"

〔5〕晕眉青眼：代指柳。晕眉，淡眉。青眼，柳眼，指初生的柳树嫩叶。李元膺《洞仙歌》："杨柳于人便青眼。"

〔6〕"莫减却"句：杜甫《曲江》："一片花飞减却春。"

〔7〕荔墙：薜荔攀缘之墙。荔，即薜荔，又名木莲，常绿藤本，蔓生。

·评析·

　　朱彝尊《茶烟阁体物集》有《东风第一枝·杏花》云："渡柳初眠，官梅已褪，又看春色如许。水村山郭残阳，立马乱红无数。仙人此住，也怜取、满林香雾。酒旗风、摇曳黄昏，开遍冷烟疏雨。　　休忘了、曲江归路。试说与、冶游伴侣。最愁零落芹泥，半教燕飞啄去。卖花声远，料深巷、明朝何处。倩箇侬、晓日新妆，插向鬢云斜吐。"与容若词牌同，所咏亦近似，或为词课唱和之作。二词相比，容若空灵，竹垞雅致，皆中规中矩之篇，无大优长可说。

·附读·

花发沁园春　高士奇

冷露凝香，暖烟拖艳，秾华一簇谁主。倩榆妆靥，映柳颦眉，做出几多妖妩。移根绣户，却不是、武陵溪渡。浅白乍染柔风，嫣红更透酥雨。　　还向阑干深处。惯倚轻盈弄色，把人偷觑。粉腮半醉，玉面微酡，脉脉芳情谁语。蜂窥蝶觑，生怕落英满路。记当日、天宝宫中，曾有助娇新语。

望海潮　宝珠洞[1]

漠陵风雨，寒烟衰草[2]，江山满目兴亡[3]。白日空山，夜深清呗[4]，算来别是凄凉。往事最堪伤。想铜驼巷陌，金谷风光[5]。几处离宫[6]，至今童子牧牛羊。　荒沙一片茫茫。有桑干一线[7]，雪冷雕翔。一道炊烟，三分梦雨[8]，忍看林表斜阳。归雁两三行。见乱云低水，铁骑荒冈。僧饭[9]黄昏，松门凉月拂衣裳[10]。

・注释・

〔1〕宝珠洞：或指今京郊西山风景区南麓八大处之第七处寺院。寺院殿后岩洞内砾石胶结，状若聚珠，因得名。据里正《宝珠洞始建年代小考》引《帝京景物略》及《宝珠洞碑记》，寺院始建于元，"凡士夫游玩西山，未有不阅历于此者"。

〔2〕寒烟衰草：王安石《桂枝香》："六朝旧事随流水，但寒烟、衰草凝绿"。

〔3〕"江山"句：辛弃疾《念奴娇》："虎踞龙蟠何处是，只有兴亡满目。"

〔4〕"白日"二句：白日空山，崔峒《宿禅智寺上方演大师院》："白日空山梵，清霜后夜钟。"清呗，清幽之禅唱，诵经声。

〔5〕"想铜驼"二句：周邦彦《瑞鹤仙》："寻芳遍赏，金谷里，铜驼陌。"铜驼，见前《梦江南》（江南好，城阙尚嵯峨）注释〔2〕。金谷，晋代石崇所筑金谷园，后泛指盛极一时之豪奢园林。

〔6〕离宫：帝皇离开正宫在外临时居住之宫室。《汉书・枚乘传》："修治上林，杂以离宫。"离宫大抵不出京畿，行宫则去京师在外地。此几处离宫应指昌平县南沙河镇温榆河畔之巩华城。明成祖朱棣之长陵修建后，在此建离宫。正统初年被大水冲毁，嘉靖十七年（1538）重建城宫，名巩华城。

〔7〕桑干一线：朱彝尊《最高楼》："流不尽、桑干河一线。"桑干河，永定河上游，源出山西马邑雷山阳，即古㶟水。明永乐后屡改道，河流无定。康熙朝疏浚，流经直隶（河北）京畿一段称永定。一线，远眺河流只一线之微。

〔8〕梦雨：飘洒空中似有若无之雨滴，或指霜雪飘霰似阵阵寒气。李商

隐《重过圣女祠》："一春梦雨常飘瓦，尽日灵风不满旗。"

〔9〕僧饭：寺庙中僧侣斋饭。

〔10〕"松门"句：李彭《宿同安寺》："凉月耿松门。"松门，这里指寺门。
王勃《游梵宇三觉寺》："萝幌栖禅影，松门听梵音。"

· 评析 ·

　　兴亡之感容若词中并不少见，然大抵蕴于短调、略工感慨而
已。《望海潮》双调一百七字，大有发抒的空间，容若登高凭眺，
也就写得淋漓苍凉，尽意而后止。

　　开篇三句极目北眺，已经将主题揭而出之。"漠陵"，多数版
本作"汉陵"，严迪昌先生据《瑶华集》定为"漠陵"，意为"寂
寞荒凉之陵墓"，可从。其后围绕"兴亡"二字大做文章，借"空
山""清呗""至今童子牧牛羊"的荒凉遥想当年的"铜驼巷陌，
金谷风光"，今昔对比何其悚然！

　　下片进一步放宽眼界，荒沙茫茫，雪冷雕翔，乱云低水，铁
骑荒冈，以高远冷寂意象与下三句"斜阳"之萧瑟共织成一幅"霜
风凄紧，关河冷落，残照当楼"（柳永《八声甘州》）的长卷，"满
目兴亡"至此消解为濛濛烟雨。结句仍归于清寂，是余波荡漾之法。

　　《饮水词笺校》指出，本篇多有趋仿严绳孙同调名作之处，是，
其实与朱彝尊《夏初临》一篇也有相近处，故附读严、朱二氏作品。

· 附读 ·

望海潮·钱塘怀古和柳屯田　　严绳孙
吴颠越蹶，玄黄战罢，无多钱赵兴亡。城柝宵严，宫鸦晓起，潮声依旧钱塘。
绮丽最难忘。有蜀船红锦，粤橐沉香。别样风流，翠翘金凤内家妆。　　笙
歌十里湖光。更沉云菰米，坠粉莲房。一道愁烟，三分流水，恼人唯有斜阳。
尽日绕荒冈。又秋营画角，粉队军装。指点六陵，衰草下牛羊。

夏初临·天龙寺是高欢避暑宫旧址　　朱彝尊
贺六浑来，主三军队，壶关王气曾分。人说当年。离宫筑向云根。烧烟一片氤氲，
想香姜、古瓦犹存。琵琶何处，听残敕勒，销尽英魂。　　霜鹰自去，青雀空飞，

画楼十二,冰井无痕。春风袅娜,依然芳草罗裙。驱马斜阳,到鸣钟、佛火黄昏。伴残僧,千山万山,凉月松门。

瑞鹤仙　丙辰生日自寿,起用《弹指词》句,并呈见阳[1]

马齿加长矣[2]。枉碌碌乾坤,问汝何事?浮名总如水。判尊前杯酒,一生长醉[3]。残阳影里,问归鸿、归来也未。且随缘、去住无心,冷眼华亭鹤唳[4]。　　无寐。宿醒[5]犹在。小玉[6]来言,日高花睡[7]。明月阑干,曾说与、应须记。是蛾眉便自、供人嫉妒[8],风雨飘残花蕊。叹光阴、老我无能,长歌而已。

·注释·

〔1〕丙辰:康熙十五年(1676)。《弹指词》句指顾贞观《金缕曲·丙午生日自寿》首句,顾氏词附后。见阳,张纯修号,事迹见前《蝶恋花·散花楼送客》评析部分。

〔2〕马齿:指称自己年岁之谦词。《穀梁传·僖公二年》:"荀息牵马操璧而前曰:'璧则犹是也,而马齿加长矣。'"庾信《谨赠司寇淮南公》:"犹怜马齿进,应念节旄稀。"长,此读掌,增长。

〔3〕一生长醉:李白《将进酒》:"钟鼓馔玉不足贵,但愿长醉不复醒。"

〔4〕华亭鹤唳:《世说新语·尤悔》:"陆平原(机)河桥败,为卢志所谗,被诛。临刑叹曰:'欲闻华亭鹤唳,可复得乎!'"后以"华亭鹤唳"为感慨生平、悔入仕途之典。

〔5〕宿醒:宿醉未醒。醒(chéng),病酒。酒醉后神志不清。《诗经·小雅·节南山》:"忧心如醒。"毛传:"病酒曰醒。"

〔6〕小玉:侍女之指代词。白居易《长恨歌》:"金阙西厢叩玉扃,转教小玉报双成。"

〔7〕日高花睡:侯置《昭君怨》:"晴日烘香花睡,花艳浮杯人醉。"

〔8〕"是蛾眉"句：语出屈原《离骚》："众女嫉余之蛾眉兮，谣诼谓余以善淫。"辛弃疾《摸鱼儿》："蛾眉曾有人妒。"

· 评析 ·

康熙十五年腊月十二日为纳兰容若二十二岁生日。这一年三月，性德参加了三年前因病耽搁的殿试，中二甲第七名之高第。中进士后，久无委任。时盛传将与馆选，入翰林院为庶吉士，然亦迄无确信。对于这位一派顺风顺水、少年英俊的贵公子来说，无疑是一个不小的挫伤。当然，这一年也不是全无亮色。春夏间，顾贞观入京，一见性德即互以知己目之，带给了他友情中最温暖的部分。大约在这一年，他的《侧帽词》刊刻面世，影响颇大，而与顾贞观合编《今词初集》的计划也已紧锣密鼓地开始实施。

就是在这样复杂的一年里，岁末盘点，又逢生辰，容若自然歌笑无端，奉献出一首精彩作品。词开篇用《弹指词》成句轻轻点题，次句即发出高亢之音。"枉碌碌乾坤，问汝何事？浮名总如水。判尊前杯酒，一生长醉"，接连数句，无奈愤懑之感喷薄而出。"残阳"二句稍作顿挫，其下便用到"华亭鹤唳"典故。"东门犬""华亭鹤"，历来是官场险恶、人生无定之代名词。李斯、陆机之悔恨皆由勘不破功名利禄之诱惑，未透悟人生真义，故"冷眼"云云分量极重，实为容若一生之大旨所在。

下片以"无寐。宿醒犹在"二句略作摇摆，接续前文。"宿醒"乃表示借酒浇愁，仍为不平姿态。"小玉来言"以下则转入貌似婉转之鸣，引出"是蛾眉便自、供人嫉妒，风雨飘残花蕊"的"香草美人"之感喟。"叹光阴"二句以悲慨情作佯狂语，归入正题，结束全篇。严迪昌先生评云："按其实，二十二岁之青年人不大可能看破红尘，佯狂语全乃悲慨情所致，结句可证。凡此看似衰飒颓唐，甚或老气横秋之超俗出世语，按其内心全系壮怀激荡，志不得售或未能尽售之愤激表现。"正是。

附读除顾贞观自寿词外，另附民国公子张伯驹八十自寿之作一篇。倘天假容若以年，会不会一如张氏之苍凉声口呢？思之喟然。

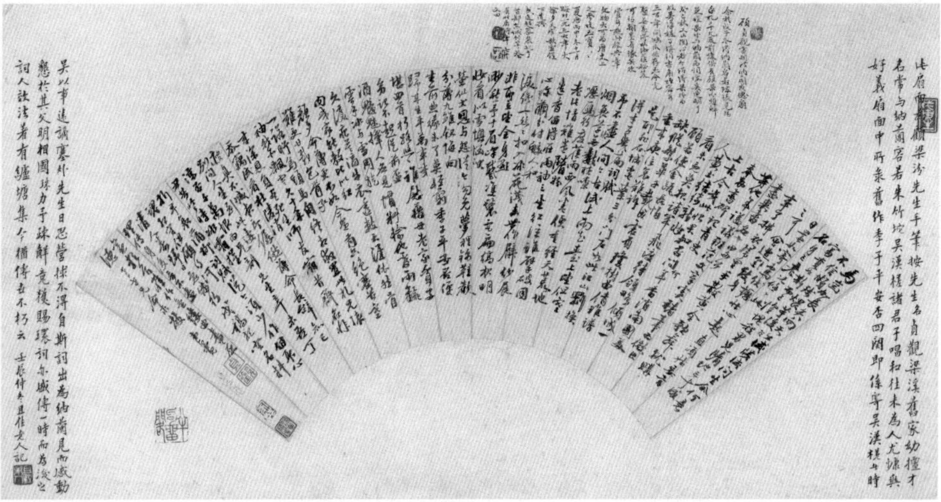

〔清〕顾贞观——《行书金缕曲词扇面》

·附读·

金缕曲·丙午生日自寿　顾贞观

马齿加长矣。向天公、投笺试问，生余何意？不信懒残分芋后，富贵如斯而已。惶愧煞、男儿堕地。三十成名身已老，况悠悠、此日还如寄。惊伏枥，壮心起。　　直须姑妄言之耳。会遭逢、致君事了，拂衣归里。手散黄金歌舞就，购尽异书名士。累公等、他年谥议。班范文章虞褚笔，为微臣、奉敕书碑记。槐影落，酒醒未？

金缕曲·明年余八十岁，君坦赠词预祝，和原韵　张伯驹

苍狗浮云外。几经看、纷纭扰攘，离奇古怪。百岁光阴余廿岁，身岂金刚不坏。登彼岸、回头观海。粉墨逢场歌舞梦，算还留、好好先生在。犹老去，风流卖。　　江山依旧朱颜改。待明年、元宵人月，双圆同届。白首糟糠堂上坐，儿女灯前下拜。追往事、只多感慨。铁网珊瑚空一梦，借虚名、欠了鸿词债。今丛碧，昔庞垲。

菩萨蛮　过张见阳山居赋赠

车尘马迹纷如织，羡君筑处真幽僻。柿叶一林红[1]，萧萧四面风。　　功名应看镜[2]，明月秋河影[3]。安得此山间，与君高卧闲。

·注释·

〔1〕"柿叶"句：唐寅《金阊暮烟图》："霜前柿叶一林红，树里溪流极望空。"

〔2〕看镜：泛指对镜鉴察，一般用作慨叹年华老大、功业无成意。杜甫《江上》："勋业频看镜，行藏独倚楼。时危思报主，衰谢不能休。"陆游《秋郊有怀》："挂冠易事尔，看镜叹勋业。"

〔3〕"明月"句：用黄庭坚《答王晦之见寄》"明月耿耿照秋河"句意，谓空明寥廓境界。

久在长安十丈软红尘中，忽来山居，自然有"美"意。"柿叶一林红"写此地之生机元气，"萧萧四面风"则暗喻张纯修的高洁品格。"功名"二句兴发感慨，以"明月秋河"意象写清静淡远之志，从而汇成一个"闲"字，心事毕见。

于中好　咏史[1]

马上吟成促渡江[2]，分明间气属闺房[3]。生憎久闭金铺暗，花冷回心玉一床[4]。　　添哽咽，足凄凉，谁教生得满身香[5]。只今西海[6]年年月，犹为萧家照断肠。

·注释·

〔1〕咏史：本篇咏辽道宗皇后、女诗人萧观音史事。

〔2〕"马上"句：王鼎《焚椒录》："二年八月，上猎秋山，后率妃嫔从行在所。至伏虎林，上命后赋诗，后应声曰：'威风万里压南邦，东去能翻鸭绿江。灵怪大千都破胆，那教猛虎不投降。'上大喜，出示群臣，曰：'皇后可谓女中才子。'"

〔3〕"分明"句：间气，英杰灵气。旧谓人世间之英雄豪杰均上应星象，禀天地特殊之灵气，间世而出，故云。《春秋演孔图》："正气为帝，间气为臣。"王彦泓《奏记装阁六首》："间气不钟男子去，才情偏与内家专。"闺房即内家，指女子。

〔4〕"生憎"二句：檃栝萧观音《回心院》词。其一云："扫深殿，闭久金铺暗。游丝络网尘作堆，积岁青苔厚阶面。扫深殿，待君宴。"其七云："展瑶席，花笑三韩碧。笑妾新铺玉一床，从来妇欢不终夕。展瑶席，待君息。"生憎，甚憎，深为憎恶。

〔5〕"谁教"句：言招惹祸患系才貌出众故，犹蛾眉遭妒。满身香，《回心院》其九："爇熏炉，能将孤闷苏。若道妾身多秽贱，自沾御香香彻肤。

蕴熏炉，待君娱。"又可谓见诬之《十香词》。

〔6〕西海：今北京北海、中海、南海，元明时属太液池，又称西苑、西海子，从辽代起就是皇家园林。

·评析·

　　萧观音秉一代慧心艳质，而遭逢之酷，古今罕见，特能唤起文人心头无限凄凉与同情。容若有《台城路·洗妆台怀古》长调歌咏之，或者意甚不足，发其余绪，再成此篇。

　　词自伏虎林赋诗写起，以"间气属闺房"论定萧氏才调。惜其才艳，故哀惋其"久闭金铺""花冷回心"之处境。"生憎""哽咽""凄凉"云云已极尽挽悼之致，"谁教生得满身香"则怨而近怒、几于拍案而起了。煞拍宕开一笔，以虚灵景象锁定"咏史"题面，深化"断肠"题旨，颇觉纡徐。

　　此词另有纳兰手书遗迹存世，字句略有差异，录之以供参照："马上吟成鸭绿江，天将间气付闺房。生憎久闭金铺暗，花笑三韩玉一床。　添哽咽，足凄凉，谁教生得满身香。至今青海年年月，犹为萧家照断肠。"我们做近百年女性词史研究，即以"天将间气付闺房"句冠其端，甚觉天然凑泊。

满江红　为曹子清题其先人所构楝亭，亭在金陵署中〔1〕

　　籍甚平阳，羡奕叶、流传芳誉〔2〕。君不见、山龙补衮，昔时兰署〔3〕。饮罢石头城下水〔4〕，移来燕子矶〔5〕边树。倩一茎、黄楝作三槐，趋庭处〔6〕。　　延夕月，承晨露〔7〕；看手泽，深余慕〔8〕。更凤毛才思，登高能赋〔9〕。入梦凭将图绘写，留题合遣纱笼护〔10〕。正绿阴、青子盼乌衣，来非暮〔11〕。

〔1〕曹子清（1658—1712）：名寅，子清其字，号楝亭，又号荔轩、雪樵，别署千山。原籍辽阳，自其祖父曹振彦始成为满洲包衣，隶正白旗。父曹玺于康熙二年（1663）以郎中差江宁织造，遂三世连任此职。寅年十三即挑为御前侍卫，康熙二十九年（1690）差苏州织造，二年后改江宁织造。著有《楝亭集》,诗十二卷、词二卷、文一卷。先人:指寅父曹玺，玺卒于康熙二十三年（1684）六月，该年十一月康熙帝首次南巡，驻江宁将军府，曾亲至织造署抚慰诸孤，遣内大臣奠祭。楝亭：曹玺于其书斋外亲栽楝树一株，后筑亭即以为名。楝，落叶乔木，亦称苦楝，春夏之交开花，色淡紫。据本阕词意及相关文献，曹玺所植为黄楝，又名苦木，初夏开黄绿色小型花。后来曹寅请人绘图楝亭，并遍征题咏，本阕即纳兰题咏之作。

〔2〕“籍甚”二句：籍甚，兴盛，盛大。《汉书·陆贾传》:“贾以此游汉廷公卿间，名声籍甚。”平阳，汉曹参助刘邦立国有功，封平阳侯，此以曹姓故事切合曹寅家族以言清贵出身。奕叶，即奕世，一代接一代。芳誉，美好的声誉。

〔3〕“山龙”二句:山龙，指称蟒蛇。补衮，原专指皇帝所穿衮龙衣。衮，古代皇帝及上公之礼服，故称补救皇帝缺失为“补衮”，杜甫《壮游》:“备员窃补衮。”此处当通借作“补服”，补服即旧时官服，前胸及后背缀有金线或彩丝绣成的“补子”，是品级的徽识。兰署，即“兰台”，唐时秘书省。这里用以尊称曹氏门第。

〔4〕石头城下水：尉迟偓《中朝故事》:“李德裕居廊庙日，有亲知奉使于京口。李曰:‘还日，金山下扬子江中零水，与取一壶来。’其人……泛舟至石头城下，方忆及，汲一瓶于江中，归献之。李公饮后，叹讶非常，曰:‘江表水味，有异于顷岁矣，此颇似建业石头城下水。’其人谢过，不敢隐。”

〔5〕燕子矶：见前《梦江南》（江南好，怀古意谁传）注释〔1〕。

〔6〕三槐：据传周代宫廷外种有三槐树，朝见天子时，三公面向三槐立。《周礼·秋官》:“面三槐，三公位焉。”宋王旦之父祐在庭中手植槐树三棵，

再报東皐一尺書哦詩松下晚涼如長城終古
無堅壘末路相看有散廬甚願加餐燕玉暖少
憂問病梵天廬響綠禪榻論情性遠匝要奠已
費除

冲谷等詩索摧臂圇書于鮮天竺書有和舊作己巳孟夏

崔丁納涼承

教屬書至求荃政

曹寅

〔清〕曹寅——《行书七言律诗轴》

曰：“吾之后世，必有为三公者。”故三槐成三公代称。曹玺官织造，衔同工部，古时称工部尚书为司空，侍郎为少司空。司空即三公之一。趋庭：承受父教之代称。《论语·季氏》载述孔子教导其子孔鲤事：“尝独立，鲤趋而过庭。曰：‘学诗乎？’对曰‘未也。’‘不学诗，无以言。’鲤退而学诗。”

〔7〕夕月、晨露：指楝树，亦指曹寅兄弟，谓承受教育，于树言吸纳天地精气，于人言则承接特定教诲、精神薰育。

〔8〕“看手泽”二句：手泽，先人之某些遗墨、遗物。《礼记·玉藻》：“父没而不能读父之书，手泽存焉尔。”余慕，不绝之思念、依恋。张说《郊庙歌辞》：“情余慕，礼罔愆。”

〔9〕“更凤毛”二句：《南齐书·谢超宗传》：“王母殷淑仪卒，超宗作诔奏之。帝大嗟赏。曰‘超宗殊有凤毛，恐灵运复出。’”“登高”句，《汉书·艺文志》：“登高能赋，可以为大夫。”

〔10〕“入梦”二句：入梦，喻将留存心底之思念绘出。“留题”句，言《楝亭图》之大量颂赞题辞自应报予珍爱。纱笼护，典出王定保《唐摭言》。王播少孤贫，客居扬州一僧寺，随僧斋食，为诸僧蔑视。后播贵，重来旧地，见昔日在寺中题壁诗已为僧众用碧纱盖护，遂题句云：“二十年来尘扑面，如今始得碧纱笼。”词仅取此典后半珍重意。合遣，应当使。

〔11〕“正绿阴”二句：绿阴结子，用杜牧《怅诗》“绿叶成阴子满枝”语典，谓曹氏子孙已长成。乌衣，见前《金缕曲·赠梁汾》注释〔3〕。非暮，不晚。《后汉书·廉范传》：廉范调任蜀郡太守，撤销禁火令，命储水严防，百姓称颂便利，作歌而颂：“廉叔度，来何暮？不禁火，民安作。平生无襦今五袴。”

· 评析 ·

　　康熙二十四年（1685）五月初，曹寅携《楝亭图》入京，容若、顾贞观等为之题咏。月底，容若寒疾发，七日不汗而卒，是为其平生最后阶段的作品之一。

　　这是一首应酬之作，也即充分发挥“诗可以群”的公关功能的作品。词中既称颂曹氏祖上德行风仪，又表彰曹寅孝行才调，祈愿曹氏家族世代欣荣，可谓善颂善祷，落落大方。以词论并不能称佳，然颇可征故实，也足以窥见容若创作的另一层面。

· 附读 ·

曹司空手植楝树记（节选）　纳兰性德

《诗》三百篇，凡贤人君子之寄托，以及野夫游女之讴吟，往往流连景物，遇一草一木之细，辄低回太息而不忍置，非尽若召伯之棠“美斯爱，爱斯传”也。又况一草一木，倘为先人之所手植，则眷言遗泽，攀枝执条，泫然流涕，其所图以爱之而传之者，当何切至也乎！余友曹君子清，风流儒雅，彬彬乎兼文学政事之长，叩其渊源，盖得之庭训者居多。子清为余言：……其书室外，司空亲栽楝树一株，今尚在无恙：当夫春葩未扬，秋实不落，冠剑廷立，俨如式凭。嗟乎！曾几何时，而昔日之树，已非拱把之树；昔日之人，已非童稚之人矣！语毕，子清怆然念其先人。余谓子清："此即司空之甘棠也。唯周之初，召伯与元公尚父并称，其后伯禽抗世子法，齐侯俶任虎贲，直宿卫，唯燕嗣不甚著。今我国家重世臣，异日者子清奉简书乘传而出，安知不建牙南服，踵武司空。则此一树也，先人之泽，于是乎延；后世之泽，又于是乎启矣。可无片语以志之？"因为赋长短句一阕。同赋者锡山顾君梁汾。

满江红　顾贞观

绣虎才华，曾不减、司空清誉。还记得、当年绕膝，雁行冰署。依约阶前双玉笋，分明海上三珠树。忆一枝、新萌小书窗，亲栽处。　柯叶改，霜和露；云舍杳，空追慕。拟乘轺即日，旧游重赋。暂却缁尘求独赏，层修碧槛须加护。早催教、结实引鹓雏，相朝暮。

南乡子　秋暮村居

红叶满寒溪，一路空山万木齐。试上小楼极目望，高低。一片烟笼十里陂[1]。　吠犬杂鸣鸡，灯火荧荧归路迷。乍逐横山时近远，东西。家在寒林独掩扉。

〔1〕"一片"句：韦庄《台城》："依旧烟笼十里堤。"陂，山坡。

·评析·

村居题材在纳兰词中为数极少，但本阕写得饶有画意，别具味道。词开篇二句即速写出一幅色泽寒艳、竹木萧森的《秋暮山行图》。"试上"三句转换到登高望远的宏观视角，更进一步渲染出迷蒙的水墨气息。过片化用陶渊明"犬吠深巷中，鸡鸣桑树颠"（《归园田居》）句，"村居"的烟火气跃然而出，以下则又回收到"家在寒林独掩扉"的清宁境界中。

本篇大抵用冷色调勾勒心理感受，与东坡的"酒困路长""日高人渴"（《浣溪沙》）不同，与稼轩的"稻花香里说丰年，听取蛙声一片"（《西江月》）、"醉里吴音相媚好，白发谁家翁媪"（《清平乐》）也不同，严迪昌先生以为："此词实自求心闲之作。"可谓一语破的。

雨中花　纪梦

楼上疏烟[1]楼下路，正招余、绿杨深处。奈卷地西风，惊回残梦，几点打窗雨。　　夜深雁掠[2]东檐去，赤憎是、断魂砧杵[3]。算酌酒忘忧，梦阑[4]酒醒，愁思知何许。

·注释·

〔1〕疏烟：淡薄薰烟。

〔2〕掠：飞过。

〔3〕"赤憎"句：赤憎，最可厌恶。杜甫《风雨看舟前落花戏为新句》："赤憎轻薄遮入怀，珍重分明不来接。"砧杵，见前《浪淘沙》（野宿近荒城）注释〔1〕。

〔4〕梦阑：见前《山花子》（欲话心情梦已阑）注释〔1〕。

"楼上疏烟楼下路，正招余、绿杨深处"，首二句呈现的是一场温馨朦胧的梦境。但骤烈无情的"卷地西风"蓦地将美梦吹醒，就算"酌酒忘忧"，又怎奈那愁思缠绕！小词将这一分愁思徐徐展开，步步深入，颇具抽丝剥茧之妙。

浣溪沙

一半残阳下小楼[1]，朱帘斜控[2]软金钩。倚阑无绪不能愁。　　有个盈盈[3]骑马过，薄妆浅黛亦风流。见人羞涩却回头。

·注释·

[1]"一半"句：杜牧《题扬州禅智寺》："暮霭生深树，斜阳下小楼。"
[2]控：此作"勒"解。
[3]盈盈：由《古诗十九首·青青河畔草》"盈盈楼上女，皎皎当窗牖"句引申为仪态美好之女子。王士禄《淡黄柳·新柳》："似有个、盈盈立。"

·评析·

本篇笔致流转，意趣盎然，其语感、气味多有自秦观同调词来者。试读秦氏原作："漠漠轻寒上小楼，晓阴无赖似穷秋。淡烟流水画屏幽。　　自在飞花轻似梦，无边丝雨细如愁。宝帘闲挂小银钩。"二者风调俨然。另一佐证是"有个盈盈骑马过"一句，黄昇《花庵词选》云：秦少游自会稽入京，见东坡，问别做何词，秦举"小楼连苑横空，下窥绣毂雕鞍骤"，坡云："十三个字，只说得一个人骑马楼前过。"这是著名的一段对答，纳兰信手拈来，即成别趣。

曾見宋人嬉春圖略擬其意
少梅陳雲彰

陈少梅——《嬉春图》（四）

·附读·

鹧鸪天　程颂万
有个盈盈画不真,楼台风袅上京尘。暂倾帘底酴醿酒,错认梢头豆蔻人。　　天
小有, 月斜分, 花前争拥玉昆仑。江南芳草无多地,请试娉娉马上身。

菩萨蛮

　　梦回酒醒三通鼓[1],断肠啼鴂[2]花飞处。新恨隔红窗,
罗衫泪几行。　　相思何处说[3],空有当时月。月也异当时,
团圞照鬓丝。

·注释·
〔1〕三通鼓:击更鼓三通,谓夜已三更。
〔2〕啼鴂:见前《虞美人》(绿阴帘外)注释〔2〕。
〔3〕"相思"句:赵蕃《微雨》:"相见说相思,相思说休处。"

·评析·
　　本篇与前同调词"催花未歇花奴鼓"实乃不同版本,见"催
花"一篇"评析"即可。

·附读·

菩萨蛮·花语楼夜起见月,怅然成调　潘飞声
银床梦怯风惊醒,冰纹簟卷鸳衾冷。何处唤游仙,人孤秋可怜。　　妆楼铅粉歇,
谁画眉梢月。月也忆当时,凄凉花一枝。

生查子　张伯驹
去年相见时,花好银蟾缺。明月正团圞,又奈人离别。　　相逢复几时,还
望花如雪。再别再相逢,明镜生华发。

摊破浣溪沙

一霎[1]灯前醉不醒，恨如春梦畏分明[2]。淡月淡云窗外雨，一声声。　　人到情多情转薄，而今真个不多情[3]。又听鹧鸪啼遍了，短长亭。

·评析·

本篇过片二句与前《山花子》（风絮飘残已化萍）一篇过片大抵相似，仅有"不多情""悔多情"一字之别。以词而论，本篇不似"风絮"一篇沉痛，或者因情事而一时惆怅，乃有"人到"二句，至遽赋悼亡，不觉而再用之。二词各有佳处，殊不易轩轾也。

水龙吟　再送荪友南还

人生南北真如梦，但卧金山高处[1]。白波东逝，乌啼花落[2]，任他日暮。别酒盈觞，一声将息[3]，送君归去。便烟波万顷，半帆残月，几回首，相思否？　　可忆柴门深闭。玉绳低[4]、剪灯夜语[5]。浮生如此，别多会少，不如莫遇。愁对西轩，荔墙[6]叶暗，黄昏风雨。更那堪，几处金戈铁马[7]，把凄凉助。

·注释·

〔1〕"但卧"句：意谓只有隐退是最佳选择。卧，此有隐居、归隐之意。李白《送梁四归东平》："莫学东山卧，参差老谢安。"金山，在江苏镇江西北，为江南名胜。严氏家乡无锡距镇江不远，故此处金山有代指其家乡意。

〔2〕"白波"二句：遥想风景。白波，波涛。李白《乐府杂曲·鼓吹曲辞·有所思》："海寒多天风，白波连山倒蓬壶。"鸟啼花落，吕渭老《满路花》："鸟啼花落，春信遣谁传。"

〔3〕将息：见前《荷叶杯》（帘卷落花如雪）注释〔5〕。

〔4〕玉绳低：谓夜已深沉。见前《菩萨蛮·宿滦河》注释〔2〕。

〔5〕剪灯夜语：史达祖《绮罗香·咏春雨》："记当日、门掩梨花，剪灯深夜语。"

〔6〕荔墙：薜荔墙。薜荔，常绿藤本。《九歌·山鬼》："若有人兮山之阿，被薜荔兮带女萝。"后用薜荔衣、女萝带指称隐士衣装。

〔7〕金戈铁马：其时为"三藩"之乱第四年，战事正激烈，故云。纳兰《送荪友》诗中"荆江日落阵云低，横戈跃马今何时"等句亦指此。

·评析·

据严绳孙《进士纳兰君哀辞》"始余以文字交于容若，时容若方举礼部，为应时之文"之载述，可知两人相识于康熙十二年（1673）容若应进士考试时。容若时年十九岁，严氏五十一岁。年龄的巨大差距并没有妨碍两人的交谊，严氏《祭文》云："绳孙客燕，辱兄相招。下榻高斋，情同漆胶。"可见其亲密程度。纳兰平生好友中，顾贞观以外，即当数到严氏与张纯修。

康熙十五年初夏，严绳孙自京师南还，有息影之计。后迫于各种压力，再起应鸿博试，非其本心也。此次分别，容若甚感伤怀，有名作《送荪友》诗，诗未能尽兴，乃复有词致意焉，即为本篇。

词开篇即是一声深长的感喟：人生南来北往，劳碌不堪，最后真成一梦，还不如高卧金山，消受隐逸之乐！此二句既切"送荪友南还"题旨，又高屋建瓴，明揭双方心事。"白波"三句由"金山高处"而来，大有众芳芜秽、逝者如斯之感。"别酒"以下仍写"送"字，"烟波万顷，半帆残月"的浩渺凄清中烘托出"相思"二字，沉郁情怀毕现。下片转入回忆，由中夜深谈的默契再折回今日分携之痛。"浮生"三句即诗中"人生何如不相识，君老江南我燕北。何如相逢不相合，更无别恨横胸臆"之意，而"浮生"又较"人生"更感伤。"愁对"三句自言别后孤零寂寥，煞拍"更那堪"数句则融入时事，亦进一步坐实了凄凉愁绪。以词之章法言未为高境，就送别时状况而言，则贴切，也亲切，不失为稳健之笔。

·附读·

送荪友　纳兰性德

人生何如不相识，君老江南我燕北。何如相逢不相合，更无别恨横胸臆。留君不住我心苦，横门骊歌泪如雨。君行四月草萋萋，柳花桃花半委泥。江流浩淼江月堕，此时君亦应思我。我今落拓何所止，一事无成已如此。平生纵有英雄血，无由一溅荆江水。荆江日落阵云低，横戈跃马今何时。忽忆去年风雨夜，与君展卷论王霸。君今偃仰九龙间，吾欲从兹事耕稼。芙蓉湖上芙蓉花，秋风未落如朝霞。君如载酒须尽醉，醉来不复思天涯。

江城子　浦江清

别时争信见时难，乍相看，镇无言。一笑殷勤，手为扑尘冠。苦道故人来不易，如梦里，接清欢。　　银灯坐对忆华年，恨无缘，驻红颜。莫负今宵，且放酒杯宽。明日欲寻今日醉，又南北，路三千。

掛柳拖煙亦不禁淮堤東馬風城陰

春風一夜三眠後十二玉樓深處鶯

絮飛無困人玉笠無賒惜少年人世

無情誰更童童芳雨濛濛陵堤柳枝詞

純玉詞兄

〔清〕严绳孙——《行书柳枝词轴》

相见欢

落花如梦凄迷[1]，麝烟微，又是夕阳潜下小楼西。　愁无限，消瘦尽，有谁知。闲教玉笼鹦鹉念郎诗[2]。

·注释·

[1]"落花"句：秦观《浣溪沙》："自在飞花轻似梦。"

[2]"闲教"句：柳永《甘草子》："奈此个、单栖情绪，却傍金笼共鹦鹉，念粉郎言语。"

·评析·

　　普普通通的闺情词，纳兰手中则笔笔流动而又不乏含蕴回旋，此所谓才情也。"闲教"一句自柳词脱化而出，去"粉"字，又将"言语"变为"诗"，即转俗为雅。不是说雅一定胜俗，而是说纳兰、柳氏的身份、时代都不同，能贴合为佳。

·附读·

长相思　杨圻

枕上听，到平明，雨满池塘流水声。落花和梦轻。　小阁清，闻早莺，镜里晓云开画屏。乱山天外青。

浣溪沙　汤国梨

寥落重门静掩扉，残春心事倍依依。画屏银烛太凄迷。　燕子自圆梁上梦，杜鹃犹绕短枝啼。落花如雨欲成泥。

昭君怨

暮雨丝丝吹湿，倦柳愁荷风急。瘦骨不禁秋[1]，总成愁。　别有心情怎说，未是诉愁时节。谯鼓[2]已三更，梦须成。

〔1〕"瘦骨"句:华镇《试院初闻蟋蟀》:"瘦骨不禁秋气重。"
〔2〕谯鼓:见前《金缕曲·慰西溟》注释〔6〕。

·评析·

　　"梦须成",正因"梦不成",总由一个"愁"字。小词中三用"愁"字,是有意为之,"言之不足,故长言之"也。

霜天晓角

　　重来对酒,折尽风前柳。若问看花情绪,似当日、怎能够。　　休为西风瘦,痛饮频搔首。自古青蝇白璧[1],天已早、安排就。

·注释·

〔1〕青蝇白璧:青蝇,喻指谗佞。《后汉书·杨震传》李贤注:"青蝇,污白使黑,污黑使白,喻佞人变乱善恶也。"李白《雪谗诗赠友人》:"白璧何辜,青蝇屡前。"

·评析·

　　自"青蝇白璧"句可联想起容若倾力营救的吴兆骞。当年吴氏遭人谗毁,卷入丁酉科场案,其师吴伟业送行诗《悲歌赠吴季子》即有句云:"白璧青蝇见排抵。"本篇的"青蝇白璧"未必专为吴季子而发,"佞人变乱善恶"之事,何代无之! 煞拍"天已早、安排就"六字,看似达观,内蕴悲愤。

减字木兰花

花丛冷眼[1]，自惜寻春来较晚[2]。知道今生，知道今生那见[3]卿？　　天然绝代[4]，不信相思浑不解[5]。若解相思，定与韩凭共一枝[6]。

·注释·

[1]花丛冷眼：冷眼花丛，意为花丛众卉，皆不能令人动心，暗用元稹《离思》"取次花丛懒回顾"句意。又顾贞观《烛影摇红·立春》："负却韶光，十年眼冷花丛里。"

[2]"自惜"句：用杜牧《怅诗》"自是寻春去校迟"句意，见前《临江仙·谢饷樱桃》注释[2]。

[3]那见：哪处再见，哪能再见到？绝望语。

[4]绝代：冠绝一代，并世无双，形容女子才貌绝伦。杜甫《佳人》："绝代有佳人，幽居在空谷。"

[5]浑不解：浑然不懂，全不解会。

[6]"定与"句：用韩凭故事。见前《清平乐》（青陵蝶梦）注释[1]。

·评析·

"知道今生，知道今生那见卿"，以语致的空灵浑成程度而论，本篇堪称容若词之上品，然而其意旨颇不易索解。张秉戌先生以为"诗人以韩凭自喻，除了表明自己对爱情的忠贞，同时也包含了对夺其所爱势力的无法抗争"。谁夺其所爱？为何无法抗争？如此理解必须要有本事支撑，比如苏雪林所相信的《海沤闲话》所载之传说。如果不能肯定那些传说的可信度，就不能作出这样的判断。

严迪昌先生以为本篇仍是悼亡词，较张先生之说通透，但"自惜寻春来较晚""天然绝代"二句不似悼亡语,作此解仍有存疑处。姑识于此,以待知者。

忆秦娥

　　长飘泊,多愁多病心情恶。心情恶,模糊一片,强分哀乐。　　拟将欢笑排离索[1],镜中无奈颜非昨。颜非昨,才华尚浅,因何福薄。

· 注释 ·

〔1〕离索:离群索居。杜甫《夜听许十一诵诗爱而有作》诗:"离索晚相逢,包蒙欣有击。"仇兆鳌注:"离索,离群索居,见《礼记》子夏语。"陆游《钗头凤》:"东风恶,欢情薄。一怀愁绪,几年离索。"

· 评析 ·

　　直话直说也是一柄双刃剑,有利有弊。做好了,有回味余韵,才是性灵;做不好,则如嚼蜡。容若大多数是做得好的,但如本篇"模糊一片,强分哀乐""才华尚浅,因何福薄"等语实在不耐咀嚼,实乃不成功之案例。

· 附读 ·

虞美人　金启琮
生来自是福分薄,休怨天公恶。朱门甲第逐东风,剩得今朝遗憾恨难穷。　　乱来骨肉音书少,陌巷年华悄。荧荧败壁映孤檠,真个任他飘泊可怜生。

青衫湿　悼亡

　　近来无限伤心事[1],谁与话长更。从教分付,绿窗红泪^{〔2〕}，早雁初莺^{〔3〕}。　　当时领略，而今断送，总负多情。忽疑君到，漆灯风飐^{〔4〕}，痴数春星。

· 注释 ·

〔1〕"近来"句：冯延巳《采桑子》："昔年无限伤心事。"

〔2〕"绿窗"句：取李郢《为妻作生日寄意》"绿窗红泪冷涓涓"句意。

〔3〕"早雁"句：《梁书·萧子显传》："早雁初莺，开花落叶，有来斯应，每不能已。"

〔4〕"漆灯"句：漆灯，任昉《述异记》："阖闾夫人墓中……漆灯照烂，如日月焉。"龙衮《江南野史》卷六："（沈彬）虚怀好道……近居阜上，有一大树可数拱，未殂前常指之谓家人曰：'吾死可葬于是。'既葬，穴其处……见一石灯，台上有漆……一铜牌上镌篆文云：'佳城今已开，虽开不葬埋。漆灯犹未爇，留待沈彬来。'由是坟之。"后因以之指阴间或墓穴之灯。飐，风吹物使其颤动。

· 评析 ·

　　在容若创作如林的悼亡词佳作中，这一篇乍看不算亮眼，然而真挚处一样令人动容不已。开篇"近来"二句即是大沉痛之辞，正所谓"悼亡之吟"而兼"知己之恨"。自此以下，"绿窗红泪""早雁初莺"等意象、"当时领略""而今断送"等心绪纷至沓来，从外到内强化着自己无限的悬念与相思，从而逼出末三句的奇语：风吹动的灯火是你吗？天上闪烁的星辰是你吗？如此"痴"心，真不忍卒读、难复为情者！清民之际词人杨圻平生两赋悼亡，其悼亡之首篇、夫人李道清殁后三十六日所作之《眼儿媚》与容若用调相近，意境亦绝似，可以参看。

· 附读 ·

眼儿媚　杨圻

日暖风和百草生，何处不伤情。前朝上巳，昨宵寒食，今日清明。　　断肠

曼盦吾兄法家屬正　少梅陳雲彰

陈少梅——《翠竹轻摇》

往事何堪说，回首百无凭。斜阳无影，落花无力，飞絮无声。

青衫湿　陈襄陵

相逢水远山长处，同是暂无家，不应生受，深深爱好，浅浅才华。　更谁错了，
坚盟指月，做梦凭花。一朝缘尽，香埋豆蔻，响绝琵琶。
而今尚欠相思债，何处可偿还。时时心上，宵宵梦里，惘惘人间。　早知此后，
山横水断，月冷花闲。凭谁与说，从教望绝，未算缘悭。

忆江南　宿双林禅院[1]有感

心灰尽，有发未全僧[2]。风雨消磨生死别，似曾相识
只孤檠[3]。情在不能醒。　　摇落后，清吹[4]那堪听。
淅沥暗飘金井叶[5]，乍闻风定又钟声。薄福荐倾城[6]。

· 注释 ·

〔1〕双林禅院：见前《望江南·宿双林禅院有感》注释〔1〕。

〔2〕"有发"句：陆游《衰病有感》："在家元是客，有发亦如僧。"

〔3〕孤檠：孤灯，见前《秋水·听雨》注释〔5〕。

〔4〕清吹：北地民俗，夜间于亡灵坟前奏乐，以示祭奠。

〔5〕"淅沥"句：见前《如梦令》(正是辘轳金井)注释〔1〕及《木兰花
慢·立秋夜雨，送梁汾南行》注释〔7〕。

〔6〕"薄福"句：荐，为亡者修善、祈得冥福的宗教活动。倾城，女子代称，
此指卢氏。

· 评析 ·

　　本书前文已有同调同题词"挑灯坐"一篇，二者当为同时作，
背景不必赘说。与"挑灯"一篇相比，本篇的感情烈度毫不逊色，
甚且犹有过之。一来上下片两处七字句均以散行出之，是沉痛心
绪不容于雕章琢句的表现；二来"心灰尽"二句堪称千古悼亡之

深情语，警策动人之极。稍不及"挑灯"者，末句气力略嫌荏弱。

·附读·

浪淘沙·晚凉池阁赋感　姚燮
重阁伴孤檠，宵浅凉深。更无密梦到疏衾。滴滴梧桐枝上雨，不要多听。　　江水夕烟平，记得分明。露桡风笛倚盈盈。乍可相逢旋别去，那忍言情。

清平乐　金启综
离频愁乱，愁向谁舒展。寂寂凉宵残月院，误了韶光将半。　　茅斋布被孤檠，就中牵系人生。一种凄凉滋味，回思总怨多情。

鹊桥仙

倦收缃帙[1]，悄垂罗幕，盼煞一灯红小[2]。便容生受博山香，销折得、狂名多少。　　是伊缘薄，是侬情浅，难道多磨更好。不成寒漏也相催，索性尽、荒鸡唱了。

·注释·

[1] 缃帙：浅黄色的书籍函套，指代书籍。
[2] "盼煞"句：刘基《瑞龙吟》："拥衾背壁，一灯红小。"

·评析·

　　"是伊缘薄，是侬情浅，难道多磨更好"，词上片铺垫、煞拍承接，皆为此三句之前驱后军。这三句词道出了多少钟情爱侣的心语，容若真深于情者也！"狂名""荒鸡"皆甚坐实，又可见篇中感慨自有根由，非泛泛拟古之作。

·附读·

踏莎行·拟饮水　唐圭璋
残月供愁，断鸿传恨，新来苦作春蚕困。今生无分惜婵娟，他生可有鸳鸯分。 　翠被寒侵，金炉香尽，千回百转无人问。赠君那得觅明珠，空余双泪凭君认。

鹊桥仙

梦来双倚[1]，醒时独拥，窗外一眉新月[2]。寻思常自悔分明，无奈却、照人清切[3]。　　一宵灯下，连朝镜里，瘦尽十年花骨[4]。前期总约上元时，怕难认、飘零人物[5]。

· 注释 ·

〔1〕双倚：互相依偎。

〔2〕"窗外"句：王炎《蝶恋花·崇阳县圃夜饮》："新月一眉生浅晕。"

〔3〕"照人"句：严绳孙《念奴娇》："姮娥知否，照人如此清切。"

〔4〕"瘦尽"句：史达祖《鹧鸪天》："十年花骨东风泪。"花骨，花枝。

〔5〕"前期"二句：用"破镜重圆"故事。孟棨《本事诗·情感》载：南朝陈太子舍人徐德言娶妻乐昌公主，恐国亡后两人不能相保，因破一铜镜，各执其半，约于他年正月望日卖破镜于都市，冀得相见。后陈亡，公主没入越国公杨素家。德言依期至京，见有苍头卖半镜，出其半相合。德言题诗云："镜与人俱去，镜归人不归。无复嫦娥影，空留明月辉。"公主得诗，悲泣不食。素知之，即召德言，以公主还之，偕归江南终老。后因以"破镜重圆"喻夫妻离散或决裂后重又团聚谐好。

· 评析 ·

上片词眼在"一眉新月"四字，"寻思常自悔分明，无奈却、照人清切"二句正切合月亮的"分明"，自悔"照人清切"、责人太苛，才导致了"梦来双倚"演变为现实中的"醒时独拥"。如此妙手关合，亦月亦人，具见巧思。

下片"飘零人物"四字也不可忽视。此"飘零"非现实境遇之落拓游移，而是心灵层面之折磨憔悴，所谓"瘦尽十年花骨"

是也。全篇极怅惘之致，也是别有幽怀的佳作。

"附读"中顾贞观《百字令》亦其妙品之一，意象情绪多有与纳兰词相近者，二人同气连枝，于斯可见。

临江仙　孤雁

霜冷离鸿惊失伴[1]，有人同病相怜。拟凭尺书寄愁边。愁多书屡易，双泪落灯前。　　莫对月明思往事，也知消减年年[2]。无端嘹唳一声传[3]。西风吹只影[4]，刚是早秋天。

· 注释 ·

〔1〕"霜冷"句：用贺铸《半死桐》"梧桐半死清霜后，头白鸳鸯失伴飞"语意。

〔2〕"莫对"二句：白居易《赠内》："莫对月明思往事，损君颜色减君年。"

〔3〕"无端"句：刘宰《病鹤吟上黄尚书》："一声嘹唳九关传。"

〔4〕"西风"句：王令《和人孤雁》："西风吹影过斜阳。"

　　自词题而言，本篇是咏物词无疑，但"恨人间、情是何物，直教生死相许"（元好问《摸鱼儿》），雁本身即是爱情符码之一，说这首词自况爱妻逝后的孤栖心情也全然吻合，无一丝凿枘处。首句先提出"失伴"的孤雁主题，一个"惊"字，极多悒悒不甘之情。次句即代入"同病相怜"之人，情感语句皆极自然。雁足可以传书，可愁苦如此之多，居然连一封书信也写不成功，只能黯然落泪而已。

　　下片承"双泪"接写自己因思往事而伤心消减，"年年"二字强调时日久长，益可想消瘦已甚。"无端"二字亦不甘之辞：何必要传来那一声清亮凄远的雁鸣声，更在这西风初起的早秋加深了我的孤愁！

· 附读 ·

临江仙·龙华会　金启琮
宝幢璎珞香氤氲，菩提贝叶因缘。旧愁新恨莫牵连。一声清磬处，明镜散花天。　　自是多情偏落拓，癯容消减年年。不如剃度戒坛边。任他憔悴去，生死莫相关。

水龙吟　题文姬图[1]

　　须知名士倾城[2]，一般易到伤心处。柯亭[3]响绝，四弦才断[4]，恶风吹去。万里他乡，非生非死[5]，此身良苦。对黄沙白草[6]，呜呜卷叶[7]，平生恨、从头谱。　　应是瑶台伴侣，只多了、毡裘夫妇[8]。严寒觱篥[9]，几行乡泪，应声如雨。尺幅重披，玉颜千载，依然无主[10]。怪人间厚福，天公尽付，痴儿騃女[11]。

〔1〕文姬：蔡琰，东汉蔡邕之女，字文姬，陈留（今河南杞县）人。《后汉书·列女传》载："博学有才辩，又妙于音律……兴平中，天下丧乱，文姬为胡骑所获，没于南匈奴左贤王，在胡中十二年，生二子。曹操素与邕善，痛其无嗣，乃遣使者以金璧赎之，而重嫁于（董）祀。"有《悲愤诗》二首传世，琴曲歌辞《胡笳十八拍》据传亦文姬所作。

〔2〕名士倾城：倾城，"倾国倾城"之缩略语，指佳人、美女。名士倾城并提甚早，《玉台新咏》中即收有梁简文帝萧纲的《和湘东王名士悦倾城》诗。

〔3〕柯亭：古会稽地名，即今浙江绍兴西南四十里处。张骘《文士传》："（蔡）邕告吴人曰：'吾昔尝经会稽高迁亭，见屋椽竹，东间第十六可以为笛。'取用，果有异声。"高迁亭，即柯亭。

〔4〕"四弦"句：言文姬精谙音律。《后汉书·列女传》李贤注引刘昭《幼童传》："邕夜鼓琴，弦绝，琰曰：'第二弦。'邕曰：'偶得之耳。'故断一弦问之，琰曰：'第四弦。'并不差谬。"

〔5〕非生非死：蔡琰《悲愤诗》："欲死不能得，欲生无一可。"又吴伟业《悲歌赠吴季子》："山非山兮水非水，生非生兮死非死。"

〔6〕黄沙白草：大漠荒凉景象。李嘉祐《送崔夷甫员外和蕃》："经春逢白草，尽日度黄沙。"

〔7〕卷叶：即胡笳。胡笳最初以葭芦之叶卷成，后以芦管或竹管制之。杜挚《笳赋》："唯葭芦之为物，谅絜劲之自然。"

〔8〕毡裘：亦作旃裘，北方游牧民族用兽毛所制衣服。《胡笳十八拍》："毡裘为裳兮骨肉震惊。"

〔9〕觱篥（bìlì）：古乐器，状似胡笳，故又名笳管。以竹为管，管口插芦制哨子，起源于古西域龟兹国（今新疆库车一带）。

〔10〕无主：《胡笳十八拍》："天灾国乱兮人无主，唯我薄命兮没戎虏。"

〔11〕"怪人间"三句：谢肇淛《五杂俎》引唐寅诗云："骏马每驮痴汉走，巧妻常伴拙夫眠。世间多少不平事，不会作天莫作天。"痴儿騃（ái）女，痴呆不敏者。宋自逊《贺新郎·七夕》："巧拙岂关今夕事，奈痴儿、騃

女流传谬。"

· 评析 ·

本篇《笺校》考订为康熙二十一年作。该年元夕，性德与吴兆骞、陈维崧、朱彝尊、曹寅等集花间草堂，指纱灯所绘古迹命题作诗词。时吴兆骞方自塞外还，故藉《文姬图》咏吴氏流放塞外二十余年事。说题此图而关锁吴兆骞的命运经历，我是同意的，且也很佩服。但把作期定得如此细致肯定，窃以为理由还不充分。元夕聚会，事实有之；指纱灯所绘古迹命题作诗词，事亦实有之。可是《文姬图》与"纱灯所绘古迹"毕竟是有差别的，对此，词题中应不会混作一谈。所以，落实此篇作期还需要更直接的证据，如吴、陈、朱、曹的文集中的准确记载，姑志于此俟考。

词开篇陈义甚高，发端甚大，有总括归纳历史规律之气势。纳兰长调每用此法。若"问人生、头白京国，算来何事消得"（《摸鱼儿》）、"只一炉烟，一窗月，断送朱颜如许"（《大酺》）、"人生南北真如梦，但卧金山高处"（《水龙吟》）等皆是也。"须知名士倾城，一般易到伤心处"，表面上写"倾城"，即文姬，而笔触中实已带入"名士"，即吴兆骞一流人。以下"柯亭"三句写风流顿尽，纵有惊人才调，亦免不了被时世捉弄折磨。"万里他乡，非生非死，此身良苦"，即前文所谓"伤心处"也。文姬诗中有欲生欲死之句，吴梅村送弟子吴兆骞亦有"生非生兮死非死"的哀音，看来"名士倾城"在偃蹇数奇这一点上倒真是有共通处的。面对大漠的黄沙白草、冷月悲笳，那些人生的无奈与凄凉要怎样才能说尽呢？

过片二句言文姬原应在中原过上神仙佳侣般生活，哪知沦落到绝塞十二年，且生二子。可吴兆骞不也流离二十余载，其妻葛氏不也随他成了"毡裘夫妇"？不也听到觱篥声声，泪下如雨？至此，词中处处将名士与倾城合写共照，令词的情感含量与反映深度皆有极大提升。"尺幅"三句回到题图主旨，"无主"二字既总结其遭际，亦为结拍处一"怪"字中包蕴的慨然意、嘲讽味、不平鸣作铺垫，正是感喟多端，锋芒激射。

〔明〕 仇英摹宋本 ——《胡笳十八拍图卷》

〔明〕仇英摹宋本——《胡笳十八拍图卷》

〔明〕仇英摹宋本——《胡笳十八拍图卷》

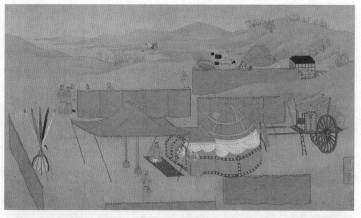

〔明〕仇英摹宋本——《胡笳十八拍图卷》

〔明〕 仇英摹宋本 ——《胡笳十八拍图卷》

〔明〕 仇英摹宋本 ——《胡笳十八拍图卷》

这首题画词乃纳兰集中最上乘的杰作之一，正因披"题画"之外衣，故每易被人轻忽。前文我们说过，诗人有忧生，有忧世，纳兰无疑属前者，但这首词却提醒我们，这位多情多愁的公子亦不无"忧世"一面，即"留心世务"、关注社会现实的一面。我一直提倡读解诗词最好"看山是山，看水是水"，不要过于附会，可有些时候的确不能只就事论事。比如这一首词，我不相信容若在题写《文姬图》时头脑中没有闪过吴兆骞的影像，没有闪过顺治朝以来无数流离颠沛的才人影像，否则他怎会将这首词写得如此挺拔凄楚，情感飞腾，沛然莫御？作为清朝新贵之一员，纳兰是不会也不敢对朝廷种种迫害恫吓文士的"虐政"发表直接的批评意见的，这恐怕也是他借题图机会一吐胸中垒块的重要原因吧。

·附读·

柳梢青　潘飞声
名士倾城。鸳分鸾散，枉说天生。影事词笺，华年锦瑟，昔昔堪惊。　　兰衾未堕香盟。开一扇、春风画屏。月病花愁，莺嗔蝶怨，谁劝卿卿。

鹊桥仙·乙未七夕　陈方恪
疏花媚晚，青桐褪暑，消受嫩凉庭宇。衣香帘影自依依，奈换了、隔年情绪。　　分炉行篆，量枝缀缕，别见红闺幽悰。人间总被误聪明，悔莫乞、痴騃尔汝。

解佩令·七夕立秋　汤国梨
吟蝉咽露，高梧湿月，正经风、一叶飘飘下。惊起灵乌，填画桥、云轺催驾。趁新凉、离情一写。　　痴儿騃女，陈瓜乞巧，为双星、竞传佳话。只恐天孙，却替人、惊心良夜。怕匆匆、月残花谢。

金缕曲

未得长无谓[1]。竟须将，银河亲挽，普天一洗[2]。麟阁才教留粉本[3]，大笑拂衣归矣。如斯者、古今能几？有限好春无限恨，没来由、短尽英雄气[4]。暂觅个，柔乡[5]避。　　东君轻薄知何意。尽年年，愁红惨绿，添人憔悴[6]。两鬓飘萧[7]容易白，错把韶华虚费。便决计、疏狂休悔[8]。但有玉人常照眼[9]，向名花、美酒拼沉醉。天下事，公等[10]在。

・注释・

〔1〕"未得"句：不能总这样无所作为。李商隐《无题》："人生岂得长无谓，怀古思乡共白头。"性德《金缕曲・寄梁汾》："人岂得，长无谓。"

〔2〕"银河"二句：杜甫《洗兵马》："安得壮士挽天河，净洗甲兵长不用。"

〔3〕"麟阁"句：麟阁，麒麟阁。在汉未央宫内，汉宣帝时曾图霍光等十一功臣像于阁上，以彰扬其功绩。粉本，本意谓画稿。古时中国画先于墨线底稿上加描粉笔，同时扑入缣素，依粉痕落墨，故云。此指图画，谓功臣画像。

〔4〕"短尽"句：蔡伸《点绛唇》："一点情钟，销尽英雄气。"

〔5〕柔乡：温柔乡。伶玄《飞燕外传》："是夜进合德，帝大悦，以辅属体，无所不靡，谓为温柔乡。"

〔6〕"尽年年"三句：杨无咎《阳春》："尽憔悴，过了清明候，愁红惨绿。"

〔7〕飘萧：见前《金缕曲・姜西溟言别，赋此赠之》注释〔8〕。

〔8〕"便决计"句：决计，主意已定。疏狂，放纵不拘。柳永《蝶恋花》："拟把疏狂图一醉。"

〔9〕"但有"句：王彦泓《梦游》："但有玉人常照眼，更无尘务暂经心。"

〔10〕公等：指志得意满之衮衮诸公。

・评析・

　　词中有"银河亲挽，普天一洗""麟阁才教留粉本"等军事意象，此词当作于康熙十五年（1676）容若殿试成进士后不久。时正三藩乱起，烽火四燃，容若心怀"净洗甲兵"之远志，然自己一官尚久未铨选，麟阁粉本更属痴人说梦了。他资兼文武，非文弱书生，此点在其师友文字中多有表见。如徐乾学所撰《墓志铭》云："数岁即善骑射，自在环卫，益便习，发无不中。"《神道碑文》云："君有文武才，每从猎，射鸟兽，必命中。"韩菼《神道碑铭》更谓其"上马驰猎，拓弓作霹雳声，无不中"。梁羽生创作《七剑下天山》时，就曾根据这些记载把容若写成身具武功的高手："他曾受桂仲明与冒浣莲推过一掌，要知道桂仲明的武功在'七剑'中是第一流的，他的气力很大（学过大力鹰爪神功），可是纳兰被他一推，只是退后几步，并没有跌倒！"（《纳兰容若的武艺》）文武兼资而无所表见，烦懑心境之下，因有此作。

词开篇即述志，语调颇昂奋，少年锋锐，毕见无遗。"麟阁"以下数句谓倘能立下煊赫功勋，不待留图像于庙堂即拂衣归隐，表明自己乃着眼于治国安天下，而非贪图利禄功名。"如斯者、古今能几"七字将此种豪迈俊逸推向顶峰，令人如闻其笑声，如见其英武。"有限好春无限恨"一句则将前文许多豪壮化为泡影，由此转入愤懑与消沉。英雄气短，势必儿女情长，温柔乡自然是逃避的最佳去处了。"暂""避"二字皆耐人寻味。下片承上渲染颓唐放纵心绪。东君轻薄，韶华虚费，除了疏狂，除了玉人照眼、沉醉花酒，还能以什么为寄托，排遣心头苦闷呢？一派牢骚语之后，再转回开篇主旨：挽银河洗天下事有诸公在，拜托了！看似调侃，而寓有很沉重的愤慨，很辛辣的嘲讽。

本书前言中曾提到金庸小说《书剑恩仇录》，乾隆与陈家洛初次对话即用到两首纳兰词。一首是《金缕曲》（德也狂生耳），系容若成名作，另一首则是本篇。文见第七回：

> 东方耳见他言不由衷，也不再问，看着他手中折扇，说道："兄台手中折扇是何人墨宝，可否相借一观？"陈家洛把折扇递了过去。东方耳接来一看，见是前朝词人纳兰性德所书的一阕《金缕曲》，词旨峻崎，笔力俊雅，当下说道："纳

兰容若以相国公子，余力发为词章，逸气直追坡老美成，国朝一人而已。观此书法摹拟褚河南，出入《黄庭内景经》间。此扇词书可称双璧，然非兄台高士，亦不足以配用，不知兄台从何处得来？"陈家洛道："小弟在书肆间偶以十金购得。"东方耳道："即十倍之，以百金购此一扇，亦觉价廉。此类宝物多属世家相传，兄台竟能在书肆中轻易购得，真可谓不世奇遇矣！"说罢呵呵大笑。陈家洛知他不信，也不理会，微微一哂。东方耳又道："纳兰公子绝世才华，自是人中英彦，但你瞧他词中这一句：'且由他，蛾眉谣诼，古今同忌。身世悠悠何足问，冷笑置之而已。'未免自恃才调，过于冷傲。少年不寿，词中已见端倪。"说罢双目盯住陈家洛，意思是说少年人恃才傲物，未必有甚么好下场。陈家洛笑道："'大笑拂衣归矣。如斯者、古今能几？''向名花、美酒拼沉醉。天下事，公等在。'"这又是纳兰之词。

　　小说中，乾隆与陈家洛本同胞兄弟。兄弟交手，或武或文，大是热闹。能以纳兰贯串其间，诚亦说部之奇观也。

· 附读 ·

金缕曲·送孟龙从弟北行　杨圻

不尽凄凉意。更那堪、数峰荒翠，霜林如醉。送我归京曾几日，今又送君去矣。算人世、别离而已。客去楼空千里目，正一江、秋水斜阳底。摇落恨，空相对。　　年来我亦风云气。寄闲情、金樽低酌，危栏孤倚。都道新丝容易买，脱手何从绣起。谁识得、马周心事。自古英雄无长策，纵因人、成事终非计。天下事，销魂耳。

金缕曲·题《寒云词》后　张伯驹

一刹成尘土。忍回头、红毹白雪，同场歌舞。明月不堪思故国，满眼风花无主。听哀笛、声声凄楚。铜雀春深销霸气，算空余、入洛陈王赋。忆属酒，对眉妩。　　江山依旧无今古。看当日、君家厮养，尽成龙虎。歌哭王孙寻常事，芳草天涯歧路。漫托意、过船商贾。何逊白头飘零久，问韩陵、片石谁堪语？争禁得，泪如雨。

卷五 · 金缕曲　545

望江南　咏弦月[1]

初八月，半镜上青霄。斜倚画阑娇不语，暗移梅影过红桥。裙带北风飘[2]。

·注释·

〔1〕弦月：呈半圆形的月亮，指农历初七八或廿二三之月。谢灵运《七夕咏牛女》："火逝首秋节，新明弦月夕。"

〔2〕"裙带"句：李端《拜新月》："细语人不闻，北风吹裙带。"

·评析·

　　此随手之作也，"暗移"一句较佳，"裙带"一句拙甚。所附读魏新河词写"新月"，自初一至初五一路递进，妙不可言，美不胜收，胜过纳兰此篇。

·附读·

浣溪沙·新月　魏新河

初一潜形初二痕，初三初四小眉新。可怜初五半樱唇。　　甚底无情多照你，都应有意不看人。这番销尽剩余魂。

鹧鸪天　离恨

背立盈盈故作羞，手挼梅蕊打肩头[1]。欲将离恨寻郎说，待得郎来恨却休。　　云淡淡，水悠悠，一声横笛锁空楼。何时共泛春溪月，断岸垂杨一叶舟[2]。

〔1〕"手挼"句：晏几道《玉楼春》："手挼梅蕊寻香径。"王彦泓《临行阿锁欲尽写前诗……遂口占》："打将瓜子到肩头。"挼（ruó），揉搓；摩挲。

〔2〕"断岸"句：萧蕃《卫河秋涨》："两岸垂杨一叶舟。"

·评析·

　　曰"离"曰"恨"，应该写得"幽咽泉流冰下难"才对，容若词笔则如"骏马下注千丈坡"，一派奔流到底，从而将"离恨"写得淋漓俊爽，但"欲将离恨寻郎说，待得郎来恨却休"二句又深于曲折，将"离"字、"恨"字写入读者的意中心里。本篇笔法颇似小晏同调名作："守得莲开结伴游，约开萍叶上兰舟。来时浦口云随棹，采罢江边月满楼。　　花不语，水空流，年年拼得为花愁。明朝万一西风动，争奈朱颜不耐秋。"疏快犹有过之，而蕴藉不及。

临江仙　无题

　　昨夜箇人曾有约，严城玉漏三更[1]。一钩新月几疏星。夜阑犹未寝，人静鼠窥灯[2]。　　原是瞿塘风间阻[3]，错教人恨无情[4]。小阑干外寂无声。几回肠断处，风动护花铃。

·注释·

〔1〕"严城"句：赵以夫《虞美人》："城头玉漏已三更。"

〔2〕"人静"句：秦观《如梦令》："梦破鼠窥灯，霜送晓寒侵被。"

〔3〕"原是"句：谓猜测对方赴约途中为不可抗力所阻。瞿塘风，长江三峡中以瞿塘峡最称险滩，峡口滟滪堆风急浪湍，行舟甚难，故云。释了惠《偈颂》："瞿塘三峡山波险，栈阁连云行路难。"

劲节先生
雅属 陈湄

陈少梅——《竹下研诗图》

〔4〕"错教"句：顾敻《遐方怨》："教人争不恨无情"。

　　本篇《精选国朝诗余》题曰"忆友"，与词情不合，应为擅加。不消说"原是瞿塘风间阻，错教人恨无情""几回肠断处，风动护花铃"皆是男女情爱语，开篇的"简人"即是女子的专用称谓，不应作别解。本篇亦颇流宕，"人静鼠窥灯"五字写孤寂荒凉心情，最佳。

· 附读 ·

醉太平　郭麐
风凄露清，参斜斗横。兔华如水回萦，到帘纹自平。　三更四更，无情有情。枕函残梦初醒，有金钗堕声。

忆江南

　　江南忆，鸾辂〔1〕此经过。一掬胭脂沉碧甃〔2〕，四围亭壁嶂红罗〔3〕。消息暑风多。

· 注释 ·

〔1〕鸾辂（luánlù）：天子王侯所乘之车。《吕氏春秋·孟春纪》："天子居青阳左个，乘鸾辂，驾苍龙"。高诱注："辂，车也。鸾鸟在衡，和在轼，鸣相应和。后世不能复致，铸铜为之，饰以金，谓之鸾辂也。"

〔2〕"一掬"句：用胭脂井故事。井在今南京市玄武区玄武湖南侧、鸡鸣寺内，南朝陈景阳殿之井，又名辱井、景阳井。陈祯明三年（589），隋兵南下过江，攻占台城，陈后主闻兵至，与妃张丽华、孔贵嫔投此井。至夜，为隋兵所执，后人因称此井为辱井。隋唐以后，台城屡遭破坏，景阳殿已毁，井亦随之湮没，后人在鸡笼山的鸡鸣寺侧立井。

〔3〕红罗：蒋一葵《尧山堂外纪》卷四十一："后主于宫中作红罗亭，

四面栽红梅，作艳曲歌之。"

· 评析 ·

《笺校》以为本篇写康熙二十三年冬南巡至江宁事，并以为纳兰康熙二十四年五月逝世，不应有"暑风"之语，进而推断许增刻本收入此篇或有讹误。这样理解的问题在于将"鸾辂"指实为康熙帝之车驾，从而与其南巡史事相连考据。其实稍微玩味一下即可知，词咏的是陈后主事，"鸾辂"为何不能指陈后主车驾？本身是不难理解的普通咏古词，念头若多，易生凿枘。

忆江南

春去也[1]，人在画楼东。芳草绿黏天一角[2]，落花红沁水三弓[3]。好景共谁同。

· 注释 ·

[1] 春去也：刘禹锡《忆江南》："春去也，多谢洛城人。"
[2] "芳草"句：秦观《踏莎行》："山抹微云，天黏衰草。"
[3] "落花"句：谓落花铺满水面。弓，古代量地之数。据《度地论》，二尺为一肘，四肘为一弓，三百弓为一里。换算今之通行长度单位，一弓约一点六七米。

· 评析 ·

亦随手之作也，章法语感皆追步刘禹锡之同调名作"春去也，多谢洛城人。弱柳从风疑举袂，丛兰裛露似沾巾。独坐亦含颦"。或以为"三弓"面积太小，故以"弓"为"泓"之假借，误。"泓"非水之量词，"一泓"可以，未有称"两泓""三泓"者。

·附读·

望江南　严绳孙

春欲尽，昨夜画楼东。暗绿扑帘银杏雨，昏黄扶袖玉兰风。人在小窗中。　　山
枕泪，只是背人红。讳病镜知眉戍削，关心书辨墨纤浓。归梦镇相逢。

赤枣子

风浙浙^[1]，雨纤纤，难怪春愁细细添。记不分明疑是梦，梦来还隔一重帘。

·注释·

〔1〕风浙浙："浙浙"乃象声词。谢朓《诗》："夜条风浙浙。"

·评析·

词眼在后二句：往事春愁本已"记不分明"，有如梦寐，而梦里尤模糊不清，更加隔膜。如此莫名而来、挥斥不去之怅惘真是何等无奈、何等撩人！《赤枣子》（即《桂殿秋》）结构殆同七绝，难在情致低回而笔势转折，如蜻蜓点水，旋来倏往。容若最擅此种寥寥数语、举重若轻之作。前引同时词坛朱彝尊之《桂殿秋》，异曲同工，亦可参看。

玉连环影

才睡。愁压衾花^[1]碎。细数更筹^[2]，眼看银虫^[3]坠。梦难凭，讯难真，只是赚^[4]伊终日两眉颦。

·注释·

〔1〕衾花：被子上所织或绣的花朵。

〔2〕更筹：古代夜间报更用的计时竹签，亦借指时间。

〔3〕银虫：灯花。

〔4〕赚：博得。

·评析·

　　纳兰自度《玉连环影》共两首，此篇之佳，并不亚于"何处。几叶萧萧雨"那一首，可参见"何处"一首之"评析"。另值一提者："银虫"一般指蠹鱼，即"蟫虫"之俗写，以其指"灯花"似仅容若此例。容若《浣溪沙·庚申除夜》有"九枝灯炲颤金虫"，《浣溪沙》（记绾长条欲别难）又云"玉虫连夜剪春幡"，"金虫""玉虫"皆指灯花，"银虫"义同。

如梦令

　　万帐穹庐〔1〕人醉，星影摇摇欲坠〔2〕。归梦隔狼河〔3〕，又被河声搅碎。还睡，还睡，解道〔4〕醒来无味。

·注释·

〔1〕穹庐：游牧民族所住毡帐，中央隆起，四周下垂，形状似天，故称。《汉书·匈奴传》："匈奴父子同穹庐卧。"颜师古注："穹庐，旃帐也。其形穹隆，故曰穹庐。"此谓军帐。

〔2〕"星影"句：杜甫《阁夜》："三峡星河影动摇。"

〔3〕狼河：即白狼河。见前《台城路·塞外七夕》注释〔1〕。

〔4〕解道：知道，懂得。

·评析·

　　此词与《长相思》（山一程）当为同时作。"万帐"二句气魄绝大，实开边塞词千古未有之局面，许之"壮观"二字，无愧色也，然"归梦"二句已弱，至"还睡"三句，竟如小儿女语。虽为实写思乡之情，毕竟头重脚轻，全篇不称。于小令词中营造出豪迈夺人境界，同时词坛惟陈迦陵有之。容若偶能至此境，而时呈支离脆弱之势。此亦非容若之过，才分有不同尔。

天仙子

月落城乌啼未了[1]，起来翻为无眠早。薄霜庭院怯生衣[2]，心悄悄[3]，红阑绕。此情待共谁人晓。

· 注释 ·

[1]"月落"句：杨士奇《李孟昭挽诗》："月落城乌啼，风凄寒露繁。"

[2]生衣：夏衣。王建《秋日后》："立秋日后无多热，渐觉生衣不着身。"

[3]心悄悄：《诗经·邶风·柏舟》："忧心悄悄，愠于群小。"悄悄，忧伤貌。

· 评析 ·

《天仙子》在《花间集》中大多为单调，如韦庄之"蟾彩霜华夜不分，天外鸿声枕上闻。绣衾香冷懒重熏。人寂寂，叶纷纷，才睡依前梦见君"，为五平韵；和凝之"柳色披衫金缕凤，纤手轻拈红豆弄。翠蛾双敛正含情。桃花洞，瑶台梦，一片春愁谁与共"，则五仄韵。自宋初则增为双调，张先"水调数声持酒听"一首最为有名。本篇乃拟《花间》之作，章法一如韦、和二氏，饶具古意。

浣溪沙

锦样年华水样流，鲛珠[1]迸落更难收。病余常是怯梳头[2]。　　一径绿云修竹怨，半窗红日落花愁。悄悄[3]

只是下帘钩。

·注释·

〔1〕鲛珠：泪珠。见前《摸鱼儿·午日雨眺》注释〔8〕。

〔2〕怯梳头：周邦彦《南乡子》："早起怯梳头。欲绾云鬟又却休。"

〔3〕愔（yīn）愔：柔弱貌。《晋书·石弘载记》："大雅愔愔，殊不似将家子。"沈辽《读书》："病骨愔愔百不如。"

·评析·

本篇学《花间》之中平者，未能称佳，不但"锦样年华"一句稍显滑易，过片"一径"二句亦颇似《红楼梦》声口。有人会问："似《红楼梦》声口有何不好？那可是古典小说的巅峰啊！"《红楼梦》是巅峰不假，但其中诗词作品置之诗词史长河中则不值一提。当代最优秀的诗人之一陈永正先生早在1985年就写过《红楼梦中劣诗多》一文，做出"《红楼梦》中大多数诗词，内容狭隘，感情空泛，风格卑下，语言浮靡。无论从思想性和艺术性哪方面来说，都是第三流以下的劣作"的结论，读者不妨寻来参看。从韵文创作角度而言，《红楼梦》真能称为巅峰的是曲，《好了歌注》《虚花悟》《收尾·飞鸟各投林》三篇尤为古今绝唱。

·附读·

浣溪沙　袁克文

小雨轻凉一夜秋，单衾如水不胜愁。强抛闲梦度温柔。　　尽有啼螀迎别院，已无飞燕近重楼。灯痕寂寞下帘钩。

浣溪沙

肯[1]把离情容易看，要从容易见艰难。难抛往事一般般。　　今夜灯前形共影，枕函虚置翠衾[2]单。更无人与共春寒。

〔1〕肯：不肯，岂肯。

〔2〕翠衾：翠被。李商隐《药转》："翠衾归卧绣帘中。"

· 评析 ·

　　这首小词写离情，既难考本事，字句也无大过人处，故常为人忽略。然细细读之，则会体察到一种潺潺流动的整饬自然之美。羚羊挂角，无迹可求，刊落繁华，尽现真淳，此之谓也。纳兰词本以天然见长，然至此篇之程度者，亦不数见。其中"要从容易见艰难"一句，尤堪为天下有情人箴儆。

浣溪沙

　　已惯天涯莫浪愁〔1〕，寒云衰草渐成秋〔2〕。漫〔3〕因睡起又登楼。　　伴我萧萧惟代马〔4〕，笑人寂寂有牵牛〔5〕。劳人只合一生休〔6〕。

· 注释 ·

〔1〕莫浪愁：王九思《傍妆台》："扮沉醉，莫浪愁。"浪愁，徒劳地发愁。

〔2〕"寒云"句：孙嵩《曲江头》："离离衰草寒云秋。"

〔3〕漫：聊且。

〔4〕代马：代州所产之马，泛指北方马。代州，辖境大致为今山西代县、繁峙、五台、原平一带。曹植《朔风诗》："仰彼朔风，用怀魏都。愿骋代马，倏忽北徂。"

〔5〕"笑人"句：李商隐《马嵬》："当时七夕笑牵牛。"此反用句意，谓牵牛星笑人。

〔6〕"劳人"句：行役之人。梅尧臣《依韵和唐彦猷华亭十咏·秦始皇驰道》："秦帝观沧海，劳人何得修。"只合，本就应该。

·评析·

　　严迪昌先生据《康熙起居注》猜测本篇作于康熙二十二年（1683）或二十三年（1684）七夕前后，是。词开篇即云"已惯天涯莫浪愁"，其实正是难抑心底愁思的厌倦感使然。近卫扈从在别人视为荣光，求之不得，容若则当作苦差事。所谓"睡起又登楼""伴我萧萧"云者，皆由此而来。惟其中又掺杂爱妻长逝、不得如牛女相会之寂寥，遂有"劳人草草"（《诗经·小雅·巷伯》）、"他生未卜此生休"（李商隐《马嵬》）之叹，身世之感毕见无遗。

·附读·

浣溪沙　梁羽生
已惯江湖作浪游，且将恩怨说从头。如潮爱恨总难休。　　瀚海云烟迷望眼，天山剑气荡寒秋。峨眉绝塞有人愁。

采桑子　居庸关〔1〕

　　巂周〔2〕声里严关峙，匹马登登〔3〕。乱踏黄尘。听报邮签第几程〔4〕？　　行人莫话前朝事，风雨诸陵〔5〕。寂寞鱼灯〔6〕。天寿山〔7〕头冷月横。

·注释·

〔1〕居庸关：长城关口，在北京昌平区西北，距城区约五十公里，为著名的"九塞"之一。两山夹峙，巨涧中流，悬崖峭壁，最称险峻。
〔2〕巂（guī）周：巂同规，巂周即子规、杜鹃鸟。《尔雅·释鸟·巂周》云："巂，蜀王望帝化为子巂，今谓之子规是也。"亦指燕子，见《吕氏

〔清〕 张若澄 ——《燕山八景图》之《居庸叠翠》

春秋·本味篇》。

〔3〕登登：马蹄击踏山石声。

〔4〕"听报"句：邮签，即漏筹，古代驿馆、驿船等夜间报时器上计时部件。杜甫《宿青草湖》："宿桨依农事，邮签报水程。"此句言关路险陡，行进费时。

〔5〕诸陵：指明十三陵，如长陵、泰陵等。

〔6〕鱼灯：陵寝中长明灯。《史记·秦始皇本纪》："始皇初即位，穿治郦山……以人鱼膏为烛，度不灭者久之。"

〔7〕天寿山：军都山诸山岭之一，十三陵在其南麓。居庸关北魏时即称军都关，跨军都山而筑。

·评析·

　　纳兰词多有带孤臣孽子心绪者，正是这部分作品引起后人最多的猜疑。诸如以为容若怀隐恨于清朝，诸如"代作"说，皆由此而来。大家似乎难以理解，为何这位贵公子全无胜利者的自豪与骄矜，反而伤怀吊古，悲歌流涕，行径几等同于遗民野老。我以为，持此说者主要还是从政治角度考量，而很少考虑到纳兰心中另有一架人文的或曰历史的天平。纳兰之所以挺秀于当时后世，恰恰在于他不是站在一时一地、一城一池的视角看待兴衰成败。他深深懂得，今天的辉煌就是明天的荒凉，而今天的荒凉昨天也曾绽放过炫目的繁华。在此意义上，他超越了自己所属的阶层，超越了自己所属的时代，从而也就超越侪辈，成为我们为之倾倒的伟大词人。

　　本篇是遗子心曲的最典型代表，一种吊古伤今心绪浓溢于风雨、冷月、黄尘之间，不言情而情自胜，感人甚深，故为略述联想如上。

·附读·

出居庸关　爱新觉罗·玄烨

群峰倚天半，直北峙雄关。古塞烟云合，清时壁垒闲。军锋趋朔漠，马迹度重山。渐向边城路，旌旗叠翠间。

百字令·度居庸关　朱彝尊

崇墉积翠，望关门一线，似悬檐溜。瘦马登登愁径滑，何况新霜时候？画鼓无声，朱旗卷尽，惟剩萧萧柳。薄寒渐甚，征袍明日添又。　　谁放十万黄巾，丸泥不闭，直入车箱口。十二园陵风雨暗，响遍哀鸿离兽。旧事惊心，长途望眼，寂寞闲庭堠。当年锁钥，董龙真是鸡狗。

六州歌头·居庸关长城吊古　张伯驹

陇云辽海，迤逦亘西东。走黄漠，临紫塞，踞层峰，列崇墉。气象谁能似，三千里，开河道，栽杨柳，隋炀帝，失争雄。二世曾无旋踵，看刘项先入关中。问蒙恬何在，霸业遽成空。一炬秦宫，烛天红。　　又飞狐口，马兰峪，屏畿辅，拱居庸。土木变，急边警，肆妖凶，更尘蒙。青史沉冤事，乘舆返，是谁功。于忠肃，岳忠武，恨终同。未有龙城飞将，应难息羯鼓狼烽。纵重关绝险，只不度春风，还仗和戎。

清平乐　发汉儿村[1]题壁

　　参横月落[2]，客绪[3]从谁托。望里家山[4]云漠漠，似有红楼[5]一角。　　不如意事[6]年年，消磨绝塞风烟。输与五陵公子[7]，此时梦绕花前。

·注释·

〔1〕汉儿村：见前《百字令·宿汉儿村》注释〔1〕。

〔2〕参横：参星横斜，谓后半夜天将破晓时。参星为白虎七宿之一。曹植《善哉行》："月没参横，北斗阑干。"

〔3〕客绪：旅途中心绪。

〔4〕家山：故乡。

〔5〕红楼：女子居所。李商隐《春雨》："红楼隔雨相望冷，珠箔飘灯独自归。"

〔6〕不如意事：《晋书·羊祜传》："祜叹曰：'天下不如意，恒十居七八，故有当断不断。'"

〔7〕五陵公子：长陵、安陵、阳陵、茂陵、平陵五县合称"五陵"，均

在渭水北岸，今陕西咸阳市附近。为西汉五个皇帝陵墓所在地，汉元帝以前，每立陵墓，辄迁徙四方富豪及外戚于此居住，令供奉园陵，称为陵县。《汉书·游侠传·原涉》:"郡国诸豪及长安五陵诸为气节者，皆归慕之。"后世诗文常以五陵为富豪人家聚居京畿之地。

·评析·

容若卒时，朱彝尊挽诗有"出塞同都护，论功过贰师。华堂属纩日，绝域受降时"诸句，系指康熙二十一年（1682）秋冬容若随副都统郎谈"觇梭龙"事。本篇当即作于此行程中，纳兰词中另有《百字令·宿汉儿村》，亦作于同时。

首二句言长夜难眠，客愁浓郁。三四句想象之辞。望里，心想之谓。家山茫茫，红楼一角又格外隐约，然则愁情即格外凝重。"似有红楼一角"故作模棱语，意境、韵味皆妙。过片"不如意事"非泛常感慨。一来早赋悼亡，情感空落；二来自己厕从侍卫之职分亦并不开心。虽有特殊使命在身，亦觉得只是消磨了绝塞风烟而已。然而伤感中也不无自慰与自豪：当五陵公子梦绕花间的时候，自己毕竟在为国事奔波于边陲荒野。有自嘲味道，也不无讥刺，然读之但觉情致敦厚，手笔灵动。

此词上下片均为二句实写，二句虚写。下片平易中暗潜峻峭，较前半尤佳。

·附读·

采桑子　文廷式
木兰开后闲相忆，静夜如年，好梦如烟。月落参横更不眠。　当时银烛知愁思，意远如天。语转如禅。可奈秋花别样妍。

清平乐

角声哀咽，襦被^[1]驮残月。过去华年如电掣，禁得番番离别。　　一鞭冲破黄埃。乱山影里徘徊。蓦忆去年今日，十三陵下归来。

·注释·

〔1〕襆被：铺盖，行李。

·评析·

　　本篇与上篇应作于同时，总体不及上篇，然煞拍二句颇灵动沉慨。所谓"过去华年"也者，至此乃呈现"如电掣"之质感，照应甚妙。

·附读·

清平乐·河间晓发　黄景仁

茅檐土锉，着个凄凉我。替戾声催装上驮，冷雁一声先过。　　昨宵翠袖红弦，知他今夜谁边？报道邮签百二，惊回乡梦三千。

清平乐

　　画屏无睡，雨点惊风碎。贪话零星兰焰〔1〕坠，闲了半床红被。　　生来柳絮飘零，便教咒〔2〕也无灵。待问归期还未，已看双睫盈盈。

·注释·

〔1〕兰焰：灯花美称，见前《满宫花》（盼天涯）注释〔3〕。

〔2〕咒：祷祝。

·评析·

　　上片之"闲了半床红被"，煞拍之"已看双睫盈盈"，此二句真楚楚可怜者，惜"生来"二句不称。

· 附读·

卖花声　郭麐

秋水淡盈盈，秋雨初晴。月华洗出太分明。照见旧时人立处，曲曲围屏。　　风露浩无声，衣薄凉生。与谁人说此时情？帘幕几重窗几扇，说也零星。

秋千索

　　锦帷初卷蝉云[1]绕，却待要、起来还早。不成薄睡倚香篝，一缕缕、残烟袅。　　绿阴满地红阑悄，更添与、催归啼鸟。可怜春去又经时[2]，只莫被、人知了。

· 注释·

[1]蝉云：同"蝉鬓"。见前《浣溪沙》（睡起惺忪强自支）注释[2]。
[2]经时：历久。

· 评析·

　　此闺中伤春之词也，就题材而言无新意，但在"锦帷""蝉云""香篝"等常见的闺阁意象基础上贯串"却待要、起来还早""一缕缕、残烟袅""可怜春去又经时，只莫被、人知了"等口语，即具自然疏快、朴厚熨帖之致，颇为耐读。

· 附读·

秋千索·闺情，用饮水词韵　袁思古

远山千叠愁眉绕。望不见、你归来早。倚楼玉笛怨黄昏，诉不尽、余音袅。　　惊心我独空房悄。更怕见、双栖啼鸟。陌头杨柳又逢春，莫再觅、封侯了。

浪淘沙　秋思

　　霜讯下银塘[1]，并作新凉。奈他青女[2]忒轻狂。端正一支荷叶盖，护了鸳鸯[3]。　　燕子要还乡，惜别雕梁。更无人处倚斜阳。还是薄情还是恨，仔细思量。

· 注释 ·

〔1〕"霜讯"句：霜讯，即霜信，霜期来临的消息。吴文英《古香慢·自度腔夷则商犯无射宫赋沧浪看桂》："怨娥坠柳，离佩摇纨，霜讯南圃。"银塘，见前《一丛花·咏并蒂莲》注释〔7〕。
〔2〕青女：传说中掌管霜雪的女神。《淮南子·天文训》："至秋三月……青女乃出，以降霜雪。"高诱注："青女，天神，青霄玉女，主霜雪也。"
〔3〕"端正"二句：苏泂《复过二首》："少留荷叶盖鸳鸯。"

· 评析 ·

　　题为"秋思"，遂一直描刻"秋"景"秋"情，霜讯、新凉、荷叶、鸳鸯、燕子，可谓不惮其烦。至"更无"一句始逗出"思"的姿态，煞拍二句才点出"思"的内容。如此结撰，够耐心，够巧妙，语句也淙淙流动若山溪然，足见才情。

· 附读 ·

一剪梅　白敦仁
梦里分明识淡妆。种得垂杨，独自神伤。东风薄幸不相将。换尽鹅黄，费尽莺簧。　　暖日初晴又作凉。暮雨烟朝，雾阁云窗。买丝绣个有情郎。啼也思量，笑也思量。

虞美人　秋夕信步

愁痕满地无人省[1]，露湿琅玕[2]影。闲阶小立倍荒凉，还剩旧时月色在潇湘[3]。　　薄情转是多情累，曲曲柔肠碎。红笺向壁字模糊，忆共灯前呵手为伊书。

·注释·

〔1〕"愁痕"句：愁痕，即指竹影。无人省，无人知道。

〔2〕琅玕（lánggān）：竹子。阮籍《咏怀》："琅玕生高山，芝英耀朱堂。"

〔3〕"还剩"句：旧时月色，姜夔《暗香》："旧时月色，算几番照我，梅边吹笛。"潇湘，指湘妃竹，见前《南楼令》（金液镇心惊）注释〔3〕。

·评析·

　　秋天的夜晚，信步漫行。眼见满地竹影为露水沾湿，犹如愁痕斑斑。这般心苦常人哪里知道？月色依旧，闲阶小立，心中一片怔忡荒凉。这是爱妻逝后容若最常见的状态，"还剩旧时月色在潇湘"一句极凄婉，"忆共灯前呵手为伊书"极温馨，而凄婉更胜。惟深情乃能铸成此语。

·附读·

忆秦娥　史承谦
檐冰折，鸳鸯瓦上霜如雪。霜如雪，玉台呵手，今朝寒绝。　　檀心点点香初彻，晓妆才罢凭肩说。凭肩说，去年今夜，围炉时节。

浣溪沙　郊游联句[1]

出郭寻春春已阑陈维崧[2]，东风吹面不成寒秦松龄[3]。青村几曲到西山严绳孙。　　并马未须愁路远姜宸英[4]，看花且莫放杯闲^{朱彝尊}〔5〕。人生别易会常难^{成德}〔6〕。

·注释·

〔1〕联句：一种作诗方式，由两人或多人各成一句或几句，合而成篇。旧传始于汉武帝与诸臣合作之《柏梁诗》。刘勰《文心雕龙·明诗》："回文所兴，则道原为始；联句共韵，则《柏梁》余制。"《旧唐书·郑颢传》："馆宇萧洒，相与联句，予为数联，同游甚称赏。"联句诗著名者如韩愈、孟郊《城南联句》。通常来说，词之联句方式较诗为自由。

〔2〕陈维崧：见前《菩萨蛮·为陈其年题照》注释〔1〕。

〔3〕"东风"句：志南《绝句》："吹面不寒杨柳风。"秦松龄，生于1637年，卒于1714年，字汉石，又字次椒，号留仙，又号对岩，无锡人。顺治十二年（1655）进士，授国史馆检讨，"奏销案"中遭削籍。康熙十八年荐试"鸿博"科，取一等，复授检讨，历充顺天乡试正考官，以磨勘落职。著有《苍岘山人集》，存《微云词》一卷。

〔4〕姜宸英：见前《金缕曲·姜西溟言别，赋此赠之》注释〔1〕。

〔5〕朱彝尊：生于1629年，卒于1709年，字锡鬯（chàng），号竹垞（chá），晚号小长芦钓鱼师，别号金风亭长，浙江秀水（今嘉兴市）人。康熙十八年举鸿博，授检讨，与修《明史》。二十二年入直南书房，获准紫禁城骑马。次年因私携仆入内廷抄录四方经进书，被劾降级。二十九年补原官，两年后因故罢官，遂告归乡里，潜心著述。有《日下旧闻》《经义考》《曝书亭集》等，词名最著，为浙西一派宗师。

〔6〕"人生"句：曹丕《燕歌行》："别日何易会日难。"晏殊《拂霓裳》："人生百岁，离别易，会逢难。"

·评析·

《通志堂集》卷十九载徐乾学《通议大夫一等侍卫进士纳兰君墓志铭》有云："君所交游皆一时隽异，于世所称落落难合者，若无锡严绳孙、顾贞观、秦松龄、宜兴陈维崧、慈溪姜宸英，尤

陈少梅——《山间对饮》

所契厚。"其中"宜兴陈维崧"在墓志石本、钞本中作"秀水朱彝尊"。朱彝尊于纳兰手简后题跋亦云:"平生知交,赤牍笔疏,推曹侍郎秋岳第一,此外则容若侍卫……好填小词,有作必先见寄。"可见二人交谊。

康熙十八年春"博学鸿词"开科之际,除了顾贞观,纳兰其他几位平生知交俱在京师,联袂出游西山,因有此词。联句诗词自古无甚佳作,本篇也不例外,然而读这首小词又确实不能只从艺术角度着眼。联句之六人,有三位是清代词坛的顶尖人物,秦、严、姜三位也足称一时名家,说这首小词集千年词史最豪华阵容于一身,并非虚夸。

东风佳日,挚友齐聚,杯酒看花联句,此乐平生能几?容若"人生别易会常难"一句虽泛泛语,亦实有大感慨在焉!

· 附读 ·

临江仙　杨圻

酒欲消时人欲散,新凉怕近雕栏。一天风皱碎云闲。满身帘影,秋月小廊寒。　　记得前年秋后别,今年又是秋残。别时容易见时难,如今思想,还是别时难。

浣溪沙　陈襄陵

流落光阴自等闲,心期如梦有无间。西风斜照一凭栏。　　鱼雁离情分国域,桑榆归计失家山。见时容易别时难。

罗敷媚　赠蒋京少[1]

如君清庙明堂器[2],何事偏痴。却爱新词。不向朱门和宋诗[3]。　　嗜痂[4]莫道无知己,红泪休垂。努力前期[5]。我自逢人说项斯[6]。

· 注释 ·

〔1〕蒋京少:蒋景祁（1646—1695），京少其字，一作荆少。江苏宜兴人，以岁贡生至府同知。撰有《东舍集》五卷，《梧月亭词》二卷，《罨画溪词》一卷，而以所辑《瑶华集》二十二卷最著声名。此选博采众家，不拘门户，共选五百零七人，词两千四百余首，为清人选清词之巨制。阳羡词派中，陈维崧以创作著，万树以声律研究著，蒋氏则以选政鼎足而三，为中坚砥柱。

〔2〕清庙明堂器:意为朝廷可倚重之大才。司马相如《上林赋》:"登明堂，坐清庙。"郭璞注:"明堂者，所以朝诸侯处;清庙，太庙也。"

〔3〕"不向"句:明人论诗宗唐以前，至清初，在钱谦益、黄宗羲等提倡下，稍变风气，宋诗进入诗坛关注视野。康熙初，吴之振刻《宋诗选》成，加之王士禛等鼓吹，京师之地宋诗风弥漫。曹溶《杂忆平生诗友十四绝句》第十首《长安旧侣颇尚宋诗》云:"好奇争欲逞新裁，元祐频令入管来。恰似赏他春色遍，杂花还向野亭开。"可见时尚。

〔4〕嗜痂:《宋书·刘邕传》:"邕所至嗜食疮痂，以为味似鳆鱼。尝诣孟灵休，灵休先患灸疮，疮痂落床上，因取食之。灵休大惊。答曰:'性之所嗜。'"后因称怪僻的嗜好为"嗜痂"，此为自谦自嘲语。

〔5〕前期:先前的约定。沈约《别范安成诗》:"生平少年日，分手易前期。"

〔6〕说项斯:钱易《南部新书》:"项斯始未为闻人，因以卷谒江西杨敬之。杨甚爱之，赠诗云:'几度见诗诗尽好，及观标格过于诗。平生不解藏人善，到处逢人说项斯。'未几诗达长安，斯明年登上第。"

· 评析 ·

此篇为近年新见之作，最早由愚平（网名）在上海图书馆所藏《西余蒋氏宗谱》卷十六中发现，并于2003年6月在"渌水亭"网站发布。经学界验证考订，一致认为确是纳兰作品。赵、冯二先生《饮水词笺校》（修订本）收入此词，并云:"此词于了解性德文学思想关系颇大，此佚作之发现意义亦不寻常。"赵秀亭先生《纳兰丛话》则云:"自陈乃乾之后，将八十年，纳兰佚词仅得此一阕，其发现者及播之网上者，俱为有功。"确实如此。

据本篇"说项斯"云云及蒋氏《答容若》四首，皆非老友深交语气，当作于二人订交之初。考蒋氏行迹，康熙十六年（1677）应顺天乡试不利，此为来京师之始。此后约七年，久滞风尘，连战不利。如储欣《蒋京少东舍集序》所云："一困于丁巳之京闱，再困于己未之荐举，三困于吏部之谒选，皆倏得倏失。"后失意南还。本篇应即作于康熙十六年前后。

词开篇即以"如君清庙明堂器"七字高揭蒋氏器宇志向，以下转折，点出蒋氏不趋时风，偏痴爱那些不成气候的"小词"，其实也连带对首句予以否定。其"不向朱门和宋诗"一句实有关清初文坛风会，为全词关键。过片"嗜痂莫道无知己"，即引为同调意。"红泪"四字写蒋氏与自己皆具一种哀怨情性，皆是失意偃蹇之人。然即便如此，还是寄期望于将来，自己愿助一臂之力。

就词而言，本篇伤于平直，不能称佳，"红泪"四字尤其"滥熟可厌"（《纳兰丛话》），然关涉蒋氏及当世文坛消息则不少，"不宜以其率直少文而忽之"（同上）。

《全清词·顺康卷》蒋景祁《罨画溪词》有《采桑子·答容若》四首组词，上下关联，缕述身世情怀，既是辨别本篇真伪之有力佐证，亦为认识本篇提供重要背景，故附于下。

· 附读 ·

采桑子　蒋景祁

鳏生生小江南住，卜筑山陲。开径溪湄。梦忆前生红杏枝。　幼时了了人称美，乍见胜衣。略识推梨。未及成童解咏诗。

谁知李广功难问，潘鬓衰迟。江笔支离。乡里成名愧小儿。　人言京国繁华好，石鼓重披。金马虚縻。依旧晨风暮雨吹。

门风衰飒无能继，堂上谁怡。日影频移。读父书乎怎疗饥。　临邛司马差相似，憔悴游归。落拓愁随。典鹔裘补黑衣。

请今懒唱江南好，谱作龟兹。写遍乌丝。不付红儿付雪儿。　裁来团扇光如月，研罢松脂。赋就香词。怀袖从教出入时。

附录

"季子平安否"

——顾贞观《金缕曲·寄吴汉槎宁古塔，以词代书》解读

马大勇

在我心目中，几千年来写友情的冠军作品，毫无争议要颁给顾贞观的《金缕曲·寄吴汉槎宁古塔，以词代书》。吴汉槎是谁？宁古塔是哪儿？顾贞观为什么要以词的方式给他写信呢？凡此种种，背后又隐埋着一大段令人惊悚、诡谲变幻的历史风云。

薙发令与科场案

汉槎即吴兆骞的字，吴江（今苏州市辖区）人，这是明末清初一位著名的大才子。"大才子"这三个字在我这儿是不轻易许人的，吴兆骞够得上。顺治十年（1653），江浙文社在苏州虎丘、嘉兴鸳鸯湖举行了几次大型聚会，每次参与者多达上千。二十多岁的吴兆骞在会上大出风头，被文坛盟主吴伟业点为"江左三凤凰"之一①，从此名震江南。本来有着大好前途，结果命数弄人。顺治十四年吴兆骞参加江南行省举行的乡试，顺利考中了举人，也因

---

① 另外两位是阳羡词派宗师陈维崧、华亭才子彭师度。

此开始了自己一生的大悲剧。

顺治十四年的干支是丁酉，这一年发生在江南的"科场案"是此后一系列大型案狱的开端。为什么这样说？我们要从明亡清兴说起。

当年盘踞在关外的清军其实本来没有入主中原的野心，在山海关一片石大战李自成，他们恐怕也没有想到看起来战斗力那么强的大顺军队，摧枯拉朽般被自己迅速击溃，彻底崩盘。从彼时起，树立了信心的清军高歌猛进，在整个北方地区都没有遇到强有力的抵抗。从地域文化性格的角度看起来，这样的局面未免有点让人诧异。

北方一向是以阳刚气质著称的，所谓"燕赵之地，多慷慨悲歌之士"，所谓"山东大汉"，所谓"天下武功出少林"，按理说不应该出现望风披靡的情况。反而是到了温文尔雅、烟水迷离的江南地区，风起云涌、前赴后继的铁血抵抗一浪高过一浪，这尤其让我们觉得不可思议。

我是东北人，在苏州生活过几年，感性体会很多。比如说，我在苏州的住所附近有两间小超市，两个老板不知道因为什么吵架了，俩人都站在自己门口，隔着几十米吵，从早晨八点多吵到中午吃午饭，谁也不会往前走一步，就在那儿"干吵"。我们东北哪有这事儿啊？东北人吵架一般不超过三句话："你瞅啥"？"瞅你咋地"？第三句就动手了，弄不好几分钟就出人命了。

前些年周立波有个小段子也很好玩。他说：我给咱们上海争了一口气。一个沈阳的朋友说：你们上海男人一点儿都不像男人，吵架好几个小时都不动手，你看我们东北怎么怎么样。周立波说：我跟你讲上海是怎么回事儿。上海滩不是出打手的地方，是出流氓的地方。流氓和打手有什么区别？上海滩的大流氓，比如黄金荣、张啸林、杜月笙，他们看谁不顺眼的话，自己不会动手的，而是告诉手下人："把他做掉！"谁去做呢？都是你们东北人去做呀！

这些闲话的确反映出地域文化性格的差异，但我们提醒一句，为什么在江南出现铁血抗争的情况？有一个非常重要的因素必须考虑进来：清兵在顺治二年（1645）南下长江，颁布了著名的"薙发令"。"薙"字现在常常被写成"剃"字，其实这俩字有很大差异。"剃发"是剪去头发，"薙"是斩草除根，力度完全不同。薙发令的核心是十个字："留头不留发，留发不留头"，头发、脑袋只能选择一个！

头发是小事儿，剃成什么发型都不会影响身体健康，但头发又是大事儿，所谓"身体发肤，受之父母，不可毁伤"，头发背后是文化传统！大明衣冠我们早就习惯了，现在要逼迫大家把前半截头发剃掉，后半截梳个辫子，这是禽兽之装！这不仅是审美品位的大滑坡，更是对汉文化法统的全面摧毁。从南宋以来，江南就是汉文化积淀最深厚的地区，于是，就在这个"干吵"地带出现了抛头颅、洒热血的抗争。

扬州十日、嘉定三屠、江阴保卫战、四明山游击战……虽然最后都以失败告终，但是可歌可泣，气壮山河，在清朝统治层心里留下了长久的惊慌和疑忌。局势稍稍稳定一点，就启动一系列必要手段，打击江南地区的知识阶层、士绅阶层，拔除自己的眼中钉，肉中刺。顺治十四年丁酉科场案就是在这样的背景下登台亮相的。

顺治的帝王心术

丁酉科场案其实是一个全国范围的案件，在顺天（俗称北闱）、河南、江南(俗称南闱)的乡试中都有违规现象,也都有人受到惩处,但是,我们比照一下,就能明显感觉到朝廷对南闱科场案重拳出击,后果最严重,处刑最严厉。

如同每一次乡试一样,录取结果出来了,几家欢乐几家愁,有上榜的,就有落榜的,每一次也都会有落榜秀才"找茬儿"以各种方式表达自己的牢骚和不满。这一科考试的"茬儿"在什么地方呢?

有人注意到,这一科的主考叫做方猷,而他录取的一个举人叫方章钺。这两人肯定是同宗近亲,明显是营私舞弊、暗箱操作!于是一传十十传百,舆论沸腾,甚至有位落榜的才子尤侗写了一出时事活报剧《钧天乐》,又有人写了一出《万金记》,由戏班搬上舞台,引起巨大轰动。《万金记》的名字取得很有讲究,"万"字加上一点就是"方",指主考方猷;"金"字是"钱"字的偏旁,指的是副主考钱开宗;"万金"合在一起又暗示他们收受贿赂。这样的舆论造势很快引起强烈关注,京城有一位监察官员阴应节"风闻奏事",把这件事情报告给了顺治皇帝。

那么,到底应不应该同宗回避?主考官是否违规操作?其实真相很容易查清楚。因为当事举子方章钺也不是没来历的人物。他是安徽桐城方氏望族出身,父亲方拱乾现在朝廷担任詹事府右少詹事兼内翰林国史院侍讲学士的要职,他大哥方玄成(即方孝标)担任内弘文院侍读学士,品级也不低,而且颇受皇帝赏识①,把他们叫来问问不就知道了?方拱乾回奏得很明白了:"臣籍江南,与主考方猷从未同宗,故臣子章钺不在回避之例,有丁亥、

---

① 顺治十一年(1654)诏举词臣优品学者十一人,侍帷幄,备顾问,顺治亲简其七,方玄成与焉。翌年选经筵讲官,例用大臣,玄成以学士入选。野史记载,顺治帝对方孝标"呼为楼冈而不名",又说"方学士面冷,可作吏部尚书"。

己酉、甲午三科齿录可据。"这就是说，我们同姓不同宗，历史上从来没有回避过！

这个证据是坚实的，但问题在于，如果皇帝采信了你的说法，认为没有舞弊情节，下一步的戏要怎么唱？那将置皇帝体面于何地？将置皇帝打击整治迟迟不肯归心的南方士子的算计于何地？

接下来的事件与其说是"千古奇冤"抑或"一场闹剧"，不如说是一次蓄意已久的阴谋。一般情况下，皇帝听到了这样的举报以后，应该表态说："我高度重视江南考场舞弊的事情，马上调派一批干员，组织一个专案组，一查到底，把真相搞清楚，如有违法违规情节，我们坚决处置，严惩不贷！"这是正常程序，但是顺治皇帝这一次的反应很不正常。他貌似愤怒其实很开心地下了一道圣旨。开头就说："方猷、钱开宗离开京师去主持南闱考试的时候，朕曾经当面训谕，一定要秉持公心，千万别出问题，哪知道这两个家伙阳奉阴违，辜负朕的一片苦心，实属可恶。"然后再说："派人下去，一查到底！"

大家看出来哪里不对了吗？他已经先给案件定了性，然后再去查，能查出什么来？你能唱反调，查出两位主考官没舞弊吗？把皇帝的圣旨往哪儿放？还要注意一点：顺治皇帝对方拱乾提供的证据完全"选择性失明"，视而不见，提都没提。他是不是因为愤怒而忽视了有力证据呢？我认为不是，顺治皇帝既不是昏君，也不是暴君，相反，他是奠定大清朝江山的"三祖"之一①，是非常英明而有算计的！这是他故意走的一步大棋！所以我说他"貌似愤怒其实很开心"，这简直是雪中送炭嘛！

专案组的调查结果不用说了，移交到审判机关。审判结果也

---

① 努尔哈赤庙号为"太祖"，顺治庙号为"世祖"，康熙庙号为"圣祖"。

不用说了：方、钱二人舞弊证据确凿，拟处绞刑。十八房同考官也负有连带责任，处以流刑。大家会觉得这个刑罚太重了，但这里我们要说明两点：第一，古代科场案是惊天大案，惩处是非常重的，清朝后期曾经因为科场案杀过大学士①。不像现在，什么考试漏题作弊，当事人给个记大过、撤职处分就算了。按照这样的规矩，这个"拟刑"并不算重。

第二，这个拟刑不仅不算重，其实还有点轻呢！司法部门的目的是为了救方、钱二人的命。为什么？这里面有一个古代司法制度通行的"潜规则"，叫做"杀之三，宥之三"。什么意思呢？传说上古尧帝时期大法官叫做皋陶，铁面无私，有人犯了死罪，他禀报尧帝说要杀。尧帝心存悲悯，说："饶他一条命吧！"皋陶坚持说："不行啊！要杀！"如是者三②。这条"潜规则"的意思就是要彰显帝王的仁慈，所以一般都是司法部门把刑罚定得重一点，留给皇帝"法外开恩"的余地。现在司法部门拟的是绞刑，也就是最低一等死刑，皇帝一"加恩"，减一等吧！这俩人的命就保住了。这就可见，司法部门知道这些人是冤枉的，他们不敢驳皇帝的意思，又想玩儿一点儿法律手段。

打算得挺美，但谁也没想到，顺治皇帝按照自己的战略思想又一次给予了非常态处置。他没有遵照"杀之三，宥之三"的原则法外开恩，反而"特旨改重"，把方、钱两位主考的绞刑升格为

---

① 咸丰朝戊午科场案，大学士柏葰以主考责任斩首。此案有党争因素，但也可见科场案之重大程度。

② 苏轼《刑赏忠厚之至论》："当尧之时，皋陶为士，将杀人。皋陶曰'杀之'三，尧曰'宥之'三。故天下畏皋陶执法之坚，而乐尧用刑之宽。"龚炜《巢林笔谈》卷一："《王制》：'大司寇以狱之成告于王，王命三公参听之。三公以狱之成告于王，王三宥，然后制刑。'《周礼》：'一宥曰不识，再宥曰过失，三宥曰遗忘。'谓行刑之时，天子犹欲以此三者免其罪也。东坡'杀之三，宥之三'本此。"

斩刑，十八房同考官也升格处以绞刑。于是，这一科的考官全部被杀，其中只有一位叫卢铸鼎的比较"幸运"，先死在监狱里面了。他们的家产被没收，妻子儿女流放到黑龙江，给披甲人为奴。

心理素质没过关

对考官如此出格严惩，对考生怎么办？顺治传下圣旨：所有已录取举人从南京到京城瀛台，一体复试！我们能想象，瀛台复试的场面、气氛和在南京考试肯定大不一样了。大家有机会可以去南京看看江南贡院，它是中国古代规模最大的考场，鼎盛时期仅考试的号舍就有超过两万间，加上官、膳、库、杂役兵等数百间房，占地超过三十万平方米。当然，号舍的条件也很艰苦，几平方米而已，没有床，搭个木板当书桌，困了就蜷缩在上面睡觉。但是那毕竟是个独立空间，心情还是相对放松的。到了瀛台是什么样子呢？为了防止再一次出现舞弊行为，每个考生身边儿站着两个全副武装的士兵，甲胄鲜明，刀枪锃亮，肌肉发达，目露凶光，胆子稍小一点的考生，谁还能安心写文章？害怕还害怕不过来呢，腿肚子可能都转筋了！那点才华早就丢到爪哇国去了！

我们要讲的这两首词里的主角吴兆骞就是这么一位心理素质不过关的考生。他是名震江南的大才子，谁都得承认，他考这个举人小菜一碟，绝不会存在什么贿赂、舞弊之类的问题。可偏偏就是他，复试考砸了！

为什么呢？有一种说法认为吴兆骞对这种复试形式非常不满，说："岂有堂堂举人而为盗贼之事者？"为了表示抗议，他交了白卷。这种说法恐怕是后人的一厢情愿，我们没有找到相关的文献证据。

吴兆骞 《清代学者象传》

从现有文献来看，吴兆骞是被这种剑拔弩张的场面吓破了胆，那些"江左三凤凰"的才学连一成也没发挥出来，所以"未能终卷"，考了个不及格①。

跟吴兆骞命运类似的还有另外七个人，其中就包括引发这起科场案的方章钺。我们知道，这次复试谁能合格方章钺也不可能合格，另外七位是给方章钺陪绑的。于是，吴兆骞、方章钺等八位"前举人"全家被处以流放之刑。流放到哪儿呢？宁古塔。

东北文化的三处穴道

流放，自古有之，流放地肯定都是老少边穷、苦寒之地。全

---

① 兆骞瀛台复试被除名之原因，李兴盛先生《江南才子塞北名人吴兆骞年谱》（黑龙江人民出版社 2000 年版）页 59—60 有详尽考证，迻录如下：

　　瀛台复试，兆骞除名之原因有三种说法：因病曳白；战栗失次不能终卷；故意不完成试卷。兹引史料数则，以供参证：刘禺生《世载堂杂忆》："吴汉槎兆骞，惊才绝艳，江南名士也，犹交白卷而出。或曰汉槎惊魂不定，不能执笔，查初白所谓'书生胆小当前破'也。或曰汉槎恃才傲物，故意为此。"戴璐《石鼓斋杂录》："殿廷复试之日，不完卷者锒铛下狱。吴汉槎兆骞，本知名士，战栗不能握笔。"……又，许嗣茅《绪南随笔》亦同此："同年中名士如吴汉槎、陆子元，皆战栗不能终卷。"徐珂《清稗类钞》第二十册《顾贞观救吴汉槎》："吴因病曳白，除名，遣塞外。"《宁安县志》卷四："复试南北举人于瀛台……与试者皆震慑失次，则叹曰：'焉有吴兆骞而以一举人行贿者？'遂不复为。"
　　按：上述三说，平心而论，以战栗失次、不能终卷一说近于情理。盖吴兆骞身处厄境，惴惴不能自保，有此复试机会，必然会全力与试，企图以一己之才华，证实自己之无辜。然与试之际，考场甲仗森严，人皆股栗，兆骞战栗不能终卷，实属可能，此种结果并不能证明兆骞没有才华。

勇按：李先生所说甚是，可再略作补充：第一，如因病曳白为事实，则其运气之不济，必见诸记载或吟咏，今无踪迹可循，可见是无根游谈。第二，《归来草堂尺牍》家书第一兆骞戊戌夏上父母书："儿于三月九日赴礼部点名，即拘送刑部。儿此时即口占二诗，厉声哀诵，以伸冤愤。"其二诗见之《秋笳集》卷四，其一句云："自许文章堪报主，那知罗网已摧肝。冤如精卫难填海，哀比啼鹃血未干。"其二句云："衔冤已分关三木，无罪何人叫九阍。""应知圣泽如天大，白日还能照覆盆。"从这些词句分析，兆骞努力雪冤之意极为显豁，必无恃才傲物、故意不终卷之举。

国算下来，哪里最理想？东北地区！清初开始，大批官员、文人被陆续流放到东北，没有这些流人的拓荒，东北不可能有现在这样成色不错的文化成就。具体流放到哪里呢？第一个离京师三千里，叫做尚阳堡，位于现在的辽宁省开原市东。

那时候的东北不是现在的东北，不仅"层冰积雪，非复人境"，而且常常有意外的"惊喜"。有位杭州文人叫丁澎的被流放到了尚阳堡，半夜在茅草房里看书，忽然听见有人敲门。趴门缝一看，没有人。回来接着看书，又有人敲门，趴门缝一看，还没人！我们不是讲鬼故事啊！第三次再敲门，丁澎趴门缝看了半天，结果看见一只斑斓猛虎，围着茅草房直转，钢鞭似的虎尾把门打得啪啪作响。这就是当年的东北，生态系统保存得多么完好！按说这样的地方已经够恐怖了，可是据流放到宁古塔的人说，他们"望尚阳堡，如在天上"！

如果觉得流放到尚阳堡还不解恨，那就会从这里再往北数三千里，那就是第二个流放地——宁古塔，满语"六个"的意思，现在的黑龙江省牡丹江宁安市。到了康熙后期，这两个流放地不够用了，又开拓了第三个地点：卜魁城，就是现在黑龙江省齐齐哈尔市。这三个地方是东北汉文化的三处穴道，把它们点准了，就能解决东北文化发祥的问题。

还要注意的是"全家流放"。既不是一个人上路，也不是三口五口之家，而是整个家族，可能几百上千口人，因为一个也许不太熟悉的家族成员的错误，就被流放到万里之外，苦寒绝域。那真是呼天不应、叫地不灵的人间悲剧！

吴兆骞家族人口不太多，方章钺就不一样了。他父亲方拱乾、大哥方玄成全都丢了官，连同其他几位兄弟亨咸、育盛、膏茂，一起以罪犯身份流放到了宁古塔。顺便一说，这里面有一个有意思的小掌故：方拱乾的几个儿子没有用统一的范字命名，但有一个统一的特点："文头武脚"。玄、亨、育、膏、章，都是"文头"，成、咸、盛、茂、钺，都是"武脚"。所以有人开玩笑说：再生儿子就叫"哀哉"吧，也是文头武脚啊！

家庭教师顾贞观

顺治十六年（1659）闰三月初三，吴兆骞启程赴宁古塔，从江南的烟水迷离去往东北的冰雪摧残。他的恩师吴伟业长歌一首《悲歌赠吴季子》，与自己的得意弟子作生死之别：

> 人生千里与万里，黯然销魂别而已。君独何为至于此？山非山兮水非水，生非生兮死非死。十三学经并学史，生在江南长纨绮，词赋翩翩众莫比，白璧青蝇见排抵。一朝束缚去，上书难自理，绝塞千山断行李。送吏泪不止，流人复何倚。彼尚愁不归，我行定已矣。八月龙沙雪花起，橐驼垂腰马没耳。白骨皑皑经战垒，黑河无船渡者几。前忧猛虎后苍兕，土穴偷生若蝼蚁。大鱼如山不见尾，张鬐为风沫为雨。日月倒行入海底，白昼相逢半人鬼。噫嘻乎悲哉！生男聪明慎勿喜，仓颉夜哭良有以。受患只从读书始，君不见，吴季子！

"山非山兮水非水，生非生兮死非死""受患只从读书始，君不见，吴季子"，这样的句子出自苍老憔悴的诗坛盟主笔下，足以催人泪下。在送行的人群里，有一个人没有掉一滴泪，也没有说太多话，他只是暗暗攥紧了拳头：汉槎兄！不管付出什么代价，不管要花费多少时间，我都会把你救回来！这个人就是——顾贞观。

顾贞观是无锡人，家世比吴兆骞显赫得多。他的曾祖就是晚明东林党的党魁顾宪成，顾氏家族与大明朝休戚与共，感情深厚，积极投身抗清事业，付出了非常惨重的代价。家仇国恨驱使之下，顾氏子弟出仕新朝的少之又少，但凡跟新朝靠拢的行为都被视为一种背叛，饱受舆论谴责。顾贞观就成了这样的"不肖子弟"，顺治十八年（1661）初，顾贞观即启程赴京，奔走权门，仰人鼻息，总算熬得一点文书之类的小官，但对于营救吴兆骞毫无帮助。

一晃十多年过去了，直到康熙十五年（1676），顾贞观终于谋得了一个有希望的差事——到大学士明珠府上任家庭教师，更重要的是，他和明珠的大公子纳兰性德惺惺相惜，结成了莫逆之交。

怎么能够深深打动纳兰性德，让他向明珠强力推动"营救行动"呢？纳兰是至情至性的词人，那就写一点至情至性的词吧！这一年冬天，顾贞观寓居千佛寺，眼看漫天冰雪，寒意侵骨，遥想六千里外的吴兆骞又会是怎样的苦寒难熬？一腔积郁热望难以宣泄，于是挥笔写下《金缕曲·寄吴汉槎宁古塔，以词代书，丙辰冬寓京师千佛寺冰雪中作》：

> 季子平安否？便归来、平生万事，那堪回首。行路悠悠谁慰藉，母老家贫子幼。记不起、从前杯酒。魑魅搏人应见惯，总输他、覆雨翻云手。冰与雪，周旋久。　泪痕莫滴牛衣透，数天涯、依然骨肉，几家能够？比似红颜多命薄，更不如今还有。只绝塞、苦寒难受。廿载包胥承一诺，盼乌头、马角

终相救。置此札，兄怀袖。

我亦飘零久。十年来、深恩负尽，死生师友。宿昔齐名非忝窃，只看杜陵穷瘦。曾不减、夜郎僝僽，薄命长辞知己别，问人生、到此凄凉否？千万恨，为兄剖。　　兄生辛未吾丁丑，共些时，冰霜摧折，早衰蒲柳。词赋从今须少作，留取心魂相守。但愿得、河清人寿。归日急翻行戍稿，把空名、料理传身后。言不尽，观顿首。

和血和泪的"以词代书"

要特别注意"以词代书"四个字。之前也有人说"以诗代书""以词代书"，都是泛泛而已，都没有严格按照书信的格式，但是顾贞观做到了"词"与"书"的高度吻合。我们给人写信，第一句都问平安，顾贞观第一句也是这样："季子平安否？"同样问平安，他这一问力量非同小可，那是十几年的惦念、担忧、努力凝结成的这一句，五个字背后其实是有千言万语的！接下来一句没有按照惯常思路打听吴兆骞的近况，而是直接宕开，接入"便归来"三个字，可见"归来"是无时无刻不萦绕牵挂在顾贞观心头的。这一转，笔力千钧，下面"平生万事，那堪回首"，再转回来：假设你能回来，想想自己这一辈子，怎堪回首？这样，开篇两句就构成了"现在——未来——过去（现在）"的时间线，笔法腾跃，矫若神龙。

"行路悠悠谁慰藉，母老家贫子幼"，这是写吴兆骞的"现在"，要注意"母老家贫子幼"的六字句，掰开了是三个二字句，"母老""家贫""子幼"，这都是人心深处最痛楚的地方。面对这样残酷的现实，所以才"记不起、从前杯酒",宁可忘却、不敢想起早年诗酒风流的情景,那离现在的自己太遥远了!

"魑魅搏人应见惯,总输他、覆雨翻云手",这两句背后是有着极其深沉的感慨的。吴兆骞流放宁古塔背后有仇家陷害的因素,但顾贞观笔下"覆雨翻云"的"魑魅"哪里只是指一般的仇家呢?那不是指这个群魔乱舞的世界吗?在后文顾贞观还说:"数天涯,依然骨肉,几家能够?"他的这种眼光很难得。他没有拘于一人一事、一家一姓,而是放眼到整个时代,这样一写,词的境界和意义就都不一样了,"冰与雪,周旋久"六个字也就显得格外沉痛。

上片的情感汹涌澎湃,一浪高过一浪,下片前半部分就要平静一些,大都是劝慰之辞:"泪痕莫滴牛衣透,数天涯,依然骨肉,几家能够?比似红颜多命薄,更不如今还有。"这是强忍内心激愤与痛楚的安慰,但真的能安慰到吴兆骞吗?不管你怎样开解自己,"只绝塞、苦寒难受",反复的劝慰、体谅,反复拿自己和吴兆骞形成同频共振,可是真能抵得上飞雪胡天、卷地北风中的苦熬吗?由此过渡到煞拍部分:"廿载包胥承一诺,盼乌头、马角终相救。"这里用了两个典故。一是申包胥哭秦庭。《左传》记载,伍子胥率吴兵破楚,申包胥乞师于秦,秦王不许。申包胥"立依于庭墙而哭,日夜不绝声,勺饮不入口七日",秦王感动,最终答应出兵救楚。二是用燕太子丹的典故。燕太子丹在秦为人质,问:"什么时候放我回去?"人家回答得很简单:"乌白头,马生角。"燕太子丹回国之后,派荆轲行刺秦王。这两个典故并不生僻,而且非常恰当地表达了顾贞观的坚决心性。"置此札,兄怀袖","此札"是我许下的誓言,吴兄你好好珍藏,立此为据吧!

写到这儿,一首词结束,一个完整的意思表达完了,但还远远不是全部。第一首词相当于一封信的前两段，我们还要看看信的后半部分写了什么。

第二首的开头不容易，要承上启下不说，还要够分量，压得住上一首汹涌浩荡的情感洪流，"我亦飘零久"五个字是做到了上面那些要求的。一个"亦"字，不仅关合着吴兆骞的遭遇，更领起了第二阶段汪洋恣肆的情感喷发。"十年来、深恩负尽，死生师友"，这两句背后也有一篇大文章，但是不暇说，也不能说。因为目的不是要炫耀、市恩，而是为了解说"飘零"二字，点到为止即可。所以下面话锋一转，追溯往事："宿昔齐名非忝窃，只看杜陵穷瘦。曾不减、夜郎僝僽"，我们呕心沥血，磨砺志节学问，那一点小小虚名都是我们辛勤博得的呀！

关于"宿昔齐名"，我们可以加一点注解。吴、顾确有才子之并称，但吴兆骞的风头比顾贞观要尖锐一些。他个性张扬，做事不依常规，留下了不少掌故轶事。读私塾的时候，他把别的小同学帽子偷走了，还往里面撒了一泡尿。老师批评他，他却说："与其戴在俗人头上，还不如给我当个尿盆的好！"这位私塾先生叫计东，也是一位名士，很有识人的眼光，他给吴兆骞"算了一个命"："此子必定成名，但是露才扬己，不能免祸。"

长大以后，吴兆骞与一位大名士汪琬一起散步，忽然跟汪琬说："江东无我，卿当独秀！"路人为之侧目。这是南朝时袁淑见了谢庄《鹦鹉赋》以后的感叹语，袁淑后面还有一句："我若无卿，亦一时之杰也。"于是把自己写的《鹦鹉赋》收了起来，秘不示人。袁淑虽然很自负，但还是自认不如谢庄的，其实是惺惺相惜。吴兆骞引用这句话意思可就不对了，他有点像相声《对春联》的开头："整个相声界你的文化水平最高，数你了……当然了，比起我你还差一点儿！"如此狂傲，势必会引人嫉恨，惹来大祸也与这个性格特点有关。

"宿昔齐名"的风华转瞬即逝，自从你获罪流放，我们天各一方，无缘再见，人生到此地步，那可真是太凄凉了！"问人生、到此凄凉否"，这八个字里包含的人生况味实在令人难复为言。其实又何止一个吴兆骞呢？屈原的人生、司马迁的人生、杜甫的人生、柳永的人生、苏轼的人生、黄景仁的人生、龚自珍的人生、沈祖棻的人生、聂绀弩的人生……哪一个不值得我们问上这么一句呢？所以我多次强调，顾贞观这两首词有他极其广阔的"超越性"，超越了一时一事、一家一姓，甚至也超越了时空阻隔，锋利地扎进我们心里。这才能称之为千古绝唱！

过片遥接"人生"二字，转入家常叮咛。"兄生辛未吾丁丑。共些时，冰霜摧折，早衰蒲柳"，算算自己的年纪，也到了"保温杯里泡枸杞"的油腻中年了，何况又经历了那样有形无形的摧残？"词赋从今须少作，留取心魂相守"，熬心血的词赋要少写一点，多保重一点，但愿能盼到"河清人寿"那一天。"归日急翻行戍稿，把空名、料理传身后"两句照应的是第一首开头"便归来、平生万事，那堪回首"那两句，而意思又有所不同。所谓"空名"，在那空荡荡里边难道不是包含着无比浓郁的历史感和生命感吗？写到这里，应该煞尾了，"言不尽，观顿首"，最后六个字是标准的书信格式，但如同"季子平安否"一样，这也不是套语。"言不尽"是真的有千言万语没说尽，"观顿首"也充满着庄严的仪式感和友情的沸腾温度。

太息梅村今宿草

两首和血和泪凝成的千古绝唱，拿给纳兰性德看了以后发生了什么呢？顾贞观有记载，他说，容若见之涕下，说："河梁生别之诗，山阳死友之传，得此而三。""河梁生别之诗"是指苏武与李陵分别的典故，"山阳死友之传"是指向秀悼念嵇康、吕安的《闻笛赋》。纳兰性德说，这是千古第三个友情佳话，自己深受感动，决意承担这个 mission impossible，并许诺以十年为期。

要知道，这是"先帝"亲手定下的铁案，纳兰性德敢应允十年为期已经非常不容易了，但顾贞观一听就急了："人寿几何？吴兆骞已经流放塞外十几年了，他还能不能熬过十年呢？"再三恳请，纳兰把期限缩短到了五年。

尽管纳兰性德也很受康熙皇帝欣赏，但营救吴兆骞，他的能量还不够，只能找个合适机会去跟他父亲明珠恳求。明珠明白这事情的难度，沉吟许久，跟顾贞观说："顾先生，我知道你滴酒不沾，今天你喝下两大海碗烈酒，我就答应你救吴兆骞回来。"顾贞观二话没说，将两大海碗烈酒一饮而尽，颓然醉倒[①]。明珠也被顾贞观所打动，通过自己的得力干将徐乾学出面筹措了一笔钱，以纳赎城门的名义把吴兆骞"买"了回来。那时正是康熙二十年（1681），纳兰性德兑现了"五年之诺"，而吴兆骞在塞外整整流放了二十二年，回到山海关内已经是半百老人！无辜遭难，流放半生，万般挣扎，得以生还，还得感谢讴歌圣上的英明伟大，这是一个什么样的世界！

康熙二十年十一月中吴兆骞到达北京，徐乾学在欢迎宴会上写了一首《喜吴汉槎南还》诗，诗坛唱和者有上百人之多，其中大诗人王士禛有两句"太息梅村今宿草，不留老眼待君还"——可惜你的恩师吴伟业先生去世多年，没有看到你生还的这一天！

[①] 事见袁枚《随园诗话》卷三、徐珂《清稗类钞·义侠类》"顾贞观救吴兆骞"条。

这两句最为沉痛，也最为人传诵，是对"吴兆骞事件"的绝好概括。

吴兆骞终于回来了，但一介罪囚，生计无着，纳兰性德又推荐他在自己府里做了塾师。所谓"生馆而死恤之"，作为满洲贵胄的纳兰在汉族文人中赢得广泛认可和尊重，跟他这样的义举有着莫大关系。按说此事已经非常圆满了，但是还有一个小枝节不能不提。

顾贞观没有讲过自己如何营救吴兆骞，吴兆骞以为自己回来都是徐乾学出的力，不仅没领顾贞观的情，反而因为小事与顾贞观翻了脸，到明珠那儿说了一堆顾贞观的坏话。明珠也没动声色，而是有一天请吴兆骞到自己书房饮酒。吴兆骞来到明珠书房，看见墙上挂了一个木牌，上写"顾某为吴某饮酒处"一行大字。听明珠讲了当时的情形，吴兆骞痛哭失声，这才找到顾贞观百般致歉，两个人和好如初。我们乍听起来会觉得吴兆骞太不像话了，但是，这样的小插曲恰恰是人生的本真面貌，也更丰富了顾、吴千古友情佳话的色彩。

康熙二十三年（1684），五十四岁的吴兆骞一病不起，临终之前他跟儿子说："现在想起在长白山脚下射野鸡，在松花江畔钓大马哈鱼的时候，真是让人留恋哪！"这位江南才子最终是在对白山黑水的乡愁中落下人生帷幕的①！

吴兆骞的故事讲完了，顾贞观的词也讲完了，但我还有些想法要说。论事也好，论词也好，我们都应该能承认，这是三千年诗歌史、文学史上罕见的宝贵财富。但是，出于"宋以后无词"的僵化理念，我们长久以来对这样的千古绝唱都是视而不见，或

---

① 徐珂《清稗类钞》第二十七册《吴汉槎为师于塞外》：（吴）临殁语其子曰："吾欲与汝射雉白山之麓，钓尺鲤松花江，挈归供膳……付汝母作羹，以佐晚餐，岂可得耶？"

者一带而过。即便是近年撰写的文学史中，包括现在各大学最通用的高教版《中国文学史》，讲到宋词，二三流的词人都不吝篇幅，征引繁多，到了清词、到了顾贞观这里，三言两语，惜墨如金，连原文都舍不得引一下就略过去了。这不正是我们在"古今交通"部分批评的"厚古薄今"思维的典型表现吗？像这样的"千古不可无一，不能有二"之佳作，我们是应该好好审视评价、给它应有的文学史地位的！

集纳兰词七言截诗三十六首 并序

陈襄陵

年来心枯意涩，久废诗词。而秋月春花，依然善感。借他人酒杯，浇自己块垒。容若有知，亦应许我。岁次丙申，时居澳岸。

闲阶小立倍荒凉，几夜东风昨夜霜。记不分明疑是梦，更无人处倚斜阳。（虞美人、忆王孙、赤枣子、浪淘沙）

十里湖光载酒游，萧萧木落不胜秋。情知此后来无计，一种烟波各自愁。（浣溪沙、一络索、采桑子、南乡子）

别绪如丝睡不成，高梧湿月冷无声。刻残红烛曾相待，只向从前悔薄情。（鹧鸪天、浣溪沙、秋波媚、南乡子）

真成暗度可怜宵，倦眼经秋耐寂寥。帘幕西风人不寐，楚天魂梦与香销。（鹧鸪天、忆王孙、金缕曲、河渎神）

不如前事不思量，不许孤眠不断肠。曾是向他春梦里，暗怜双蛱郁金香。（虞美人、减兰、浪淘沙、忆王孙）

珠帘四卷月当楼，说着分携泪暗流。还怕两人俱薄命，簟纹灯影一生愁。（浪淘沙、南乡子、金缕曲、浣溪沙）

滴损苍烟玉一条，离魂入夜倩谁招。垂杨那是相思树，冷雨凄风打画桥。（减兰、浣溪沙、采桑子、于中好）

薄寒中夜掩银屏，一霎灯前醉不醒。可忆红泥亭子外，更无人处月胧明。（浪淘沙、山花子、临江仙、浣溪沙）

容易浓香近画屏，小阑杆外寂无声。非关癖爱轻模样，风絮飘残已化萍。（浣溪沙、临江仙、采桑子、山花子）

酒醒香销愁不胜，寻思常自悔分明。红笺暂写违心字，偏到鸳鸯两字冰。（浣溪沙、鹊桥仙、满江红、鹧鸪天）

朱楼六扇小屏山，欲语心情梦已阑。莫笑生涯浑是梦，玉虫连夜剪春幡。（御带花、山花子、浪淘沙、浣溪沙）

须知浅笑深颦际，慽慽悽悽入夜分。一片冷香惟有梦，为伊判作梦中人。（浣溪沙、卜算子、忆江南、虞美人）

东风吹绿渐冥冥，和雨和烟两不胜。一世疏狂应为著，留将颜色慰多情。（南歌子、减兰、南乡子、临江仙）

怕听啼鹃出帘迟，睡起惺忪强自支。人到情多情转薄，如今憔悴异当时。（虞美人、浣溪沙、山花子、临江仙）

同是恹恹多病人，相思相望不相亲。缃桃自惜红颜变，欲问江梅瘦几分。（减兰、画堂春、忆秦娥、浣溪沙）

才着春寒瘦不支，待将幽忆寄新词。桃根桃叶终相守，定与韩凭共一枝。（采桑子、虞美人、一丛花、减兰）

那更闲过好时光，花冷回心玉一床。玉骨几随花骨换，色香空尽转生香。（浣溪沙、鹧鸪天、青玉案、一丛花）

一道香尘碎绿苹，夕阳何事近黄昏。桃花羞作无情死，旋拂轻容写洛神。（秋千索、虞美人、采桑子、浣溪沙）

画图曾见绿阴圆，欲寄愁心朔雁边。百尺游丝千里梦，为伊指点再来缘。（临江仙、浣溪沙、浪淘沙、荷叶杯）

此时相对一忘言，又误心期到下弦。别自有人桃叶渡，采香行处蹙连钱。（浣溪沙、采桑子、南乡子、虞美人）

暗思何事断人肠，不辨花丛那辨香。魂是柳绵吹欲碎，又将丝泪湿斜阳。（浪淘沙、采桑子、山花子、虞美人）

争教清泪不成冰，除向东风诉此情。寄语东风休著力，百花迢递玉钗声。（好事近、秋千索、山花子、南歌子）

奈他青女忒轻狂，消息谁传到拒霜。无那尘缘容易绝，松门凉月拂衣裳。（浪淘沙、浣溪沙、蝶恋花、望海潮）

尘满疏帘素带飘，归期安得信如潮。而今始会当时意，梦里寒花隔玉箫。（鹧鸪天、浣溪沙、忆桃源慢、采桑子）

屐痕苍藓径空留，几点黄花满地秋。一日心期千劫在，教他珍重护风流。（浣溪沙、鹧鸪天、金缕曲、浪淘沙）

厄酒曾将醉石尤，缄书欲寄又还休。此情已自成追忆，锦样年华水样流。（南乡子、临江仙、采桑子、浣溪沙）

莲漏三声烛半条，五更依旧落花朝。回廊一寸相思地，梦也何曾到谢桥。（浣溪沙、鹧鸪天、虞美人、采桑子）

闲愁总付醉来眠，茜袖谁招曲槛边。又到绿杨曾折处，倩魂销尽夕阳前。（虞美人、秋千索、蝶恋花、浣溪沙）

幽期细数却参差，准拟相看似旧时。重到旧时明月路，一声弹指泪如丝。（浣溪沙、采桑子、蝶恋花、虞美人）

背灯和月就花阴，梦里云归何处寻。还是薄情还是恨，等闲变却故人心。（虞美人、采桑子、浪淘沙、木兰花）

乌衣巷口绿杨烟，满地梨花似去年。无分暗香深处住，一声将息晓寒天。（忆江南、秋千索、念奴娇、荷叶杯）

半枕芙蕖压浪眠，九秋黄叶五更烟。楚天一带惊烽火，谁道飘零不可怜。（秋千索、临江细辛、金菊对芙蓉、浣溪沙）

莫为繁花又断肠，便容生受博山香。中年定不禁哀乐，抛却无端恨转长。（忆王孙、鹊桥仙、秋波媚、浣溪沙）

经声佛火两凄迷，落尽梨花月又西。望里家山云漠漠，短长亭外短长堤。（忆江南、采桑子、清平乐、浪淘沙）

不成薄睡倚香篝，莫向横塘问旧游。廿载江南犹落拓，劳人只合一生休。（秋千索、鹧鸪天、潇湘雨、浣溪沙）